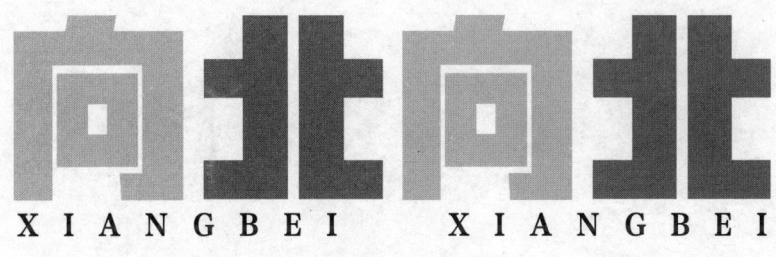

XIANGBEI　XIANGBEI

王明波 著

山东文艺出版社

目 录

引　子 1

第 一 章 1
第 二 章 20
第 三 章 39
第 四 章 49
第 五 章 71
第 六 章 84
第 七 章 99
第 八 章 114
第 九 章 128
第 十 章 141

第十一章	……………………	154
第十二章	……………………	167
第十三章	……………………	180
第十四章	……………………	195
第十五章	……………………	212
第十六章	……………………	228
第十七章	……………………	236
第十八章	……………………	251
第十九章	……………………	262
第二十章	……………………	283
第二十一章	……………………	296
第二十二章	……………………	318
第二十三章	……………………	329
第二十四章	……………………	345
第二十五章	……………………	360
第二十六章	……………………	377
第二十七章	……………………	391
第二十八章	……………………	408
第二十九章	……………………	422
第三十章	……………………	435
第三十一章	……………………	457
第三十二章	……………………	479

第三十三章	....	491
第三十四章	....	503
第三十五章	....	514
第三十六章	....	528
第三十七章	....	544

引 子

　　这是中国革命史上一次波澜壮阔史诗般的战略转移。1945年9月至12月，山东主力部队7万多人、地方干部6千多人，坚决执行党中央"向北发展、向南防御"的战略方针，由海路和陆路日夜兼程进入东北，山东人称之为"八路军闯关东"。

　　毛主席曾说，派十九万军队去东北，这是有共产党以来第一次大规模的军事调动，是又一个几千里的长征。

　　"八路军闯关东"构成了一部充满传奇色彩的史书，它从一个特定的角度记载了国民革命军第十八集团军如何演变成中国人民解放军的历史，记载了中国革命所经历的艰苦卓绝的战斗历程，也记载了山东人民为中国革命胜利做出的巨大贡献和建立的卓越功勋。

　　人民和历史将永远铭记八路军勇闯关东。

第一章

一

田宏喜一口气跑出去了二十多里地。参军三年多了，大仗小仗也打过好几十次，天天训练，跑这点儿路算不了什么。可是今天不知怎么，他觉得胸口仿佛堵了一团棉絮让他喘不上气来。

夜色渐渐袭上来。正值沂蒙大地收获的季节，一片片成熟的庄稼在微风中散发着清香。

一年前，田宏喜被任命为二排排长。那天在连部，连长于福田、指导员艾家驹和他谈话，告诉他连里的决定。我行吗？我能担得起吗？他顿感忐忑不安，甚至是惶恐。他犹豫再三，鼓足勇气说："能换别人吗？比如一班班长。"

艾指导员笑着问："为什么是一班班长？"

这还用问吗？一班王班长是老兵，今年三十岁，比他整整大七岁！田宏喜看着连长和指导员，没吭声。

于连长突然问："'三大纪律八项注意'第一条是什么？"

"报告连长，一切行动听指挥。"

"好，田排长，去二排上任吧。"随后他补充道，"好好干，干不好，我收拾你！"三连的干部战士都知道，"我收拾你"是于连长的口头禅。

连长在全连宣布任命时，田宏喜还是激动不已，他只觉得全身的血都往头上涌，手和脚仿佛都不听使唤一样。他想让爹娘知道，儿子当排长了，没给你们丢人。当然，还要告诉凡慧，一想到凡慧，他不由得笑了。

田宏喜本来是去查哨的，查完哨沿村边小路回驻地。秋风从庄稼地掠过，成熟的庄稼发出唰唰的声音，那动静、那馨香只有庄稼人才能听得见、才能闻得到。半年前，娘得了一种怪病，浑身没劲儿，后来甚至连路都走不了了。上午，一个路过的老乡告诉他，娘的情况不太好。就在查完哨的那一刻，他鬼使神差地朝家的方向走，而且越走越快，最后干脆撒丫子跑开了。从部队驻地到田家庄有一百多里地。经过一夜的狂奔，直到远远看到村头那棵大槐树，他那汹涌起伏的心绪才平静了一些。

看到大槐树，田宏喜就想起了田大膀。田大膀人高马大，一身腱子肉，在田宏喜身边一站，黑铁塔一般让他喘不过气来。在村里，田大膀常凭一身蛮力找小伙伴们的碴。想到田大膀，田宏喜气就不打一处来！在学校时，他经常想，怎样才能让田大膀低个头服个软呢？

真是鬼使神差。他，田宏喜，刚刚提升为独立旅的排长，没跟任何人打招呼就私自跑回了家，这算什么行为？开小差？当逃兵？几天前，连里召开排长会议的场景又清晰地浮现在他的脑海里……

连长于福田是胶东人，操着浓重的胶东口音，吃饭说"逮饭"，聊天说"站"。他挺着腰，鼓着眼，腮帮子绷得紧紧的，说："现在宣布作箭方案！"

作战，他说成"作箭"。"作箭方案"是他的口头禅，只要是布置任务，他都一副正襟危坐的样子宣布作战方案。"上级命令，立即进行动员，收拾背包行装，准备到，到……"他终究没有说出到哪儿，要干什么。

"连长，到哪儿去啊？"一排排长姚贵问。

"一排排长，瞎问什么，不该知道的别瞎打听。"于连长白了一排排长一眼。

"那我们准备什么啊？"

于连长没好气地说："我刚才不是说了吗？准备背包行装，上级这样通知，那就是有任务，作箭任务！"

一排排长仍然不死心："既然是作战任务，上级为什么没有做战前动员呢？"

按通常做法，准备打仗前营或团都会进行战前动员，包括连队协同、防守进攻、预备队……

"一排排长，你还没完没了了。"于连长一脸不耐烦，心想，你问我，我问谁去？

好一会儿，姚贵又小心翼翼地说："我听师部的老乡说，是去关外。"他欲言又止。姚贵在军区、旅部都有老乡，消息极灵通，一排又是连里响当当的老大，连干部会议他第一个发言那是板上钉钉的事。接着，他又做出一副紧张的样子："别，别，我老乡说了，不能乱说，就当我没说啊，什么也没说。"同志们都知道，一排排长在故弄玄虚，故意传播小道消息。

对战略、战役企图以及部队行军路线、目的地实施保密是军事常识。第二次世界大战英军将军蒙哥马利在指挥诺曼底登陆时曾说："战争期间，我并不把全部真相告诉士兵，因为既无必要，也会泄密。"八路军出关进入东北，在当时那种情况下，实施保密对外可以减少对英美国家及国民党政府的刺激，对内则可以稳定部队的情绪。对于部队进入东北的战略意图，中央对部队的传达是分层次、分时间逐级进行的。作为基层的连队，他们并不知道中央的整个战略意图。

姚贵的话音未落，会场上立刻热闹起来。

"我爷爷去过东北，"三排排长李大水一副得意的样子，"听我爷爷说，东北的土地是黑色的，那地肥呀，不用施肥就能长庄稼，插根筷子都能发芽，真的，我不扯谎！"

姚贵一脸不屑，道："东北你哪有我清楚，我爷爷就在东北，他是前些年跟我爷爷的爷爷去的东北。我爷爷有好几垧地呢！在咱山东，大财主也没那么多地！"

"好几垧？"李大水不解地问，"好几垧是多少？"

姚贵更加得意："不知道吧，咱山东量地用亩，东北用垧，一垧等于十五亩。我爷爷说，东北那地方有的是地，根本没人种。"

啧啧啧……会场上发出一片赞叹声。

姚贵做出一副鬼脸，故意压低声音说："去年我表弟从东北回来，说东北天气特别冷，尿尿要拿小棍。"

连通信员六子一脸不解："拿小棍干什么？"

"哈哈哈……"姚贵鼓着腮帮子起劲地笑，"你小子不知道吧？尿着尿着就冻成冰棍了，得拿小棍敲，不然你打种的家伙什就废了！哈哈。"

六子一脸茫然，说："怎么就成冰棍了？"

第一章　3

"真笨啊！"姚贵跺着脚，"你小子怎么就这么笨啊，等以后去了东北，你得看好你裤裆里打种的家伙什，可别冻得不好使了。"姚贵打仗是把好手，就是话多，特别说起带点儿气味的话就来劲，一副眉飞色舞的神态。

艾指导员用搪瓷缸子敲着桌子说："一排排长，注意点儿，注意点儿，越说越不像话了。"艾指导员知道要不制止他，这家伙得说个没完。"连长刚才说了，上级动员要求轻装上阵准备出发，这就是命令，至于上哪儿那是领导的事，军人的天职就是服从。"他停顿了一下，又说，"我们有些同志有好打听小道消息的毛病，东家长西家短的，这哪里像共产党员、革命干部？打听和传播小道消息涣散了队伍，松弛了纪律，尤其是在这样一个……"他停了下来，一个，一个什么呢？他想说，在这样一个部队将要调动的关键时刻，可话到嘴边他又打住了。调动？你怎么知道调动？在上级没有正式命令前，你一个指导员在会议上说部队调动，岂不是在散布小道消息吗？其实，军区政治部的同学齐干事前天准确无误地告诉他，中央命令已传达到军区机关及团以上干部，除了部分部队留守外，大部队要即刻向东北开进。末了，齐干事还嘱咐他，要严格保密！艾指导员停了一下，终于找到一个恰如其分的说法："尤其在这样一个重要的时候。"

独立旅离军区机关几十里路，许多人在军区有老乡，不断有小道消息传到独立旅。但北上东北的消息传播范围很小，仅限于干部。许多部队到了渤海边，甚至上了船才知道去东北。这是后话。

离开家去东北，这对这些曾经的沂蒙山庄稼人来说，不亚于一个晴天霹雳。

会场上安静下来。

"指导员，离开家乡，战士们的工作恐怕不好做。"三排排长李大水看了看指导员，又扫了一眼会场，"我们三排，包括我们连都是祖祖辈辈在地里刨食的庄稼人，当初动员他们当兵时我们是拍了胸脯的，不离家不离土，就地抗日打鬼子，想家了随时都可以回家看看。如果真的要离开家乡，这不是说话不算话吗？怎么向战士们交代？还有，怎么向他们的父母交代啊？"

艾指导员却不以为然，说："李排长，我就不同意你的说法，干革命不能离开家？离开家就不能干革命？这叫什么话！我不也离开家了吗？交代，交代什么？我们是革命队伍，又不是封建帝王和山大王，搞封妻荫子、封官许愿。再说，许了人家就不能变了，那我们军队还要不要完成党的任务？我们党组织还有什么力量可言？"他扫了一眼会场，口气缓和下来："当然，你说的也是客观实际，这才是我们要做的工作嘛，要不，要我们这些共产党员和干部干什么？"

李排长撇撇嘴，没吭声。

艾指导员是湖北人，他毕业于师范学校，是连里读书最多的人。他父亲早年参加革命，后来又参加了著名的由共产党领导的北伐军先遣团。子承父业，艾指导员似乎天生就是思想家、革命家。他曾在旅政治部当干事，后来跟随齐恩旅长当秘书，两年前来到三连当指导员。

在艾指导员心目中，旅长齐恩是他革命生涯的启蒙人，他对齐旅长十分崇敬，齐旅长就和他父亲一样可亲可敬。他给齐旅长当警卫员时刚满二十岁，他是在齐旅长的言传身教下成为一名八路军的政工干部，成为一名共产党员的。在他心里，齐旅长不仅是一位老红军，是一位杰出的军事领导人，还是一位出色的政治工作者。艾指导员还发现，齐旅长是一位善解人意的长者，当他想不开的时候，齐旅长的几句话，就可以使他茅塞顿开，甚至是破涕为笑。

艾指导员处处以齐旅长为楷模。作为指导员，他要像齐旅长一样，永不放弃党赋予他的使命，随时随地都要给干部战士们上政治课。他要让战士们知道，什么是党的性质、任务、目标和纲领，参加了革命，就要有坚定的革命意志和远大的革命理想，一有困难和问题就动摇，就三心二意，这在革命队伍中是不被允许的。他多年前离开湖北，家里毫无音讯，每想起父母，他心里就一阵阵刺痛，然而使命所在，职责所在，自古忠孝不能两全，他总是这样鼓励自己。

他没好气地说："我们是党员，是干部，不要说党的原则、军队的纪律，就是为了我们在座的能带好部队，小道消息也不能再传播了，这会给部队，特别是给新兵带来负面影响，甚至会引起思想情绪的动荡。今后，要坚决杜绝小道消息，这是纪律，否则要追究他的责任。"

连长于福田一直在沉思。于福田是胶东人，他的父亲死于日本人的炸弹，自父亲去世之日起，他内心就跳动着复仇的火焰，他参加革命的唯一目的就是要消灭日本帝国主义。如今，日本鬼子终于投降了。每想起父亲的死，他就钻心般地痛。那是一个冬天的夜里，一颗炮弹击中了院子里的柴火垛，大火很快就蔓延到了家里。天干物燥，仿佛被风箱吹一样，火苗子一下子蹿得老高。于福田像野兽一样声嘶力竭地大声吼着，一只胳膊夹着小脚母亲，一只手拉着媳妇逃出了火海。当他回过头，老屋塌了，父亲被压在了下面。

那天夜里，天出奇地冷，父亲就这样走了。人死不能复生。五年了，母亲过得好吗？媳妇秀珍呢？整整五年，一点儿音讯都没有。她们还活着吗？去年一个老乡说，老家那边分了地，还分了农具，她们在种吗？两个娘儿们种得了地吗？他这个不肖的儿子，五年没给父亲上过一次坟，甚至连父亲的坟在哪儿都不知道，唉！

"连长，连长。"艾指导员一边小声说，一边拉了拉于连长衣服的一角。

于连长一下回过神来。他突然感到有些自责，在这个时候，自己都在想什么呢！他看到了排长、班长那一双双专注而又带有期望的眼睛。他们在想什么？想知道什么？一瞬间他突然明白了，还用问吗？用屁股都能想得出来！全连一百多口子人，原本都是些地地道道的庄稼人，日本鬼子投降了，举国欢腾，人们都沉浸在胜利的喜悦中。根据地报纸上说，欢呼一个崭新的大时代开始了！可对庄稼人呢？什么才是崭新的时代？家里分了地，分了房，分了牲口，父母期盼儿子，妻子期盼丈夫，他们想干什么？他们能干什么？可当他抬起头，就在那一刹那，他突然感到了自己肩负的责任。

"我宣布作战方案，"他停顿了一下，想起这话刚才说过了，"一切行动听指挥，这没什么说的。大家都是干部，是共产党员、共青团员，是骨干，在这时候不要犯糊涂，不仅你们自己不要犯糊涂，也要教育战士们不要犯糊涂。会后大家立刻回去准备。"准备什么？怎么准备？他也不知道，这次部队行动究竟是什么，营长也许都不知道，向他传达各连召开动员会时，营长一脸茫然，对，营长肯定也不知道。想到这儿，于福田根据经验和传统做法，简单地布置了一下："武器装备要归拢齐整，把房子、院子打扫干净，水缸里的水要挑满，房东的东西全部退还……"最后他阴着脸，道："指导员刚才已经说了，小道消息不准再传了，谁要是再传，我收拾他！"

二

经过一夜跋涉，田宏喜全身的汗和尘土交织在一起，脏兮兮的，原本质地很差的粗布八路军军服愈发皱皱巴巴，脏乱不堪。他疲惫地走进家。宏喜娘躺在炕上，宏喜爹和妹妹在一旁站着，一脸诧异地看着田宏喜。

"哥,你怎么回来了?日本鬼子投降了,你知道吗?村里热闹极了,和过年一样!"妹妹田小云抱着田宏喜的胳膊。小云比田宏喜小五岁,在哥哥面前,她永远也长不大。

宏喜娘的身体很虚弱,她强支起身子,说:"喜子,快过来,让娘看看!"

田宏喜紧紧抓着娘瘦骨嶙峋的手,眼泪立刻涌上眼眶,叫了一声:"娘——"

宏喜娘摇晃着田宏喜的手,焦急地说:"喜子,你怎么回来了?你怎么还敢回来啊?你参加了队伍,要是让保长撞见,哪还有你的好?"

妹妹在一旁咯咯地笑道:"娘,你老糊涂了,日本鬼子都投降了,哪还有那些二鬼子胡作非为的份儿!"

宏喜娘满脸狐疑地看着小云,说:"真的?"

小云噘着嘴,故作生气地说:"不是蒸的是煮的,我还能骗你啊?你不信问俺哥。"

田宏喜用手指着小云,笑道:"都大姑娘了,还和过去一样。"他转过头对娘说:"娘,你放心吧,有八路军和人民政府给咱做主,那些坏蛋不能把咱们怎么样了!"看着娘虚弱的神态,田宏喜心里一阵酸楚。那年大旱,地里颗粒无收,为了交齐租子,娘没日没夜地在山上干活,娘的病是累的呀!

娘迟疑了片刻,嗔怪道:"这妮子,还不赶紧烧水做饭,让你哥吃饭。喜子,累不累?在队伍上吃得饱吗?有没有伤着?让娘好好看看。"她仔细端详着儿子,细细地抚摸着他的头发,不由得抹开了眼泪。

"孩子他娘,你这是干什么,儿子这不好好的吗?儿子刚回来,还不赶紧让儿子歇歇。"宏喜爹是村里小学的先生,是私塾学堂出来的秀才。除去教书外,家里还有几亩山坡地,一家人披星戴月,不分白天黑夜地干活,省吃俭用,吃糠咽菜,日子过得虽然清苦可还安稳。

田家庄是一个有着五六十户人家的村子,周围都是山,村里的房子沿自南向北的山麓排开。村里人出门就要上山。早年宏喜娘上山拾柴,不小心摔到沟里摔断了腿。从那以后,宏喜娘的身子骨就一天不如一天了。

"娘,你的腿好些了吗?"田宏喜问。

"不碍的,不碍的,"娘擦擦眼泪,"不影响吃喝,现在日子好过多了,你爹和你妹下地干活。你进了队伍，咱家是军属，村里、镇上的干部常来看看，有时还送点儿粮食什么的。"宏喜娘这会儿好像又明白过来，满是皱纹的脸上露出满意的微笑："村里人都高看咱哩！"

看着娘没有血色的脸上露出的笑容，田宏喜的心突然悸动了一下，是刺痛，是一种从心底发出的痛。

宏喜爹踱着步子，不停地搓着手，儿子出息了，老田家对得起祖宗。可他又有些不解，眯缝着眼问："喜子，你这时候回来，敢情日本鬼子投降了，队伍上也放学了？"

田宏喜一下子回过神来，他没想到父亲会这样问，他没有回答，眼神却不自然地移开了。

宏喜爹摇着头走开了。

"爹，娘，"田宏喜把父亲拉到炕边和母亲坐成一排，"儿子回来看你们二老了。"说完扑通一声跪下，纳头就磕。

听说田家当八路的大小子回来了，亲戚和邻里们都来看望。村里大多数姓田，都是亲戚里道的，显得格外热络。有的叫宏喜哥，有的叫宏喜兄弟，有的叫叔，还有叫伯的。在村里，田姓"宏"字辈，辈分是很大的。一个和宏喜年龄相仿的人说："宏喜叔，你当了多大的官？"田宏喜有些不好意思，说："宝来，俺还没你大，别这样叫！"叫宝来的说："论辈分，你是叔啊！"

田宏喜有些局促不安，飘忽的眼神似乎不想和家人的目光对接。知子莫若父。这一切让宏喜爹隐隐地感到不安。

"爹，娘，哥，吃饭了。"小云招呼客人，"叔、婶、哥、姐，大家回吧，俺哥刚回来，还没吃饭呢。"

"哪有这样赶客人的啊？"一个银铃般的声音传来，话音未落，一个姑娘走进来。

"慧姐！"小云欢快地喊。

她叫孟凡慧，是田宏喜的中学同学。她一身沂蒙山根据地常见的那种干部装束。不同的是，别人穿着都宽宽大大、松松垮垮的，而在她身上，干部装紧裹着她的身体，显得身姿那样婀娜娉婷。她直奔田宏喜，掠掠飘到额前的刘海兴奋地说："喜子，果真是你！"未等田宏喜说话，她提高声音："把我忘了吗？"她把"吗"字的音符高挑起来，是忘了，还是没忘？潜台词似乎在说："要敢把我忘了，哼！"她一边说一边大方地伸出手。

"哪能呢，"田宏喜握着她的手，掩饰不住内心的兴奋，笑道，"凡慧，忘了我自己也不能把你给忘了啊！"

"一晃三年多了，时间过得真快呀！"孟凡慧感慨地说。

"凡慧，你怎么知道我回来了？"田宏喜问。

孟凡慧并没接他的话茬，望着田宏喜回味地说："还记得两年前你参军的那会儿吗？那时，我真羡慕你。"她笑了笑："你猜当时我怎么想？"田宏喜摇了摇头。孟凡慧咯咯地笑着说："我想，我要是个男的就和你一起去参军！"

那是一个明朗的早晨。

街道上飘着红红绿绿的旗子，源源不断的人流像滔滔的沂河水一样翻滚着，流淌着。这个大山深处的小镇自老辈儿以来从没有像今天这样热闹。街道两旁住户的门大开着，门口摆着花生、大枣、鸡蛋。在镇东头老牌坊下，刚参军的后生们一队队走过，虽然没穿军装，但每人戴了一顶军帽，胸前佩戴着一朵大红花。在大红花的映衬下，后生们那一张张红扑扑的笑脸格外引人注目。

田宏喜被人流簇拥着，激动的脸涨得通红。他边走边四下张望。

"喜子，喜子……"人群中有人在喊。

是她，是凡慧！但她很快就被淹没在滚滚的人流里。

田宏喜奋力地向她挤去，却被人群一次次冲开。在喧嚣声中，他似乎听到了一个声音，"喜子……等我……"那声音断断续续，仿佛是从天边飘来的。

是她吗？好像是她，一定是她！

田宏喜与新参军的后生们被人们簇拥着走出镇子，走进八路军，一直走向抗日的战场。三年来，那银铃般的天籁之声一直伴随着他。

"那天你喊的什么？"田宏喜傻傻地问，但他真的想知道，那天她究竟喊的是什么。

孟凡慧抿着嘴笑，没吭声。

"孟姑娘，来，到这儿来！"宏喜娘支撑着身子招呼孟凡慧。

孟凡慧坐在床上，依偎在宏喜娘的身边。宏喜娘拉着她的一只手，眼睛眯成一条缝。

"娘，饭都好了。"小云转过身来笑着说，"慧姐，吃饭吧，吃饱了再跟我哥腻,有劲儿!"

"好啊,小妮子也敢取笑姐了!"孟凡慧故作生气。

"好姐姐!"小云边笑边做鬼脸。孟凡慧戳了小云一下,两个姑娘笑成一团。上中学时,小云去学校看哥哥,那时她俩就常在一起。一次,小云认真地对孟凡慧说:"姐,你当我嫂子吧!"孟凡慧扑哧一声笑了:"你这妮子,想什么呢,你姐才多大啊?"那年,孟凡慧十八岁,小云才十三岁。

大葱、面酱、煎饼、热汤、热菜摆了一桌。"来,来,吃饭,吃饭,大老远的,肚子早饿了吧?"宏喜爹招呼着,"孟姑娘,来,上桌。"

大老远的?孟凡慧突然意识到了什么:"喜子,你怎么回来了?部队有任务吗?"她仿佛沉浸在往事中:"小日本投降了,县里工作特别多,听说部队也有行动,县里还要派我去军区协助部队做好家属工作呢!队伍上不忙吗?"

"你到县里工作了?"田宏喜问。

"是啊,我在县妇救会工作。这不,县委派我到镇上来了解情况,刚进村就听说你回来了。"她注视着田宏喜。

田宏喜的眼神却移开了,说:"凡慧,吃饭,吃饭吧。"

孟凡慧自小聪明伶俐,性情开朗,却柔中含刚。中学时,她就是班花、校花,在县里,在根据地,到处都有她的身影以及她银铃般的笑声。孟凡慧极聪明,她隐隐约约感到田宏喜有些不对劲。刚见面时,他异常激动和兴奋,但随即就莫名地消失了。他的目光游移,避免与她的目光对视,似乎在躲避什么,他在躲避什么呢?

"叔,婶,我有事跟喜子说,一会儿就得!"说完,孟凡慧不由分说地拉着田宏喜走出家门。

宏喜娘想说什么,刚张嘴,却被宏喜爹摆手止住了。

"他爹,你怎么让喜子走了呢?大老远的回来,话没说几句,还没吃饭呢!"宏喜娘嗔怪道。

"宏喜娘,你不觉得喜子回来,好像哪里不对劲啊?"宏喜爹摇着头。

"有啥不对劲啊,我觉得挺好的,队伍上就是好,你看喜子比过去壮实多了,像个男子汉了……"宏喜娘脸上露出了久违的笑容。

宏喜爹摇着头:"可还是有点儿不对劲。"

小云却有点儿生气,噘着嘴说:"慧姐也真是,啥事呀,水没喝,饭没吃,就拉着往外走!"

三

太阳从地平线下升起，温柔和煦的阳光照耀着沂蒙大地。袅袅的炊烟在山间林中徐徐地绕来绕去，像一群美丽的少女在轻歌曼舞。沂蒙山的早晨是那样安详、静谧。

一声急促的哨响，打破了清晨的寂静。部队的训练随着村头空地上空飘荡的歌声开始了：

十八集团那可真正好，
三大纪律八项注意样样都做到。
吃的是煎饼，铺的是干草，
穿的衣服更是谈不到冷热这一套，
同志们辛苦了！
枪是土上压五，少数是洋造，
把反动派消灭了。建设新中国咱们一定能办到，
先苦后甜慢慢热，同志们，到时候就好了！
……

战士们喜欢这支歌，虽然不如《八路军军歌》那么铿锵有力，甚至有些土，却让他们感到亲切、舒服，特别是用沂蒙方言土话大声地吼，更让他们感到提气、过瘾。

连长于福田站在队伍前，满意地看着部队的操练。连里大多数是入伍不到一年的新兵，半年前，甚至是两三个月前，他们中许多还是庄稼人，在地里伺候庄稼。部队所有的一切对他们都是生疏的，哨声、号声、歌声、口令、命令，甚至是领导的讲话，他们都感到陌生，特别是严格的纪律和紧张的军事训练，让他们处处感到不适应。但要实现从农民到军人的转变，这一关是必须要过的，没有任何道理可讲。独立旅的训练是按照最严格的标准进行的，从单兵肉搏劈刺，到班排协同防守进攻，从射击到行军，一环扣一环，像一根排列有序而又紧密相连的链条。

于连长的目光在搜索着，终于看到站在操场一角的旅作训科胡科长，他不由得笑了。胡科长叫胡秋生，三连战士们背后都叫他"野兽"。胡科长，济南人，出身军人世家，曾就读于保定陆军军官学校步兵科。保定陆校的前身是清朝北洋陆军的陆军速成学堂，是中国历史上第一所正规化的高等军事学府。在山东八路军中，他是为数不多的军事科班出身的。他长得白白净净，戴一副近视眼镜，个子很高，很瘦，背微微有些驼，远远看去，像一只刚从水里捞出来的虾。难以想象，这样形象的人怎么会与"野兽"联系在一起。

训练一开始，他确实是一只野兽。他大声喊："快，快，你，还有你，怎么像娘儿们一样……哼哼什么？人哪有这样哼哼的？啊！"他的声音在训练场上空飘荡。一支带刺刀的三八大盖，长一米六七，重十几斤，在胡科长手里，仿佛像孙猴子耍的金箍棒一样灵巧自如，呼呼生风。据说在白刃战中，他独自一人可以对付三个甚至是五个敌人。

一个战士不服，说："看他瘦的，我不信他一个人能对付三五个人？"

胡科长笑笑，说："好啊，小伙子，来试试，正好也让同志们看看实战演习是怎么回事。"

小伙子人高马大，凭一身蛮力也能把训练木枪舞得虎虎生风。他一个箭步直逼胡科长，朝着胡科长的胸口刺过去。看来小伙子还是个练家子，这一枪虽然不是正规的单兵劈刺，出枪却也出奇地快，让人猝不及防。胡科长右脚后移，身体右转，虚晃一枪，小伙子扑了个空，趔趔趄趄向前冲了几步。他急忙调整身体想转身再刺，哪知当他刚刚转身时，说时迟那时快，胡科长顺势用枪托一杵，小伙子浑身一震，一个嘴啃泥摔在了地上。围观的战士们惊呆了，没想到黑铁塔似的壮汉，仅一个招式就被打倒趴在了地上。没想到胡科长出枪速度这么快，快得让人眼花缭乱，根本没看清那一瞬间他的动作是什么。那天后，战士们对胡科长心服口服了。

不到一个时辰，战士早晨吃的那点清汤寡水随着一泡尿和一身汗早已不复存在了。胡科长仍然在叫嚷着，他跳着脚，不时扶扶眼镜，还冒出几句粗话。

胡科长负责全旅的训练，用他的话说，训练的重点是新兵。三连是去年重新组建的，时间短，新兵多。胡科长对三连的训练十分不满："于连长，你是老兵，应该明白为什么这样训练。我不计较他们叫我什么，但他们以后会感谢我的！"胡科长知道战士们背后叫他野兽，他却不在乎。艰苦的训练，对于部队，特别是对于新兵意味着什么，他心里最清楚，他就是这样一步一步走过来的。他曾眼睁睁地看着许多战士倒下再也没有站起来，如果得到严格训练，他们是可以活下来的。他们原来都是沂蒙山农家后生，扛起枪成了兵，但能把枪打响就会打仗？他们既没有技术，也没有技巧。胡科长扶扶眼镜对于连长说："让没有经过严格训练的新兵上战场，就是让他们去送死！没有什么比这更残忍的事了！"

于连长何尝不是这样想，又何尝不想尽快让战士提高军事素质。然而他心里清楚，战士们已经尽力了，他们吃的什么、喝的什么，这样的训练强度，战士们坚持一个时辰就已经不错了，心发慌，冒虚汗，眼前金花乱窜，他知道那是什么滋味儿。

指导员艾家驹走过来，拉着胡科长的一只袖子笑道："胡科长，你大人不记小人过，你知道的，我们连里这几块姜都是刚刚从土里刨出来，啧啧，哪里像你，科班出身，我们就是浑身是铁也打不了几个钉啊！"

胡科长说："艾指导员，你可别说这样的话，我们全旅有你这样大学问的有几个？"

正说着，通信员六子匆匆跑来报告："连长、指导员，旅长马上到连里来。"

于连长和艾指导员对视了一下，会意地笑了笑。

胡科长望着远方，喃喃地说："这么快！"

于连长、艾指导员一溜小跑向连部奔去，六子紧跟在后面。六子今年十七岁，还是个孩子。他喘着粗气报告："连长、指导员……"

"六子，什么事？"艾指导员回头看了六子一眼。

"二排排长，二排田排长……"

"怎么啦？田排长怎么啦？"于连长粗声大气地说，"你个六子，有话说嘛，要急死个谁呀。"

"田排长好像不见了，二排副排长赵旺财刚才说，昨天晚上就没见他回来！"

于连长和艾指导员倏然止住了脚步。艾指导员这才想起来，昨天晚上他到各排查夜，就没见到田排长。副排长赵旺财说，田排长去查哨了，刚走。他没在意。

"好像？什么叫好像？"于连长一听就急了，"不见了，什么叫不见了？一个大活人，怎么就不见了？去把赵旺财叫来。"

"他刚才来过……"六子说。

于福田的火一下子就蹿上了脑门子:"这个赵旺财,昨天晚上不见了,怎么现在才报告?这么大的事情,为什么不直接向我和指导员报告?我看他狗日的副排长不想干了!看我怎么收拾他。"

六子嘟嘟哝哝地说:"赵旺财说,他一直在找,他说,田排长肯定是让什么事给缠住了。他说,他找你和指导员来着,可你们一直和野兽在一起,不,不是……是胡科长。"六子结结巴巴地说:"他说,他没敢过去,他说……"

"他说,他说,你就知道他说!"于连长狠狠地说,他知道,六子和赵旺财是一个村的老乡,想为他开脱点儿责任。

于连长不是对六子,是生二排排长的气。

四

孟凡慧头也不回地走着,田宏喜紧跟在后面。两人一前一后,直到村头大槐树下才停了下来。孟凡慧转过身,上下仔细打量着田宏喜。

参军三年,田宏喜的确变化很大。他留着寸头,粗短而浓密的头发像松针一样挺立着,圆圆的娃娃脸不见了,嘴唇与两鬓长起了毛茸茸的胡须。他不仅变得结实有力了,浑身还透露出军人特有的刚毅和坚强,远不是三年前那个上中学瘦弱纤细的半大小子了。

孟凡慧以欣赏的目光看着田宏喜。

"凡慧,我当排长了,真的!"连长宣布排长任命命令时,他最大的心愿就是告诉凡慧,让她分享自己的喜悦。现在终于如愿以偿了!他目不转睛地看着孟凡慧,咧着嘴笑。

在学校时,田宏喜从来不敢用这样的目光看孟凡慧。在他眼里,孟凡慧是天上的仙女,离他是那样遥远,是那样可望而不可即。他忘不了他们第一次面对面的接触。他远远看见孟凡慧在看书,于是鼓足勇气走过去,说:"凡慧……"孟凡慧的姑姑嫁到了田家庄,他想说,我要回家,你要给你姑姑捎东西吗?他心里清楚,他就是想接近凡慧,哪怕说句话,给她姑姑捎东西是他想了好久才想出来的借口。谁知他刚张口，孟凡慧扑哧一声笑了，一会儿，她索性放声大笑起来。

"不是，是，不是……"田宏喜被她的笑声弄得十分窘迫，尴尬地看着凡慧，想解释点儿什么，又不知说什么好。可是，她笑什么？有什么好笑的呢？是我哪儿错了吗？他开始上下搜寻着全身，似乎没什么不妥。

好一会儿，孟凡慧才止住笑："田宏喜，你刚才说什么？"她剪着齐眉的短发，衬着一张白皙的圆长脸儿，一双乌黑明亮的大眼睛仿佛会说话。她上身穿一件圆襟白布衫，下身着一条黑色的长绸裙，脚踏一双平跟皮鞋。她的一切都是那样完美，宛如一尊女神。

"啊，啊……"田宏喜完全乱了方寸，他甚至不敢抬头看她。真没用，慌什么？他骂自己，可还是慌。在村里，见了二狗子他都不怕，还有那个无赖田大膀，老子就是不怕他。我也不是怕这个妮子，只是，只是，有些慌……

"你刚才叫我什么？"孟凡慧抿着嘴嬉笑着说。

"没什么，我没说什么啊！"说完，田宏喜撒腿就跑，夹着尾巴落荒而逃。

"田宏喜，别跑啊，回来，你给我回来！"孟凡慧在后面喊。

田宏喜却深深地透了口气，仿佛卸下了千斤重担，背上的芒刺也消失了。事后，他一直生气和懊恼，真没用！

其实，孟凡慧早就注意到了田宏喜，当然不仅仅是因为姑姑嫁到田家庄。他身材不高，略显清瘦，身上永远穿着山区农家纺织的土布衣服。他眼睛不大，却很有神，给人一种坦然、诚实的感觉。在班里，他的学习成绩永远是第一。夜深人静的时候，她曾多次看到他独自一人在看书。他究竟是一个什么样的人？

孟凡慧很后悔，自己刚才真没礼貌，人家不就叫你一声凡慧吗？不是挺好吗？值得那样笑？不过，直呼其名，还是让人有点儿别扭。想起田宏喜涨红的脸和尴尬的神态，孟凡慧自言自语道："傻小子！"

"喜子，你真的当排长了吗？"孟凡慧明知道是真的，可她还想问，她想听他再说一遍。

"当然是真的！谁骗你谁是小狗！"田宏喜发誓。

"谁让你当小狗，你当小狗，那我是什么？"孟凡慧一脸娇憨，嗔怪地说。

"那你就是……"

孟凡慧马上明白了他要说什么，脸一红，大叫："好你个田宏喜，才当几天排长,就会编排人了!"

两人笑成一团。

好一会儿,田宏喜问:"凡慧,我娘的病究竟怎样?"

孟凡慧看了田宏喜一眼,好一会儿,有些迟疑地说:"宏喜,我说实话,你要坚强一些。"

田宏喜用力地点点头。

"请了好几个大夫,也吃了好多服药,但婶子的病却越来越重了,大夫说,婶子的病很奇怪,建议去大医院看。年初,我和大叔、小云陪婶子去了县医院,大夫说……"

"说什么?"

孟凡慧注视田宏喜良久,说:"喜子,你别着急,真的别着急,大夫说,婶子的病短时间里很难康复,家人得有个心理准备……"

村头那棵大槐树依旧那样苍劲、挺拔,几抱粗的树干被岁月刻出了一道道刀疤似的伤痕,虽饱经沧桑却依旧充满生机。田宏喜抚摩着树干,大颗的泪珠尽情地流了下来。

"喜子,你要坚强……"孟凡慧早已是泪流满面了。

好一会儿,孟凡慧突然问:"告诉我,喜子,为什么回来?"受父亲的影响,孟凡慧四年前就参加了共青团,后来又入了党,是县里最早参加革命的青年学生。"部队有任务吗?"这样说连自己都不信,看着田宏喜那游移的眼神,她总感觉有什么事发生了,是什么事呢?

"我,我想看看娘……"田宏喜猛然又回到了现实,嗫嚅道。当老乡告诉他,娘的情况不太好时,他脑子里一团乱麻,又是一片空白,像做了一场梦,鬼使神差地开始往家走……

三年多了,他从未回过家,想爹,想娘,想家,也想田家庄。他看着凡慧,她还是那样漂亮,可不一会儿,她变得模糊了,变得有些虚幻缥缈,怎么回事?然而,一个若隐若现、时有时无的理由却渐渐清晰起来。他不想离开沂蒙山,离开家乡,为什么?起初他也说不清楚,反正只要说离开,心就咚咚地跳。他曾经有两个哥哥。那年他七岁,妹妹两岁。那是一个腊月天,大雪不期而至,天气格外冷。家里断顿了,妹妹饿得嗷嗷哭。父亲出去借粮,深夜也没回来。两个哥哥去找父亲再也没有回来。事后才知道,两个哥哥饥饿难忍,去偷东西吃被发现了,慌不择路掉到山沟里摔死了。田宏喜永远忘不了那天晚上娘撕心裂肺的哭喊声。两个哥哥走了，他是娘唯一的指望啊！

"看娘？"孟凡慧睁大眼睛，狐疑地望着田宏喜。

说什么，还能说什么？田宏喜难以启齿，苦涩地笑着说："部队要走。"

"走？去哪儿？"

"不知道……也许，都说，去关外。"

明白了，孟凡慧明白了，她真的生气，生气极了："你怎么能这样！"她白皙的脸涨得通红。在学校，起初她只是对那个瘦瘦的、在班里学习成绩永远是第一的小伙子有些朦朦胧胧的好感，直到送他参军，远远看到他在四处张望，她知道他在找什么，也知道自己在找什么。她从少女时就编织着未来的梦，那一刻她猛然发现，这个不起眼的小伙子已经悄悄走进了她的心田。而此时，她的心情却异常沉重，眼前这个曾经那样熟悉的脸庞似乎也变得陌生起来。

"喜子，我理解你，真的，可你……"孟凡慧真不知怎么说，此时，她真有点儿恨自己，还是妇救会的干部，言词竟然是那样匮乏。

"凡慧，你不用多说，我知道自古忠孝不能两全的道理，可是我……"

也许田宏喜这句话触动了孟凡慧，她提高了声音："喜子，你先告诉我，你是怎么回来的？"

"我……"

"是部队领导让你回来的吗？"

"我……"

孟凡慧全明白了，在大是大非问题上她不糊涂。她那银铃般的嗓音变得严厉起来："喜子，你好糊涂啊！你是军人，是排长，是共产党员，告诉我，你擅自离开部队，是不想再回去了吗？"

"不，不是的……"田宏喜惶恐地说。他从未想过要离开部队，更不要说当逃兵。

连绵的沂蒙山一直伸向远方，山顶上除了稀疏的树木外，大都是裸露的青灰色的岩石。青绿的色彩，更凸显此起彼伏、形状各异的山体的庄重、刚毅和多姿多彩。正是雄伟的沂蒙山孕育了沂蒙人的性格，也锻造了山东八路军顽强抗争的意志！

孟凡慧打断了田宏喜的话："告诉我，你这样离开部队，你是什么？"她突然提高了嗓门："你什么也不是！这大山生你养你，你这样回来，大山还能容你吗？你刚才不是问，送你参军时我在喊什么吗？我告诉你，我在喊'等着我，我去找你'，现在你告诉我，你在哪儿？我到哪里去找你？"孟凡慧说话快得像炒豆子。

梦终于醒了。

山还是那座山，村还是那个村，大槐树还是那棵大槐树。他从小在这里长大，一切都是那样熟悉。然而，从一进村，一进家门，他就像贼一样，处处感到不自在、不舒服。听完孟凡慧一席话，田宏喜猛地清醒了，他记得李清老师在他入党时说，参加了革命，就不能再受个人感情的羁绊，此时他似乎更理解这句话的含义。参加了八路军，他就属于部队，部队在哪儿他就应该在哪儿，否则，就像凡慧说的那样，他什么都不是，真的什么都不是！

"喜子，你好糊涂啊！"

田宏喜突然抓住凡慧的双手，用力地摇着："凡慧，你不用说了，我明白了。"说完撒腿向远方跑去。

孟凡慧一下子愣住了，说："你去哪儿？"

田宏喜已蹿出去好远："我在部队等你。"

孟凡慧欣慰地笑了，对着田宏喜喊道："我怎么给你爹娘说呢？"

"你就说部队有任务！"

"可你还没吃饭呢！"

一个声音从远处飘来："我回部队吃。"

孟凡慧动情地喊："喜子，等着我，我去找你！"她银铃般的声音在山谷中久久地回荡着。

听说喜子已回部队，一家人呆住了，家里喜庆的气氛一下子降到了冰点。怎么了？为什么？宏喜娘似乎衰老了许多，她挣扎着坐起来，嘴里不停地念叨："喜子，喜子……"

孟凡慧急忙走过去，坐在宏喜娘身后，让她背靠着自己，安慰道："婶子，宏喜好好的，他说，突然接到通知，部队里有紧急任务，一定要让他回去……"

宏喜娘的眼泪扑簌簌地掉了下来。

孟凡慧眼睛湿润了，她紧紧偎着宏喜娘，说："婶子，俺常来看你，家里有什么事，你让小云知会俺一声，俺就来！"

听到孟凡慧的话，宏喜娘的心里宽慰了一些，嘴唇两旁的皱纹似乎舒展了。

宏喜爹若有所思，这个乡村教书先生好像猜到了什么，他一会儿点头，一会儿摇头，嘴里喃喃地说："回去得好，回去得好！"一桌子饭菜早已凉了。小云一直噘着嘴，心里生气地怨恨自己，刚才给哥哥拿一张煎饼也好啊！

一人当兵，全家光荣。可是，一人却牵动着全家人的心！

第二章

一

沂蒙山区的夜晚漆黑一片，空气中弥漫着秋草枯叶的潮湿气息。

这是一家典型的传统民居，有北屋、东西厢房和南屋，建筑就地取材用山上的石头砌成，房顶用茅草铺就，北屋叫堂屋，又叫中堂，正中摆一张八仙桌，桌后置几案，上挂中堂，是接待客人的地方。由于年代久远，所有陈设已看不出颜色了。三连连部设在东西厢房，房东住南屋。旅长齐恩坐在八仙桌左侧，旅参谋长方前进坐在右侧，于连长和指导员坐在旅长的一侧。齐旅长笑笑，他知道，按照沂蒙山的规矩，左为贵宾、长者。齐旅长是江西人，他不懂也不在意沂蒙山区烦琐的礼数。于连长笑笑说："沂蒙山区就这样，就这样。"

齐旅长在三连待了整整两天。傍黑，他主持召开了一个小型座谈会，旅参谋长方前进和司令部两个参谋参加了座谈会。齐恩是江西吉安人，一九三二年参加红军。多年来齐旅长养成了一个习惯，就是在遇有重大任务之前，他一定要亲自去基层连队，一是了解基层部队真实的思想情况、准备情况；二是了解上级的部署基层连队是否理解，是否能如实落实；三是如有问题，他亲自宣讲，做进一步动员。

日本鬼子投降了，人民渴望和平。三十亩地一头牛，老婆孩子热炕头，那是庄稼人的理想和天堂。根据地老百姓分了房子分了地，守着老婆，哄着孩子，照顾着老人，过热热乎乎的生活，庄稼人谁不想过这样的日子呢？

齐旅长陷入沉思，我们正在面临着怎样的形势，这些来自农家的基层干部和战士能理解吗？他亲身经历了中央苏区第四次、第五次反"围剿"，国民党大兵压境，大有不赶尽杀绝誓不罢休之势。红军被迫踏上了这二万五千里长征路。齐旅长至今记忆犹新。时过境迁，抗战胜利了，蒋介石成了中国抗战的领袖，国民党的军事势力急剧增长，号称有八百万军队，装备了美国最先进的武器，并接收了大部分日本装备，占据了全国绝大多数大中城市……在瑞金，国民政府称共产党是寇，在延安，称共产党是匪。如今国民党的势力正如日中天，却说要与共产党一起建立联合政府共同治理国家，这谁能相信！

"齐旅长。"艾指导员轻声说。

齐旅长回过神来，说："小艾，到三连多长时间了？习惯吗？"

艾指导员站起来，说："一年多了，挺好的。"

齐旅长赞许地点点头，道："好，好，在连队比在我那儿好多了吧？"

艾指导员立刻不自然起来，说："旅长，我不是这个意思，不能这样说……"

"小艾，坐下，坐下，给你开玩笑呢！"齐旅长摆摆手示意艾指导员坐下。齐旅长之所以选择到三连，与艾指导员在三连有很大关系。他很欣赏这个小伙子，小艾为人正直，作风正派，有着很强的原则性和纪律性。他希望从基层得到最真实的情况。

"你们说说，连里目前主要存在的问题是什么？"齐旅长话锋一转，开门见山。

旅长、参谋长一同到连里部署了解情况并不多见，于连长、艾指导员感觉到了此次任务非同寻常。于连长将动员、准备情况一一进行了汇报，最后说："现在一个最大的问题是，根据上级的命令，准备出发而不知道去哪儿，战士们有疑虑，连队情绪也不稳定。"

艾指导员插话："正常情况下，执行任务不知道去哪儿原本不是问题，但传达上级的命令，战士们立刻感到了与以前的不同。"

方参谋长问："有什么不同？"

"上级通知，准备行装，有作战任务。如果要打仗却没有进行战前动员，如果是换防，似乎气氛不对。"

方参谋长问："气氛有什么不对？"

艾指导员不自然地笑笑:"参谋长,这个我也说不好,团里对准备情况要求很细,这是从来没有过的,事情似乎很紧急,但又不像普通的换防,更不像打仗……"

齐旅长注视着艾指导员,暗自思忖,这个小艾,有进步。其实,在我军作战史上这种情况是有过的。红军从瑞金出发,目标是有的,就是北上抗日,但究竟去哪儿,整个红军队伍都不清楚。齐旅长说:"我们共产党人不是算命先生,不会未卜先知,很多事情是走一步看一步。抗战胜利了,但天下并不太平。"

于连长和艾指导员对视了一下。

齐旅长抽着烟,挥挥手驱赶着烟雾,说:"军队是干什么的?军队的使命就是打仗。独立旅大多数是本地人,当初动员参军时我们说过这个话,不离开家乡,誓死守土保家。但抗战胜利了,客观情况和形势发生了重大变化。对于我们部队来说,作战对象发生了变化,作战任务也随之发生了变化。这就要求我们的干部战士要尽快适应这个变化,如果一成不变,思想还停留在抗战时期,那就会出问题。这实际上也是战争本身的特性对我们部队的要求,有的同志说,当初说不离家不离土,如果要离开就是说话不算数,就是食言了,这实际上是思想上还没有转过弯来。我们是共产党领导下的八路军,我们是在完成党中央、毛主席交给的作战任务。在这样一个重大转折时刻,这个思想弯必须要转,非转不可!"齐旅长的手在空中有力地划了一下。

在座的同志都感受到了齐旅长话语的分量。

"离开家乡在感情上舍不得,"齐旅长单刀直入地说,"是啊,沂蒙山人民养育了我们,他们为八路军付出了他们能付出的一切,我一个江西老表,来沂蒙山整整五年了,离开沂蒙老区我都不情愿啊!"齐旅长动了真感情。

"你们知道去哪儿了吗?"齐旅长突然问。

于连长和艾指导员相互看看,同声说:"不知道。"

齐旅长笑了:"独立旅离军区机关几十里路,你们啊,个个都是情报处处长!"

于连长、艾指导员笑了,方参谋长和两个参谋也笑了。

齐旅长道:"该让同志们知道时,上级一定会传达,不让同志们知道就有不让知道的理由。好了,更多的大道理我也不说了,我这样说,不是不讲革命道理,我是说,大道理要讲,小道理也要讲,要讲管用的道理。比如,有许多战士，特别是新战士，你讲要树立共产主义远大理想，解放全人类，他们未必听得懂，听不懂就不买你的账。战士们大多来自农家，要讲离开了家乡，人民政府不仅分田分地，而且作为军属，他们的家庭还可以受到格外的照顾和优待。还可以请一些地方的同志讲一讲具体的政策，这样做更有利于进一步做好部队的思想工作。"说到这儿，齐旅长加重语气说："有一点你们必须记住，也必须做到，就是要一切行动听指挥！"

于连长、艾指导员齐齐地站起来："是，坚决听从上级指挥！"

二

一天一夜，来回近二百里山路。掌灯时分，田宏喜迈着沉重的步子走进连部，连部没人。他委实累坏了，一屁股坐在板凳上。一走进连部，田宏喜仿佛一下子卸下了千斤重担，在家时那种如芒刺背的感觉消失了，他感到全身无比轻松和惬意。他自己也纳闷，参军三年多了，他从来没有现在这样的感觉，部队是那样温馨，战友们是那样亲切。

他仿佛又回到了三年前的一个深夜⋯⋯

李清老师拿出一面他珍藏的红旗，将黄纸剪的镰刀斧头贴在红旗左上角。李清老师站在红旗下正色说："同志们，从今天起，你们就不再是一个普通的学生了，你们已成为一个个投身革命、将自己的全身心都交予劳苦大众解放事业的共产党员了！"李清老师停了一下，望着大家，仿佛在掂量每一句话的分量，接着又说："从现在起至永远，我们都是最亲密的同志了。现在，请大家站起来，跟我一起宣誓⋯⋯"

房间里安静极了，蜡烛的火苗在欢快地跳动，田宏喜仿佛听见自己的心与火苗一起跳动的声音。

李清老师也许就在什么地方看着他，田宏喜懊恼地恨不能扇自己几个嘴巴子。娘那自豪的神态，爹疑惑的眼神，凡慧对他的失望，更让他无地自容。凡慧那句话深深地刺痛了他："这大山生你养你，你这样回来，大山还能容你吗？"

通信员六子走进来向他打招呼，说什么他没听见，他看着六子，就像看他多年未见的弟弟一样，那样亲，那样近，他傻傻地朝六子笑。六子感到莫名其妙，也傻傻地朝他笑。

"好兄弟，有什么吃的吗？"田宏喜有气无力地说。

"田排长，有，有地瓜。"六子跑出去拿来几个地瓜。田宏喜狼吞虎咽地吃起来。

于连长、艾指导员一前一后走进来。

"报告连长、指导员……"田宏喜想站起来敬礼，然而刚起身两腿一软，一个趔趄又跌坐在板凳上。

于连长、艾指导员几乎认不出田宏喜了。他又黑又瘦，军装被撕成一条一条的，已完全看不出颜色和样式，用衣衫褴褛、蓬头垢面形容一点儿也不为过。在沂蒙山区，山上、坡地及山路两边长满了带刺的山枣棵，秋天山枣棵上结满酸酸甜甜的山枣。这是沂蒙山区孩子们最喜欢的水果。一天一夜，田宏喜仅靠山枣维持。味道不错，就是小了点儿，再大点儿就好了。一路上他一边走一边吃一边想。

"报告连长、指导员……"

"一天一夜去哪儿了？"于连长死死地盯着田宏喜。

"连长，我违犯了纪律，"田宏喜低着头说，"请求处分！"

"告诉我，去哪儿了？"于连长那沉沉的声音仿佛是从地底下迸出来的，十分吓人。

"我回家了，我错了，请求处分！"

"回家了？说得轻巧，你以为这是什么地方？大车店？说来就来，说走就走？大车店还要登个记吧？你狗日的登记了吗？"于连长是真生气了，"田宏喜，你一个党员，还是刚刚破格提拔的排长，部队有行动，在这样的一个时刻，有多少工作要干部去做，要共产党员去带头，你狗日的却撒丫子了，连个招呼都不打！"

艾指导员见状，忙拉了于连长一下，口气和悦地说："宏喜，家里有事吗？"

田宏喜低头不语。

艾指导员思索了一下，说："我问你，从连里到你家有多远？"

"差不多二百里。"

"从你前天晚上走到现在，算算时间，有二十多个小时，你在家待了多长时间呢？"

"报告指导员，待了……待了……一个小时。"

看着疲惫不堪、衣衫褴褛的田宏喜，艾指导员好奇地问："跑了一天一夜就只待了一个小时？告诉我，为什么？"

"我错了，我不该私自回家。"田宏喜抬起头，悔恨、自责、羞愧，没有理由可以掩盖错误，他也说不出口。田宏喜很快平静下来："连长、指导员，我明白了，我这样回家就不配做人！我错了，请求处分！"

于连长、艾指导员对视了一下。田宏喜毫不掩饰直接说出"回家了，请求处分"的话，尽管于连长和艾指导员十分了解田宏喜，但仍然感到意外，同时也感到很欣慰。

"你想要个什么处分呢？"于连长问。

"连里决定，我坚决服从！"

从田宏喜一入伍，于连长对他就有些偏爱。他有着山里人的朴实，又有着城里人的机智。当时提他当排长连里有不同意见，甚至反映到团里。在他的坚持下，田宏喜才破格提升为排长。当兵一年多就提排长，这在八路军中是很少见的。于连长板着脸，说："让指导员告诉你犯了什么错误！"

艾指导员知道于连长是什么意思，他是恨铁不成钢。"二排排长，你听好了，你犯了五个错误：一是私自回家，目无纪律。'三大纪律八项注意'第一条是一切行动听指挥。听指挥是八路军铁的纪律，也是八路军克敌制胜的法宝，你公然违犯，实属大错。二是私自回家，目无领导。一个家有家长，一个连有连长，你脱离部队二十几个小时，领导竟然不知道，这样的部队还有战斗力吗？你无视领导，实属大错。三是私自回家，目无同志。八路军是从五湖四海走到一起来的大家庭，互相帮助、团结友爱是八路军的光荣传统，你回家连招呼都不打，你无视同志，实属大错。四是私自回家，无视安全。日本鬼子投降了，但还有散兵游勇，国民党的部队离我们也不远，山区的土匪也不时侵扰。你私自离开部队，是对自己的生命安全不负责任。如果暴露了部队行踪，是对部队的安全不负责任。如果让敌对分子知晓你家庭的情况，是对你父母安全的不负责任。你无视安全，实属大错。五是私自回家，目无职责。这一条最重要。你是共产党员，是排长，目前部队正处在一个重大时刻，你放任部队指挥二十几个小时，这是一个什么性质的问题？犯了以上五个错误，二排排长，告诉我，你想要一个什么处分呢？"

田宏喜笔直地站着，可双腿却在微微颤抖。听了指导员一席话，他被惊呆了，指导员的话句句戳在他的痛处。他知道错了，却没想到会这么严重。错了就是错了，无论怎样的处罚都是应该承担的。小时候他上山放羊，一只羊掉进山涧摔死了。羊是家里最大的财产啊。父亲罚他一天不准吃饭，他感到很委屈。父亲说："放羊就应该把羊赶回来，你却把羊摔死了，罚你一天不吃饭还不应该吗？"父亲是在告诉他，错了就要承担错了的后果。

"我坚决服从处罚！"话语仿佛是从他牙缝里迸出来的。他军装的衣袖和裤腿被山枣刺刮成一条一条的，鲜血从衣缝中渗出来。两颊的汗裹着泥土流下来，脸上留下一道道痕迹。

于连长和艾指导员再次对视。他们懂这个年轻人的心，责任感和好强的个性使他知道了错，并很快进行了自我纠正，正因为如此，错误也给他带来深深的愧疚。

懂得羞耻的人，才更懂得珍视。

艾指导员非常纳闷，一向表现很好的二排排长怎么突然私自跑回家了呢？他究竟在想什么？艾指导员沉思着，这算不算个苗头呢？他想问个究竟，但看着田宏喜疲惫不堪的神态，他赶紧与于连长商量道："先让二排排长休息吧。"

三

旅长齐恩也经历着他终生难忘的一天。天很晚了，王天宇政委闯进了他的宿舍，兴奋地手舞足蹈。早在延安时，齐恩便与王政委相识，他们前后脚来到山东，又在独立旅做搭档。齐旅长还从来没见过王政委像今天这样忘形。一进门他便大声说："老齐，日本鬼子投降了！"

齐旅长问："是古河炮楼的鬼子吗？"

"不，日本天皇发出投降诏书，宣布无条件投降了！老齐，我们胜利了！"王政委高兴得像个孩子。

清晨，整个八路军驻地都沸腾起来。在八路军总部机关，司令员兼政委罗荣桓、副政委黎玉和政治部主任肖华正与大家握手道贺，山东分局、山东省行政委员会、山东军区其他领导也纷纷走出家门，大家拱手互相祝贺，喜悦之情溢于言表。

接下来的日子，齐旅长经历了从来没有过的高兴和从来没有过的紧张工作。根据军区命令，独立旅开始部署受降、夺取敌占区，以及消灭负隅顽抗的伪军等工作，随即又开始整编，为部队进军东北进行准备。

王政委进来时，齐旅长正在全神贯注地看地图。王政委带来大叶子茶，喊警卫员泡上，一人一碗。茶叶是去年王政委的战友托人从安徽捎来的。王政委很中意这茶，平日里舍不得喝，重要时候或到齐旅长这儿来才拿些出来。

两人相向而坐。

王政委喝了一口茶，道："老齐，在地图上看出点儿名堂来吗？"

"我还真的看出点儿名堂来。"齐旅长端起茶碗倒了一点儿茶水在桌子上，一边用手画一边说："这是中国的版图，像一只大公鸡，这是鸡头，就是东北三省。日本投降后，据说关东军所有的武器装备都在这里，各种枪械多过几十万支，大炮上千门，弹药、布匹、粮食堆积如山，许多都无人看管。"齐旅长抬起头，望着王政委："如果我们拿下了东北，就和华北根据连成了一片，东北的北面是苏联，南边是朝鲜，西边是蒙古，南边是华北根据地，拿下了东北，我们共产党八路军就有了成片的稳固的根据地，这是我们党几十年来从未有过的！"齐旅长十分激动。

王政委神色凝重，说："我想国民党也不会看不到这些。如果我们大规模地进入东北，会不会更进一步刺激国民政府，促使他们做出过激的举动来呢？"王天宇，山东青岛人，跟随其叔父到北平上学，后考入北平燕京大学历史系。九一八事变后他投笔从戎，开始在延安抗大当文化教员，后调入晋察冀军区政治部，是八路军中的高级知识分子。三年前他来到山东。

齐旅长说："我们的行动肯定会引起国民党的激烈反应。中央早已看到了这一点。中央的电报说，去东北部队的规模很大，容易暴露企图，不仅刺激国民党，而且对美英国家也有影响，所以要求各部队不要声张，少说多做，注意隐蔽。"齐旅长略微沉吟片刻，又说："但我想，无论我们怎样隐蔽，这样大规模的行动，国民党怎么会毫不知情呢？"

"问题就在这里。毛主席正在重庆谈判，但愿能有个好结果。"王政委期待地说，"抗战胜利了，人民希望和平，饱受战乱的中华民族需要休养生息……"

"老王，我们和国民党打了十几年的交道，你信吗？反正我不信，在瑞金时，我们是'寇'，到了延安，我们是'匪'，抗战时期的国共合作是张学良、杨虎城逼出来的，也是国民党不得已而为之的权宜之计，而如今国民党的势力正如日中天，会和共产党和平共处？"

王政委说："也许此一时彼一时吧，延安传来的消息说，重庆谈判国民党似乎还有诚意，比如，国共成立联合政府，华北五省的主席由我党担任，可以保留二十个师的军队……"

"我认为这都是假象，据我这么多年的经验，那位集二十年反共经验的蒋委员长绝容不下共产党，一个最简单的事实，我们要求在解放区实行人民民主自治，中央政府不委派官吏，行吗？再比如，解放区及附近的日伪军、伪政府由八路军接受投降，行吗？抗战时期，国共之间有分歧，有争论，有摩擦，但国难当头之时双方可以以大局为重，可以不计前嫌，如今，天下是中国人的天下了，国共之间的兄弟情分也许就到此为止了，只剩下前嫌了！"

王政委望着窗外，缓缓地说："战事一开，殃及百姓不说，那可是内战啊！"

齐旅长说："中国历史上的内战还少吗？国共再战也不是第一次内战，五次反'围剿'、四一二大屠杀，我们都是经历过啊！"他停了一下，又说："国共东北之争，貌似地盘之争，实则是利益之争，实质又是文化和价值观之争啊！"

王政委说："文化观念和价值观的不同，经过磨合是可以趋于一致的，不是吗？所以避免内战的可能不是没有，如果没有，毛主席怎么会去重庆谈判呢？"

齐旅长背着手，在房间里来回踱着步，他显得有些激动："同志哥啊，打不打从来不是我们共产党人说了算，过去说了不算，现在说了也不算。"说着，他来到地图前，用手指着云、贵、川西南地区，说："抗战时期，国民党的主力部队都撤到了这一地区，目前这一地区国民党的精锐多达上百万之众。据悉，国军正从海、陆、空三路日夜兼程向东北进发。从西南到东北有几千公里的路，部队到达需要时间。我以为，国共谈判是在争取时间，国民党在争取时间，共产党也要争取时间，不是吗？"

王政委望着齐旅长，良久，说："但愿吧！"但愿什么？其实，王政委心里很明白，齐旅长的话是对的，但他从心里留有一丝对未来和平的希冀与向往。战端一开，饱受苦难的中国人民又要生灵涂炭啊！

作为知识分子，王天宇曾对中国历史颇有研究，这也是他的专业。他认为，什么地盘之争、利益之争，还有文化和价值观之争，最终是双方在军事上的较量。在美国的支持下，如今国共军事力量不在一个等量级上。这才是王天宇所担心的。

齐旅长很尊重王政委的意见，他也知道这并非王政委一个人的看法。忍让、积蓄力量，等待国内、国际时机成熟后再进行反攻，代表了很多人的看法，甚至是党内高层领导的看法。

重庆在谈判，东北的烽火硝烟却在急速聚集！

四

送走田宏喜，孟凡慧返回县城。她为宏喜高兴，在他身上，她看到了军人的气质，看到了男人的果断和勇敢。孟氏一族是亚圣孟子的后人，"凡"是辈分。孟子说过，知耻而后勇。但愿宏喜的行为能印证孟子的话。孟凡慧又有些心疼，从部队到田家庄，来回少说也有二百多里路，没吃没喝，他顶得住吗？还有躺在床上的田大婶，她只看了儿子一眼。凡慧隐隐感觉，大娘也许时日不多了。我是不是太过分了？太不近人情了？她深深地自责起来。

孟凡慧刚走进县委，迎面碰上县委办秘书。一见孟凡慧，他忙说："小孟，你父亲找你。"

孟凡慧的父亲叫孟庆立，本地人，现任河西县委书记。孟庆立早年参加革命，一九三七年受党委派从鄂豫皖根据地回到山东，是著名的徂徕山起义的组织者之一。孟凡慧走进父亲的办公室，见县委副书记李清及县委其他几个领导也在。李清，三十岁出头，是党派到河西县以中学国文老师为掩护身份的地下党员，一直与孟庆立一起工作。

孟书记以一种复杂的表情看着走进来的孟凡慧，他招招手，示意凡慧坐下。在县委领导同志中，除个别同志外，几乎是清一色的沂蒙山本地人。会议一开始,人们便点燃自制的旱烟吱吱地抽起来,狭小的房间里充满着辛辣的烟味。孟书记首先传达了山东分局的通知,近日分局和军区召开会议,各县将参加会议。县委副书记李清参加,县妇救会派一名同志参加。孟书记并没有说军区会议的内容是什么,但大家都心照不宣。接下来孟书记询问了各部门、各地的情况。

"部队战士的情绪有些波动,特别是新战士。"李清说,"抗战胜利了,战士们思乡情绪越来越浓,私自离队的现象时有发生。前些日子,二师三团的一个战士私自离队,在部队影响很大,可几天后这个战士又回来了,说,家里分了地,分了房子,爹娘托人给他说了个媳妇,回家看了看,这让部队领导有些哭笑不得。"

县委宣传部苏部长说:"叫我说,这个战士还是不错的,回了家还返回了部队。有些干脆就不回去了,成了逃兵。在这个问题上,我们地方政府思想教育工作有一定的责任。前些天我到柴家甸村,一个老汉问我,胜利了,俺家在队伍上的孩子是不是可以回来了?有的干脆说,让领导给准个假,孩子二十大几了,娶房媳妇再回队伍上行不行?还有,有的老人身体不好,分了地,总得要有人种啊,要求孩子回来种地,照顾老人……"

苏部长话音一落,众人立刻议论起来。有人说:"胜利了,至少应该让孩子们回来看看了。当初我们配合队伍上征兵也是这样说的嘛,不离乡不离土,有事可以回家看看。"但这话立刻遭到了反对,说:"当初是当初,现在是现在,离家近的回来,离家远的回不回?回来了不回去怎么办?独立旅齐旅长是南方人,人家是不是也该回去看看啊?都回家看看那还叫什么共产党八路军?又怎么打鬼子?"有人反驳:"鬼子都投降了,还打什么鬼子?"又有人反驳说:"日本鬼子投降了不假,还有反动派、土匪,要不要打啊?"他举例,前些日子土匪在刘家村抢粮,烧了房子打了人,据说是大土匪刘黑七的余孽。有人则比较激烈,义正词严:"私自回家就是逃兵,这种行为是可耻的,共产党八路军有铁的纪律,是不允许出现这种行为的,我们地方政府对这种行为也决不姑息……"

孟书记听着,时而点头,时而摇头。凡慧被烟呛得睁不开眼睛,直流眼泪。她悄悄站起来打开了房间里那扇小窗,房间里立刻清凉了许多。刚进门时,她看到参会的都是县里领导,可为什么让她参会呢?当孟书记说妇救会派人时,她才明白是让她参加军区的会。妇救会还有很多事,再说她也不太关心领导们的事，可当听到"逃兵"这个字眼时，她竖起耳朵认真听起来。听着听着，宏喜和她分别的一幕又浮现在她的脑海里，悔恨、内疚、惭愧一起堆集在宏喜那张疲惫不堪的脸上，但他义无反顾地返回了部队，那一声"等着我"的喊声似乎还在她耳边萦绕。

她猛地站起身来，脸涨得通红，说："他们都还年轻，想家有错吗？他们家里有爷爷、奶奶、父亲、母亲，老人身体不好，需要有人照顾，还有，分了田分了地，要有人种，不能撂荒吧？打走了鬼子，他们想回家，这错了吗？我以为这没错！我要说的是，错不在他们而在我们。我们应该告诉他们，什么是大家，什么是小家，大家小家孰重孰轻的道理。他们都是好兵，只要我们做好思想工作说服他们，他们都是一等一的好兵……"

所有人都怔住了，一起向她看去。

只有李清明白，他忙站起来说："孟凡慧同志说得对，咱沂蒙山的后生都是好后生，在部队都是好样的。妥善安排战士的家庭，分担他们的困难，配合部队上做好思想工作，不正是我们地方党委和政府的职责吗？"

孟书记刚参加了北方局的会议，领导的意图他十分清楚。他摆摆手说："大家说得都很好，目前配合部队做好思想工作应是我们的主要工作。"最后他谈了几点意见：一是各部门要立刻行动起来，分工到人，凡有孩子在部队的，思想动员工作要做到入户。二是分田时军属要优先照顾，没有劳动力要派人帮助耕种。三是发现有战士私自回家要报告县里，县里干部要和家属一起做好劝其归队工作……总之一句话，绝不能拖部队的后腿！

凡慧偷偷地向李清望去，感谢他给自己解围。她为自己的唐突感到后悔，但不后悔自己说出了想说的话。

孟书记最后说："中国革命正处在一个伟大的转折时期，我们山东也正处在一个从未有过的转折时期。我们今天努力做的，为中国革命所付出的，后人是不会忘记的，是会给我们记录在案的。"

孟书记的话使在座的人精神为之大振。

五

　　村头那间大屋里，三连正在召开会议。连主要干部、排长及班长悉数到位。这里原本是本村地主废弃的马厩，房子里仍然弥漫着浓重的马粪味。用一排排长姚贵的话说，再在这里开会，三连的肉都被腌成马粪味了，连沂蒙山上的狼都不吃。

　　姚贵拿着一束野花走进来，东看看西瞧瞧，一副煞有介事的样子。排长、班长们就知道，一排排长又要说笑了，一个班长忍不住哧哧地开始笑。姚贵郑重地把花插在那破桌子的裂缝中。

　　"一排排长，你干什么呢？"一个班长问。

　　一排排长答："插花。"

　　"什么是插花啊？"班长问。

　　"年轻人，不懂，这叫一朵鲜花插在牛粪上！"一排排长一本正经地说。

　　"这里哪有牛粪啊？"

　　"可这里有马粪啊！"

　　大家一齐哈哈笑了。一排排长自己却不笑，他环顾四周，满意地看着他说话产生的效果。其实，艾指导员挺欣赏一排排长的，他喜欢搞笑，却贫而不俗，在部队处在极度困难时期，他的笑话总能让大家短暂地放松一下天天紧绷着的神经。

　　于连长站了起来，他布置了近期连里的主要工作和任务，主要有以下几个方面：一是装备，被子、干粮袋、水壶、喝水缸子、绑腿、两双鞋及裹脚布等，排长要一一检查，一件不能少。二是每人多发一条裤子，对于太旧太破的军装，上报连里调换。三是每个班准备一盏马灯。四是近几天的训练科目以行军为主，所有装备、枪械都携带并背挂停当，行军时不能晃动，不能发出任何声响。

　　"野兽"胡科长再次来到三连。艾指导员与他一起来到二排。二排除了几个班长外，剩下的是清一色的新兵。望着一张张还带着稚气的脸，胡科长轻轻地叹了一口气。

　　"胡科长，你……"胡科长这一不经意的举动却被细心的艾指导员察觉到了。

胡科长感叹道："将是什么样的情况在等待着这些年轻的后生啊？"保定军校毕业后，胡秋生在国军任上尉连长，他对军纪败坏、士气低落的国军极度失望。在一次执行任务中，他伺机脱离国军，几经辗转参加了八路军。

胡科长清楚，现在的国军与当年已大相径庭了，武器装备远比日本鬼子先进得多，而八路军的武器装备比日本鬼子还差着一大截。

胡科长的目光最后落在了正在检查装备的田宏喜身上。

田宏喜参军不久就引起了胡科长的注意。胡科长发现，这个兵军事素质非常好，刺杀、投掷、攀爬、越野等科目在部队中十分突出，特别是他射击相当准，好像自带天赋一样。一天晚上，胡科长发现操场边有一丝亮光，走近一看是一盏油灯。他奇怪地走过去，原来是田宏喜正在对着油灯练习射击。

他好奇地问："你能看到准星吗？"

田宏喜腼腆地笑笑说："我是凭感觉。"

胡科长感叹，哪里有天赋呵，勤奋出天才啊！

第二天，田宏喜突然出现在胡科长房间，他腼腆地说："你那本《战术学教程》我能看看吗？"胡科长惊讶地看着这个年轻人，看得出来，他是经过反复思考并鼓足勇气才来的。这本书是保定陆军军官学校步兵科的主要教材。从那天后，胡科长每次到三连来，都带一些书，有时甚至找点儿事专程到三连来给他带书。胡科长发现，这个年轻人对军事有着极大的兴趣，兴趣产生爱好，而爱好促使他如饥似渴地看着这些在许多人看来是枯燥的兵书。

在不到一年时间里，胡科长珍藏的《战术学》《交通学》《地形学》《军制学》《筑城学》等，他几乎通读了一遍，在如何制定战略战术、作战计划、动员计划等方面的内容，他似乎更有兴趣。胡科长在一次作训会议上对人说，田宏喜是他见过悟性最高的年轻人。

那年秋天，师举办军事干部培训班，胡科长为田宏喜争取了一个学习名额。在来自全师一百多人的军事干部培训班中，只有田宏喜是一个来自基层的排长。这件事曾在三连甚至在独立旅都引起了不小的震动，一个年轻的排长怎么会参加全师这样的高级军事培训班呢？

培训班的战术课教员正是胡科长。培训期间，胡科长不停地给田宏喜开"小灶"，从地形运用、时机把握，到兵力部署、火力分配一起灌向这个年轻人。胡科长知道，与军校不同，田宏喜没有时间也没有机会进行正规和系统的学习，只能通过这种灌输的办法以启发这个有灵感有天赋的年轻人。田宏喜没让胡科长失望，他夜以继日地研读，似乎把一切都抛在了脑后，在理论以及理论与实践的结合上都取得了长足的进步。

步枪、子弹、被服、水壶、军鞋等，田宏喜在一一过目。田宏喜看到胡科长和艾指导员，立刻迎了过来，敬礼并报告："胡科长、指导员，二排正在检查装备，请指示。"

胡科长、艾指导员还了礼，摆摆手示意他继续检查。一会儿，胡科长对着队伍发出指令："第一排第二名、第五名，出列。"

"是！"两名战士走出队列。

胡科长发出指示："听我的命令，向右转，围绕操场三圈，跑步走！"

两名战士围绕操场开始跑步，一圈，两圈，三圈，枪械、装备仿佛黏在身上一样，未发出任何响声。

胡科长满意地点点头。战士行军，身上背负的步枪、子弹以及其他全部行装，只要有一件装备位置不当，或捆绑不紧，不仅会影响行军的速度，使行军狼狈不堪，还会发出响声暴露目标，给行军带来危险。北上的第一步是行军，为此，胡科长把近期部队训练的重点放在了单兵武器装备和行军上。

他转过头对艾指导员说："应该说，二排做得很好！"显然，田宏喜把术科方面的有关内容，特别是单兵战斗教练为主的思想落实到了二排。胡科长还发现，二排的精神面貌也发生了很大的变化。一次，胡科长听见一阵阵震耳欲聋的刺杀声，使他为之一震。无论在训练场上，还是在战场上，军人喊声是神圣的、果敢的，是一颗穿透一切的钉子，是一颗永远向前的子弹，仿佛是野兽的嘶吼，要让敌人感到震撼，而决不能歪歪扭扭、软不拉叽的。离开军校，他已很久没有听到这样发自肺腑的嘶吼了。

"二排排长，你来一下。"胡科长对田宏喜招招手。他从上衣口袋里拿出一张地图，这是一张被红蓝铅笔标注的密密麻麻的作战想定，说："给你十分钟，给我谈谈红蓝双方作战意图。"

胡科长以这种方法了解田宏喜的理解程度，并通过这种方式促使田宏喜进一步加深理解，这种方式在两人之间已持续很久了。这种交流是在没有第三者在场的情况下进行的，然而今天，胡科长却当着艾指导员的面给田宏喜出题。

田宏喜略带惊讶地看着胡科长。胡科长沉吟不语。

艾指导员却怔住了,他完全不懂胡科长是什么意思。在给齐旅长当秘书时,他经常随旅长一起参加作战会议,对作战想定并不陌生。但他不明白,胡科长这样一个在全军区都颇有名气的战术专家,为什么让一个年轻排长谈作战想定。

田宏喜来到胡科长面前,不多不少,正好十分钟。他犹豫地看了胡科长和艾指导员一眼。胡科长示意:"说吧。"

"是,老师!"从师培训班结束后,田宏喜一直沿用了在培训班时对胡科长的称呼。他从红蓝双方所处地形优劣,到双方兵力部署、火力分配以及布阵谋局谈起,最后指出双方的最佳时机的把握、机动展开、地形运用等。此时,田宏喜显得有些亢奋,也颇为自信,他像一个统率千军万马的大将军,站在作战室内给军官们部署作战任务。田宏喜喜欢这种感觉,那是从什么时候开始的,他不太清楚。他从小就爱动脑子,凡事都爱琢磨出个子丑寅卯来。遇到胡科长后,他所有的聪明才智似乎都被调动起来了,作战地图上的那些山川河流、道路桥梁、田园集镇似乎都不再是地图上的,而是动态的、活生生的、触手可及的。

胡科长问:"你认为,按现在之态势,红蓝双方各有多少胜算?"

田宏喜思忖了一下,说:"按现在态势,红方胜算多一些。"他略为思考,说:"如果红方一个连率先向A区发起佯攻,促使蓝方误判红方的主攻方向,并以一翼进行穿插,并形成合围之势,如此,红方则会形成更大的优势。"

胡科长道:"如果蓝方早有预料,以虚对虚,并阻隔红方的穿插,如此,红方岂不会功亏一篑?"

田宏喜一怔,想了一下,道:"我以为,根据地形,红方的战术思路是没有错的,战场上情况瞬息万变,预则立,不预则废,如果出现这种情况,红方向A区的佯攻改为实攻,以半小时为限,配合红方再派出一支穿插部队,对蓝方实施坚决的围歼……"

两人在作战想定前埋头研讨着,胡科长不时指点着地图,田宏喜则一五一十地回答,并在地图上画着。事后,胡科长则感慨地说:"不得不说,田宏喜有军事方面的天分!"随即他又遗憾地摇了摇头,可惜田宏喜没有机会接受正规的军事教育。

艾指导员木怔怔地看着胡科长和田宏喜。

六

孟凡慧一阵风似的跑回家，一进门，一边大口喘着气一边对母亲说："娘，我明天出发！"

母亲疑惑地问："出发？上哪儿？"

"去军区参加会议，队伍上可能有行动。"凡慧喝着水，脸上泛着红晕。

母亲被女儿的情绪感染了，布满皱纹的脸上露出笑容，嗔责道："都是大姑娘了，还是这么风风火火的。"她停了一下，又问："队伍上有行动，县里的人去干什么呢？"

"可能是让地方上配合队伍吧。"

"开几天会？"

"领导没说，也许就一天吧。"

"哦。"

"任务光荣呢，好多人想去还去不了呢！"

凡慧在炕上找着什么，对着外屋嚷："娘，我绣的鞋垫怎么不见了？"

那双鞋垫是女儿费了很多心血才做起来的，直到现在也没完全做好。起初她做得很急，几乎是天天做，后来不知怎么就放下了，好长时间没再做，今天怎么又想起来了。母亲说："在炕上那个小笸箩里，看到了吗？"

"找到了！"凡慧欢快地叫，说完一阵风似的跑进她自己的房间。

看着女儿高兴的样子，母亲的心不觉震动了一下，她量过鞋垫的尺寸，是一双男人的鞋垫，但不是做给凡慧她爹的。莫非女儿心里有人了？女儿已不再是那个扎着羊角辫、见人总是怯生生的小丫头了，已在不知不觉中出落成大姑娘了。

"慧儿，"母亲走进女儿的房间，疼爱地说，"给娘说说，明天到底去哪儿啊？"

"去军区啊。"

"那个人在军区？"

"哪个人？"凡慧突然反应过来，嗔怪道，"娘，你说什么呢，是县委派我去军区开会，是去工作，不信你问问李清老师，他也去呢。"

"哦，跟娘说说，鞋垫是给谁做的？"

凡慧两颊绯红，推搡着娘道："没给谁，没给谁……"

娘迟疑了一下，说："这孩子，男大当婚，女大当嫁，自古都是这样，跟娘有什么不好说的？告诉娘，是哪家的后生？"

"娘，娘，哪有什么后生啊！"凡慧笑着跑出房间。

七

回到连部，于连长问艾指导员："你说，二排排长的事情怎么处理？"

艾指导员说："二排排长虽然认识到了错误，也自我进行了纠正，时间不长，但影响较大，我看，给个严重警告处分怎样？"

于连长说："不是影响较大，而是影响极坏。一个排长，共产党员，在这样一个时候不辞而别，性质非常恶劣。光警告恐怕太轻了，我看还是撤职吧。"

艾指导员笑了，说："刚提就撤，朝令夕改，这让上级领导怎么看？总不能说我们当初看错了人，我们真的看错人了吗？"

"当初是我力争，出了问题我当然应该负责，说我看错了人，我也没什么说的，我认。"

艾指导员说："连长，先别急，我认为，我们没看错人。任命他为排长，至少有三个硬邦邦的理由：一是他是连里最年轻的党员；二是他是全连唯一的中学生；三是他有较高的军事素养。"

"当初就是看好他这一点儿，才坚持提他嘛！"于连长顿了一下又说，话语里充满疑惑，"你说他有较高的军事素养？"

艾指导员并没有直接回答于连长，说："你知道胡科长是他的老师吗？"

"老师？什么老师？"

艾指导员把那天在操场上的一幕向于连长细细地叙述了一遍。于连长半信半疑，停了一下，又说："这小子，怎么保密工作做得这样好？可是，处理太轻，有人会不会说我们在包庇，当初提他当排长有的同志就不同意。"

艾指导员说："当时连里有的同志不同意，主要原因是说他太年轻，入伍时间短，这个理由本身就站不住脚嘛。"

第 二 章

于连长说:"是嘛,当时我就这样说,这叫什么理由嘛,这种理由是摆不上桌面的!"

艾指导员说:"部队现在正是用人之际,再说,撤了好办,撤了谁来顶他的位呢?你知道那个'野兽'胡科长,让他说好都不容易,可是胡科长亲口对我说,田宏喜是个人才呢!"他停了一下说:"我的意见,就给个口头警告吧。"

于连长沉思一会儿才说:"好,那就这样吧。但要严肃一些,让他明白错误的严重性,我的意见,连党支部集体跟他谈话,告诉他,排长职务暂且保留,以观后效。"

艾指导员说:"我同意。另外,鉴于部队有重大任务,不要让上级领导分心,我的意见,先不要向上级汇报了。还有,集体谈话也仅限于支部成员,不要再扩散了,以免影响下一步的任务。"

于连长点着头:"好,好,还是指导员全面,有水平!"

艾指导员笑着说:"你呀,少给我来这个,这不是你的意思吗?"

于连长也笑了。

第三章

一

抗战胜利了，饱受苦难的人们终于松了一口气，可以在自己的土地上劳作了。山区的秋天明媚清爽，山岗上、坡地里开遍了五颜六色的野山花，大地一派生机。

于连长到营里开会，会议一结束他便匆匆返回连队。他走得很快，齐恩旅长的讲话始终萦绕在他的脑海里。齐旅长特别强调，一切行动听指挥是对革命军人的基本要求，各部队要加强政治思想工作，确保部队的稳定，对于战士脱离部队的现象要坚决制止，要拿出具体措施和办法。

于连长回忆着齐旅长的讲话，觉得这次讲话似乎与平常不太一样，哪儿不一样却说不清楚。还没进连部，通信员六子迎面跑来报告："连长，二排一个战士不见了。"

又是不见了，又是不见了，这个六子，就会说不见了！于连长一听头都大了一圈，吼道："让二排排长过来！"

在处理二排排长私自回家的事时，艾指导员曾若有所思地说："这是不是一个苗头呢？如果说二排排长这样一个党员、干部都动了这样的念头，那么其他战士呢？新战士呢？"此时，于连长有点儿理解艾指导员的话了。他等不及六子回来，便匆匆向二排奔去。老远看见二排排长正在给战士们上文化课，看他气定神闲的样子，于连长气就不打一处来，心想这个二排排长，人都跑了，你还在这儿没事人似的，看我怎么收拾你！

当排长，对田宏喜来说，在他二十四年的人生经历中是最具挑战的一件事了。刚到部队时，他只需要早起晚睡，不怕苦不怕累，军事技术优异就得到了表扬，而现在要带领全排战士一同去取得优异成绩，他深感力不从心。二排在全连中又是一个实力较弱的排，多为补充来的新兵不说，排里大多数战士还是文盲。文化基础差，军事素质和整体水平便难以提高。从当排长那天起，田宏喜就制定了一个学习计划，无论战斗、训练多忙，每天全排战士必须坚持上文化课，他自己充当教员。

见了于连长，田宏喜连忙跑过来举手敬礼："报告连长，二排正在上文化课。"

"二排排长，你过来一下。"于连长不想在战士们面前批评排长。

见连长一脸怒气，田宏喜已明白了八九分，抢先说："连长，你是不是问李拴住的事？"

"知道还问！"于连长没好气地说。

"报告连长，一班战士李拴住已经归队了。"

"归队了？"于连长疑惑地说。

昨天晚上，李拴住站岗刚回来又要上厕所，去了很久没回来。王班长去找，直到天亮才发现他，他一个人正坐在村头的路边掉眼泪呢。王班长把他拉了回来，恰恰这时通信员六子来二排。

"俺想家，俺想娘，俺要回家……"李拴住一见田宏喜便哭，一肚子委屈。其他战士见状都不吭声，有几个新兵也跟着一起掉泪。按部队通常做法，逃兵要关三天禁闭，然后班里开个"斗争会"，会上大家批评帮助教育一下，逃跑的人自己检讨反省一番，反省内容多为觉悟不高、革命意志不坚定云云，最后表个态，今后要如何如何，后面班里再开个欢迎会，事情就结束了。

田宏喜说："李拴住没走成，不是逃兵，排里的意见是不要关禁闭了，也不开会了，我和王班长单独做他的思想工作。连长，我保证做好他的思想工作。"

送走于连长，田宏喜心事重重地回到排里，给连长做了保证，可自己心里却没底，做一个人的工作好办，可一个排三十多个人呢。近些日子战士们思想不稳定，有点儿风吹草动他就紧张，生怕节外生枝出点事。于是，他找来各班长商量下一步的工作。

在田宏喜和班长们商量的同时，李拴住和班里几个战士也在"商量"。

"拴住，你走到哪儿了？"一个战士问。

"就走到村头。"李拴住含糊地说。其实，他是走出二三十里又返了回来。

"怎么不走了？"那个战士的语气里充满了遗憾。

"唉！"李拴住叹了一口气，说，"俺觉得这样走对不起排长，想回来给他打个招呼再走，却被班长拉回来了。"

"拴住，"另一个战士问，"你回去了还回来不？"

李拴住沉默了，好久才说："不知道。"随后他又说："独立旅方参谋长到俺村动员时说过，谁想回家看看随时都可以，俺就是想回家看看。听说，家里分了地，三家合分了一头牛，可是家里的地没人种啊！"

"你家里的其他人呢？"

李拴住低着头不吭声。

几个人长吁短叹，各想各的心事。

在连部，于连长和艾指导员正在聊天。于连长说："指导员，你有文化，水平高……"

艾指导员马上打断他的话："连长，你是让我说话还是不让我说话？"

于连长说："好，好，你说，你说，你跟齐旅长熟悉，你分析分析这是啥意思？齐旅长说，近期部队的行动要少说多做，不要大张旗鼓，宣传部门也不要对外宣传……"

艾指导员思索了好一会儿，说："这是事关全局的大事情，我以为这不是齐旅长个人的意见，而是军区的指示，或许是中央的指示。至于为什么，我也说不好，至少与抗战胜利后的全国形势有关系。"

"对，这就对了，我觉得齐旅长讲话和平常不太一样。"于连长如梦初醒似的，"还是你有文化，有水平！"

艾指导员笑着说："去你的！"

田宏喜一步跨进连部，说："连长、指导员，听说了吗？南边的新四军近日要到山东来？"

于连长说："听说有这回事。"

田宏喜问："可新四军为什么来山东？"

"什么为什么？没什么为什么！"于连长有点儿不耐烦。

田宏喜全然不顾连长的态度，仍然不依不饶地问："新四军去东北吗？"

于连长压根没想过这事，瞪着眼睛看着田宏喜，却不知该说什么。

田宏喜说："指导员，你说，为什么是山东的部队去东北呢？"

艾指导员想了想，说："我也想过这件事，说得不一定对。可以概括为两个字：一是近，山东离东北近；二是熟，在东北，山东老乡多，都是闯关东过去的。"

"可是，河北、内蒙古离东北不是更近吗？"

艾指导员真有几分喜欢田宏喜了，不愧是中学生，在八路军中，认字的已经很少了，能够了解中国地理的更是寥寥无几。他思索良久，道："据我看，党中央毛主席正在下一盘大棋，这盘大棋之重要，关系到共产党八路军的生存和发展。这盘大棋的关键可能就是东北。"艾指导员不愧是师范毕业的高才生，他一语中的："山东八路军是一一五师的老班底，经过多年抗战，现在是八路军中势力最强的部队。把这样的任务交给山东，正说明任务重要啊！"

田宏喜思量着。来到三连，艾指导员是他第一个崇拜的对象。

于连长越来越欣赏他的这个搭档了。两年前，一个年轻人走进连部，中等个头，皮肤白皙，带着一身书卷气。他自我介绍说："我叫艾家驹，是新派来的指导员。"于连长一看就知道是个知识分子，听这名，叫什么不好，家驹？家里养的小马，听听！于连长一向不待见知识分子，小白脸可以在军区机关，可以在师部旅部机关，到连队来干什么？能打仗吗？搞宣传、讲理论、练嘴皮子都不要紧，就怕练着练着上了瘾，干扰了作战。这样的政工干部他见多了。一年多过去了，于连长发现，自己与这个书生很是对撇子，书读得多就看得远，鬼点子就多，他喜欢这个书生的鬼点子。

二

平心而论，一班班长王长锁起初并没把田排长放在眼里。在他眼里，田排长是一个乳臭未干的新兵伢子。不过，自己没有资格看不起别人。

王长锁是四川人，是三连为数不多的外省人。他随川军出川，转战于中原地区，后到上海参加了淞沪战役。川人从未负国。他永远忘不了那一天清晨，日军炮火准备后步兵便发起了冲锋。在坦克、大炮的掩护下，日军怪叫着排山倒海般的冲过来。弟兄们手中的川式土枪只能打十几米，班里唯一的步枪汉阳造，平时拿它当宝贝，可在关键时刻竟然也打不响。敌人越来越近，只见连长狰狞的脸涨得黑紫，他大吼："弟兄们，杀龟儿子！"他拔出大砍刀一个箭步跃出战壕，战士们号叫着紧随其后。王长锁紧握着鬼头刀冲了出去，他完全不记得仗打了多久，也不记得是怎样打的，只记得弟兄们撕心裂肺野兽般的叫喊声。他举着鬼头刀向前猛跑，身边的弟兄们像割稻草一般一排一排倒下。醒来时他成了日军的俘虏，像牲口一样被日本鬼子驱赶着，先是在上海郊区修工事，又被押送到苏北挖煤。煤矿劳工是清一色的国军俘虏，由于难以忍受非人待遇，俘虏们在毫无希望的情况下举行了起义。他们手无寸铁，体质虚弱到了极致，面对全副武装的日军，那是怎样的一场惨不忍睹的反抗啊！然而他再度奇迹般地从死人堆里爬出来，几经周折来到山东参加了八路军。

在淞沪战役中，面对着强大的日本军队的进攻，装备落后、衣衫褴褛的川军没有得到中央的任何补贴，中央军也没有给川军一枪一弹。每每想起，王长锁悲愤的心情久久难以平静，在家种地时让人看不起，出川抗日还让人看不起，抗日队伍难道也分三六九等？参加八路军后，他绝口不提俘虏的事，甚至对川军出川的话题也讳莫如深。

在王长锁眼里，田宏喜只是一个初出茅庐的伢子。随着时间的推移，王长锁对他刮目相看了，特别在处理李拴住的事上，田宏喜的做法出乎他的意料。在连长到来之前，田宏喜早已想好处理的办法。田宏喜曾让他拿个意见，他不客气地说："八路军讲思想教育，但思想教育不能包治百病。在川军，临战逃跑动摇军心，是要砍脑壳的。"

田宏喜不以为然，说："一个人的认识需要有一个过程，得慢慢来。况且，现在不是临战！"

王长锁说："我的意思不是马上枪毙，而是要重罚，杀一儆百。"

"他还年轻啊！"

王长锁说："问题是时间，如果部队有行动，人都不见了，问题就严重了。慈不掌兵，这样的苗头一定要摁住。"

田宏喜不得不承认，王班长讲得有道理。宋太祖赵匡胤领兵打仗时，用

第 三 章

宝剑在不肯出力的军士帽子上做下记号，一仗下来查记号，将不出力的军士全都拉出去杀头，自此军威大振，军士无不勇猛向前。但这种办法他却不能接受。在八路军中，有"四个枪毙"：打黑枪枪毙，强奸妇女枪毙，投敌枪毙，带枪开小差枪毙（带枪开小差被认为是投敌）。显然，李拴住不属于上述情况。

田宏喜以商量却是不容置疑的语气说："没错，慈不掌兵，但对战士仁慈一些也没有错。李拴住幸亏被你拉了回来，他不是逃兵，不能处分，也不开会（指批斗会），更不要说其他的了。老班长，工作我来做，你是李拴住的班长，工作你也要做！"

王长锁看着这个小排长，并从心里默默地接受了他。

三

一个意外的事件让田宏喜的军事技术崭露头角。

子时，山里的夜晚漆黑一片。一排二班班长张福和战士顺子在崎岖的山道上急行。山道右边是山丘，左边是一片农田，道两旁不时出现几株高大的柿子树，树上挂着黄黄的果子。柿子寓意着事事如意，也由于柿子树在山区很容易成活，故老百姓家家户户在房前屋后种上几棵。

柿树并没有给张福、顺子带来如意。

张福考虑好几天，终于下了决心，回家！入夜，他观察着出村的路线，意外碰上班里的战士顺子。他东张西望的，好像在找什么，看见张福显得十分慌张，结结巴巴地说："班，班长……"张福一看就明白了，压低声音说："喊什么喊，要想走，明天早晨跟着我。"

张福当兵三年多了，是老兵，作战非常勇敢。在一次战斗中，他和一个日本兵一对一拼刺刀，硬是将日本兵的肠子挑了出来，立了大功。起初，他也想过当排长，后来没能如愿，因为他不识字，其实在八路军中不识字的多了，有的连长、排长也不识字。他没什么牢骚，在那个年月里，排长有什么呢？即使官再大些，甚至营长、团长，不也是一样把脑袋别在裤腰带上打仗吗？这个道理，他懂，也想得明白。但要离开故土，他就是想不明白。当初说好的，不离土不离家，守土保家，要不人家能叫咱子弟兵吗？现在抗战胜利了，好歹人还活着，世世代代的庄稼人该过安稳日子了，怎么反倒又要离开家了呢？都走了，谁来看家，谁来守业？他越想越觉得哪哪都不对了。说是要去东北？村里年年都有人闯关东，祖祖辈辈如此。可那是在一个什么情况下才去闯关东哟？但凡有点儿活路，谁闯关东呢？闯关东就是跳火坑啊！昨天，一个货郎担着担子售卖，正是他一个村的老乡。老乡告诉他，他母亲上山砍柴被毒蛇咬了，病得很厉害，他一听脑袋都大了一圈。

东方泛起鱼肚白。

"班长，我怎么觉得路不对呀。"顺子说。

张福一边走一边想心事。天黑得像锅底，他完全没有注意方向，顺子一喊他好像刚刚一觉醒来。无边无际的山区像迷宫，他们迷路了。

"站住！"几个大汉从草丛中猛地跃出，对着两人喝道。

张福心想，坏了，遇上土匪了！在沂蒙山区，大股土匪早已被剿灭了，只有小股土匪还盘踞在山里。小股土匪有时一人，有时三五人，时聚时散，往往趁月黑风高时劫道，打劫对象多是单身行人和小户人家。

一个土匪上来搜身，张福和顺子身上除了几张解放区的毛票什么也没有。在八路军队伍中，就是军区领导也不过如此，高官也不会有厚禄。

"妈的，等了一晚上，等了两个穷鬼。"一个土匪不满意地嘟哝。

"我们是八路军，我们没有钱。"张福说道。

"八路军？"土匪一脸怀疑，佞笑着说，"就你们两个？还八路军？骗鬼呢！这么早你们干什么去？"

张福语塞了。

山区小股土匪平时在家种地，隔三岔五地出来劫一回道，捞着了就赚了，捞不着也不赔，接着回家种地。小股土匪深知兔子不吃窝边草的道理，一般不在自己村子附近劫道，也从不与官军作对。

"听你口音，家离这儿不远？"土匪问。

顺子用手指着远处的村说："大哥，俺家就是那个村。"张福一听就急了，刚才不是迷路了吗？怎么这会儿又清醒了？他想制止顺子，谁知顺子却不懂他的意思，继续说："都是乡里乡亲的，让我们走吧。"

土匪嘿嘿冷笑一声，道："好啊，咱们一块走，去你家！"

在山坡的转弯处，张福给顺子递了个眼色，突然两人一东一西撒腿就

第 三 章

跑。几个土匪一时愣住了，其中一个对着张福开了一枪。山区大股土匪是武装土匪，有的武器还非常好，但小股土匪多以木棒和铁器为武器。这股土匪有枪！

一排排长姚贵火急火燎地蹿出房间，往日的沉着、幽默全然不见了。昨天夜里，二班班长张福、战士顺子竟然当了逃兵。他抄起驳壳枪就向外跑，正与迎面走来的于连长撞了个满怀。

于连长问："去哪儿？"

"去，去……"姚贵没想到连长这么快就知道了。

"我是问你朝哪个方向追？张福的家在东边，顺子的家在西边，你朝哪儿追？"

姚贵回头看了看身后的战士，一下子蒙住了。

于连长看了姚贵一眼，说："一排排长，你带人去西边。"他回头对身后的田宏喜说："二排排长，你带人往东。你们两个记住，人必须给我安全带回来。"他看了一眼姚排长手里的驳壳枪，说："把枪放好，不到万不得已不准开枪！"

天亮了，天边泛起红色的霞光。

田宏喜出村向东，刚走出十几里，一声枪响从远处传来。他立刻紧张起来，不一会儿，远远看见一个人向这边跑来。

"顺子，是顺子！"田宏喜身后的战士大喊。

"田排长，有土匪，有土匪……我往西跑，张班长往东跑……土匪开枪了。"顺子大口大口地喘着粗气。

"打着张班长了吗？"田宏喜问。

"不知道。"

"有几个土匪？"

"好像有三四个。"

田宏喜和两个战士快速向东疾行，约跑出二里多地，看见三个土匪押着张福正向村里走。张福被反绑着，鲜血从脖子上流下来。看来这几个土匪真不是善茬。小股土匪多为本地人，怕得罪更多的乡亲，抢劫时常常用黑布把脸包起来，只求财不害命。这股土匪竟然对张福开了枪。

张福磨磨蹭蹭地走着，他在有意拖延时间。一个土匪在前，两个在后，其中一个对着张福的屁股就是一脚，喝道："你他娘的磨叽什么，找死啊！"

张福不卑不亢地说:"老大,俺受伤了,走不快……"

土匪骂:"你他娘的!"抬脚又要踢。

另一个土匪说:"行了,行了,快走吧。"

田宏喜悄悄地尾随着,注视着土匪的一举一动。三个土匪紧紧围着张福,相距不足两米,打掉一个容易,但另两个会不会孤注一掷伤害张福呢?土匪是不讲规矩的,况且这几个土匪还是硬茬。田宏喜神经绷得紧紧的,一时有些不知所措。离村子越来越近了,一进入村子情况就会更复杂,必须马上做出决断!

田宏喜心里骂:"我就不信这几个土匪就这么硬,刀架在脖子上连日本鬼子都哆嗦,这几个土匪就不怕?"田宏喜终于下了决心,他悄声对顺子说:"你过去,离土匪二三十米远时,你就喊班长,让土匪放人。如果土匪叫你过去,你佯装害怕,磨蹭一下,然后找个低洼处趴下,后面的事由我来做。"

"二排排长,行吗?"顺子胆怯地说。

田宏喜不容置疑地说:"行,你放心大胆地去,我们就在你身后,保你没事!记住了,趴下后千万别抬头!"随后他对两个战士耳语了一番。

两个战士狐疑地看着田宏喜:"排长,你要开枪吗?张班长怎么办?"

田宏喜示意两人说话小点儿声,悄声说:"按我说的只管拉枪栓就行,千万别开枪!"

田宏喜拍了顺子一下,说:"顺子,去吧,没事!"

三个土匪押着张福正走着,一见顺子,一个土匪扯着嗓子骂:"小王八蛋,怎么又回来了?"

"俺来找班长,各位老大,行行好,放了他吧。"由于紧张,顺子说完便一头扎进一个土坑里。

土匪见状一下子愣住了,不知所措地朝坑洼处张望。

田宏喜隐蔽在土坡后,不慌不忙地把枪架在小树杈上,采用有依托跪姿,定好标尺。此时,田宏喜的心境一下子平静下来,仿佛像小时放羊时静坐在山坡上看着远山近岭一样。他面无表情,声音却十分严厉:"你们听好了,我们是八路军独立旅,你们被包围了!"

山里有回音,土匪一时分不清喊话来自何方,懵懵懂懂地四下张望。

离土匪不远处有几棵大柿子树,树尖上几只鸟在叽叽喳喳地叫。田宏喜喊道:"看见树上的那只鸟了吗?"土匪茫然地抬起头,不知何意。田宏喜厉声说:"右手边,柿子树,树尖上!"土匪们看清了,离他们几十米远的柿子树上,几只鸟落在树尖上。

田宏喜屏住呼吸,轻轻地扣动扳机。说时迟,那时快,叭的一声枪响,一只鸟一头栽下树来。枪响的同时,两个战士拉动枪栓发出哗哗的声音。

土匪们大惊,愕然而又恐惧地朝开枪的方向看。

"喂,你的脑袋比鸟大多了,想试试吗?"停了片刻,田宏喜大声呵斥道,"要想活命,赶紧滚蛋!"

土匪撒腿就跑,一溜烟地跑没了影。

用这样方法对付一般小股土匪不会有错,但这股土匪是硬茬,有枪,还打伤了张福。田宏喜心里没了底,思来想去,他赌了一把,土匪就是土匪,硬茬土匪也是土匪,也怕死。他选择了兵不血刃把土匪吓跑的办法。

田宏喜赢了。他的枪法在连里名声大震。

第四章

一

中央致电山东分局,立即抽调大批干部到东北去,筹备建立党的地方政权、发动与组织群众、出版报刊等工作。

在军区会议室,山东分局、山东军区会议在这里召开。根据会议部署,地方干部分为两部分,一部分组成若干个干部队,着手筹备,随时北上;另一部分返回各县,按分局要求做好北上部队的后勤及家属工作。领导宣读了赴东北干部名单。李清为干部队第十队书记兼队长。

走出会议室,孟凡慧的脸涨得通红,委屈的泪水沿着她秀丽的脸庞流下来:"李老师,李书记,你们看不起人,你们欺负人,为什么北上干部队里没有我?"

"凡慧,不能这样说,没有谁看不起你,也没有人欺负你,也许领导有更多的考虑。另外,去东北路途遥远,女同志去会很不方便,困难也会更多。"

孟凡慧一听更急了,嚷嚷着:"还说没看不起人,路途远女同志不方便,男同志就方便?女同志困难多,男同志困难就不多?这不是看不起人是什么?"

李清实话实说,没想到让孟凡慧抓住了"短",他笑着说:"好,好,我说得不对,我认错。凡慧,做好部队后勤及亲属工作,解除北上部队同志的后顾之忧也是非常重要的工作啊。"李清比孟凡慧大不了几岁，他不仅是老师、书记，更像是兄长。

孟凡慧真正认识李清是从和田宏喜交往开始的。起初，她只知道李清是父亲的同事，经常来家里。在她眼里，他很年轻，但永远是那样呆板，一副书生气，待人做事总是一本正经的，给人一种拒人千里和说不出的冷漠的感觉，这与他的年龄极不相符。当知道宏喜的书大多来自李清时，她有点儿不相信，后来接触久了，她才发现，李清是一个外冷内热的人。

孟凡慧拉着李清的胳膊，娇嗔道："李老师，李书记，你要管，你一定要管，你不管不行！"

看着这个比自己小不了几岁的学生，李清被逼无奈，说："我管，我管，但首先声明，行不行不一定，如果不行，你不能闹情绪，也要好好工作。"

"真的？"孟凡慧兴奋地说，随即又疑惑地问，"你怎么办呢？"

"既然答应了你，我就会想办法，但你必须告诉我，去东北你想好了吗？你觉得你能经得起困难吗？困难程度可能难以想象，甚至是……"李清思索了一下，声音有些沉重，"甚至是付出自己的生命，你想好了吗？"

"李老师，我……"

李清用手势止住了她，轻声道："先不要急于回答，你要认真考虑回答自己，是回答自己，而不是给我回答，明白吗？"

孟凡慧那清澈的眸子注视着李清，良久，坚定地说："李老师，我想好了！"

孟凡慧做出这样的决定，李清并不感到意外，他太了解这个学生了。从她的神态和话语中，李清也得到了极大的鼓舞。他突然想起来，问："你征求孟书记的意见了吗？"

"我会说服他们的，可现在时间也来不及呀！"孟凡慧有些着急，生怕李老师节外生枝再征求父母的意见而耽误了时间。

李清想了想，说："好吧，凡慧，但这件事得你自己去做。"

"我？"孟凡慧睁大眼睛望着李清。

"你记得齐旅长吗？就是那年来县里工作组的组长。"

"记得，记得，独立旅的齐旅长，是个老红军，人可好了！"

"他也来军区开会了，你去找找他，我笃定他会帮你。"

"行吗？"凡慧惊讶地问。

"应该行，试试吧。"李清还是那样沉稳，话语里透着自信。

"好老师，好书记，好大哥！"凡慧顽皮地鞠了个躬，转身风也似的跑了。

孟凡慧一口气跑进军区机关，这里人来人往，十分繁忙。为落实党中央毛主席进军东北的命令，整个军区机关都忙碌起来。一些人夹着文件走进走出，有穿军装的，也有穿便衣的，还不时有骑着马的首长。

孟凡慧逢人便问："你看见独立旅齐旅长了吗？"

一个年轻军人说："你说的是齐恩旅长吗？"

"是，就是他！"孟凡慧高兴地说。

年轻军人说："他刚走一会儿，估计现在已经出村了。"

孟凡慧撒腿就跑。军区机关驻扎在一个村子里，村子很大，从机关到村口少说也有四里路。

"姑娘，"年轻军人在她身后大声喊，"齐旅长是骑马走的，你这样是追不上的！"

孟凡慧又返了回来。

"你有急事？"年轻军人问。

孟凡慧掠着额上沾满汗水的刘海，带着哭腔说："有急事，有急事，你能帮帮我吗？"如果在军区机关找不到齐旅长，她去东北的事就泡汤了，这是她唯一的希望。

年轻军人笑了，眨眨眼睛说："姑娘，你算碰对人了。"说完，他招招手说："跟我来。"一边走一边问："会骑马吗？"

孟凡慧骑马足足跑了二十多里路才追上齐旅长。听完孟凡慧的诉求，齐恩欣慰地笑了。当前部队面临的最大问题是坚定革命意志，杜绝逃兵，而这位姑娘却做好了一切准备，主动要求北上。一个地方干部，一个年轻姑娘，在路途遥远、前景不甚明朗的前提下，这需要多么大的勇气啊！姑娘的举动给了齐恩莫大的鼓舞和激励。

齐旅长慈祥地看着孟凡慧，微笑着问："小孟同志，为什么找我？"

孟凡慧犹豫了一下，说："是李清老师的主意。"她停了一下，又急忙说："我可不是告密啊！"

齐旅长笑道："当然不是告密，是县委李清副书记吗？"

"是他，他就是让我找你帮帮忙，没有别的。"孟凡慧解释。贸然找齐旅长，会不会给李老师带来麻烦？她突然想到了父亲，于是撒谎说："是我父亲支持我，他鼓励我说，年轻人就是要到大风大浪中去锻炼……"她的话突然打住了。她看到齐旅长身后几个骑马的军人，他们正着急地望着齐旅长。

"你父亲是……"

"我父亲你认识，他叫孟庆立。"

"河西县委孟庆立孟书记？"齐旅长问。

孟凡慧企图以父亲的名义来减少李清老师的责任，却给齐恩带来了深深的遐思……齐旅长仔细端详着眼前这个姑娘。在河西县工作时，自己经常与孟书记一起研究工作，有时还去他的家里。记得孟书记有个闺女，那时她还是个孩子，现在已长成大姑娘了。不知怎么，她的眼神，她的神态，甚至她的一颦一笑，一举手一投足，让齐恩的思绪一下子又回到了二十多年前的那个漆黑的夜晚……

一九三三年秋，国民党开始对苏区进行第五次"围剿"，白军数量之多之疯狂都是前所未有的。由于临时中央的错误决定，导致红军损失惨重，不得不放弃阵地，形势越来越严峻，红军最终被迫离开苏区。出发的前一天，一个风雨交加的夜晚，他敲开了家门。在门口，在雪亮的闪电下，他看到妻子那忧郁的目光，女儿阿花因恐惧而变了形的脸。他揩着脸上的雨水，大声说："带好阿花，我一定会回来，红军也一定会回来的！"然而，这一走去什么地方？什么时候回来？还能不能回来？他全然不知。

到延安后，他曾托人多方打听妻女的下落，均无结果。一九四二年，地下党组织找到了当地农委主任，农委主任说，红军走后第二年，他妻子带着孩子就走了，说是北上去找她丈夫，自此便杳无音信了。

齐旅长目不转睛地注视着孟凡慧，似乎要从孟凡慧脸上找到些什么，他一向严肃、凝重的脸上呈现出一丝忧郁的神情。

看着沉思的齐旅长，孟凡慧越发不自在起来。部队有重大行动，她却为自己的事耽误齐旅长的宝贵时间。不远处，跟随齐旅长的几个军人骑在马上在不停地来回踱步，马蹄踏在地上发出嗒嗒的声音。

孟凡慧结结巴巴地说："齐，齐旅长，我，我走了……"

齐旅长愣了一下，说："小孟，先别着急走。"他回过头，对身后的一个军人说："李参谋，你陪小孟去一趟军区，务必找到许副部长，请他支持小孟的要求。告诉他，回头我请他喝酒。"

二

崎岖的山路上，两个人在匆匆赶路。

蓝天白云下，一座座大小不一的崮形成了沂蒙山区独特而壮观的沂蒙崮群。相传，崮原是玉皇大帝在人间插的七十二根擎天石柱，后来龙子龙孙们常顺着柱子爬到天庭去骚扰宫女，玉皇大帝一怒之下，挥剑斩断了擎天柱，留下了七十二个柱桩，并演变成现在的沂蒙七十二崮。

会议一结束，李清和孟凡慧便出发去独立旅。按会议要求，各干部队出发前要到部队去了解部队准备情况及家属安置情况，协助部队做好思想稳定工作。

"首长，我们去独立旅！"孟凡慧想都没想，便脱口而出。

负责安排的领导诧异地看着她。

李清笑着解释道："首长，独立旅新兵大多来自河西县。我们想从地方政府和老乡的角度，一来去看看老乡，二来做思想稳定工作更容易些。"

"好，好，甜不甜故乡水，亲不亲故乡人嘛！"领导高兴地同意了。

蓝天映衬山崮，阳光普照翠绿。在这样的环境里行路是快活的。孟凡慧一路走，一路看着远山近岭。她掩盖不住内心的兴奋和激动，一路小跑。受孟凡慧的影响，李清的情绪也十分高涨。

小时候，家里经常来人进进出出的，还有许多外乡人。一次，半夜里，家里来了人，与父亲小声说些什么，她蹑手蹑脚地下床从门缝里偷看，那个人举手向父亲敬礼，不经意露出了腰间的手枪，她吃惊地差点喊出声来。那时她年龄尚小，不谙世事，但在她幼小的心里却埋下了一个强烈的愿望，快快长大，去看看外边神秘和精彩的世界。随着年龄的增长，她明白了，父亲干的是大事正事，每逢这时，她的心里充满着自豪，也充满着兴奋。我们祖祖辈辈生活在这里，怎么可能让日本人来欺负我们呢！这是一个简单得不能再简单的道理了！当看着日本兵排着队从街上走过，她握紧拳头怒目看向他们。再长大一些后，她便给父亲看门，传递纸条。她一直认为，自己可不是一般二般的姑娘，她是跟着父亲干过革命工作的啊！

兴奋，还有一些局促不安。独立旅安排他们去三连，是巧合，还是有意呢？回想在学校时喜子的狼狈相，孟凡慧不由抿着嘴笑了。孟凡慧总觉得对不住喜子，让人家那样不堪。第二天傍晚，她又来到教室东面操场，喜子还在那儿看书，她走上前去。

见孟凡慧来，田宏喜忙站起来，张了张嘴，却没说出什么来。

"看书啊？"孟凡慧微笑着问。

"啊，啊，看书。"

"昨天是我不好，太没礼貌了。"孟凡慧真诚地说。

"不，不……"田宏喜又有点儿口吃了。他没想到孟凡慧会向他道歉，不由又紧张起来。

"可是，我没有恶意，真的，我只是，只是……"只是什么，孟凡慧终究也没说出来，她说不出口。

孟凡慧远远看见田宏喜在看书，看得那样认真，那样专注，是本什么书呢？见孟凡慧盯着自己手里的书，田宏喜突然把书放在了背后。

"哟，还保密。"孟凡慧越发好奇。

从那天起，孟凡慧真的对田宏喜刮目相看了。那是一本《共产党宣言》。那天，他们谈了很久。田宏喜仿佛变了一个人，他侃侃而谈，从《共产党宣言》谈到列宁的故乡——苏联，他说他喜欢诗，特别喜欢英国浪漫主义大诗人拜伦的诗。孟凡慧吃惊地看着他，他还是那个总穿着土布衣服、腼腆的田宏喜吗？那天，他们谈了人生、未来，谈怎样做一名真正的战士，打倒日本帝国主义和世界上的一切反动派，扫除人间不平……

从那之后，孟凡慧经常以各种借口找田宏喜。她喜欢听他侃侃而谈，更喜欢他那腼腆的神态。一次，在田宏喜房间一个简陋的书架上，她随手翻开一本书，那是一本很旧很旧的书，书被细心地包了一个书皮，被保护得很好。书名是《战争论》，作者是个外国人，叫卡尔·冯·克劳塞维茨。起初，她不知道这是一本什么样的书，翻开才发现这是一本关于战争的论著。她一下子蒙住了，茫然地看着田宏喜，她不明白，他为什么会看这样的书？田宏喜却笑笑，轻描淡写地说："没什么，只是感兴趣，翻翻而已。"

显然，并不像他所说的那样，只是感兴趣翻翻而已。书中字里行间许多地方用红笔画了线，段后用小楷进行批注。看得出，田宏喜非常用心。后来孟凡慧得知，田宏喜的书大多来自他们的国文老师李清。想着，孟凡慧情不自禁地看了一眼正在匆匆行走的李清。

"凡慧，想什么呢？"李清笑着问。刚出发时，孟凡慧叽叽喳喳地说个不停，这会儿却不吭声了，脸上不时泛起红晕。

"没有，什么也没有……"见李清关切地望着自己，孟凡慧不由有些慌张。

在学校，李清经常晚上在教室里举办文学讲座，孟凡慧第一次参加就被震惊了。李清缓缓地在讲台上走着，他还是像个书呆子一样，一本正经的，然而从他嘴里传出来的声音却开启了孟凡慧另外一个广阔的世界，塞万提斯、简·奥斯汀、维克多·雨果、但丁、马克·吐温、普希金、莱蒙托夫、屈原、李白、杜甫、苏轼、曹雪芹、关汉卿……世界上竟然还有那么多美好的人，那么多美好的文章和诗句。李清不仅是一个浪漫主义者，他还是一个坚定的共产主义者。他向同学们介绍欧洲的苏德战场，介绍亚洲战场各种力量的对比……他用一首大诗人雪莱的诗鼓励同学们：冬天来了，春天还会远吗？激昂的情绪使他的脸变得通红，他挥舞着手疾呼："是的，同学们，我们要坚定信心，冬天的萧瑟不会维持太久，我们期盼的姹紫嫣红的春天很快就会到来！"

"李老师好！"第二天早上，孟凡慧在学校见到李清，昨天晚上的激动情绪仍然笼罩她，她兴奋地向李清打招呼。

李清微微向她点了一下头，轻声道："你好！"昨晚的激情全然不见了，李清还是李老师，呆板，书生气，一本正经。

李清究竟是一个什么样的人呢？但有一点儿孟凡慧可以肯定，在他的启发和教导下，在那样黑云压城的恶劣环境里，同学们看到了曙光，看到了希望，更坚定了不屈不挠的抗争斗志。也是在他的教导下，田宏喜从一个山里来的农家小子，一步步走进了革命队伍，成为一名共产党员，一个八路军的排长。

"你最近见到宏喜了吗？"李清像兄长一样真挚地问。

孟凡慧心中猛地一颤，不由自主地惊问："你知道？"

孟凡慧心里时常把李清与田宏喜进行比较。宏喜，一个山区来的农家小子，中学生活几乎让他变了一个人，从腼腆、不敢说话到敢说敢做，两年多的八路军生活，让他变成了一个真正的男子汉，特别是他那瘦削略带棱角的两颊和毛茸茸的胡须，使她感到一种近乎原始的粗犷。永远不变的是他的眼神，还是那样坦然、诚实和率真。李清，她的老师，聪明睿智，他仿佛是取之不竭的知识源泉。虽然他们之间的年龄相差无几,可不知为什么,她总觉得他比自己长了一辈。和他在一起,她感到充实,感到未来充满希望。

李清认真地说:"你喜欢他吗?"

孟凡慧抬起头,默默地看着李清,时间好像终止了一样,好一会儿,她终于点点头。

李清目视前方,并未放缓行走的脚步。田宏喜和孟凡慧是他最得意的两个学生,他们有一个共同的特点,对知识如饥似渴地追求,对生活和革命事业有着火一般的热情。他猜得出孟凡慧去东北的原因,或是原因之一。纵观革命队伍,为了自己所爱的人投身革命,这也是许多革命者跻身革命队伍的重要动力,这并不影响他们在革命队伍里锻炼成长,并成为一个坚定的无产阶级革命者。望着匆匆走着的孟凡慧,他从心底喜欢这个聪明、单纯而漂亮的姑娘,他是她的老师,他有责任帮助她,引导她,也许这就是他在她面前存在的理由。

李清侧过身去,说:"宏喜是个好后生,他值得你追求。他是不是也去东北?"

"是!"孟凡慧回答。

李清沉默地思索了一会儿,道:"你想过以后的生活道路吗?"

"想过的……"孟凡慧欲言又止,想过?想过又能怎样?以后是什么样,谁又能知道呢?"但是,我不怕,再苦再难我也不怕。有你,有宏喜,有部队,我真的什么也不怕!"

李清赞许地点点头,说:"认准了,决定了,你就应该勇敢地走下去。"

三

怕鬼偏有鬼。

于连长越怕发生的事,它就越发生。如果李拴住的情况还在他可控范围内的话,那么,二班班长张福和顺子就已超出了他的可控范围。二排排长这次表现虽然很出色,但于连长却从心里感到别扭,连表扬的话都懒得说。部队刚刚宣布出发,事情就接二连三地发生,苗头正是从二排排长回家开始的啊!

于连长真信了,这种事情会传染。

李拴住是刚刚参军的新兵,可张福参军三年了,是老兵,还是班长,立过三等功,是战斗英雄,他自己出走,竟然还带着班里的战士,这才是真正让于连长揪心的。

他第一次感到部队如此难带!

张福的伤不重,是皮外伤。张福家在东,顺子家在西,可发现时两人都在西边。张福解释说,让顺子一个人走他不放心,他原想送顺子到家后再绕道回家。

于连长听后不知该夸他还是该骂他,他捡起一块石头使劲地扔到一洼水坑里,狠狠地骂了一句:"看我怎么收拾你!"

艾指导员却显得坦然,郑重地说:"连里出现了这样的问题,那就说明我们的工作不到位,首先是我这个指导员的思想工作不到位,有漏洞,就需要检讨。问题虽然发生了,但到目前并没造成严重后果。"

"指导员,没造成严重后果,是侥幸,也是你我的幸运!"于连长自我解嘲地说。

"恐怕是这样,"艾指导员苦笑了一下,说,"再往后,问题可能会更多,要防止这种事再次发生,以后要做的工作会更多。"

于连长说:"我的意见,得想些办法,制定些措施,这样下去绝对不行!"

艾指导员说:"我同意,是需要一些行之有效的防范措施,这也是上级的要求。"

"对,对,既然说到措施,你有文化,点子多,干脆就一块把点子说出来吧!"

艾指导员笑着说:"你这家伙,我哪有那么多点子,我看是不是这样,给二排排长田宏喜下个任务,让他和一班王班长拿出个办法来,别小看这个小排长和老班长,他俩办法多。"

"我看行!"于连长咧着嘴说。

于连长想着走着,心里还憋了一口气,这些土匪也真可恶,都说了是八路军,可他狗胆包天还敢开枪!于连长不知不觉来到村东头的一排,远远看见一排排长姚贵在给战士们讲话。部队要北上闯关东,就要宣传东北好,这是部队统一的口径。他悄悄地走到房子一侧。

第 四 章

姚贵是土生土长的沂蒙山人，读过几年书，性格开朗，是个话痨。他目光灼灼，一边说一边用手比画："关东那是大城市，大马路，大汽车，你们见过吗？火车，那火车，长，一眼看不到边！那楼，高，我爷爷说，有一次他进城，站在楼下往上一看，俺的个娘，这楼是要倒啊……"

连长想笑，这姚排长，赶上个说书的了！

轰的一声，战士们笑起来，场面立刻活跃起来，个个兴趣盎然。一排战士是清一色的沂蒙山后生，听说过火车但没见过，有人见过汽车但没坐过，大多数人连汽车也没见过。

一个战士问："排长，那楼，那得多高？"

姚贵抬起头看了看天，用手一指，说："怎么也和那块云彩差不多高吧。"

"哇……"战士们一片赞叹声。

姚贵说："到了大楼底下，别直眉瞪眼地仰着头看！"

"为什么呀？"

"帽子仰掉了没人给你捡啊！"

战士们又哈哈地笑起来。

"黑子。"姚贵喊。

"到！"一个战士起立，大声道。

"黑子，在家吃过大米吗？"

黑子摸摸头说："排长，俺还真吃过，那年过年，俺给东家干活一直干到了年三十，东家给了俺一碗大米饭，嘿嘿，还有一块肉哩！"黑子憨憨地笑。

"咱山东人就长着吃地瓜、煎饼的脑袋，关东那地方出大米，到了那咱天天吃大米！"

战士们一个个伸长脖子张着嘴。

黑子吧嗒着嘴道："能饱饱地吃上一顿大米这辈子也值了！"

"瞧你那没出息的样！"姚贵佯装一脸不屑，"光吃大米？还有猪肉炖粉条，你不吃啦？"

"吃，吃啊，谁说不吃啦？"黑子急了，好像猪肉炖粉条就摆在他面前排长不让他吃一样。

战士们哄堂大笑。

四

全连列队完毕。李清和孟凡慧在艾指导员的陪同下进入操场。

孟凡慧一眼就看见了队伍里的田宏喜，她掩饰不住内心的激动，几次想喊他，却被李清一把按住。田宏喜也看见了凡慧，他不明白为什么李清和孟凡慧会到连里来讲课，他们讲什么呢？田宏喜努力掩饰着自己内心的激动，大声喊着口令，装出一副浑然不知的样子。

"看，还有一个女人？"队伍中不知谁喊了一声。

孟凡慧的出现，仿佛黑漆漆的天空中闪过了一颗星，刹那间使黑暗变得明亮起来。操场上一下子静了下来，甚至连喊口令的排长也不由自主地压低了声音。众多的眼睛开始放光，唰的一下子聚焦在孟凡慧身上。

坐在操场一边的于连长也木愣愣地看着孟凡慧。

李清在战士们的掌声中开始了他的讲课。李清不愧是老师出身，很快就把战士们注意力吸引了过去。他在黑板上画了一个中国地图，他先画出了沂蒙山、山东、东北和苏联的位置。他从列宁以及世界上第一个社会主义国家——苏联开始讲起，苏德战场、德意日法西斯同盟、苏联红军出兵东北……为了备课，李清整整一夜没睡觉，他接着又讲了人民政府的土改政策、减租减息政策、拥军优属政策，以及解放区巨大的变化。

战士们认真听着，情绪十分高涨，会场上不时爆发出一阵热烈的掌声。

李清讲完后，艾指导员站起来说："大家还有什么问题，可以给李书记提问。"

一个战士站起来问："苏联给老百姓分地吗？"

"苏联实行的集体农庄制，土地是国家的，农户组织起来共同劳动，生产资料和劳动产品归集体所有，农户可以保留小型农具，可以养殖少量的家畜家禽……"见战士们的神情，显然没听懂，李清停住了嘴。

"那是不是说，苏联老百姓都可以在自己家的地里种粮食了，收的粮食是自己的？"一个战士问。

李清想了想，说："可以这样说吧。"

那个战士又问："苏联人都是蓝眼睛、黄头发，是吗？"

会场上一阵窃窃私语，然后鸦雀无声，战士们都睁大眼睛望着李清。

"是的，苏联是欧洲人，白皮肤，以蓝眼睛、黄头发的居多。"

会场上又是一阵窃窃私语。

"那还是人吗？"一个战士嘀咕，"山里的猴子就那样！"

会场上有人哧哧地笑。

"我们去东北能见到苏联人吗？"

"能，肯定能，"李清说，"苏联是由布尔什维克领导的，布尔什维克就是共产党。我们八路军也是共产党领导下的军队，因此，中国共产党和苏联的布尔什维克是一家人。苏联共产党是中国共产党的老大哥，我们去东北就可以和老大哥会师了，到时候大家肯定能见到苏联人。"

战士们兴致十分高涨。一个战士又问："东北还有日本鬼子吗？"

艾指导员站起来说："这个问题由我来回答吧。东北现在还有日本人，据说还不少呢！但都已经放下了枪，是俘虏，正准备遣返回日本，我们去东北也许能见到。"

那个战士又问："指导员，你说日本人还不少，不少是多少？"

这还真的把艾指导员问住了，他想了一想，回答道："据说还有一百多万。"

一百多万是多少，战士们并没有概念，但是，战士们知道东北还有日本人，并且挺多。那个战士猛地站起来，咬牙切齿地说："日本鬼子就不是人，是畜生，连畜生都不如，他们杀害了多少中国人。杀了人就没事了？再放他们回去，天下有这样的道理吗？"

会场出现了一阵躁动。

艾指导员站起来，挥挥手，说："同志们，安静一下，我们共产党八路军有优待战俘政策，这些政策是毛主席、朱总司令制定的，是没有错的。大家都看得到，我们八路军的优待俘虏政策，对于瓦解敌军、降低敌军的战斗力都起到很好的作用。同志们，更重要的是，优待战俘政策更彰显了我们是正义的战争，而正义的战争一定会取得最后的胜利！"艾指导员似乎又进入了职业政治思想工作者的状态。

短暂的沉默后，会场上冒出一个声音："能让那位女领导给我们讲讲吗？"声音虽然不大，却惊动了全场。会场上一下子静下来，好大一会儿，突然爆发出一阵热烈的掌声。

部队是男人的天下，清一色的和尚。在战争年代，小媳妇大姑娘都逃难去了或躲在深闺中，在部队里更难得见到女人，特别是年轻漂亮的女人。

"小兔崽子……"于连长暗暗骂，可骂完，他也不由自主地把目光转向了孟凡慧，说心里话，他希望这漂亮姑娘讲一讲。

田宏喜的心一下子提到了嗓子眼儿。"这帮家伙……"他暗暗地骂。骂谁？他不知道。他希望凡慧讲，还是不希望她讲，他也不知道。他为凡慧捏了一把汗。

来之前，孟凡慧做了许多准备，把军区、分局和县委的报告及宣传材料认真地进行了学习，也做了详细的笔记。但她想有李清在，她只是敲个边鼓帮个腔而已，没想到战士们一下子把她推上了讲台。她扫视了一下会场，所有战士的目光齐刷刷地注视着她。她侧目看向主席台，于连长、艾指导员满脸堆笑看着她。

李清微笑着向她点点头，示意她讲吧。

孟凡慧站起来走向主席台："同志们希望我讲，那我就讲一讲。如果讲不好，请同志们多原谅。"

"孟领导讲得好不好？"一个战士大声喊。

"好！孟领导讲得好！"会场响起一片掌声。

"小兔崽子，还没讲就好，平日里老子给你们讲半天，也没见你们这般起劲，看我怎么收拾你们！"于连长心里嘀咕。

艾指导员在一旁讪笑，小声对于连长说："你没听说过吗？男女搭配干活不累！"

望着战士们那一张张热情的笑脸，孟凡慧心里也升腾起同样火热的激情。她说："同志们，关东是个好地方，你们听说过关东三宝吗？关东山，三宗宝，人参貂皮乌拉草。你们能去关东长长见识，是多么好的一件事啊！"接着，她话锋一转："你们为了革命离开家乡去东北，沂蒙山根据地人民支持你们，感谢你们，永远记得你们的功劳！请你们放心，根据地的人民和人民政府会一如既往地做好拥军优属工作，正像李书记说的那样，我们会加倍做好工作，绝不会拖部队的后腿。你们相信我吗？"

"相信！"战士齐声喊，随后会场上再次爆发出一阵热烈的掌声。在沂蒙山后生的心目中，女人是水做的，凡是有女人的地方，一定是滋润的地方。

孟凡慧漂亮的脸庞被激情燃烧得红扑扑的："我再给大家透露一个消息。

咱们部队北上，山东分局也选派数千名地方政府干部随部队一起北上，在东北建立起我们自己的人民政府。我高兴地告诉大家，我的申请被批准了，换句话说，我将和你们一起去东北，你们欢迎不欢迎？"

"欢迎，欢迎……"会场上又响起了一片经久不息的掌声。

五

"凡慧，谢谢你！"田宏喜动情地说，他眼睛里闪动着灿亮的水光。

静谧的沂蒙山之夜，星斗满天，一轮明亮的弯月悬挂在天上，将若隐若现的沂蒙山群峰笼罩在月色之中。

"谢我什么？"孟凡慧故作不解，"哟，当了排长，学会客气了？"孟凡慧站立在田宏喜对面静静地注视着。

田宏喜抬起头，说："我是真心的，凡慧，你讲课时真漂亮！"

"是吗？现在呢？"她羞赧一笑说。

"现在更漂亮！"

孟凡慧甜甜地笑了，随后她郑重其事地说："喜子，你说，今天我讲得好吗？"

"好，好极了！"田宏喜兴奋地说。

"真的？战士愿意听吗？我这样讲，可以对战士们起到鼓励作用吗？"

"当然能，艾指导员说，他天天给战士们上课，还不如你今天的几句话呢！"

"你们指导员是不是在给你说好听的呢？"她停了一下又说，"连长、指导员知道我们的关系吗？"

"不知道，我没说，也没时间说。"

孟凡慧略一思索，道："那就不要说了，不过，早晚他们也会知道的。"

"凡慧，你知道你有多厉害吗？"

孟凡慧愕然地说："我？厉害？"

"你知道我是什么时候才真正理解军人这两个字的吗？"田宏喜郑重地说。

孟凡慧说："你不是已参军三年多了吗？"

"是的,可当时参军是在完全不自觉的情况下,是懵懵懂懂的。开始,我觉得当八路军光荣,村里好多后生都去了,我也应该去。后来,我认为当八路军就是打鬼子,只要勇敢,枪打得准,就配当一个八路军。但是,自从那一次后,我对八路军又有了新的认识。"

"是那次你回家吗?"孟凡慧轻轻地问。

"是,那次……"田宏喜感到浑身不自在,低着头说,"你是不是对我很失望?"

"没有,真的没有,恰恰相反,我觉得你很棒!"

"那天我回到部队后,头天我想了一夜,我真后悔,觉得自己丢人,特别丢人,让爹娘和乡亲们知道以后,我还怎么做人呢?第二夜我又想了一夜,还是后悔、丢人,但这个后悔和丢人,不是为我自己后悔丢人,而是为军人后悔,给八路军丢人。我走进了一个误区,当兵就是打鬼子、打汉奸,所以只要勇敢,只要枪打得准,就是一个合格的八路军。军人的天职是服从命令,而作为一个八路军,他不仅仅要服从命令,他还应是一个有思想有觉悟的革命者,要把自己的需要与党的要求一致起来。日本鬼子投降了,只要还有反动派在,军人的使命就在。在这样的时候,认清形势,找准前进道路,才是一个有思想有觉悟的军人。凡慧,也许我现在还讲不清更多的道理,但是,有一点我认准了,作为一名军人,我会坚定地与八路军在一起!"

孟凡慧一动不动地凝视着田宏喜,他变了,变得她都有点儿不认识了。她轻轻地说:"宏喜,你已经决定了,就别后悔了,我相信,你一定是个好军人、好排长!"

田宏喜说:"那天你说,这大山生你养你,你这样回来,大山还能容你吗?这句话深深地刺痛了我,比打我还难受,我真的知道错了!"

孟凡慧佯装生气,眼睛里却充满着幸福和满意:"就是你错了,还不让人家批评?挨了批评知道错了,那就是批评对了!"

"你批评得对!"田宏喜望着远方,此时他心情十分复杂,"回想那天去查哨,查完哨我想都没想就跑回了家,鬼使神差?一念之差?也许这一念之差正说明了我个性的另一面。连长和指导员非常生气,也许,我给全连带了一个非常不好的头!"

"好了,好了,别自责了。"孟凡慧摇着田宏喜的胳膊。

"我娘身体不好,这一年来,辛苦你了!"

第 四 章

孟凡慧捶了田宏喜一拳，抿嘴一笑说："跟我还这么客气。"

田宏喜真诚地说："不，不是客气，是真心的，从县城到我家那么远，你来回跑，难为你了。亲兄弟、亲姊妹和夫妻能做到这样也是不易的啊！"

田宏喜这样说，孟凡慧从内心里感到高兴，两年多了，能得到宏喜这样的评价，值了，然而她嘴上却说："哟，说你胖你还喘上了！"

田宏喜也笑了。"你怎么也去东北呢？"田宏喜突然想起来，顿时有些激动。

"就准你去，我就不能去？"望着黝黑壮实的宏喜，孟凡慧觉得有一种异样的东西从心里生长出来。两年前，甚至一年前见他，都会让人感到判若两人。过去的他和现在的他，她都欣赏，尽管那是不一样的。欣赏和爱情不是一回事，但没有欣赏哪里又有爱情呢？孟凡慧自己都把自己绕糊涂了。

"你希望我去，还是不希望我去？"孟凡慧故意问。

"不是我希望或不希望，问题是你怎么会去？"田宏喜想了一下，又问，"好像李老师也去。"

"是，他也去。地方政府干部组成了好多个干部队赴东北，在那里建立地方人民政府。李老师和我是第十分队的，李老师是队长。"孟凡慧心想，傻小子，还不是为了你，要不是你，我怎么会主动要求去东北？当然，也不全是为了你……

田宏喜的手悄悄伸过去，紧紧握住孟凡慧的手，他的目光却望着黑黢黢的夜空，仿佛想从那里找出点儿什么来。他想象不出到了东北会怎样，会有什么结果，但他完全不担心，和部队在一起他什么都不怕。他担心的是凡慧，一个姑娘家，那么远……透过黯淡的光线，田宏喜感受到凡慧明亮的眸子在闪烁着。他从来没有离她那么近，他又有一种感觉，似乎她随时都会离自己远去，远到他触不到的地方。他了解凡慧，想改变她的决定是不可能的，况且时间也来不及了。

田宏喜的手很结实，很有劲，孟凡慧暗暗笑了："傻小子，当排长还当出胆儿来了！"

"二排排长，胡科长来了，有急事，正找你呢。"通信员六子喊。

凡慧飞快地把手抽出来，说："宏喜，快去吧！"

六

独立旅召开北上作战会议。政委王天宇提议，扩大作战会议的规模，借作战会议之机在全旅进行一次全员动员。他说："老齐，我以为，部队的思想政治工作有些放松，特别是在这样一个重大的转折时期。"

齐旅长若有所思地看着王政委。

王政委说："近一段时间以来，部队的畏敌情绪、怕苦思想都有所抬头，特别是恋家情结，必须引起我们的高度重视。"

齐旅长沉吟片刻，说："老王，我以为规模还是不要太大，在这样一个敏感的时候，日伪顽一直有所动作，国民党不断派人刺探我军的动向，而我们内部也不是铁板一块，主官都参加会议，如果有意外会很被动。军区也是这样要求的。"

独立旅下辖三个团，一个特务营，一个警卫连，一个通信连，总兵力三千多人。作战会议如期召开，参加会议的人员限制在一个很小的范围内，机关科长、直属队及团、营主要干部参加了会议。

政委王天宇主持会议，方前进参谋长对近期的工作进行了部署，旅长齐恩做动员报告。

齐旅长操着浓重的江西口音，他说："东北从我党和中国革命发展看是非常重要的，正如毛主席所说：'如果我们把现有的一切根据地都丢了，只要我们有了东北，那末中国革命就有了巩固的基础。'同志们，同志哥，让我们仔细琢磨一下毛主席的话，认真体味其中的深刻含义，你就会知道，毛主席和党中央的这一战略布局有多么重要。赴东北是党中央毛主席交给我们的战斗任务，如果完不成任务，或者完成得不好，是我们山东八路军，也是我们在座的各位的耻辱！"

齐旅长显得很激动，他大声说："在这样的一个时刻，更能显示出我们的党员、领导干部的责任、能力和水平。沧海横流，方显英雄本色。同志们，在长征的路上，在抗战最艰苦的时候，在生死攸关的时刻，一个军人，一个共产党员，他们想到过自己吗？想到过会是什么结果吗？我想肯定想到过，但是他们动摇了吗？答案是肯定的，没有！这就是共产党员的意志、革命军人的精神，正是这种意志和精神，让我们没有患得患失，而是义无反顾地跟着党勇往直前。正是如此，我们成功地建立了革命根据地，与日寇展开了殊死的战斗，并最终打败了日本帝国主义。但是，同志们，革命并未取得最后的胜利，正像孙中山先生讲的那样，革命尚未成功，同志仍需努力。可是，在这样一个重要的转折时刻，有些同志犹豫了，退缩了，开始患得患失了。是的，我们共产党人从瑞金开始，有多少人离开了革命队伍，可是，又有多少人走进了革命队伍。实践证明，一个坚定的革命者面对艰难困苦和残酷的斗争时是无所畏惧的，更不会因为暂时的困难和问题而对革命的未来产生怀疑。同志们，我希望你们能够勇敢地接受住历史的考验。"

整个会场鸦雀无声。

齐旅长喝了一口水，继续说："我们独立旅是军区的先头部队，同志们，这是很光荣的。从现在起，我们各级干部的思想要尽快完成转移。抗战十四年以来，我们的思想一直停留在作战状态，随时准备打仗。从现在起一直到东北，我们的思想和工作重心必须转移到确保部队的战斗力，克服一切困难抵达东北这一中心工作上来！"

齐恩旅长的报告在独立旅干部中引起了极大的反响。

七

三连出发那天是个秋高气爽的日子。

湛蓝的天空上有几缕淡淡的白云，在微风吹拂中，朵朵白云相互拉扯着，难舍难分。蓝天白云下面是绵延起伏的沂蒙山群峰，一条大河沿群山之侧向远方流去，那是沂蒙山区的母亲河——沂河。

田宏喜几乎一夜没合眼。他知道，排里的战士们也没睡，他们三三两两地叽叽咕咕说了大半夜。平日这是绝对不允许的，要离开了，随他们去吧。天刚蒙蒙亮，小山村一改部队平日的寂静和训练时的热烈，整个驻地变得紧张、严肃和沸腾。按照连长下达的作战方案，战士们都行动起来，在做最后的准备。

田宏喜在自己铺位上检点行装。说起行装，其实是简单得不能再简单了：

一床薄棉被，里面夹着两件换洗的内衣，两双布鞋，穿一双，一双插在背包上，还有挎包、牙具等小物件。田宏喜的行装里还多了几本书。大部分书都还给胡科长了，只剩下几本，他悄悄地塞进了背包。他舍不得丢掉，他曾暗暗发誓，人在书在，他要和这些书一起走到革命的胜利。

不时有战士跑来问这问那，东北和山东有什么不一样？听说去东北要过海，海有多大，听说比咱沂河大得多，会吗？世界上哪有那么多的水？你坐过船吗？咱沂河上的船可大了，海上的船有多大……

田宏喜尽量回答。当排长以来，他的话变得多了，有时甚至是絮叨。环境改变人，世事改变人。其实，对于战士们想知道的问题，他也不太清楚。这些后生们大多没出过沂蒙山，甚至没出过县。对他们来说，东北是完全陌生的，是祖祖辈辈穷得活不下去了才去的地方。其实，田宏喜自己也不知道，好在李清老师来的时候，他不厌其烦地问他。现在他是现买现卖。

于连长带着几名战士到二排，见田宏喜说："二排排长，连里补充了部分新战士，这三名到二排，立刻安排下班，随部队一同出发。"说完，于连长急匆匆地走了。

"喜子！"一个新兵见了田宏喜，高兴地喊。

田宏喜一怔，是田大膀！

"你怎么在这儿？"田宏喜疑惑地问。

"喜子，哦，排长，"田大膀吞吞吐吐地说，"报告排长，我被国军抓了丁，几天前被俘虏了，就，就……来了。"

在家时，田宏喜最不想见的就是田大膀。田大膀比他大两岁，他家离自己家只有两条街。田宏喜从小身子骨弱，却很好强，就见不得田大膀欺负人，可打又打不过，只好躲着他。见他躲，田大膀越发得意，一见田宏喜就喊："小犊子，你往哪儿跑啊？哈哈哈哈……"那粗大的嗓门能传二里地。

田宏喜想了一下，说："大膀，你到一班吧。"他对不远处的一班班长王长锁喊："老班长，这个战士到你们一班。"

于连长和艾指导员按分工一个班一个班地检查，从人员到装备，逐一落实。

各排陆续出发了。于连长喊："六子，准备出发！"见没人应，他再提高声音喊："六子！"依旧没人应。于连长生气地骂："小兔崽子，跑哪儿去了？看我怎么收拾你！"

艾指导员匆匆跑来，问："怎么啦？"

第 四 章

"六子不见了？"

"可我刚才还见他在这儿，也就一会儿的工夫，会上哪儿呢？会不会上茅厕了？"艾指导员对着一个战士说，"去茅厕找找。"一会儿，战士跑来说，茅厕没有，是不是给房东还东西去了？房东说没有，战士进去找，的确没有。于是，连部几个人开始寻找，包括各排宿舍、饭堂……均无结果。

于连长和艾指导员立刻着急起来，两人对视，一脸茫然和无奈。

房东院子西侧是一个废弃的牛栏，牛栏的一角斜靠着一堆玉米秫秸。艾指导员眼睛的余光发现草堆好像动了一下，他走过去，用手一拨，立刻露出六子惊慌失措的脸，他蜷缩着身子在秫秸垛里瑟瑟发抖。

于连长走过去，一把把六子拽出来，喝道："好你个小六子，躲在这干什么呢？"说完朝着他屁股就踢了一脚。

六子哆嗦着："连，连长，我，我……"

于连长一把把抹着眼泪的六子拉了出来，大声命令道："拿上行装，跑步跟上部队！"

队伍沿沂河一侧一路向东，长长的队伍走在山道上，发出唰唰的脚步声。于连长和艾指导员大步走在队伍的最前面。六子的举动搅得两人心里七上八下的。

于连长说："指导员，这两天我心里老是咚咚跳。"

艾指导员开玩笑道："不跳不就见马克思了吗？"

于连长说："你说，咱三连新兵是多些，可咱俩没黑没白地忙活，你说，是咱不尽力，还是咱缺乏工作经验？事实证明，咱连战士思想、军事水平都提高很快，可为什么最近老出事？问题到底出在哪儿？我真想不通。"

艾指导员说："这事还不能太着急，总得有一个过程，其他部队也有这种情况，据说，有个连长也跑掉了。"

"真的？"于连长瞪大眼睛。

艾指导员沉默了许久，说："老于，我有些想法说给你听听，仅限于你我，好吗？"于连长点点头。

"我以为这种情况是正常的，你不觉得吗？他们参军前是农民，离开部队回去还是种地。他们为抗战流过汗，甚至流过血，应该是功臣。抗战胜利了，他们要回家种地，虽然不能叫衣锦还乡，但实属理由正当，也是再正常不过的事了。还是那句话，革命需要教育，也还要自愿。另外，在转折时期和困难的时候总是会有人被淘汰出局。大浪淘沙，留下的才是闪光的金子。"

"说得好，真好，肚子有墨水就是不一样。"于连长犹豫了一下，又说，"可我们总得有点儿办法才是，部队还要往下走，再跑几个你我都难以交代！"

艾指导员说："慢慢来吧！"

旅敌工干事付春亮迎面跑来，见于连长、艾指导员大声说："二位长官，这样行军可不行啊！太沉闷了，唱支歌好不好？"

三连自成立以来第一次走出驻地，也是第一次走出沂蒙山。刚离开驻地时，战士们心里惴惴不安，当队伍行进在蓝天白云下，沐浴在和煦的阳光里，好奇、新鲜和兴奋占了上风，战士们的情绪也高涨了一些。

付干事大声说："同志们，唱支歌好不好？"

"好！"战士们回答。

"唱个什么歌呢？"付干事笑着说。

付干事二十多岁，临沂人，济南师范毕业的学生，后辍学参加了革命。他性格开朗，战士们给他起了个亲切的外号叫"小喇叭"。

一个战士喊："小喇叭，唱八路军军歌吧。"另一个战士喊："小喇叭，唱《三大纪律八项注意》……"队伍中响起一片笑声。

付干事笑着大声说："唱个咱家乡的歌《打蒙城小调》，大家说好不好？"

"好！"队伍里甚至响起了一阵掌声。

付干事挥舞着双手："春天来了，万物都发青啊，预备唱。"队伍里立刻响起了浑厚的歌声：

　　春天来了，万物都发青啊，
　　咱们庄户人啊，家家忙耕种啊，
　　有主力，有民兵，保卫大春耕！
　　主力民兵，保卫大春耕啊，
　　连夜往西行啊，攻打蒙阴城啊，
　　机枪扫，大炮轰，我军齐冲锋！
　　血战两夜，收复了蒙阴城啊，

活捉唐耘山啊，消灭了鬼子兵啊，
　　俘虏了汉奸队，九百多名！

　　战士们在纵情地唱，大声地唱。沂蒙山口音是那样土，甚至咬字不准，吐音不清，然而战士们却是那样地专注，那样地认真。歌声寄托着他们对家乡的怀念，对战斗生活的崇敬，对顽强勇敢作风的赞扬，对未来生活的渴望……

　　田宏喜走着，大声唱着。热烈的气氛冲击着他，高昂的情绪笼罩着他，使他处在亢奋的状态中。从私自回家开始，到连里多个战士出走，田宏喜一直陷入一种莫名不安的情绪中。他不怕死，三连的战士们都不怕，沂蒙山的后生天生都是硬骨头，都不是孬种。然而为什么？此时唱着歌大踏步走着，他似乎找到了答案：这块生他养他的土地，尽管贫瘠落后，但它承载了祖辈的汗水，也承载着自己儿时的欢乐，那里有太多太多的回忆。赶走了日本鬼子，有了自己的土地，这是祖祖辈辈从没有过的啊！对家乡的眷恋，对亲人的思念，对幸福生活的渴望……这一切都仿佛像梦一样。

　　战士们继续大声唱着：

　　汶南、店子，据点一扫平啊，
　　常路的汉奸队啊，吓得撤了兵啊，
　　新泰县，增援兵，全都丧了命！
　　八路军打仗，为咱老百姓啊，
　　依靠八路军啊，反攻有保证啊，
　　多打仗，多生产，准备大反攻！

　　战士们唱着，唱完一遍再从头唱，歌声此起彼伏。

　　兵家说，军队的战斗力需要一种黏合剂，把多种物质的和精神的力量黏结在一起。一支军队在极其恶劣的情况下仍然可以保持正常的秩序，甚至在危险面前寸步不让，也正是来自这种物质的和精神上的黏合剂！

　　田宏喜觉得自己像火一样燃烧着，又仿佛置身于一股巨大的洪流中，大家裹挟在一起滚滚向前！

第五章

一

一个突如其来的情况中断了独立旅刚刚启动的行程。

山东八路军发出最后通牒，敦促日伪军立刻缴械投降。然而日伪无视八路军的通牒，拒绝向八路军投降，声称受降事宜由重庆国民政府全权节制。对此，山东八路军针锋相对，派出五路大军逼近日军占据的城市、据点、交通要道，并发出立即缴械投降的命令，以武力迫降。

独立旅作战室里，齐旅长站在一个硕大的沙盘前，参谋们走进走出，电话铃声不断。近一个月来，两大行动一齐压向独立旅：一是敦促日伪军投降，并组织部队受降；二是部队北上东北，第一批部队出发。

旅参谋长方前进匆匆走来："齐旅长，军区电报。"

齐旅长看后递给王政委，然后伏下身查看地图。方参谋长用手指了一下，道："在这儿。驻扎延山的日本石下兵二部及其伪军，我军多次与其接洽，该部态度十分强硬，声称，根据重庆国民政府之通知，本部将在第十一受降区向国民政府缴械，受降交接地点为济南。本部不向非指定部队缴械。与此同时，国民党骑二军———三团正火速向延山运动，意欲与延山石下兵二部会合，其意图不言自明。"

方参谋长报告，一一三团已经进入延山以南约七十公里处。昨天日军石下兵二部有向一一三团靠拢的迹象，但今天早晨又撤回延山。延山以东地势平坦，一马平川，司令部分析，日军恐中途遇伏，故撤回坐等一一三团。

"石下兵二部及伪军有多少人？"齐旅长问。

"鬼子一个小队，伪军一个未满员的团，约四百人。"方参谋长说，按正常的配置，日军一个标准步兵小队在七十人左右，辖一个机枪组，配备两挺轻机枪；一个掷弹筒组，配备两个掷弹筒；两个步兵组，配备三八式步枪。

齐旅长沉思了一下，说："上级命令，我旅代表八路军受降，主要任务不是作战，而是先于国军到延山受降。当然，还是那句话，打与不打不是我们说了算，延山日军受降我们受定了，如果要打，不管是谁我们都奉陪！"他转身对胡科长说："胡科长，你怎么看？"齐旅长十分重视胡科长的看法，他曾多次说，打仗是一门艺术，是科学，他们这些人打了多年仗，其实在很多时候还是个门外汉。

胡科长走到地图前，说："一一三团是一个整编团，满员达到两千多人，下辖三个步兵营，一个炮兵连，一个工兵连，一个辎重连，一个大车连，日本投降后，还增加了一个徒手补充连和一个骑兵排，在正常情况下，还应设一个约一百五十人的团部连。武器配备大致相当于我们的一个旅。"

"他们的实力提高得这样快？"王政委问。

"是！"胡科长十分肯定。

齐旅长颇感意外，说："从武器装备配置看，一一三团超过了独立旅？"

"恐怕是这样。据我了解，一一三团是骑二军第一个装备美械的整编团，故整体作战能力得到了快速提高。此次作战的一个关键点，是一一三团与日本石下兵二部能否会合。日本已无条件投降，没有会合，石下兵二部师出无名，绝不敢对我军付诸武力。就一一三团情况看，国共正在谈判，一一三团也没有理由对我军刀兵相见，也不敢冒天下之大不韪率先打第一枪。"

胡科长扫了一眼地图，继续说："但一一三团与石下兵二部一旦会合，其兵力不仅会得到极大的加强，更重要的是，一一三团可以以袭扰国民政府受降为由对我军动武，石下兵二也可以以受到外部不明势力阻碍缴械为由实施自卫。可以预料，石下兵二部与一一三团一旦会合，该两部对我军动手的概率将会大大增加。"

齐旅长沉思了一下问："一一三团团长蒋玉生也是保定军校毕业的？"

胡科长说："是，他和我是同班同学，此人出身军人世家，进保定陆军军官学校前曾就读定县讲武堂，在军校时是班里的尖子生，故十分骄矜自负。

据说到部队后，他仍然自恃清高，不合群，视同僚如同草木。以他的性格和实力看，他未必把我们放在眼里。"

齐旅长道："必有一战？"

"不战而屈人之兵固然好，但对一一三团未必行得通。"胡科长说。

齐旅长伏下身子再看地图，良久，他对方参谋长说："目前，我旅离延山最近的是哪个部队？"

"是一团三连，三连昨天出发，目前应该到达了上里镇，距离延山不到三十公里。"

八路军根据地绵延上百公里，正常情况下，国军一个团不敢单独冒进，也是兵家之大忌。但在一一三团周围，国民党骑二军、十二军以及吴化文的先遣部队正在集结，拟进入鲁南、鲁西、鲁中等地区，抢在我军之前受降。正是因为有依托，也由于一一三团强劲的实力及团长蒋玉生个人跋扈的性格，一一三团则敢于一军突进并进入八路军根据地腹地。

"太嚣张了！"政委王天宇愤恨地说。

"不打掉他的嚣张气焰，就对不起我们这么多年受过的窝囊气！"齐旅长习惯地把手在空中划了一下。不提国民党当年在江西对苏区红军的"围剿"，仅抗战以来，独立旅不仅与日、伪作战，也受到了来自国军的排挤，屡屡处于十分尴尬的局面，并由此造成伤亡。每想起那些牺牲的战士，没死在对日作战的战场上，却牺牲在与国民党的内耗中，齐旅长气就不打一处来。

蒋玉生自负却不莽撞。一一三团自出发一路走来，没有遇到任何阻击，甚至距延山很近了仍然没遇到任何阻碍，这让他一直心神不定。这不太符合常理。蒋玉生命令各营拉开距离交替前进，整个部队呈网状缓缓向前推进。炮兵营殿后，随时以炮火支援。八路军没有重武器，炮兵连是他的撒手锏。他的自负是有资本的。

中午时分，国军一一三团进入上里镇地区。团长蒋玉生命令部队停止前进，在距延山约二十公里处摆开战斗队形，并派出侦察兵。

就在一一三团蒋玉生团长驻足观望时，日军小队长石下兵二与伪军团长李大嘴正望眼欲穿地盼望着一一三团的到来。石下兵二着急得窜来窜去，一会儿到鹿寨的顶端，向远处遥望，一会儿又跑到大门口，嘴里不停地嘟哝着。他喘着粗气大声说："李，国军的动作大大地慢，你的明白？贵国政府与大日本协定，我的在这里待命，向指定之部队缴械，你的明白？指定之部队是

第 五 章　73

国军，你的明白？我的不能向非指定部队投降，你的明白？"

"我的知道，我的知道，一一三团已到达上里镇东二十公里处，不出意外的话，半天就可以到延山。"李大嘴原是国军的一个连长，在一次对日作战中被包围，营长竟率部投降。由于作战伤亡及士兵极度失望逃跑，投降时一个营几乎成了个空架子。

"意外？李，你不要做这种假设，没有意外，没有，你的明白？"石下兵二头摇得像货郎鼓。

延山海拔八百多米，环山坡缓而长，一直延伸至公路。日军据点位于公路一侧的山坡上。延山虽然不高，却是这一带方圆几十公里内的制高点。随着日军停止了作战行为，据点在地形上的弊端立刻显现出来。只要有一支部队占领延山，居高临下，据点就完全暴露在对方的炮火之下。但石下兵二知道，此时他没有资格，也没有能力派出兵力先行占领延山制高点。如果共军占据制高点，以军事行动强行受降，他只能缴械。石下兵二鼓着金鱼眼望着远处的延山，他把全部希望都寄托在一一三团的到来。

"李，你的知道一一三团？"石下兵二又鼓起金鱼眼。

"该团蒋玉生团长是军校毕业，军事素质十分了得，据了解，此人一向对八路军强硬……"

石下兵二到中国多年，算是半个中国通，对国共都有较深的了解。此时他脑子里不断地盘算，他预测八路军不会退让，退让的只能是国军。但蒋团长此人又十分强硬，结果如何难以预料。石下兵二可谓老谋深算，他叫来李大嘴，做出三项决定：一是立即准备，伺机出击向一一三团靠拢；二是国共不动手，蹲守据点待机。国共一旦交手，快速向一一三团靠拢；三是在国共没动手之前不参战，但要做出局部动作，以迟滞八路军的行动，动摇八路军的决心。国共一旦动手，伺机参战。

二

一听说凡慧要去东北，凡慧娘的眼泪唰地流了下来，她扭过脸去，喃喃地嗫嚅："这孩子，这孩子……"

凡慧娘四十多岁，看上去倒像是五十开外了。她背有些驼，走路时身体微微向前倾，稀疏的头发中夹杂着白发，灰蓬蓬的。像沂蒙山区所有的妇女一样，她把头发挽成一个髻垂在脑后。从她那一对大而黑的眸子里看得出，年轻时她曾是个美人，但生活的艰辛让她过早地衰老了。她用慈祥的目光端详着自己养育了二十多年从未离开过自己一步的闺女。她突然感觉，自己好像从未仔细看过孩子，孩子长大了，出落得越来越漂亮了，像谁呢？从显示出的与同龄人不相符的老练、执着的特点看，她真的很像她的父亲孟庆立。

二十年前一个漆黑的夜晚，几年没回家的丈夫一头闯进家，怀里抱着一个妮子。丈夫说，这孩子暂时放在家里，她的娘去世了，她爹是红军，说完他反身又扎进了茫茫的夜色。小妮子蜷缩成一团，像一只受惊吓的小猫，一双恐惧的眼睛紧紧地盯着她。许久，小妮子发出一声纤细的声响："花，花……"她把孩子紧紧地抱在怀里。从那时起，二十多年过去了，她没要孩子，她把她全部的爱都给了这个孩子。按孟家的排辈，给她起名凡慧。那年她不到三岁。

在凡慧的脑海里，亲生父母只有隐隐约约的记忆，时而清晰，时而模糊。长大后，她曾想问娘，但又不知如何问，问什么。她怕伤了娘的心。后来，父亲回来了。父亲很忙，白天到学校去上课，晚上回来后要与许多人谈事情，一直到深夜。难得父亲闲时，她骑在父亲的腿上，用稚嫩的小手摩挲着父亲腮上硬硬的胡茬咯咯地笑。这是他们父女最开心的时候。长大了，父亲送她去上学，一蹦一跳上路时，她总能感到父亲的目光在跟随着她，有时她回头看看，父亲就招招手，然后再摆摆手，让她快走。她感到父亲那深邃的瞳仁里好像隐藏了什么，那是什么，她不得而知。日子长了，她习惯了父亲的眼神。多年后，她才知道，父亲那是一种幸福而又略带忧伤的眼神。

"慧，能不去吗？"凡慧娘说完自己先后悔了，面带赧色，泪水在眼眶里打转。

"娘，"凡慧拉着娘的手，娇嗔道，"爹是书记，我又是干部，我不去谁去呀？"

"你一个姑娘家的，去那么远的地方，行吗？"

"那有什么不行？部队里女的多了，不都行吗？"

"你和她们不一样……"

望着娘忧郁又略带恐惧的眼神,凡慧心里突然有一种从未有过的不安。从小到大,她未离开过家一步。娘总说,她和别人不一样,有什么不一样?娘究竟想说什么?凡慧好像预感到了什么,期待娘说点什么,但她似乎又害怕娘说出来。

"东北冷啊!"凡慧娘有些不知所措,从炕上拿起一只鞋底子纳了起来,并转移了话题,"本家孟叔那年上了关东,生生把脚后跟冻掉了……"

凡慧看了娘一眼,说:"娘,过去那是穷人闯关东,和八路军去东北不一样啊!"

"你爹怎么说?"

"我爹是书记,肯定支持我!"其实,凡慧心里一直在敲着小鼓。娘不同意,她会说服娘,甚至会撒娇耍赖,但爹要是不同意,她真不知该如何说服他。在她心目中,父亲的爱就像这绵延数百里的沂蒙山一样,博大而厚重。

凡慧娘觉得事情已无可挽回了,叹了口气,道:"这妮子,就是主意大,这么大的事,也不说一声……"她与其说是责怪女儿,还不如说是责怪她爹。天天忙,女儿这么大的事,怎么能不管呢!人家把孩子交给了我们,如果有个三长两短,怎么对得起孩子,怎么对得起她的亲生父母呢?此时,她陷入了深深的自责,眼泪又流了下来。

看着娘掉泪,凡慧心里十分难过,她紧紧依偎在娘的身边,一边给娘擦着眼泪一边说:"娘,队伍上那么多人呢,你放心吧,再说,又不是马上走,还要好几天呢!"

县里召开会议,会议决定干部队近期出发。会议一结束,李清找到凡慧。几天不见,李清整个人瘦了一圈,显得十分疲惫,说话都有气无力的,但他的意思却是不容置疑,说:"以下几项支前任务近期必须完成:摊一千斤煎饼,将各地送交的五千斤马草运往军区,赶制五百双军鞋,这一切要在五天内完成!"

要完成任务,关键是要有人手。摊煎饼、纳军鞋不缺乏人手,山区的大嫂大婶、大姑娘、小媳妇都会做,需要的是把这些人组织起来的人。凡慧想到了田宏喜的妹妹小云。她是村里的支前骨干,还是民兵呢。

说曹操,曹操到。小云一步跨了进来,进门便大呼小叫地嚷:"嫂子,嫂子……"小云进城原本是给母亲抓药的,不知不觉走到了凡慧家。这偶然的举动改变了小云的一生。

"这妮子，哪来的嫂子？"凡慧笑着嗔责道。她回头看看娘，抿着嘴笑着说："别听这妮子瞎说！娘，俺和小云妹子还有事。"说完，拉着小云的手就往外走。

"晚上让小云来家吃饭啊！"凡慧娘喊。凡慧上中学时，小云常到家里来，凡慧娘对她不陌生。

入夜时分，这个沂蒙山深处的小城依旧灯火通明。凡慧、小云在大街小巷里飞快地穿梭。在县委、县政府的组织下，全城男女老少都动员起来。城区分为若干个不同的区域，城东、城南是摊煎饼区域，城北是轧马草的场地，城西的几条街是大婶大嫂们纳军鞋的地方。

凡慧、小云和县里的几个同志将摊好的煎饼码好，用包袱包起来送往指定的地方。早在春秋战国时期，沂蒙人就开始食用煎饼了。相传，孟姜女是带着煎饼把长城哭倒的。

小云背起硕大的包袱，腰弯成弓形。秋天的傍晚，凉风习习，然而，小云的脸颊却红得像三月的桃花，密密匝匝的汗珠从她那秀丽的额头上渗出来。刚刚出锅的煎饼发出一股股粮食的馨香。她紧跑几步赶上凡慧，喘着粗气说："嫂子，真香啊！"

"馋妮子。"凡慧笑着说。她知道，从早晨到现在，她和小云水米没打牙呢！但这些都是军粮，是不能动的。她安慰说："好妹子，再忍忍，回家嫂子给你做好吃的！"

"不许变卦啊！"小云甜甜地笑。

凡慧认真地说："小云，你打算怎么办？"

小云沉默了好一会儿，说："嫂子，俺哥不在家，俺娘身体不好……"

"俺知道，俺知道，你早点回去吧。"两人默默地走着。

"慧子，小云叫你嫂子，婆家在哪儿啊？"一个大婶笑着问。

"别听小云瞎说，没有的事！"凡慧抿嘴笑。

小云大叫起来："有事，就是有事！"

傍晚，小云来到凡慧家，一声不吭，以一种异样的目光看着凡慧。这个活泼率真的姑娘心事重重。

凡慧问："小云，有事啊？"

小云说："没，没事。"不一会儿，她激动地喘着粗气，郑重地说："嫂子，我决定了，我要参加队伍，和你一起去东北！"

三

作战参谋报告，一一三团进入上里镇以西三十公里处。

齐旅长双手抱胸，眉宇紧锁。他对上里镇太熟悉了，五年来，他多半时间在这一带度过。上里镇北侧为沂河，南侧为绵延的胡子岭，在沂河与胡子岭之间形成一个宽阔的狭长平地，这样的地形正适合机械化部队快速推进。

胡科长用手指指地图。

齐旅长会意地点点头，心想，知我者胡秋生也。在这样的开阔地带，正面阻击，我军将完全暴露在敌人的炮火下成为活靶子。而在上里镇以东，一侧是山，一侧是河，山与河之间形成一条长约五华里的通道，长而狭窄的地形，火炮一旦进入因地形而受到压制，步枪、手榴弹则可充分发挥威力，从而形成一夫当关万夫莫开的态势。胡科长指的正是这个地方。

一一三团蒋玉生是个颇懂战术的指挥官，显然，他清楚这样的狭长地带对于火炮的展开十分不利。如何将一一三团引入长约五华里的狭长地带就成为此次战斗胜败的关键。

敌我形成这样一个一环扣一环的博弈链条：一一三团明知这一狭长地带对火炮展开不利而又要冒险进入，这取决于延山的日伪军。如果延山日伪军受到的压力过大而投降，一一三团则失去了与日伪军会合的理由；如果受到的压力不大，日伪军则会坚守延山等待一一三团到来，甚至会以武力抗拒缴械；对日伪军造成足够大又恰如其分的压力，让其感到危急，并敦促一一三团前去救援，在这种情况下，一一三团才有可能冒险进入这一狭长地带。

问题在于，要造成对延山日伪军的足够大又恰如其分的压力，仅一个连的兵力显然不足。

看着眉头紧锁的齐旅长，胡科长说："旅长，我去一下三连吧！"

"好！"齐旅长立刻同意了，他回头看了看王政委。

"我同意！"王政委说，"这仗是一定要打，关键是在哪儿打，什么时候打，打得好了就可以以最小的代价换取最大的胜利，打得不好做了夹生饭，不仅达不到预期的设想和效果，还有可能以部队的牺牲为代价。"

"政委说得好，关键是火候，胡科长，你明白吗？火候！"

胡科长点点头："是！"

齐旅长下达了作战命令。一团加一个营，快速进入延山以东，阻击日伪军，并扎住一一三团西进的路。二团欠一个营进入上里镇北赤岭，伏击敌人。三团进入上里镇以东，策应二团，并阻击后撤之敌。

齐团长对方参谋长说："通知一团，胡科长即刻赴三连指挥行动。"

胡科长到三连时，于连长、艾指导员正在兴高采烈地与战士们一起唱歌。胡科长伸了伸弓着的腰，环顾四周。艾指导员立刻明白了："六子，去把二排排长叫来。"

胡科长展开地图，简明扼要地说明了目前的形势及三连的任务。胡科长一脸严肃："按旅作战部署，二团、三团于明天下午进入伏击阵地，引诱一一三团最迟后天上午进入上里镇狭长地带。也就是说，从现在开始，我们只有一天半的时间，对延山日伪军展开战斗攻势。"

于连长问："我们团的位置？"

"在这儿，"胡科长在地图上指了一指，说，"以最快的速度，一团也要在明天傍晚才能到达。"胡科长扫视了一眼："按目前的进展态势，不能排除团主力到达前，日伪军和国民党一一三团展开行动。"也就是说，在团主力到达前，三连可能单独面对四百多日伪军展开行动。

于连长、艾指导员立刻感到了压力。"胡科长，这儿离延山还有近三十公里的路，事不宜迟，我连应立刻向延山进发！"于连长目视胡科长，"作战方案可以边走边进行讨论。"

"同意！"胡科长和艾指导员几乎异口同声地说。

田宏喜迟疑了一下，说："全连到达还有半天时间，到时天已黑了，是否派人轻装提前去观察地形。"

于连长点点头，然后看向胡科长。

胡科长说："这也正是我要说的，连里还有马吗？我那匹太累了，不能再跑了。"

望着胡科长那疲惫的神态，艾指导员说："马累了，你呢？胡科长，你还是随三连走吧，休息谈不上，但可以稍事缓冲一下。"

胡科长委实累了，两天两夜他只睡了两三个小时，几乎水米未沾牙，虾

第 五 章

米般的身躯弓得更厉害了。

于连长以征求意见的口吻对胡科长说:"我和二排排长去,你看如何?"

"我同意,"胡科长停了一下,说,"我说两点意见,一是尽快联系当地党组织,了解日伪军近来的动向;二是勘察延山以及丁家庄的地形。"他目光转向田宏喜:"尽快拿出作战方案,方案搞详细一点,方案越详细打起仗来就越简单。好比演戏,演员多不要紧,做好方案按顺序登台就不会乱。"

下午时分,于连长、田宏喜一行四人到达丁家庄。两人分头行动,于连长与当地党组织联系,田宏喜对延山、延山以西地形及丁家庄情况进行勘察。

晚八时,两组在丁家庄会合。延山县委孙书记也随于连长到达。三人刚碰头,胡科长、艾指导员带领三连也到了,随即召开了一个小型作战会议。各排长参加了作战会议,特邀孙书记参加。

会议一开始,艾指导员说:"胡科长,我先传达一下旅部的通知。"他神态凝重:"因与国民党一支部队不期而遇,一团行动受阻,预计两天后才能到达延山。"

"两天后?那不晚了三秋了?"一排排长姚贵着急地说。

会议在一棵大核桃树下召开。天色已晚,斑驳的树影下,与会者相互之间只能看到一个模糊的轮廓。会议弥漫着紧张的气氛。田宏喜的预感被证实了,三连只能单独面对一个小队日军和一个团伪军,总兵力达到四百多人。日伪军如果强行向一一三团靠拢,只有一百多人的三连,人数和武器装备都处于绝对劣势,无论如何也阻挡不住。

延山日伪军一旦与一一三团兵汇一处,独立旅受降即告失败。

田宏喜似乎听到了大家粗粗的喘息声,他情不自禁地向胡科长看去。

"孙书记,日伪军情况怎样?"胡科长问,他的声音异常平静。

孙书记简短地介绍了情况。日军小队长石下兵二是个死硬的家伙,由于他的强硬,在延山的日军中依然充斥着武士道精神,甚至叫嚣再战,十分嚣张。与日军相反,伪军士气则极为低落,经常有逃兵出现……

于连长补充道:"伪军已成了惊弓之鸟,但日军仍然有很强的战斗力,如果一旦开战,可能由于日军的强力督战,伪军也会形成一定的战斗力。"

胡科长沉思着。孙书记、于连长的分析与齐旅长的分析基本一致。困兽在合适的条件下，仍然会咬人。他抬起头，向田宏喜看去。

"报告……"田宏喜挺挺胸。

艾指导员提高嗓门说："二排排长，直奔主题。"艾指导员猜测，田宏喜可能有顾虑，此时，他急待听到延山的地形状况，并期待田宏喜拿出一个可行的方案。

"是！"田宏喜响亮地答。

田宏喜从容地铺开地图。这是他第一次在连里讲作战方案，也是他第一次在全连展示他军事战术方面的才能。他明白艾指导员的用意，他高八度的声音也的确给他增添了勇气。

天已经完全暗了下来。秋天的山村让人感到了凉意。六子拿来一盏马灯，点燃。排长们都在纳闷，情况这样紧急，胡科长为什么让二排排长讲？排长们以狐疑的目光向田宏喜望去。

田宏喜原本想先把方案给胡科长汇报，然而时间不允许，胡科长也没给他这个机会，他甚至没有与于连长交流的时间。他不由得又向胡科长望去。胡科长轻轻摇着一个卷成圆筒的地图，示意田宏喜汇报。

这是田宏喜第一次做实战方案，方案分为三个部分：第一部分，全连即刻进入丁家庄以东两公里处，构筑工事；第二部分，明天中午全连分兵两路，一路进入延山，一路留下继续构筑工事；第三部分，后天上午，待上里镇狭长地带战斗打响后再根据形势决定兵力分配及增援。

胡科长看着田宏喜的部署方案，良久不语。

一排排长姚贵有些急："我说二排排长，我们连就这点人，还要分兵两路，敌人有好几百人呢！"

胡科长没有理会一排排长的发问，说："田排长，你确定在什么地方构筑工事？"

"在丁家村东小树林。"

"为什么是在这儿？"

田宏喜沉默片刻，说："丁家村以东一马平川，易攻难守，不宜设防，况且敌众我寡。只有村东北有一个小丘陵，如果发起战斗，此处尚可据守。"

"你说，如果，如果发起战斗？"于连长摇着头，但他很快明白了，二排排长的方案是建立在不与延山日伪军发生直接冲突的基础上的，如果发生战斗，用二排排长的话说，此处尚可据守，也就是说，其结果不言而喻了。

"为什么下午七点进入延山?"胡科长继续问。

"从丁家庄到延山约一个小时的路程,到时刚好天黑。趁夜色进入以迷惑敌人。"

"有没有可能日伪军在白天向一一三团靠拢?"胡科长问。

"我认为可能性不大,一一三团不动,日伪军也不会动。"田宏喜答。

"如果,我是说如果,日伪军白天强行向一一三团靠拢怎么办?"胡科长这样问,其实这也正是他所担心的事。

军事上诡诈是以隐蔽自己的企图为前提的,其要诀是它的行动是直接的、无所隐讳的,是与自己的本意与行动方式相对立的,其目的是让自己的敌人在理智上犯错误。然而使用诡诈一般来说是最后的手段,属于孤注一掷,因为诡诈一旦败露,所带来的直接后果往往会让使用诡诈者难以承受。

田宏喜低头不语。一排排长说得没错,在敌众我寡的情况下硬碰硬本身就是兵家大忌,况且再分散兵力。然而,一个连的兵力面对四百武器精良的敌人,即便不分散兵力也毫无胜算。

艾指导员捏了一把汗,他思忖,这似乎有点儿赌的成分,是拿全连一百多人在赌,甚至是拿独立旅的行动在赌。在目前这种情况下,也许是一个不得已而为之的险招。他似乎刚刚认识这个和自己一起战斗生活了三年的年轻排长。

排长们开始七嘴八舌。有的说应该集中兵力坚决阻击敌人,分散兵力风险太大。有的说在兵力不足的前提下进入延山,一旦敌人强行东进,我们完全没有招架之功。有的甚至说,日本已经投降,小股日伪军不敢贸然和八路军动手。云云。

于连长持不同意见,他以为形势已迫在眉睫了,应立刻进入阵地构筑工事,老老实实打一场阻击战。

艾指导员心里明白,于连长是不敢也不想冒险,而排长们似乎还未完全明白二排排长作战方案的意图。他注视着胡科长,提出,二团、三团后天进入上里镇阻击阵地,而我连没有足够防御力量和准备时间,一旦突破我连阵地,上里镇以西的部队会在立足未稳时而腹背受敌,那就危险了!

胡科长一直沉吟不语,良久,他打开了手中的地图,示意六子把马灯调亮一些。大家立刻围上前去,很快大家看明白了,顿时瞠目结舌。胡科长的部署竟然与田宏喜的方案设想不谋而合,只是在兵力的分配和进入的时间上略有不同。

多年后，于连长回忆起这件事时曾说，延山日军如果与一一三团兵会一处，其兵力和装备都大大胜出独立旅，如果硬拼，后果将不堪设想。他曾问胡科长："那天如果日伪军强行向一一三团靠拢，会怎样？"胡科长说："什么怎样？你我都不会知道结果！"于连长怔住了，良久他才悟过来，人都见马克思去了，哪里还会知道结果？他不禁倒吸一口凉气。

田宏喜在连里名声大震。

第六章

一

下午七时，全连进入阵地开始构筑工事。县大队民兵也随后赶到。

田宏喜急匆匆来到连临时指挥所："报告胡科长、于连长，是否让部队动静再搞得大一点儿？"

虚则实之，实则虚之。半小时前，延山日伪军派出了小股人员进行侦察。胡科长笑道："好，我们就给他们唱一出货真价实的空城计。于连长，让战士们吆喝起来！天黑了，可以点燃火把。另外，部队尽可能地散开，把战线拉得越长越好。"

于连长也笑道："这主意好，大声吆喝，我们睡不成觉，让狗日的鬼子也睡不成。"

田宏喜又道："还有，能否让送饭的老乡们晚些时候回去，在那个小村子也可以招集些人。"

胡科长沉思了下，说："我觉得可行，宏喜，你和孙书记联系一下，让地方领导做做工作，但要确保老乡们的安全。"

"是！"田宏喜应。

"给老乡们说清楚，只待上半夜，十二点后就可以回家了。"

工事后面是一片小树林。小树林北侧有一个土台子，小树林南面就是村子。

来到小树林，老乡们疑惑地看着孙书记和田宏喜。

田宏喜大声说："请大家放心，没有危险，我保证敌人不敢来，就是来也不怕，刚才大家都看到了，我们八路军就在前面。从现在开始，大家要大声说话，把火把点起来，我们搞得动静越大，敌人就越不敢来！"

黑暗中，在田宏喜的指挥下，老乡们用铁锹和扫帚奋力地把尘土扬起来，远远看去尘土飞扬，好像有千军万马驻扎在此。在小树林，一些人拿着送饭的扁担、桶、盆等家什不停地走动，并不停地发出叮叮当当的声音。

齐旅长听说后笑着说，胡科长培养的那个小排长肯定看过《三国演义》。赤壁之战时，大将张飞在当阳桥上横刀立马吓退曹操大军，用的就是这种疑兵阵。

石下兵二很郁闷。

石下兵二毕业于日本帝国陆军士官学校，他一直为自己帝国军人的身份而自豪！然而，他怎么也想不到，他为之骄傲的帝国说垮就垮了。在得到投降的命令后，他又得到了必须向政府军投降的命令。他自以为是中国通，但中国的许多事情他搞不懂。尽管如此，他却很愿意这样做。多年来，他丝毫不惧怕战术呆板而又缩手缩脚的政府军，反而是共产党八路军，整天骚扰却鲜与皇军正面较量，搞得他筋疲力尽，并损失了大量优秀的帝国士兵。他，一个精锐的野战师团的军官，甚至未打过一次像样的战斗，便投降了，为此，他感到十分窝火和不情愿。

夜色渐渐袭上来。

哨兵报告，延山西丁家庄发现八路军，具体兵力不详。石下兵二的第一反应就是终于来了！他并不感到意外。他立刻找来李团长，让他再次询问一一三团的位置。不一会儿，李团长报告，一一三团已到上里镇，预计明天中午可到达延山。

石下兵二又鼓起了金鱼眼，看了看手表，从现在起到明天中午还有十几个小时。望着渐渐暗下来的天，他自言自语道："意外的不要！"

王长锁和田大膀匆匆赶来。

田宏喜说："老班长，你和田大膀立刻赶往延山，在山顶选择一处便于观察的地方，然后原地待命。"

"是！"王长锁答道。

田宏喜又对其他几个班长一一进行交代。交代完后一回头，见王长锁和田大膀还站在那儿，便问："你们两人怎么还不去？"

"排，排长，就我们两人去吗？"田大膀结结巴巴地说。

田宏喜说："你们两人先去，我随后就到。"

"可是，可是，为什么要到那儿去啊？"见了田宏喜，田大膀就觉着气短，自己是俘虏兵，过去在村里又常常欺负他，他心想，让我去干什么总得有个说法啊？喜子你都当了排长了，不至于还记仇吧？就算你记仇要报复我，那和王班长有何关系？为什么让他也去？

望着田大膀难看的脸色，田宏喜突然醒悟，作战时战士不明白上级的意图，执行命令则会大打折扣，自己是忙昏了头。

见田宏喜没说话，田大膀凑过来低声问道："喜子，你是不是信不过俺啊？"

田宏喜哭笑不得，这田大膀怎么会有这种想法？他不由得笑骂道："大膀，想什么呢？白长这么大个子，我知道你在国军时就在这一带驻防，熟悉地形，跟着老班长当当参谋，也跟他多学学。"接着，田宏喜简短地介绍了延山的情况："我们面对着四百多日伪军，其他部队最迟也要两天后到达。趁夜黑进入延山，是迷惑日伪军让其不敢轻易出兵。"

天阴了下来，刮起了凉风。田宏喜带领二排即刻出发。县大队两个小队也随之前往。

临行前于连长嘱咐："宏喜，保护好自己，三连需要你！"

田宏喜十分感动，说："放心吧，连长！"

二

就在三连赶往延山时，凡慧、小云和运输队正行进在一条弯弯的山道上。抗战胜利后，山东八路军队伍在迅速扩张。为适应形势发展的需要，大批的地方部队整编为八路军。整编后物资供给将由地方政府统一安排。

一队独轮车在山间小路上行进。按分局统一安排，河西县的一批军鞋正送往邻县。

沂蒙山的秋天是一个多彩的世界，山上的树木、野草、藤蔓都黄了，金黄、粉色、深红，漫山遍野洋溢着成熟的芳香。凡慧推着车，车带深深地嵌在她的脖子里。小云在前头拉，为了让嫂子轻松一点儿，小云铆足了全身的劲儿向前拱。

一个民工在一旁说："孟姐，换换吧，让俺推。"

凡慧喘着粗气说："没事，再推一会儿。"

凡慧从小喜欢山。那时候家里穷，父亲微薄的工资勉强够一家人的开销。每到春荒时，凡慧便跟母亲到山上挖野菜。沂蒙山区的女人是不外出的，只有春荒时，女人们才会成群结队地奔上山岗，寻找着那些只有她们自己才知道的各种野菜。每到那个时候，凡慧高兴得像一只刚出笼的小鸟，一会儿飞向东，一会儿飞向西。她咯咯的笑声感染着上山采挖的女人们，她们苦涩的脸上露出了久违的笑容。

"嫂子，歇一会儿吧。"小云说。

风在山谷中回旋，发出洞箫一般的鸣声。秋天，山里很凉，小云额头上却冒着大汗，脸红得像成熟的苹果。

"好吧，招呼乡亲们歇一下！"凡慧话音未落，前方突然响起一声枪响。在寂静的山林中，枪声显得格外清脆响亮。人们顿时紧张起来。

运输队李大叔慌慌张张跑来，说："孟同志，县里领导说这一带没有敌人啊？"

看着惊慌失措的李大叔，凡慧反倒镇静下来，说："大叔，别慌，让大家到路边躲一躲。"说完，她顺着山坡爬上高处，居高临下观察前方的情况。

远处，一群人正朝这边走来，人群中还夹杂着嘈杂的说话声。凡慧紧张地注视着。越来越近了，一个人大声呵斥着什么，紧接着一阵哗啦哗啦拉动枪栓的声音。

凡慧的心一下子揪起来，是敌人！她连滚带爬地跑下山坡，急促地说："前面是敌人，把车子推到沟里，赶快上山！"

小云跟在凡慧后边往山坡上爬，她喘着粗气问："嫂子，是鬼子吗？"

"不知道，看不清。"

"有多少人呢？"

"十几个人吧。"

一会儿，小云又问："你怎么知道是敌人呢？"

第 六 章　　87

凡慧被问住了，想了想说："他们说话的声音很奇怪，有枪，还打人！"
"哦。"

小云趴在凡慧身边，紧张地问："鬼子会不会上山啊？"

日本投降后，这一带的日伪军都收缩到据点里了，怎么会有鬼子呢？凡慧觉得心跳得厉害，两只手哆哆嗦嗦地不听使唤。她一边盯着山坡下，一边给小云鼓劲："小云，别怕，有我呢！"后来小云对凡慧说："我当时怕得要死，人都傻了，你和没事人一样，真佩服你！"凡慧笑道："我那是屎壳郎垫桌子腿——硬撑。"

静谧的山里，枪声传得很远很远。

田宏喜一怔，朝着枪声的方向望去。这是个阴天，世界仿佛掉进了阴暗的深渊里，可谓天昏地暗。田宏喜感到浑身不自在，根据枪声，开枪地点离这儿也不过几里路。他心事重重地对副排长赵旺财说："这地方怎么会有枪声呢？"

赵旺财急匆匆地走着，说："会不会是打猎的？"

"不会，打猎的怎么会有三八大盖？"田宏喜猛地站住，"我带两个战士去看看，你带全排去和一班班长会合，我随后赶来。"

"现在？这个时候非要去吗？"赵旺财担心，此次任务非同小可，排长万一耽误了去不了延山，自己能担得起吗？

田宏喜心里十分忐忑，他心里明白赵旺财说的是对的，没有非去的理由，刻不容缓赶往延山才是当务之急，但又总觉得心里不安，好像有什么事情发生。世界上的事情就这么奇怪，理智和情感常常是不一致的，甚至是相反的。在很多时候，人的情感往往占据上风，尽管理智上认为是不对的。田宏喜还是下了决心，说："这里离延山只有不到一个小时的路，时间来得及，我随后就到！"

转过山坡，田宏喜隐隐约约看见一群人正朝这边走来。越来越近，终于看清楚了，三个日本兵押着七八个伪军沿着山道走来，其中一个鬼子边走边喊："快快的！快快的！"七八个伪军被反绑着手，衣冠不整，跌跌撞撞地走着。

田宏喜顿时明白了，鬼子在抓逃兵。望着鬼子走的方向，田宏喜倒吸一口凉气，正是通往延山的路。按正常的速度，鬼子很快就会和二排相遇。

田宏喜心里感到庆幸，他回头看看身后的两个战士，三对三，他正在犹豫，意外却发生了。

一个鬼子发现了路边的小推车，喊了一声，队伍停了下来。

由于紧张，躲在山坡上的一个民工蹬掉了一块石头，石头沿山坡滚下来发出了簌簌的响声。

三个鬼子同时举起了枪。一个鬼子朝着山坡大声喊："下来的，统统下来的！"

民工们屏住呼吸，把头深深地埋在草丛里。小云死死地抱着凡慧的胳膊。叭的一声枪响，子弹落在离凡慧不远的地方，一块小石头跳了起来。

凡慧的心几乎跳到了嗓子眼儿。

田宏喜小声对两个战士说："站在前头的归我，后面两个你俩一人一个，你左边，你右边。"他顿了一下说："听我命令，一起开枪！"

"打！"几乎在田宏喜喊打的同时，一个鬼子应声倒下。田宏喜迅速把枪转向后边的鬼子。两个战士都是新兵，在视线不好的情况下一枪毙命的概率很低。剩下的两个鬼子一惊，立即蹲下茫然地四下张望。由于山谷里有回音，鬼子一时无法辨别开枪的方向。田宏喜的第二声枪响了，一个鬼子哼了一声倒在了地上。

第三个鬼子怪叫一声蹿到了独轮车后面，把车上码起的军鞋当掩体。出乎意料的事发生了，就在鬼子举起枪准备射击时，一个伪军突然冲过来将他按住，随后几个人一拥而上，用石头将鬼子砸成了肉酱。

一个伪军喊："我们把鬼子打死了！"

田宏喜问："你们是干什么的？"

伪军说："我们是延山的皇协军，兄弟们是跑反的，被鬼子抓了回来。长官，敢问你们是哪部分的？"

田宏喜冲了过来，大声说："我们是八路军，我命令你们全都站起来，双手举过头！"

七八个伪军都站了起来，其中还有几个被反绑着手。

"鬼子是你们打死的吗？"田宏喜问。

"报告长官，那个杀千刀的鬼子，兄弟们早就想宰了他了。"伪军咬牙切齿地说。伪军们七嘴八舌地说："八路长官，我们投降。""日本人拿我们不当人，我们没有活路了！"

正说着，山坡上传来一个女人的声音："是八路军同志吗？"

"是，我们是八路军，你们是什么人？"田宏喜看向山坡。多么熟悉的口音啊！山坡上声音突然有些颤抖，问："你是独立旅的吗？"

田宏喜心头一紧："是，你是——"

"是宏喜吗？"

"你是——"

"哥！"小云飞快地冲下山坡，抱着田宏喜脖子喊，她的声音里带着哭腔。

凡慧不顾一切地冲下山，不知怎么，一见宏喜，她只觉得鼻子异样地发酸，眼泪扑簌簌地掉下来。

"你们怎么在这儿？"田宏喜百思不得其解，奇怪地问，"你们俩怎么会在一起？"

"我们怎么不能在一起，这是我嫂子啊！"小云破涕为笑。

"你们怎么才来？再晚一点儿，我们就……"见了宏喜那熟悉的动作和表情，凡慧紧绷的神经一下子松弛下来，此时她觉得宏喜是那样亲切，可不知怎么，嘴上却嗔怪起来。她用手使劲捶着宏喜，嘴里不停地埋怨。

"没事就好，没事就好！"田宏喜搓着双手，又惊又喜。天色暗了下来，连绵的群山在灰蒙蒙的天际映衬下形成一个巨大的剪影。田宏喜情不自禁地朝延山方向看了一眼。

"哥，我和嫂子送军鞋去，哥，我到县城和嫂子一起了，哥，我是队伍上的人了，哥，我也去东北……"小云抱着宏喜的胳膊不停地说。

凡慧觉得脸一下发热了，当着小云和这么多人的面却不知说什么。

"凡慧，小云……"田宏喜欲言又止。

"哥，你怎么啦？婆婆妈妈的。"小云快言快语。

"我去执行任务，很重要的任务，路过这里……"这是田宏喜当排长以来首次单独执行作战任务，他更知道任务的分量，如同《三国演义》里的空城计，运筹得好不战而大胜，运筹不好恶战一场，甚至可能大败。败，不是二排的失败、三连的失败，而是独立旅的失败，是山东八路军的失败。

细心的凡慧早已注意到宏喜局促不安的神态，她一把拉住小云，说："小云，你哥有任务。宏喜，你快去吧，我们也要赶路了。"

田宏喜鼻子一酸，差点流下眼泪来。

凡慧对着宏喜背影喊："娘还好，我会常去，你放心吧！"

三

田宏喜到延山时，王长锁和田大膀正在用木桩扎架子。王长锁解释道："做一个瞭望架，黑暗中鬼子看不清，吓唬吓唬这群狗东西！"

"好，好！"田宏喜赞许地点了点头。

透过望远镜，田宏喜向山下望去。望远镜是执行任务时旅特批的。偌大的据点只亮着几盏灯，在黑漆漆的深夜里鬼火一般闪烁。

王长锁说："按日军标配，轻装渗透部队应配备九九式八一毫米曲射步兵炮。"他用手指着据点的西北方向："步兵炮应该部署在那儿。"

"步兵炮的有效射程是多少？"田宏喜问。

王长锁说："最大射程为两千米。从炮阵地到我们的位置大约在两千五百米。"

"也就是说，从炮阵地到据点南边界约有五百米，如果炮阵地移至据点南侧，炮火正好覆盖我们的位置。"

"理论上是这样。"王长锁说。

夜色中的山里不时传来夜鸟的鸣叫。

田宏喜命令："副排长，立刻组织部队和民兵后撤五百米，后撤中不准发出声音，不准有光亮。到达后再转回来，点燃火把，找十几个人边走边敲击铁器，弄出些动静来，但不要说话。"

"是！"

"这是为什么？"田大膀有些急了，大声嚷嚷，"喜子，敲个响俺知道，是让鬼子知道咱人多，怎么退五百米又回来了呢？那不是挨鬼子炮弹吗？"田大膀在国军时是炮兵，目测后他判断，部队退回五百米正好进入炮弹的射程。

"快，执行命令！"没有时间解释，田宏喜没有理会田大膀。

二排和民兵加起来五六十人。按田宏喜的要求，快速后撤，返回时人与人之间相隔十几米，并放慢速度。前边的人已到了预定地点，后边的人还没启程。整个山林里响彻着叮叮当当的铁器撞击声，却没有人语声。黑暗中仿佛有千军万马在开进。

田大膀一边走，一边压低声音说："同志们，把声音敲得不要太大，也别太急，对，对，就这样！"

"大膀，你过来。"田宏喜小声说，"咱俩打个赌，我赌鬼子不敢开炮！"

"真的？"田大膀疑惑地看着田宏喜。几年不见，宏喜已经完全变了，不再是田家村那个瘦瘦巴巴、不爱说话的小子，他心里到底蕴藏着多少不为人知的东西呢？

看着田大膀疑惑的眼神，田宏喜心里也在敲小鼓。他也没有百分百的把握，可是，应当不会，给他狗日的一个豹子胆！他心里暗暗地骂。最终他还是把部队移至两千米之外。

石下兵二透过望远镜向山上望去，只见漫山遍野星星点点的火光，从山顶一直延伸到半山腰。

"太君，是八路，还有土八路。"伪军李团长说。

"他们做什么？你的知道。"石下兵二说。

李团长摇着头，道："这个，这个，不太好说……"

石下兵二鼓起金鱼眼。丁家庄的喧嚣刚稍稍减弱，延山上又有大规模行动，已经对据点形成了强大的合围之势，八路准备动手了吗？石下兵二知道，师团参谋部的那些家伙并不了解这里的情况，他们远在两百多公里外，而自己身陷其中。在这样一个敏感的时刻，他不能犯错误，一着不慎满盘皆输。"李，你的明白，战争已经结束，除非，除非……"他摇着头，终究也没除非出个下文来。

"李，告诉一一三团，让他们务必在明天中午前赶到！"石下兵二瞪着灰白的眼珠子。

天已大亮。居高临下，日军据点尽收眼底。

田大膀用手指着大声说："排长你看，鬼子的步兵炮转移了！"

王长锁啐了一口，说："啥时候搬的？龟儿子，给老子叫板！"步兵炮向南延伸五百米，炮火正好覆盖二排的位置。按日军一个小队的标配，有两门步兵炮、两挺歪把子枪，加上一个团的伪军，轻机枪和掷弹筒至少都在十挺以上，再加上几百支辛巳式马步枪。对二排来说，如此兵力和装备可谓是灭顶之灾。而此时更要命的是，二排不能再后撤，此时撤出行动的目的会暴露无遗。

日军步兵炮的南移不能排除有动手的意向。

通信员六子从连部赶来报告:"二、二、二排排长,胡科长说,事、事情紧急,再给鬼子增、增加压力!"六子从丁家庄启程走了一夜山路,此时他大口喘着粗气,面色蜡黄。

田宏喜拿来水,说:"六子,喝口水,慢慢说。"

六子喝了一口,定了定神,说:"胡科长说,中午十二点前小鬼子不能投降!"

"十二点,十二点……"田宏喜自言自语。

"是,是十二点。"六子说。

"还有吗?"田宏喜真希望胡科长还能说点儿什么,哪怕暗示一下用什么办法也好。

六子摇摇头:"就这些。"

田宏喜的脑子在飞快转动,突然大声说:"大膀,喊话,向据点鬼子喊话,命令他们缴枪投降!"

田大膀不知从哪儿找来一块旧铁皮,卷成话筒,扯着破锣般的粗嗓门喊:"我们是八路军,日本政府已宣布无条件投降,八路军朱德总司令命令,所有日伪军必须放下武器向我军投降。现在,我命令你们立即放下武器……"喊话声在山谷中回荡。

"大膀,你歇会儿,我来。"田宏喜接过话筒,抬起手看看表,那是临走时胡科长借给他的,"你们听好了,现在是十点,再给你们三个小时,下午一点钟之前你们必须缴枪,否则我们就不客气了。"

胡科长在探讨战争理论时曾说,许多指挥官不能当机立断,是因为他们往往认为事情并不像他们原来想象的那样,由此受到别人意见的影响,从而难以做出正确的决断。

田宏喜想通过向日军喊话,既造成压力,又通过干扰来拖延时间。他停了一下再喊:"战争结束了,放下武器吧,你们家人在等你们回家,继续抗拒会失去最后的机会!"

"伪军弟兄们,日本鬼子已经投降,你们还要为他们当炮灰吗?放下武器,回到自己亲人身边去,只要放下武器投降,八路军既往不咎!"

日伪据点里一片死寂。

六子小声说:"田排长,我要回去了,你还有什么事吗?"

田宏喜紧张地注视着山下,随口说:"好,好,给胡科长和连长、指导员说，我们一定完成任务！"

"大膀，继续喊，别停下。"

山谷里又响起田大膀那破锣般的声音。

日伪据点依旧悄无声息。

"打他狗日的一炮！"田宏喜发狠地说。胡科长来时带来了一门迫击炮，现在就放在他的身后。

四

一一三团在上里镇停留了已近十个小时了。团长蒋玉生一会儿拿起望远镜观望，一会儿又伏下身看地图。五华里的狭长地带简直是他不可逾越的鬼门关。他连续派出侦察兵，却一无所获，越是这样他心里越是没底。延山日军电报称，八路军已将延山团团围住，情况紧急，要求他中午前务必赶到延山。蒋玉生望着连绵的沂蒙山和奔腾的沂河水，自言自语道："八路军在哪儿？"

通信兵匆匆报告："报告团长，延山急电！"

蒋玉生皱着眉头说："念！"

"八路军开始进攻，务必于十二点前到达延山！"蒋玉生一听心里就恼火不已，听这口气，务必？什么务必！你以为你是什么东西？狗日的日本鬼子，都到这份儿上了，还给我下命令！他憋着火说："八路军多少人搞清楚了吗？"

"报告团长，他们说人很多，但具体人数不清楚。"

蒋玉生更是火冒三丈，骂道："屁话，他妈的屁话！"

通信兵刚走又匆匆跑回："报告团座，师部急电！"

"念！"

"命令：你部立即进入延山受降！"

蒋玉生再次拿起望远镜，从昨天起，望远镜似乎就没离开过他的手。河水在缓缓流淌，群山还是那样静谧。不知为何，他心跳突然加快，他努力使自己平静下来，却发出一道奇怪的命令：摆开战斗队形，原地待命。

炮弹在据点的一块空地上爆炸了，没有造成人员的伤亡。石下兵二立刻明白了，八路军在敲山震虎。他灵机一动，命令日军立刻收缩队伍，撤到据点北侧陡峭的山坡下。伪军除留下一个连外，其他到据点南警戒。如此一来，日军进入了安全地带，而伪军却完全暴露在八路军的炮火下。

伪军们就算再笨也看出了鬼子的险恶用心，原本涣散的军心再度加剧。伪军队伍磨磨蹭蹭来到据点南警戒区，一路上不停地骂骂咧咧。

日伪军的调动很快引起了二排的注意。

"狗日的小鬼子搞什么呢？"田大膀说。

王长锁说："小鬼子是让伪军当炮灰！"

"老班长，你什么意思啊？"田大膀不解地问。

"你看，这样一调整，伪军正好处于迫击炮的射程内，而鬼子进入山坡北侧，正好与弹着点形成死角。"

田宏喜问："老班长，你是说，迫击炮打不着鬼子？"

王长锁说："是啊，鬼子躲藏的地方与那块大石头有超过了五十度的夹角，正好是炮弹覆盖的死角。"

田宏喜又问："如果弹着点距躲藏点再近一些呢？"

"那要至少在两米以内，"随后王长锁摇摇头说，"那需要很高的技术，恐怕……"

田大膀伸着大拇指测量弹着点与鬼子之间的距离，然后调试炮身，说："喜子，我行！"

鬼子抱着一线希望在等待，唯一的办法就是断了他的念想。在特定的地点和时间里，爆炸可以打破人心理上的平衡。当炮弹在身边剧烈爆炸时，就连最勇敢的人也很难保持平静和镇定。慌乱则往往导致指挥官做出与事实相反的错误判断。

田宏喜用力地握着田大膀的手。田大膀从宏喜的目光看出，宏喜对他抱着极大的信任和希望。就在田大膀修正火炮射击诸元时，一一三团蒋玉生也下令开炮，对上里镇赤岭及其附近五百米范围内进行一个基数的炮火覆盖。炮击后到之处一片狼藉。随后蒋玉生再派出两组侦察兵对该区域进行搜索，并扩大了搜索范围。很快，侦察兵站在高处发出旗语，未发现任何踪迹。

田大膀打出了第一发炮弹，炮弹在距鬼子约一米半处爆炸，弹片四散飞溅起来，两个鬼子惊叫着应声倒下。

第 六 章

"打得好！"田宏喜高兴地喊。

石下兵二也不得不佩服这一发炮弹的准确，他下令士兵们紧贴山坡岩壁，让弹着点与岩石形成一个足够大的安全区。日军被压缩在一个长约两百米宽约三米的山坡下。石下兵二隐隐感觉，八路军兵力并不多，武器装备也极差，似乎在虚张声势。然而他也不敢冒险，只能等待。他摇晃着头，鼓起灰白的眼珠向远方望着，他不明白，一一三团早已到达上里镇，为什么到现在还迟迟不到？他命令："再分别电告骑二军及一一三团，延山危在旦夕，速来受降！"

六子在山间小路上奔跑。从延山到丁家村三十多里山路。不久，六子的步履踉跄起来，像喝醉了酒一样摇摇晃晃的。他饿了，困了，委实太累了，来回六十多里山路，他不停地奔跑了一夜。就在跨过一块石头时，他身子一软跌入了深深的山涧。

于连长派人找到他时，他挂在树权上，头低垂在胸前，面容很安详，像熟睡的孩子。于连长陷入了深深的自责。六子当兵一年，也跟了自己一年。他还个孩子啊，不就是想回家吗？在有钱人家里，这个岁数还在上学，有父母呵护，有亲人的陪伴和照顾。出发时的情境又浮现在于连长脑海里：六子瘦小的身躯紧缩在秫秸垛里惊恐地看着他，他是那样弱小，那样无助，我没有好好安慰和开导他，还踢了他一脚，我……两行热泪夺眶而出，划过他那黑红的脸膛和蓬乱的胡茬。他声音嘶哑："六子兄弟……俺对不起你，可你就这样报复你的大哥吗！"于连长失声痛哭起来。

同样陷入深深自责的还有田宏喜。六子牺牲的消息传来时，田宏喜怔住了，后悔、懊丧和悲伤笼罩着他。他已经跑了几个小时，吃饭了吗？喝水了吗？可为什么我还让他走？连续几天的行军、备战和一夜的山路，他的体力透支已突破了极限，如果他能休息一会儿，只要一会儿，吃点东西，他就不会……

六子，沂水县人。姓肖，没大名，参军时登记肖六子。这个沂蒙山后生就这样走了，带着对未来的憧憬，带着对父母对家乡的眷恋，年龄定格在十七岁。

五

一一三团终于启动了。工兵和侦察连组成尖兵,步兵营紧随其后,后面是炮兵和辎重卡车。

当一一三团进入狭长地带约两公里处时,隐蔽在山后低洼处的二团、三团从东西两侧迅速进入阵地,封锁了一一三团前进及后退的道路,中间又将国军部队斩成数段。

独立旅即刻向一一三团喊话:"国军弟兄们,前进和后退的道路已被封死,你们已经没有退路了。若背水一战,或企图突围,更是死路一条!延山的鬼子已向我军投降,你们就不必前往了……"

喊话声在狭窄的山谷里回荡着。

国军士兵们面面相觑,不知如何是好,有的干脆一屁股坐在了地上。

进入狭长地带后,蒋玉生一直感觉如芒在背,战战兢兢。他抬起头,巍峨的山峰高耸云天,另一侧,滔滔的沂河水奔流不息。直到八路军喊话,他如释重负一下子轻松了。他知道,他的老同学胡秋生正在什么地方注视着他。虽为同窗,但各为其主。国共双方有分歧,有争论,也有前嫌,但只要日本人在,国共之间就是兄弟之争。既然是同室操戈,就没必要同日本鬼子作战一样打得你死我活。蒋玉生是个聪明人,作战双方不仅是兵力和武器装备的较量,还有作战环境、条件以及士兵的心理和士气的优劣,这就是老祖宗所说的天时、地利、人和。在这样的环境和条件下,他的兵力和武器装备上的优势根本不足挂齿。双方强弱已立分高下,他下达了撤退的命令。

日本投降后沂蒙山区国共的第一次战斗就这样结束了,双方均没有真枪实弹交火。

战斗印证了胡科长的话,打仗好比演戏,演员多不要紧,做好方案按顺序登台就不会乱。

延山的日伪据点也挂出了白旗,几百人鱼贯走出据点向八路军投降。当看到三连五六十人手持老旧武器列队受降时,石下兵二又鼓起了灰白眼珠的金鱼眼。此时他做何感想呢?

第 六 章

齐旅长在总结会上说："不战而屈人之兵是上上策。同志们，我们做到了！大家记住，战斗是一把尺子，是衡量双方力量的尺子，其战斗本身并没有价值，而战斗的结果才有价值。此次战斗一团三连功不可没，他们演了一场戏，一场好戏！你们看过文明戏吗？什么是好演员？表演不到位不行，那就是演砸了；表演过了也不行，那是做作，也是演砸了。什么是成功的表演呢？四个字：恰如其分。"最后他说，三连是好演员，他们演了一场恰如其分的好戏！

会场上响起一片热烈的掌声。

第七章

一

独立旅延山受降期间，山东形势正发生着巨大的变化。

美国海军第七舰队在青岛登陆，并派出海军航空队三个大队一百多架飞机在山东、东北解放区进行不间断的侦察。国民政府在济南、青岛、德州等十几个城市相继成立市政府，国军一部辖三个师三万多人乘美军第七舰队的军舰到达青岛，并沿胶济线向西进入山东各解放区。

为保卫胜利果实，中央军委决定，鲁中、鲁南、滨海、湖西、泰西主力部队及新四军北上部队组成野战军，在鲁中、鲁南以及徐州一带阻止国民党军进入，同时在全社会展开广泛舆论宣传，以正视听。

在作战室，齐旅长趴在作战地图前琢磨了足足一个时辰。山东八路军各部队红色坐标、国民党军各部队蓝色坐标依次排列，双方形成犬牙交错的态势。

参谋长方前进用手指指着国军骑二军暂编十四师、第十二军三十五师的位置，齐旅长点点头。独立旅正处于两师之间，一旦有情况，形势不容乐观。

方参谋长说："由此向东，这一带山河相拥，山高林密，河水湍急，易守难攻，且极易设伏。国军骑二军、十二军两万余人，其势力不可小觑，且横在我军北上的途中。"

王政委说："军区要求，部队北上不要声张，少说多做，注意隐蔽。这说明什么呢？正说明国际国内形势的复杂性，为避免对各方的刺激，我八路军赴东北要悄悄进行。"他停顿一下,说:"当年红军北上抗日行程两万五千里,起初红军的目的地并不明确。这个过程齐旅长最清楚。但今天不同,我们的目的、地点非常明确,就是闯关东。从中央制定的'向南防御,向北发展'战略发展方针看,这标志着中央已做出了重大战略决策。"

齐旅长思索着。

形势错综复杂。上里镇一战,一一三团两千多人被迫撤退和延山四百多日伪军缴械投降,在国统区引起了巨大反响。在国民政府和国军中有一个疑问,未发生激烈的战斗,那里究竟发生了什么?事件对国民政府和国军都造成了很大的震撼,却给独立旅北上行动带来一定的困难,也就是说,独立旅将在光天化日下行军,从鲁西经鲁中、胶东,一直到渤海湾……

从鲁西到鲁中,再到胶东,国共势力犬牙交错。国民党骑二军、第十二军及原伪军吴化文部布置在自济南到鲁西一带,第五十一军、第五十九军、第七十七军、第九十七军自徐州向东开进,从开进的速度看,几乎是马不停蹄。国民党军的武器装备已今非昔比,战斗力十分强悍,可谓兵强马壮。八路军各部队大多地处山区,地形奇峻,沟壑纵横,可以形成天然屏障,然而一旦走出大山,情形就大不相同了。另外,大土匪刘黑七被剿后,其旧部仍然盘踞在这一带,利用山高林密打家劫舍,无恶不作,虽然鲜与军队和官方对峙,但仍然是潜在的危险。

事实证明,齐旅长对敌情的判断是正确的。

方参谋长建议,向军区提出为部队增加无线通信设备的请求。独立旅是先头部队,通信极为重要,而现在的部队联络大多还是靠通信员跑腿,不仅给指挥带来了难度,也给长途行军增加了不确定因素。部队给养供给也是当务之急。上里镇一战,部队准备的给养基本消耗殆尽,如果得不到及时补充,部队会陷入进退两难的境地。方参谋长焦急地说:"补充给养需要时间,能否请示推迟北上的时间,哪怕几天……"

兵家认为,在缺乏给养并且在一段时间内得不到改善时,士兵的意志将会产生动摇。古今中外,莫不如此。情况已上报,问题却没有得到解决,答案只有一个,上级也有困难。

进军东北的既定方向、时间都不会因此而改变。

齐旅长脑海里浮现出军区的电报,命令很简短:抓紧休整,恢复建制,随时北上。

王政委说:"让后勤部积极与地方政府联系……"王政委话音未落,通信员报告:"河西县孟庆立书记来了。"

齐旅长、王政委和方参谋长三人一起笑了,说曹操,曹操到。孟庆立是一早从县委赶往独立旅的。抗战胜利以来,县里的工作重心是围绕部队做工作,包括拥军优属、做军属思想工作,为部队筹粮也是地方政府工作的重中之重。多年抗战,贫瘠的沂蒙山区群众更加贫困,更由于散兵游勇、土匪的干扰,筹粮工作异常困难。前些天,一个副县长带队筹粮惨遭土匪杀害,更使筹粮工作雪上加霜。县委进行了重新分工,书记孟庆立亲自主持筹粮工作。根据山东分局确保北上部队给养的指示,县给各村公所布置了任务,确保部队有粮、有菜、有油、有饲料为第一目标。县委还确定了分轻重缓急、优先向北上的部队供应给养的具体实施方案。

"老齐!"孟书记紧紧握着齐旅长的手。

"老孟!"齐旅长激动地说。

几年前,孟庆立从鄂豫皖回到山东,齐旅长随一一五师进入山东为同一时期。为建立沂蒙山根据地,两人曾在一起工作了一年多。老朋友见面,分外高兴。

"王政委!"孟书记问候。

"老孟,你称旅长老齐,为什么不叫我老王呢?"王政委一本正经地说。

孟书记不自然地笑笑。

齐旅长笑道:"老王,你就别在这儿挑眼了。"

王政委依旧一本正经,说:"该挑就得挑,我都叫你老孟了,叫我个老王不行啊?"

孟书记笑着说:"好,好,老王。"

王政委笑了起来,说:"开个玩笑!不过你叫我老王,我觉得很亲切!"

孟书记说:"老齐、老王,上里镇一战你们干得漂亮啊!"

齐旅长说:"老孟,正应了兵家那句话,有了天时地利人和,想不打胜仗都不行!"

王政委说:"这里还有你们县田宏喜的一份功劳呢!"

孟庆立想起,在县中学当校长时,凡慧有个同学叫田宏喜,凡慧娘好像也曾提起他。他不禁有些好奇,问:"他有什么功呢?"

王政委笑了,笑得十分灿烂。齐旅长和王政委一起共事三年,很少见王

第七章

政委如此高兴。王政委说:"老孟,当时的情况是,要顺利让延山日伪军向我军缴枪,其关键在于阻止一一三团与延山日伪军会合,而阻止其不能会合的关键是要给日伪军以恰到好处的压力。田宏喜这个小排长不简单哩,他拿捏得恰到好处……"

"老王,你说得这么热闹,可我还是一头雾水,但有一点我听出来了,这后生不简单。"

齐旅长也称赞说:"这年轻人是个好苗子。"他好像突然想起来,说:"你没问问你闺女?"

"问她?"

"是啊,听胡科长说,你闺女还到三连看过他。"

"有这事?"孟书记眼睛睁得大大的。

齐旅长、王政委一起笑起来了。王政委说:"你这爹当的。"

孟书记也笑了,一会儿,他说:"老齐、老王,你们时间金贵,我抓紧把工作给二位领导汇报一下吧。"

"老孟,我还是那句话,你是我的贵人!"齐旅长动情地说。

"老齐,可别这么说,我是谁?你是谁?老齐,你一个江西人,抛家舍业到山东来,你又是为了谁?"

齐旅长说:"老孟,就算我说错了,可你也不对!"

孟书记打趣:"我又哪儿错了?齐,你这个老表,找碴儿你可是有一套哩!"

"那我就说给你听听,你一个山东人,不是也在鄂豫皖根据地一待就是好多年吗?"

"那就是说,那会儿我是贵人,现在不是了,还是你错了!"

三人一起哈哈笑了。接着,孟书记将军粮交接安排进行了说明,说完他站起身子说:"好了,你们忙我也忙,就此别过。"

送孟书记到门口,齐旅长抱歉地说:"老孟,你闺女参加干部队去东北没征求你的意见,你不会怪我吧?"

孟书记看着齐旅长说:"闺女大了,走的是正道,我要谢你,怎么会怪你呢?"

"老孟,你有一个好闺女啊!"齐旅长想起那天的情形感慨地说,话语里充满了羡慕。

"老齐，你呢？"见齐旅长夸奖闺女，孟书记心里十分高兴，随口问。

"我什么？"齐旅长不解。

"孩子，你的孩子？"

齐旅长一下子沉默了。良久，他缓缓地抬起头，看着高低起伏的远山："我有过孩子，但失去了……"好一会儿，他自言自语道："如果还活着，也像凡慧这么大了。"

不知为什么，孟书记的心倏然跳了一下。两人牵着马默默地走着，各想各的心事。

二

到省里开会的同志说，地方干部到东北在南满地区，还有一小部分到北满、东满地区，主要任务是建立地方政权，创建东北抗日联军后方根据地。

"嫂子，南满在哪儿，很远吗？还有东满、北满，是不是和咱这儿的上李村、中李村和下李村差不多？"小云穿一件白底碎花上衣，腰间扎着皮带，头发扎成两条辫子，显得十分精干。她和凡慧一起把成捆的煎饼码好放在独轮车上，然后用绳子扎紧。

"可能差不多吧，俺也不太清楚。"凡慧一边用力扎着绳子一边说，"听闯关东回来的人说，东北地方很大，要是那样大的地方，南满和东满、北满也许离得很远吧。"

"哦。"小云应了一声。

在支前队伍中，凡慧和小云格外引人瞩目。沂蒙山的女人是不抛头露面的。在县妇救会的组织下，如今女人们走出家门已是很普遍的事了。摊煎饼区、纳鞋区是女人的天下，她们各自选好地方，大嫂大婶扎一堆，小媳妇们扎一堆，姑娘们又扎一堆，一边干活一边说着笑着，相互传递着她们的所见所闻，还不时发出咪咪的笑声，这也是女人们最高兴的时候。休息时，姑娘们挤在一起，说着只有她们自己才能听得懂的耳语。孩子们像是过年一样在人堆里跑来钻去，不时发出尖尖的喊叫声。

妇救会的同志带领队伍上的年轻军人来领东西，场院里一下子安静下来。

第七章

小媳妇们用目光瞟着,并小声评头论足。姑娘们在一起挤得更加紧,一会儿偷眼窥视,一会儿又若无其事地把目光移向别处,生怕别人看见自己在看。大嫂大婶们则大大方方地看着,还大声说,队伍上的后生就是好,长得俊俏,身板骨硬实,谁家闺女要是能嫁个部队后生,那祖上八成是烧了高香了。大婶问一个战士:"有媳妇了吗?"战士红着脸不吭声。大婶仍旧不依不饶:"俺给你说一个媳妇,好不?说个好的,能生能养,不扯谎!"战士不好意思起来,低着头,脸涨得通红,这更引起女人们肆无忌惮的笑声。

凡慧刚刚送走了支前队又得到通知,运送一批煎饼到部队。她和小云一前一后来到场院找到煎饼组组长,对一个壮实的大嫂说:"上级通知,紧急调拨一批煎饼,马上装车送走。"

"凡慧姑娘,我立即组织,你放心吧!"大嫂快人快语。

这里的人们都认识凡慧,当然也知道她的父亲。孟庆立在县里是受人尊重和信赖的领导。人们都知道,孟庆立虽是本地人,但他是共产党从很远的地方派回来的。在闹鬼子最厉害的时候,孟庆立一直在干着那些最危险的事。山里人胆子小,见了凶神恶煞般的日本鬼子从心里怯,看到孟庆立一干人与鬼子斗从心里钦佩。爱屋及乌吧,凡慧也受到了人们的尊重。

见凡慧进来,女人们放下手中的活一起拥过来,有叫妹子的,有叫姐的,也有叫闺女的,还有叫大侄女的。大山深处的小城人口不多,都是亲戚里道的,平日经常互相走动,你送我家一碗咸菜,我送你家两棵大葱。老话说,邻里之间碗对碗,亲戚朋友慢慢赶。日本人来了,打乱了人们正常的生活,在那个年月里,邻里、亲戚和朋友间的走动几乎停止了。久而久之,人们相互间疏远了,陌生了。在这摊煎饼、纳军鞋的大院里,人们又恢复了往日的亲情和热闹。

一个大嫂问:"慧子,听说你们送鞋的路上遇见鬼子了?"

又一个声音传过来:"你不怕吗?"

"那肯定怕,哪能不怕呢?"那个大嫂说,"那年俺去婆家,路上一个混混把俺的包袱抢走了。俺也怕得要死,当时就尿了裤子!"

人们一起哄笑了,然后又一齐把目光转向凡慧,似乎要听个明白,到底怕不怕。

凡慧笑了,平静地说:"怕,俺当然也怕,可这是没办法的事情啊,当时俺害怕极了,可一想,怕有用吗?日本鬼子和反动派就是一群魔鬼,你越怕,他们就越欺负你!"

"俺作证，俺嫂子一点儿都不怕！"小云挺着胸脯一步跨上前来，大声说。

人们这才发现，凡慧身后还跟着一个漂亮妮子。

"你是谁？"

"你作证？你凭什么作证？你也去了？"

"你嫂子？谁是你嫂子？慧子是你嫂子吗？"

……

三个女人一台戏。场院里有几十个女人，简直就是一台非凡的大戏！凡慧羞得两颊绯红，拉着小云的袖子央求道："别说了，小姑奶奶，别说了。"

小云不以为然，嘟囔着说："就是嫂子嘛，没错啊？"

"慧子嫁人了吗？真的假的，怎么也没听说过啊？"一个大婶问。

小云嘴巴不饶人，撇撇嘴说："哎哟，婶子，看你说的，当然是嫁给俺哥了，要不怎么是俺嫂子呢？"

"那你是谁家的闺女啊？"

小云被问住了，心想俺爹俺娘她们也不认识啊，想了半天说："俺是田家庄的闺女。"

正说着，一个妇女风风火火地跨进院子，进门便大声喊："慧子，你在这儿，让我好找！"

"丁主任，有事啊？"凡慧像抓住救命稻草一样挤出人群，一步跨到丁主任面前说，"走，走，到外面说。"说完，拉着她的胳膊就往外走。

丁主任是治保主任，她完全没注意到凡慧的不自然，紧跟着凡慧来到院门口，刚出门她说："慧子，李清书记让你去呢。"

"好，我这就去。"凡慧说。

丁主任压低声音说："慧子，你是不是给县里报告过，最近城东罗家巷子有陌生人走动？"

"是啊。"

丁主任这才注意到凡慧的神情，说："慧子，你怎么了，脸怎么这样红？她们欺负你了吗？"她一边说一边拉着凡慧的手说："给嫂子说，俺去给你出气！"

"没事，真的没事，嫂子，李书记叫我是为这个事吗？"

"应该是，"丁主任突然想起什么，说，"对了，你家不就在罗家巷子附近吗？"

第 七 章　　105

"是啊，我从小在那儿长大。"

"噢，对了，有人说，罗家巷子夜里发出嘀嘀的声音，你听到过吗？"丁主任说。

"嘀嘀的声音，没有啊！那是什么声音？"

丁主任压低声音说："队伍上的同志都来了，说是特务的电台！"

"真的！"凡慧睁大眼睛。

丁主任左右看看，小声说："慧子，小点儿声音！走吧，我们一起去李书记那里。"

"噢。"

三

三连走进丁家村。上级命令，原地休整待命。延山战斗期间，三连一直驻扎在村外，这是第一次进村。几天来，部队始终没有得到休整，战士们十分疲惫。进村时，于连长喊："同志们，都精神点，抬起头挺起胸，把胳膊甩起来，像个打了胜仗的样子。"

在沂蒙山区，老百姓对八路军并不陌生，见部队进村便纷纷走出家门观望。一位老者走上前来，双手抱拳道："鄙人是本村村长丁学文，敢问长官是哪一路的？"

于连长拱手道："我们是八路军独立旅一团三连，我是连长于福田。请问丁村长，队伍上和你联系过吗？"

丁村长说："联系过，联系过。但本村穷乡僻壤，户数也太少，住不下这么多人，敢问这个情况给长官回过吗？"

"哦，我们只留一部分，其他去另外的村。"山区的村庄都很小，无法安置更多的部队。于连长命令道："二排留下，一、三排继续前进。"

田宏喜小步跑过来："丁村长，我是排长田宏喜，听你的安排！"

丁村长连连点头，转身与几个人商议分派事宜。村民们纷纷围拢过来，看着灰头土脸、疲惫不堪的战士们小声议论起来。一阵商议后，丁村长说："田排长，村子小，穷，没几间像样的房子，怕是委屈八路军了。"

"不碍的，老人家，打扰了。"田宏喜招招手，几个班长过来。田宏喜说："我再强调一下，老兵和新兵搭配，今天情况比较特殊，同志们很疲劳，但还是不能大意，老班长，岗哨还由你来安排。"

丁村长挥挥手，村民们纷纷走上前来，领战士们到各家去。丁村长走到田宏喜跟前说："田排长，如不嫌弃，请跟我来吧。"

"打扰了，打扰了。"田宏喜点着头说。

清晨，一抹阳光驱散了丁家村上空的薄雾，使这个小山村显得格外清新、宁静。

李拴住挑着一担水走进院子，田宏喜忙接过他肩上的担子，拎起水桶倒进缸里。李拴住在一旁搓着手说："排长，俺可以。"

田宏喜说："拴住，你怎么把水挑到这儿来了？"

李拴住老实地回答："是班长让俺来的。"

"你们班长呢？"田宏喜问。

"一早就去查哨了。"

"拴住，你坐。"田宏喜明白王长锁的意思，是想让自己给拴住谈谈。

自李拴住私自离队后，田宏喜总想和他好好谈谈，但无奈总是忙没抽出空来。他搬来一把凳子让李拴住坐下。李拴住有些局促，低着头不吭声。

"拴住，在想什么？"

李拴住抬头看着田宏喜，又低下头，好一会儿，说："说真话吗？"

田宏喜说："当然说真话。"

李拴住又犹豫起来，说："俺想娘，真想！"接着他似乎是在解释，声音里却带着哭腔："排长，这算不算革命意志不坚定啊？可是，可是……俺真的想俺娘啊！"

田宏喜望着远方，好半天嗫嚅道："俺也想，俺也想啊！"田宏喜不由得想起了卧床不起的娘，一阵酸楚涌上心来。

"你也想娘？"李拴住惊异地望着田宏喜。

好一阵儿，田宏喜才回过神来："都是父母生爹妈养的，怎么能不想？"

李拴住一下子怔住了，半晌才说："排长，俺以为干部都不想娘，原来你也想啊！"

田宏喜笑了，说："当干部也是人，是人都会想自己的亲人。不要说俺这小干部，咱独立旅的齐旅长是大干部吧，据说他也想家呢。"

"真的？"李拴住眼睛瞪得大大的，好一会儿，他情绪低落下来，说，"那年家遭了灾，我还没出生爹就死了，俺是俺娘一个人拉扯大的。"

田宏喜关切地问："部队搞调查时，你不是还有兄弟吗？"

李拴住说："俺家兄弟三个，俺是老小。闹鬼子那年，汉奸逼大哥参加保安队，其实就是汉奸，大哥不去，汉奸找了好些人来打俺哥，俺哥一气之下杀了那个汉奸，离家出走了。"

"你二哥呢？"

李拴住叹了一口气，说："二哥从小体弱多病，后来病死了。大哥逃走后，我还小，家里没有了生活来源，娘说，二哥其实是饿死的。现在家里就剩俺娘一个人了。"

两人默默地坐着，陷入对亲人深深的思念中。

田宏喜说："拴住，你是独子，部队有规定，你这种情况可以留守。我向领导反映一下，申请你去留守的部队，也可以到地方工作。拴住，留守也是革命工作啊！"

"不，排长，你别说了，俺想过了，俺不走，这会儿回去算什么呢？部队走了，战友们也走了，俺却留下来了，乡亲们会怎样看俺，就算不是逃兵，离逃兵也不远了！"李拴住的眼神十分坚定，"老班长说，沂蒙山后生都是好样的，俺知道他是在鼓励俺，可俺也不想当孬种啊！"

田宏喜握着拴住的手，动情地说："好样的，拴住，老班长说得对，咱沂蒙山后生都是好样的，没有一个孬种！"

副排长赵旺财跑来说："排长，排里一点儿粮食也没有了，上级要我们在这儿待多长时间啊？"

田宏喜说："至少今天走不了。"

赵旺财显得有些急，说："就算今天走，午饭怎么办？"

在老区及北上的路上，部队筹粮本是很简单的事，只要将人数报到村公所管事的就可以了，已打好了招呼，各地都有准备，然而现在是特殊情况。从驻地出发至今已经四天了，按上级的通知，出发时准备三天的口粮。不少战士连三天的口粮都没带够。在延山受降战斗时，由于任务急，有的战士把口粮丢失在了行军的路上。田宏喜心里急，嘴上却说："别急，连里会有安排，或许马上就会通知我们。"可不一会儿，通信员传达了连长的命令，命令很简单，只有四个字：休整待命。

赵旺财问:"连长就没说其他的?我们在这里要待几天?"

六子牺牲后,刚到连部的通信员是一个十七八岁的后生,他说:"连长没说。"

田宏喜来到炊事班。说是炊事班,其实只有两个人。灶上早已架起了锅,锅里却空空如也。见到田宏喜,炊事班班长咧咧嘴,却什么也没说。

二排在村头空地集合。田宏喜想,与其让战士饿着肚子待在老乡家里,不如集合起来学习文化以转移注意力,但战士们完全不在状态。

丁家村第一次驻扎军队。村民聚拢起来站在远处观望,准备出门的村民们也停下了脚步。

"报告排长,全排集合完毕。"副排长赵旺财报告。

"同志们,请稍息。"田宏喜的嗓子有些嘶哑,看到战士挺胸抬头努力保持着军容,他为他们感到自豪,却也感到愧疚,"同志们,延山一战,我们胜利了,大获全胜!军区罗政委听到胜利的消息后连声说,好,好,好!我还听说,上级要为我们三连请功!"

"好!"战士们一起高呼。是啊,有什么比打了胜仗更让战士们高兴呢,目睹了几百名鬼子和伪军缴枪投降的全过程,一想到那个场景,战士们都感到无比的骄傲和自豪。

"同志们,我现在要说声对不起,打了胜仗却让同志们饿肚子,真的对不起!"说完,田宏喜敬了一个标准的军礼。

战士们突然议论起来,声音越来越大。一个战士说:"小鬼子都让咱打败了,饿几天肚子算什么!""排长,没事的,咱沂蒙山后生怕这怕那,就是不怕饿。"一个战士高声说:"对呀,没饿过肚子那还叫沂蒙山后生?你们说是不是?"大家一起笑起来。

田宏喜也笑了,是啊,沂蒙山后生哪个没饿过肚子呢?小时候,他饿得饥肠辘辘,看见地主家的孩子在吃肉包子,心里发誓,只要自己也能吃一顿肉包子,这一辈子就知足了!想着,他不由得又笑起来。

"同志们,"田宏喜挥挥手让大家安静,说,"这个村子只有几十户人家,战乱又使大部分人外出逃难了,老乡们也很穷,拿不出更多的粮食给我们。现在只有一个应急办法,挖野菜充饥。"他突然提高声音笑道:"有没有不知道野菜的啊?"

队伍里轰地笑起来。一个战士说:"不知道野菜那不是傻子吗?"另一

第 七 章

个战士故意说:"那你知道野菜吗?"战士回答:"你看我像傻子吗?"队伍里一片笑声。

部队解散后,战士们三三两两地上山挖野菜。

围观的村民们沉默了。八路军打鬼子他们是知道的,八路军是一支仁义之师也是知道的,但他们宁可自己饿肚子也不向村民们伸手,这是他们万万没有想到的。

丁村长走过来,激动地说:"田排长,你们这是,你们这是……"他有些语无伦次。

"丁村长,不碍的,我们年轻,少吃几顿没问题。"

"不行,这样不行,八路军为俺们打鬼子,俺们不能让你们饿肚子。"他招招手,几个年长一些村民走来。他说:"大家看到了,孩子们还饿着肚子,咱能忍心吗?"几个村民纷纷表示,可以筹些粮食。

田宏喜想想,道:"丁村长,你看这样好不好,排里有几个伤员,虽然都是轻伤员,但也需要休养。我想让伤员集中在一起,你们筹些粮食给伤员用,如何?"

丁村长点着头道:"好,好,就这样,就这样。"他面露赧色,叹息道:"村子小,也太穷,委屈八路军同志了,委屈八路军同志了啊!"

四

城东罗家巷子是有钱人家居住的地方,这里巷深,僻静,清一色的瓦房,老百姓通常不会来这里。巷子深处有一座宅子,它夹在众多的大瓦房中间,十分隐蔽。宅子三进院落,显示出当年的气度和阔绰。三进院后还有一处长方形的小花园。花园年久失修已近荒芜,园内杂草丛生,西边的凉亭倒了半边,园子中间的一棵柏树竟然也黄了叶子,十分荒凉。

入夜,月黑风高,罗家巷子显得越发阴森神秘。一个黑影闪进了罗家巷子深处的宅子。宅子的主人叫李仲修,清清瘦瘦,戴一副金丝眼镜,一副账房先生的模样。刚刚进来的人长得肉乎乎的,是李仲修的远房外甥张二两。

李仲修的父亲是前清举人,原住在临沂城。日本鬼子进城时,一把火烧了他的家，受到惊吓的母亲很快去世了。父亲举家迁回河西老宅，不久也去世了。李仲修在家排行老二，还有一个哥哥和一个弟弟，兄弟三人发誓报仇，便一起参加了国军。远房外甥张二两紧随其后也参加了国军。自兄弟三人走后，这座宅子一直空闲，越发荒芜凄凉。

"二两，后面没人吧？"李仲修问。

"没，绝对没有，叔，俺转了好几个巷子才回来。"张二两说。

"胡大可、徐仁宗安排好了吗？"胡、徐两人是情报处的侦察员。原本李仲修并不想让他俩来，他对处长说，人多乱，龙多旱，鸡多不下蛋，况且他俩不是本地人，人生地不熟。共产党的地盘不比别的，搞得不好是要出问题的。但处长执意派二人前来。

"你放心，叔，按照你指定的地点都安排好了。"

李仲修说："电池带来了吗？"

"叔，带来了，俺找到城东杂货铺，老板人不错，还给俺了一个火烧……"

"你怎么说的？"李仲修打断张二两的话。

"叔，俺按照你的嘱咐，说俺姑姥爷家的收音机电池没电了，那收音机可是个稀罕物件，姑姥爷全凭这个过日子，那老板一听，二话没说就拿出电池，他还说俺是个好后生，孝顺……"

"好了，好了，带来了还不赶快装上。"李仲修显得有点儿不耐烦。二两什么都好，特别是精通无线电和机械维修，这也是带他来的原因，就是话多，简直就是个话痨。李仲修皱着眉头说："赶紧把电池安上！"

张二两满脸堆着笑说："是，叔。"

李仲修说："你我现在都是身负重任的党国军人，别总是叔啊叔的。"

"是，叔，啊不，处座。"

李仲修是骑二军情报处副处长，只因家在河西，处长执意把他派回来，要他在最短的时间里搞清楚八路军有关北上的情况。抗战期间，国共之间尽管有摩擦，但兄弟阋墙外御其侮，他回来是一回事；日本鬼子投降了，国共之间的关系变得十分微妙，他回来就是另一回事了。他制定了一个颇为详细的计划，包括找什么人，以一种什么身份，在什么情况下搜集情报，整理好情报后怎样脱身，等等。至于他本人，躲在这座宅子里尽量不出门。搜集情报是他的本行，抗战时期，他在济南、青岛和临沂搜集日伪情报，成绩十分

第 七 章

显著。然而这是在他的家乡，是在共产党的地盘，他的老师曾说，谁能在共产党的地盘上搞到情报，谁就是情报天才。

李仲修认为，到河西来搜集情报是对的，因为河西离八路军总部很近，但派他来绝对是个错误。虽然他从小就离开了这里，县城里认识他的并不多，但他毕竟是这儿的人，他的父母、兄弟都在这里生活过，他和这里有着千丝万缕的联系。更使他百思不得其解的是，抗战时期国共虽有摩擦，但毕竟是友军，难道日本人一走，友军瞬间就成了不共戴天的敌人？

张二两从墙角取出一个破旧的箱子，打开后取出电台，娴熟地装上电池，随后走到窗前，从窗户一角抽出一根铜线系在电台天线上。铜线另一端沿窗边一直伸向院中那棵枯黄了叶的柏树上。铜线枯树，浑然天成，人很难看出这是电台天线。电台很快发出嘀嘀嗒嗒的声音。

从李清办公室出来，凡慧脑子里还萦绕着在办公室开会的情形。李清神色庄重地传达了山东分局领导以及军区敌工部领导的指示，大意是部分日伪军拒不向八路军缴械，敌我顽在齐鲁大地上犬牙交错，形势十分复杂。近来反动势力加紧了对我根据地及八路军军情的刺探。分局领导指示他们，要加强防备，防止敌特分子渗透，窃取情报……

夜深人静，街道上黑漆漆的，秋风吹拂着地上的落叶，发出唰唰的声音。越是静寂，凡慧的思绪越是汹涌万千。宏喜立了功，此时他是不是正在春风得意呢？在中学时，那个老实巴交的小子根本就没有进入她的慧眼。她只记得他不爱说话，当然更谈不上热情和浪漫，有时候还挺窝囊。上体育课时，同学们像一阵风一样跑着，他却总是龇牙咧嘴地跑在最后面。从那天向他道歉时起，她改变了对他看法。其实他挺爱说话，有时候说起来甚至是一发而不可收，他不缺乏奔放的热情，也不缺乏洞察事物的锐敏……

凡慧走着想着，脸上浮现出淡淡的红晕。一声轻微的响动打断了她的思绪。这响动原本并没有什么异常，譬如，住家人出来送客，过路人旅店投宿，住店人出门小解，等等，然而发出响动的方向是罗家巷子。凡慧寻声望去，一个黑影一闪拐进了胡同。

"谁？我看见你了，快出来！"凡慧大声喊。

"再不出来我喊人了！"

"别，别，凡慧姐，是我啊！"那个黑影从胡同里闪出来，一边走一边说，声音颤抖着，充满了恐惧。

"你是谁？"黑暗中猛地出来一个人，凡慧声音害怕地变了调。

"我呀，凡慧姐，俺是二两。"

"二两，怎么是你？"凡慧十分诧异。

说起张二两，跟凡慧还有撕扯不开的关系。上学时他和凡慧一个中学，比凡慧低两级。那年秋收麦子，一条小蛇从麦垛上溜下来，正好掉到了凡慧的小褂里。冰凉的小蛇在凡慧胸前扭来扭去，凡慧几乎吓掉了魂，她凄惨的喊叫声让在场的人不知所措。离凡慧不远的张二两飞快地跑过来，他不假思索地把手从凡慧的脖领处伸进小褂，一把把蛇拽了出来。凡慧一下子蹲在了田埂上，浑身瑟瑟发抖。好大一会儿，她煞白的脸上向张二两挤出一丝笑容。自那之后，凡慧见了张二两总有些不好意思。

凡慧问："你不是参加国军了吗？"那年骑二军从河西县城路过，张二两从队伍中出来跑到凡慧面前，大声喊她，张二两一身戎装，很是神气。

"凡慧姐，你好吗？"见了凡慧，二两高兴起来，"听说你在县里工作了，当干部了，是吗？凡慧姐，你还是那么漂亮……"掏蛇那件事后，凡慧与二两之间的关系近了起来。此时的张二两又恢复了平日里的话唠。

凡慧的脸微微红了一下，但很快就恢复了常态。

张二两还真机灵，他听出凡慧的疑惑，赶紧说："抗战胜利了，可以松口气了，我请了假回家看看。"于是，两人便聊了起来，同学、老师、学校……

"宏喜哥好吗？听说他立功了！"

凡慧睁大眼睛："你知道？"

张二两越发得意，说："我当然知道，我还知道宏喜哥当副连长了！"

凡慧更加惊奇了，说："真的假的？我怎么不知道？"

张二两十分得意，说："我叔说的。"

"你叔？他怎么知道？他也回来了吗？"

张二两突然意识到自己说漏了嘴："没，没，没回来。"张二两情不自禁地回头看了看，说："凡慧姐，我家里还有事，来我家玩啊。"说完便匆匆地走了。

看着二两的表情，凡慧顿生疑心，可又说不出有什么不对的地方。

第 七 章

第八章

一

延山一战,三连一批人员立了功受了奖。在二排,较突出的除了田宏喜,往下数就是田大膀了。田大膀那一发精准的炮击,在全旅甚至是在整个根据地都传开了,传得神乎其神,说,有个田大炮,打炮功夫甚是了得,说打鬼子的头就不打鬼子的脚,隔着沂蒙山就可以炸飞鬼子的炮楼……话传到田大膀耳朵里,他得意地眯缝着眼,一副十分受用的样子。

旅部命令,田宏喜提升为副连长,副排长赵旺财任排长,一班班长王长锁任副排长,田大膀任一班班长。

一连三天没战事,也没有训练。战斗胜利的喜悦、上级奖励的自豪,随着时间的推移也慢慢降温了。由于连续作战的疲劳和缺少给养,二排驻地变得毫无生气。

田宏喜心神不定地坐在窗前,凝视着茫茫夜空中的点点繁星。他不知道自己该做什么,能做什么。远处,越过一个低矮的山头,那里就是延山。延山,他在地图上反复研究过很多遍的地方,也是他一战成功的地方。延山的地形地貌已深深刻印在他的脑子里。可延山近在咫尺,却是可望而不可即。日伪军投降后,军区派了一个连进驻延山。仅一天后,延山的各种物资开始启程运往根据地各部队。

田宏喜肚子咕咕地叫,他咽了口唾沫。战士们已经三天没吃一粒米了,如果算上出征以来，战士们已经十几天没吃过一顿像样的饭了。连日的劳累，战士们的身体已虚弱到了极点。

延山仓库储藏着大批的粮食。昨天他去延山，告诉那个连长，自己姓田，就是围困延山日军的排长。连长一听，非常高兴，握着他的手说："我听说过你，你是英雄，年轻有为啊！"可当听说借点儿粮食时，连长的脑袋摇得像货郎鼓一样，两手挥舞着好像在擂战鼓，说："粮食不是你的，尽管延山是你们收复的，当然粮食也不是我的，我的任务是看管，是把这些粮食安全送往根据地。谁来要我给谁，我岂不成了军需官了？你明白吗？我没这个权力！我们的战士吃的粮食是自己带的，仓库的粮食我们也一粒都不能动，我们的粮食也要断顿了……"

田宏喜想想就生气，好说歹说，告诉他，自己是借不是拿，有借有还，上级给养一到马上还他。但那个连长油盐不进。可是人家也说得没错啊！况且人家也快断顿了。总之，生气，生莫名的气！

延山离这儿只有二十多里路，岂不是守着粮食没饭吃？田宏喜突然想，如果我们去偷点粮食呢？接着他呸呸了两口，自言自语道："什么叫偷？应该叫拿，叫取，叫借……"百无聊赖的田宏喜铺开地图，饿着肚子突发奇想开始了他的借粮推演——

这是一场夜袭战，对，就是夜袭战。他首先在延山南侧正门外画了一个点，那是守卫连连部。东区守卫是一个排，西区是一个排。两区之间是操场，操场视野开阔，四周可一览无余。操场一侧堆放着汽油桶，是日本人还未来得及运出的空桶。田宏喜笑了，兴趣陡增。油桶可成为穿过操场的最好屏障，从而使开阔的操场成为守卫的空当。操场西侧是一片密集的小树林，借助小树林进入操场轻而易举。他不由得笑出了声，成也地形，败也地形。

出其不意，攻其不备。田宏喜想起守卫连长摇头晃脑的样子，他做梦也想不到我会去"借"粮吧！这叫神兵天降！田宏喜甚至想象得到那个连长傻眼的样子。犹如鬼斧神工，田宏喜在地图上迅速走笔，从西侧进入，从西南侧撤出，兵力分配虚虚实实，如何吸引哨兵，在西仓库东侧实施"借"粮……像制定一场真正的作战方案，又像在完成胡科长布置的作业，整个方案一气呵成。末了，他思忖片刻，在地图上方标注：延山借粮夜袭战兵力部署示意图。

田宏喜双手抱在胸前，满意地看着方案，似乎延山已掌握在自己的股掌之中了，他自言自语道："如此，焉能不稳操胜券乎？"

"报告副连长，"田大膀一步跨进来，大声说，"一班班长田大膀报告！"

田宏喜正沉浸在编织的蓝图中，田大膀打断了他的思路，说："大膀，不在班里好好待着，瞎跑什么？"

田大膀四处看看，见没人便坐了下来，说："喜子，我现在大小也是个班长了，你对我说话别太那个了。"

"哪个了？"延山一战，田宏喜对田大膀真刮目相看了。看着他认真的样子，田宏喜不由窃笑，这个鲁莽的家伙也知道维护自己的形象了。

田大膀摆出一副认真的样子，说："看在咱是光着屁股一块长大的份上，你说实话，现在俺可是八路军了吧？"

"说什么呢？谁说你不是八路军了？"

田大膀沉吟了一下，说："其他排里有好多俘虏过来的，咱排就俺一个……"

"那又怎么了？八路军里俘虏过来的多了，听说，师参谋长就是俘虏兵，人家还是老红军呢！"

"真的！"田大膀圆睁着眼睛，愣怔了一下，小声说，"那不一样，人家那是投诚，俺是俘虏。"

"你瞎嘟囔什么呢？参加了八路军那就是一样的，都是人民的子弟兵。况且，你现在都是班长了，那就是正经八百的八路军了。"

听田宏喜这样说，田大膀似乎释然了许多。好一会儿，他说："喜子，你饿吗？俺可是饿得前胸贴着后脊梁了。"

"大膀，你现在可是班长了！"

田大膀眨眨眼，神秘兮兮地说："喜子，想不想搞些粮食？"

田宏喜说："少在这儿装神弄鬼的，有话说有屁放。"

"没劲，没劲，喜子，当连长了还说脏话。"田大膀摇着头，似乎又恢复了在田家村当混混时的样子。

"你放不放？不放我可走了！"田宏喜知道大膀又有鬼点子了，故意激他。

田大膀赶紧说："放，放。"说完，他拍了一下嘴说："嗨，都让你把我绕进去了。"随后他小声说："延山不是有粮食吗？"

其实，田大膀一进来说粮食，田宏喜就猜得八九不离十，他肯定是打延山的主意，田宏喜情不自禁又想起自己的借粮方案。

"喜子，想什么呢？"田大膀见田宏喜发呆，拍着他的肩膀喊。

田宏喜回过神来,排长赵旺财、副排长王长锁一前一后走进来。

田宏喜一见便说:"既然都来了,咱们就开个会,商量商量。"

大家落座。王长锁说:"副连长,我说了,你可别生气。"

田宏喜一愣,说:"生气?为什么生气?"

王长锁迟疑了一下,操着浓重的四川话说:"我不是党员,但党的政治思想工作我知道。我是说,政治思想工作不是万能的,不能当饭吃。"

田宏喜说:"老班长,有话你直说。"

王长锁有些激动,说:"战士们三天没吃一粒米了,要从出发算起已连续十几天没吃过一顿饱饭了。战士们的身体已经很虚弱了,要提高战斗力不光要进行思想教育,还得要吃饭。"

"你有什么想法?"田宏喜说。

王长锁犹豫了一下,说:"让排长说吧。"

赵旺财看了王长锁一眼,回头对田大膀说:"一班班长,你说。"

"你们要是都不说,那就散会。"田宏喜故意说。

田大膀急忙站起来:"俺说,俺说,延山的路俺熟,他们不给,俺们就去偷,活人总不能让尿憋死。"

王长锁很不满意:"你这个田大膀,都当了班长了,会不会说话啊?别说得那么难听好不好?为了革命,为了同志们,我们就是拿点儿,借点儿,取点儿,什么偷啊偷啊的,好像我们是土匪一样。"

"对,对,借,是借。"田大膀咧着嘴。

"赵排长,你说说看。"田宏喜说。

赵旺财想了一下,说:"无论如何这样下去不行,一些体质弱的战士已难以支撑了。可我吃不准,贸然到延山……"他想说偷粮,抢粮,还是借粮?想了半天也没想出一个合适的词,只好省略了,说:"只是别搞出乱子才好。"随后他又说:"听副连长的。"

三个人一起看向田宏喜。

田宏喜站起来,毫不迟疑地说:"俺同意!"

场面一下子活跃起来。王长锁站起来:"是嘛,守着粮食饿死,那不是饿死的,是傻死的嘛。"田大膀大声说:"是嘛,俺知道,谁傻副连长也不傻。"副连长同意,而且这么痛快,是赵旺财没有想到的。

田宏喜当然明白。如果再没有粮食,战士们的身体可能会出问题,作为

第 八 章 117

排长，那就是犯罪。如果去延山"借"粮，田宏喜想，最多是犯错，让战士们吃饱肚子，我犯点儿错又如何？一天来，他不停地找出各种理由来说服自己，鼓励自己，然而最后他还是否定了自己。

田宏喜对王长锁说："老班长，听口音，延山守卫连长也是四川人。"

"真的？"王长锁睁大眼睛。

田宏喜十分肯定说："应该是，老乡见老乡，两眼泪汪汪。你去见见他，做做他的工作。有上中下三个结果，上，征得连长的同意借些粮食，打个借条，供给来后立刻还；中，争取连长的同情，睁一只眼闭一只眼，让我们自取少量粮食应急，如果上级追究，责任在我们，这一点一定要说清楚；下，做不通工作，他仍然坚持原则。"田宏喜凝视着窗外，叹了口气说："老班长、赵排长、大膀，我不是不想搞粮食，是我们不能啊！那已不是日本人的仓库了，那是军区的仓库啊！"

王长锁站起来说："副连长，你放心吧，我去见他，只要他是四川老乡，我就不信，他不给点儿粮食。"

田宏喜说："老班长，拜托了！"他对王长锁寄予了希望，也期待守卫连长能网开一面。但他预测，这个办法基本是行不通的，这是从那个守卫连长坚决的态度看出来的。除去让老班长去谈，他似乎从心底还抱有一线期待，那是什么呢？

田大膀悻悻地走出房间。

出门时，赵旺财无意间看见了放在炕头的延山借粮夜袭战兵力部署示意图，他诧异地向田宏喜望去。

田宏喜摆摆手，示意他不要声张。

田宏喜的肚子又开始咕咕地叫，眼前闪着金星，他身体摇摆了一下，然而就在那一刹那，他突然明白了他在等什么，供给会到，也许就在明天。无论供给到与不到，他都要让战士们抱有希望，哪怕是抱一天的希望。

军事理论认为，物质力量与精神力量是融合在一起的。如果是一把刀，物质力量是刀柄，精神力量则是锋利的刀刃。

对明天抱有希望给人以精神力量。

二

连长于福田急得像热锅上的蚂蚁,他派出多人四处告急筹粮,但最快也要后天才能到。无论如何不能想象,让刚刚立了功的战士们在这样一个时候忍饥挨饿。他突然站起来,脱口喊:"六子……"他想说,六子,你去看一下指导员回来了没有?话刚出口,他便僵住了。

恰巧艾指导员进门,二人对视,脸上布满了伤感。

一想起六子,于连长心里如同刀绞一般疼痛。八路军通信全部依靠通信员。部队分散在各地各个山头,战事一开,要在最短的时间里把上级的命令传达到每个部队,通信员要翻山越岭,甚至穿过炮火连天的战场。当战场沉寂下来作战部队休息时,通信员还在路上飞奔。不知从什么时候开始,通信员往往是一些年轻战士,有的甚至还是孩子。

六子是累的啊!于连长转过身去,任凭泪水肆意地流淌。

艾指导员知道于连长对六子的感情,他轻轻拍了拍于连长的肩想安慰几句,叫了声"连长"就再也说不下去了。

好一会儿,于连长声音嘶哑地说:"旅长怎么说?"

"齐旅长正和师里联系,请求延山仓库拨粮给二排,但不知中间哪个环节出了问题,命令还没下到延山。"

"指导员,你跟旅长熟悉,能不能跟旅长好好说说?"于连长带着央求的口吻说。

"老于,近几天沂河水暴涨,水路旱路都不通,现在最直接、最快的办法就是让延山守卫部队拨粮。"

旅长齐恩站在作战地图前。近一段时间,他几乎没离开过作战室。

一个参谋匆匆走过来,小声报告说,三连的粮食还没得到解决。齐旅长一向沉稳,而此时却一反常态,火冒三丈地大声说:"怎么搞的!"齐旅长的说话引得作战室里的人惊讶地朝这边看。

齐旅长已经三次给师里打电话,也给师长本人通了话。到底哪个环节出了问题?三天了,再耽搁下去是要出大事的。在缺乏给养并且看不到改善的时候,体力和精力都会受到影响,人的意志也往往会产生动摇。在这样一个关键时刻，部队思想发生动摇，作为旅长，他是有责任的！他拿起电话："接军区！"他微微停了一下，又慢慢地放下了电话。良久，他又拿起电话，说："请接河西县孟庆立书记。"

自从上次见齐旅长，孟庆立心里总有一种说不出的感觉，那是什么，他不知道。齐旅长那若有所思的神态总在他脑海里萦绕，那举止、那眼神，甚至举手投足，都给他一种似曾相识的感觉。当然，他们曾经断断续续一起工作了多年，彼此间十分熟悉，这并不奇怪，可是，这种似曾相识的感觉明明是刚刚才产生的。不知为什么，只要一静下来，这种感觉在脑子里便挥之不去。

"爹，"凡慧走进孟庆立的办公室，拿起桌子上的杯子咕咚咕咚地喝，边喝边说，"渴死了，渴死了。"

孟庆立疼爱地看着凡慧，说："坐下，慢慢喝。"

"爹，部队最近有行动吗？"凡慧抹着嘴说。

孟庆立说："你指什么？"

凡慧挠挠头说："我也说不好，比如大的行动。"

孟庆立想了想，说："好像没有，部队的事我知道的也不多。"

凡慧用一种异样的口气说："爹，张二两回来了，我觉得挺奇怪的。"

"张二两，谁是张二两？"

"你不记得了，他爹就是城南棺材铺的张老板，他叔是城东罗家巷子的李仲修，后来参加了国军，听说打仗很勇敢……"

电话铃响了，话筒里传来齐旅长的声音："是老孟吗，我是老齐。"寒暄几句后，齐旅长说："我有困难就只能找你老孟了，这不怨我，是你的错！"

孟庆立笑着说："老齐，我何错之有啊？"

齐旅长说："谁让你是我的贵人呢，这难道是我的错？"

孟庆立哈哈地笑起来。接着，齐旅长说延山二排已断粮三天了，补给最快也要两天后才能到，但眼下战士们无论如何不能再等了……

孟庆立打断了齐旅长的话，不容置疑地说："老齐，你不要说了，这本来就是我们的责任，告诉我部队的位置就行了。"

齐旅长感激地说："让我说什么好啊，地方政府已经负担了规定的给养，本不该再给你们增加负担了，可是……"

"老齐，你不是说，我是你的贵人吗？我再贵一次如何？哈哈！老齐，别耽误时间了,告诉我位置!"

齐旅长感激地说:"那就谢谢了,部队在离延山二十多里的丁家村,副连长叫田宏喜。"

凡慧在漫无目的地翻书,突然电话里"田宏喜"三个字跳入了她的耳朵,她竖起耳朵仔细听,其他却什么也没听清。她赶紧走过来,问:"爹,是在说田宏喜吗?"

孟庆立并没答话,放下电话后立刻拨通了李清的电话:"李书记,你马上到我办公室来一下。"

"爹,出什么事了?"凡慧问。

"独立旅一个排在延山断粮三天了,需要紧急支援。"

"延山?是包围延山鬼子的那个部队吗?"

"应该是。"

凡慧一句比一句急:"爹,那不是宏喜吗?"

看着凡慧着急的神情,孟庆立突然想起齐旅长、王政委对田宏喜的称赞,说:"好像是叫田宏喜。"

"爹,你都忙糊涂了,他可是你的学生啊!"

父女俩正说着,李清一步跨进来。孟庆立当即向他交代了任务,末了,他神情庄重地说:"你组织人即刻出发,这是救急,骑马随身带些煎饼即可,明天早上务必让战士们吃上饭,后续的事再议。"

三

丁家村地处偏远,土地贫瘠,连年的战争使这个原本不富余的小山村更加贫困。山区的夜晚来得特别早。刚过七点,山村就笼罩在夜幕中,一片静悄悄的,偶尔传来几声狗吠。

饥肠辘辘的田宏喜刚躺下,排长赵旺财匆匆走进来:"副连长,一班有几个战士到老乡的地里揽地瓜。"

田宏喜想了想,问:"都这时候了,地里有吗?"

赵旺财说:"算有吧。"

第 八 章

"什么叫算有？"

赵旺财迟疑了一下，说："是田大膀带头去的，俺吃不准算不算犯纪律，你要不要去看看？"

在昏暗的油灯下，田宏喜看了赵旺财一眼，说："走，看看去。"

在西厢房，几个战士见田宏喜进来，怯生生地低下头。田大膀靠在炕边，拧着脖子面朝西墙，一脸不服地喘着粗气。炕边放着一小堆比地瓜蔓粗不了多少的地瓜。一个战士偷偷地抹着嘴角上沾着的泥。

在山区，在已收获过的地里捡地瓜称"揽"。田宏喜对揽地瓜太熟悉了，小时每年秋收后他都和一群小伙伴上山揽地瓜。那年头，地瓜是老百姓的主要口粮。田宏喜知道，一块地瓜地允许外人揽时至少已经是两遍之后了。第一遍是地的主人，第二遍是天冷后农闲时主人全家一起上山揽。战士们去是第三遍了。揽地瓜是个慢工细活，也是个力气活。因为两遍后浮在上面的地瓜都被揽走了，剩下的不是埋得太深，就是"跑"得太远。要像翻地一样挖得很深，挖得很远，一直挖到地头，用锨把土块拍碎，最后把那些粗细大小不一的地瓜根也统统收拾起来。

田宏喜看着地上那一小堆粗细不一的地瓜根，里面竟然还有几个鸡蛋般大小的地瓜。田宏喜一阵心酸，连穷苦百姓都不要的地瓜，战士们却捡了回来。

"在田家庄时，一天我可以揽多半筐呢。大膀，你今天揽了多少？"田宏喜企图打破房间内沉闷的气氛，打趣地问。

田大膀转过脸来，气呼呼地说："副连长，你说，这算是违反纪律吗？天很快就上冻了，这些地瓜放在地里就冻坏了，到时连猪都不吃。"他嘴角撇了撇又说："你看，这也叫地瓜？"

"不叫地瓜叫什么？叫地豆子（土豆）？"田宏喜捡起一个鸡蛋大小的地瓜笑道，"这个倒像个地豆子，可是你叫它地豆子，它答应吗？这可是原则问题！"

战士们都笑了，房间里的气氛顿时缓和了许多。

田大膀也咧开了嘴，给战士们一五一十地说开了："揽地瓜得有耐心，还得细心，这里有窍门，给你们说你们不听，撅着屁股使劲刨，结果，你看看，你看看，剜了一堆地瓜根。"

田宏喜饶有兴趣地看着听着。

一个战士说:"班长,揽地瓜就得使劲刨,不刨怎么能找到地瓜?"

田大膀说:"刨,要看在哪儿刨?揽地瓜就是找那些跑瓜,知道什么叫跑瓜吗?嗨,就是跑得很远的瓜。知道跑瓜在哪儿吗?都在地头上呢!要顺着根慢慢找,根越来越粗,这就离地瓜不远了,这叫'顺根找瓜'。"田大膀一边说一边用手比画着:"顺着根向前找,用手扒拉扒拉土,再用锹剜剜土块,然后揪尾巴一拽,嘿——"

"一个大地瓜!"一个战士高兴地说。

"啥也没有!"田大膀双手一摊哭丧着脸说。

战士们哈哈大笑起来。

田大膀说:"副连长,给你说吧,不是俺水平不行,技术不高,是地里真的没有地瓜!"

田宏喜拿起一个鸡蛋大小的地瓜说:"大膀,同志们,这已经很不错了,成绩大大地好!"

战士们又笑了起来。

屋外小院里传来一阵喧闹声。丁村长带领一干人走进来,田宏喜急忙迎上前去:"丁老先生,有什么事情吗?"赵旺财及战士们也随后走出房间。不大的院子立刻挤满了人。

丁村长双手抱拳:"惭愧,惭愧!"他回头挥了挥手,几个村民走过来,不由分说把手中的篮子塞到了战士们的手里。是煎饼!

田宏喜见状忙说:"丁村长,这不行,你们也不富余,部队的粮食马上就到了……"

丁村长紧紧握住田宏喜的双手,颤颤巍巍地说:"排长,说句不知天高地厚的话,我叫你一声孩子,你让老朽难过了!"

田宏喜忙说:"丁老先生,不,大伯,你不用这样,俺们没什么的,真的没什么!"

丁村长动情地说:"八路军是仁义之师,古今少有。八路军所到之处,百姓理应箪食壶浆。八路军做到了,可我们没做到啊!孩子们打了胜仗,反而让孩子们饿肚子。"他声音有些哽咽:"田排长,不说了,不说了,你要是看得起咱山区的百姓,看得起老朽,就把煎饼收下!"说完,他挥挥手,引村里一干人头也不回地出去了。

就在田宏喜送丁村长出门时,凡慧和小云骑马正急驰在去延山的山道上。

第 八 章　　123

天色渐渐暗下来。凡慧放慢了速度，让马沿着弯弯的山道前行。万籁俱寂，只有秋风穿过山林发出啾啾的声音。

本来，李清接受了任务。当办理停当准备出发时又接到通知，一个团的部队今夜将从河西通过，并做短暂的停留。事关重大，他不得不留下。

凡慧一把将马缰绳揽了过来，说："我去！"

"不行！"李清坚决地说。

凡慧翻身上马，笑道："李老师，放心吧，我保证把粮食送到！"

见凡慧动真的了，李清有些不知所措，这里离延山足足五六十里山路，天已黑了，万一出点意外怎么办？他生气地说："别乱来，凡慧，快下来……"

小云不知从哪儿冒出来，对着李清笑着说："李清哥，别担心，还有俺呢！"

"小云，你怎么来了？"

凡慧莞尔一笑："俺让她来的。"

小云快步跑到李清面前，撒娇地嗔道："俺不能来吗？"由于跑得急，小云一下子冲到了李清面前，李清立刻感到了一个姑娘温馨的气息。

李清像一个长辈看着孩子一样笑着说："都长这么大了，还像个孩子……"

小云不依不饶，索性拉着李清的胳膊说："俺不是孩子，李清哥，你小看人，俺和嫂子去延山时连日本鬼子都不怕。"她央求道："你就让俺们去吧。"

凡慧说："别犹豫了，我不去还有合适的人吗？况且，这是救急啊！"

两个姑娘翻身上马，一拍马股，飞驰而去。

看着凡慧和小云远去的背影，好一会儿李清才回过神来，就这么走了？也许在潜意识里，他觉得这是个机会，让凡慧去见宏喜一面，战争年代给这两个年轻人的机会并不多。可是要走五六十里的夜路啊！

四

太阳从东方山脊线上缓缓升起，金色的霞晖洒落在大地上。空气中弥漫着湿漉漉的芳草气息,刚刚苏醒的山雀发出叽喳的叫声。

两个姑娘走了一夜的山路,人困马乏,然而,一种神奇的力量驱使着她们,使她们义无反顾地走着。

小云,这个刚满十七岁单纯率真的姑娘,怀着对外部世界的向往投身革命队伍。短短的一个月来,她看到了多少令人感动、使她终生难忘的事情啊!整个沂蒙山仿佛是一架不知疲倦的机器在轰轰隆隆地运转,纯朴的乡亲们对八路军充满着信任,对未来充满着希望……

她骑一匹枣红色的马,马背一边一个硕大的包袱随着马的颠簸不停地上下跳动。此时,这个年轻姑娘的心里却涌动着滚滚波澜。在她心里,哥哥是多么高大威武,她未来漂亮的嫂子使她感到无比骄傲。可不知什么时候,在不知不觉中李清悄悄地走进了她心田,甚至逐渐取代了哥哥和嫂子的位置。这种感觉是怎样产生的连她自己也不知道。此时,这个情窦初开的姑娘一会儿笑,一会儿眉头紧锁,固执而又矛盾的想法反复在她脑子里显现着、交织着。临行时,她几乎冲到了李清哥的怀里,想到此,小云脸上又浮起羞涩的红晕。

凡慧骑着马在山路逶迤行驶,不紧不慢。委实太累了,已远远看见了延山,凡慧紧绷了一夜的神经终于松弛下来。她放缓了脚步。宏喜在干什么呢?立了大功,当了副连长,也许正春风得意呢?凡慧面露笑意,心想,过去人们说,好铁不打钉,好男不当兵。这句话绝对不适合宏喜,宏喜到部队真如鱼得水一般。

那天上完最后一课,凡慧不由自主地向学校操场走去。她知道,宏喜一定会在那儿。"你天天看这本书不觉得枯燥吗?"见田宏喜仍然在看《战争论》,凡慧好奇地问。

宏喜没回答她,反问道:"你喜欢唱歌吗?"

"喜欢啊,我真的喜欢,只要唱歌我就高兴!"

宏喜笑了:"就像你喜欢唱歌,我喜欢读书。"

"可是,这样的书你不觉得枯燥吗?"

宏喜默默地望着凡慧。是啊,为什么会喜欢关于战争的书呢?许久,宏喜说:"有关战争的书似乎有一种魔力,总是吸引着我,只要我一看就放不下来,就热血沸腾,就想入非非,就一直读,甚至反复读。"看着凡慧惊讶地望着自己,宏喜讪讪地笑着说:"你信吗?"

第 八 章

"信，我信。"凡慧嘴上说信，心里还是有些疑惑，好奇地问，"你说，你想入非非？"

田宏喜不好意思地说："你别笑话我，我就说。"

凡慧说："我怎么会笑话你呢？你说，我保证不笑话你。"

田宏喜认真地说："读着读着，我好像成了一个大将军，指挥着千军万马，把日本鬼子全部消灭了。我骑着高头大马，背着盒子枪，挎着指挥刀……你说，我威风吗？"

看着沉浸在自己想象中的半大小子，凡慧扑哧一声笑了。

田宏喜一下子蒙了，立刻想到自己刚才说了什么，脸一直红到了脖颈："我说了，你不能笑话我，可你笑话我了……"

凡慧赶紧止住了笑。她相信他，她分明看到了他清澈的眸子里充满着对知识的探求，对未来的希冀。这个身材不高、略显清瘦的农家小子似乎变了，她感受到的不是他的腼腆、他的窘迫，而是文雅，是执着，是勇敢，是大智若愚。也许就从那时，在凡慧眼里，宏喜宛如夜空中那颗最明亮的星，深深地嵌入了她的心。

马颠簸了一下，凡慧一下子回到了现实，甜甜的笑容还凝结在她秀丽的脸上。她回头看小云，她一脸倦容，头发在秋风中任意地飘舞着。凡慧心痛起来，她还是个孩子啊！在飘舞的头发下，小云脸上呈现出一种奇怪的表情，是笑意，还是愁容？

"是孟领导吗？"话音刚落，一个身影从路旁的树林里闪出来。孟凡慧被吓了一跳，定睛一看，原来是一个八路军战士。战士高兴地说："是孟领导！我认识你，你给我们做过报告。"

在那个战士的引导下，凡慧、小云走进丁家村。

排长赵旺财满脸堆笑，说："孟领导嫂子，你们来得太及时了！"他一边说一边招手迎凡慧进房间。一进房门，凡慧上下打量着房间。赵排长急忙说："这条件太简陋了，孟领导嫂子别见怪。"

听见赵排长对凡慧奇怪的称呼，小云笑着撇撇嘴。

凡慧介绍："这是我们县妇救会的田小云，是田宏喜的妹妹。"

赵排长做出一个夸张的表情："俺说今天怎么这样喜庆，敢情来的都是贵人啊！"他停了一下，说："田领导妹子，你们先稍坐，俺去去就回。"说完他走出门口，大声说："通知各班，立刻派人来把煎饼领回去。"

赵排长一出门，小云扑哧一声笑了："嫂子，刚才那个排长说什么了？"

看着小云笑弯了腰，凡慧说："说什么了，那么好笑？"

"他叫你孟领导嫂子，叫俺田领导妹子，啥称呼啊！哈哈！"小云伸头向外看去，见没人又返回来，说，"嫂子，俺哥怎么不来？"

"俺也纳闷，他干什么去了？"

说话间，赵排长走进来乐呵呵地说："感谢啊，两位领导，今天战士总算吃上饭了，你们也没吃吧？"说着，他拿出一沓煎饼，不好意思地说："这还是你们带来的。"

凡慧忙说："赵排长，你别那么客气，宏喜呢？"

赵排长一下子怔住了，说："你们不知道？"

小云忙问："知道什么？"

"他不是去河西了吗？你们没见到？"

"没有啊？他为什么去河西？"凡慧问。

"具体俺也不清楚，连里通知，让他不用回连里，直接去县里找孟书记报到，好像挺急。"

两个姑娘不约而同地对视了一下，目光中流露出失望的神情。

第 八 章　　127

第九章

一

田宏喜一身便装在大街上漫无目的地走着，各种叫卖声不绝于耳。一晃三年多过去了，再次来到他曾经上学的地方，不知怎么有着一种不适的感觉。

河西县地处蒙山南麓，一条贯通县城的大道将周围十几个镇埠串联起来，东侧有直达临沂的通衢官道，地理位置十分优越，交通极其便利。中街是河西县主要的商业街，自古就是鲁南一带商贾云集的地方。街两侧众多的商铺从事的行业五花八门，主要以山区的土特产品为主，譬如药材、山货、土烟、干鲜果等。抗战胜利后，糊口谋生的行当雨后春笋般地生长出来，多年不见的茶楼酒肆出现了，饭铺、药店、诊所开张了，小商小贩遍布街头，算卦的、看相的、捏泥人的、卖花生瓜子的、卖狗皮膏药的也开始走街串巷……街道恢复了往日的繁荣。十四年战争动乱，房屋建筑在战乱中破损和陈旧了许多，像一个步履蹒跚的老翁，然而，当和平来临时，县城似乎一夜就换了人间，一切又是那样生机勃勃，宛如人世间一道别致的风景线。

那天，田宏喜刚送走丁村长后回到住处，田大膀便走进来，不由分说塞了两张煎饼。现在想起来，他真感谢大膀送来的那两张煎饼，否则他根本坚持不下来。委实太饿了，他刚咬一口，连部通信员传达了于连长的通知，要他立刻去河西县孟书记处报到。在八路军中，除部队领导与地方政府有联系外，基层部队很少与地方政府接触。

田宏喜走进孟书记办公室。

由于是师生关系，也由于是长辈与晚辈的关系，孟书记同田宏喜的谈话显得十分轻松。他端来一杯水放在田宏喜面前，亲切地说："宏喜，喝水。"其实，孟庆立对自己这个学生只有一点模糊的印象，齐旅长、王政委对田宏喜的称赞让他十分意外，从齐旅长和王政委的话中，他隐隐约约感觉宏喜和凡慧好像还有点儿特殊关系，这不由让他格外注意这个年轻人。

一别三年多，田宏喜倒有几分拘谨。他认真回答了孟书记的提问，包括在学校、在部队，也包括延山战斗。

孟书记关心地问："宏喜，最近还有时间看书吗？"

田宏喜老老实实地回答："校长，最近队伍上事情多，几乎没有时间看书。"

"你目前在看什么方面的书？"

"最近在看《地形学》，是胡科长在保定军校的教材，分析一些战例。"

孟书记还是颇感意外："后生立志于此，好，好！"孟书记教书出身，一生钟爱诗词歌赋，也颇有些研究，虽参加革命多年，但一直搞敌后工作，对于军事，特别是战术是地道的门外汉。

"你对目前国共之间的力量对比怎样看？"孟书记问。

田宏喜完全没有想到孟书记会问这样的问题，他也曾就这样的问题问过胡科长。他不好意思地笑笑说："校长，我只不过看了几本战术方面的书，你是领导，这样的大道理老师你指教才是。"

孟书记说："但说无妨，我非常想听听来自部队的想法。"

田宏喜明白了孟书记的意思，他思考片刻，说："那好，我就说。在武器、装备、兵力，甚至是军事素质上，国共无法相比。尤其抗战胜利后，国共之间在军事力量上的差距越来越大了。但八路军占有精神要素的优势，国军并不看重这一点，我以为这是他们的失误。精神要素并非凭空来的。精神要素与军队士兵的意志是一致的，而精神要素、军队士兵的意志又与战区的民心是一体的。当军队士兵的意志和战区的民心紧密融合时，就会产生精神的和物质的力量，最终可以形成战斗力。我以为，长此以往，国共双方的力量对比应该会发生变化……"此时，田宏喜完全没有了刚来时的拘谨。

看着这侃侃而谈的年轻人，孟庆立心里为之一振。这些理论对他来说也颇为新鲜，由于工作的忙碌，他很少有时间读书，更难有理论上的升华。

见孟书记沉思，田宏喜不好意思起来："校长，这些不是我的创造，是胡老师的，也可以说是学习后的感受。我在这里夸夸其谈，实在是造次了！"

"不，不，宏喜，你说得很好！"孟书记对自己这个学生真的刮目相看了。

电话铃响了，是齐旅长。田宏喜接过了电话。齐旅长的语气很平稳，有三层意思：一是河西对部队帮助很大，此次县委需要部队配合，他们义不容辞；二是任务关系到部队的行动，任务重大，责任重大，相信他一定能够完成任务；三是要服从孟书记及地方政府的指挥。

田宏喜有些紧张了，究竟什么任务，还要齐旅长亲自交代？

孟书记看出了宏喜的顾虑，说："宏喜，不必担心。"接着他向田宏喜交代了任务。据群众反映，参加国军的张二两回来了。这原本并没有什么，抗战胜利后，不少国军军官和士兵陆续回来，有探亲的，也有开小差的。可传闻张二两的表叔李仲修也回来了。李仲修是国军情报军官，加上夜里传出的电台声，事情似乎就不那么简单了。李仲修自小离开河西，以后没有人见过他，近些年唯一见过他只有田宏喜。这就是让田宏喜回来的原因。

二

那是一年前的事情。

傍晚，连里接到命令，护送几位领导穿越敌占区封锁线。于连长带队，田宏喜带一个班全程护送。队伍沿连绵的青纱帐行进，跨过一条河，前面是一座小山。小山西边七八里地是日本鬼子的王村据点，由十几个日军和一个中队的伪军把守。

天蒙蒙亮时，队伍来到山边，向东绕过小山走三四里就是游击区，再有个把小时就可以到目的地了。走了一夜，人困马乏，于连长命令队伍原地休息。

刚刚坐下，负责警戒的战士猫着腰慌慌张张跑来报告："前面发现敌人！"

于连长一惊,这个时间、这个地点怎么会有敌人?于连长问:"是鬼子还是伪军?"

"看不清,大约有十来个人。"

于连长小声发出命令:"隐蔽!"

远处,一支队伍沿小山一侧向王村方向走。于连长说:"别惊动他们,让他们过去。"

队伍走近了,是一队荷枪实弹的伪军。队伍中有一个人被五花大绑着,跟跟跄跄地跟着队伍走。

于连长也看到了。

这是一个两难选择。任务是护送领导过敌占区封锁线,而不是救人,况且那是什么人也不得而知。

"二排排长,说说你的看法。"于连长说。

田宏喜注视着越走越远的伪军,良久,说:"连长,十几人连夜押送一个人,那人肯定不是普通的人,只要到了日本据点,他绝没有生还的可能,我们没有见死不救的道理。"

"有什么具体的方案?"

"连长,你带队伍护送领导继续走,我带两个战士去救人。"

"具体点儿。"

田宏喜竖起大拇指,眯缝着一只眼,像炮兵目测距离一样注视着远去的伪军,说:"还是赌!"

于连长会心地一笑,想了想,说:"你必须按这三点做,能做到这三点你就去。一、能救则救,不能救则迅速撤离;二、距敌至少在三十米以外,不得靠近;三、必须一枪毙命。"

"是,我保证做到这三点!"

趁着天亮未亮之际,田宏喜带两个战士悄悄地埋伏在一片小树林里。此时天色开始泛亮,一阵阵朦胧般的薄雾笼罩在田野上空。

伪军队伍由一名军官带领,他不停地轻声吆喝:"快一点儿!快一点儿!"队伍很快便进入了伏击圈。被押解的人在中间,左右一边两个伪军。

田宏喜调整好标尺,屏住呼吸,然而,押解的四个伪军却不断调整步速,忽快忽慢,围绕着被押解的人一会儿快半步,一会儿慢半步。按三八枪的击穿力,穿透伪军后很可能误伤被押解的人。见田宏喜不开枪,两个战士不解

第 九 章

地朝他看着，田宏喜摇摇手示意他们沉住气。他挥挥手，示意两个战士跟随他沿小树林尾随伪军向前走。

距王村据点不足三里地了，已看到了据点的炮楼，伪军队伍行军速度慢了下来，显然，走了一夜的伪军松懈下来。

此时，伪军队伍与田宏喜正处于四十五度角的位置。田宏喜的枪响了，一个伪军爆头应声倒下。

被押解人周围的几个伪军立刻趴在了地上。雾霭抑制了枪响的分贝强度，使声音减弱了许多。前面的伪军不知发生了什么，茫然地回头张望着。带队的军官嚷："是枪声吗？他娘的谁开枪啊？"

田宏喜发出命令："开始！"

听到命令，两个战士一左一右迅速蹿了出去。就在两个战士蹿出去的一瞬间，田宏喜的枪再度响了，伪军军官向前一扑直挺挺地摔在地上。两个战士在小树林中一边跑一边不停地向空中开枪，并大声喊："一排二排从左边上，三排四排从右边上！快，别放走一个汉奸！"

在朦胧的薄雾中，其余的伪军野兔子一般跳起来头也不回地跑回了王村据点。

被解救的人正是李仲修。

三

田宏喜在中街走着，心里有一种说不出的感觉，总觉得有人在看他。他偷偷地环顾四周，并没人注意他，尽管如此，他仍然感到不舒服。三年了，这是他第一次到县城，有一种似曾相识的感觉。

在一家成衣铺窗前，脏兮兮的玻璃上反射出他影影绰绰的影子：对襟袄，肥便裤子，圆口平底布鞋，褐色的礼帽，这原本是河西男人最常见的装束，然而习惯了穿军装的他总觉得怪怪的，很别扭，他摇摇头笑了。上中学时，见城里人穿这样的衣服，他羡慕极了，心想什么时候自己也能穿上这样的衣服呢？现在自己真的穿上了，却又感到十分不舒服。他突然想，如果凡慧看见自己穿成这样，不知会怎样笑话我呢！

这时，一个熟悉的身影从玻璃上映入田宏喜的视野。

那是一个五短身材、胖胖的年轻后生，他一身黑色的衣服，沿中街一侧由东向西快步走着，与田宏喜擦肩而过。他走到中街与斜街交汇处踌躇片刻，四下里张望了一下，然后向南走去，很快就消失在街尽头。

田宏喜心里一动，是张二两。或许是时间久了，或许因为他的穿戴，显然，张二两没有认出他来。

孟书记说，关键是张二两的叔叔李仲修。目前，他是否回来了还不得而知，但据现有线索分析，他回来的可能性很大。唯一的线索是张二两，只能通过他来找到李仲修。

"你的任务是指认李仲修。目前我们没有惊动张二两，在这之前万不能打草惊蛇。"孟书记苦笑了一声说，"宏喜，你别见笑，我们缺乏反敌特的经验，也没有这方面的人。我们已向分局和军区报告，请求派侦察人员来。"

田宏喜的肚子又传出饥肠辘辘的咕咕声。昨天跑了一夜，全凭大膀的两张煎饼撑到了现在。他走进一家小饭铺，还不到饭点，饭铺里冷冷清清的，一个客人也没有。

一个伙计跑过来，热情地对他说："客官，你需要点什么？"

"两个火烧吧。"

"俺们这儿的羊汤很好，你不来一碗吗？"

田宏喜摇了摇头说："不，就要两个火烧。"

伙计突然喊："你是宏喜大哥吗？"

田宏喜抬起头，仔细端详这个伙计，没有一点印象，犹豫地说："你是……"

"宏喜大哥，俺是锅饼，田锅饼啊！"见田宏喜还是想不起来，他有些急了，说，"俺家在村东头，靠大槐树最近的那一家，想起来了吗？田大膀问你要铅笔，你还到俺家来呢！"

田宏喜想起来，那一年放学回家，田大膀突然从大槐树后面闪出来，硬要拿他一支铅笔。他撒腿就跑，一进村便一头钻进一户人家。他记起来了，家里的一个半大小子叫锅饼。

"锅饼兄弟，都长这么大了，俺都认不出来了。"田宏喜笑着说。

田锅饼高兴起来，他喷喷着嘴说："俺都十六了，不小了。咱村就属哥你出息，当了八路军的连长，村里老人都说，从小就看你行！"

田宏喜左右看看，忙示意他别大声说话。

田锅饼马上明白，他眼睛眯成了一条线，说："哥，你稍等。"不一会儿，他端来火烧，还端来一碗羊汤："大哥，羊汤，老板说了不要钱，就是肉少点。"说完，他咧咧嘴，一副抱歉的样子。

"谢谢锅饼兄弟，这就很好了。"田宏喜刚端起碗，透过饭馆的窗棂，看见张二两一闪而过。他站起身冲到门口，见张二两由西向东匆匆走过。

田宏喜满腹狐疑地坐下来。

"大哥，你是在看刚才过去的那个人吗？"田锅饼问。

田宏喜说："兄弟，你认识他？"

田锅饼说："他常来买火烧，买得挺多。"

田宏喜说："买多少？"

田锅饼说："一买就七八个。他挺有钱，啧啧，穷人家哪能天天吃火烧，还一买就是好几个呢。"

田宏喜说："他不在这儿吃吗？"

田锅饼说："他从不在这儿吃，买了就走，出门右拐，好像是去城东。神神秘秘的！"

四

回到河西，凡慧对小云说："你回去休息，我去给李老师报告一下。"

小云头发一甩说："不，我也要报告。"说完径自向县委走去。

凡慧一怔，快步追小云："你慢点儿，等等我。"看着小云急匆匆的背影，想起小云最近一段时间的反常表现，凡慧突然意识到，这姑娘可能喜欢上李老师了。可她还是个孩子啊！

天公不作美。李清不在办公室。小云的情绪一下子低落下来，她挥着一根树枝，嘴里嘟嘟哝哝说个不停："讨厌，真讨厌，不好好在办公室待着，瞎跑什么……"

"小云，你说谁呢？谁瞎跑？"凡慧笑眯眯地问。

"没谁。"小云回过神来说。

"是谁不好好在办公室待着瞎跑啊？"凡慧明知故问。

"没谁，就是没谁！"说完，小云偷笑着跑开了。

"回去好好睡一觉！"凡慧喊。

望着小云远去的背景，凡慧自言自语地说："人真是奇怪，爱情一旦钻进心里，人就好像魔怔了一样，有时候，聪明人也变成了傻瓜，表现出令人费解的举动，甚至做出不正常的事情来。"

宏喜究竟在干什么呢？自己去延山，宏喜回河西，刚好擦肩而过。此时，凡慧急切地想见到宏喜。也许都是爱情闹的，见不到就会有期待，有期待就会有幸福，因为你知道你在等一个人，也有一个人在等你，不论什么时候，什么地方……凡慧走着，想着，自言自语着，自己是不是和小云一样也魔怔了呢？

和凡慧一样魔怔的还有情报处副处长李仲修。当然，他们魔怔的原因和表现大相径庭。李仲修是个聪明人，为了搞到日军情报，在抗战时期同共产党就有些来往，他尽量笼络共产党的情报人员，互换情报，甚至不惜花重金买情报。现在回想起来，那时他搞情报真是得心应手，游刃有余，而现在他却一筹莫展。

李仲修认为，目前最有效，甚至是唯一的办法就是广泛撒网，网络一切可以提供情报的人，为此他制定了一个较为详细的方案，还列了一个名单，让二两先接触摸底，必要时他再跟进。广撒网极易暴露，但广撒网却可以在最短的时间里搜集到情报，有利有弊，只能两害取其轻。用时间短弥补暴露的高风险，情报工作就是与风险博弈的过程。

几天过去了，工作没有大的进展。近期，在受降问题上国共发生了摩擦，但在大部分地区，如胶东、鲁中、渤海以及鲁西南等地的八路军部队正在大规模地开展整训，并在农村广泛开展土改工作。在山东军区和山东分局所在地沂蒙山地区，小组得到的消息也是原地整训。李仲修隐隐感到，他得到的情报恰恰是相反的，直觉告诉他，山东八路军正处在大规模北上的准备时期。然而他却拿不到足够的证据，仅仅是他的判断而已。上峰多次命令，要他加快进展，而且语气越来越严厉。

压力之下，李仲修在罗家巷子召开了情报小组第一次会议，小组成员悉数到场。开会真的是情非得已，也完全违背了他最初的设想。

李仲修开门见山，说："清谈误事，给我们留的时间不多了，要诸位来就是要商量个办法。养兵千日，用兵一时，请各位务必拿出些真经来。"

张二两、胡大可、徐仁宗三人面面相觑，默不作声。其实，在日伪时期，三人搞情报工作多年，都非等闲之辈。

张二两打破僵局："处座，能不能给上峰说……"他欲言又止。

李仲修挥挥手："有话直说，命令早已下达，一定要有个结果！"

"是，我是说，种种迹象表明，八路军尚没有大规模北上。"张二两一字一句地说。

沉默片刻，胡大可说："我与徐兄商量许久，与张二两不谋而合，八路军尚没有开始大规模北上，理由有四：第一，八路军善于宣传，但我们收集了共产党数种报刊，尚无一家对北上有报道；第二，目前各部队都在整训，完全没有大规模调动的迹象；第三，政府在筹粮，应该属于正常筹粮范围，没有筹措东北过冬的棉衣；第四，与国军一样，八路军中也出现了逃兵，但与北上无关。"

徐仁宗附和道："我同意大可兄的意见。我认为，共军至少还没有做好大规模北上的准备。"

胡、徐二人不愧是老情报，李仲修点点头说："二位的分析可谓有理有据，非常好！"可他话锋一转，说："尽管如此，我却不能同意二位的意见。"

在胡、徐二人分析时，李仲修的脑子在飞速地思索着，胡大可的分析让他脑洞大开，真有点豁然开朗之意，从而也更坚定了一直徘徊在他脑子里的一个判断。他思忖了一下，说："诸位，我早说过，共军不同国军，国军过于张扬，而共军则绵里藏针。没有宣传并不等于没有意图，也不等于没有行动，军事行动之前隐蔽自己的企图是一般的军事常识。没有大规模调动，但有小规模调动，而小规模调动往往是大规模调动的前奏，这也是一般的军事常识。关于筹粮、棉衣，如果要有，应该不是在本地。"

"处座的意思是共军近期有大规模活动？"胡大可说。

"对！"李仲修十分肯定地说。

没有结果就是结果。李仲修认定，山东八路军近期将大规模北上。他决定，立刻将情报及分析报告上峰，下一步小组各成员围绕这一主旨进行工作，重点是共军北上的时间、路线和规模。李仲修审视着他的成员，语气十分低沉："诸位毋庸置疑，不久事实将证明我的判断是对的。局势十分险峻，请诸位务必尽力,我们三天后撤出。"

看着三人悄无声息地消失在黑暗里,李仲修如释重负。毫无疑问,三天时间即便得不到准确情报,他也不得不撤。至于怎样给上峰解释,那就是他三寸不烂之舌的功夫了。有一点可以肯定,自己的情报及分析可以自圆其说,准确性也八九不离十。

"是该走的时候了。"李仲修长叹一声。十四年抗战,历尽艰辛,几次在生死线上徘徊,胜利了,原本应该衣锦还乡,而此时却是惶惶如丧家之犬,心中之苦难以言喻。

五

抗战胜利后,山东八路军的整体势力在迅速扩大。根据中央的指示,山东所属部队进行了整编,整编后总兵力连同地方武装达到二十七万,辖鲁中、鲁南、滨海、胶东、渤海等五个军区、八个师、十二个旅和一个海军支队。

政委王天宇曾兴奋地说:"老齐,从延安来山东时你想得到吗?想得到今天我们有如此强大的力量吗?那时我们人不过数千,枪不够一人一杆,那破枪连烧火棍子都不如,更不要说炮了。"王政委是八路军中少数受过高等文化教育的高级干部,和大多数知识分子一样,王政委很容易动感情。

延山之战后,独立旅度过了近年来最轻松的日子。

王政委进来时,齐旅长正和方参谋长下象棋。见王政委来,齐旅长说:"老王,坐,方参谋长是个臭棋篓子,待会儿咱俩杀一盘。"

方参谋长撇撇嘴说:"旅长,鹿死谁手还一定呢!你别高兴得太早了。"

"嗨,你这个老方,还不服!"

王政委坐在一边观战,心里也十分高兴,形势大好,又难得空闲,两位军事主官情绪高涨,实属难得。

齐旅长说:"老王,帮帮老方,给他支支着儿,要不一会儿就死了,不好看!"

方参谋长针锋相对："政委，你还是帮旅长吧，别一会儿被将死了不认账。"

王政委笑着说："观棋不语，这是规矩。"

不一会儿，齐旅长的败局就显现出来了。方参谋长的车一路杀过去，还有一个卒子拼命向前拱。齐旅长的车调不过来，马别着腿，付出了一个炮的代价却仍然无法扭转败局，最后只得推棋认输。他哈哈一笑说："这次不算，要怪就怪老王，他一来我就分心，还以为又有任务了，让老方钻了空子。"

王政委站起来说："老齐，愿赌服输哟。"

齐旅长说："老王，先别走，我有事和你商量。"

方参谋长说："好，你们谈。"说完就离开了。

"老王，最近难得有空，我想趁这个机会到部队转转。"

"好，我同意，这些日子你也太累了，借这个机会，你也可以休整一下。旅里的事你就放心吧，有我呢！你准备去哪个团？"

齐旅长说："想去一团看看。"

"好，正好去三连，小艾在那儿干得不错，还有，那个年轻排长是个人才，延山之战经验值得总结，值得推广啊！还有，"王政委想了想，说，"三连在河西县，也顺便去看看孟书记吧。"

那天送走孟书记，细心的王政委发现齐旅长仿佛有心事，特别是空闲时候，他双眉拧成一团，久久凝视着远方发呆。王政委关切地问："老齐，有事啊？要不，给老伙计透一透，看看我能不能帮点儿忙？"

齐旅长侧过脸来看看王政委，叹了一口气，没说话。

"老齐，这可不像你啊！"

齐旅长缓缓叙述了红军第五次反"围剿"失败后的经过，他话语沉重地说："一九三四年十月，我随红军撤离了苏区后就再也没见过她们娘儿俩。"

"以后你就没找过她们吗？"

"托人找过多次，村里人说她们去了鄂豫皖根据地找我。我又托人到鄂豫皖根据地打听，有人说，曾有一个南方妇女带着孩子来过，后来那妇女病死了，孩子被人抱走了。"

王政委急忙问："是什么人把孩子抱走了呢？"

"说是根据地的一个干部，鄂豫皖根据地那么多人，没名没姓，上哪儿找呢？"

"你有没有想过，孩子的母亲并没有死，也许是他们搞错了呢？"

"不，没有错，根据老乡的指点我去了坟地，亲眼看到了孩子母亲的墓碑，上写'吉安边家氏之墓'。"齐旅长有些哽咽，两颗硕大的泪珠挂在他满是皱纹的脸上，"我家就在吉安卞家镇。"

"老齐……"王政委动情地喊。

齐旅长起身从挂在墙上的文件包里拿出一个信封，他仔细地打开，取出一张发黄的报纸，小心翼翼地展开，指着报纸右下角一张图片说："老王，看看这张图片。"

王政委伏身看了看，不解地问："你让我看什么？"

齐旅长用手指指，说："这个人？"

王政委取出放大镜，好一会儿说："这是一九三四年白区的报纸，我没去过江西，不可能有认识的人啊？"

齐旅长说："这是我妻子。"

王政委惊异地说："你妻子？"

齐旅长说："一九三四年红军撤离苏区，当地老乡依依不舍为红军送行，政治部宣传员拍下了这张照片，恰好拍下了我妻子，照片登在了红军报上。我还清楚地记得标题是：万家空巷送红军。那年我回去寻找她们母女，破败的家中空无一物，我在墙角发现了这张报纸。"

王政委看了一眼报纸，疑惑地说："不对啊，这是一张白军的报纸。"

齐旅长说："这也正是我不解的地方，当时明明登在红军报上，可为什么又登在了白军的报上呢？不过，老王，你再仔细看看，这个人像谁？"

王政委再伏下身看报纸，摇摇头说："照片的清晰度太差，我还是看不清。"

齐旅长说："老王，你看像不像小孟？"

"小孟？哪个小孟？"王政委突然省悟过来，愕然地说，"河西县委的那个小孟？你是说……"

齐旅长凝视着窗外，说："那天我见到小孟，我有一种感觉，那个感觉太强烈了！她太像了！"

王政委兴奋地说："老齐，这是件好事，你找了这么多年，现在有个目标了，你应该高兴才是。"

齐旅长却一脸沉重："可是，可是，这是不是有点儿不可思议，就算孩子跟着她母亲到了鄂豫皖，可从鄂豫皖根据地到山东也有一千多里路，兵荒马乱的，她又怎么会来到山东？世界上真有那么巧的事？"

"听起来是有些匪夷所思，但世界上的事有些时候就是无巧不成书，万事皆有可能。你跟孟庆立书记是老伙计，你应该问问他，至少搞清楚是怎么回事。"

齐旅长默默地看着他的老搭档。

第十章

一

田宏喜住在县委办公室边上的一间偏房里，是县委的临时客房。

刚吃过早饭，李清来了。他说，得到确切消息，李仲修已到河西。县里已成立了由孟庆立书记为组长的专案小组。据了解，李仲修对情报工作十分熟悉，是搜集情报的高手。抗战期间，他多次潜入敌占区窃取情报并立功，曾与我党地下工作者有诸多的联系。在政治倾向上，他表现出对我党的同情和认可。另外，山东分局将派侦察员来河西。

李清说："宏喜，县委交给你的任务是，配合分局侦察员做侦察工作，利用你的优势，如果有可能，劝说李仲修投诚。"他叹了一口气说："亲不亲，故乡人，他毕竟为抗战做过贡献，不能就这么毁了啊！"

田宏喜把遇到张二两的事告诉了李清。

"他没认出你？"李清说。

"是，我们迎面走过，他没有一点儿反应。"

"你刚才说，他从中街走到斜街，然后向东去了？"

"是。"

李清沉思了片刻，面带喜色说："这就对了，斜街向东是罗家巷子，李仲修的老宅就在那里。"他兴奋地说："这个情况很重要，我马上向分局侦察员报告。宏喜，这件事千万注意保密。"李清说完匆匆走了。

送走李清，田宏喜无事可做，便走出客房再来到街上。河西县城面积不大，从县委到中街也不过一二百米。走过那间成衣铺，远远就看见那间小饭铺了。那天，他从小饭铺出来，两个火烧、一碗羊汤下肚，心里别提有多舒坦了。那羊汤是真正的汤，只有几粒羊肉渣，不过，田宏喜已经很知足了。没有敌人，没有任务，没有压力，似乎这一辈子也没这么惬意地吃顿饭。他再朝小饭铺走去。

在离小饭铺十几米时，他又看见张二两从小饭铺出来，手里还拿着一个布包。他仍然穿着一身黑，虽然走得挺快，但神态却十分坦然，似乎没有急事。

田宏喜不由自主地跟了上去。

张二两沿中街由西向东走，他从布包里掏出一个火烧，边走边吃。他大口大口咬着，仿佛是贪吃的饕餮。走到十字路口，火烧吃完了，他拍拍手，左顾右盼一番，然后朝北走去。

田宏喜若即若离地尾随着张二两。离开中街后，张二两的速度慢了下来，他不急不忙的，不时停下来向路边的铺子里张望，十分悠闲。

"这家伙是来逛街的吗？"田宏喜心里嘀咕。

半个时辰过去了，张二两仍然漫无目的地走着。

田宏喜对县城的街道不十分熟悉，他突然发现已经两次走过那间成衣铺了。张二两在兜圈子。他猛然醒悟，这小子在使诡诈。作战中，使用诡诈是以隐蔽自己的企图为前提的。胡科长曾说，诡诈实际是一种欺骗。张二两在隐蔽自己的什么企图呢？

"好小子，给我使诡诈！"田宏喜返身回到小饭铺。如果猜得不错，张二两要去罗家巷子，他还从这里走过。

田锅饼一见田宏喜，顿时喜上眉梢："宏喜哥，来了。"

田宏喜环顾不大的饭铺，问："锅饼兄弟，这有后院吗？"

"有，有，宏喜哥。"

来到后院，田宏喜拉着田锅饼小声说："兄弟，帮哥一个忙，记得刚才在这儿买火烧的人吗？"

田锅饼点点头。

"你到门口看着，一会儿他从门口过，你就来告诉我。"随后田宏喜又嘱咐，"别引起他的注意啊。"

果不出田宏喜所料，不一会儿，张二两出现了，他一反慢悠悠逛街的样子，快步溜进了罗家巷子。

二

孟凡慧走进父亲的办公室，一进门就大声喊："爹，你们也太不像话了！"

"凡慧，怎么啦？"听到凡慧的喊声，孟庆立从里间走出来。孟书记的办公室是个套间，外间的大些，里间的小些，之间的门上挂着门帘。

"你们太会使唤人了，也不管人家的死活！"凡慧气急败坏地说。在延山时，赵排长告诉她，宏喜三天没吃饭了，任务急，他是连夜走的。这使凡慧十分心疼。

"哟，这太严重了，这还了得。凡慧，告诉我，是谁这么坏？爹给你出气！"看着凡慧着急的样子，孟庆立立刻明白是怎么回事了，却故意这么说。

"爹，你看你，不关心人家，还故意气我！"

"凡慧，那能不能告诉我，人家是谁？"

"人家，人家……就是你学生嘛！"

孟庆立哈哈笑了，回头大声说："出来吧。"

李清、田宏喜笑嘻嘻地从里间走出来。

凡慧一见，立刻涨了一个大红脸，低下头小声嗔怪道："爹！"

看着凡慧的样子，不知怎么，孟庆立从她身上看到了齐旅长的影子，他揉揉眼睛，可明明就是齐旅长的神态，那举手投足，那表情……可为什么有这种感觉呢？

根据田宏喜报告的情况，县委做出决定，二十四小时监控罗家巷子。李清说了句"我去安排"就匆匆离开了。

"爹，你回家吗？"凡慧问。

孟庆立摆摆手。他坐在电话一边，焦急地等待分局的回话。他深感事关重大，责任重大，他督促分局尽快派出侦察员。

凡慧走到父亲跟前，说："爹，我们先走了？"

孟庆立心事重重，随口说："好，好，你们先走。"

第 十 章

凡慧转身向外走。田宏喜有些不知所措，不知是该走还是不该走。凡慧返身回来，拉了一下宏喜的袖子，小声说："走啊！"

走出县委，他们沿一条小路走着。见四下无人，凡慧突然放声咯咯地笑起来，她那白嫩的脸上浮现出一片红晕。宏喜不知所措地看着凡慧。见宏喜不知所措的样子，凡慧笑得前仰后合，指着宏喜那一身衣服说："喜子，瞧你那样！"

宏喜真感到窘迫了，说："我就知道你要笑话我。"

好一阵儿，凡慧止住了笑。她转过身来，仔细打量着宏喜。他脸色有些苍白，明显消瘦了许多，她一阵心痛，怜惜地说："宏喜，在队伍上很累吗？"

"我年轻，身板结实，顶得住。人家不是说了吗，傻小子睡凉炕，全凭火力旺。"

凡慧扑哧一声笑了："你以为你是什么，你就是个傻小子！"

"嘿嘿……"宏喜咧咧嘴，随后他关心地问，"凡慧，你去延山来回一天一夜，受得住吗？你一个姑娘家，是不是累得够呛？"

"受得住，没事，真的没事……"凡慧忽然鼻子一酸，眼泪几乎掉下来。从小到大，除外父亲，从没有一个男人以这样语气关怀她。她更没想到，宏喜也会这样怜香惜玉。

宏喜以埋怨的口吻说："你也是，那么远，还是晚上，让你去你就去，这样的事应该让男同志去，还有李老师，他怎么能让你去呢？"

凡慧抬头以亲切的目光看着宏喜，心里却说："你就是个傻小子，我去还不是为了你！"

宏喜突然站住了，双手抚摩着凡慧的肩，深情地说："慧，你这么漂亮，又这么柔弱，如果我在，我绝不让你去，我会替你跑一百趟一千趟，真的，慧，你信吗？"

"信，信，我信！"

"嫂子，你信什么？"小云冷不丁地冒出来，大声说。

凡慧害羞地把身子扭向一边，心里暗暗骂："我的傻妹子哟，早不来，晚不来，偏偏这时候来。"

"哥，李清哥让你马上去县委，他说挺急的。"小云看了一下满脸绯红的凡慧，"你们让俺好找，俺给李清哥说，俺这会儿来找你们，俺就是你们最最最讨厌的人，是吧，嫂子？"就完，她做了一个鬼脸。

凡慧故作生气，说："死丫头，知道还来！"

见小云一口一个李清哥，宏喜不由有点儿诧异，问："李老师什么时候成了李清哥啦？"

"哥，就你是哥，人家就不能是哥，你什么哥呀，也不关心人家，李清是哥，就是哥，气死你，哥！"小云一口一个哥，说话快得像炒豆子，宏喜和凡慧不由得哈哈笑起来。

三

三连自成立以来，不断有新兵补充进来，其中相当一部分来自伪军和国军。在新兵中，进步最快的当数田大膀了。如今的一班班长田大膀再不是当年田家村那个耍浑的混混了。他人高马大，腰杆笔直，一副器宇轩昂的样子，怎么看也想象不出他曾是远近有名的混混。延山之战，他一炮成名。田宏喜曾问他："你每次打炮都会那么准吗？"田大膀嘿嘿一笑，说："差不多吧，打炮这东西有时候也靠运气。"从未摸过炮的田宏喜一听，一副愕然的神情。不过，田宏喜还是很佩服他。

延山那准确的一炮早已传开了，有消息说，旅正在组建直属炮兵营，想调他去，为此，田宏喜还着急了一阵子。

艾指导员却不以为然，说："这是好事，我们连为旅输送了一个人才，是我们的光荣，另外，田大膀去了炮兵，更能发挥他的才能，也进步得更快嘛！"

于连长却有不同看法，说："指导员，田大膀是人才，我们三连留着不更好吗？"

"连长，你又不是不知道，我们连没有炮，田班长怎么打？"

"现在没有炮，将来就不能有炮？打延山时，上级不就给我们配备炮了吗？"

"老于，我问你，上级要调他走，你能挡得住吗？"

于连长不吭声了。其实，他心里明白，他不想让田大膀走，实在是想让田大膀带带兵，田大膀还真是个能带兵的人。

齐旅长、胡秋生一前一后策马直奔三连，警卫员紧随其后。前不久，旅宣布了军区的命令，胡秋生升任旅司令部副参谋长。

"老胡，听说你收了田宏喜做学生，可有此事？"齐旅长气喘吁吁地说。

胡副参谋长一夹马肚子，快步跟上齐旅长，大口喘着气说："算是吧，开始时我给他了一些书，后来接触多了，我常让他分析战例，绘制作战想定。在军区举办的军事培训班，我是他班里的战术专业课老师。"

"哦，难得你这战术专家给一个初出茅庐的年轻人如此待遇，看得出你对他有些偏爱。"

"是的，旅长，宏喜身上有一种潜质，如果给他合适的空间和时间，假以时日，让他特有的潜质成为性格上的特征时，他会发挥出令人难以预估的作用来。"

"你给他如此高的评价？"

"不，我对他评价并不高，很可惜，他虽有天赋，也用心，遗憾的是他没有受过系统的军事教育。"

尽管齐旅长早就注意到这个年轻人了，胡副参谋长对他的评价还是有些出乎齐旅长的意料。到三连调研早就在齐旅长的计划之内，其中一个目的就是实地了解田宏喜。当然他还有更深层次的考虑。在一次作战会议上，他曾说："国民党一直叫我们土八路、土包子，我想了想人家没说错，我们就是土八路、土包子。请问在座的各位，你们都是指挥员，打仗多年，但有一次是根据作战想定进行而取得胜利的吗？有谁进过军校？读过几本关于战略战术的书？客观上，我们共产党人没有这个机会，装备差，兵力弱，不具备大兵团的作战能力，但是将来呢？我们的战士大多来自农村，昨天还在种地，今天扛上枪就是战士，他们没有战术意识，也没有作战技巧，甚至没有文化。"胡秋生，这个全旅唯一上过军校的人，曾给全旅作战思想带来一线新鲜的空气，显然仅凭他一个人还远远不够。他曾与王政委、方参谋长商量，旅成立一个作战研究和培训部门，提升胡秋生为旅副参谋长，负责从全旅抽调人员充实作战研究参谋机构。田宏喜是其中的最佳人选。然而由于北上，旅作战研究参谋部门并没成立。

赶到三连驻地的时候，于连长正在组织全连唱歌，唱的还是那首《打蒙城小调》。战士们情绪高涨，一个个脸涨得通红，扯着嗓子干吼："春天来了，万物都发青啊，咱们的庄户人啊，家家忙春耕啊……"

于连长挥舞着胳膊指挥。见齐旅长一行到来，他高举起手对队伍喊了声"停"，然后快步跑来敬礼。

齐旅长满意地笑笑："好，好，士气很高，像打了胜仗的样子！"

于连长操着浓重的胶东口音，满脸堆着笑："谢谢旅长夸奖，打了胜仗，粮食供给到了，还有一头猪呢！"

齐旅长感慨地说："三连是应该好好休整了。延山战斗打得漂亮，战术运用得当，关键时候沉得住气、冲得上去，你和小艾要好好总结一下战斗经验。"他转头对胡副参谋长说："延山战斗是你搞的总体方案，最后总结也离不开你这个战术专家的意见。"

胡副参谋长说："旅长，你这样说就折煞我了，我提出的只是建议，大盘子是旅领导定的。"

齐旅长摆摆手说："老胡，功劳先不论，你和三连一起把延山战斗经验好好总结一下，这对我们今后的战斗，甚至对根据地都有指导意义。"说完，他四周扫视了一眼，问："小艾呢？"

于连长用手一指，说："在连部呢，旅长，我们去连部吧。"

还没到连部，老远就看见艾指导员从一间房子里走出来，手里还端着一个热气腾腾的盆。

"小艾！"齐旅长喊了一声。

猛地听见有人叫他，艾指导员一怔，抬头一看是齐旅长，立刻眉开眼笑："旅长，这么快就到了啊？"

"你这是干什么呢？"齐旅长问。

艾指导员笑嘻嘻地说："旅长，你赶上了，中午吃猪肉炖萝卜。"

齐旅长疑惑地问："你们哪来的肉？"

艾指导员说："还是后勤补给粮食时送来的。"

"都这么多天了，肉还没馊？"

艾家驹笑了，说："旅长，炊事班把猪肉放在山洞内的泉水里，放个十天半个月的都不会坏。萝卜也是连里自己种的，北上出发时埋在了地里，回来后又给挖出来了。"

齐旅长看了看胡副参谋长，两人不由笑了。

于连长说："旅长，进屋休息一下，准备吃饭吧。"

第 十 章　　147

齐旅长看了看手表，说："时间还早，我们先开个短会。你们的战斗报告我看了，说得很实际，但觉得还差点意思。今天，胡副参谋长是主角，由他来主讲。"

胡副参谋长想了想，说："最近，我认真梳理了一下延山战斗的前前后后，颇有感触。我还没有与别人交流过，齐旅长，正好今天我谈谈我的感受吧。"

齐旅长说："好，你讲，我们听。"

胡副参谋长的语速比平日快了许多："延山战斗，我们的敌人由两部分组成，一部分是一一三团，一部分是延山日伪军。对于一一三团，重点是抑制其重武器的发挥。要达到这一目的，关键是诱其进入上里镇狭长地带，并迟滞其行军的速度。对于延山日伪军，重点是让其固守延山据点等待一一三团来受降。为达到这一目的，需造成三个假象：一是造成我受降兵力十分强大的假象，二是造成我部正加紧部署将随时强攻的假象，三是造成一一三团将会前来受降的假象。

"战场上情况十分复杂，如果有多个重点，那么就要尽可能把多个重点归结为一个重心。把一一三团和延山日伪军多个重点归结为一个重心，那就是给延山日伪军、一一三团造成错觉，在可控的时间内有效阻滞双方会合。

"战场上，解决重心的最有效办法，是把兵力集中使用在一次主要行动上。独立旅的主要兵力放在了一一三团。这是因为一一三团有能力，也有胆量，延山日伪军已基本不具备作战能力，只需给其造成假象即可。

"不战而屈人之兵，是战争的最高境界。使用多种方式方法，甚至使用诡诈以造成对方产生错觉，做出与事实相悖的判断，从而达到上述目的。

"要强调的是，无论战术思想多么正确，确认的重心多么准确，战胜敌人最后一步是落实到部队的行动上。在延山战斗中，三连很好地贯彻和落实了旅战斗重心和造成三个假象的战术思想，采取的方式、步骤可圈可点，这也是延山战斗取得胜利的重要原因。"

"短会"一直持续了近两个小时。

四

　　田宏喜、孟凡慧走进县委办公室，孟庆立、李清都在，还有几个不认识的人。

　　其中一个人迎上来说："你是田副连长吧。"

　　田宏喜紧走一步举手敬礼："报告，我是三连副连长田宏喜。"

　　"我是山东分局保卫处处长宋平，田副连长年轻有为，延山战斗你可是大名鼎鼎啊！"宋处长话锋一转，说，"田副连长，请你来，是想听听你的意见。现在情况有变，中午张二两进去再也没出来，随后又有两个人进去，这有些反常。据附近的居民说，后进去的两人他们以前没见过。我们决定，实施最严格的监控，一旦发现有逃跑的苗头，立刻实施抓捕。"

　　孟书记说："一旦实施抓捕，交火就在所难免。如果交火，性质就发生变化了，也就是说，双方就成了铁定的敌我关系。那么，最初设计的劝降计划就落空了。"他顿了一下，又说："李仲修在情报工作上是个难得的人才，这样的人才不争取过来是我们的损失。宏喜，你和李仲修有过接触，你救过他的命。凡慧，你和张二两是同学，让你们来，是想听听你们有什么好主意。"

　　田宏喜看了看凡慧，说："能不能制造一个机会，让我与李仲修见一面？"

　　宋平说："有一定难度。"

　　凡慧试探地说："让张二两先出来？"

　　宋平说："你打算怎么让他出来？"

　　凡慧想了想说："我去说服二两他娘，让他娘来找他，就说他爹身体有恙，让他回家。"

　　宋平与孟书记对视了一下，说："办法可行！"他沉思了一下说："为避免打草惊蛇，你要把握两点：一是张二两的娘知不知道儿子在李仲修家，如果知道，此办法可行，否则此办法取消。二是张二两的娘愿不愿意配合，如果愿意配合此办法可行，否则此办法取消。"

　　傍晚时分，细细的小雨笼罩着这座小城。中街的商贩们纷纷将货物搬回店里，行人也加快了回家的脚步。不一会儿，中街便安静下来。

第十章　　149

罗家巷子附近的一处宅子里，宋处长、孟书记、李清副书记、田宏喜、孟凡慧等透过窗户紧张地注视着罗家巷子的出口。张二两娘进李仲修家五分钟了，一直没有动静。整条街都悄无声息，只有小雨淅淅沥沥地下着。

天越发暗了。昏暗中，张二两搀扶着他娘出现在巷口，走到中街，按宏喜、凡慧的安排右拐走进一个胡同。张二两有点儿奇怪，刚想说话，保卫处两个侦察员突然从一侧闪出来，张二两一下子呆住了。

二两娘说："儿子，别害怕，跟他们去吧，没有事。"

来到一个房间，宋处长及三个侦察员、孟书记、李清副书记、田宏喜都在，张二两立刻紧张起来。

凡慧走过去，拍拍张二两的肩膀，面带微笑地说："二两，别害怕，听他们的没错。当年咱们都在一起打鬼子，你忘了吗？俺们可没忘！"

张二两紧绷的神经松弛了一些。

接下来的事情十分顺利。张二两答应劝说李仲修投降。他眨着小眼睛犹犹豫豫地说："我不敢保证叔他听俺的，他，他……"见了李仲修，张二两从心里怯。

宋平说："过去我们是友军一起打鬼子，现在我们依然是朋友，现在的形势是，你们无论如何也走不出河西县。你告诉李仲修，与其刀兵相见，不如我们依旧作为朋友坐下来谈，不是他听不听你的，而是他要听我的，听八路军的，你明白吗？"

张二两点点头。

当送走张二两，宋平处长、孟书记等人焦急地等待时，齐旅长、胡副参谋长一行策马来到河西县。

三连的短会后，齐旅长来到二排一班，与田大膀的一班一块吃了午饭。当听到战士们吃捡来的地瓜根时，齐旅长的眼睛湿润了，他感慨地说："多么好的战士！这样的军队不打胜仗，天下没有这个道理！"

齐旅长曾在河西工作，县委的人大多熟悉他。县委办公室主任小声告诉他，孟书记和分局保卫处的同志在一起。齐旅长马上明白了。

天完全黑了，罗家巷子依旧悄无声息。埋伏在巷口的民兵沉不住气了，民兵队长问孟书记，要不要冲进去抓人。孟书记一脸严肃，说："没有命令谁也不许动！"

田宏喜走了过来，说："宋处长、孟书记，一直这样等，会不会久则生变？"

宋处长与孟书记对视了一下，说："田副连长，你有什么想法？"

田宏喜说："我去见李仲修！"房间里所有的人一齐看向田宏喜。

"你有多大把握？"宋处长问。

"有多大说不好，我救过李仲修，至少他不会把我怎么样。据我了解，李仲修是个聪明人，在这个生死攸关的时候，我觉得他不会犯糊涂。"田宏喜说。

凡慧上前一步，说："我也去！"

所有的人都诧异地看着孟凡慧。凡慧说："我和张二两是同学，他曾帮过我。"说到这儿，凡慧显得有些不自在，但很快便恢复了正常："二两是个老实人，打鬼子作战很勇敢，刚才他对我说他会努力劝李仲修的，我和宏喜一起去，也许情况会更好一些。"

齐旅长、胡副参谋长一步跨进房间。

孟书记惊异地说："老齐，你怎么来了？"

"怎么？我不能来？"

"哪里，哪里。"孟书记说着，连忙介绍说，"这是山东分局保卫处宋处长。"

宋处长向齐旅长、胡副参谋长简单介绍了现况。听后，齐旅长说："胡副参谋长，田宏喜是你的学生，你说说看？"

胡副参谋长思考片刻，说："我认为可以。至少宏喜的安全没有问题，中国人讲滴水之恩当涌泉相报，何况救命之恩。李仲修此人我也有所了解，此人尚有正义感，关键是此时此刻他的处境不容乐观，这应该是他考虑得最多的。至于效果如何，宏喜，你如果把以上意思以婉转的话语表达出来，我估计应该可以达到预期的目的。"

田宏喜老老实实地回答："是，老师。"

五

当见到田宏喜时，李仲修一下子怔住了，随即他便明白了田宏喜来的目的。

一年前，他奉命到临沂城侦察，完成任务返回时，由于叛徒告密，一队伪军突然冲到他跟前，打了他个措手不及，只得束手就擒。正是眼前这个年轻的八路军救了他。使他感慨和不可思议的是，两颗子弹正中伪军排长和押解伪军的脑袋，怎么会有如此之神的枪法？随后一个年轻的八路军来到他面前，他百感交集，当了日本的俘虏绝无生还的可能，完全是捡了一条命，当时自己激动的心情难以自持。

见到李仲修，田宏喜不由大吃一惊，眼前这个国军情报处副处长一副落魄的样子。一年前，他把李仲修从伪军手中解救出来时，李仲修浑身是伤，被捆得像个粽子，但依旧精神抖擞，怒目圆瞪，大义凛然。而现在，却判若两人。

"李处长。"田宏喜刚想说话，李仲修却摆了摆手，说："田排长，你不要说了，让我想想。"张二两傻呆呆地站在李仲修一侧，不知所措。

"二两，过来！"凡慧招招手。

张二两看了一眼李仲修，说："凡慧姐，啥事？"

凡慧故作生气，厉声说："叫你过来你就过来，废什么话！"

张二两再看向李仲修。李仲修低着头，没吭声。张二两磨磨叽叽地走过去，叫了声"凡慧姐"便低下了头。

"看你那样子，像霜打的茄子，让人家看见多丢人！"张二两的头耷拉得更低了，心里却不停地念叨："就丢人，就不丢人，就丢人，就不丢人……"

李仲修长叹一声："大势去矣！"也罢，日本人已投降了，都是中国人的天下了，在哪儿都一样，辱没不了祖宗。他站起身来，说："田排长，再次感谢你的救命之恩，走吧。"

县委办公室作为临时看守所。把李仲修等人安置好时，夜已深了，整座县城不闻鸡鸣狗吠。

那一夜，也许是由于连日来的劳累，凡慧睡得很沉，当她醒来时天已大亮。她匆匆洗了把脸便赶往县委。整个县委静悄悄的，空无一人。凡慧有些奇怪，她突然看见县委通信员搬着一把椅子走过来，她急忙问："人呢？"

"你说谁？是孟书记吗？"

"啊，对。"

"天还没亮，他去分局了。"

"保卫处的同志呢？"

"他们是一块走的。"

凡慧一听有些急："那八路军同志呢？"

"也走了，孟书记他们走后，他们也回部队了。"

凡慧还有些不死心，问："都走了吗？"

通信员不解地问："你是说部队的领导吗？"

"对，对，就是，就是部队的领导！"凡慧心里急，有些语无伦次。

"都走了，他们一共四个人，李副书记一直把他们送出县城。"

"李副书记呢？"

"不知道，也许回家了吧？"通信员奇怪地看着孟凡慧着急的样子，小心翼翼地说，"孟主任，没事我走了啊。"

凡慧的心情糟糕透了。她不知发生了什么，为什么所有的人都走了？宏喜也走了，这个傻小子，应该等等自己，至少应该打个招呼啊！她不知不觉走到了宏喜住过的房间，睹物生情，老天爷真是不公，让她和宏喜一次次地擦肩而过：

三年前，她去送他参军，她一次次奋力挤过去，却一次次被人群挤了回来。她只说了一声"我等你"，沸腾的人群便把他带走了……

两年前，在独立旅，她看见了宏喜，他走在雄壮的队伍里，用力甩着臂膀从她身边走过。她想喊："喜子，我在这儿！"然而她却喊不出，直到队伍走得很远很远……

一年前，在村头大槐树下，她多希望他留下来，哪怕多待一会儿也行，然而，她却毫不犹豫地劝他走，他也毫不犹豫地走了……

半年前，在三连那个晚上，他们刚开了一个话头，胡科长来了，她知道，胡科长是宏喜的老师，可是……

一个星期前，她连夜去延山，宏喜却连夜回河西……

昨天，他们在一起不足十分钟，小云来了……

今天，他不辞而别……

三年算下来，他们在一起的时间不足一天。然而，就在那一瞬间，凡慧又释然了，老天爷还是很眷顾她的，让她又见了宏喜一面，不是吗？

和凡慧一样感到懊恼的还有齐恩旅长。国民党骑二军距离山东分局驻地不过百十来里地，其情报处副处长潜入河西县并被捕，这件事无论如何都不是一件小事。山东分局指示宋处长、孟书记立即返回汇报。

天还没亮，宋处长、孟书记一行就上路了，齐旅长一直送到了县城边。一路上，齐旅长几次张嘴却又几次咽了回去，在这样的环境和氛围里，他真不知道该从何谈起，思来想去，心想，罢罢，先这样吧。

齐旅长长叹一声："不知道还有没有机会了！"

第 十 章

第十一章

一

延山战斗中断了三连北上的行程，再度出发已是一个月以后了。在这一个月里，山东、苏北、华北等地的八路军拉开了进军东北的序幕。与此同时，远在西南及中缅、中越边境的国军精锐也由水路、空中向东北开进。

在河西与宋处长、孟书记分手后，齐旅长立刻返回了独立旅。胡副参谋长和田宏喜一起返回三连。临行时，齐旅长交代，尽快将上里镇、延山战斗总结成稿上报。他说，现在不写以后没有时间了。山东八路军没有自己的军校，也没有自己的教材，成功的案例应成为部队最好的教科书，使指挥员平时训练有章可循，战时可作为参照。唯有如此，才可以使部队在战争中学习战争，并得以不断提高。

看着齐旅长远去的背影，田宏喜张了张嘴，却什么也没说。胡副参谋长了解田宏喜，刚想张嘴，田宏喜忙说："胡老师，走吧。"

田宏喜回到连部，欲言又止地说："于连长、艾指导员……"

艾指导员见状，给于连长递了一人眼色，说："田副连长，有事啊？"

"啊，啊，没，没事。"田宏喜前言不搭后语，"我是说田大膀。"

于连长说："田大膀怎么了？"

"田大膀是国军炮兵训练大队毕业的，受过正规训练，连里多几个这样的战士，战斗力就大不一样了！"

于连长说:"说得好,昨天我和指导员还在谈论这件事,看来我们应多争取些国军士兵。"

"没别的事,连长、指导员,我回去了。"田宏喜说完转身往外走。

"你等等。"艾指导员看着田宏喜那局促不安的神态,不觉陷入了沉思。他知道,田宏喜母亲的身体状况很差,要离开家了,什么时候回来不得而知。远行前见亲人一面是人之常情,然而这起码要求他却难以安排。他动情地说:"宏喜,让你失望了,不能让你回家看望母亲,就算我和连长欠你的……"

田宏喜急忙说:"连长、指导员,不能这样说,自古忠孝不能两全,这个道理我懂,你们和连里战士不是都没回家吗?放心吧,你们能这样说我已经知足了!"

要出发了,战士们在做最后的准备。在院子里,几个战士聚在一起,一边擦枪一边小声议论着什么。

副排长王长锁抚摩着一挺机枪,此时这个四川汉子温柔得像个小媳妇,他像绣花一样轻轻地擦拭着机枪。这是一支口径六点五毫米的日制大正十一式轻机枪,俗称"歪把子",是不久前在延山战斗中缴获的。上级命令,武器给留守部队和当地武装,北上部队武器到东北补充。歪把子和他无缘,就要和他分手了。

这是王长锁见过的最好的枪。枪体呈蓝紫色,透着寒光,子弹细而长,弹头十分尖,枪响的声音像炒豆子一样响亮而清脆。他随川军出川时,长官发给他一枝红缨枪,一次战斗中他换成鬼头刀,并扛着它参加了淞沪战役。当子弹雨点般地落在周围时,他紧握鬼头刀,圆睁着血红的眼睛蜷缩在战壕里,只要一露头就会被打成筛子,汗水浸透了刀柄,顺着刀盘一滴一滴流进泥土里。战场上没有硬家伙,那种令人窒息、悲愤和绝望之感让王长锁刻骨铭心!

一排排长姚贵十分敬重比他长好几岁的这个四川老兵,走过来劝道:"老班长,俗话说,旧的不去新的不来。你没听说吗?东北武器多了去了,随便你拿!"

王长锁抚摩着机枪,说:"我从来没见过这么好的武器,在淞沪,如果有它,我那些老乡……"他突然站起来,紧紧地抓住姚贵的手说:"川军不怕死,如果有这样的枪,川军弟兄们不会死得那么惨,更不会当俘虏,姚排长,你信吗?"

第十一章

"老班长，我信，我信，我们都知道川军是好样的，真的是好样的！"姚贵从未听说过王长锁当俘虏的事，此时他一脸诧异，但很快恢复了常态，他拉着王长锁："来，到我那儿去，咱兄弟俩唠唠。"他死拉硬扯地把王长锁拽走了。

田宏喜独自一人走出村子。

连日来一直是阴天。阴沉沉的天，灰蒙蒙的地，天空与大地连接在一起，人类仿佛又回到了混沌世界。

刚出村正遇着田大膀，田大膀问："喜子，你去哪儿？"田宏喜低着头摆着手说："别管我。"田大膀莫名其妙地走开了。出村口向北，田宏喜加快脚步直奔北山坡。

六子的坟在一个山坡上，周围长满了山枣棵，不远处有一片小树林。转过弯道，田宏喜远远看见六子坟前有一个人，他低垂着头，久久一动也不动。

是连长于福田。

他脸色铁青，两行硕大的泪挂在他蓬乱的胡茬上。他弯下腰，双手挖起一捧黄土，轻轻地洒在坟茔上……

田宏喜走过去，将一束野花插在六子坟前。

于连长站起身来，红着眼睛，沙哑着嗓子说："来了！"

这个粗犷的胶东汉子，内心有着令人察觉不到的柔软的一面。也许就是从那时，田宏喜对和他相处了三年的连长有了更深的认识。

于连长、田宏喜举手向六子敬最后的军礼。

二

三连再度踏上了北上的征途。

延山战斗的胜利，极大鼓舞了部队的士气，特别是经过广泛深入动员，三连精神面貌正处在一个极佳的状态。然而，当熟悉的群山被远远甩在身后最终变成天边的剪影时，队伍沉默了。战士们似乎突然明白，离开了，真的离开了，我的沂蒙山老家！

敌工干事付春亮来到三连，战士们一见付干事情绪变得高涨起来。"小喇叭，今天唱什么歌啊？"一个战士喊。"小喇叭，在联欢会上，是你唱得真好！""小喇叭，快给我们唱一个呗？"

队伍里笑成一片。

付干事笑着说："看来今天我不唱也不行了，非唱不可了。"

一个战士大声问："为什么？"

"因为你们都是大英雄啊！延山战斗你们的名气大了，全军区全山东都知道有个英雄三连了。英雄让我唱，我敢不唱吗？"

见付干事这样说，战士们自豪地笑了。一个战士喊："那就唱呗！"

付干事清了清嗓子，说："我这次要唱的，大家肯定喜欢。"

    人人那个都说哎，
    沂蒙山好，沂蒙那个山上哎，好风光。
    ……

付干事边唱边挥舞着手，示意大家一起唱。于是，队伍里响起了一片七高八低的歌声。

看着激昂的战士和沸腾的队伍，于连长十分满意，感慨地对艾指导员说："政治工作管用，这队伍好带多了！"

"是啊，是啊！"艾指导员也有同感。

看着艾指导员兴致勃勃地走着，于连长试探着说："指导员，你水平高，你说说……"

艾指导员打断于连长的话："哎，老于，你有事说事，少给我戴高帽子，我的水平真有那么高？"

"好，好，我不说，行了吧？上级要求把重武器都放下，轻装北上，这我可以理解，但不带武器这我就不懂了。"说完，他瞪着眼睛瞅着艾指导员。

"不是说，东北遍地都是武器吗？足够我们用的。"

"可是，枪是当兵的什么？是衣服，是鞋，哪有光着腚光着脚满街跑的？枪是当兵的命，当兵的没有枪也就等于丢了命，北上一路上经过国统区、土匪占山为王的地方不说，就是碰上散兵游勇的鬼子，我们总不能赤手空拳摔跤吧？"

"你这个老于，说怪话，让战士听见多不好。"

第十一章

"抗战这么多年，我们什么时候有这样的武器，给别人多可惜。"

"什么叫给别人啊？枪是留给我们的同志的，又不是给了敌人。"

于连长叹了一口气，说："我知道，我知道，可我这心里总有些……"

艾指导员拍拍于连长的肩膀，说："老伙计，别耿耿于怀了，又不是我们一个连，放心吧，也许过几天我们又打一个胜仗，枪多得拿不了呢！"

三

傍晚时分，天色暗下来，不一会儿下起了毛毛雨，雨丝由细变粗，终于尽情地挥洒起来。据当地人说，这是近几年来秋季下的最大的一场雨。

一场秋雨一场寒。天气格外冷。战士们纷纷披上雨布，在泥泞坑洼的山路上深一脚浅一脚地走着。

田宏喜感到自己特别累，浑身的骨头像散了架一样。下午，田大膀跑来告诉他，田家庄来的一个老乡说他的母亲前天去世了。他一把抓住田大膀的胳膊，面目狰狞地说："真的吗？"

部队终于停了下来。这是一条狭长的山沟，由西向东长绵延二十多里。山沟里有三个村子，村与村之间相隔三四里路。全连分别驻扎在三个村子里。一进村，赵旺财安排烧水做饭。田宏喜强打着精神对他说，今晚绝不允许一个人露天宿营。

走进一个低矮的土坯房，田宏喜上下打量着，这是一间农具仓库，墙角靠着镢头、锨、耙子等农具。西侧有一扇小窗，风裹着雨丝飘进来，屋里又冷又潮。可是，他却感觉很闷，闷得喘不过气来，房间像一个密封的铁桶，自己被圈在里面，又被人捂住了鼻子和嘴，好闷好闷啊！他感到浑身发热，嘴里发苦，恍恍惚惚地一屁股坐在柴草堆上。淋雨，连日的忙碌，母亲去世的噩耗，终于把这个大山的后生压垮了，他蜷缩在柴草堆中发起了高烧。

"副连长，喝口热汤吧。"不知过了多久，田宏喜模模糊糊地听到有人说话，他下意识地抬抬手又昏昏沉沉地睡了过去。

热，像火烤一样的热，让人难以忍受的热……在回家的路上，那熟悉的山，那熟悉的水，还有那甜甜酸酸的山枣。他跑着，跑着，汗顺着脖子往下淌，全身像开了锅，热，真热……

天下着大雪，他深一脚浅一脚地走在白茫茫的雪地里寻找走失的羊。天冷，出奇地冷，他哆哆嗦嗦地在漫天的大雪中跋涉。突然，是娘的声音，娘在呼唤他，他飞也似的跑过去，一头扎进了娘的怀里。娘紧紧地把他抱在怀里，很暖很暖……

蜡烛红红的火苗一跳一跳的，教室里怎么那样热？他举起手宣誓：我志愿加入中国共产党，作如下宣誓：一、终身为共产主义事业奋斗。二、党的利益高于一切……八、百折不挠，永不叛党。他感到全身都在燃烧……

轰！手榴弹接二连三地爆炸。他第一次参加战斗。弥漫的硝烟中，他看见一个影子斜刺里闪过，在火光的映照下，他看清了，是一个鬼子。他连想都没想，使出全身的力气投出他人生中第一颗手榴弹。他看见那个鬼子仿佛被什么东西绊了一下，猛地向前踉跄一步，接着如同一棵被刀砍倒的树骤然倒下了。他仰着头，好像在笑，狰狞地笑。手榴弹爆炸的热浪扑面而来……

一串串模糊且不连贯的回忆，让田宏喜处在氤氲难耐的酷热之中。他觉得自己在熊熊的大火中挣扎，手脚却被捆得死死的，动弹不得。

"副连长，副连长……"赵排长轻轻摇着田宏喜，不停地喊。

"啊！"田宏喜大吼一声，翻身坐起来。他想睁开眼，但眼睛好像被什么东西糊住了一样，好一会儿，他才模模糊糊看清眼前的赵旺财。

赵旺财被田宏喜的喊声吓了一跳，结结巴巴说："副连长，村头有人开黑枪，哨兵被打伤了。"随后他面带赧色说："副连长，你在发烧，要不是事情紧急，我也不会叫你。"

田宏喜一跃而起："走，看看去！"

已是后半夜了，雨仍然淅淅沥沥下着，天阴冷阴冷的。

"哨兵的伤重不重？"黑暗中，赵旺财和田宏喜一前一后急匆匆地走。

"还好，伤着了脖子，卫生员说没大碍。"赵旺财喘着粗气。

"是副连长吗？"黑暗中传来王长锁的声音，他四川口音在全连是独一份。

"老班长，怎么回事？"

"不晓得是哪里来的龟儿子一闪就没了，像个幽灵一样，动作太快了，天又黑，哨兵喊了一声站住，龟儿子抬手就是一枪。"王长锁骂道。

"有几个人？"

"应该就一个人，身手非常好，看得出来，是经过严格训练的，绝不是

第十一章

一般的土匪。"

村头不远是一片树林。半个小时过去了，仍然没有任何动静。

"副连长，"赵旺财小声说，"排里还有几个战士也在发烧。"

"你怎么不早说！厉害吗？"

"挺厉害的。"

望着黑黢黢的夜色，田宏喜对王长锁说："我估计今晚不会再来了，老班长，你留下，再加一个岗。旺财，我们一起回去。"

"副连长，你……"赵旺财关心地看着田宏喜。

田宏喜挥了一下手，说："我没事！"田宏喜自己也感到奇怪，刚宿营时，他觉得浑身闷热，脑子里像灌了铅，眼睛什么也看不清。但此时，他却有一种如释重负的感觉，浑身格外轻松，他快步向村里走去。赵排长紧跟在后面，他也感到奇怪，一会儿的工夫，副连长怎么像换了一个人？

这是一个北方四合院，对开的大门，很气派，是户有钱人家。堂屋和东厢房里住满了正在发烧的战士，受伤的哨兵也在这里。

赵排长说："这里条件好，我把发烧的战士都集中在了这里。你在发烧，就没告诉你。"

"报告连长了吗？"田宏喜问。其实，他心里清楚，连长能说什么，连里也没有药。

"我派人去连部了，还没回来。"

田宏喜查看了发烧的战士，又去看受伤的哨兵。哨兵的脖子、肩膀都被包了起来，像个粽子。田宏喜一见吓了一跳，急忙问："伤得很厉害吗？"

"报告副连长，不厉害，真的不厉害，是卫生员把我包成这个样子的。"说完他难为情地笑笑。

田宏喜诧异地看向卫生员。

卫生员说："伤倒不重，可伤得不是地方，在脖子下方，不好包扎，只好弄成这个样子。"

"你怎么受的伤？"

哨兵说："当时天很黑，我突然看见一个黑影一闪而过，我立刻躲到一堵墙后，喊了一声站住，谁知这家伙抬手就是一枪，当时我只觉得什么东西狠狠地击了我一下，一屁股坐在了地上。后来卫生员告诉我，是一块带尖的石头击中了我。"

田宏喜问卫生员："你确定是石头？"

"是，没错。"

田宏喜问哨兵："你摔倒后那个人呢？"

"当我再站起来时，那个人早就没影了。这时恰好副排长来了，他还往那个方向搜索了一下，也没见人。"

"那人距离你有多远？"

哨兵说："应该有二十多米吧。"

田宏喜问："二十多米，天很黑，你怎么能看见那个人呢？"

哨兵被问住了，想了想说："这个我倒没想过，是啊，按说应该看不见，可我真的看见了……"他犹豫了一下，又说："副连长，我想这个黑影应该是第二次来了。"

"第二次？"这立刻引起了田宏喜的警觉。

"我刚上哨不久，发现一个黑影闪过，一点儿声音都没有，天很黑看不太清，我以为是狗，就没在意。现在想想，两次应该是同一个人。"

田宏喜陷入了深深的沉思。

四

北上干部队集训地在城东的一座庙里。庙建于清初，已荒废多年，由于年久失修大部分建筑已倒塌，僧人早已散去。集训队进驻后，原来僧人的住所成为临时宿舍，正殿前空地被作为临时操场，破败的庙宇有了几分生气。

临时宿舍前，小云坐在一棵树下抹眼泪，孟凡慧守在一旁。

反特案后不久，宏喜娘的病情就加重了。小云和凡慧赶回家时，弥留之际的宏喜娘突然睁开了眼，她拉着小云和凡慧的手，嘴唇不停地抖动，嗓子里发出嘶嘶的声音，浑浊的瞳仁里闪烁着一丝希冀的光。

小云声音里带着哭腔："娘，我是小云，你想说什么呀？"

凡慧哭着说："婶子，告诉我，你要干什么？"

宏喜娘仍然目不转睛地看着凡慧，干瘪的手抓得更紧了。凡慧似乎明白了，她把宏喜娘的手轻轻地放在自己胸口，说："娘，你放心吧，我和宏喜一定好好的！"一霎间，宏喜娘的手垂了下去，瞳仁里的光渐渐熄灭了。

"嫂子，我没有娘了！"小云泣不成声地说。

凡慧紧紧地搂着小云，热泪从两颊流下来："我知道，我知道，你还有嫂子。"

好一会儿，小云止住了哭，说："嫂子，我想随干部队北上，可是，爹一个人在家，太可怜了！"

凡慧试探着说："小云，留在县里也是革命工作，你留下还可以照顾爹啊！"

小云抬起头，说："不，嫂子，我还是要北上，我已经不是老百姓了，不能在这样的时候离开队伍！"

"在县里也是革命工作啊。"

小云一下子警觉起来，睁大眼睛看着凡慧，说："嫂子，嫌弃我了？给你添麻烦了？不想让我跟着你了？我去跟李清哥说，我跟李清哥去！"

"傻妮子，还生起气来了，好了，好了，你已经不是老百姓了，你去，你去还不行吗？"

小云这才止住哭泣说："这才我的好嫂子嘛！"

凡慧说："可是，你爹怎么办呢？"

小云沉默了。

北上干部队共二十个队员，其中一半来自县委、县政府各个部门，一半来自农村党的基层部门。他们坐在庙前的空地上，李清副书记站在一个土台子上做动员："……东北冬天很冷，比山东要冷得多，但大家放心，屋里生火，出门有棉衣，保证冻不着大家。在东北，咱山东老乡很多，但大家要记住，虽然都是山东去的，但东北的老乡和咱山东解放区的老百姓并不一样，说话一定要注意分寸，群众纪律一定要遵守。苏联老大哥到了东北，苏联老大哥也是共产党，叫布尔什维克……"

干部队的同志们在认真地听。小云用手托着脸，目不斜视地盯着李清，好像要从他脸上找出点什么来。凡慧轻轻碰了碰小云，她木怔怔地看了凡慧一眼，扭过头去继续盯着土台子上的李清。

动员会结束了，队员们在议论着。

"小云，发现什么了？"凡慧问。

小云奇怪地说："发现？没发现什么呀。"

"我是说，你盯了一上午，就没从脸上发现些什么？"

"脸上？谁脸上？"

"当然是他脸上。"

小云立刻明白了："嫂子，你坏，不理你了！"

李清不知什么时候来的，笑着问："小云，凡慧怎么坏了？"

小云的脸立刻红了，说："就是坏，你们都坏！"说完笑着跑开了。

李清有些莫名其妙，对凡慧说："小云怎么啦？"

凡慧注视着李清，说："你真的感觉不到小云的心？"

李清沉默了，把脸扭向一旁。良久，他说："小云是个好姑娘，可惜我们生在了一个动乱的战争年代。凡慧，你觉得，这个世界会给年轻的男女们一个小布尔乔亚式的行为空间吗？"

此时，李清像一个哲学家，又像一个饱经沧桑的老人。凡慧像不认识一样注视着他，说："李老师，你是我的老师，也是宏喜的老师，可是我还是想说，爱情和革命就是一对伴侣，他们本身也是生活的一部分，我是说，这两件事并不是矛盾的啊。"凡慧自嘲地笑了笑，说："李老师，我是不是不知天高地厚了？竟然在老师面前高谈阔论。但是我说，小云是个好姑娘，她是认真的！"

李清若有所思地点点头。

五

北上干部队训练按计划有序地展开。

队员们是清一色的沂蒙山后生，大多数没离开过家乡，一个叫胡大山的队员曾去过济南，队员们像崇拜英雄一样围着他问东问西，比如，火车是推的还是拉的？坐火车会不会摔下来？汽车吃什么？电灯烧的什么油……其实，胡大山也没见过火车，曾见过汽车并没坐过，他并不解释，只是嘿嘿地笑。

孟书记提出要求，北上干部队实行军事化，要像真正的军队一样，能行军，能打仗，能做群众工作。然而，对于这些来自基层的地方干部来说谈何容易，军事生活对他们来说既陌生又新鲜。

庙前的空地上，干部队正在进行队列训练。经过半个月的练习，队列已经走得有模有样了，可李清总觉得什么地方不对劲，给人一种乱七八糟的感觉。

凡慧说："我们都穿老百姓的衣服，你看小云，穿一件花衣服，八路军都是清一色的军装，当然整齐了。"

李清若有所思地说："有道理。"

凡慧说："我们干部队就是八路军，是八路军怎么能穿着老百姓的衣服，那叫啥！"

小云从远处跑来，白底碎花的小褂子一飘一飘的，宛若一束游走的鲜花。

李清笑着说："好看是好看，可是真的不太像八路军。"

小云噘嘴说："谁不像八路军啊？李清哥，要说不像，你才不像呢！"

"那我像什么？"

"像个教书的秀才。"小云哈哈地笑着。

凡慧说："好了，好了，小妮子，就知道编排人。李老师，咱说正事，干部队应该统一服装。"

小云说："我当什么事呢，咱仓库里的军装多得是……"

李清严肃地说："那不行，那是给军区赶制的军需品，一件都不能动。"

小云说："那也没问题，我来组织妇女们做，都是熟手，用下脚料就行，很快就可以了。"

说干就干。小云走东家串西家找来人，从仓库里找来边角料，组织缝纫组连夜赶制，很快将二十套军装交到干部队。早晨，庙前的空地上，穿上新军装的队员们聚在一起，你看我，我看你，感到十分新鲜。凡慧和小云也换上新军装，十分合体。

小云看着凡慧羡慕地说："嫂子，你真漂亮，那些男人见了你眼珠都掉到地上了，哈哈哈。"

"鬼丫头，净瞎说！"凡慧故作生气，她给小云正正衣领，拉拉衣角，亲切地说："好妹子，真精神，像个八路军的样子。"

李清喊集合，干部队队员立刻排好队，抬头挺胸，动作也比平日里快了许多。军容整齐的干部队俨然是一支训练有素的八路军队伍。

李清站在队前说："同志们，今天我们换上了新军装，我们就是真正的八路军战士了。军装虽然不是上级发的，但却是乡亲们亲手缝制的，因此，它带着家乡和亲人们的温暖和嘱托，不久我们将北上，我们要对得起这身军装，对得起连夜给我们缝制军装的乡亲们。"

天黑了，队员在山坡上开始了训练，科目是夜间行军。军事教官是独立旅司令部的参谋，叫李善堂。他说："北上要长途行军，适应夜间行军非常重要。夜间行军一靠眼睛，二靠耳朵，叫眼观六路，耳听八方。我们现在不用看六路，只看一路就行，就是脚下的路。听什么呢？一是听命令，二是听口令，还有你的周围有无异动……"

小云紧紧跟着李清跌跌撞撞地走着，嘴里还不停地嘀咕着什么。李参谋低声喊："上坡了，加快速度！"速度一快，原本还算整齐的队伍立刻乱了起来。

李参谋催促："跟上，行军掉队是危险的事，你可能会遭到袭击，快！"李参谋很年轻，很认真，但面对这些从未当过兵的地方干部似乎并不得法。

"李清哥，你慢点儿。"小云喘着粗气。她脚下一绊，一个趔趄正好撞在李清身上，李清向前一扑，又撞着前面的队员，队伍立刻乱成一团。

小云趴在李清身上，李清又压在另一个队员身上。黑暗中，小云紧紧地抱着李清。

李清问："小云，你怎么样？摔坏了吗？"

"摔坏了！"小云说。

"摔哪儿啦？还能动吗？"李清着急地问。

小云仍然紧紧地抱着李清。

压在李清下面那个队员叫道："李书记，你压着我的胳膊呢！"

小云咻咻地笑。

李参谋跑过来："怎么啦？什么情况？"他使劲拽起了小云，不解地看看三人，问："李书记，你没事吧？"

"小云，你真的没事吗？"李清上下打量着小云，关切地问。

小云小声嘀咕："有事，就有事！"

队伍沿着弯弯曲曲的山道继续前行，天黑路窄，队伍前后拉得很长。拐弯处，李参谋低声对后面的队员说："往后传，今晚口令：蒙山，回令：河西。"

一个队员说："今晚口令：蒙山，回令：河西，往后传。"由于队员之间拉开的距离较大，下一个队员听不清，喊："你说什么，俺听不清，你大点儿声。"

第十一章

李参谋低声说:"声音放低,不要大声喊!"

于是,那个队员便跑过去小声说:"今晚口令:蒙山,回令:河西,往后传。"说完又跑回来。队员们跑来跑去,队员之间的距离拉得更大了。

口令一个一个往后传。一个队员跑过来对小云说:"今晚口令:大山,喝稀,往后传。"

小云奇怪地问:"对不对呀?"

"对呀,就是这样传的!"那个队员十分肯定。

小云说:"肯定错了。"

那个队员说:"你怎么知道错了?"

"人家叫胡大山,胡大山最喜欢喝稀饭,我知道的。"小云跑过去对下一个队员说:"口令:胡大山,喝稀饭,往后传。"

第二天,李参谋问,口令怎么就成了胡大山喝稀饭了呢?小云一脸委屈,嘟嘟囔囔地说:"人家就是叫胡大山嘛!喝稀,不就是喝稀饭嘛……"

凡慧笑弯了腰:"小云,真有你的!"

第十二章

一

　　天依旧阴沉沉的。

　　田宏喜来到昨晚哨兵值勤的哨位。这是一堵农家的院墙，用当地不规则的石头砌成，高约一米多，由于年久，石头已有些松动。田宏喜站在哨位向东望去，远远看到一片小树林。按哨兵所说，黑影正是在小树林边上。田宏喜沿小道向树林走了几步，目测距离大约在五十多米，而不是哨兵所说的二十多米。

　　田宏喜提议召开会议研究。艾指导员曾问，事情有那么严重？田宏喜十分肯定地说，那是个厉害的家伙，也许他还会再来！艾指导员不禁有些愕然。连长于福田、指导员艾家驹、副连长田宏喜和三个排的排长参加了会议，二排副排长王长锁也参加了会议。于连长说："今天只议一件事，昨晚二排哨兵受伤的情况。"

　　王长锁副排长把昨晚哨兵受伤情况复述了一遍。

　　一排排长姚贵问："用的什么枪？"

　　王长锁说："枪的声音很小，但很清脆，不太像三八大盖，那天风大，我说不好。"

　　姚贵又问："从哨兵发出口令到黑影人举枪射击，还有一点儿空隙，哨兵做了什么？"

王长锁说:"哨兵虽是新兵,但他做得没问题,他发出口令后便迅速躲在石墙后,但对方射出的子弹正巧打在他头顶上方的石墙,石头飞溅起来划破了他的脖子。"

艾指导员说:"赵排长,你认为是正巧?"

王长锁说:"我以为是。"

赵旺财说:"田副连长分析过,那个人要么是个神枪手,要么是个笨蛋,如果是神枪手,这人就是个劲敌;如果是笨蛋,也就是说哨兵受伤是巧合。"

三排排长李大水有些不屑,说:"有那么玄吗?天那样黑,黑影人击中墙上的石头,而石头又正击中了哨兵,如果是设计好的,这岂不是太神了吗?我以为还是巧合。"

昨晚的一幕不停地在田宏喜脑海里浮现。兵家说,当身单力薄时唯一的办法就是使用诡诈,因为这时谨慎、智慧和勇敢都于事无补,使用诡诈一是壮胆,二是孤注一掷。一个人,当然,现在还不能确定他就是一个人,如果要孤注一掷,说明他的状况已经很困难了,孤注一掷的目的就是要改变他现在所处的状况。现在问题是,黑影人究竟是什么人呢?他有什么困难?为什么在这儿?他想改变什么呢?

于连长说:"田副连长,谈谈你的看法?"

田宏喜点点头,说:"连长、指导员,刚才李排长说得不无道理,开始我也这样想,哪里有这样神的枪法?后来我又否定了我自己,也许就是这样神。哨位距小树林五十多米,距黑影人二十多米,那晚天很黑,哨兵根本看不到黑影人。"

李排长不解地说:"可是,哨兵看见的呀?"

"对,哨兵看见了,那就不是二十多米,而是十米左右,甚至更近,而且是黑影人故意让哨兵看到的。"

"故意?"李排长问。

"这是我的猜测。黑影人不是在小树林开的枪,而是在距哨兵约十米处开的枪,在哨兵摔倒的瞬间,他以极快的速度撤离。当王排长赶到时,黑影人已进入小树林。在极短的时间里出枪,又在极短的时间里撤离,黑影人是个高手。这样的高手是不会让哨兵发现的,除非……"田宏喜顿了一下说,"除非他故意!"

姚排长说:"你是说,黑影人是有意开枪先击中石头,让石头再击中哨兵？"

"这也是我的猜测。从射击的准确度看，这不是问题，但关键是晚上，天很黑，凭感觉射击，这也证明黑影人是高手。也就是说，他准确地判断出哨兵躲避的位置，并击中离哨兵上方最近的石墙。"

姚排长说："那就是说，黑影人射击并不想打死哨兵，而是警告？"

"这正是让人不解的地方。"田宏喜摇着头说。

艾指导员说："你能判断一下黑影人是什么人，目的又是什么吗？"

田宏喜思忖良久，说："我说不好，可我感觉他一定会再来。"

二

黄昏，在独立旅营地，齐旅长和王政委在激烈地讨论，参谋长方前进、副参谋长胡秋生在一旁听，并不插嘴。

王政委说："我八路军进入东北，可不可以说是国共合作的决裂？"

齐旅长点点头说："应该是这样。"

王政委说："两军对垒如同两个人打架，胜负取决于双方的力量，如果一方是一米八的大个子，另一方则是一米五的小个子，输赢就可想而知了。"

齐旅长笑了，说："你是说，国民党的势力比我们强，国共之争的结果不言自明？"

王政委说："老齐，你不要曲解我的意思。比如，从山东来看，抗战胜利后国民党迅速增长的势力令人吃惊，如一一三团，一个团竟然配备一个炮连，步兵营也配属迫击炮排，而我们一个旅连一门像样的炮都没有。如果一一三团与我旅开战的话，一次投入的火力单位应该是我们的好几倍。我了解了一下，一一三团的军官大多毕业于军校，士兵多数为初小毕业，我们的基层干部都有相当多的文盲，更不要说战士了。国军士兵都经过严格训练，从常规的角度讲，他们的单兵作战能力极大地优于我们。而山东的国军还不是国民党的嫡系，你不觉得我们目前还不具备与国民党硬碰硬的资本和实力吗？"

齐旅长说:"他们有全局的优势,我们却有局部的优势。比如一一三团,不就被我们吃掉了吗?"

"老齐,我说的正是我们没有全局的优势。"

齐旅长说:"老王,你的意思是?"

王政委思索了一下说:"这样的规模,这样的装备,不要说在中国,就是在亚洲也是首屈一指的,在全世界也应居于前列。这说明什么?我们要充分认识到这一点,否则我们的工作重点和策略就会失去依据。应该正视我们的不足,采取忍让、积蓄力量、韬光养晦的办法,等待时机成熟再反攻,以避免吃亏,甚至吃大亏!"

齐旅长沉思了许久,说:"你说的是事实,据我了解,这也是目前在我们党内许多人的看法和认识。据说,延安的一些高级领导人也这样认为,还有给中央写了署名的亲笔信。前些日子,我的一个老战友说,毛主席和党中央分析了形势,却得出不同的结论。"

"什么结论?"

"就从全局角度看,我们有劣势也有优势,而国民党同样也有劣势也有优势。"

"怎么讲?"王政委说。

"国军数量虽众,但大多由私人军队派生而来,因此派系林立,谁也不听谁的,很难形成一股力量,这极大地削弱了他们的整体实力。国军善于占地盘,凡是个城镇就派兵守卫,特别是大城市,还要派重兵守卫,这个也对,因为他们是政府,守土有责嘛,其结果使兵力难以集中。再比如,国军代表国民政府接收了那么多日伪军,遣返日军、看押伪军,负担很重,兵力更加分散……"

王政委不住地点头,方参谋长、胡副参谋长也频频点头。

"就山东来说,从一九三八年到现在,仅仅几年时间,我们从几千人发展到了近三十万人,这是多么快的速度啊!要说数量,得看怎么算,还应该算上支持拥护我们党的千千万万的老百姓。如此这般算下来,我们的数量也不能小觑哩!"

王政委说:"对啊!老齐,这一点我有发言权,在解放区,我们部队只管作战,后勤供给由地方政府组织,国军后勤是自己办,是后勤部队征用卡车运输粮草辎重。换句话说,我们八路军一百个人就是一百个战士,而国军一百个人中至少三十到四十，甚至更多的是后勤人员，是非战斗人员。军力的对比有时候不能简单从数字的多寡上来对比。"

方参谋长、胡副参谋长异口同声地说："听二位领导讨论，受益匪浅啊！"

三

三连哨兵受伤的情况很快报到了旅部。齐旅长问胡副参谋长："你怎么看？"

胡副参谋长不假思索地说："从三连报的情况看，这个黑影人不简单，也许情况比我们想象得要复杂。旅长，我去一下三连吧？"

齐旅长说："好，部队要继续北上，中央要求，北上的部队不要声张，注意隐蔽，不要暴露部队的企图。这个黑影人究竟是什么意图，会不会与北上有关，这是我顾虑的地方。你带一部电台，有情况随时报告。"

胡副参谋长知道，旅部只有两部电台，其中一台是刚缴获的，还正在调试。他迟疑了一下说："要不……"

齐旅长摆摆手说："快去快回，把事情搞清楚。"

三连在蜿蜒崎岖的山道上行进。于连长举起望远镜向山上看着。望远镜是延山战斗中缴获的，于连长爱不释手，他对人说，狗日的日本鬼子造的这东西真好使。

胡副参谋长大步走着，田宏喜紧随其后。一个战士从后面小跑过来："报告，我是那天站岗的哨兵。"胡副参谋长问："你能确定第一次来的是人而不是其他什么吗？比如是条狗？"战士说："天虽然黑，但我可以肯定是人。"胡副参谋长问："从动作和身影上看，两次来的会不会不是同一个人？"战士说："天太黑，我不能确定。"胡副参谋长问："你是先看见的，还是听到声音后才看见的？"战士想了想说："那天夜里下雨，又有风……哦，我想起来了，是先有声音，簌簌的声音，开始我没注意，一会儿又响，我顺声音看去，没发现什么。停了一会儿，有个黑影在动，我就喊了一声。"胡副参谋长问："黑影在开枪前，你听到别的声音了吗？比如拉枪栓的声音。"哨兵说:"没有,我一直在朝那个方向看,没有一点儿声音枪就响了,很突然。"胡副参谋长说:"很好,你归队吧。"

胡参谋长回头看了田宏喜一眼,说:"你说得对,黑影人是有备而来,夜猫子进宅无事不来,可以肯定,他警告的不是哨兵,而是警告整个部队。"他顿一下说:"让于连长和艾指导员来一下。"

山道弯弯曲曲穿过森林茂密的山峦。几只山雀从半山腰飞起来,发出尖尖的叫声。

胡副参谋长说:"于连长,你注意到了吗?"

于连长说:"是的,我注意到了。"

田宏喜说:"他好像一直在尾随我们。"

胡副参谋长命令:"部队快速前进,人与人之间拉开距离,不许脱队,不许上高处,听到卧倒的命令,就地势低洼处、依靠树等障碍物迅速卧倒,不要靠近石头。"他向远处的山林望去,转回头来说:"于连长、艾指导员,这个命令要传达到每一个人,我不知道要发生什么,也许什么也不会发生,也许过了今天,也许过了明天,可能什么事也没有了。但今天一定要警惕起来。"

按胡副参谋长的命令,部队全速行进,并随时准备卧倒隐蔽。田宏喜在队伍的前三分之一处,田大膀在队伍的后三分之一处,手持三八枪随时准备反击。

叭的一声枪响,于连长立刻发出卧倒的命令,全连依地形迅速趴下。一个战士从前方猫着腰跑过来,对于连长说:"刚才一颗子弹打中了一块石头,石头飞溅起来砸伤了一个战士。"

田宏喜与胡副参谋长对视了一下,说:"来了!"

整个山林静悄悄的,连山雀的鸣叫也停止了。胡副参谋长、于连长用望远镜漫山遍野地扫视着,战士们圆睁着眼睛注视着山林。

半个小时过去了,山林里悄无声息。

田大膀灵机一动,他找来树枝,用绳子绑成十字架,戴上军帽,穿上军衣。他让一个战士举着慢慢地向前走。他压低声音嘱咐:"低点儿,不想挨枪子就低点儿。"

叭的一声枪响,子弹直接击中军帽,军帽应声落地。

田大膀用手指指,向田宏喜示意枪手的方向。田宏喜点点头。一会儿,他猫着腰过来对胡副参谋长耳语了几句。胡副参谋长笑着说:"好,试试吧。"

田宏喜从背包中拿出一本书,把书皮拆下来卷成喇叭状,对着枪手的方向喊:"上面的人听着,我们是八路军,不管你是干什么的,我告诉你,刚才的表演你演砸了,知道为什么吗?"

山林中一片寂静。

"你没打到石头而直接打中了人,你已经违背了你的诺言。"

田大膀小声问:"副连长,什么诺言?"

田宏喜看了他一眼,道:"我怎么知道什么诺言!"

田大膀一脸茫然。

山林里仍然一片寂静。

"你打偏了,你想卖弄枪法,可是你打偏了。刚才我已观察过了,旁边有一堆石头,正符合你的射击条件,你完全可以击中石头,可是你打偏了……"

山林中仍然寂静无声。

莫非我的判断有错?田宏喜惴惴不安起来。田宏喜认定,但凡高手都有一种强烈的自尊,这种自尊在一定时候和条件下会演变成一种强烈的虚荣心,特别是在特殊的环境中或受到外界的刺激时,他一定会做出反应。

田宏喜再赌一把,他赌这个黑影高手会做出反应:"你一直偷偷摸摸地尾随我们,为何不光明正大?这不是大丈夫所为,此为鸡鸣狗盗之徒的行为!"高手的虚荣心像弹簧,压力越大反弹越强,田宏喜再刺激他:"作为枪手,作为同行,我看不起你!"

山林突然发出声音:"喂,我的知道,那是,那是帽子。"

听到这生硬的中国话,胡副参谋长、于连长和艾指导员相互对视,异口同声说:"日本人!"

田宏喜乐了,心想,是人都经不住激,于是大声说:"作为枪手,你做得大大地好,但我还是看不起你,我已经告诉你,我们是八路军,你为什么不说话?你害怕了吗?"

日本人仍然沉默。

田宏喜说:"日本国已经投降了,战争结束了,你知道吗?"

山林中再度传出嘶哑的声音,可是谁也没听懂。

第十二章　　173

大家立刻明白了，他听得懂，但只会说简单的中国话。

胡副参谋长说："宏喜，继续和他喊话，拖延时间。"他回头对通信员说："立刻报告旅部，黑影人是日本狙击手，具体情况不明，请求立刻派一名日文翻译来。"

四

北上干部队的培训一直持续到出发的前一天，培训内容从射击、投弹、打背包、打绑腿到行军、做饭、宿营、放哨等。培训结束时，李参谋评价说："离一个真正的战士还有差距，但对于一般的军事行动和行军可以应付了。"

凡慧和小云坐在操场边的一张石条凳上。小云一脸愁容，说："嫂子，你说呀，怎么办啊？"

凡慧笑着说："怎么？着急了？你这从不知发愁的妮子也知道着急了？"

"都火上房了还开玩笑！嫂子，干部队什么时候出发？"

"不知道，可能快了，也许就在这两天吧。"

小云更急了："那你说怎么办？嫂子，反正你得拿出办法来，要不……"

凡慧忍住笑，说："要不怎样？"

"要不你在家陪爹，谁让你是我嫂子呢！"小云刚说完又觉得不妥，抱着凡慧的胳膊含着眼泪央求道，"嫂子，你快说，反正不能让爹一个人在家。"

凡慧说："好了，小云，你看谁来了？"

李清匆匆跑过来，说："正好你俩都在，我已经和学校说好了，小云，和你爹也商量过了，他很高兴呢。"

小云奇怪地说："和我爹商量什么？"

李清说："凡慧，你没给小云说？"

凡慧笑着说："我让小云先着着急。"原来，李清和县城关小学商量，请小云的爹来当老师，以小云爹的私塾底子，适应一段时间担任国文老师没有问题。城关小学离县委很近，李清又找到孟书记，请他关照一下。孟书记欣然地答应了。

小云破涕为笑，她抱着凡慧胳膊说："嫂子你坏，让我着急！"她转头对李清说："李清哥也坏，你也不告诉我。"

就在凡慧、小云和李清具体商量如何安排小云的爹时，孟书记接到了齐旅长的紧急电话。齐旅长说，部队出发不久，发现一名与部队失散的日本兵，他不知道日本已投降，还在负隅抵抗。军区派了一名翻译，但那个日本兵仍然不相信日本已投降。延山日本小队长石下兵二在河西战俘营，我们想让他去说明日本已投降的事实。

孟书记说："军区反战同盟会中有不少日本人，为什么找石下兵二？他要是不愿意去呢？"

齐旅长说："据了解，那个日本人叫小岛广男，曾去过延山，石下兵二和他是同乡，他还是石下兵二哥哥的同学。"他停了一下又说："据我们了解，石下兵二对田宏喜很佩服，可以让凡慧以田副连长家人的身份去说服他，可能效果会好些。"

孟书记犹豫了一下，说："这好吗？"

"老孟，你就别挑理了，我考虑再三，凡慧去成功率可能会高些。这个日本人是个狙击手，一直尾随三连，如果不尽快解决，整个部队的行动都会受影响。"

在日本战俘临时营地，孟书记、孟凡慧在一位连长的陪同下见到了石下兵二。

自从进了战俘营，石下兵二很少说话，他神情凝重，每天都陷入深深的回忆之中。只有一个时候例外，每当站岗的哨兵从门口路过，他便鼓着金鱼眼专注地观察着，仿佛想从战士们的脸上找出点儿奥秘来。在延山，他度日如年地熬过了三天三夜，当得知丁家庄的八路军仅一个连，延山上的八路军才区区一个排时，他几乎崩溃了，一度感觉自己被骗了，愤怒之情溢于言表，甚至想自己应该切腹玉碎，而不受这被愚弄之耻。

那天，他刚走出据点，一个年轻军人迎面走过来对他说，要代表八路军受降。后来他得知年轻军人叫田宏喜，延山的疑兵布阵正是出自田宏喜的谋划。他震惊了，原本自以为是中国通，可此时他觉得自己根本不懂中国，真的一点儿都不懂。

孟书记先进行了自我介绍，然后介绍凡慧。他说："这位是延山战斗指挥官田宏喜的妻子，她代表田宏喜连长邀请你去三连。"

孟凡慧是第一次这样近距离见到日本人。他个子很矮，像个没长成的孩子，但从他脸上粗糙的皮肤和流露出的凶相，凡慧依稀可以感觉到他昔日的野蛮和霸气。

石下兵二双手垂下，略显慌张但站立依旧笔直，他鼓着金鱼眼说："孟先生、孟小姐，我个人十分钦佩田连长，他是我到中国以来见过的最聪明的指挥官。贵国有句老话，叫不战而屈人之兵，他做到了，我很佩服。请告诉我，他为什么要见我？"

在来之前，孟书记与凡慧商量了一个意见，暂不提劝降之事，担心一旦挑明，石下兵二不配合将会很麻烦。然而石下兵二却十分执拗，一副不把事情说明他连门都不会出的样子。

孟书记只好和盘托出。

沉默了许久，石下兵二说："我去！"

五

在独立旅参谋的护送下，孟书记、凡慧及石下兵二抵达了三连。交接后，胡副参谋长把孟书记一行安排到三连阵地的一侧安全地带。

山上，小岛广男背靠着一棵大树，手里拿着一枝藤蔓不停地揉搓。一支日制九七式狙击步枪躺在他身边的灌木丛里。他不再理会山下的喊声，况且也听不太懂。他机械地搓着手中的藤蔓，不时目光狰狞地向山下望去。渐渐地，他眼前仿佛出现一幅他熟悉的情境，那是日本陆军大学。那年，他以优异的成绩毕业于日本这所著名军校，其中以战术和射击成绩拔得全校头筹。他以此为自豪，要以所有可能的方式来维护自己的名誉。

小岛的目光变得犀利起来，嘴角抽动着，散发出一股邪恶的笑。半个月前，他执行任务途经延山去看石下兵二。石下兵二的哥哥是他大学的同窗。两人情绪低落，喝得酩酊大醉。在返回营地的途中，他被野兽夹子夹住了脚，当使劲拉开夹子时，脚下一滑跌落到山涧。醒来时，他躺在一张床上，身上的伤已被进行了简单的处理。他打量着四周，这是一间矮小的木屋，十分简陋。一个老农走进来，见他醒了，对他说了些什么，但他完全听不懂。老农转身走到桌子前，随手拿起了什么。他想都没想就冲了过去，抄起门后的棍子狠狠地砸了下去……

小岛嘴角抽动的幅度越来越大。他不能接受老农对他的救护，一个支那人对他的救护损害了他武士的名誉，这不仅仅是他个人的名誉，还是家族的名誉，甚至是帝国的名誉。

山下传来一个熟悉的声音中断了小岛的思绪："小岛君，我是石下兵二，你听到了吗？"

山林中静悄悄的，石下兵二的声音显得格外清晰。

小岛不由一惊，他怎么会来？石下兵二的哥哥去年在南洋玉碎了，他是个真正的勇士。他十分敬仰他。

山下再传来石下兵二的声音："小岛君，我们战败了，天皇已颁布投降诏书，大日本帝国投降了，无条件投降了……"

山林上空回荡着两个日本人声嘶力竭的对话。

一个嘶哑的吼声从山林中传出："混蛋，石下君，你知道你在说什么吗？大日本帝国怎么会战败、会投降呢？这肯定是谣言，你不要相信谣言！"

石下兵二呜咽着："我们战败了，真的战败了，在中国，在东南亚，在太平洋，我们统统战败了……美国人用大型烧夷弹（原子弹）轰炸了日本本土……昭和二十年八月十四日，天皇陛下已正式颁布了投降诏书，小岛君，战争结束了！"

沉寂，还是沉寂。

军区翻译一边记录，一边简要地进行翻译。

山林中再传出小岛的声音："我与你兄长是同窗，我不和你计较。你的兄长是真正的勇士，大日本皇军都是勇士，是战无不胜的。希望你不要再说出这样的混账话来！支那是大日本的，东南亚也是大日本的，毫无疑问，永远是！即便大日本皇军暂时失利，将来一定还会再回来的，你竟然说出投降的话，你是懦夫，不配做天皇的子民……"

"小岛君，你要明白，我们的军队已将武器全部交出，正在撤出中国，日本在华的子民也将随军队一起撤出。军方正与中国政府交涉，将确保所有放下武器的军人和侨民的生命和财产安全……"

"噢喔——"突然，一声号叫传出山林，像野兽的撕咬，又像野兽临终前的哀鸣。

第十二章　　177

沉默了许久，石下兵二说："小岛君，我知道你不甘心，但这是事实，放弃吧，我们一起回日本……"

小岛仍然背靠着大树，手里又开始揉搓着藤蔓。他缓缓地闭上眼睛，身体在微微战栗，他的嘴唇干裂了，看上去好像有些脱水。他明白了，其实早在几个月前他就看出了日本战败的端倪，只不过他不敢相信、不愿相信日本战败的事实，也不甘心就这样成为一个失败者。他低声吟唱起来。他的声音由低到高，越来越高，从一开始颤抖的声音到最后几乎在歇斯底里地咆哮……

听到歌声，石下兵二垂下了头。

田宏喜问："他是在唱歌吗？"

军区翻译说："他在唱日本歌曲《祈战死》。"

小岛的歌声终于停了下来。他扔掉手中已被揉碎的藤蔓，又揪来一支继续揉搓。他喁喁道："北九州的樱花四月盛开，那是最美的时刻，现在早已凋零了……"此时，他的眼神里没有恐惧，没有失望和悲痛。他突然喊："石下君，你的家乡樱花几月份开？"

石下兵二一愣，原本没有表情的脸上此时更加庄严肃穆，他艰难地回答："五月。"

野兽般的声音终于停了下来，山林里恢复了平静。

在两个日本人对话之际，田宏喜已锁定了位置。他对田大膀耳语了几句，并示意小岛的方向、距离。

石下兵二立刻明白了田宏喜的意思，他走过来，依旧站立笔直，身体微微前倾，低声对胡副参谋长说："不必了！"

胡副参谋长明白了他的意思，随即对田宏喜示意停止行动。

山林终于归于寂静。

胡副参谋长发出命令："上！"田宏喜、田大膀一左一右迂回上去。胡副参谋长、石下兵二随后也跟了上来。

背靠一棵大树，小岛广男已切腹自杀了。他静静地卧着，血已凝固了，呈黑紫色。他的表情十分平静。

田大膀啐了一口，说："你以为你的天皇真的欣赏你吗？做梦去吧！"

胡副参谋长问石下兵二："小岛问你家乡的樱花几月份开是什么意思呢？"

石下兵二注视着胡副参谋长，然后又把目光移向别处，说："樱花是日本的国花，樱花盛开后，就，就不好看了。大日本武士如同樱花，辉煌后也就，就不好看了，就，就没有价值了，就，就应该选择死亡。"

凡慧问："爹，结束了吗？"

孟书记说："可能吧。"

凡慧突然用手一指，兴奋地说："你看，宏喜！"

整个战斗持续了一个多小时。凡慧趴在小路一侧的山坡上，远远注视着田宏喜。她怀着一种异样的心情望着他，他的一举一动都使她浮想联翩。他的变化太大了。在学校时，他是一个地地道道的乡下土小子，穿着补丁摞补丁的土布衣服，她的一声笑便让他落荒而逃。在田家庄，他从部队跑回来，已经是个排长了，但从游移的眼神、无措的举止看，他依旧是个没成熟的后生。在河西时，他仍然稚嫩，但她看得出，他稳重了，老成了。看着正在喊话的宏喜，谁能想得到这就是那个内向、腼腆、不时还冒出点儿傻气的土小子呢？凡慧从心底感到骄傲和自豪。

凡慧随着人群远远跟着田宏喜，心里十分着急。她不敢贸然追上去，她多希望宏喜能停下来，她有很多话要对他说。

集合哨响了。

凡慧的到来，让田宏喜一度产生难以抑制的喜悦，但他无暇分心。此时，他仿佛大梦初醒一样，后悔刚才没有利用难得的空隙过去看看她，至少也应该看看他的老师孟庆立书记，他们父女在这场战斗中是有功的啊！

田宏喜站在队伍里，他悄悄地伸出手向送行的孟书记和凡慧挥舞着。孟书记也挥着手。凡慧把手放在胸前，轻轻地摇着。

三连整齐列队。胡副参谋长向三连敬了一个标准的军礼。战士们对胡副参谋长太熟悉了，有人小声说："野兽！"队伍里发出了哧哧的笑声。这笑声中饱含着战士们对胡副参谋长的敬重和爱戴，他们感谢胡副参谋长，是他让他们成为合格的战士。

部队出发了。

望着远去田宏喜，凡慧的眼泪在眼眶里打转，她努力忍着，忍着，但终究还是毫无顾忌地流了下来。

机会与两人再一次擦肩而过。

第十三章

一

孟书记一行到独立旅驻地时天刚蒙蒙黑，齐旅长已等候多时了。饭菜早已准备好。明日一早，独立旅将出发，这是独立旅在沂蒙山最后的晚餐。孟书记一行明早也将返回河西县，这也是齐旅长给孟书记饯行的晚餐。

晚餐有三个菜，白菜炖粉条、萝卜炖肉和鱼。白菜和萝卜是旅直属队自己种的，要离开了全都挖了出来，管够。与平日不同的是，白菜里加了炊事班自己加工的地瓜粉条。炖萝卜里加了猪肉，肉是山东分局为部队送行刚刚送来的。最奢华的是有鱼，是警卫排的战士在河里摸的。原本是不上酒的。齐旅长说："要上，我这个南方人不太好酒，但北方人好酒，特别是山东人好酒，无酒不成席，所以一定要上酒。"酒是山区老百姓酿的地瓜烧，度数很高，很浓很烈，一口下去直通肠子。

一人还有一碗大叶子茶，自然是王政委拿来的。

参加晚餐有齐旅长、王政委、方参谋长、胡副参谋长和几位领导。

凡慧走到门口时不由自主地停住了脚步，她看见父亲和独立旅的领导在握手，桌子上摆上了菜，她立刻退了回来。不料被齐旅长看见，喊："小孟，来，坐这儿！"凡慧看看齐旅长，又看看父亲，不知是该进还是不该进。胡副参谋长走过去，拉了凡慧一把，说："小孟，来！"

凡慧走过去，挨着父亲坐下来。

齐旅长发表了祝酒词:"毛主席说过这样的话,不知大家还记不记得,'只有抗战到底,才能团结到底,也只有团结到底,才能抗战到底'。我在沂蒙山区生活战斗了五年,真正体会到了毛主席的话是多么正确。我非常感谢在座的各位同志,多年来给我们的支持和帮助,要不我一个江西老表,还有王政委一个北平的大学生,我们能做什么?可是我们团结起来,拧成一股绳,就没有克服不了的困难,就没有对付不了的敌人。这也就是我们八路军、我们共产党人克敌制胜的法宝。"

"我还特别感谢孟书记!"齐旅长有些激动,他紧紧握着孟书记的手,说,"我说过,有困难找孟书记保证没错。我还说过,孟书记是我们独立旅的贵人,是我齐恩的贵人。"

孟书记说:"老齐,不能这样说。"

齐旅长摆摆手:"不,老孟,要这样说,我这样说不仅仅是说你个人,而是说包括你在内的地方政府,是说我们沂蒙山区的人民群众。没有你们的支持,八路军不要说打胜仗,能不能生存都是个问题。这一点连日本人、国民党都不得不承认。"

王政委说:"我非常同意齐旅长的话,今天我们还有一个重要的议题,就是给孟书记接风,也是给孟书记庆功!"

孟书记更加坐立不安。

王政委继续说:"今天,孟书记亲自将一个日本战俘送到三连,为我们北上清除了一个障碍,还有后勤补给问题、河西案,等等,孟书记是劳苦功高啊!"

话说到这儿,孟书记更坐不住了,他站起来说:"老齐、老王,我相信你们说的都是心里话,可我还是要说,我们做了我们该做的事,我们是流汗,而你们却是在流血!我还是重复我过去说过的话,老齐,你一个江西人,老王,一个北平大学生,你们抛家舍业到山东来,而我一个山东人,一个沂蒙人,为保卫自己的家乡做点事还不应该吗?"

齐旅长站起来,举起碗说:"大家都举起来,为团结,为友情,为北上和革命胜利,喝了这碗酒!"说完,他举起碗与孟书记、王政委咣地碰了一下,然后仰头一饮而尽。

有酒就有气氛。地瓜烧本身就有劲,一碗下肚几个人的脸都开始红了。

王政委正招呼着大家吃菜,机关的科长、参谋、干事们纷纷进来敬酒。

说是敬酒，其实他们端的都是水，只有领导这一桌上有酒。他们私下里说要到领导这儿来分一杯"羹"，可来了谁也没敢真的去喝领导的酒，只是做做喝酒的样子。

人们进进出出，热闹非凡。要离开了，有的人高兴，有的人伤感，有的人还掉了眼泪。

齐旅长本来就不胜酒力，加上在第五次反"围剿"时受过伤，一碗酒下肚脸就红到了脖子，旧伤也开始隐隐作痛。他的心情很复杂，明天就要离开了，五年来，他对沂蒙山区的山山水水注入了满满的情感。他没想到一待就是整整五年，真的要走了，竟然还是这样快！他心中有一个谜，也是他心中永远的痛。凡慧是谁？她长得太像自己的妻子了，一颦一笑、一举一动都像。可他张不开口，如果问，小孟长得像我妻子，是不是我女儿？岂不荒唐！况且，他一个江西老表，女儿怎么会在山东？可是，她真的太像了，今天不说也许以后就永远没有机会了。

齐旅长对王政委小声说："老王，我先回去，一会儿你让孟书记去看我，就说我旧疾犯了。"

王政委心照不宣，说："我来安排！"

二

在低矮的小屋里，一盏油灯把房间照得通亮。平日里齐旅长可不是这样奢侈，灯捻很小，光线很暗，能省则省，山区的油是很贵的。

"老齐，好些了吗？"孟书记关切地问。

"我没事，老孟，来，坐这儿，地方太小。"齐旅长忙着让座、倒水。落座后，齐旅长有些伤感，说："明天一走，你我不知何时再能见面？"

孟书记说："山东有句老话，叫山不转水转，水不转磨盘转。有山有水有磨盘，就有见面的机会。"孟书记叹了一口气说："可你一走，我心里空落落的。独立旅只要在河西，我心里就有底气，就有主心骨。"

齐旅长感慨地说："老孟，沂蒙山是个好地方，山好，水好，人更好。沂蒙人民养育了八路军，养育了革命。算下来，一一五师从晋西过来也有六七年了，就连我这个南方蛮子都喜欢这个地方了！"

"我记得你刚来时很不习惯，尤其不习惯吃煎饼，说那东西是纸，纸怎么能够吃啊？哈哈。"

齐旅长也笑起来："刚来时真的不喜欢吃，后来没粮食时觉得煎饼挺香，想吃还没有呢！哎，你这个老孟，不怎么样啊，还给我记着账！"

孟书记也笑起来。

齐旅长话锋一转，试探着问："老孟，问你个问题，你就一个闺女吗？"

"是啊，记得我以前给你说过，我就凡慧一个闺女。"

"哦。"齐旅长应了一声便缄口不言了。

孟书记似乎察觉到了什么，说："老齐，你我之间还有什么话不能直说吗？"

齐旅长笑笑，说："老孟，其实也没什么。我只想问一句，望孟兄直言相告，凡慧是不是你的亲生闺女？"

孟书记一下子怔住了。他曾有过感觉，在凡慧身上，特别是在一颦一笑中看到了齐旅长的影子，但从未朝这个方向去想，他疑惑地问："老齐，你这是……"

齐旅长苦笑了一下，说："记得我给你说过，我曾有过一个孩子，苏区第五次反'围剿'失败后，我跟随红军离开了江西就失散了，说起来二十几年过去了，我再也没见她们母女……"

孟书记插话："你的老家是江西吉安？"

"是，是吉安卞家乡。我随红军离开苏区，转战近一年到达陕北，后来随一一五师到晋察冀，再到山东……"

"你没找过她们母女吗？"

"找过，找过多次，根据别人指点，在鄂豫皖根据地石寨山，我找到了妻子的墓地，老乡说，是根据地的一位干部给她起的坟。"

"可你怎么知道那是你妻子的坟呢？"

"那位好心人立了一块木制墓碑，上写'江西吉安边家氏之墓'，而我的家就在吉安卞家乡。碑上'卞'写成'边'，边和卞同音，大概是口音所致吧。"说着齐旅长从墙上挂着的公文包里拿出一个信封递给孟书记。

孟书记仔细看着那张发了黄的旧报纸，良久，他低声问："你妻子叫什么名字？"

第十三章

齐旅长说:"我妻子叫宋元彩,孩子叫周清花,按乡下的习俗,我叫她阿花。哦,我原名叫周启河,后改名齐恩。"

房间里沉默了。许久,孟书记抬起头注视着齐旅长,说:"江西吉安边家氏的墓碑是我立的。"

尽管有心理准备,齐旅长仍然一副惊讶的神态,他张着嘴,半天没有合拢,一句话也说不出来。

房间静极了,静得似乎掉一根针都能听到,只有两人轻微的喘息声。

孟书记神情凝重,十几年前那个夜晚的一幕清晰地浮现在他的脑海里:"那是一个腊月天的傍晚,天上飘着雪花,天寒地冻。我到根据地开会,回来时漫天的大雪几乎把路封死了。在路边,我发现了她们母女,母女俩深陷在雪窝里,已处在半昏迷状态。好在离我的住处不远,我发疯似的跑回去,借了一辆板车把她们母女拉了回来。母亲用自己的衣服把孩子裹住,紧紧地抱在怀里,她用自己的身体维持着孩子的体温。弥留之际,她用僵硬的手拉着我,断断续续地说:'她父,父亲,红军……吉安卞家,卞家……'我解开衣服把孩子包在怀里。好久,孩子醒了,有气无力地啼哭,嘴里不停地喊:'花,花……'"

齐旅长、孟书记的手紧紧握在一起,四目相对,却一句话也说不出来。

三

独立旅启程了。

这是个晴天,太阳很大,刮着一阵一阵的西北风。

齐旅长来到孟书记面前,说:"你何时回河西?"

孟书记说:"送你们走,就回。"

齐旅长看看不远处的凡慧,小声说:"说好了,找个合适的机会再给孩子说吧。"

孟书记说:"听你的。"

齐旅长说:"一言为定!"

齐旅长沉默了一会儿,说:"老孟,我总觉得有很多话要对你说,可现在却又不知该说什么了！"

孟庆立重重地握着齐旅长的手说："那就不说了，你就放心吧，多多保重，一路顺风！"

齐旅长说："你也多保重！"

凡慧看见父亲和齐旅长一直在说话，她不明白他们怎么有那么多话。昨晚父亲在齐旅长那里待到深夜，他在齐旅长那里干什么呢？见齐旅长走过来，她忙迎了上去。

齐旅长握着凡慧的手，用一种异样又慈祥的目光注视着她。

凡慧觉得有些蹊跷。今天一早，她觉得父亲怪怪的，那眼神，那神态，总之，让她感到和平常不一样。现在站在她面前的齐旅长也让她感觉怪怪的。她轻声说："首长……"

齐旅长回过神来，长长地舒了一口气，说："孩子，你有一个好父亲、好母亲，你一定要好好孝敬他们！"说完头也不回地大步走开了。

齐旅长几句没头没脑的话让凡慧越发摸不着头脑，父亲和齐旅长今天是怎么了？

军区政治部苏秘书长前来送行。遵照中央注意保密、不张扬的指示，送行的仪式十分简单。苏秘书长简单介绍了当前的形势、任务，传达了军区领导的指示。

附近的群众也前来送行。齐旅长、王政委走到苏秘书长面前，立正，敬了一个军礼说："可以出发了吗？"

苏秘书长宣布："出发！"

齐旅长和苏秘书长是江西同乡，又曾一起在延安抗大学习。齐旅长笑着说："老伙计，我们东北见！"

苏秘书长捶了齐旅长一拳，激动地说："说定了，东北见！"

四

湛蓝的天空有几缕淡淡的白云，白云下面时而是起伏的群山，时而是连绵的丘陵。秋天的沂蒙大地宛若一幅美轮美奂的七彩画卷。

第十三章

在蜿蜒逶迤的山路上，于连长走在队伍的最前头，田宏喜居中，艾指导员走在队伍的最后面。这一带常有土匪出没。于连长发出口令："拉近距离，注意警戒！"

傍晚，三连来到一个小山村，村子坐落在两山之间，有百十户人家。经过一天的行军，终于可以停下休息了。一个战士小声说："到了，终于到了！"村子里静悄悄的，连狗吠的声音都没有。队伍鱼贯而入。于连长发出口令："提高警惕，随时准备战斗！"

村子像是刚刚被洗劫过，房屋大部分被损毁，到处断壁残垣，满目疮痍。村里没有了人烟，村头却有一片片的新坟。

田大膀走在队伍的最前头，他放缓速度，边走边四下张望，自言自语道："妈的，鬼村呀！"他话音刚落，不远处一堵破墙后发出扑扑的声音。田大膀喊："谁，出来！"墙后突然闪出两个人，他们沿着墙根向远处跑去。田大膀一愣，下意识地举起了枪。田宏喜一个箭步冲过来，用手抓住了枪，说："不要开枪，是孩子！"两个人瞬息就消失在村子尽头。

村子中央有一棵古槐，有上百年的树龄。

"看来今晚只能在此宿营了。"于连长仰起头看着大槐树硕大的树冠说。进村后，于连长感觉气氛有些诡异，担心部队一旦分散会出意外。好在天气还不算太冷，他决定在大槐树下露天宿营。

艾指导员说："看来只能这样，田副连长，通知各排埋锅造饭吧。"

"是！"田宏喜答。

"你们这些文化人说起话来文绉绉的，不就生火做个饭吗？还埋锅，还造饭。"于连长打趣说。

"埋锅造饭特指军队做饭，而不是老百姓做饭。哎，连长，生火冒烟会不会暴露部队的行踪？"

于连长想了想，说："有可能，但天气寒冷，不吃上点儿热乎的战士们身体恐怕受不了。"他转身命令田宏喜："通知各排，原地生火做饭，不准进入群众的家，不准违反群众纪律，做饭要尽量快。"

田宏喜根据于连长的指示精神做以下安排：一是不准进入群众的家；二是晚饭做疙瘩汤，放些干辣椒，做饭要快；三是不准违反群众纪律，不准用老乡家里的柴火。最后他强调，做饭及宿营以大槐树为中心，不能离得太远。大槐树周围很开阔，他担心发生意外。

疙瘩是用玉米面和地瓜面混合而成的，猪油炝锅，猪油是出发时存下的。锅盖一打开，立刻香溢四方。

战士们刚准备吃饭，两个孩子突然从一堵矮墙后跑了出来，站在离战士们不远处看着。孩子穿得十分单薄，脸色发青，在寒风中不住地颤抖。看得出来孩子饿了，也许很久没吃东西了。

赵旺财对孩子招招手，说："孩子，过来！"

两个孩子犹豫了一下，慢慢走过来。

赵旺财盛了两碗疙瘩汤，孩子狼吞虎咽地吃起来。赵旺财问："刚才是你两个在墙后边吗？"两个孩子大口吃着，先摇摇头后又点点头。

又有几个孩子走过来，接着几个老人和妇女走过来。渐渐地，老乡们从四面八方走过来，人越聚越多。大多数是老人、妇女和孩子，所有的人都衣衫褴褛，面黄肌瘦，一副疲惫不堪的神态。一个孩子想走过来，一个妇人一把拉住了他，把他紧紧搂在怀里。

于连长跑过来，说："赵排长，招呼同志们给老乡们盛疙瘩汤。"战士们赶紧把已盛好的疙瘩汤送了过去。老乡们退了几步，但很快接过碗大口吃起来。

王长锁看到几个老乡身上有伤，赶紧拿出随身带的绷带和药给他们处理伤口。天渐渐暗下来，凉意袭上来。战士点起篝火，招呼冻得瑟瑟发抖的老乡们到篝火前取暖。

"老乡，这里发生了什么？"一个老人颤颤巍巍地坐在火堆边，田宏喜走到他身边坐下来问。

老人叹了一口气，说："唉，这日子没法过了，日本鬼子不让我们活，烧杀抢，日本鬼子走了，土匪又来了，还是烧杀抢，抢粮食还抢人，村里的几个姑娘、媳妇让土匪给糟蹋了……"老人一边说一边生气地用烟袋锅敲地。

"土匪人多吗？有枪吗？"田宏喜问。

"有二十几个人，都有枪，一人一杆呢！"

"他们在这一带很多年了吗？"

"不是的，他们去年才过来，那会儿还闹鬼子呢。"

"他们是本地人吗？"

"不是我们这儿的人，听口音，好像是从南边过来的。"

"南边？"田宏喜放慢语速，"大爷，你听听我说话，他们的口音和我像

第十三章

不像？"

老大爷怔了一下。

随后，田宏喜用地道的沂蒙老家话说："比如，这个面疙瘩汤叫面鼓渣汤，喝水说成喝肥，额头叫耶楼盖，膝盖叫船勒拜子，拳头叫屁捶……"

老大爷突然害怕起来，浑身哆嗦，嘴张着却说不出话来。

田宏喜一下子明白了，和蔼地说："大爷，你别害怕，我们是八路军，和土匪不是一式的。"田宏喜端来一碗水，安慰老大爷一番便匆匆离开了。

五

"是大土匪刘黑七的余孽！"田宏喜肯定地说。

刘黑七是山东乃至华北一带无人不晓的大土匪。刘黑七生于鲁南，长得面色如炭，在匪伙中排行第七，故名刘黑七。大土匪刘黑七鼎盛时手下曾达到三万多人，流窜于华北、中原和东北各省，干尽了坏事，手段十分残忍，曾一次就杀害了七百多名老百姓。在民国时期，当地政府都曾剿匪，但官匪一家，刘黑七始终逍遥法外。抗日战争爆发后，刘黑七投降了日军，后又反水成为国军新编三十六师，后再度投降日军，成为伪"和平建国军"第十军第三师师长。一年前，刘黑七被八路军鲁南军区一举击毙。

于连长问："田副连长，你说说看？"

田宏喜说："土匪的口音是鲁南一带的。大土匪刘黑七正是这儿的人，如果猜得不错的话，这群土匪应是刘黑七的余孽。"

艾指导员倒吸一口凉气，说："刘黑七被剿灭都一年多了，怎么还有这么大股的土匪余孽？"

于连长说："这完全有可能。刘黑七被剿灭后，其余土匪树倒猢狲散潜伏到了各地，在鲁南、鲁西、鲁中一带都有，重新聚集起来不是没有可能。"

艾指导员说："从这个村子的情况看，这股土匪仍然保留着刘黑七的那种狠毒、野蛮和残忍的本性。"

"这些杀千刀的土匪！"于连长狠狠地说。

田宏喜说："连长、指导员，我注意到这样一个情况。"

于连长和艾指导员注视着田宏喜。

"我们一路走来，沿途路过了好几个村子，都安然无恙，而只有这一个村子被土匪抢劫长达半年。"田宏喜停了一下，又说，"这个村子是这一路上我们看到的最大的村子，其他都是十户八户人家的小村。我注意到这个村子不光人多，土地也多，原本应该是个较富裕的村，也许土匪把这个村当成他们的粮仓了。"

三个排长不约而同地聚拢过来。一排排长姚贵插嘴说："田副连长，小村子也有粮，反复抢大村也会没粮了啊？"

田宏喜说："姚排长，你说得有道理，我只是猜。如果连小村也抢，可能会在这一带造成很大的影响，这是土匪不想看到的，何况小村也没有多少粮食。我猜，如果大村抢得差不多了就该轮到小村了。"

艾指导员说："我基本同意田副连长的分析。既然大家都来了，都发表一下自己的看法。"

三排排长李大水说："如果土匪把这个村当成粮仓，那他们没必要烧杀啊？"

二排排长赵旺财说："我问过一个老乡，他说土匪刚来时还算和气，只是要粮食，但时间一久，老百姓受不了了开始抵抗，土匪便开了杀戒。"

"如果是这样，土匪再来抢劫的次数不会太多了。"李大水说。

田宏喜说："我同意李排长的看法，这个村子已没什么可抢的了，村民的抵抗已与土匪形成了对立，按刘黑七土匪的一贯做法，他们最后会毁了这个村。"

一排排长姚贵猛地站起来，说："不剿了这帮土匪天理不容！"排长们的意见基本一致，坚决剿灭这股土匪。

"田副连长还有补充吗？"于连长说。

田宏喜想了想说："为了不引起土匪的警觉，现在要做的有两件事，一是部队马上隐蔽起来，二是让村子恢复以往的状态。"

于连长说："按土匪通常'兔子不吃窝边草'的规律，土匪的老巢应该不在村子的附近。"于连长环视了一下，说："我宣布作战方案，立刻上报，请求剿匪！各排立即隐蔽，安排群众，派出哨兵……"

第十三章

六

凡慧和小云到家时,宏喜爹正躺在炕上发呆。宏喜娘走后,家里只剩下他一个人。他连饭都懒得做,饿了就随便找点儿什么凑合一下。他特别怀念过去的日子,日子虽然清苦,可一家人在一起却热热闹闹的。喜子从小就是个老实孩子,总是像小羊羔一样窝在家里。小云虽然闹,但从不干出格的事。孩子他娘病歪歪的,可有女人才是家啊!怎么说走就走了呢?

"爹,大白天的,怎么还在炕上躺着啊?"凡慧、小云一前一后走进家,一进门小云便大声说。

宏喜爹赶紧爬起来,说:"你们俩怎么回来了?"

凡慧关切地问:"大叔,身体不舒服吗?"

"不碍的,你们来了,俺有病也好了。"宏喜爹高兴得眼睛眯成一条缝。

小云掀开锅盖,锅里空空如也。她用手摸了摸,灶膛里是凉的,灶边连柴草都没有,看来已经好几天都没生火了。锅台上放着几个冷地瓜和一块饼子。小云一阵心酸,哽咽着说:"爹,你咋吃饭啊?"

"这闺女,一惊一乍的,俺这不吃得饱饱的嘛!"宏喜爹说。

凡慧语气坚定地说:"大叔,这样不行!"前些天,她和宏喜爹商量去县里城关小学当国文辅导老师的事,他的头摇得和货郎鼓一样,不行,不行,不行,他连说三个不行。凡慧问为什么,他说:"俺一个乡下老头子怎么能进城当先生?误人子弟,误人子弟啊!"

凡慧耐心地说:"大叔,我和小云回来,就是想和你商量去县城关小学当老师的事。他们不知道可我知道,你在村里当了那么多年老师,凭你的私塾底子,当个国文老师绰绰有余。我们已和学校商量好了,你刚去先当辅导老师,适应一段时间再当老师。"

宏喜爹说:"好闺女,俺知道你想帮叔,可俺不能去,就算我能教,可俺去了小云怎么办?她一个大姑娘,早该找婆家了,总不能老是在城里疯吧?"

凡慧愣住了,她用询问的眼光向小云。小云有些慌乱,说:"爹,俺的事不用你老人家操心,真的不用。"

"俺不操心谁操心？隔壁田老七家的大闺女比你才大一岁，孩子都两个了。你娘不在了，俺不操心谁操心？"宏喜爹越说越激动，呼呼地喘着粗气。

　　小云说："好，爹，你操心，你操心就是了，让你操心还不行吗？可是……"小云迟疑了一下，欲言又止："爹，爹……"

　　宏喜爹狐疑地看着小云，又转过头来看凡慧，说："怎么啦，你们好像有什么事？"

　　小云断断续续地说："哥，哥要去东北，哥的部队要去东北……"

　　"我知道！你哥上次回来我就知道了，"宏喜爹自豪地说，"你哥干的是正事，给老田家长了脸，给咱村里长了脸！"

　　"俺嫂子也要随县里的干部队去东北。"小云说。

　　宏喜爹沉默了，良久，对凡慧说："按说一个闺女家的不该去，那是喜子那些后生们干的事。可你不同，你和你爹都是干部，是干大事的，去吧，和喜子在一起俺支持！"

　　"谢谢大叔！"凡慧从心里感谢宏喜爹。

　　小云冷不丁地插进一句："爹，俺也去！"

　　"哦，去哪儿？"宏喜爹随口问。

　　"去东北！"

　　"哪里？"宏喜爹似乎没听清，又问。

　　小云迟疑了一下，说："东北，和县干部队一起去东北。"

　　宏喜爹眯缝着的眼睛骤然睁大了，吃惊地望着小云，然后又转向凡慧。

　　凡慧很难过，她不敢正视老人，仿佛是自己做了错事。老人有三个儿子，两个不幸夭折了，他义无反顾地送小儿子参加了八路军。相依为命几十年的老伴撒手人寰，小云又要走……

　　家里静悄悄的。

　　小云做了好几个菜，还摆上一瓶从城里买的地瓜烧酒。

　　"呵呵，这么多菜，跟过年一样！"宏喜爹看着一桌菜夸张地笑着，那笑声里却透出让人难以承受的苦涩和无奈。一脸惶恐的小云几次想说："爹，我不去了，我就在家陪你，好吗？"可她却张不开口。

　　那一夜，宏喜爹再也没说话，躺在床上长吁短叹。

　　小云躲在墙角抹眼泪。凡慧抚摩着小云，想安慰她，却不知该说什么。小云使劲擦去眼泪说："爹太可怜了，我不能让他孤独的一个人在家里，嫂子，

第十三章　　191

你说我做得对吗?"

凡慧说:"小云,你想好了吗?"小云点点头。凡慧说:"你怎么做嫂子都支持你。"小云把头埋在凡慧的怀里嘤嘤地抽泣。

天大亮了。

"爹,吃饭了。"一早小云便忙着做饭。

宏喜爹在里屋喊:"慧姑娘、小云,你们两个过来。"

一进门,凡慧和小云不由一怔。宏喜爹穿戴整齐靠在炕边,和昨天判若两人。

"慧姑娘,你们什么时候走?"宏喜爹话语十分温和。

凡慧有些局促不安,说:"可能还要过些天,叔。"

"和你爹、娘都说好了吗?"

"说好了,都说好了。"

"说好了就好,爹娘生养你这么大不容易,多宽宽老人的心。"

"对着呢,叔。"

小云在一旁看看爹,又看看凡慧,几次想说点儿什么,却什么也没说出来。

宏喜爹慈祥地微笑着,说:"慧姑娘,就依你,我去城里当先生。我可以,真的可以!"老人一副认真的样子。

开始凡慧有些诧异,但很快便明白了,宏喜爹同意小云参加北上干部队了。

"爹……"小云的眼泪簌簌地掉下来,扑通一声跪下来,说,"爹,孩子不孝……"

凡慧也跪下来,叫了声:"爹!"

宏喜爹激动地把两个孩子拉起来,说:"傻孩子,你们这是干什么!"他轻轻地掸了掸孩子们的肩,慈爱地说:"妮子,你们也太小看俺了,乡下人不糊涂。自古道,良禽择木而栖,贤臣择主而事。共产党、八路军能成气候。水往低处流,人往高处走,你们跟着共产党、八路军奔个好前程,俺高兴哩!"

凡慧和小云瞪着眼睛看着宏喜爹。"爹,那你怎么办?"小云说。

"什么怎么办?俺一个老头子怎样都行,再说慧姑娘让俺去城里当老师,是抬举俺哩,你们就放心去吧!"宏喜爹的声音很响亮,一副泰然自若的样子。宏喜娘走后,宏喜爹一下子苍老了许多,鬓边几乎全白了,身子行动也迟缓了。然而此时,他的脸上却焕发出红晕的光泽,眉宇中显现出舒心的惬意。

七

县委书记孟庆立分别与北上干部队的负责同志谈话,明确了干部队由李清担任党支部书记兼队长,孟凡慧和胡大山任副队长。

孟书记说:"这虽然是临时负责,但你们肩负的责任却十分重大。根据中央的要求,山东分局组织多个干部队几千名干部随部队一起奔赴东北。根据安排,你们将从陆路赴东北,而不是像大多数部队那样从水路进入东北。陆路赴东北路途遥远,环境更为复杂,任务更加艰巨。有一点必须明确,干部队不是战斗部队,中心任务不是作战,确保干部队所有成员安全抵达是你们工作的头等大事。"

会后,孟书记又专门与李清副书记谈话。相比会上的集体谈话,与李清的谈话就随意得多。孟书记说:"我们一起工作多年,你是知道的,我们现在最缺的就是干部,特别是素质能力双优的干部。北上是中央的决定,为此县里把你派出去下了很大的决心,左右衡量反复斟酌,干部队的同志也都是县里的骨干,可以说,我们把老本都用上了。你应该知道我们为什么这样做?你也应该明白你肩上工作的分量!"

李清很坚定地说:"孟书记,你放心吧,我会多加小心,把干部队安全带到东北。"

"同志们都准备好了吗?"

"准备好了,孟书记。"

"什么时候出发?"

"各地的干部队都在等候,听通知。"

"家里呢?"

李清奇怪地问:"什么家里?"

孟书记说:"家里都安排好了吗?"

李清说:"也安排好了。"

第十三章

"噢——"孟书记点燃一支烟，眯缝着眼睛吸起来。劣质烟草发出很呛的气味。抗战胜利后县里的工作十分繁忙，他根本无暇顾及家里。当凡慧说她要随干部队北上时，他一时竟不知该说什么。他感到奇怪，北上干部队的名单中怎么会有凡慧？后来才知道竟然是齐旅长——凡慧的亲生父亲帮的忙，巧合，还是冥冥中的天意？凡慧的母亲，一个从不大声说话的女人，得知后一反常态十分固执，她斩钉截铁地说："凡慧不能去，不能由着她，如果出了问题怎么向孩子的亲生父母交代？"然而看着凡慧那渴望的眼神，他却同意了。

　　孟书记他天上一句地下一句让李清丈二和尚摸不着头脑，李清注视着陷入沉思的孟书记轻声说："孟书记，你还有什么要交代的吗？"

　　孟书记愣了半晌，说："李清，代我照顾凡慧，好吗？"

　　"好的，孟书记，凡慧也是我的学生啊，作为老师，我义不容辞！"

　　孟书记满意地点点头，又接上了一支烟，大口大口地吞吐着，好像是在发狠地过烟瘾。李清不知所措地看着他。好大一会儿孟书记说："李清，你知道吗？凡慧的生身父亲是齐旅长！"

　　李清惊了一下，结结巴巴地说："你，你说什么？这，这怎么可能呢？"

　　孟书记吸了一口烟，说："这怎么不可能呢？我没给你开玩笑，但老天爷却给我开了一个大玩笑。当年我从风雪中抱回凡慧时，她才这么大点儿。"他用手比画着："她蜷缩着身子在寒风中瑟瑟发抖。时间过得真快呀，一晃她成了大姑娘……"

　　"孟书记，你没弄错？"

　　孟书记长叹一声："多年前，我曾托人多方打听孩子的父亲，可是兵荒马乱的，上哪儿找呢？然而二十年后，她的亲生父亲戏剧般地出现了，而且我们还在一起工作了多年。"

　　李清说："凡慧知道了吗？"

　　"她还不知道，我和老齐商量暂不告诉她。"

　　李清想了一下，说："孟书记，是不是可以考虑让凡慧不要北上了？"

　　孟书记郑重地说："不，她要去，也应该去，这是齐旅长的意愿，也是我的意愿。李清，只是拜托你，把凡慧安安全全带到东北，将来全须全尾地交给她的亲生父亲！"

　　孟书记用力地握着李清的手。

第十四章

一

浩浩荡荡的队伍沿大道一路前行。

"看，那边也有队伍！"队伍中一个战士喊。

远方，一支队伍正朝这边走来，灰色的军装，其中还夹杂着少数的黑色、蓝色的便装，与山东八路军黄绿色军装形成明显对照。队伍的最前面，一面红旗迎风飘扬。

"红旗，是我们的队伍！"一个战士兴奋地喊。"军装和我们的不太一样啊。"有人提出异议。"他们的武器也不多啊，比咱们的还少呢！"一个战士发出啧啧的声音。

队伍一片议论声。

胡副参谋长从队伍后面跑来，大声问："怎么回事？"一个战士用手一指："看那边！"胡副参谋长立刻拿出望远镜。良久，他说："是新四军！"

队伍中立刻高兴起来。"是南边的新四军吗？""和我们一样北上吗？""连南边的新四军也去，北上的部队岂不是很多很多吗？"

两支队伍终于合到了一起，队伍里响起一片欢呼声。

"你们是哪部分的？"一个战士问。"我们是新四军三师的。"新四军战士操着浓重的江苏口音说。"你们从哪儿来？""江苏宿迁，宿迁知道吗？""嘻，嘻，你们那儿的人都这样说话吗？""是啊！你们是哪部分的?""山东八路军独立旅的,你们也去东北?""啊,不知道,领导说有任务,去哪儿不清楚。你们呢?""听说是去北边的一个什么地方,也不太清楚。""你们的枪呢?"新四军战士撇撇嘴,不情愿地说:"领导不让带,都留下了。"

……

新四军队伍中突然有人喊:"八路军老大哥万岁!"独立旅的战士们立刻回应:"新四军万岁!"大道上,山坡上,呼喊声此起彼伏。

齐旅长久久伫立在东山崮一侧的山坡上,目光掠过高高耸立的崮群,一直延伸到绵延不绝的群山尽头。五年了,齐旅长一直转战这崇山峻岭中。一次他问一个参谋:"如果日军从这里进犯军区驻地,东山崮可不可以作为防御的重点?"参谋不假思索道:"东山崮东北面是沂河,西南面是连绵的群山,东山崮斜谷是通往军区的门户,是必由之路。"

齐旅长说:"难说,斜谷未必是日军进攻的最佳路线,东山崮西南连绵的群山肯定行不通,但长几十公里的斜谷中途有几处狭窄路口,有一夫当关万夫莫开之说。"

参谋惊讶地问:"地图上并没有标,难道还有其他路线?"

齐旅长说:"有,进入斜谷约二十里处转入东山崮,行进约十里,再转回斜谷,即可完全避开几处狭窄的路口。"

参谋问:"齐旅长,你曾去过?"

齐旅长笑着说:"我哪里有时间走,从地貌特征就可以分析出来,大自然有它自身的规律,从而形成特有的地形地貌以及走向。"

参谋反复看地图,说:"我明天实地勘察一下,对地图进行修正。"

齐旅长赞许地点点头。尽管修正后的地图使用的机会很少,但他还是同意修正。然而……

一小时前,齐旅长看到三连请求剿匪的报告,他立刻打开地图,正是司令部参谋修正后的地图。村子名甸子村,村子一侧是斜谷的尽头,左侧是绵延不绝的群山。土匪进入这崇山峻岭中如鱼得水,也许土匪选择在这里栖身正是看中了这里进退自如的地形。从土匪作案方式看,他同意三连的判断,是刘黑七的余孽。

五年了,齐旅长看到的、听到的关于土匪刘黑七的传闻太多太多了。当地民谣说:"三山夹一头,不出国公出王侯。国公王侯都没出,出了一个土匪头。"

民国年间，鲁督张宗昌派兵围剿刘黑七，一交火官兵便弃械逃跑，土匪得到武器后将银圆置于阵地上退走。官兵复来，见财大喜，待土匪反攻时，便故意再留下武器。如此反复，兵匪双方在"交战"中实际完成了军火的交易。土匪的武装取之于官，钱财则取之于民。绑票是其最主要的方法，三天不送赎金，即挖一只眼珠或耳朵送去，再过三天便撕票。撕票手段残酷至极，将人埋入土坑，仅露头部，用钝器猛击颅顶，因血压上升，人票血花脑浆冲出，称作"放天花"。或将人用铁丝捆紧，上身浇煤油点火，称"点天灯"。据说，当地谁家的孩子不听话，大人说，再不听话刘黑七就来了，孩子就立即停止哭闹。

齐旅长隐约感到，甸子村危在旦夕。他立刻叫来方参谋长和胡副参谋长。齐旅长开门见山，说："我决定让三连剿匪，谈谈你们的意见。"

方参谋长说："三连满员一百二十余人，数倍于土匪，力量对比没有问题。"

胡副参谋长补充道："土匪虽然手段凶残，但作战能力并不强。熟悉地形是土匪的优势。"

方参谋长说："大部队不能停，按军区要求，我旅要在近日到达，胶东军区已做好一切准备等待我旅的到达，大部队不仅不能停，而且要加快速度。三连剿匪也必须速战速决，战斗结束后快速跟上大部队。"

齐旅长说："看来三连只能单独完成任务。"

胡副参谋长说："我同意三连分析，土匪还会来，在甸子村守株待兔是找到土匪唯一办法，因此三连必须隐蔽耐心地等待。土匪不同正规部队，其特点是散漫，但一旦发生战事行动却非常快，抓准时机包围并实施突然袭击是取胜的关键，早了土匪可能会跑，晚了百姓可能会遭受损失。这对三连的指挥将是一次重大考验。"

方参谋长说："如果不能一次战斗全歼，漏网的土匪隐匿于崇山之中，犹如石沉大海，再想找到恐怕就难了。"

胡副参谋长说："抓住时机一网打尽取决于多种因素，鉴于情况复杂，齐旅长，要不要我去一下三连？"

齐旅长沉思了一下，说："你不要去了。部队马上出发，北上是我们的主要任务，剿匪是不得已而为之，不能为一域而影响全局，相信三连有能力完成任务。"他顿了一下说:"此一战的关键是不让土匪漏网,一旦漏网可能会对后续部队造成干扰,也有可能实施报复而再次对解放区群众形成威胁。命令三连立即进入剿匪战斗,在甸子村、斜谷五公里处两地设伏,对罪大恶极的土匪必须除恶务尽。战斗结束后立即追赶大部队。"

王政委沉思着,缓缓地说:"土匪成员的构成十分复杂,固然有穷凶极恶的土匪头子,但也不乏一些穷苦出身的农民。告诉三连,要把握好尺度。"

王政委的言外之意大家都明白,但如何把握尺度却是一件十分困难的事。

齐旅长指示:"把刚才各位领导的意见整理后写入作战方案,请方、胡二人审定后交与三连,将这张作战地图一并交与三连。"

二

三天过去了,土匪毫无踪影。

一排、二排和三排一个班在甸子村周围形成一个封锁阵形,到了夜间,除哨兵外,其余的人全部进入村外山坡的林地中宿营。三排二个班进入斜谷两公里处三岔口,观察来往的人,并随时准备打伏击。

田宏喜隐蔽在山坡后一棵大树下,居高临下地注视着山下,整个村子一览无余。

田大膀猫着腰过来,说:"喜子,都三天了怎么还不来,是不是我们暴露了?"

田宏喜没理会田大膀,仍然盯着前方。实际上,他对整个部署在脑子里一遍一遍地过,是哪个环节出了问题,还是土匪压根就没有来?

"就算我们没有暴露,那老百姓呢?咱刚进村时,老百姓见人就害怕,躲得远远的,可现在他们大摇大摆地在村子里走,这还不说明问题?"田大膀还真能说到点子上了。

这个问题田宏喜不是没想过,但可能性不大,因为只安排了少数百姓回村,其他人照旧躲在山里。每天里进出村的人为数不多,没有陌生人进村。那么,问题出在哪儿呢?

通信员报告说:"报告副连长,连长、指导员让你去一下。"

一见田宏喜,于连长劈头就问:"你怎么看?"

田宏喜说:"我以为,土匪没有来。"

于连长说:"你是说土匪还没打算来毁村?"

田宏喜说:"只能说目前土匪还没有进村,斜谷三岔口是甸子村进出的唯一通道,土匪进入三排应该可以看到。"

艾指导员说:"我和连长的意见是不能再等了,田副连长,你马上去三排,看看有无新情况?"

"是!"田宏喜刚走又转身回来了,说,"连长、指导员,也许问题就出在了斜谷。"

于连长马上说:"你是说土匪已来过了?"

"是,土匪很可能已派人进行了侦察并发现了我们。"

艾指导员说:"三排李排长报告说,进出斜谷的人很少,每天只有一二十个人,没有可疑的人。会不会从其他方向过来,比如山路?"

田宏喜说:"这可能性很小,从山道过来要多半天时间,在没有得到准确情报时土匪不可能绕那么大圈,如果有问题,还应该出在斜谷。我立刻去斜谷看一下。如果土匪从斜谷方向来,那么说明土匪的巢穴应该东边。斜谷向东有两条路,两条路宽处二三十里,窄处仅三四里。从地图上看,北边道路上有数个壶口,大规模人员通过极易暴露,南边的道路虽然崎岖,但两侧山高林密,是土匪出没和藏身的最佳选择。"

田宏喜打开地图用手指着说:"这儿。"

于连长地说:"你去斜谷把情况搞清楚,特别是细节。全连一小时后到达斜谷。"

三

斜谷东约十几里处向南的沟壑中,有一片低矮的茅草房。这原本是一个村子,名鸡公村。传说许多年以前,一伙盘踞在附近山里的土匪趁夜色到村子打劫,恰巧这时一只黄鼠狼偷鸡,鸡的惊叫声惊动了村民,村民们一起出动赶走了土匪，村子由此得名。由于山高皇帝远，村民们不堪土匪的袭扰以及生活的不方便相继迁徙到了山外，久而久之村子便荒芜了，成了采药人或砍柴人临时落脚的地方。

在村头破旧的祠堂里，韩麻子坐在一个板凳上，他低着头，用树枝在地上不停地画着。此人正是大土匪刘黑七的三掌柜，土匪们称他为三哥。

"三哥，你倒是说呀，怎么办？"一个膀大腰圆的土匪焦急地说。

"丑蛋，急什么？"韩麻子头也不抬，仍然在地上画着。

"探子看得准准的，肯定是八路，人不多，可他们为什么在那儿啊？"丑蛋完全沉不住气了。

韩麻子没吭声。

丑蛋急了："三哥，你倒是画什么呢，弟兄们可全靠你了！"

韩麻子，大名韩桂堂，他脸上并没长麻子，可为什么叫韩麻子没人知道。他皮肤黝黑，五短身材，小眼睛，大脸膛。他面色平静，内心却极度凶残。早年他在地主家扛活，为一碗饭，他一气之下杀了地主一家大小七口。被官府通缉后他投奔了伪军。因站哨与排长发生了口角，他二话没说当场杀了排长再次出逃。正当他走投无路时，恰遇上了大土匪刘黑七，心狠手辣的他深得刘黑七的赏识，便当上了三掌柜。当了十几年的伪军和土匪，他枪法极准，还练就了一身好功夫。这也是他很快就在众多土匪中脱颖而出并当上了三掌柜的重要原因。生性野蛮的他，因长年的土匪野林生活而变得越发残忍，常常一言不合便动杀机，甚至是屠村。他手下也聚集了一群斗狠的亡命徒。

韩麻子心里在不停地盘算。八路在那儿干什么？探子说，八路好像没有走的意思，更让人起疑！几个八路竟然敢肆无忌惮地在大山里停留，他们吃豹子胆了吗？八路都是些不怕死的主，这他知道，但几个人平白无故地待在这荒山野岭里不合情理，让人匪夷所思。八路不会是针对自己来的吧？如果是对自己来的，那绝不仅仅只有几个人，想想死在八路枪下的大哥刘黑七，他后背不禁一阵阵发凉。

"丑蛋，去柳爷那儿的探子回来了吗？"

"还没有，狗东西也该回来了。"丑蛋骂骂咧咧的。

在这一带山区，大股土匪叫"溜子"，小股土匪叫"棒子"。小股土匪因惯用木棒劫单身行人，又叫棒子手。在东山崮西边也有一伙溜子，大掌柜的人称柳爷。韩麻子派探子去柳爷的山头，看看他那里有什么情况。

丑蛋来报："探子回来了。"

"好崽子，柳爷那里有八路吗？"韩麻子迫不及待地问。大掌柜往下有"四梁八柱"，里四梁、外四梁合起来即为八柱，再往下的小土匪称"崽子"。

"回三掌柜，柳爷那儿没八路。"崽子说。

"你见柳爷了吗？看准了吗？"韩麻子问。

"准准的，是柳爷亲口给俺说的。"

韩麻子当伪军当土匪，每每化险为夷都得益于他的工于心计和奸诈狡猾。柳爷处如果有八路，说明八路不只是针对他，如果没有，情况那就不妙了。

山里天黑得早，不大一会儿黑暗便笼罩着整个山林。韩麻子扫视着黝黑的群山，八路人地生疏，断不敢黑夜进山围剿，至少今夜是安全的。自老大刘黑七被剿，他深知八路不好惹。他噌地站起来，说："丑蛋，告诉崽子们，今晚吃饱，明天一早扯乎（匪语：撤）！"

四

田宏喜站在三排驻守的山头朝下望去，一条弯弯曲曲的小路伸向远方。距离山头约五百米处，两条路汇合成一条，形成一个"Y"字。三排选择的阵地正处在"Y"字的中间，茂密的树林形成天然的伪装。阵地隐蔽，易于观察，易于坚守，如果发生小型阻击战，部队可迅速形成散兵线，从而形成坚固的防线。

田宏喜颇感意外。三排排长李大水性格内向，言语不多，选择的阵地却充分显示出他有很好的军事素养。

田宏喜简单明了地说了连长、指导员和自己的分析，说："李排长，你仔细想想，三天来有没有可疑的人经过？"

李排长仔细想着，好一会儿说："如果可疑，那就是前天上午，有一对小夫妻走过，挎着篮子，像是回娘家。我已向连里做了汇报。"

"有什么地方可疑？"

李排长想了想，说："男的倒没什么，只是那女的……个子虽然不高，但块头挺大，我当时还对副排长说，这山区的老婆也太壮实了。"

"大约什么时辰？"

李排长用手比画着说："太阳大约这么高。"

"他们什么装束？"

"就是山区大多数夫妻那样，男的衣服是深色的，裤管好像是蓝色的，女的衣服浅一些，上衣好像还有碎花，头上还戴着花布头巾……"

"不对！"田宏喜突然说。

"有什么不对？这样的装束在山区很多啊。"

"问题可能就出在这儿！三天来根本没有小夫妻进村！"田宏喜突然拍了一下自己的脑袋，自言自语道，"真笨！"侦察何必非要进村呢？更何况刘黑七被剿后，土匪早已成了惊弓之鸟。他断定那不是一对夫妻，而是两个化了装的土匪。他立刻命令李排长："立即集合部队，下山！"

淡淡的月色中，许多身影顺着山间小路在快速移动。三个排很快聚合在一起，沿斜谷向东山崮方向快速行进。

在剿匪的路线上，于连长和田宏喜产生了分歧，各执一词。田宏喜提出，部队走"U"字形，即沿右侧道路向东，走大约二十多里路，向南横跨一座小山进入左侧道路，再折回头向西沿途搜寻。理由是土匪已侦察到我军在甸子村，在此方向一定会加强警戒，从反方向进入可避开土匪的探子。如果从正面进入，探子一旦发出警报，土匪则四散进入群山，剿匪任务就彻底失败了。

于连长认为，走"U"字形固然有道理，但需考虑以下两个问题：一是"U"字形路线的折返点。这个点确定在二十里、三十里，还是四十里？假如确定在二十里折返，而土匪恰恰在二十五里处，岂不是错过了？二是时间。假如折返点确定在三十里或四十里，部队要多走四五十里，如果天亮前还没有找到土匪，土匪依然可能散入大山。

田宏喜说，根据土匪到甸子村的作案时间上情况看，土匪的巢穴不会超过二十里。旅作战地图标明，在东山崮南侧有一个废弃的村子，叫鸡公村，距斜谷东约十几里处，这里极有可能是土匪的巢穴。

于连长说："这只是猜测，是押宝，没押上怎么办？"

田宏喜不吭声了，他知道这就是赌，既然是赌，谁也不敢保证每赌必赢。然而赌却不是盲目地瞎赌，是根据已求得的事实并做出自以为准确判断的赌。赌一把，有可能赢，甚至全胜。如果不赌，也可能赢，但肯定不能全胜，输的概率却大大增加了。"

艾指导员一直在听，插话道："二位，老话说，磨刀不误砍柴工，我们不妨再看看地图，重新再分析一下。"

通信员点燃油灯，三人在昏暗的灯光下仔细看起来，边看边讨论着。

半个小时过去了。

艾指导员伸伸一直弯着的腰，说："二位，现在不是说谁错谁对的时候，也不是讨论作战方案，我们没有时间了。我提一个方案，也算是折中一下，我们兵分两路，重点是由东向西，放两个排，由西向东，放一个排，你们认为如何？"

三个月后，在东北某地。艾家驹把这一战例原原本本讲述给胡副参谋长。他摇摇头说："宏喜计算得很准确，很大胆，然而却是一个险招。战术不是算术，正因为战场上有许多变数，故在很多时候一加一并非等于二，可能有多个答案。"

事实上，正如胡副参谋长所说，战场出现了变数。然而，运气似乎总伴随着田宏喜，他又赢了。

五

在斜谷一侧低洼处，于连长宣布了作战方案：全连原地埋锅造饭。于连长带领一排清晨三点由斜谷出发，沿南侧山道由西向东。艾指导员、田宏喜带领二排、三排晚饭后即刻出发，先从北侧山道由西向东，二十里后由壶口右转翻过三四里的丘陵，进入南侧山道后由东向西。两队在南侧山道三岔口会合。

秋天的山里漆黑一片，夜鸟偶尔发出咕咕的鸣叫，使原本黑漆漆的群山显得更加深邃无垠。

战士们迅速而无声地进入山间小路，飞快地向前行进。田宏喜走在队伍最前头，他不时停下来观察山林里有无异动。由于天黑路窄，战士们一个跟一个地前行，一个战士不小心被绊倒，发出金属轻微撞击声和身体倒地的声音，旁边的战友搀扶一下，爬起来继续跟上队伍。

艾指导员和连部通信员走在队伍最后。艾指导员昨天拉肚子，今天越发厉害了。他捂着肚子，行走十分吃力，还不时跑到路边解决一下。

三排排长李大水从前面跑来："指导员，你咋了？"

艾指导员冒着冷汗，摆摆手，什么也没说。

"卫生员……"李排长刚喊了一声，就被艾指导员一把拽住了，说："李排长，我没事，肚子有点儿疼，别大呼小叫的。"

"你真的行？"李排长一脸不放心。

"我行，有事吗？"艾指导员问。

"指导员，你说，这大半夜的……"李排长摸摸脑袋说。

艾指导员笑笑说："不放心，是吧？"

"是，是有点儿。"李排长说。

"李排长，我问你个问题，你有没有觉得田副连长进步很快啊？"

"是，这没说的，我也纳闷，他的水平怎么提高得那么快呢？"

"我问你，平日训练和作战后休整期间你在干什么？"

"休整期间能干什么？"

"可田副连长在看书，只要有时间，哪怕是一小会儿他也会看书，还有完成胡副参谋长给他布置的作业。两年来，他天天如此。"

"真的！"李排长瞪大眼睛。

"你发现没有，田副连长有时候胆子很大，用他的话说，在关键的时候要敢于赌一把。"

"赌？"

"我曾问过他，他说但凡事情就有变数，战场上更如此，诸葛亮还会失街亭，也做不到百分百成功。有时候就是要敢于赌一把。我当时也不是很理解，后来我明白了一点，赌，就是要有点儿胆量，而胆量又来自军事理论和知己知彼，只有深思熟虑后才会有胆量。当然，也要有点儿运气。"

李排长似懂非懂地点着头。

土匪韩麻子一夜未睡好，天亮了才打了一个盹，右眼皮一直在跳。左眼跳财，右眼跳灾，他觉得这不是好兆头。天还未亮，他一个鲤鱼打挺跳起来，大喊："丑蛋，叫崽子们，扯乎！"

丑蛋睡眼惺忪地走进门，说："这就走？"

韩麻子揶揄道："不走，等着共军来收拾你啊！"

"三哥，吃点东西再走吧？"

韩麻子冷笑着说："再不走，就和共军一块吃吧。"

丑蛋不再吭气了，他一路小跑出去了。不一会儿，土匪们集合起来，七零八落地站在祠堂前。韩麻子双手一抱拳，说："崽子们，三爷这厢有礼了，共军要来了，我们必须走，中午到柳爷那儿吃饭，三爷我请客！"

有几个人吱应了一声，但大部分人不满意地嘟囔着。

从村子到山道大约三里路，进入山道韩麻子径直向东走。丑蛋从后面追上来，说："三哥，错了，柳爷的山头在那边，我们应该向西走。"

"丑蛋，你长点儿脑子。"韩麻子刚想说，转念一想又改了话题，说，"走吧，跟三哥走没错！"

往东还是往西，昨晚韩麻子想了半宿。往西，朝着甸子村的方向，是甸子村通向外面的主路，八路设了岗哨也说不准，如果运气差正好与八路撞个满怀，岂不成了自投罗网？往东是安全的，但没有安身之所，茫茫大山，去哪儿立足呢？再说柳爷，今天八路灭我，明天不就是你柳爷吗？到了后半夜，他下了决心往东，先保命要紧。

二十几个土匪很快被茫茫的夜色淹没了。

六

清晨三时，于连长带领一排准时出发。两个小时后，部队来到三岔路口。于连长举手示意，部队停了下来。一排排长姚贵拿出地图查着，向东可与二、三排会合，向南则通往废弃的村子。

山谷里静悄悄的。

"连长，要不先去村子侦察一下？"姚排长说。

按作战方案，两队在三岔路口会合后进村。于连长望着静寂无声的正东方向，显然，艾指导员、田副连长还没遇到土匪。如此一来，土匪藏匿在这个村子的可能性陡增！天色依旧很黑，于连长回头看看在路边待命的战士，他决定进村。

于连长是一个富有经验的连长，一排三十多名战士，人数多于土匪，正可趁黎明土匪酣睡之际实施突然袭击,而坐等则可能错失良机。然而,机会却与于连长擦肩而过。半小时前,韩麻子带领土匪从三岔路口右转,正沿小道向东一路前行。

一只野鸡的鸣叫声划破了夜空的宁静。鸣叫声很小,但在寂静的山林中却传得很远。

声音立刻引起了王长锁的警觉。——在苏北日军战俘营,兄弟们筹划越狱行动已很久了。那是一个伸手不见五指的晚上,他们成功地翻越监狱的封锁网,他们尽量加快脚步,尽量压低声音。就在距离树林还有一步之遥时,一只野鸡被惊动了,它鸣叫着飞起来。一刹那,探照灯突然亮了,把监狱周围照得如同白昼,枪声大作。王长锁随弟兄们一起呼号着往树林里跑,他跑着,一直跑着,两边的弟兄一个一个地倒下……都是该死的野鸡,他永远忘不了那该死的野鸡的叫声!

他提醒田宏喜:"野鸡被惊动了!"

自出发到现在五个多小时过去了,距会合处大约还有十几里地,意外情况打乱了作战方案,导致到达会合地点的时间晚了三个小时。地图上标明,向东约二十里处有一条可达南侧的山路,到达后才发现是一条人迹罕至的羊肠小道,也许根本不叫道,是猴子和采药人到过的地方。战士们四脚并用,不到两公里的山道竟然走了两个多小时。按目前行军速度,至少还有一个小时才能到达会合地点。

艾指导员因体力不支留在了山北侧。

对老班长发出的警示,田宏喜明白其中的分量,他立刻发出命令:"停止前进,保持肃静,往后传。"

队伍立刻停止了前进。战士们委实太累了,有的甚至瘫在了路边。

田宏喜屏住呼吸听着。秋风徐徐吹过,大地还没有苏醒。五分钟过去了,一切还是那样安静。田宏喜看看王长锁。王长锁伸长脖子注视着前方,轻声说:"副连长,再等等。"

一声轻微的金属的撞击声从黑暗中传来,一分钟后又传来了第二声,田宏喜和王长锁同时都听得真真切切。王长锁嘿嘿一笑:"龟儿子,真的来了!"

两个排迅速摆开战斗队形。

于连长及一排悄无声息地向村子进发。废弃的村子在两山之间,只有一条小路由三岔路口通向村子。已经清晰地看到房子的轮廓了,村里村外仍然一片静悄悄的。于连长想,土匪就是土匪,竟然连个岗哨都不设。

部队呈半包围队形冲进村子。竟然空无一人!姚排长骂:"妈的,又是一个鬼村!"于连长第一个念头是,难道包围圈真的小了?土匪在二十公里之外?就在此时,东面突然传来枪声,在空旷的黑夜里枪声传得很远,开始十分密集,后来稀疏下来,枪声中还夹杂着手榴弹的爆炸声。

于连长大喊:"全体集合!"

田宏喜带领的二排、三排面对的正是土匪韩麻子。敌我双方优劣十分明显:我军在暗,土匪在明,我军人多,土匪人少,土匪正处于运动状态,我军则处于驻止状态。出其不意实施奇袭,全歼土匪易如反掌。

正值黎明前的黑暗,天黑如泼墨。

"赵排长。"田宏喜完全看不见人。

"有。"赵排长向前走了一步答道。

田宏喜还是看不清赵排长,只有一个模糊的影子在眼前摇晃。他突然想到,黑暗是土匪最好的保护色。如此一来,我军在暗处,土匪岂不是也在暗处?田宏喜抬起头望着狭窄的山谷,两侧均为光秃秃岩石,根本不具备埋伏的条件,也无法插入土匪的后方实施包抄。枪声一响,土匪只要往回跑,瞬间便可消失在茫茫的夜色里。在特定的时间和环境里,时间和地形甚至是战斗胜败的决定因素。显然,时间和地形对土匪逃跑更有利。

时间和地形是可以选择和转化的。田宏喜突然豁然开朗,如果撤到一小时前的路,那里地势开阔,可以形成完整的包围圈,而再过半小时,天色就开始转亮了。如此一来,地形和时间的优势就完全转到了我方。

田宏喜发出命令,迅速后撤!

韩麻子不停地回头看,二十几个人的队伍稀稀拉拉地有一二里路。前面几个歪歪斜斜地走,后面根本看不见人。韩麻子心里骂:"他妈的,都这时候了,找死!"

看着两边黑黢黢的山峦,韩麻子疑惑起来,路边怎么连个虫鸣鸟叫都没有?这么静,静得让人发毛。他喊来丑蛋:"你带两个崽子,上前头看看!"老奸巨猾的韩麻子自己却放慢了脚步。一会儿,他佯装小解在路边停了下来,与前面的土匪拉开足足三四十米远。

来到山谷的宽阔地带,二排在左,三排在右,战士们在山谷两侧迅速形成封锁阵形。

约半个小时后，第一个土匪出现了。看着不急不慢走过的土匪，田宏喜心里念叨："再往前走走，再往前走走！"

赵排长小声数着数："一个，二个，三个，四个……"然而，五分钟过去了，土匪才走过去十七八个，前面的土匪已快走出包围圈了，后面的土匪还不见人影。

田宏喜大声喝道："我们是八路军，你们已经被包围了，放下武器举起手来，八路军缴枪不杀！"

突如其来的喊声，土匪们大惊，一下子呆在那里，不知如何是好。有几个土匪如同受惊的兔子一般撒腿就跑，眨眼就跑出去了十几米，其行动之迅速令人咋舌。田宏喜手起枪响，跑在前面的两个土匪应声倒下。其他土匪立刻停住了脚，有两个哆哆嗦嗦地举起了双手。

韩麻子一个蛙跳趴在了路边，他压低声音喊："都趴下，都趴下！"他恶狠狠地说："再不趴下，老子毙了你！"说完他抬就是一枪，一个土匪中枪倒下，其他土匪见状全都趴下了。

走在最后面的几个土匪一听枪声扭头就往回跑。赵排长大喝："打！"一阵枪声，三个土匪应声倒下，剩下两个没命地继续向前跑，一边跑一边回头射击。一个战士被击中了。两个土匪一溜烟地跑没了影。

天大亮了。

韩麻子选择了一个极佳的位置，东南两边是树，西边是一块石头，他用枪控制着北面，形成一个严密的防御工事。他一脸杀气，眼睛里充满鲜红的血丝，他扯着嘶哑的嗓子说："崽子们，你们听着，你们杀了多少土八路还有穷棒子，土八路饶不了你们！缴枪投降死得更快。倒不如跟三爷一块杀个痛快，杀个鱼死网破，不死咱命大，死了咱爷们一块去见黑七爷！"他大声嚷："打，打，给我打！"

丑蛋哭丧着脸，说："三哥，四下里都是八路，我们被包围了，没法打啊！"

韩麻子抬手一枪，跟了他一年多的丑蛋立时见黑七爷去了。韩麻子已经到了疯狂的地步，趴在地上的土匪举枪开始射击。

"打！"田宏喜一声令下，所有的武器一齐开火。两山之间是一个空旷的区域，地上没有任何遮挡物，顷刻间土匪死伤大半。

一个土匪哆嗦着喊："八路爷爷，别开枪了，俺投降，俺上有老母，下有……"说着他刚想站起身来，突然被冷枪撂倒。

韩麻子冷笑道："崽子们，还有谁想见黑七爷啊？三爷我送送他！"

田大膀怒不可遏，大声说："你个狗日的土匪，还反了你了！"说完刚想举枪射击。王长锁猛地推了他一把，他一个趔趄坐在了地上。啪的一声，王长锁的帽子被打飞了。所有的人倒吸了一口凉气。

山谷里又响起了韩麻子嘶哑的声音："他娘的土八路，你们有本事就杀了爷，杀不了爷，爷就给你们点儿颜色看看！"

田宏喜观察，这家伙选择的位置不错，枪法也准，他思索片刻，冷笑道："枪法不错啊，可惜没打着。你说你是爷，就你这枪法，你给我当孙子都不够格！"

韩麻子果然被激怒了，他野狼一般嚎着："土八路，敢跟老子叫板，你会使枪吗？老子耍枪的时候，你见过枪吗？"

田宏喜示意田大膀，他会意地点点头，如同对付日本狙击手时一样，他用一根棍子顶起军帽伸出掩体，一边喊："狗日的土匪，老子在这儿呢，你打得着吗？"

啪的一声，军帽被打得飞了起来。就在韩麻子射击的一刹那，田宏喜将其一枪毙命。

山谷里恢复了宁静。

一个战士慌慌张张跑来："副连长，李拴住不行了！"

田宏喜疯也似的跑过去。赵排长抱着李拴住，用手压住他的胸部，鲜血仍然从他的手缝涌渗出来。赵排长额头上暴着青筋，带着哭腔说："一直流血，他一直流血啊……"

"拴住，坚持住啊！"田宏喜大喊，"卫生员！"

当卫生员用绷带把伤口裹住的时候，李拴住的身子渐渐软了下去，然而他苍白的脸上却露出一丝笑意，他大口地喘着气，断断续续地说："副连长，知道俺为什么叫拴住吗？俺兄弟三个……两个哥哥都不在了，俺娘给俺起名拴住……说是要拴住俺……拴，拴不住了。"

田宏喜握着拴住的手，说："拴住，别说话了，哥答应过你，胜利后咱们一起回家看娘！"

"回家……"李拴住的眼睛突然亮了一下，但很快就黯淡了，仿佛凝固了一样一动不动地看着远方，也许他看到了娘，看到了他苦命的二哥……

两个漏网土匪如丧家之犬沿山路慌慌张张向西跑，正与于连长带领的一排撞了个正着。土匪一见扭头向回跑，于连长喊了一声"打"，话落枪响，两土匪像是被电击了一样，抖动了几下便去见黑七爷了。

七

李拴住的安葬仪式简单而庄重。

李拴住的遗体安葬在一处视野开阔的山坡上。秋风吹拂着漫山的野草，一些不知名的野花迎风不停地摇曳。

连长于福田、指导员艾家驹、二排排长赵旺财和副连长田宏喜四人抬着灵柩缓缓向山坡走去，一班战士于两侧护卫，全连一百多名战士紧跟其后为护灵队。

灵柩是从附近村里买来的一副薄桐木棺材。

田宏喜眉头紧锁，拎着一把铁锹开始挖土，随后于连长、艾指导员等一起上来挖。

灵柩被缓缓放进墓穴。田宏喜的心揪得紧紧的，胸前仿佛压着一个巨大的磨盘，让他痛，让他喘不上气来。李拴住一参军就在二排，他是独子，原本可以不参军。部队北上，他可以申请留守，然而他没有。他很勇敢，沂蒙山后生没有一个孬种！他答应过拴住，胜利后和他一起回家看娘。他失言了！

安葬完毕，二排一班的战士举起枪，鸣枪致哀！

全连在李拴住墓前默哀。

远处，一群人向这边走来。他们走得很慢，前边是老人、妇女和孩子，后面紧跟着一群后生。走在最前面的老人腰缠白布带，后面的人则腰缠的带子有灰色的，也有浅色的。是甸户村的村民。村子里太穷，甚至连出殡的白布带都没有！来到墓前，老人哽咽着说："乡亲们来给孩子送行！"说完，他回头挥挥手，村民们缓缓跪在地上。

村民人群中和三连的队伍里发出了抽泣声。

田宏喜终于控制不住了，他转过身，两颗硕大的热泪顺着脸颊滚滚而下，仿佛溪流一般散落在脚下的黄土地上。

李拴住，十九岁，费县人，他生前最大的愿望就是回家看看娘。

多年后，有人曾对此次剿匪行动的战术提出质疑。土匪被包围后，田宏喜并未实施突然袭击，而是先发出缴枪不杀的口令，从而给了土匪喘息和抵抗的机会，导致李拴住的牺牲。已位居解放军某师副师长的田宏喜心情十分沉重，但他并未做出解释。多年来，李拴住的牺牲一直让田宏喜耿耿于怀，深感自责，但王天宇政委的话也始终在他脑海里萦绕："土匪中不乏有一些穷苦的百姓，要把握好尺度。"他从心底认可王政委的话，想给那些迫不得已而当土匪的人留一线生路，然而……

第十五章

一

独立旅一路北上。

窄窄的道路上充斥着石头水坑，泥泞不堪，偶尔路过村庄，村里人烟稀少，到处断垣残痕，一片狼藉。王天宇，这个燕京大学的高才生，看着一路破败景象十分感慨：近代中国处在一个动荡的时期，一百多年来，战争似乎成了家常便饭，十四年抗战更限制了中国经济的发展。山东，这个中国东部沿海大省，无论地理位置、资源及气候，其条件都极其优越，这也正是近代日、德等列强垂涎并一直觊觎山东的原因。而如今，这个自古有齐鲁礼仪之邦称谓的省份如此积贫积弱。山东正是近代中国的缩影和真实写照。

王天宇感叹道："抗战胜利了，是该休养生息的时候了。国民政府号称有八百万军队，如此庞大的军队，如果投入到国家建设中，那该多好啊！如是，民族之幸，中华之福也！"

齐旅长说："又感慨了！老王，中国自古不缺人，也不缺军队，历朝历代都不缺军队，只是这些军队不是国家的军队，而是私人的军队，它对上效忠，对下则是镇压百姓的工具，唯独缺少保卫国家、建设国家的职能。我们这个国家，就是这样循环往复一步步走向衰败的。"

王政委有些激动："积贫积弱，越贫越弱，日本这样一个弹丸小国，却可以欺负我大中国，我大中国甚至到了亡国灭种之境地，天理何在啊？"

齐旅长也有些动情："欺软怕硬，西方人称之为弱肉强食，其实是一个意思，人、党派、国家，莫不如此。"

王政委"哦"了一声，便不再吭气了。

齐旅长见状，想起了他俩关于国共实力以及我军战略重点的争论，便也不吭声了。

泥泞的道路使行军非常困难，部队行进十分缓慢。

王政委说："老齐。"他欲言又止，最后还是问："给孩子说了？"

齐旅长愣了一下，说："没有，和老孟商量，待到一个合适的机会吧。"

王政委叹了一口气说："战争年代机会不多啊！"

齐旅长说："我总觉得现在告诉她有些仓促，怕她接受不了，何况凡慧也随干部队北上，这时候告诉她可能会让她分心，甚至给她心理上造成压力。还有凡慧的母亲，她含辛茹苦把孩子拉扯大，总要让老孟与凡慧的母亲商量一下才好。"

王政委说："听说凡慧参加北上干部队还是你帮她争取的？"

齐旅长说："是啊，我被她的执着和勇敢所感动，可当时我并不知道她是我的亲闺女啊！这也许是天意吧。"他顿了一下，说："二十多年来，每想起她们娘儿俩我心里就钻心地痛，为人夫，为人父，我愧对她们啊！"

"老齐，你也不必太过自责了，在这个兵荒马乱的战争年代，作为丈夫、父亲，你能够做的你都做了，可以聊以自慰了，况且作为共产党员、军人，你义无反顾地奔赴国难，也足以告慰逝去的夫人了，自古忠孝难两全啊！"

齐旅长没作声，想起妻子，止不住的泪水在他内心深处无声地流淌。

"凡慧这孩子有福，遇到了老孟，真乃不幸中之大幸啊！"王政委一边走一边自顾自地说着，"在这战争动荡的年代，凡慧的养父养母做到了亲生父母所有应该做的一切，让她吃饱穿暖长大成人，让她懂道理，有教养，走上革命的道路，这么好的孩子，老伙计，你应该知足啊！听说这孩子和三连的田宏喜在谈恋爱，是吗？"

齐旅长没吭声。王政委回头一看，只见齐旅长双手捂着腹部，眉关拧成一团，脸色蜡黄，豆大的汗珠从额头上流下来。王政委立刻慌了神，连忙叫来了军医。

齐旅长坐靠在路边一棵树下，强忍着疼说："不碍事，老毛病了。"

军医是国民党投诚过来的，也姓齐。他掀开齐旅长的上衣，一道长约七

第十五章　　213

公分歪七扭八的伤疤爬在腹部左侧，红肿且隆起，伤疤上有明显的缝合痕迹。

齐军医皱着眉头说："齐旅长，这儿……"

齐旅长故作轻松地说："那是第五次反'围剿'时，被国民党骑兵的马刀划了一下，多年了，没大事，阴天或累时就疼一下，过几天就好了。"

齐军医仔细检查了伤口。其实，他看第一眼就知道是怎么回事，由于战场上医疗条件差，消毒不彻底，手术后感染了，导致伤口没长好。从伤口的缝合看得出，医生的技术水平也极为低下。战争年代这种情况司空见惯。由于劳累或不小心碰伤，极容易导致旧疾再复发。

齐军医问："是什么人给你做的手术？"

齐旅长说："是团里的卫生员。"齐旅长陷入了对往日的回忆："白军的骑兵跑得真他娘快，一眨眼就到了我跟前，我转头往山下跑，只觉得肚子凉了一下，没跑几步我便摔倒了。我低头一看，肠子都流出来了。团长叫来了卫生员，是个细伢子，他很害怕，说只见过但从没做过手术，团长大吼，让他立刻给我做手术。红军队伍中哪里有医生啊！其实，我很感谢他，不做手术我必死无疑，是他救了我一命！"

齐军医说："齐旅长，你坚持了这么多年，从医学上你已经创造奇迹了！"齐军医钦佩地说："伤口已经发炎了，炎症可能影响到了脏器，并造成肠粘连！"

"什么是肠粘连？"齐旅长不解地问。

"肠粘连主要是手术过程中造成的，如肠管暴露时间过长、动作粗糙、创伤面大、止血不彻底、腹腔冲洗不干净等原因，也可能腹内留有异物，造成肠子或者内脏之间发生了不正常的黏附。"

"会怎样呢？"王政委担心地问。

齐军医说："炎症造成的肠粘连对人的影响非常大，严重的会危及生命。"

齐旅长一副愕然的神态，说："齐军医，有那么严重？我们打了这么多年仗，负伤的同志都是这样，没那么玄乎。"

齐军医看了王政委一眼，不容置疑地说："两位领导，从伤口已经化脓看，必须马上手术！"远处传来几声狗吠。

"离村子不远了。"王政委说。

俗话说，一犬吠形，百犬吠声。为了便于部队夜间活动不暴露目标，抗战期间根据地和游击区的狗都打光了,这一带以前是敌占区,村子里还有狗。顷刻间,邻近的村子也传来一阵阵狗叫声。在日伪统治时期,在铁路两边及重要城镇周围的封锁线,鬼子设置了许多障碍,深沟、铁丝网等阡陌交错。

卫生队找来担架,抬起齐旅长小心翼翼地绕过障碍向村子行进。齐旅长强忍着痛,故作轻松地说:"抗战的时候,狗一叫我们就不敢久留,赶紧撤。现在狗叫得越厉害,敌人就越不敢来了。"

抬担架的战士不解地问:"那为什么啊?"

齐旅长说:"狗叫得厉害,说明村子里来的人多,这说明,敌我双方的力量在发生变化了!"

战士叹道:"哦,是这样啊!"

二

掌灯时分,孟凡慧才到家。

北上干部队集训了一个月,终于要出发了。参加集训以来,凡慧很少回家,和小云一起住在城东庙里。紧张的集训反而使她感到轻松。抗战胜利以来,各种事情千头万绪,她和县里的同志一起不分日夜紧张地忙碌着。集训抛开了繁杂的事务,每天只是单纯的训练,凡慧反而感到轻松了。每每想到要去遥远的东北,和宏喜一起去参加一场轰轰烈烈的战斗,凡慧内心就迸发出从未有过的欣慰和自豪!

凡慧走到家门口,自己从小在这儿长大,这里的一切都是那样熟悉,那样亲切。她放轻脚步,想突然进去给娘一个惊喜,不料却碰到了门边的板凳,发出噗的一声。

"是慧儿吗?"屋里传出了娘的声音。

"娘!"凡慧欢快地跨进门。

即使在昏暗的亮光下,凡慧娘也能看见女儿乌黑的眼睛里闪烁着兴奋的光。"这孩子……"凡慧娘坐在炕上,伸手把油灯的捻拨亮一些,她的声音有些颤抖,"过来,让娘好好看看!"

二十多年了,凡慧不知不觉从一个纤细的小闺女已经长成了一个亭亭玉立的大姑娘。岁月不太平，凡慧一出门，凡慧娘就担心，生怕出点儿什么事。她无时无刻不在为凡慧祈福。

凡慧依偎在娘的怀里。

"瘦了！"娘摩挲着凡慧的肩膀说。

那天，凡慧爹回来告诉她，凡慧的生身父亲找到了，是齐旅长。那一刻，她蒙了，是喜？是忧？她完全不知所措。二十年前，丈夫抱着慧子回来，她蜷缩着身子，像一只羸弱的小猫。出于本能，她迫不及待地把孩子接过来抱在了怀里。从那时起她有一个心愿，有朝一日把这个孩子全须全尾地交到她的亲生父母手里。几年过去了，她终于明白，在这个动荡的年代里寻找孩子的生身父母如同大海里捞针。有一天，她正在做针线活，"娘"，一声细细的声音飘进她的耳朵，她一把抱起了孩子，她的心已被这个小生命融化了。她突然意识到，这个小生命已经融进了她的生活，甚至成为她生命的全部。

两行热泪从凡慧娘的两颊流下来。

屋外传来一阵脚步声，孟庆立走进来。

"爹回来了。"凡慧喊道。

"凡慧，你来一下！"孟庆立招招手，显得有些着急。当看到凡慧娘脸上的泪花，孟庆立怔住了，随即便明白了，找到了凡慧的生身父亲，对凡慧娘来说犹如天塌了一半，凡慧北上，无疑她的整个天都倾覆了。

"爹，有事啊？"凡慧问，她并没有注意到爹的变化。

刚才，李清匆匆走进孟庆立的办公室，说干部队有一个队员不见了。他说也许是家里有急事，也许……李清欲言又止。干部队两天后出发，孟庆立着急地说："出发的时间、人数都不能变，这是铁定的任务，也是他向县委做出的保证。"

孟庆立看着妻子忧虑的目光，满头花白的发丝，他突然觉得这么多年来自己只是忙，很少尽到一个丈夫的责任。干部队三天后出发，此时再把凡慧从妻子身边带走，他说不出口！他改口说："没，没事，多陪陪你娘！我拿点儿东西就走，今晚可能回来晚些，你们早点儿休息，别等我。"说完他返身走出房间。

凡慧太了解爹了，她敏捷地跳下炕来。一个月的集训，凡慧瘦了，但身体却结实了，动作麻利了，也习惯了连夜的工作和紧张。她尾随父亲来到院子，拉着他的胳膊说："爹，快说啊！"

孟庆立慈爱地看着闺女，说："鬼丫头！"随后说："干部队有一个队员未归队，这样吧，你不要回去了，多陪陪你娘，我让县委办和干部队一起处理此事。"

凡慧说："爹，你先回，放心吧，我好好给娘说，一会儿我就回去。"

几天前，干部队召开讨论会，主题是：如何圆满完成党交给北上的光荣任务。队员们在热烈地讨论着，会场闹哄哄的。除了凡慧和小云，干部队是清一色的和尚。两个漂亮姑娘的加入，使干部队格外活跃，队员们精神大振。

一开始，大家的话题集中在东北，什么黑土地、气候、土产，不知不觉又转到了东北的大闺女小媳妇。一谈到大闺女小媳妇，队员们就特别来劲，一个个甩开腮帮子起劲地说，夸张地大声地笑。小云瘪着嘴，不满意地说："哎，这帮老爷们儿，真没劲，不要脸！"队员们怔了一下，轰地笑起来，却接茬继续说。

李清使劲敲敲桌子，大声说："大家注意了，走题了啊！"

好一会儿，会场上才安静下来。

李清说："干部队很快就要出发了，大家想想还有什么问题和困难，尽量地提出来，县里能解决的县里解决，县里不能解决的，我们向分局、向军区提出来。"

会场上静下来。良久，一个队员说话很小声，但大家都能听得到："俺家分了房子和地，不打仗了，能回家守着爹娘，种自己的地，那该多好啊！俺做梦都想！"此人名叫武承汉。他坐在会场的一角，似乎是在发言，又似乎是在倾诉自己内心的向往。

他的话无疑像一个响雷在会场上爆炸了，队员们顿时议论纷纷，交头接耳地谈起自己内心的感受。

李清知道，队员们虽然在附和，但只是抒发着别离家乡的情愫。他站起来说："刚才武承汉同志说得好，好就好在他说的是实话。我们种田人祖祖辈辈做梦也想有自己的地，谁要是说，他不惦记新分的房子和地，不想回家守着爹娘，守着老婆孩子过热乎乎的日子，我不信这是他的真心话，我相信咱共产党队伍里也没这样无情无义的人，大家说对吗？"

"对……"一个队员冒冒失失地喊，见大家都没吭声，他尴尬地坐下来。

"我给大家介绍一位领导同志，他叫齐恩，我们县里有许多同志认识他，他就是独立旅的齐旅长。他是江西人，跟随红军两万五千里长征到了延安，又随一一五师从晋察冀来到咱们山东。十几年了，他的父母都过世了，妻子也过世了，女儿走散了至今没有下落。也许有人说，齐旅长是老红军，是大干部，咱跟人家没法比。都是父母生、爹妈养的，都是一样的人，谁不想守着爹娘、守着老婆孩子过热乎乎的日子？齐旅长在咱沂蒙山一待就是五年，他也要去东北，将心比心啊！我也没有更多的大道理可讲，我只有一句话告诉大家：相信我，跟着共产党，跟着八路军，咱沂蒙山的后生就一定会有前途！"

听李清一席话，凡慧心里热乎乎的。不知为何，她对齐旅长有一种天然的亲切感，没有齐旅长的帮忙她就去不了东北。她不知道齐旅长还有这样的曲折的故事，听到齐旅长还有一个走失的女儿时，她心里咯噔一下。

离开家，凡慧一路小跑向干部队跑去。她思忖是不是武承汉呢？那天武承汉向队里请假，说家里给他说了一房媳妇，要他回去看看。

"李老师，武承汉还没回来吗？"一见李清，凡慧劈头就问。

李清说："是，我让胡大山带一个队员去找，不知为什么也没回来！"

凡慧说："会不会遇上土匪了？"

李清想了想说："应该不会，这一带大股土匪都被清剿了，胡副队长带了枪，小股土匪应该不会动他们。"

"事情还没搞清楚，县里怎么会知道了？"凡慧问。

李清看了凡慧一眼，说："我向胡大山交代任务时，正巧孟书记来了，我向孟书记保证，我们一定会把事情弄清楚，给县里一个交代。"

"李书记，现在怎么办？"

李清思索片刻，说："干部队出发时间不能变，人员也不能少，这件事必须马上解决。我亲自去一下，凡慧，你留队主持工作。"

"不，你不能去，我去，明天分局工作组要来检查准备工作，你怎么能不在？"凡慧说。

"凡慧，你听我说……"

凡慧的犟劲又上来了，说："李老师，这次你听我的。"说完她头也不回走出房间，大声说："我去准备一下，明早出发。"

李清摇摇头，自言自语道："哪次不是听你的？"

回到宿舍，她简单地把东西整理了一下就准备上床睡觉。鬼精鬼精的小云立刻感到了什么，问："嫂子，有事啊？"

凡慧说："没事，累了，睡吧。"小云撇撇嘴没吭声。刚躺下，凡慧说："明天你别忘了去看看爹！"

小云说："你不去吗？"

凡慧含含糊糊地应："好啊，好啊！"

子夜时分，凡慧悄悄地起身刚要出门，小云一骨碌爬起来，说："走吗？"

凡慧一惊："上哪儿？"

小云扑哧笑了："去找武承汉啊。"

凡慧惊讶地发现，小云连衣服都没脱，说："鬼丫头，你怎么知道？"

小云笑着说："我是你肚子里的蛔虫啊。"

子夜刚过，凡慧、小云和队员小李便出发了。抗战刚刚胜利，八路军、国军的部队犬牙交错，地方武装、土匪遍布，各种敌对势力也蠢蠢欲动。小云还年轻，凡慧不想让她冒险，可又拗不过小云。干部队后天出发，只有一天时间，到武承汉家三十多里路，她必须抓紧。

三

在奶奶的指挥下，武承汉一回家就被关了起来，并强行把他推进新房。奶奶威严地对他说："你要走奶奶不管，但你得洞房后才能走！"武承汉百般抵抗，奶奶最后拿出了撒手锏，说："要奶奶死给你看吗？"武承汉立刻服了软。

凡慧到武承汉家时正赶上结婚喜宴。喜宴设在院子里，不大的院子被亲戚、朋友和乡亲们挤得满满的。凡慧一进门，几个热情的乡亲立刻走过来，簇拥着他们来到宴席上，并端起一碗酒送到凡慧面前，说："按俺们的规矩，来的都是客，都要喝一杯喜酒！"

凡慧摆着手说："不，我不会喝酒，我是来找人的！"

一个乡亲根本不接凡慧的话茬，端着酒依旧笑容可掬地说："同喜，同喜！"一副你不喝我不走的架势。

第十五章

武承汉跑了过来，结结巴巴地说："孟队长，你怎么来了？"他尴尬地搓着双手道："既然来了，那，那就喝一碗吧。"

被灌了一碗酒的凡慧有几分醉意，也有几分恼怒："还喝，还喝，我问你，干部队后天出发，你能回去吗？"

"当然能回去，这都是说好了的，一完婚就回去！"武承汉也有几分醉意，话却十分肯定。

"胡副队长呢？"

"谁？"武承汉瞪大眼睛。

"胡大山副队长来找你，人呢？"

"找我？没见呀！"

"汉儿，汉儿！"武承汉的奶奶摇摇摆摆地走过来，却直奔凡慧，她拉着凡慧的手说，"这么俊的闺女，是汉儿的东家吗？"

凡慧笑着说："奶奶，我不是东家，我是武承汉的副队长！"

"这闺女，真好！"奶奶一见凡慧便从心里喜欢，她拉着凡慧的手说，"俺知道共产党的规矩，汉儿一完婚就让他回去，好吗？"

"奶奶，你真好！"凡慧动情地说。

凡慧话音未落，远处响起一声清脆的枪声。喜气洋洋的院子立刻安静下来，紧接着又是一阵稀稀落落的枪声，人们慌乱起来，纷纷涌出院子向家跑去。

凡慧一怔，说："走，看看去！"

刚出门，远处一个人朝她喊："凡慧姐！"

凡慧转头一看，竟是张二两。凡慧惊喜道："二两，你怎么会在这儿？"

张二两投诚后回家待了一阵子，百无聊赖便到舅舅家来住些天。舅舅家就在这个村。他指着东边说："那边有队伍，还开了枪！"

凡慧问："你看清是什么人了吗？"

"太远，没看清，有穿军装的，也有穿老百姓衣服的。"

凡慧问："有多少人？是朝这边来的吗？"

张二两说："是朝这边来的，有十几个人，搞不好是抓壮丁的，我以前也干过。"刚说完，他马上觉得失言了，连忙解释："那是过去。"

四

村东头的一条小路上，十几个国军士兵押着五六个庄稼人打扮的人。士兵们不停地吆喝，催促被押的人快走。正如张二两的猜测，是国军在抓壮丁。

在路的拐弯处，一个壮丁冷不丁地蹿进树林。领头的是个连长，姓徐，他一愣，抬手就是一枪，其他人也跟着开枪。逃跑的人左突右突，很快消失在山谷中。

徐连长对着士兵们大骂："他妈的，谁叫你们开枪了？"

国军士兵面面相觑，一个人不解地问："连长，你不是也开枪了吗？"

徐连长跳着脚嚷："老子那是朝天开的枪，你们一个个都是猪啊，万一打死了算谁的？到时秋后算账找你呀还是找我呀？你们也让老子省省心好不好？"

徐连长原是国民党新四师的，抗战初期新四师投降了大汉奸汪精卫，被改编成汪伪政权的第三方面军，一度成为山东境内的伪军主力，还曾在鲁南一带制造了骇人听闻的"无人区"。抗战胜利后，该部队再次摇身一变，被国民政府改编为国军第五路军。徐连长自知口碑不好，做事向来低调，用他的话说，遭世人嫌弃和唾骂，黑白无常是要拿人的。

从武承汉家出来，凡慧直奔村外，小云、小李和二两紧随其后。武承汉也跟了出来。小李扛着枪，那是一支汉阳造，俗称"老套筒"，也是他们中唯一的枪。枪是部队退役下来的，虽然老旧，保养得却很好。凡慧想，不管那些是什么人，此时必须先隐蔽起来。

"嫂子，你看，那边有人！"小云用手指着说。

远处，一个人弓着腰沿山坡猛跑。武承汉喊："那不是胡队长吗？"

果然是胡大山！

小云站起身来使劲地挥手，胡大山终于看到了。见到凡慧一行，胡大山又惊又喜，不住地搓着双手，嘴里呀呀个不停。刚才从壮丁队伍中逃跑的人正是胡大山。

"胡队长，你怎么到这儿来了？"凡慧急切地问。

"妈的，让狗日的国民党抓了丁。"胡大山大口喘着气，气急败坏地骂。

"刚才是对你开枪吗？"

"是，这帮混蛋没打着我。"

"还有一个队员呢？"凡慧问。

胡大山语塞了，好一会儿狠狠地说："还在国民党那儿呢！"说完，胡大山站起来就走。

凡慧喝道："你去哪儿？"

"俺去救他！"

凡慧生气地说："你站住！你这样去是送死！"

胡大山猛地站住了。

押运的国军队伍越走越近。凡慧小声说："注意隐蔽！"小李举起枪。凡慧厉声说："把枪放下！"凡慧生怕他一紧张走了火。双方的力量悬殊，对方十几个人都有枪，这样的火力连县中队都顶不住。他们仅有四个人，加上二两，只有一支老套筒。可是放弃自己的同志不管，她实在心不甘情不愿，回去也没法交代。

"是徐连长！"张二两躲在树后自言自语道。

凡慧扭头看了一眼张二两，问："谁是徐连长？"

张二两用手一指："就是那个领头的。"

小云说："你认识他？"

"他是骑二军直属队的，那年在鲁南，我们在一起打过鬼子，这家伙可厉害了，一个人打死好几个鬼子……"张二两又开始喋喋不休起来。

小云撇撇嘴，说："国民党有什么了不起的，坏蛋！"

张二两怔住了，心想，我没说错啊，徐连长就是打死好几个鬼子啊！

见张二两一脸不服气的样，小云更加气不打一处来，说："张二两，国民党本事大，还不是让我们给俘虏了。"

张二两自知理短，便不吭声了，一会儿小声嘀咕："凡慧姐都说了，俺不是俘虏，俺是投诚，那是不一样的！"

凡慧生气地打断他们两人："你俩都别说了！"押运队伍很快走过去了。凡慧清楚地看到，干部队队员就在壮丁队伍里，他被绑着双手，好像受伤了，一拐一拐的。凡慧对张二两招招手说："你刚才说，你认识那个连长？"

张二两答："是，我们原来都在直属队，还在一块打过鬼子的伏击。"

胡大山在一边说："我觉得这个连长应该不是个坏人。"

"怎么见得不是坏人？"凡慧问。

胡大山说："他不打壮丁，别人打他还不让。"胡大山思索片刻，又说："他可能猜到了俺的身份。"所有的人都看向胡大山。胡大山显得有些尴尬，犹豫了一下说："昨天一出来俺就闹肚子，在路边刚解决完，裤子还没提上就被枪顶住了。"

小云咻咻地笑，说："你是闹肚子还是闹耳朵啊？"

"什么闹耳朵？"胡大山不解地问。

"枪都顶上你了，你就没听见一点儿动静？"

胡大山认真地说："俺也奇怪呀，怎么会听不见声音呢？可俺就是没听见。"

小云说："你不是有枪吗？你的枪呢？"

胡大山咧咧嘴道："俺把枪放在草丛里，可是，后来……俺觉得徐连长肯定看见枪了，不知为什么他没吭声，只是用一种异样的眼神看了俺一眼。当时俺还庆幸呢，以为他没看见。"

"后来呢？"小云问。

"一个当兵的来捆俺，他把那个人支开了，他自己亲自捆，只是绕了一下，根本没捆住，所以俺才能逃跑，现在想想，他是有意放俺走的。"

凡慧说："枪会不会还在那儿呢？"

胡大山说："应该还在那儿，其他当兵的都没看到，徐连长也没拿。"

凡慧毕竟是个涉世不深的妮子，所有的人都在看着她，此时，她心里扑扑地跳，额头冒出了冷汗。她反复揣摩，应该怎么办呢？要不要救人？怎么救？双方力量悬殊，救不了人弄不好再把自己这几个人搭进去，那岂不是赔了夫人又折兵！她想起了宏喜，如果宏喜在该多好啊！身上透出的自信、睿智和坚毅，似乎没有什么困难和问题是他解决不了的。在过去的岁月里，她对这个并不强壮的男人有一种朦胧的情感，时而清晰而真实，时而又混沌而模糊，而此时她突然有一种冲动，日后再见到他，一定不放过他，让他把他读过的书以及所有的军事知识一五一十地告诉她。可眼下怎么办？人是一定要救的，宏喜在也会这样。干部队培训朝夕相处一个多月，不能就这样放弃。县委向分局承诺，干部队保证准时、准点、全员北上，这是河西的承诺，也是沂蒙山的承诺，是板上钉钉的事！

押送的队伍走出很远了，已经没有多少时间思考了。不远处，张二两张着嘴朝国军走过的方向张望着。看着张二两,凡慧脑子里一亮,思路顿时顺畅起来,很快拟定了一个计划。

凡慧对胡大山说:"胡队长,你去找枪,拿到枪赶快返回,沿路向东与我们会合。大山,要快!"

胡大山点点头跑开了。

凡慧找来张二两,对他嘀咕了一番。张二两怔了一下,但很快点了点头,撒腿便跑,但很快又返了回来,对着凡慧又嘀咕起来。看上去张二两挺激动,两只手不停地挥舞。凡慧抿着嘴笑,一会儿点头,一会儿摇头。

其他人莫名其妙地看着他俩一来一往的。

凡慧笑着对着张二两点点头,张二两高兴地向东跑去。

五

在山道的拐弯处,张二两追上了国军的队伍。徐连长一见张二两,着实吃了一惊:"二两,你怎么在这儿?"

张二两说:"我舅舅家在这儿,我是回来探亲的。徐连长,你好吗?"

"挺好,挺好。"徐连长随口应。他曾道听途说,情报处李副处长被俘投了共军,张二两一直跟着李副处长,他怎么会出现在这儿?他试探着问:"二两,战事这么紧,你怎么有空探亲?"

张二两含糊地说:"舅母有病,俺请了假。"

"噢,你叔好吗?"

"俺叔好着呢!"

徐连长完全明白了,问:"二两,那边好吗?"

"挺好的。"张二两说,随后他警觉地问,"那边?什么那边?"

"二两,你我曾一起出生入死,你就别瞒我了,是共军叫你来的吗?"

张二两一下子怔住了。

徐连长从军已数年,老道的他几句话就让张二两露了底。其实,张二两一出现,出于军人的本能,他就猜出个八九不离十。

就在张二两被徐连长问得张口结舌时,凡慧、小云、小李和武承汉已进入许家隘口。不多时，胡大山也带着枪回来了。

凡慧是这样对徐连长判断的：他打鬼子英勇，是好汉；他不打壮丁，还没昧良心；军事素质很好，这是从他用枪顶着胡大山却没被发现看出的。凡慧认为，这样的人良心未泯，至少不会乱来。她让张二两去就是明确告诉他，壮丁里有一个八路军，让他放人。如果不放人，前面八路军已埋伏好了。她记得宏喜说，实则虚之，虚则实之。她要用仅有的两支枪像宏喜一样赌一把。

正如胡大山猜测，徐连长一开始就猜出了胡大山的身份，只是碍着士兵他没有理由放人，让胡大山逃跑也是有意而为之。可他没料到壮丁里还有一个八路。当张二两提出放人时，他笑笑说："二两，你承认你投了八路了？"

张二两想想说："徐大哥，给你说实话吧，俺现在还没有，不过俺回去就当八路。"刚才张二两跑回去给凡慧说，这次任务成功了，他要当八路，而且一定要跟干部队北上，他甚至"威胁"说："你不答应，俺就不去！去了也完成不好任务。"凡慧爽快地答应了。为此，张二两情绪十分高昂。

徐连长很敬佩八路军，他们用简陋的武器装备与日军周旋，牵制了日军大量的有生力量，这些军人爆发出的强悍的战斗力不仅令日军吃惊，就连国军也感到困惑不解。他不想与八路军为敌，却故意对张二两说："如果我不放人呢？"

张二两愣住了，他想起凡慧给他说的话，可他却说不出口，那几个人还打埋伏，就连干部队的人都来了也讨不着好！

见张二两不吭气，徐连长说："怎么啦？二两？"

张二两鼓鼓勇气说："八路长官说了，人家都埋伏好了。"

徐连长心中暗暗惊了一下，这一区域虽然是国共犬牙交错的地方，可是一直没有成规模的八路在这里驻守，怎么会有埋伏？他一抬头猛然发现队伍正进入许家隘口。这一带是山区，隘口只有这一处，东侧是绝壁，西侧是陡坡，道路崎岖且狭窄。他立刻命令队伍停止前进。

徐连长狡黠地笑笑，对张二两说："让我放人不难，但我有一个条件。"

张二两说："你说，我去和八路长官说。"

"我要亲自和八路长官谈谈。"

在隘口山坡拐角处，张二两见到了凡慧。

小云第一个反对："国民党没一个好东西，嫂子，你不能去！"胡大山、武承汉也表示不能去。

凡慧说:"你们是不是说,不救我们的同志了?"

大家沉默了。

凡慧思忖半晌说:"二两跟我去,其他人按计划行事。"

见到凡慧,徐连长张开的嘴半天没合拢。徐连长原本的意思是,告诉八路军,放人的事我们可以商量,但你们说有埋伏的小伎俩是骗不了我的。当凡慧一出现,他呆住了。此时,国军士兵们也纷纷凑上来,嘴里还发出啧啧的声响。有一个小子竟然跑到了徐连长的前面,几乎挡住了他的视线,使他大为光火。他大吼:"他妈……"他刚想骂娘,可突然觉得,在八路军长官面前,不,在漂亮的女士面前,说脏话有失体统。他挺了挺腰,大声命令:"都有了,向左转,一百步,齐步走!"

国军士兵们立刻左转,开步走,然而有的走了五十步便停下了,有的则继续往前走,后面撞前面,一时间士兵们前仰后合,乱作一团。

原本神经紧绷着的凡慧看到这一幕不由暗中好笑,揪着的心也松弛了下来。她微笑着说:"是徐连长吗?"

徐连长连忙说:"是,兄弟姓徐,长官贵姓?"

"徐连长,我姓孟,是八路军河西县干部队的副队长,我们的意思二两告诉你了吗?"

"是的,孟副队长,贵军的意思我已知道了。"

正说着,武承汉跑了过来:"报告孟队长,营长让俺来问你,情况怎样?"

"转告田营长,徐连长是抗日英雄,是中国人的这个!"凡慧竖起大拇指,又说,"转告田营长,徐连长很仗义,已同意放我们的同志了。"

"是!"武承汉转身跑开了。

凡慧转过身来,微笑着说:"徐连长,我说得对吗?"

徐连长张了张嘴,说:"对,对,孟队长说得对!"

远处,胡大山和小云各扯一块红布在摇,远远看去像两面红旗,时隐时现。

看着张二两和干部队队员向隘口走去,凡慧微笑着走向徐连长:"徐连长,我就不打扰你了,谢谢了!"说完把手伸向徐连长。

徐连长急忙握住凡慧的手,一副受宠若惊的样子说:"不谢,不谢。"目送凡慧离去,徐连长自言自语道:"八路还有这么漂亮的娘们儿!说话声音也好听,真他娘的好听!"

直到凡慧消失在隘口尽头，国军士兵们还伸着长长的脖子在看。

少尉排长遗憾地说："连长，就这么走了？"

徐连长张着嘴终于合上了，骂道："他娘的，你狗日的说了算，还是我说了算啊，不走，留着，留着……"终究也没说出"留着"的下文是什么。

"八路军埋伏在哪儿啊？我怎么看不见？"一个士兵踮起脚向隘口望着。

徐连长又跳起脚来："猪啊，你们都是猪啊，哪里有他娘的埋伏，糊弄鬼呢！我，我……"谁也不知道他想说什么，他也终究没说出什么。

第十五章

第十六章

一

破晓的晨曦中，甸子村响起了嘹亮的军号声。三连在大槐树下集合。

土匪被剿的消息很快传遍了甸子村，村民们陆续回到村里。这一带长期是日伪占领区，村民对军队一直存有戒心，他们不敢靠近三连，只是远远地观望。这与解放区人民群众对八路军的态度形成鲜明的对照。

出发前，艾指导员做了简短的动员："从今天开始，不，从前几天就已经开始了，我们已进入了敌占区。大家已看到，这里的群众对八路军还缺乏了解。有的同志说，这里的群众思想太落后了，太差劲了。我认为，这个话说得不对！我们八路军来到沂蒙山区十几年了，刚来时山区老百姓的思想觉悟就像现在这样吗？思想进步是教育的结果，这正是需要我们共产党和八路军来进行思想教育啊！"

艾指导员又进入了思想政治工作者的状态："毛主席说过，群众是真正的英雄，而我们自己往往是幼稚可笑的。现在我们有的同志却说群众思想落后，是不是说，我们是英雄，而人民群众是幼稚可笑的，这不是把毛主席的话给说反了吗？这显然是不对的。譬如，我们出发时有的同志想不通，不愿意离开家乡，讲怪话，有人还想开小差，那时候你的思想先进吗？可其他同志嫌你落后了吗？领导，还有我们齐旅长、胡副参谋长嫌你落后了吗？我不是要批评这些同志，我要说的是，接下来的几天我们一直在敌占区行军，我们还会遇到一些这样的'落后'群众,我们应该怎么办呢?对了,要正确对待,要开展思想教育工作……"

三连快速穿梭在田间小道上。于连长依旧在最前面,艾指导员居中,田宏喜在最后面。战士们的干粮袋里的煎饼变成了玉米饼子。出发时带的煎饼,经过行军和下雨,煎饼凝成了一坨,又干又硬。炊事班将煎饼集中起来,用村里的碾子碾碎,掺了一些豆面加工成大饼子,很松软,很好吃。

三连沿胶济线进入鲁中地区。抗战期间,这一地区是日伪占领区,抗战胜利后,国军受降并驻军在胶济铁路沿线。为了避免产生冲突,部队北上尽量走偏僻的山道,除非不得已才进入城镇。

天渐渐黑下来。部队来到一个镇子附近。按原计划,部队应在天黑前绕过这个镇子,在前面的一个村子扎营。于连长命令:"加快速度,跟紧,不准掉队!往后传。"

黑暗中,部队在悄无声息地走着。平地里出现了一个坡,上去后战士们脚下发出哗哗的声音。一个战士低头看,小声说:"哎,都是石头块!""奇怪,怎么都是一般大的石头呢?"一个战士惊叫:"这有一条铁棍,好长好长呢!"于是,战士们一股脑地涌上去,纷纷低下头看,不少人弯下腰用手摸着。一个战士弯着腰摸着铁棍一直向前走,走出去很远,他回头大声说:"还没到头呢!"

黑影里一个战士说:"你们都是憨子呀,这是铁路啊!"

有人试着用石头敲打铁轨,于是其他人也跟着敲打起来,一时间,叮叮当当的敲打声在寂静夜里传得很远很远。

铁路距离镇子两三里路。敲打铁轨的声音立刻引起了镇子里的狗吠。

于连长传令:"不准敲打铁轨,谁再敲我收拾他!"

镇子里的狗吠声又引起了附近村子里的狗吠,空旷的黑暗中狗吠声连成一片。

战士们立刻停止了敲打铁轨。于连长再传令:"不准发出声响,跑步前进!"

战士们把脚步放轻,一个挨一个迅速前进。行进中,一个战士说:"哎,我摸了一把,是木头,好像是方的,比老宅的房梁还粗呢!"黑影里一个人发出咪咪的笑声:"同志哥,那是铁轨,怎么会是木头啊!"那个战士十分肯定地说:"俺摸了啊,就是木头。""可是,哪来那么多的木头啊,都差不

第十六章

多大小。""是，是有点儿奇怪，以前怎么没听人说过呢？"一个战士叹了口气说："天太黑，看不清！"他语气里充满着遗憾。于是，队伍中不再吭气了。

狗的听觉十分灵敏，一丁点儿声音都会引起狗的警觉。远处的狗吠声依然不停，此起彼伏，宛如黑暗中的一台大戏。

田宏喜注视着黝黑的旷野，倾听着远处的狗吠。他从小喜欢狗。抗战初期，八路军通知村里，各家各户一律不准养狗。他家的大黄也被打死了，为此他伤心了很久。此时，他才真正理解了打狗的道理。

"连长，我们已经暴露目标了？"田宏喜对于连长说。

于连长没好气地说："肯定暴露了，要下一个命令，今后谁要是再敲铁轨，我收拾他！"

刚刚离开铁路，远处便传来隐隐约约的隆隆声。战士们停下脚步，不约而同地朝声音传来的方向张望。一列火车由远而近驶来，车灯发射出雪亮的光，火车满载着货物冒着黑烟吃力地行进。战士们一个个张大嘴巴望着。

火车越来越近了，发出巨大的响声。为了看得更清楚些，一个战士朝着火车跑去，于连长大喊："回来，回来！"

在黑暗的天空中，火车显出一个硕大的身影。"俺的个娘，这么大！"一个战士惊叫。战士们的神经都紧绷着，屏住呼吸。

火车终于呼啸着远去了。

"真开眼了！""这辈子值了，连火车都见过了。"一个声音说："你们谁看清了？那火车是推的还是拉的啊？"队伍中笑开了，有的说是拉的，有的说是推的。又有人说："你们说，火车是站着还是躺着啊？"没人说话，队伍中发出窸窸窣窣的声音。有人说："当然是站着，躺着怎么能走呢？""不对呀，站着怎么比躺着还矮呢？"

一列火车给这些第一次走出大山的后生们出了一道难题。

二

一排走在全连的最前面。排长姚贵不停地催促："快，快！"

突然，远处一个声音喊："站住，你们是哪一部分的？"接着一阵哗哗的拉动枪栓的声音。陈集镇是鲁中地区的一个大镇，国军的一个团驻扎在这里。狗吠声早已引起了哨兵的注意。

姚排长一愣怔，说："你们是哪一部分的？"

对方没想到姚排长会反问，也一愣怔，说："我们是国军一二零团的，你们呢？"

"我们是八路军独立旅的。"

"哦，是共产党？"国军与八路军接触中往往以正规军、政府军而自居，而对八路军则是不屑一顾的。国军士兵的话语里充满蔑视："不就是游击队吗？还驴（旅）啊马的！"

姚排长一听气就不打一处来，可部队行军了一天，人困马乏的，他强压住火，说："国军兄弟，我们是友军，都是自己人……"

国军士兵仍然骂骂咧咧的："谁跟你他妈的是自己人，过我们的地盘，你们打招呼了吗？深更半夜的，你们想干什么？"

没想到这小子还来劲，姚排长火气一下子蹿上来，大声呵斥道："你少他妈的他妈的，这是你的地盘？你知道这地盘贵姓？老子过还要给你打招呼？"

"爷们儿，看清楚了，就你们这几个人还敢嘴硬？"一群国军士兵立刻端着枪围了上来。

姚排长把腰一挺，说："好啊，来呀，不怕死是吧？那就来试试！"一排的战士也拿起了枪。

双方对峙着，大有失控的局势。

陈集镇的一座大宅子被国军征用为临时团部。一个少尉参谋快步走进团部："报告团座，一营报告，八路军一个连从一营防区穿过，被他们拦住了。"

团长李伯修站在地图前，他有晚上看地图的习惯。听到报告，他立刻皱起了眉头，狠狠地说："成事不足，败事有余！"随后又问："是八路军的哪个部队？"

参谋答道："是八路军独立旅的一个连。"

"问过是几连吗？"

参谋说："是三连。"

第十六章　　231

李伯修陷入了沉思。上峰来电，近期八路军开始北上，要求各部队严阵以待迟滞八路军的行动，但尽量不要发生冲突。李伯修冷笑，迟滞？怎么迟滞？尽量不发生冲突又是什么意思？是可以发生冲突，还是不可以发生冲突？他真不知道那些脑满肠肥的大佬们在想什么。但上峰的命令是准确无误的，发现八路军独立旅三连，要阻止其北上的行动，并立即上报。李伯修感到很蹊跷，这叫什么命令？他询问了军部的一个同乡，同乡告诉他，是因为延山战斗。延山战斗震动了山东战场半壁河山，八路军扬眉吐气，国军却颜面尽失，骑二军更是如鲠在喉。而其中正是独立旅三连使诈导致战斗的失败。

李伯修说："去把丁营长叫来！"参谋刚要走，李伯修喊："等等，我亲自去。"

就在李伯修去一营的时候，田宏喜也正马不停蹄地赶往一排。透过昏暗的夜色，田宏喜远远看到两支对峙的队伍。就在田宏喜到达一排的同时，一个国军长官也走了过来，他边走边大声说："都瞎咋呼什么，吃饱了撑的啊！"

国军士兵报告："报告营长，共军企图偷袭我们……"

姚排长大声说："恶人先告状是吧？谁偷袭你了……"

二人争执不下。

"都住嘴！"丁营长边向前走边问，"你们谁是当官的？"

田宏喜说："我是副连长田宏喜。"

丁营长借着微弱的亮光向前望去，眼睛突然一亮："田宏喜？是田排长吗？"

田宏喜一愣，顺声音看去。

丁营长跑过来说："我是丁长海啊！"

"丁连长，真的是你，你咋在这儿？"田宏喜意外地说。

"可怎么会是你呢？你们连不是在蒙山吗？"丁营长反问。

见两位长官是老相识，双方士兵对立的紧张情绪立刻缓和下来，都收起了枪。

三年前，国军与日军在蒙山北发生了激战，八路军派出部队策应。战斗中，时任连长的丁长海受了伤，被安排在蒙山角下一个小村庄养伤，受到了田宏喜无微不至的关照。

"在蒙山待得好好的，怎么跑到这儿来了？"丁营长语气里充满着疑惑，似乎还有一丝不安,"你们也要去东北?"

田宏喜并没有接他的话茬,笑着说:"亏你还是当兵的,铁打的营盘流水的兵,当兵的哪里有固定的地方啊!"

丁营长立马转变了话题,道:"是,是,田排长,不,田兄弟,大恩不言谢,兄弟忘不了你的好,兄弟这厢有礼了。"说着,他毕恭毕敬地鞠了一个躬。

田宏喜急忙扶起他,说:"丁连长,我们既然是兄弟,那就别客气了。"

"好,好,那就到我的营部去!我给兄弟压惊洗尘!"

"营部?"田宏喜有点儿疑惑。

丁营长笑着说:"兄弟我现在是营长了。"

田宏喜忙说:"恭喜,恭喜!不过,丁营长,压惊洗尘就免了,我有任务在身,必须要走。你我都是军人,服从命令是天职,也请兄弟给个方便。"

丁营长显得有些为难,他转头小声问通信员:"团长回话了吗?"通信员摇摇头。此时,团部参谋匆匆跑来附耳小声说:"丁营长,团长命令,立刻封锁八路军到我团的消息,所有在场的人必须严守秘密,否则军法从事。"

丁营长急忙问:"我营的任务是什么?"

参谋说:"团长让你陪同八路长官立即过去。"

丁营长点点头,稍一停顿,他悄悄拉了团部参谋一把,眨了眨眼,然后大声说:"张参谋,传达团长的命令!"

张参谋一愣,但随即就明白了,大声说:"团长命令你陪同八路军长官去团部,不可怠慢!"

丁营长知道上峰的命令,但田宏喜是自己的救命恩人,他只能把责任推向上峰。他一挺腰,回答:"是!"

三

田宏喜跟随丁营长走进营部。

这是一所镇上的大户人家,堂屋迎面是八仙桌,太师椅、长条案、花架等一应俱全，只是家具及陈设陈旧了些。

李伯修端坐在堂屋迎门的右侧。丁营长介绍说："这是李团长。"李伯修站了起来，用手指着左边的太师椅说："请！"

田宏喜感到了李团长厚重的礼仪，左为上，右为下，无论是长辈还是僚幕皆依此序来坐，称为"坐相"。李团长让自己坐在左边，是把自己当成了大客。

田宏喜连忙说："谢谢！"

分别坐下，丁营长先行介绍。李伯修脸上泛起一丝不易察觉的笑意，说："欢迎田副连长大驾光临！"

田宏喜微笑着说："谢谢李团长，我连路过贵部，多有打扰，还请李团长念友军的情意，给予方便！"

李伯修心里十分矛盾。延山战斗是抗战胜利后国共第一次交手，是在一个敏感的时间、敏感的地点和国共敏感的焦点上发生的摩擦。目前，国共正处在一个十分微妙的关系中。从上峰的多道命令看，显然上峰已把八路军作为敌对势力了。国难当头之际，国共虽有矛盾，但联合抗日是主流，矛盾是兄弟之间的矛盾，发生摩擦是同室操戈。但抗战胜利了，收复河山重建家园，国共似乎又到了兄弟分家的时候了。战端一起，生灵涂炭，遭殃的永远是老百姓，这是他从心里不愿意看到的。服从是军人的天职，这一点他十分清楚，但服从并不是不受控制的和毫无原则的，完全的服从应基于对事业实质最真实的了解。然而实质是什么呢？作为曾经的师范学校的老师，他十分困惑。他欣赏共产党的主张，却不同意共产党的做法，比如把富人的土地、财产拿来分给穷人，尽管穷人值得同情，但这样做是完全不对的。国民政府官僚的腐败、贪婪他是知道的，但国民党中也不乏有志之士，洪洞县里还是有好人的。

田宏喜很快便察觉到了李团长的变化，微笑凝在了脸上，说："李团长，你看……"

李伯修却把脸转向了丁营长，款款地站起来说："听说蒙山战斗负伤后你是在田副连长那里养伤的？"

丁营长连忙说："是，是，实际上我是被田副连长从战场上背下来的，大恩不言谢啊！"

"丁营长，这就是你的不是了，既然恩人来了，何故让恩人这样干坐着？

这太失礼了！"

丁营长忙说："我这就备酒菜，给田副连长接风洗尘。"

田宏喜连忙说："谢谢李团长的盛情，但我不能久留，部队有任务，军令不可违啊！"

"田副连长，你可知道，将在外，君命有所不受，况且不就是吃顿饭吗，你可不能辜负丁营长的好意哟！"

从到营部那一刻起，田宏喜的心就一直揪着。天色已晚，李团长却亲自赶到营部见自己，是何道理？他如此客气，就算三连救过丁营长，那也只是丁营长个人的事，况且这样的事在抗战时期并不少见，李团长也没必要连夜赶来为其下属谢恩吧。看着李团长不动声色的样子，田宏喜心中越发不安。田宏喜心一横，既来之则安之，他能把我怎样，便说："那就恭敬不如从命了！"

不一会儿，几个士兵搬来一张八仙桌，摆上了酒菜。

第十七章

一

　　齐旅长持续高烧，时而昏迷。齐军医焦急地搓着双手走来走去。胡副参谋长对王政委说："现在唯一的办法是去县城，离这儿大约十里路。"

　　这是鲁中地区一个小县城，一条街道横贯全城，房屋沿街而建。连年战乱使这个历史悠久的小城变得破败不堪。夜深了，街道上空无一人。秋风卷起地上树叶，发出唰唰的声响。县城中唯一的西医诊所位于街道的拐角处。

　　齐军医敲开门，一个人伸出头来，惊讶地看着齐军医一行。胡副参谋长走近前来，以和气但不容争辩的口气说："大夫，我们是八路军，借用你的诊所，一个病人要在这里做手术。"说完，他一挥手，几个战士将担架抬进了诊所。

　　齐军医打量着诊所。室内设置十分简陋，墙角一个破旧的橱柜，里面摆放着几瓶药。靠墙有一张床，白色的床单上满是污渍。大夫是一个中年男子，见齐军医目光落在了床单上，忙用手拽拽床单一角，不好意思地说："单子是消过毒的，只是上头的颜色洗不掉了。"

　　胡副参谋长以询问的目光看向齐军医。齐军医先是摇头后又点头，勉强地说："就这儿吧。"

　　几个战士迅速将手术台布置停当。卫生员走过来在齐军医耳边小声说：

"齐军医，没有麻药了！"

齐军医怔了一下，着急地说："延山战斗时不是储备了一些吗？"

卫生员的脸涨得通红，着急地说："那些不是已还给师部卫生队了吗？"

齐军医这才想起来，在一次战斗中，卫生队把仅存的一点麻药都用于手术了。他曾多次派人到临沂、济南等地去采购，却都无功而返。为了缓解燃眉之急，临时向师卫生队借了一些，并说好有了一定还。延山战斗后补充了一批药品，其中有麻药，于是那不多的一点儿麻药还给了师卫生队。师卫生队队长十分满意地说，有借有还才叫借嘛。

房间里沉默了。齐军医两眼罩上了歉意和忧郁。

齐旅长打破了沉寂，微笑着说："从瑞金时期开始我们就缺医少药，这不是哪个人的责任，再说，药也不能专门给我齐恩一个人留着吧？"说完，齐旅长一副不在意的样子，仿佛在说别人的事："齐军医，你做手术吧，我可以不用麻药。"

"什么？"齐军医瞪大眼睛，好一会儿，他把目光转向了胡副参谋长。

胡副参谋长顿时陷入了两难选择：手术必须做，否则齐旅长将难以维系，可是，不用麻药一个血肉之躯要承受怎样的痛苦啊？他招了招手，示意齐军医出来。

他俩刚要转身，齐旅长说："是要说手术的事吗？如果是，那就不必背着我，就在这儿！"

两人怔住了。

齐旅长说："齐军医，你先谈谈意见。"他显得十分轻松："反'围剿'时，卫生员都敢给我做手术，你一个堂堂的医学院毕业的大军医还不敢吗？"

"那不一样，以我的判断，可能有异物留在了你腹内，正处于感染期，由于年久，异物可能已进入腹腔，甚至可能位于主动脉的边缘。"他停了一下又说："我们没有探查设备，在没有麻药的情况下进行手术，强烈刺激可能造成肌肉痉挛，甚至导致大出血，那将危及生命。从理论的角度，不上麻药手术是不被允许的，医生的职责是治病救人，而不是冒险。"

"理论很重要，但就不会有例外？古时不是有关公刮骨疗伤吗？军人都知道，战场上的情况是千变万化的，有时候理论和实际情况相差很远，不是吗？手术如同战场，行为不能完全按设计进行，都具有不确定性，可不可以说，手术和战场上的行为本身都是一种冒险的行为。"齐旅长瞳仁里放射出坚毅的目光。

出于职业习惯，齐军医从不在病人面前流露自己的感情，而此时他却难以掩盖内心的激动，齐旅长那坚韧的毅力、充满自信的决心使他受到了极大的震撼。

胡副参谋长沉吟了许久，说："我曾见过在没有麻药的情况下进行手术，还不是大手术。"他斟酌着字句："患者所承受的痛苦让人刻骨铭心，齐旅长，你现在的体质状况并不乐观，在这种情况下，正常的手术都难以进行……"

齐旅长苦笑一声说："你们的意思我都明白，可是目前还有其他办法吗？"

房间里再次沉默了。

门轻轻地开了，一个声音传进来："长官，我可以进来吗？"

一个战士随后走进来说："他非要进来，说有事要找领导。"是诊所大夫。

胡副参谋长说："大夫，你有事？"

大夫看看躺在床上的齐旅长，怯生生地说："本人不才，毕业于山东医专，刚才长官的话我都听到了，我以为这位长官体质太弱，不用麻药是万万不可的。"

齐军医急忙问："你有什么好主意？"

大夫犹豫了一下，说："连年战乱，百姓穷困潦倒，民间是没有麻药的。这种稀缺的药品只有军队需要，也只有军队才有。"

"你说说看。"胡副参谋长问。

大夫看了胡副参谋长一眼，说："距离这儿五十多里路的陈集镇驻扎着国军的一个团，团部卫生所有麻药。"

"你确定？"胡副参谋长说。

"确定，我的一个同学是卫生所军医，上周曾邀我去参加了一个手术。"

胡副参谋长当即决定连夜去陈集镇。

二

　　看着李团长不卑不亢的神态，田宏喜脑海里倏然电光一样闪过一个问号：他们似乎是在做戏？可为什么？一个国军上校团长何故给自己做戏？抗战胜利后，国共之间处在一种微妙的关系中。国军为正规军，更重要的是政府军，而八路军则为地方军，甚至被视为非法武装。抗战期间，国共之间经常发生摩擦，双方均认为大敌当前，这很不正常，也非光彩之事。故发生摩擦时，双方则以忍让为主，不会大动干戈，多为点到为止，以和平方式结束。田宏喜对这种情况也颇为了解，但想起丁营长疑惑的语气和焦虑不安的情绪，仍然有一股不祥的阴云浮现在脑海中。

　　饭菜的香气飘溢在房间里。宾客刚刚入座，李团长突然说有军务，请丁营长代他请田副连长多喝几杯，说完便匆匆离开了。

　　上峰来电，命令一二零团对三连实施包围，务求逼其投降，否则全歼之。显然上峰已知道三连到了陈集镇，这使李伯修大为光火。他隐约感到这是个烫手的山芋，曾下令封锁三连到陈集镇的消息，然而这么快上峰便知道了。他娘的！他心里骂。

　　李伯修快马加鞭回到团部。刚刚进门，军参谋部直接来电话，下达了立刻出兵左家庄的命令。那位长官还告诉他，他的胞弟李仲修到共区侦察，下落不明，可能被共军正法了。

　　国军一个营趁着茫茫夜色向三连进发。

　　这一带属泰山余脉，山势虽然不算险峻，但是山峦起伏，峰回路转。经过四五个小时的急行军，胡副参谋长一行来到距陈集镇不远的一个山坡停下来，做短暂的休息。

　　一个战士问："胡副参谋长，我们就这样去搞麻药吗？"

　　胡副参谋长没吭声。这样去当然不行，去陈集镇国军那里搞药实属无奈之举。国共重庆谈判，两党两军的关系似乎出现了一些趋于向好的细微变化，但很快又被敌对的关系所取代。临走时他给齐军医交代，两天，只两天，如果他回不来，就按齐旅长的要求做手术。一路上，搞麻药的方案在他脑海里不断闪过。根据国军部署，这个团应是一二零团。该团副团长王云祥是他保定军校的同窗，他把希望压在这个关系上，死马当成活马医吧。

一队黑压压的人影沿山坡小道行进。

胡副参谋长看得分明，他用力向下挥着手，战士们迅速伏下身子。

走近了，是国军！枪械的碰撞声在寂静的夜晚传得很远。队伍里间或有人催促："跟上，跟上！"有人不满地发牢骚："日本人都见鬼去了，这大晚上的，连个囫囵觉都睡不成。""哎，听说了吗？八路军到了左家庄！""我们该不会是和八路打仗吧？"队伍中有长官呵斥："谁在说话！给老子闭嘴！"

队伍走过去了。

"左家庄，听到了吗？他们说是去一个叫左家庄的地方。"

国军大约有一个营的兵力，为什么连夜去左家庄？自抗战胜利后，这样规模的行动并不多见！对谁？在山东，日本人走了，大股的土匪已被剿灭，胡副参谋长猛然醒悟：这样规模的国军作战对象只有一个，八路军！随后他一惊，该不会是三连吧？根据剿匪的进展，三连极有可能已到达这一地区。他拿出地图，左家庄距这儿还有二十多里路，按这样的速度，国军天快亮时才能到达左家庄。

"去左家庄！"胡副参谋长果断决定。

这是一张干净、舒适的床，洁白的床单，松软的枕头，从小在农村长大的田宏喜从未见过这样的床。连日的剿匪和行军，田宏喜很累，但此时他一点儿睡意也没有。他坐在床边，纷乱的思绪像脱了缰的骏马在天空中驰骋。他想到已故去的娘、独自守在家的爹、孟书记、李清老师、齐旅长、胡老师、于连长、艾指导员……当然还有凡慧。到三连讲课后的那个晚上，凡慧目不转睛地望着他，潭水一般深邃的大眼睛里闪着炙热的光，她突然问："去了东北你还回来吗？"他不假思索地回答："当然回来，这是俺家呀！"凡慧望着远方，她的眼睛里充满着对未来的期盼，兴奋却有些羞怯地说："到那时我们盖上三间瓦房，再养些鸡、鸭、种上一畦菜，孩子们在院里跑……"想起这些，田宏喜心里甜滋滋的，浑身发热，是啊，那样的日子就是过上一天，这一辈子就知足了。

天快亮了，困意却袭上来，田宏喜坐在床边头一歪便睡了过去。然而宽大舒适的床却让他极度不适，浑身仿佛被拘着，他觉得自己像一只被捆得结结实实的粽子，一切都是模模糊糊、恍恍惚惚的。一个激灵他醒了过来，蹑手蹑脚走到门口,两个士兵一左一右守卫着。

昨晚,丁营长不停地劝酒,田宏喜多次提醒他,已该回去了,但丁营长却仿佛没听见一样依旧劝他喝酒吃菜。实在忍无可忍,他猛地站起来向门口走去,然而两个荷枪实弹的士兵横在门口,十分客气地说:"长官,请回去!"

田宏喜厉声说:"丁营长,你这是什么意思?"

丁营长苦笑道:"老弟,你我虽为兄弟,但我们各为其主,不是兄弟为难你,这是上峰的命令。喝完酒兄弟陪你去团部,这是团长的命令。但有一点儿你放心,有我在,你的安全不会有事,咱还是喝酒吧。"

喝完酒,丁营长并没陪田宏喜去团部,而是连夜赶往左家庄。

胡副参谋长一行刚摸到左家庄村头,几个黑影斜刺里蹿了出来,眨眼间便冲到了他们面前。为首的人喝道:"举起手来!"

胡副参谋长暗暗吃了一惊,心想,埋伏如此之隐蔽,动作如此利索,究竟是什么人呢?

"咦,这不是野兽吗?"黑影中有人小声说。马上有人呵斥道:"瞎说什么呢!"尽管声音很小,但仍然飘进了胡副参谋长的耳朵。他立刻明白了,急切地说:"是三连吗?快带我去见于连长!"

就在胡副参谋长与于连长、艾指导员商议作战的方案时,田宏喜在两个国军士兵的引导下来到团部。团部为一个两进宅院,一进是作战室,房间中央摆放着一个硕大的作战沙盘,沙盘一侧墙上是一幅作战地图。二进是会议室。田宏喜在会议室一角坐下来。一个士兵端来一杯水,告诉他稍等,李团长马上就到。等了一会儿,李团长仍然没到。田宏喜提出,能不能到一进作战室等。士兵出去了,大概去请示了。他很快回来说可以。

作战沙盘用鲁中地区特有的黄泥为原料,制作精细,十分逼真,可谓是沙盘中的精品。沙盘四周的木制框架由于磨损已露出了白茬,看得出来沙盘使用率非常高。在沙盘的一侧墙上的作战地图,上面画满红蓝相间的作战图标和行军路线。看得出来,沙盘和地图是相互补充使用的。

李伯修一步跨了进来,他笑着说:"抱歉,军务繁杂,晚来一步,抱歉!昨晚休息得好吗?"

田宏喜举手敬礼,说:"很好,谢谢李团长的关照!"他扫了沙盘一眼,单刀直入直奔主题说:"李团长,我以为与八路军开战是不明智的。"就在

第十七章

短短的十几分钟内，田宏喜从沙盘和地图上看出了国军拟对三连作战的意图，他努力保持镇静，不露声色。

李伯修着实吃了一惊，他不置可否故意问："田副连长，你这是什么意思？"

田宏喜指指墙上的作战地图。

李伯修惊讶地看着田宏喜，在这么短的时间里，他竟然看出了部队作战意图。他很诧异，一个八路军的低级军官竟然这样熟悉作战地图。然而，他却用一种居高临下的姿态说："不明智又怎样？"

田宏喜瞥了李团长一眼，十分肯定地说："贵军袭击左家庄，未必能达到预期的目的！"

这使李伯修再度吃惊，他不仅准确地看出了袭击的地点，甚至预测了战斗的结果。李伯修整理了一下军服，不动声色地看着田宏喜，摸出一支香烟点上，悠悠地吸了几口，说："田副连长，本团长愿闻其详。"

田宏喜走近作战沙盘，他并不看李伯修，说："这一带是典型的丘陵地形，高低落差不大，谷宽岭低，坡度平缓。一般意义上说，这样的地形对各种装备武器限制很小，大规模部队行动有着便于机动、易于隐蔽、射界开阔等有利条件。但凡事都有例外。丘陵高差一般都在二百米以下，然而左家庄却处于山坡顶端，高差足足有四百米以上，这就在局部形成了起伏较大和割裂断绝的山地地形，形成易守难攻的地形特点。"

李伯修笑了："田副连长，有一点你没考虑到，我可炮火准备后实施进攻。"

田宏喜说："李团长，你说笑了，袭击左家庄的部队不可能携带重武器，原因还用我说吗？"

李伯修沉默了片刻，说："这一点儿我没必要瞒你，但我已派出了一个营，兵力数倍于你们，并将采取偷袭的战术，你还认为达不到预期的目的吗？"

田宏喜说："我不否认，战斗的天平倾向于国军，优势兵力固然重要，但在这样的地形中，地利的优势可以极大地化解人数的多寡、军力的强弱，除非打成消耗战。"田宏喜似乎胸有成竹，底气很足："我敢说，贵军实施偷袭成功的概率很小。"

看着李伯修疑问的目光，田宏喜说："按出发的时间和速度，贵军到达左家庄时天色已亮，左家庄的地形完全不具备大规模部队的隐蔽进攻的条件，我军居高临下，贵军一定会暴露无遗。"田宏喜停了一下又说："即便是深夜，贵军偷袭的成功率也不会高。"

"何以见得？"

田宏喜没有马上回答，看了李伯修一眼说："李团长，你应该最清楚，抗战这些年，八路军最擅长的是游击战，而游击战最擅长的就是偷袭，偷袭者绝不会让别人偷袭了自己，这一点儿我们八路军还是有自信的。"

李伯修凝视着沙盘，不禁倒吸一口凉气。

三

在胡副参谋长的部署下，三连进入战斗准备。紧张的气氛立刻盘旋在左家庄上空。鸡叫三遍了，起伏的山峦仍然空空荡荡，一层薄薄的云气在漫山遍野中飘移。

"也该到了？"于连长说。

"是应该到了。"胡副参谋长注视着前方自言自语道。按行军速度和时间应该到了。国军虽数倍于三连，可看了左家庄的地形，胡副参谋长悬着的心像一块石头落了地。他向山下望去，地势开阔，沟壑少且浅，这种地形极适合炮兵和骑兵进攻作战，唯独不适合步兵，特别是大规模的步兵进攻作战。到了左家庄，地势突然高起来，高差应在四百米以上。这样的地形防御方占尽地利，却是进攻方的大忌。也许根本没把一个连的八路军放在眼里，也许是出于任务紧急的原因，国军的炮兵和骑兵并未出动。

"天佑三连！"胡副参谋长暗暗庆幸。

李伯修的脸阴沉着，许久才把目光从沙盘中移向田宏喜。他暗自称奇，一个副连长在短时间里竟然把地形及战情分析得如此透彻。他想起党国的一位资深大佬曾说，共产党八路军就是一群乌合之众，如若不就范，一年期可削平之。李伯修嘴角抽搐了一下，自嘲地笑了笑，如此这般"乌合之众"，国府声称的短期将八路军消灭殆尽岂不是滑天下之大稽！

一营电报：我营抵达距左家庄三公里处，请示下。

李伯修沉吟不语，好一会儿，他签发回电：停止行动，原地待命。

房间出现一阵短暂的沉默。

田宏喜十分着急，心想于连长和艾指导员也许更着急，但看着来回踱步不语的李团长却不知从何说起。

李伯修正处在进退维谷中。用兵之道在于出奇制胜，当完全暴露在对方面前时，"奇"没有了，但他也清楚，一个营对阵一个连结果是没有悬念的。

田宏喜打破了沉默："李团长，听口音我们应该是老乡。"

李伯修似乎并未听田宏喜在说什么，依旧沉默不语。其实，他早从田宏喜浓重的沂蒙口音中判断出这个年轻人是他的同乡。他停下脚步说："田副连长，对于共产党把富人的土地和财产分给穷人，你们共产党称为土改，你是怎么看的？"

田宏喜愕然，他没想到李团长在这样的时候问这样的问题，愣怔了半晌没吭声。

"你我是同乡，请务必说实话，我想听听你个人真实的看法？"这个问题一直萦绕在李伯修的脑海里，他想听听这个小同乡、八路军的一个基层军官真实的想法。

田宏喜思忖了许久说："我很愿意从个人的理解去谈谈看法。李团长，想必你是城里的大户人家出身，没有吃过苦，也许你根本想象不到，没有土地的老百姓过的是怎样的日子。"

"那么，你认为这样做是对的？"

"是！"田宏喜连个磕巴都没打。

"那么我问你，你们所说的富人，他们的财产是抢来的吗？据我所知，富人的财产也是靠自己努力、凭自己的血汗挣的，甚至是靠几代人辛勤劳动、省吃俭用积攒起来的。我再问你，有钱就有罪吗？我不认为有钱就有罪，如果没罪，你们强行攫取了别人财产的行为是不是有罪呢？"李伯修真有些动气了，不是对着这个小同乡，而是他实在不敢苟同共产党的这种做法。

田宏喜为之一震，他从未想过这个问题。爷爷、父亲、他三代人从来没有自己的地，如果有自己的土地，两个哥哥也不至于在数九寒天外出走上了不归路。为了交租子，大旱之年娘没日没夜地在山上干活，终于累倒了……田家祖祖辈辈给地主扛活，直到土改才有了自己的土地。那天家里像过年一样，爹连夜跑到刚分到的地里，这片地从爷爷起就耕种，已历时三代，现在这块地是自己的了，爹甚至不敢相信这是真的，他掬起一捧土，老泪纵横……

"在我的老家，过年时有钱人放鞭放炮，有酒有肉，穷人家里却漆黑一片，孩子连地瓜面饼子都吃不上，有人甚至因为没有饭吃在大年夜里走上绝路，李团长，这难道不是一种罪恶吗？"

李伯修皱着眉头说："我说的罪是行为有罪，而不是社会罪恶，这是两个范畴的问题。"

田宏喜想了想说："我不认为这有区别，我以为这正是解决这个社会罪恶的一种方式。"

李伯修思忖许久，说："就说社会，把富人的财富强行分给穷人，就是社会的公平？就是社会的进步？"

田宏喜真不知该怎么回答，想了许久说："就拿田家庄来说，哦，我的家就在田家庄，一家地主拥有村里大部分土地，而村里人只能给他种地，到头来还是吃不饱。李团长，你说这公平吗？把地主的地分给农民，从全村农民的角度看是公平，而从一家地主的角度看却是罪恶。"

"不患穷只患不公啊！"

"也许自陈胜吴广起，天下的穷人就是这样想的。"

"我们反过来说，有了你所说的所谓的公正，就能消除社会的贫穷吗？"

田宏喜语塞了，好一会儿他才说："我小时候常想，能吃上一顿饱饭，东家对穷人别吆来喝去就行了，穷人心目中对公正的要求是很低的。"

李伯修饶有兴趣地问："在八路军里，是不是经常给你们进行这样的教育？"

田宏喜说："教育是有的，但与国军不同，八路军战士文化程度比较低，有许多是文盲，大多数时间都在扫盲。大道理他们不懂，什么是公平公正，什么是均富贵，他们不懂，但打倒了地主老财，穷人才能吃上饭，才有活路，才能像人一样地活着，这个道理他们是明白的。"

"打倒了富人，谁来创造社会财富呢？"

"李团长，粮食难道不是农民种出来的吗？"田宏喜吃惊地说。

一个参谋走进来，给李伯修一封电报。他匆匆看了一眼，皱起了眉头，转头对田宏喜说："你以为，打倒了富人、分了他们的财产，天下人就可以过上陈胜、吴广所说的'均富贵'的日子了？可几千年过去了，这个社会不

第十七章

还照样有富人和穷人吗？"

田宏喜犹豫了一下说："在我老家，只有让农民有地种，有饭吃，有衣穿，农民才能参加八路军，愿意参加八路军，没有后顾之忧打日本鬼子，这就是现实，也是共产党八路军愿意看到的。至于社会将来能不能'均富贵'我说不好，但我以为，实现社会公平公正、让所有的人都过上体面的日子是我们的理想和追求。"

李伯修感觉好像被这个年轻人奚落了一顿，心中十分不快，甚至还有些莫名的失落，但是他不得不承认田宏喜的话是有道理的，他说出了绝大多数老百姓所认同的道理。然而，这个道理他不能接受，他只想说一句：肆意地攫取别人的财产，天下还有没有公理？与抢劫又有何异？

四

上午，孟书记、李清、小云、凡慧一齐动手，将县中学附近的一所旧房子修缮一新，搬来一些旧家具，孟书记从家里拿来碗筷等用具。房前用石头和山枣棵扎了个小院了，院里还开了一小块菜地。宏喜爹在这里安顿了下来。

下午，凡慧和小云先是整理菜地，再回家打扫整理。两个姑娘把房间里里外外打扫得干干净净。堂屋前还摆放了宏喜娘的牌位，两侧放了一对蜡烛。

宏喜爹坐在灶前马扎上，困惑地看着凡慧和小云一阵风似的走进走出。孩子们要走了，他的心里七上八下的，小云还小，好在有凡慧，还有李清老师。宏喜娘走了，宏喜娘一辈子鲜有出门，可家里的大事小情都是她拿主意，如果她在，她同意吗？可是，这已是不能改变的了，宏喜爹深深叹了一口气。

小云在烧水蒸饭，小屋里热气腾腾的，凡慧做了好几个菜，还有肉。吃饭前，小云端了一碗菜恭恭敬敬地放在娘的牌位前。

宏喜爹没有心思吃饭，匆匆吃了一点便放下了碗筷。小云和凡慧不停地给他夹菜，他却一一夹回了，说："老了，吃不了多少，你们吃，你们吃啊。"

吃过夜饭，爷仨在堂屋里坐了大半宿。当了一辈子私塾先生的宏喜爹此时却显得笨嘴拙舌，他只是反复叮嘱她们要好生的，要听领导的话，别使性子，不要惦着家里。孟书记说会安排人照应自己，遇到宏喜时，一定要告诉他，家里一切都好，让他别操心、别惦记……直到鸡叫三更，宏喜爹才依依不舍地说："累了一天了，明天还要赶路，歇吧。"

凡慧躺在床上一直睡不着，她望着屋顶，眼睛模糊了，眼泪始终在眼眶里打转。这一走，是一年？两年？还是……当她向齐旅长要求北上时，当分局和军区领导询问她时，当爹娘劝她时，她是那样坚决，那样勇敢，甚至是决绝，可是真的要走了，她突然觉得自己的心像是被悬在空中一样没着没落的，她坐起来用双手按住胸口，不让悬着心飘起来。

"嫂子，还没睡吗？"黑影里，躺在凡慧一边的小云圆睁着眼睛。

"没。"

"俺也睡不着，可一点儿也不困。"

"明天要出发，快睡吧。"

过了一会儿，小云哧哧地笑起来。

凡慧奇怪地问："小云，你怎么了，笑什么呀？"

"嫂子，人有时候真的很奇怪，真的没想到现在咱俩能躺在一起。你猜，我第一次见你是什么时候吗？"

凡慧说："是不是那次去学校找你哥？"

"不是，再猜！"小云又哧哧地笑，"就是那年在地里收麦，一条长虫溜进你的裤裆里……"

凡慧猛地坐起身来，大叫："哎，你怎么会在那儿啊？"

"俺去找俺远房的一个亲戚，恰好看见了，你吓得惨叫，脸白得像张纸，张二两那个臭小子也真不含糊，抬手就伸进你的小裤里……"

凡慧抱着小云："好你个坏妮子，还说，还说，这么多年了，你怎么从来没说过？"

"你也没问啊？"两个姑娘嘻嘻地笑起来，留恋和伤感的情绪似乎被冲淡了许多。好一会儿，小云突然说："嫂子，你说俺哥在干啥？"

"不知道，也许快到了。"

"快到了？到哪儿了？"凡慧语塞了。她只知道去东北，至于东北离山东有多远，怎么去，要多长时间，她一概不清楚。听独立旅的同志说，部队坐船去，干部队走陆路，不坐船。在军区培训班，她问老师："坐船走路都能到东北吗？"

老师说："当然都能。"

第十七章

她又问:"坐船的和走路的到了东北还能见面吗?"

老师愣了一下,似乎不明白她的意思,他拿起粉笔,在黑板上边画图边解释:"坐船从这里走,到东北需要三天,最多七天;陆路从这里走,从这里进入河北,这里是山海关,过山海关叫出关,就是到关外了,也就是到了东北。从山东到关外大约有二千多里路,要走两个多月的时间。"

凡慧还是不死心,再问:"从陆路走和从水路走到东北能见面吗?"

老师似乎明白了什么,笑着说:"当然可以见面,因为,你们是世界上最幸运的人啊!"

凡慧嗫嚅道:"最幸运的人?"

小云嘀嘀咕咕地埋怨:"李清哥在干什么?晚上也不知道过来一趟,再忙也应该来看看呀!就算不看俺,也应该来看看嫂子你呀!这个人真是的,至少帮着拿个主意。还有俺哥,也不知道捎个信,让人干着急,男人都是这样,没良心,不是好东西,都不是好东西……"

两个姑娘沉默起来,各想各的心事。

"嫂子,爹一个人在家,俺真的不放心!"

"睡吧,爹没事,有县里,还有我爹呢!"

小云不吭声了,过了好一阵突然轻声抽泣起来。

"小云,坚强一点儿!"凡慧抚摸着小云的肩膀。

好一会儿,小云小心翼翼地说:"嫂子,要不我就不去了,留下来照顾爹吧?"

凡慧用力地推了小云一下,说:"不行,你现在打退堂鼓就是逃兵!"停了一下又说:"小云,原本你可以不参加干部队,但你已经参加了,现在你还不在党,但你参加了北上干部队也就成了党的一分子,你没有退路,只能随干部队一起北上!"

黑暗中,小云含着泪点点头,但接着小声嘟哝:"俺就是说说,又不是真的不去了。"

五

事情总是按自己固有的轨迹进行。北上干部队按山东分局、山东军区的要求踏上了北上的征程。

太阳刚从东方探出红彤彤的半个脸，城东庙宇前的临时操场上便热闹起来。为北上干部队送行的人们从四面八方赶来，有县里的干部，有从乡下来的干部队队员的家属，还有妇救会、工会、儿童团和城里的群众……

送行仪式是由河西县委组织的。操场东头搭建了一个土台子做主席台，两侧还插了几面彩旗，主席台后的土墙上刷着七个大字：一切听从党安排。孟书记发表了简短的讲话。干部队所有队员胸配红花，那是县妇救会特别制作的。在大红花的映衬下，队员们的脸红扑扑的。

为了安全和保密，按分局和军区的要求，队员们新鲜了几天的军装又脱了下来换上了便装。每个队员都背负着沉甸甸的行装，一双布鞋，一条夹被，一个茶缸，加上少量的学习材料和自己的物品。临行前，县里给每个队员配发了棉衣，把原来的夹被换成了棉被。李清说，这是领导的要求，到东北时已进入冬季，天寒地冻的。二十个队员共配备了两支步枪，每支枪十发子弹，每人配备两枚手榴弹。干部队原有的几支枪也上交了，为此凡慧十分不解。她找到李清，李清说是县里的通知，各北上干部队都是如此。末了他还说，别瞎问，按照上级领导的要求做就是了。

宏喜爹夹杂在欢送的人群里，他踮起脚伸长脖子寻找着。简短的欢送仪式后，干部队开始启程了。宏喜爹终于看到了小云和凡慧，他一路小跑追上来，不由分说把两张纸币分别塞给凡慧和小云。那是一张八路军北海银行发行的五角毛票，皱巴巴的，在解放区能买一双粗布袜子。

小云强忍着泪说："爹，不用，真的不用，干部队吃的是派饭，不用钱。"

毛票带着老人的体温，那是他老人家的一片心。凡慧拉着老人的手说："爹，你放心吧，我会照顾好小云，我也会好好的！"

宏喜爹嗫嚅着，沧桑的脸上强做出一副笑意。他从怀里拿出一个布包，小心翼翼地打开，是沂蒙山区农家常见的儿童虎头帽和虎头鞋："小云，这是你娘留给你的,原本想等你出嫁时给你,昨夜里想来想去,还是交给你吧!"

小云接过鞋仔细地端详着。小云对虎头帽、虎头鞋再熟悉不过了,从小就穿它,记得姥姥眯缝着眼说,别不信,娃儿穿上它可以驱鬼辟邪,长命百岁哩!

宏喜爹说:"这物件是你姥姥留给你娘的,你娘走的时候又留给了你。你娘说,这物件灵得很,妮子,把它放好,就可以过上好日子哩!"

正说着,李清跑了过来,说:"大伯,你放心吧,我会把小云和凡慧全须全尾地给你老人家送回来!"

宏喜爹拉着李清的手,声音颤抖地说:"你们都好生的啊,好生的啊……"

第十八章

一

李伯修在作战室里正襟危坐，神情肃穆地注视着作战沙盘。从双方对峙的态势看，以国军一个齐装满员的营对垒共军的一个连，共军无疑没有胜算的可能。在沙盘一侧的作战地图上，两条粗壮的黑色箭头像一把凶狠的铁钳夹住左家庄两翼，共军插翅难逃。

李伯修看了一眼站在作战沙盘前的田宏喜。拟定作战方案时，他仔细研究过左家庄的地形，正如田副连长所说，易守难攻，但他寄希望于部队能在拂晓到达实施偷袭，可他也知道，根据道路、路况及行军的速度，部队拂晓到达的可能性很小。他也寄希望在发起进攻时八路军尚未发现，或尚未准备好。现在想想是自己低估了八路军。

国防部作战厅任职的一个同学告诉他，国共重庆谈判破裂了，美国总统特使马歇尔已回国，停战令遂告无效。国军主力部队正在从西南大量北调，这意味着国共之战正处在一触即发之际。可是，可是……小日本是外辱，与之作战是军人的本分，而国共之间虽有嫌隙，但那是兄弟阋墙，打来打去，江山依旧、子民如故啊！当然，国共之争远不是阋墙之争那样简单……

田宏喜径直走近李伯修，说："李团长，在观念上、理论上和价值观上，国共有着很大的分歧，但共同抗战这些年，国共是友军，是朋友，这应该没有问题吧？"

李伯修从沉思中醒来，微微点点头。共军没有电台，甚至连收音机都没有，国共谈判破裂的消息也许他们根本不知道。

"李团长，我希望你尽快做出正确的决定！"

李伯修默默地看着八路军这个年轻的副连长。延山一战，国军两千多人不战自退，可见绝不能小觑共军的军事素养和势力。其实，抗战这些年来，他对八路军的顽强与攻坚能力从来都没有怀疑过。但此一战，正像田副连长说的那样，一旦打成胶着状态，双方都将受到很大损失，这绝不是他所要的结果。实际上，想与八路军一决雌雄的另一个原因，是因为他的胞弟李仲修。李仲修的失踪使他心绪难平，没有死在日寇铁蹄下，却死在共军手上，岂不冤哉？

房间里再次沉默。

抓住国军尚未到达之际，三连在左家庄外围筑起了一道环形防御工事。

胡副参谋长焦急地注视着前方。侦察报告，国军在距左家庄约两公里处停了下来，不进也不退。从离开齐旅长起近十个小时过去了，无论如何必须尽快找到麻药！对面的国军显然正是陈集镇的国军一二零团，如此对峙，又如何能从国军那里得到麻药？无论如何不能再等了！每多等一分，齐旅长就会增加一分的危险。但面对数倍于三连的国军，虽然占有地利优势，然而一旦交手，可以预料将是一场恶战。还有，一旦交战，麻药的事将会化为乌有。

于连长、艾指导员行色匆匆地走过来。

胡副参谋长说："齐旅长的手术不能耽误，我决定即刻去陈集镇设法拿到麻药。"

于连长和艾指导员对视了一下，于连长说："胡副参谋长，我刚才和艾指导员碰了下头，你去吧，这里我们可以应付。"

艾指导员说："丁营长在三连养伤时，我觉得此人还算正直，他与田副连长一起去团部，田副连长应该不会有事，现在情况怎样不得而知，如果能见到他最好了！"

从哨兵干脆利索的动作及构筑工事情况看，胡副参谋长对三连的军事素质刮目相看了。国军不进不退，自己一直等下去也无益。他思索片刻，说："我说三条原则，望两位遵循：第一，敌不动我不动，不首先打第一枪。第二，防御，只是防御，在对峙期间，任何人、任何情况下不得擅自离开工事；第三，继续抓紧完善工事。"

二

一个参谋拿着电报夹匆匆走进来。李伯修接过电报，扫了一眼便放在了办公桌上。参谋想说什么，李伯修摆摆手，参谋便退了出去。军部催问战况的电报，留给李伯修做决定的时间不多了。

李伯修知道，战斗一旦打响，他要承受来自两个方面的压力：一是承担破坏和平挑起争端的责任。尽管国共已处在破裂的边缘，然而毕竟尚未撕破脸。今后若有变化，他敢肯定，那些大佬一定会把责任都推向他这个无足轻重的团长。二是承担战事不利的责任。毫无疑问，有利的地形让八路军的战力成倍增加，如果八路军已构筑工事，并标好射击诸元，双方攻防战斗的性质就发生了改变，一旦形成相持的局面……那些官僚会说，一个整编团拿不下八路一个连？你说破大天我也不信！当然，他自我解嘲道，我也不信。

这一切，田宏喜都默默地看在眼里。他看出了李伯修内心的矛盾和犹豫，作为一个军人，他懂得军人的天职就是服从。改变军人的服从十分困难，除非有一个铁定的让人信服的理由。田宏喜现在能够想到的理由，就是让他确信三连是个硬骨头，要啃得有一个好牙口！

李伯修虽然很欣赏这个年轻的副连长，但要颠覆他的作战决心似乎还缺乏一点儿分量。

作战参谋再次匆匆走进来，他看了田宏喜一眼，欲言又止。李伯修会意地走出作战室。

李伯修一脸狐疑地回到作战室，试探地问："田副连长，独立旅胡秋生副参谋长是八路军中有名的战术专家，是吗？"刚才参谋报告，一个自称是独立旅副参谋长叫胡秋生的人求见。延山战斗后，副团长王云祥曾对他谈起胡秋生，他是延山战斗的主要策划者。李伯修感到奇怪，他怎么会到这儿来？

田宏喜老老实实地回答："是，他是我们根据地的军事教官，也是我的老师……"田宏喜突然停住了，李伯修何故问起胡副参谋长？

李伯修说:"田副连长,我有点儿公务,请你暂时休息一下,来人!"

勤务兵立刻出现在门口。

"请田副连长到会客室休息。"

胡副参谋长上身穿一件黑色的对襟褂子,下身穿一条肥便裤子,裤管肥大而短,脚蹬一双鲁中地区农村常见的圆口布鞋。这身打扮显得十分滑稽,与他白皙的皮肤、高挑的个头、戴一副高度近视眼镜的形象极不相符。田大膀紧随其后,他头戴一顶灰色的毡帽,一件蓝黑对襟褂子紧紧地裹着他那魁梧的身躯,似乎随时都会被撑裂。从左家庄出发时,艾指导员使出了浑身解数才在村里找来两身衣服,村子太小也太穷了。

陈集镇国军守卫十分松散,人们可以自由走进走出。胡副参谋长和田大膀顺利地进入陈集镇。

在镇上的一间茶馆,田大膀问一个给国军送柴的砍柴人:"你知道国军王副团长吗?"

砍柴人说:"当然知道了,不过他不在,出门了。"

田大膀俨然像个"自来熟",他一边递烟,一边开玩笑地说:"你就吹吧!你一个砍柴的,怎么会认识那么大的官?"

砍柴人咧着嘴说:"他不认识我,可我认识他,我就是给他家送的柴,搬柴时听他媳妇说的。"

田大膀竖起大拇指奉承道:"老兄,你真厉害,能见到那么大的官!"随后又问:"你可知道,国军昨天是不是逮了一个八路?"

见人吹捧自己,砍柴人很是得意,眯缝着眼说:"你还别说,我去送柴时还真看见一个人穿着八路衣服的人,我还纳闷,这里怎么会有八路呢?"

"他是被绑着吗?"田大膀着急地问。

"没,没有,我看见了一个国军长官对那个八路恭恭敬敬的,他好着呢!"

直到两人走出茶馆好远,砍柴人仍然呆呆地看着他俩背影。

胡副参谋长刚踏进团部,李伯修便满脸堆笑地迎了上来,作揖打躬:"鄙人有幸,胡副参谋长大驾光临,令陋室蓬荜生辉啊!"

胡副参谋长笑容可掬地说:"哪里哪里,李团长乃沂蒙名士、国家精英,胡某早已久仰,今贸然前来打扰,也是来求教,还请见谅。"

进了会议室,主客分别落座。李团长开门见山:"胡副参谋长有何见教,还望直说。"

"既然李团长这样说，我就直说了。当然，国共一家亲，我也就不客气了。"胡副参谋长一句话，似乎有客随主便、不得不说的意味。"我来的目的很简单：一是带田宏喜副连长回去；二是望李团长赐些麻药救人。关于第一点，我们是友军，即便是敌人，也没必要为难一个年轻人。关于第二点更简单，受人之托，我的一位远房亲戚旧疾复发，急需手术，不怕李团长笑话，我是无能为力，受亲戚之托，顺便带回去以解燃眉之急。"胡副参谋长轻描淡写地说。

胡副参谋长对双方对峙的战事只字不提，反倒让李伯修感到有些云遮雾罩了。他笑笑说："胡副参谋长既然说了，我没有不答应的道理，兄弟照办就是了。"

"我这厢先谢了！"胡副参谋长拱手作揖。

"胡副参谋长为属下、为朋友之情难能可贵，我岂能掠人之美呢？"

胡副参谋长站起身来，道："李团长军务繁忙，我就此别过，有劳李团长叫出田副连长。"

李伯修说："胡副参谋长，请稍事休息，麻药之事需差人去查找，需要些时间，不急，不急，请喝茶！"

胡副参谋长内心十分焦急，表面却不动声色，一副稳如泰山的样子。他坐下来，缓缓地端起茶杯。

李伯修也端起了杯，呷了一口，说："听说你和王云祥副团长是保定军校的同学？"

"是，我与云祥兄同窗两年，他长我两岁，是兄长。"

李伯修说："论军事素养，你与王团副孰强孰弱？"

胡副参谋长笑了："李团长取笑了，云祥是兄我是弟，当然兄长为上我为下。"

"可惜王团副不在，要不你们同学可在此坐而论道，也是一桩美谈。"李伯修话锋一转，说，"既然当年你已加入了国军，以你的能力与才华可谓党国之精英，又何故去了共军？岂不是弃明投暗？"

胡副参谋长正言道："人各有志，不能强勉。至于是明还是暗，我想也是仁者见仁智者见智，最终历史会有一个答案。"

李伯修笑笑，显得有些勉强，随后他仿佛很随意地问："胡参谋长从哪

第十八章

儿来？"

"从左家庄来。"

"左家庄？"李伯修一惊，不觉放下了手中的茶杯，但他很快恢复了常态，说，"副参谋长阁下此行恐怕不仅仅是为了田副连长和麻药吧？"

"李团长，我真的是为田副连长和麻药而来，当然，如果可以，我也愿意与你探讨左家庄的事。"

"洗耳恭听。"李伯修真的想听听胡副参谋长的高论。胡副参谋长是田副连长的老师，学生从左家庄有利的地形预测了战事的结果，老师呢？

胡副参谋长沉思了许久，说："你我都是军人，我们姑且不谈政治，尽管军事是政治的延伸，是密不可分的。三连静候于左家庄，是防御。但如果认为防御战是因力量弱小而采取的带有消极目的的作战形式，那就错了。战场上的强弱取决于多种因素，客观上有武器、装备、兵力、地形、气候等，那么主观上呢？"他呷了一口茶："与国军最大的不同是，我们认为战斗的胜负不取决于客观，而取决于人。人的战斗意志和决心可以衡量双方的力量，也可以成为战斗胜负的标志，有些时候甚至是唯一的标志。比如在左家庄，我方是防御方，背水一战，置之死地而后生，因而具有誓死御敌的意志和决心。贵方是进攻方，可进可退，士兵完全没有拼死进攻的理由和决心。坚定的意志和决心可以使阵地强到坚不可摧，甚至达到进攻力量越强、阵地坚固程度越高的境地。但由于人数、武器装备上的差别，战斗最大可能会形成相持的局面……"

李伯修的脸色很不好看，目光漫无目的地游移，许久才落在了胡副参谋长身上，说："喝茶，请喝茶。"

胡副参谋长说："当然，这是我的一孔之见，有些大言不惭，还望李团长海涵。"

三

北上干部队的身影一直消失在县城的尽头，送行的人们才依依不舍地收回惜别的目光。

随着街上的喧嚣沉寂下来，凡慧娘揪着的心似乎更加沉重起来。想到女儿要走那么远的路，想到东北的冰天雪地，她就着急，就想哭。有时一觉醒来，泪水将枕头都打湿了。她想去给女儿送行，又怕自己伤心难以自持。于是，她决定不去了，就一个人在家。

一阵敲门声传进屋来。"谁呀？"凡慧娘问。

"大妹子，开门呀！"外面有人叫道。

凡慧娘披上衣服跑来开门。一群老太太站在门口，凡慧娘并不认识。一个小脚老太太说："大妹子，咱没见过，俺是武承汉的奶奶。"

"武……"凡慧娘并不认识武承汉，疑惑地说。

小脚老太太说："武承汉是俺孙子，也是队伍上的。刚才俺们送干部队出发，见你没来，俺们几个老姊妹一合计就来了。"

凡慧娘忙把老姊妹们请进屋。小脚老太太心直口快，给凡慧娘介绍老姊妹们。她拉着凡慧娘的手，说："老妹子，你有个好闺女，慧儿这孩子真好，漂亮、能干，上次到俺家去，俺打心眼儿里喜欢这闺女。"

老姊妹们七嘴八舌说着。一个大嫂突然冒出一句："唉，走了，啥时候能回来呀？"屋子里一下子静下来，静得连老姊妹们的喘息声都清晰可辨。

正在此时，孟庆立急匆匆走进家，见一屋子人愣了一下，老姊妹们都站了起来，孟庆立挥挥手说："你们坐，我有话和凡慧娘说。"

来到隔壁，孟庆立小声说："齐旅长在半道上病了，急需做手术，但是没有麻药。"

凡慧娘急忙问："麻药？麻药是个啥？"

孟庆立说："做手术打麻药不疼。"

"病要紧吗？"

"听说挺厉害，已派人去临沂买药，估计下午就能回来，这个时候老齐绝不能出问题，药到后我亲自带人去送药！"

"慧儿知道吗？"

"慧儿和齐旅长的部队不在一起。"

"她爹，怎么也得想想办法让慧儿和她亲爹见上一面，要不咱怎么对得起慧儿！"

"别瞎说，只要做手术，齐旅长没事！"孟庆立说。

孟庆立怎么会不知道慧儿娘的心思，她一直盼望找到慧儿的亲爹亲娘，

第十八章

可又害怕找到，十几年来，她对这个抱来的闺女倾注了一个母亲全部的爱，发自内心的深沉的爱！

孟庆立说："我去去就回，你简单给我准备一下，药到后我马上走！"

和孟庆立同样心急如焚的还有胡副参谋长。齐旅长的手术刻不容缓，可一天一夜过去了，面对着犹豫不决又面无表情的李伯修，他却无计可施。《大众日报》前不久刊文，国民政府已正式承认中共的合法政治地位，在国共双方签订的《政府与中共代表会谈纪要》中也确定了国共要长期合作，决心避免内战，建设独立、自由和富强的新中国。然而很快风云突变，在中国大地似乎再度上演了十几年前"围剿"苏区红军的一幕。在这样的大背景下，国军的举动并不意外，然而大举对一个连下手，却让他百思不得其解。

胡副参谋长内心在翻江倒海，而面部表情却静若止水。他不能让李伯修看出他在为三连的处境担忧，更不能让他知道谁要用麻药。

李伯修并不比胡秋生轻松。一营在左家庄待命已经一个多小时了，丁营长报告，共军已挖好环形防御工事，十分完备。防御正面则是一马平川，进入这一区域，部队就是活靶子！

李伯修不得不承认胡副参谋长和田副连长的话是有道理的，但他并不完全认同。优势有程度上的不同，比如，人数优势，多一倍是优势，多两倍也是优势，现在国军整整多出四倍，可以说，国军在数量上的优势以及在武器装备上的优势已具备碾压其余一切的优势。一个毋庸置疑的事实是，军参谋部已下达了进攻的命令。箭在弦上不得不发，不容不发！

李伯修终于下达了进攻的命令！

在作战室，李伯修双臂抱在前胸看作战地图。卫兵报告："八路军胡副参谋长求见！"李伯修说："请！"

一走进作战室，胡副参谋长正言道："李团长，你这样做是要承担责任的！"

李伯修答非所问，说："胡副参谋长，建议你暂且留下来，事情总得有个结果，一旦有结果，立刻让你打道回府！"

四

　　丁营长坐镇临时指挥所，他将部队布置成扇形进攻队形对左家庄构成半合围，并在开阔地形成宽正面多个进攻路线。他要让共军感到国军泰山压顶的态势。

　　按胡副参谋长的部署，三连各排进入防御工事，严阵以待。三连一百二十多人，面对的国军近六百人，由于防御正面十分宽，分几个方向阻击，使原本不多的兵力更加分散，形势十分严峻。于连长和艾指导员不敢怠慢，两人分别到各排阵地不间断地巡视。

　　在会议室，李伯修上下打量着胡副参谋长，点燃一支烟吸了一口，话中有话，说："我实在不敢恭维你这身行头，何故打扮成这样，莫非有什么不便之处？"

　　胡秋生也话中有话说："朗朗乾坤都是中国人的天下，没什么不便之处。只是为了方便临时找了件衣服，让李团长见笑了。"

　　与李伯修笔挺的军服相比，胡秋生的衣服委实可笑，甚至是惨不忍睹。然而此时他却根本无暇顾及这些，离与齐军医商定的时间还有不到一天的时间，如果再拿不到麻药，齐军医就要做手术了。可此时提出走似乎不合时宜，也不可能，两军大战在即，李伯修也绝不可能让他大摇大摆地从作战室里走出去！让他更揪心的是，三连能承受人数几倍于自己的进攻吗？

　　与胡副参谋长一样心急如焚的还有田宏喜。他呆坐在房间里，一个士兵端来茶，还放了一小碟洋点心。这样的洋点心他小时候曾见过。一次给地主家送柴火，他隔着窗户向房间里张望，桌子上也放着这样一碟洋点心。做得这么好看，一定很好吃，他咽着口水。可现在他没去动点心，也根本不想吃。李团长突然打听胡副参谋长是什么意思呢？连里情况怎样了？他想问问丁营长，可他好像没来团部，他干什么去了？他又想起作战室里的沙盘和那张巨大的作战地图，难道国军对三连动手了？他突然想起什么，倏地站起身来对卫兵说："我要见李团长！"

　　一营的行动终于开始了。

　　战前，营长丁长海把各连连长叫来。此时，丁长海心里十分矛盾，抗战

第十八章　　259

时期，他与独立旅驻地相隔几十里，虽然各打各的日本人，但也井水不犯河水。由于两军成掎角之势，使日军不敢轻易进入这一区域。包围是一回事，真炮真枪地打则是另外一回事。小鬼子前脚走了，后脚我们自己便打起来，况且三连还是自己的救命恩人，岂不让天下人笑话？他黑着脸说："先喊话让八路投降，不投降再进攻。告诉弟兄们，别搞得跟冤家对头似的往死里打，抗战都胜利了，留着命回家娶媳妇。"

各连连长都是跟着丁长海一路走过来的，彼此之间十分熟悉，对丁长海的话历来言听计从。见丁长海这样说，自然也十分乐意。当兵的本质是不愿意打仗的，况且又是对着中国人，谁愿当炮灰呢？

由于与三连的特殊关系，丁长海放缓了对三连的进攻。

丁长海将三个步兵连分为六路，将机枪班、突击侦察班的轻机枪、精确射击步枪分别配属给各路，营属供应排、工兵班和营部班随营部一起也压了上去。他并未留预备队，大有与八路军一决雌雄的架势，实际却是虚晃一枪。

李伯修木着脸，一支接一支地吸烟，不时瞥一眼电话。他在等，等一营的战报。

"胡老师，你怎么来了？"田宏喜一进门见到胡副参谋长，他震惊不已，不由脱口而出。

"来，坐！"胡副参谋长亲切地说，"老师接学生回家，难道奇怪吗？"

田宏喜一坐下便忙转向李伯修："李团长，我向你报告有关李仲修副处长的情况！"

李伯修不由一惊："谁？仲修，你认识他？"

田宏喜见李伯修吃惊的样子，心中不禁窃喜，他猜对了。按兄弟排行的次序，伯仲叔季，伯是老大，仲是老二，叔是老三，季是最小的。在村里上私塾时，他的老师就是这样起名。

不等田宏喜回答，李伯修又急切地问："你是说，仲修没有死？"

田宏喜说："当然没有死，他在八路军山东军区训练团任教官。"他把两次与李仲修不期而遇的经过简单地对李伯修进行了叙述。

胞弟的失踪一直咬噬着李伯修的神经，让他忧心忡忡难以接受。得知仲修还活着，他不由感到一阵轻松，然而一转念，面对着这个两度让仲修转危为安的年轻副连长，他却一时拿不定主意了。

左家庄的转机终于出现了，令人意外，似乎又在情理之中。抗战刚结束，国共两军作为友军的余温尚存，更由于李伯修其胞弟的原因，就在三连和一营战斗即将展开之际，一营得到命令，部队原地不动对空开火。丁长海不由微微一笑。

李伯修承担了极大的风险，追究裹足不前、临阵脱逃的责任还在其次，如果军部乃至最高长官部追查下来，那恐怕不是临阵畏惧的问题了，甚至可以追究通敌判他个"杀无赦"之罪。然而，他这样做了。

也许李伯修眼高一筹，也许是歪打正着。三年后，解放军以排山倒海之势向国军发起进攻，国军师长李伯修所属部队兵败如山倒，最终他和师参谋长丁长海一起率军战场起义。几天后，他俩却成了解放军华野七纵参谋长胡秋生、二师副师长田宏喜的座上宾。此为后话。

三十几年后，身为历史博物馆馆员的李伯修谈起此事，他说："军人天职是服从，我倒不是不想与八路军作战，抗战胜利了，可以过好日子了，我是真不想让国军弟兄们去当炮灰。"

胡副参谋长快马加鞭在山道上飞奔，他与齐军医商定手术的时间已超过半天了。

胡副参谋长从国军转入八路军，第一个接触的就是旅长齐恩，齐恩也是他最敬重的人。在独立旅，齐恩是长者，也是独立旅唯一经历过长征的老红军。他是独立旅的灵魂。一支部队是有灵魂的，这个灵魂植于每个士兵的心中，有了这个灵魂，士兵就不怕死，敢与敌人拼命，部队败了但灵魂不散，士气不减。

见到齐旅长，胡副参谋长不禁大吃一惊。他躺在手术床上，眼窝深陷，脸色没有一丝血色，两天不见，齐旅长似乎换了一个人。胡副参谋长感到一阵阵自责，失声道："晚了，晚了，我回来晚了！"

齐军医给他做了一个不要说话的手势。来到外屋，齐军医告诉他，旅长刚做完手术，手术很成功！但失血过多，需要静养，很快就可以恢复。看着胡副参谋长诧异的目光，齐军长用手一指，说："麻药是孟书记送来的！"

胡副参谋长这才看见刚刚进屋的孟庆立书记。

齐军医向胡副参谋长转交了军区的命令：齐旅长原地休养，独立旅由政委王天宇兼旅长，胡副参谋长立即返回部队，随独立旅北上。

第十九章

一

离开左家庄,三连再踏上北上的路。

入秋,连绵的山川已褪去了绿色,裸露的胶东大地显现出粗犷的原始本色。瑟瑟的秋风吹过,将枯枝败叶和淡黄色的飞尘裹在一起在旷野里滚动。

多日的摸爬滚打和行军,战士们黄绿色的军装变成了土褐色,与秋后的土地融为一色。远远望去,行进的队伍仿佛是一条深色的河流在一片浅色的大地上缓缓涌动。

队伍中有人嘀咕:"你们闻到没有,啥味啊?一股一股的。"

"是霉味,谁家东西馊了?"

"嘻嘻,那得瞎多少东西呀,可真叫顶风埋汰四十里。"

"要不,就是谁昨晚没洗脚!"

"哟,那得多大的臭脚啊!哈哈!"

……

田宏喜也闻到了一种特殊的气味,一种让他说不上来的气味。他举目四下张望,想发现些什么,却一无所获。他快步跑到队伍前面,对于连长说:"这是啥味啊?"

"哦。"于连长看着田宏喜,心不在焉地应了一声。离家越来越近了,于福田的心情也越来越沉重,还隐隐约约有一种不祥的感觉。为给父亲报仇,那天夜里，他怀揣斧头孤身一人摸到了鬼子炮楼，不料离炮楼还有好几十米远狗便狂吠起来。炮楼上立刻打起亮子（探照灯），他只好跑回了家。天还没大亮，保长慌慌张张跑来说，有人看见你昨夜去了炮楼，鬼子要来抓人。于是，他一口气跑上昆嵛山参加了八路军。

见连长没吭气，田宏喜拿过他的望远镜爬上路边的山坡，双手擎着望远镜四下搜索着。一幅奇特的景致让这个沂蒙山后生惊得目瞪口呆：深蓝色的"大地"一眼看不到边，蔚蓝色的天和深蓝色的"地"在很远很远的地方连接在一起，形成一个巨大的剪影。可，可，那是什么呢？莫非就是人们说的大海？田宏喜不断调整八倍望远镜的焦距，努力辨别着眼前的景象。此时，一个细小的黑点映入他的眼帘，那黑影在动，速度很快，它一点一点变大，并发出嗡嗡的声音。

田宏喜飞快地跑下山坡，一边跑一边喊："敌机来了，敌机来了！"

"卧倒！都卧倒！"于连长发出命令。

战士立刻在道路两侧伏卧，并举起了枪。

于连长再发出命令："没有命令不准开枪！"出发前，旅作战科反复给各部队强调：敌人不开枪，我们就不开枪。气氛骤然间仿佛凝固了。

飞机飞得出奇地低，几乎贴着树梢呼啸而过，掠过时把地面的尘土搅得飞扬起来。飞机马达发出刺耳的嘶鸣，大地都在颤抖。战士们清楚地看到驾驶舱里的飞行员，他侧身俯视地面，摇晃着头，一眨眼的工夫便不见了踪影。

飞机过后部队立即出发。战士议论纷纷。指导员艾家驹站在队伍一侧大声说："同志们，刚才那架飞机是美国的侦察机，大家都不要担心，目前美国飞机不会向我们开枪。"

一个战士问："指导员，你怎么知道是美国飞机？"

艾指导员说："你们看到机身上的标志了吗？那是美国国旗。"

一排排长姚贵说："我说嘛，咱过去见的日本鬼子的飞机上标志是红圈圈，现在的是一堆白星星，飞机也不太一样！"

艾指导员说："是不一样，美国飞机要比小日本飞机的性能好一些。"

战士问："指导员，美国飞机为什么不会向我们开枪？"

艾家驹，一个自恃是天生的政治工作者的人，从来都对局势有着浓厚的兴趣。一次他去旅部，正遇到齐旅长与王政委在谈当前形势，使他受益匪浅。

王政委说："美国试图建立一个亲美听话的中国，这个亲美听话的中国应该是相对稳定的，为此美国不希望中国发生内战。"齐旅长说："美国是什么？是帝国主义。帝国主义本质是什么？是战争，是侵略。美国把大量的新式武器装备给国民党，武器是干什么的？"王政委沉吟许久，说："我党应尽量减少敌对行动，减少摩擦，还是这话，这给我党留一个暂时休养的时间。"齐旅长说："这点我同意，至少美国及国民政府近期不会对我动手，但动手是迟早的事……"

面对着战士们的疑问，艾指导员却很难说清楚。他含糊地说："这是上级的命令，我们执行就是了。"随后他又补充："这是侦察机，不是作战飞机。"

二

史无前例的渡海拉开了帷幕。

这个一向平静的北方大港突然热闹起来。一队队人马川流不息地涌来，他们身着各色的军装，有黄绿色、土黄色、灰色、黑色，还有穿着老百姓的便装。扛的枪有三八大盖、老套筒，然而其中相当数量的人是徒手。他们操着山东各地的方言，其中也夹杂着江苏以及南方省份的口音。当地老百姓从来没有见过这样多的人，站得远远的好奇地看着。

港湾里充斥着各种各样的船，汽艇、帆船、机帆船、舢板，大多是渔船，也有货船。有木船，也有铁皮船，大船可以坐上百人，小的也就能坐二三十人。一艘机帆船徐徐进港，船老大站在船头操着胶东口音喊着："蛄蛹（动一动）啊，蛄蛹啊……"

战士们被惊呆了，木怔怔地望着海湾。

一排排长姚贵自言自语道："俺的个娘，这么多人？敢情都去东北？"

一个战士从远处跑来问："喂，同志，你们是哪部分的？"

姚贵说："我们是独立旅的，你们呢？"

"我们是鲁南分区的，主力部队真好，还有枪！"

姚贵这才发现他没带枪，于是问："你们的枪呢？"

"都留下了，留给民兵了。"战士惋惜地说，接着他问，"你们去哪儿呢？"

姚贵瞪起眼睛问："你们呢？"

"不知道，领导没说，打听一下，你们去哪儿？"那个战士一副打破砂锅问到底的神态。

姚贵真有点儿糊涂了，他没有枪，也不知道去哪儿，他暗自庆幸，要不是因为剿匪，连里的武器可能也要留下。

远处一个人在喊："锅子，要走了，快回来！"战士对着姚贵不好意思地笑笑，转身跑开了。

姚贵对着他的背影喊："去东北，我们去东北！"

一个军人从远处跑来问："我是胶东军区司令部魏参谋，你们是哪个部队的？"

于连长举手敬礼，大声说："报告魏参谋，我是独立旅三连连长于福田。"

参谋立刻拿出本子查起来，说："哦，于连长，独立旅已登船启程了。王天宇政委留下话，要求你连到达后立刻登船。可现在情况有变化，船少部队多，一时无法安排，你们需要等，我安排你们先住下……"

"看，那是什么？"田宏喜打断魏参谋的话，用手指着远方的海面。从于连长手里拿来望远镜后就没离开手，他一路走一路不停地四处观望。

魏参谋用手搭个凉棚望着，脸上立刻堆满了疑惑。他拿过田宏喜的望远镜，良久，疑惑地说："从来没有过啊！好像是船，可是，那该是多大的船啊！"

一队战士冲进码头，一边跑一边大声喊："所有的人马上撤离！"另一队战士冲到港口边，对着港湾里的船喊："敌人的军舰来了，所有的船立刻靠岸！"战士们一边喊一边挥舞着胳膊。

那艘船越来越近，越来越大，越来越清楚了，它巨大的身躯仿佛是一座城堡，居云端之上俯瞰着海湾，所有的船和人都显得那样渺小，那样微不足道。

是美国的军舰！

形势急转直下，美国已从后台走向了前台。几天前，美国第七舰队在青岛登陆，并从黄海进入渤海。美海军航空队三个大队一百多架飞机在青岛沧口着陆，侦察机不停地起飞对山东和东北地区进行侦察。三连在路上遇到的美国飞机正是从青岛沧口起飞的。美海军陆战队第六师两个团七个直属营及宪兵连共计两万七千余人从关岛调至青岛……

不一会儿，所有的部队都撤出了港口，空荡荡的码头上只有零星的渔民在收拾渔网。

美国军舰并未进入码头，很快便调头驶离了。

战士们再次看到了高悬在军舰桅杆上的有着一堆白星星的旗。

三

干部队以每天七十到八十里的速度行军，傍晚时分来到一个大镇。街两边的行人纷纷驻足好奇地注视着这支奇怪的队伍。在河西培训时，队员们穿上了乡亲们缝制的军装，用李清的话说，有点儿八路军正规部队的样子了，而现在又变回了老百姓。队员们穿着灰黑色的大襟衣、肥便裤，几个队员还戴着灰色的毡帽，像一群收秋回乡的麦客。

武承汉把行李打进大包袱里背着，弓着腰呼呼地喘着粗气。

张二两说："武哥，你看见没有？人家都在看我们！"

解救胡大山的任务完成后，为了让张二两参加干部队，凡慧找到县里反复说明，倒不是因为答应了张二两，而是张二两曾在国军做情报工作，有战斗经验，特别是枪还打得准，干部队需要这样的人。

武承汉粗声粗气地说："又看不坏，你怕什么？"

张二两嘟囔："看得让人不舒服，看到眼里拔不出来！"

因为武承汉回家娶媳妇惹出事，小云一直对他不满意，撇着嘴说："武承汉，瞧你那样，背个大包袱，像是要饭的，又像是逃难的，一点儿也不像好人！"

"小云姑娘，好人坏人脸上又没贴贴，怎么知道谁是好人谁是坏人呢？再说，哪有背着大包袱要饭的？"

小云说："怎么没有？眼前就有一个！"

武承汉说："如果像逃难的，那就对了！"

"怎么就对了？"

武承汉煞有介事地说:"我们不穿军装穿便装是为什么?是怕暴露身份,如果别人看我们像逃难的,不正好吗?"

小云撇撇嘴。

张二两一脸坏笑说:"小云姑娘,咱们现在是乌鸦落在猪背上,谁也别说谁!"

小云的脸顿时涨得通红。整个干部队只有凡慧和小云两个女的,为了不引起注意,她俩女扮男装穿上男人的衣服。宽大的男人衣服包裹着两个纤细的身躯,看上去十分滑稽。小云本来就不情愿,见张二两讥讽自己,气急败坏地对凡慧说:"嫂子,你管管张二两,坏蛋,他笑话我!"

其他队员在一旁哧哧地笑。

张二两却不笑,一本正经地说:"小云姑娘,俺又说错话了,俺道歉,是俺落在猪背上,要不乌鸦落在俺背上,还不行吗?"

队员们哈哈大笑起来。

凡慧无暇顾及小云和二两的官司,两人就是一对冤家,有事无事凑在一起打嘴仗。凡慧紧走了几步走进村公所。部队北上,各地都做了相应的安排。刚进门,她看见几个八路军正和村公所的人说着什么,这时候过去似乎有些不便,她又退了出来,站在村公所门口等着。

不一会儿,村公所的人快步走过来,是一位老先生,他双手作揖说:"抱歉,让你们久等了。"

在老先生的引领下,干部队来到一个大院子。队员们立刻被大宅院宏伟的规模震惊了。院内及广场上有古松柏百余株,枝繁叶茂,遮天蔽日。广场为青砖铺砌,条石压顶。广场前有牌坊,造型十分别致。牌坊前一条笔直的甬道,一直通向一片大宅院。远远望去,层层叠叠的建筑,蔚为壮观。

干部队被安排在大院子西侧一排平房里,这里原是给东家打短工的临时居所,农闲时存放了一些农具。村公所老先生面露赧色,说:"条件太差了,抱歉,抱歉!"

李清说:"你不必客气,这已经很好了。请问老先生,这片宅子……"

老先生立刻说:"哦,宅子是前清一个王姓的私宅,王家世代在京城做官,世道不太平,早年王家举家迁走了,只留下管家在此看守。"

李清问:"冒昧地问,你就是管家吧?"

老先生微笑着说:"李队长好眼力,不瞒队长,到我这儿我们周家在王家当管家已历三代了。同志们辛苦了,你们早点儿歇吧!"老先生似乎并不想多说,很快便离开了。不一会儿,他又匆匆走了回来,犹豫再三,神色凝重地说:"这座宅子是王家的私产,宅子里许多东西是皇上的赏赐,很珍贵,是文物!闹日本鬼子的时候很多东西迁入了地下,近日部分东西被搬了回来。李队长,请告诉同志们不要进入宅院,有忌讳哩!"

天很低,阴沉沉的。三间空房子,两间大的男队员们住,一间小的凡慧和小云住。一进房间小云说:"嫂子,我不舒服,肚子特别胀,你看呀!"她掀开衣服,拉着凡慧的手:"你摸摸呀,硬邦邦的,像装着一块大石头。"

小云嘴唇发紫,眼圈青黑,一脸倦容。凡慧心疼地看着她,可自己何尝不是这样?连日的行军,一路上紧张劳困,每天只吃些干硬的煎饼,连水都很少喝,几天没有大便,连小便都很少,能不胀肚子吗?凡慧倒了一大碗水,让小云大口喝下去,让她躺下轻轻地给她揉肚子,揉了一会儿说:"走,嫂子陪你上茅厕。"

回到房间,小云感觉好多了,立刻来了精神头,她一边揉肚子一边说:"嫂子,你听见村公所里的八路军说什么了吗?"

"没有。"刚才在村公所,几个八路军好像有急事,不停地说着什么。凡慧不想让人以为自己在偷听,便转身走到稍远一点儿的地方,所以什么也没听见。

小云说:"他们说他们是八路军三支队的,你知道有这个部队吗?"

凡慧笑着说:"鬼丫头!"她刚进村公所,小云紧跟着也进来了,装模作样地找什么东西。凡慧想喊住她,但看她鬼鬼祟祟偷偷摸摸的样子,心中不觉好笑,又怕引起别人注意弄巧成拙,便没吭声。身材瘦小又穿一身肥大男人衣服的小云根本没引起别人的注意。凡慧想了一下说:"以前听父亲说过四支队,没听说三支队,可是有四支队,有三支队也不奇怪呀?"

小云说:"他们说要王家宅子的一个东西,是军区首长交代的,很重要,否则要挨批评。"

凡慧问:"什么东西?"

"他是对村公所那个大伯小声说的,就是带我们来这儿的那个大伯,可惜我没听清。"小云遗憾地说,"周大伯好像不情愿,一会儿摇头,一会儿点头。"

"噢,"凡慧并未在意,应了一声,随后说,"累了一天了,休息吧!"

安顿好队员，李清走出房间。听见声音，小云打开门，一见李清便说："李清哥，你来。"

李清一怔，说："还不休息？"

小云嗔道："进来嘛！有事！"李清一进门，小云劈头盖脸地就问："你知道八路军三支队吗？"

李清有些莫名其妙，说："小云，你这没头没脑的，什么三支队？"

凡慧说："刚才在村公所遇到几个人，他们说他们是八路军三支队的，在我印象中好像是有。"

李清一下子陷入了沉思。他的中学老师弃笔从戎在莒县参加了八路军二支队，在一次战斗中壮烈牺牲了。日本刚打进山东时，省委在徂徕山组织了抗日武装起义，之后又在全省组织了一系列抗日武装起义，起义胜利后的部队成立了多个抗日游击支队，但八路军山东纵队成立后支队这个建制已撤销了。

李清看着凡慧说："你们刚才说三支队？"

"是啊。"凡慧、小云点点头，又把在村公所的情形说了一遍。

"他们走了吗？"李清着急地问。

凡慧从李清的神态中感觉到了问题，说："周大伯带我们来时，他们还在村公所，应该还没走。"

"他们一共几个人？"

"三个人。"小云抢着说。

以已不存在的三支队的名义，又说是军区首长的交代，李清吃准了这里面有问题。这样大费周章地要从王家大宅院里找什么呢？

四

一轮将满未满的明月镶嵌在黛青色的天空中，月光把王家大宅院映照得一片银白。

周老先生从干部队临时住所出来，沿王家大宅院向东，穿过甬道向村公所走去。月光透过树影斜射在周老先生的脸上，他双眉紧蹙，忧心忡忡。他走得很快，刚走过牌坊，一个怯怯的声音悄声喊："周管家！"

周老先生不由一愣。多年来已经没人喊他管家了，镇上的年轻人甚至不知道他曾是王家大宅院的管家。他循声望去，一个年轻人从黑影里走出来。

"谁？"周老先生问。

"老伯，我是启晋，王启晋啊！"年轻人说。

周老先生十分诧异。王启晋？王家老爷的长孙？民国二十四年，大太太曾携儿孙从北平回老家祭祖。王启晋是长孙，那年他十四岁。

"你走近些。"周老先生说。在皎洁的月光下，周老先生仔细辨认这个突然出现的年轻人。大太太回家的那些日子里，王家宅子里充满着喜庆，正值壮年的周管家也度过了多少年来少有的高兴与忙碌的日子。他带启晋和他两个弟弟参观王家宅子，赶大集，给孩子们买糖葫芦、红枣、烤地瓜……孩子们对这里的一切都感到新奇。也就是在那些日子里，他向大太太郑重承诺，无论多么艰难，一定看好王家宅院。这既是对大太太的承诺，也是对爷爷和父亲的承诺。小时候，爷爷曾对他说，王家老爷对周家有恩，做人得知恩图报！父亲一生都在勤勤恳恳地管理着大宅院，他说，大宅院是北平的大师设计的，是方圆几十里，甚至是上百里的能工巧匠多年才建成的，大宅院里的收藏更是中国文化的精品。父亲临终前对他说，记住，一诺千金啊！

启晋小时候的模样依稀可辨。周老先生不禁老泪纵横，一把揽过启晋，颤抖着说："孩子！"

整整十年，乱世故人重逢，似乎只有蹉跎岁月的悲伤。

周老先生刚要问王家老爷及大太太的情况，不料启晋突然跪下，抽泣着说："老伯，救我！"

周老先生大惊："少爷，你这是干什么？"启晋自小体弱多病，是个内向懦弱的孩子。周老先生隐隐感到，启晋的突然出现事出有因，莫非与那几个八路军索要宋代的画有关？此时，周老先生突然感到，刚才那几个八路军根本不是商量的语气，而是几乎带有命令的口吻。

就在周老先生与王启晋在牌坊下相见时，一个人匆匆走进镇东头旅店。

"祝兄！""莫兄！"两人一见如故，拱手作揖道。

"莫兄，没变化吧？"被称为祝兄的抽动着鼻子，仿佛军犬一样嗅着空气中的味道。此人正是夜闯北平王家宅院的祝道行，原是北平皇协军的一个连长，日本人投降后部队被国军收编。

"没有变化，王家宅子搬东西回来，我看得真真的！"被称为莫兄的人叫莫三，与祝道行的经历相仿，所属保安师先是投日，后被国军收编。保安师曾在此地驻军，莫三对王家的家产羡慕不已。前些天他偶然听说王家把一批东西搬运回来，顿生歹意，乱世之秋，何不干王家一票？自己的经历并不光彩，趁乱干一票后隐姓埋名远走他乡，岂不是最好的选择？他连夜到北平找到了与他同样经历的同窗好友祝道行。

莫三出现在北平时，祝道行着实吃了一惊。当莫三说出合伙干王家一票时，两人一拍即合。祝道行揶揄道："你我真的是一丘之貉，一路货色！"随后问："有一事相问，请莫兄勿要见怪。"莫三点点头。"莫兄在山东找两个弟兄干就是了，为何舍近求远找我？"

莫三笑笑说："兄弟我了解过了，要说金银财宝，王家早已搬空了，但有一幅画却是价值连城。"祝道行惊诧地看着莫三。"据我了解，画是皇上御赐给王家的，是北宋的《秋山图》，但这幅画只有一个姓周的管家知道在哪儿，而据我了解，这个姓周的管家很轴，死也不会把画交出来。"祝道行愕然地看着莫三。莫三狡黠地一笑："王家的孙子在北平！"

此时，祝道行才明白了莫三到北平找他的原因，他真的有点儿佩服莫三了。

按两人商定，莫三即刻返回山东监视王家，祝道行找到王家长孙，三天后山东相见。莫三突然问："莫兄，怎么没见那个小兔崽子呢？"此时他们才发现，王启晋不见了。

王启晋抽空当溜出旅店，他并不熟悉这里，凭借记忆来到王家大宅院，正遇周管家。周老先生擦擦湿润的眼眶，说："启晋，走，先家去，家去！"

王启晋惊魂未定，说："老伯，我是偷跑出来的，估计他们现在已发现了，怎么办呢？"

周老先生沉默着，说："他们是要那幅宋代的画吗？"

王启晋惊愕地看着周老先生："您，您知道？"

"启晋，这幅画作贵重啊！你爷爷、你父亲都有交代……"周老先生声音十分沉重。

"可是，老伯，不行啊，他们有枪啊！"王启晋话音里带着哭腔。

周老先生沉默了许久，说："启晋，别害怕，你先回去，就说出去透了透气，其他由我来安排。"

王启晋走了，一步三回头。

五

周老先生只待了几分钟便匆匆离开了,他求干部队帮忙,把所有事情和盘托出,也把所有的希望和托付留给了干部队。临走时他注视着李清,语气坚定地说:"这幅画价值连城,如果在画与孩子之间选择的话,我会选择孩子!"

疑惑解开了,也把问题摆在了干部队面前,李清立刻把胡大山、武承汉、张二两等人叫来商议。

武承汉说:"我以为什么事呢?不就是帮地主个忙嘛!"

李清不满意地说:"武承汉,我们是在谈任务,你这是什么意思?"

武承汉脖子一拧说:"这不是明摆的吗?王家是什么人啊?大家都看到了,这么大的宅子,比俺们村的地主阔气多了,那就是大地主啊!先不说那几个人是不是八路军,就算是土匪吧,也是土匪抢地主,这是什么?是狗咬狗一嘴毛啊!"

胡大山说:"对呀,是这么回事,我们帮忙岂不是帮地主看家护院吗?好说不好听啊?"

"岂止是好说不好听,这是立场问题,我们共产党八路军是打土豪分田地,如果帮着地主看家护院,干部队不成了地主家的狗腿子了吗?"武承汉振振有词。

小云撇撇嘴小声说:"你才是狗腿子呢!"

张二两悄声说:"话糙理不糙。"

小云瞪了张二两一眼。

帮,还是不帮,所有人的目光都转向李清。凡慧看出了李清在犹豫,她清了清嗓子说:"以我说,这个忙我们该帮!"

所有人的目光又转向了凡慧。

"我只说我的意见,大家参考。第一,周老伯是村公所主任,是在给八路军办事,他请求我们帮忙,我们理应帮,况且,周老伯不是为自己,而是为别人。第二,那几个人以已不存在的三支队的名义,又说是军区首长的交代,实在太可疑了。第三,他们竟然上北平把王家的孙子带来,费这么大的力气为了一张画，可见这件非同寻常。刚才承汉说是帮地主，我不这样认为，我们至少要搞清楚是怎么回事。"

胡大山立刻表示同意："孟副队长说得也对，帮不帮忙不重要，至少不能让那几个冒牌的家伙占了便宜。"

见队长们这样说，其他人也就不再说什么了。

李清立刻集合起队伍向镇东旅店赶去，大家认为这是最直接的办法。刚走过牌坊，放哨的队员报告，那几个人出旅店了！李清急忙问："几个人？"队员说："三四个吧，是朝王家宅院这边来的。"

干部队又返回王家宅院。

在镇东旅店，祝道行一把拽出王启晋，对周老先生说："周先生，周大管家，咱们走吧！"

"走？上哪儿？"周老先生故作惊讶，说，"他是谁？"

祝道行冷笑一声，说："算了，算了，我没工夫和你演戏！"他对刚走进来的莫三说："莫兄，是你陪周大管家去，还是我陪着去啊？"

莫三说："祝兄，你说笑了，当然你我兄弟一起陪周大管家去了！"

两人心照不宣，都怕对方捷足先登。祝道行对一个年轻人说："滑子，那就辛苦你陪着王家孙少爷了。"

被叫滑子的应了一声："是，长官。"

祝道行高声说："滑子，你听好了，从现在起半个小时，如果我们不回来，就……"他在脖子上比画了一下。

滑子应："是，你放心吧，长官！"

周老先生明白，这是说给他听的。

周老先生与祝道行、莫三一行四人穿过牌坊进入甬道径直向王家宅院走去。王家宅院坐北朝南，东西长约三百米，十分气派。正中为宅院的大门，但已紧闭多年，管家进出从东侧的一扇小门。距大门不远，周老先生转向东边小门。他一边走一边四下张望。此时他已下定决心将画交出来，他不能为了这张画而毁了小少爷。

在王家宅院大门，凡慧猛然站住了，转身问报信的队员："你刚才说来了几个人？"

队员说："三四个吧。"

"究竟几个？"

第十九章　　273

队员看着一脸严肃的凡慧，想了一下，说："是四个。"

凡慧说："确定吗？"

队员想了想说："确定，就是四个人！"

"有什么不对吗？"李清问。

凡慧看着不远处的小云，说："在村公所，我和小云都看到有四个人，再加上周老先生和王家少爷就应该是六个人，可现在只来了四个。"她顿了一下说："周老伯肯定要来，因为只有他知道画放在哪儿，也就是说，还有两个没来。"

李清猛然醒悟，说："对，如果说王家少爷是人质，那么留下的两个人一个是王家少爷，另一个看着他的'八路'。看来，我们小看这几个'八路'了！"

今夜月光格外明亮。周老先生一行刚转过宅院大门，几个人正向朝这边走来，月光下显得格外清晰。周老先生顿时紧张起来，应该是干部队！他不觉暗暗叫苦，一旦动起手来，岂不是断送了启晋！他不由自主地快走了几步，但一想到后面的两人，又情不自禁地慢了下来。

"是周老伯吗？"一个声音传了过来。

果然是李队长。周老先生惊愕地说："李队长，你这是……"

李清忙说："周老伯，你忘了，今天是我值班啊！"说完紧了紧肩上的步枪。

"啊，啊……"愕然凝固在周老先生的脸上。

"县委郭书记说，最近不太平，让我们提高警惕，多派些岗哨。"李清突然停了下来，故作意外地问，"周老伯，这些同志是……"

周老先生紧紧地盯着李清，前言不搭后语地说："啊，啊，李队长，值班啊……"他把手放在胸前，一边说一边使劲地摆手。

李清立刻明白了他的意思，提高嗓音说："周老伯，忘了告诉你了，那天你交代的事情都安排好了，你就放心吧。"

周老先生迟疑了一下，但很快就明白了，转过身介绍说："这是八路军三支队的领导，这是莫参谋，这是祝连长，他们来王家宅院……"

莫三急忙打断了他的话，问："你们是哪部分的？"

李清说："我们是县大队的，我姓李，是队长。"

"哦，李队长，很好，很好，兄弟我姓莫，是三支队的参谋，此次军区首长派我们来执行一项重要任务，是陈师长亲自指派我们来的，你们知道陈师长吗？那是兄弟我的老长官啊！"

李清严肃的脸上突然绽开了，花朵盛开一般笑着说："哦，原来是莫参谋，失敬，失敬，都是自己的同志啊！这么晚了，让同志们到值班室喝口水吧。"说着，他向前走了两步。

三人警觉地后退了一步，紧紧盯着李清，其中一个人把手撑在腰间的枪套上。

气氛倏地紧张起来。

凡慧看得真切，她一步跨上前来，微笑着说："首长，自我介绍一下，我是县大队孟副队长。"

听到是女人的声音，莫三不由怔了一下。

凡慧温和的语气里充满着责怪："莫参谋，尽管你是首长，可我还是要批评你，你们有重要任务，又是陈师长亲自交代的，应该先和我们县大队打个招呼，这么重要的任务我们一定会全力配合你们，直接与周老主任联系，这样不好，出了问题完不成首长交代的任务领导怪罪下来，我们也是要负责任的。如果陈师长亲自来，他一定会先和我们县大队联系，首长，你说，我说得对吗？"

莫三强笑了一下："对，对，孟副队长说得对，陈师长催得急，时间紧，我们有些心急，就没和你们联系，我们有介绍信，错不了，考虑不周，你们多包涵，多包涵啊！"

紧张的气氛缓和下来。

"这就对了嘛，这样说问题就好办了嘛！"李清一副关心的样子说，"需不需要我们帮忙？"

莫三忙不迭地说："不用，不用，有周主任就可以了！"

武承汉去旅店半个多小时了。凡慧看了一眼黑暗中的甬道和牌坊，一片静悄悄的。她笑着说："各位领导太辛苦了，天气冷，还是到我们值班室喝点儿水暖和一下吧。你们就这样走了，我们也于心不安呀！"

凡慧在拖延时间。李清附和说："八路军同志的觉悟就是高……"

莫三有些不耐烦，说："大家都是自己人，我看这样好不好，李队长，还有孟副队长，你们去忙吧，就不给你们添麻烦了。"说完，他对周老伯说："周管家，我们走！"

一直沉默的祝道行突然阴阴地对周老先生说："周管家，那就抓紧时间吧，

第十九章

家里人不是还在等着你吗？"

周老先生明白他的意思，他苦着脸一副求救的神态看向李清。

李清猛地举起枪，大喊："动手！"

队员们从甬道两侧的碑亭后一拥而上，一边冲一边喊："举起手来，缴枪不杀！"昏暗中，三个冒牌八路军不知有多少人，顿时慌了。胡大山和张二两一前一后冲在最前面，刹那间就冲到了跟前，用枪顶住了莫三的头。

祝道行却神态自若，好像什么也没发生似的。他乜斜着眼睛，嘴角挂着一丝讥诮的笑意："周管家，共产党不在乎，难道你也无所谓？也罢，王家老爷也真是有眼无珠！"

月光下，两个人从远处跑来，正是武承汉和王启晋。祝道行和莫三一见，仿佛像撒了气的皮球一样低下了头。莫三喃喃地说："怎么那么巧？共产党怎么会到这里来？真他娘的倒霉！"

突然，祝道行边上的一个小子不顾一切撒腿就跑，队员们大喊："站住，再不站住就开枪了！"谁知他一边跑一边头也不回地开了一枪。张二两一个点射，冒牌小子一个跟头栽到了路边沟里，不动了。冒牌小子的举手一枪正中胡大山的肚子，他一个趔趄瘫坐在了地上。

多年后，在河西县民政局当副局长的胡大山见到了张二两，张二两已是解放军某部的副团长了。

"胡队长，你的伤没留下残疾吧？"张二两关切地问。胡大山受伤后被送到了医院，由于时间紧，干部队很快就出发了。子弹穿过胡大山的肚子，是贯通伤，并无生命危险，伤好后他回到了河西。

胡大山站起来，扭扭腰说："没事，一点儿也没事！就是天冷时腰老疼。"他拉着张二两的手，抚摸着他的军装，嘴里发出啧啧的声音，好一会儿，他愤愤地说："他娘的，那个混蛋打中了我，要不，要不……"

张二两知道他的意思，忙说："胡队长，回家多好啊，咱沂蒙老区的山水最养人，俺们都羡慕你哩！"随后他又问："王家宅院那几个人究竟是什么人？他们想干什么呢？"张二两跟随干部队进入东北，开始在地方政府工作，后调入部队，辽沈战役后，他随四野一直打到了海南岛。这是他第一次回河西老家。

胡大山说："妈的，那几个家伙原本都是伪军，抗战胜利后被改编成国军。自知名声不好，想捞一把就跑路。"

"不就一张画嘛，让我们费了那么大劲！"张二两话语里透着失望。

"不懂了吧？那画是宋朝一个大画家的画，乾隆皇帝将画赏赐给了王家，据说是国宝，老值钱了！"胡大山摇晃着脑袋自豪地说，"二两，当年我们可是干了一件大事哩！"

张二两睁大眼睛："真的？"

六

这是一个依山傍海的小村。方石和青砖砌成的房子，台院式的院落，门楼、门墩、门簪、挂落、廊心墙、照壁等一应俱全，并刻有各种雕饰。战火使民居已破落不堪，有的院墙已经倒塌，但古老的胶东民俗文化遗风仍然历历在目。

极具特色的民居建筑让这些来自沂蒙山的后生们既陌生又似曾相识，边走边四下里张望。

穿过村子来到一座庙宇，魏参谋指着庙宇前的一排房子说："于连长、艾指导员，这里原来是香客临时住的地方，你们将就一下先住下，条件有些差，好在时间不长，有船了我马上通知你们。"他指着庙宇说："战士们可以进去看看，但别乱摸！"说完，他便匆匆离开了。

田宏喜问："连长，这是什么庙？"

于连长说："是妈祖庙。"

姚贵插话："庙里供奉的是什么佛？"

于连长说："妈祖庙供奉的当然是妈祖。"

姚贵摇着头："有供奉菩萨的，有供奉关帝爷的，没听说过有供奉……什么祖？"

于连长说："是妈祖，沿海的渔民都信奉妈祖，她可以保佑渔民出海打鱼平安。"

战士们开始打扫卫生。

房前空地有几条破旧的木船，船边放置着一些废弃的渔具及渔网。从外观上看，放置的时间很久了。虽然已是深秋，渔具渔网上仍然有苍蝇在飞。

一个战士试图把渔网拉得离门远一些，渔网里发出一股浓重的味，他被熏得一个趔趄，喊："哎，我知道在路上时空气里是什么味了，就是这种味！"战士们都笑了起来。

于连长走过来说："傻小子，这算什么，大海就是这种味，海边的渔民都喜欢这种味！"

"是于连长吗？"一个女人的声音传来，她后面还跟着七八个妇女，手提肩扛地拿了许多东西，后面还跟了两辆马车，马车上堆满了衣服。

"我是！"于连长答道。

女人快步走过来，热情地说："我是区委副书记，我姓林，你们辛苦了！根据胶东军区领导的安排，我来给部队送粮食、菜和衣服。"

于连长高兴地说："谢谢！你们考虑得太周到了！"

于是，女书记开始指挥卸车，于连长忙叫战士们来帮忙。

"领导，这些衣服是干什么的？"田宏喜指着正从马车上卸下各种式样的衣服，里面甚至还夹杂着女人衣服。

看着田宏喜一本正经的样子，女书记咪咪地笑："这是给你们的，怎么？上级领导没给你们说？"

"没有哇？可是，为什么要给我们老百姓的衣服呢？"

见到地方的同志来，战士们纷纷围过来。当得知要脱下军装换便装时，战士们你看看我，我看看你，一副不情愿的样子。

魏参谋从远处跑来，见状说："北上部队换便服是为了保密和安全，是胶东军区许世友司令根据中央的指示做出的安排，同志们，执行吧！"

一个战士说："穿着老百姓的衣服，还是八路军吗？"

魏参谋说："同志，是不是八路军不是看穿什么衣服，对吗？连军区领导都是穿着便衣渡海的，同志，谁能说领导们不是八路军？"

"真的？"那个战士睁大了眼。

魏参谋笑着说："蒸的？还煮的呢！"

女书记说："同志们，部队大规模北上是秘密行动，敌人不断派出飞机来侦察，穿军装很容易暴露，大家放心吧，到了东北会给大家换上军装的。"

艾指导员走上前来，说："两位领导放心，我们马上换衣服。"他转头对战士们说："大家先去吃饭吧，胶东军区领导和同志们给我们送来了鱼，还有贴饼子。"

魏参谋把于连长、艾指导员叫到一边，田宏喜也跟了过去。魏参谋说："情况是这样的，因为船少人多，军区优先运送成建制的部队过海，独立旅过海后，你们连成了零散部队，所以要往后安排。但放心，有船了我马上通知你们。"

田宏喜说："魏参谋，要等多长时间呢？三天五天，还是十天八天？"

"不好说，这取决于近期还能征集到多少船，也取决于近期有多少船从东北回来，还取决于近期部队到达的情况，还有，你们人数少，是零散部队，不好安排。但时间不会太长，田副连长，等吧，再多吃几天山东饭，不好吗？"魏参谋微微一笑。

晚饭有鱼，大多数沂蒙山后生是平生第一次吃海鱼。

在三连到达海港时，大病尚未痊愈的齐恩旅长也启程向胶东出发了。从江西长征到陕北，从陕北到山西，又从山西到山东，齐恩的一双铁脚板不知走过多少路，磨过多少泡，量过了大半个中国，然而此时他却举步维艰。尽管手术很成功，但他的体质委实太弱了，走路都一步三晃。胡副参谋长曾让齐军医留下，齐旅长却坚决不同意，他躺在床上说："齐军医岂不成了我齐某人的私人医生了？我没那么大谱！"

齐旅长胶东之行可谓一波三折。战士们用木棍和绳子扎成担架，走了一天担架被压断了，齐旅长被重重地摔在了地上。战士们找来一扇门板做成担架。由于连年战争，这一带到处都是沟沟壑壑，抬担架行军十分困难，一天走不了几里路。齐旅长说，这不行，于是他自己走，可虚弱的身体使行军的速度更慢。

看着齐旅长痛苦的神情，战士们十分心疼。齐旅长却十分坦然："这比长征的时候好多了，那会儿连饭都没得吃，屁股后头还有敌人追，现在朗朗天空，不就是走个路嘛！"

在村公所转运点，战士们征用了一头小毛驴让齐旅长骑。在村拐角处，温顺的小毛驴突然蹦起来撒腿向远处跑去，把齐旅长甩出去好远。战士们忙扶起齐旅长，不解地看着头也不回的小毛驴。齐旅长站起来，拍拍身上的土说："它看见同伙了。"战士说："刚才过去好几头毛驴，它怎么不跑？"齐旅长笑着说："傻小子，前面是个母驴嘛！"

多年后，齐旅长与人谈起此事，他哈哈大笑说："我是骑着毛驴去胶东的，旅（驴）长嘛！"

第十九章

肉体上的弱点常常使人屈服，但坚忍的意志却可以与之对抗，并引导其达到既定目标。在齐旅长身上，在北上的八路军身上，我们看到了坚忍的意志。

七

一进门，田宏喜说："连长、指导员，魏参谋的话听到了吗？近几天走不了！"

于连长没吭声。

"听那意思，至少一星期内没有船。"

艾指导员说："怎么啦？"

"指导员，让连长回家看看呀！我打听了一下，这离连长家也就几十里，一天打个来回都行。"

于福田，这个从小在海边长大的胶东汉子，对回家已整整期待了五年，如今家近在咫尺，他却难以启程，甚至羞于启齿。他的战士们，这些来自沂蒙山的后生都是第一次见大海，他们只知道蔚蓝的大海如此美丽，却不知道汹涌澎湃的大海也十分凶险。小时候，他跟父亲出海打鱼，海浪滔滔，遮天蔽日，渔船随着风浪大起大落，随时都有倾覆的可能，每次出海都近乎死里逃生。横渡渤海湾，谈何容易？

艾指导员说："连长，田副连长说得对，近几天应该走不了，你回去看看吧，这有我和田副连长，你就放心吧！"

于连长抬头看看艾指导员，点点头，又摇摇头，仍然没吭声。好大一会儿，他说："谢谢两位的好意，但是我不能走，无论如何，在这个时候我不能离开！"

田宏喜犹豫了一下，说："连长，要不，我去！"

艾指导员说："这倒是个好主意，于连长，我看就让宏喜去，看看嫂子是什么情况，宏喜办事你可以放心！"

沉默了许久，于连长抬起头，此时这个胶东汉子眼眶里饱含着热泪说："谢谢好兄弟！但是宏喜也不能去，我和你们的看法正相反，我们可能很快就会出发，也许就在这一两天。连里所有的人都必须在位，况且我是连长！"他转向田宏喜："田副连长，有两件事你马上去办，一是连里还有点积蓄，想办法尽量把连里的伙食搞好，让战士们增强体力；二是找些木头来，不要太长，这么粗就行，比梁细，和椽差不多就行。"他边说边比画："但记住，不能违反群众纪律。"

田宏喜疑惑地问："连长，这是……"

"去吧，到时候你就知道了。"于连长看着风平浪静的大海，喃喃地说，"但愿用不着！"

一大早，一排顺子闯进田宏喜的宿舍，他噘着嘴说："副连长，你管不管？"

"怎么啦？"

"你看！"他举起手里的衣服，那是一件女人的花衣服，"班长让穿这个，俺不穿！俺一个八路军战士，一个男人，怎么能穿女人衣服？"

"报告！"随着报告声，班长张福一步跨进来，进门就大声呵斥顺子，"胡闹，你跑到这来干什么？无组织无纪律！"

顺子脖子一梗："俺不，就不！"

张福拽了拽顺子手中的衣服说："大小正好，这不挺合适的吗？"

顺子用劲把他的手甩开，用手扯起衣袖："这是女人的衣服，以后要是让乡亲们知道还不笑话死俺！"

张福说："副连长，你看，你看，不就穿个女人衣服吗？跟杀了他似的。你不穿，难道还让我穿？让连长穿？"

田宏喜听出来了，张福是把矛盾推到他这儿来了。地方政府送来的衣服是按一人一件准备的，女书记说："这么多部队都要换装，可我们上哪儿找这么多衣服呢？能找到这些已经是很不容易了。给战士们说，凑合凑合吧，等革命成功了，我们给同志们一人一件新军装！"

田宏喜问："张班长，有几件女人衣服？"

张福马上回答："好几件呢！"

"好，都拿来。"

妈祖庙前空地，渔民们围成一个半圆静静地注视着。一群庄稼人打扮的人聚集在一起，虽然不是衣衫褴褛，衣服上却也是补丁摞补丁。战士们相互对视着，心里涌出一股说不出的感觉。军装是什么？对这些曾经的庄稼汉来说，是自豪，是光荣，是使命，现在脱了，虽然是暂时的，但总觉得怪怪的，一种莫名的失落感油然而生。

突然，队伍里爆发出一阵笑声。

只见田宏喜穿着一件蓝底紫花的女人对襟夹袄走来，连部的几个战士跟在他身后，也穿着女人的衣服，一个战士还故意扭着腰，俨然像一群进城赶集的小媳妇。

战士们开始是咻咻地小声笑，后来干脆大笑起来，一个个笑得前仰后合。围观的渔民们也跟着一起笑。

全连集合。虽然服装各式各样，队伍列队却依旧十分整齐，仍然还是虎虎生威的三连。

艾指导员在队伍前发表了讲话："同志们，今天我们穿上了便装，是形势的需要，是打仗的需要，衣服可以换，但我们的革命警惕性不能减，战斗意志也不能退，同志们，你们说，对吗？"

战士们齐声说："对！"

艾指导员说："有一点我要先提醒同志们，来时我们都看到了，美国和国民党的军舰、飞机不断来侦察，以后只要有敌情，大家不要扎堆，我们现在是老百姓，就要像老百姓一样随意些，该干什么干什么，大家明白吗？"

"明白！"

田大膀在队伍里喊："报告指导员，老百姓里有男人也有女人，可我们都是一色的和尚，人家一看就知道是假的，很容易暴露，这个问题怎么解决？"

队伍里嘻嘻地笑。

一个战士说："田班长，给你发个小媳妇吧？"

有人反对："不行，田班长那么大的个子，小媳妇怎么行？要发就发个大老婆！"

队伍里嘻嘻地笑成一片。

田大膀说："我建议，让副连长和连部的战士给我们当小媳妇，怎么样？"

队伍里轰的一声笑起来。

从沂蒙山走出来，艰难困苦和作战与三连如影随形。来到胶东，他们度过了几天少有的轻松的日子。然而，生死考验正悄然而至，战士们对此却浑然无觉。

第二十章

一

队伍默默地行进。

胡大山的负伤,虽然没有对干部队造成太大的损失,但对这些从未参加过战斗的队员们的心理却带来不小的冲击。从河西走出的时候,队员们踌躇满志,满腔激情,志在走出大山走向更大的舞台,让自己年轻的生命更加丰富多彩。胡大山倒下时,他们看到胡大山的脸刹那间变得苍白,没有一丝血色,身体在痛苦地抽搐着,队员们才意识到生命竟如此脆弱。当与他们朝夕相处的胡副队长还处在昏迷状态时,队伍却不得不启程了,他们复杂的心情达到了极点。

心理底线的突破是从最初的一点开始的,随着一点一点的累积,心理承受力才会逐步变得强大起来。队员们心理承受力的突破才刚刚开始。

自从胡大山受伤后,凡慧眼前老是晃动着他瞬间倒下的样子,好像还能嗅到一股浓烈的血腥味。她说不清楚这是一种什么感觉。当时她离胡大山不到一米,向左偏一偏,中枪的可能就是自己。她并不怕死,然而残酷的现实摆在她面前时,她被震惊了……

小云走在凡慧后面。在王家宅子,她紧跟着武承山和张二两,她双手不停地出汗,紧张得不能自已。她打心眼儿里佩服李清和凡慧,他们竟然泰然自若地与敌人周旋……

李清走在队伍的最前面。他感觉到了队员们不安的情绪,其实早在出发之初他对此就有心理准备。当务之急是要增加一名副队长，凡慧一个副队长显然难以应付随时出现的变化。他走着想着……

一声清脆的枪声打破了大地的宁静。

远处，三四个人没命地向山坡上跑，七八个人在后面拼命追，一边追一边喊："站住，再不站住老子开枪了！"队员们立刻卧倒，密切地关注着这突如其来的情况。在临近山的陡坡处，逃跑的人突然改变方向朝着干部队的这边跑来，队员们陡然紧张起来。

追击者与逃跑者之间的距离似乎在加大，追击者终于按捺不住了，为首的喊："打！打死这帮狗杂碎！"一时间枪声大作，由于距离太远并未没打中逃跑的人。逃跑的人越跑越快，在距离干部队不远处拐弯向树林跑去。

"好像是鬼子！"武承汉脱口而出。

凡慧没有一丝犹豫，说："就是鬼子！"凡慧从小听力灵敏，她听到逃跑的人说话与河西县监狱里的石下兵二说话十分相似。事实上，她与鬼子相距很远，根本不可能听到鬼子说话，但她却准确地判断出逃跑人的身份。后来凡慧说，是第六感觉吧。

李清没吭声，还在紧紧地注视着。

凡慧急了，跑过来对着李清吼："李老师，还等什么呢？开枪呀！鬼子就要进树林了！"

凡慧话音未落，武承汉突然开了枪，只听他喊了句："狗日的鬼子，还想跑！"干部队的五支步枪一齐开火，前头的一个鬼子一个跟头栽到地下，后面的三个鬼子见状立刻止住了脚步，木桩似的杵在原地，身体仍然朝向树林。

"奶奶个熊，跑啊，跑啊！"一个国军上尉跑过来，见了鬼子便破口大骂，"你们这些混蛋王八羔子，老子给你吃给你喝，你他娘的杀人放火有功了？还跑，跑啊……"

国军士兵跟了上来，由于长期营养不良体质很差，士兵们累得上气不接下气，脸色蜡黄，没有一丝血色，有几个干脆蹲在地上呼呼地喘粗气。

队员们也冲了上去。

见干部队的到来，国军上尉举了举手，像是敬礼又像是打招呼，说："谢了，兄弟我是暂编五师五连连长，抱歉，兄弟们稍等，我先处理一下。"他转过身对瘫坐在地上的士兵说："好了，好了，差不多就行了，丢人现眼，都起来！"说完他径直向鬼子走去。在鬼子一侧不远处捡起一根磨得尖尖的带血的棍子，他的脸色倏地阴沉下来，一动不动地伫立着，目光狰狞地看着鬼子，仿佛要啖其肉饮其血一样。

士兵们很快恢复了体力，围拢上来虎视眈眈地盯着鬼子。

目光也能杀人。

鬼子立刻感受到了这犀利的杀人目光，其中一人缓缓站了起来，整理了一下军服，然后转身面向东方，身体微微前倾，闭上眼睛，嘴里还喃喃地说着什么。其他两人目光呆滞，面如土色，木木地也跟着站起来，稍显慌乱但不乱动。

国军连长当然知道，日本国就在东面，他当然也知道，这些鬼子面向东是什么意思。他冷笑道："妈的，狗东西！"他背过身哑着嗓子对士兵们低声吼："还等什么！"

士兵们早已怒发冲冠急不可耐，端着刺刀嘶吼着一拥而上……

队员们目睹了他们有生以来最血腥的一幕。

二

不知道那是一种什么感觉，凡慧只感到解气、爽快，从未有过的解气和爽快。士兵们围成一个圈，她只能看到他们的背影，随着扑扑的声响，殷红色的血从士兵们的脚下流出来。她突然感到了一阵恶心，于是扭过头看向远处以转移自己的注意力，并努力克制自己，可还是吐了。

小云和几个队员蹲在路边也在大口大口地狂吐。

三个鬼子个子都很小，低垂着头，像只斗败的公鸡萎缩着，瞬间便见天皇去了。凡慧怎么也不相信，就是这样的人在中国大地上烧杀掳掠，为非作歹，而现在，他们昔日的霸气和威风呢？

国军连长依旧黑着脸，面对李清，他挤出一丝笑容，说："承蒙诸位好汉出手相助，兄弟我谢了！"说完他深深地鞠了一躬。

李清连忙说："连长，不能这样，中国人哪有见鬼子不打的道理？如果要感谢，要先谢谢你们，给老百姓出了一口恶气！"

国军连长说："无论如何都要谢谢！英雄不问出处，我不管你们是哪路好汉，打鬼子的就是好兄弟，我无以为报。"说着，他从衣袋里掏出一把手枪，插进枪套递给凡慧，说："这位小兄弟没带枪，送给你做个纪念吧。"

那是一支比利时造的勃朗宁手枪，十分精巧。凡慧忙上前一步接过枪说："谢谢，谢谢！"接着她随口问："连长，那些人是日本战俘吗？"

国军连长的微笑凝固在脸上："他们根本不是人，是畜生！不，他们连畜生都不如！成了阶下囚，还想耀武扬威，还在作恶！"不远处，一个士兵抹着眼泪。国军连长举起手里削得尖尖的被血染红了的木棍说："那些畜生就用这个木棍刺死了他们的班长，也是那个士兵的大哥……"

一个国军士兵快步跑来报告："连长，他们又闹事，弟兄们有点儿顶不住了……"国军连长摆摆手打断了他的话，对李清说："兄弟还有军务，就此别过。"说完便大步流星地离开了。

李清自言自语道："看来一定有大事！"

凡慧说："他们？闹事？"她看着远去的国军："那里应该是关押日本人的战俘营。"

队员们围了上来，七嘴八舌地议论。

武承汉说："日本鬼子都投降了，这帮战俘还敢闹事，这不反了吗！"

张二两说："刚才那个国军兄弟说顶不住了，看来事情有些不妙！我们是不是过去看看，能不能帮上点儿忙？"

一个队员立刻反对："妙与不妙都跟咱无关，刚才我们已经帮了他们。"

张二两说："你这样说就不对了，刚才那位连长不是说了吗？只要打鬼子都是好兄弟，怎么能说和我们没有关系呢！"

那个队员撇撇嘴说："到底是当过国军，心心相通呢！"

张二两一听就急了，大声说："你什么意思？你说谁是国军？"

队员中出现了两种意见：一种意见是去帮忙，日本鬼子闹事，帮中国人打日本人天经地义，不论是国军还是八路军，与这个没关系；一种意见是不能去，我们的任务是北上，不能耽误时间，况且我们也帮不了什么忙。双方各执一词，互不相让。

小云拉着李清的胳膊着急地说："李清哥，你赶紧说呀，怎么办啊？"

李清在犹豫不决。干部队的任务是北上，孟书记明确说，干部队不是工作队，也不是战斗队，任务只有一个：北上。况且全队共五支枪，只有武承汉和张二两有点儿战斗经验，刚才成功的阻击是歪打正着，是侥幸，如果是真正的战斗那就难说了。全体队员安全到达东北才是自己不可推卸的责任。可是，要是不去，以上的理由站得住吗？

"李老师，还等什么？我们应该立刻出发！"凡慧再度对李清大声吼，今天是第二次了。

看着激动的副队长，队员们都怔住了。在他们心中，凡慧是一个漂亮、温柔和善解人意的领导，她的父亲孟庆立书记是全县人民敬仰的老革命，凡慧当然也有和她父亲一样的水平。

面对着队员们射来的目光，凡慧清清嗓子激动地说："逃跑的鬼子被我们截住了，战斗中同志们的表现真的很棒！刚才那个国军士兵说，他们快顶不住了，大家想想是什么意思？假如，我是说假如，这些狗日的鬼子真的跑了怎么办？会不会再去祸害老百姓？大家想过没有？"

一个队员说："可是，我们只有五支枪，我们也没打过仗，怎么帮呢？"

"不对！"凡慧说，"我们打过，第一次是在王家大宅院，刚才是第二次作战了，我们都赢了，不是吗？"

队员们自豪地笑了。

凡慧说："我们是去帮忙，不是硬碰硬与鬼子打，现在什么情况还不太清楚，但打仗不仅靠枪，还要靠脑子。要说战斗经验，承汉和二两都是好样的，还有，就凭我们的勇敢，我们也不怵他们。面对鬼子那些国军士兵都不怕，难道我们还不如国军吗？"

一个队员不满意地说："副队长，你这就不对了，俺才不怕呢！"他伸出小手指："谁怕谁是这个！"

队员们紧绷的神经松弛了下来。

后来凡慧谈起此事说："李老师的考虑没有错，不去完全有理由，然而我心里却过不去这个坎，假如鬼子战俘闹事国军吃了亏，或者越狱了再去祸害老百姓，当然，原因肯定不是因为我们没有去，但我心里依然有愧。"

三

"嫂子，你说脏话了！"小云说。

最终，李清和队员们一致通过：帮忙！刚才的情形在凡慧脑海中一幕一幕地闪现，她在思忖和判断着可能发生的情况。凡慧想，要是田宏喜在就好了……

"嫂子，你刚才说，狗日的鬼子！"见凡慧低头不语，小云提高嗓门。

凡慧回过神来，木怔怔地看着小云，说："你说什么？"

小云说："你说狗日的鬼子，你说得特别麻溜，一点儿磕巴都不打，就像那些老爷儿们一样。"

凡慧脸一红："瞎说，我哪里说过？"

小云撇嘴一笑说："说了，大家都听见了，不信，你问二两？"她回头喊："二两，你过来！"

张二两跑过来问："什么事？"

小云刚想张嘴，凡慧却打断了她，说："二两，队里大多数人没有战斗经验，你得给干部队撑住架子，听到吗？"

张二两连连点头："是，是！"

"但不能莽撞，按李书记说的，打与不打，什么时候打，要听从命令，不能乱开枪！记得吗？"

"记得，记得！凡慧姐，你放心吧！"

干部队一路急行。

凡慧追上李清，她犹豫再三，说："李老师，我刚才吼你了！"

李清说："凡慧，你这是？"

凡慧说："对不起，李老师！"

李清笑了："你吼我的次数还少吗？为什么这次要道歉？"

凡慧不好意思地笑笑，说："不为什么！"

离山越来越远了，山的轮廓依稀可见。远处几排房子孤零零地立于旷野之中，周围是收割后的玉米地。房子四周用秫秸秆扎成篱笆，正北中间有大门，是用碗口粗的木桩扎成的，门的一侧有哨兵站岗。

武承汉和张二两侦察回来说，只有北门有一个岗哨，所有的国军和鬼子俘虏倾巢出动都集中在北门操场上。所有的人立刻感到了事情的严重性。

张二两急切地说："我们还等什么，赶紧过去吧！"

其他人都没吭气。

李清说："完全不了解情况，贸然过去似有不妥。"

张二两说:"有什么不妥?刚才我们已和国军连长见过面,人多势众嘛!"

凡慧说:"一来哨兵不认识我们,我们一群人贸然过去别发生误会,二来那里究竟发生了什么我们还不清楚,直接过去可能效果不一定好,搞不好再添乱!"

武承汉说:"我们可以埋伏在离大门不远的地方,看情况再定。"

李清说:"我同意承汉的意见。"

凡慧说:"我也同意。"她想了一下说:"我们兵分两路,一部分人选择地点埋伏,我过去和哨兵接触一下,免得我们突然出现发生误会。"

李清皱着眉头说:"你不能去!"

张二两插话:"为什么是你去?"

凡慧淡淡一笑:"哨兵不认识我们,但哨兵可能认识这把枪!"她拿出国军连长送她的手枪,一边说一边比画着。响午歪,干部队悄悄进入埋伏点,距离北门约有一百多米。凡慧向北门走去,武承汉、张二两紧随其后。

哨兵伸长脖子正全神贯注地朝里看着,以致凡慧走到他跟前他都没发现。听见有动静他猛地一回头,紧张得浑身一哆嗦,却一点儿也不含糊地举起了枪,大声喝道:"站住,你们是干什么的?"

凡慧连忙说:"兄弟,别紧张……"她顿了一下,突然高兴地说:"你不就是刚才给连长报信的兄弟吗?"

哨兵立刻面露喜色:"你们是刚才截住鬼子的好汉!"

凡慧刚想说什么,哨兵挥手示意不要说话,他招招手,凡慧等人随他来到哨位后。二十多个国军士兵荷枪实弹立于操场东侧,一个个怒目圆睁,刺刀在阳光下闪着刺眼的光。日本战俘立于操场西侧,人数约有四五十人,多于国军的一倍,虽然赤手空拳,但一个个腰杆笔直,仍然保持着军人的姿态,显示出军人的强硬。操场上紧张的空气仿佛随时都会爆炸。

凡慧小声问哨兵:"这么多战俘,怎么就派这么少的人看守?"

哨兵不满地说:"开始只有十几个战俘,后来又不断增加,上峰说再派些人来,可是一直没来。"

"战俘要干什么?"

"他们说伙食不好,住的条件差,他们说他们要享受什么日瓦……公约待遇,我也不太明白那是个什么鬼东西。"

"狗日的日本鬼子！"张二两咬牙切齿地骂。

哨兵说："一下子来了这么多战俘，粮食根本不够，我们也吃不饱，他奶奶的，哪里还有多余的给这帮龟孙小鬼子吃！"

操场上一片死寂，秋风吹拂着秋秸篱笆发出唰唰的响声。国军连长踱着步，一只手撑在腰间的枪套上。站在战俘队伍最前面的是一个蓄着胡子的鬼子，他是战俘中的最高长官，是这群战俘的主心骨。他的眼睛深陷在眼眶里，黄黄的眼珠犹如冰球一样闪烁着冷冷的光，嘴唇翕动着，却一句话也不说。

"说吧！想干什么？"国军连长打破了操场上的沉寂。

战俘们仍然沉默不语。

国军连长面无表情，说："很好，不说是吧？那我来说，距这五十多里，一群小鬼子，不，是你们的同胞，正在那里负隅抵抗，你们想去找他们是吧？很好，很好，你们可以明说啊，我送你们去！"

战俘队伍依旧沉默。

日本虎山据点，鬼子一个小队拒绝向八路军投降，并躲进山里。消息传到战俘营，战俘们为之一振，在酝酿越狱向虎山靠拢。

"你们可以去，但我告诉你们，你们是找死！"国军连长一字一句地说。

蓄胡子的鬼子对旁边的翻译说了什么，翻译说："中佐先生问，刚才那几个士兵现在在哪儿？"

军连长冷笑道："去见你们的天皇了！"

战俘队伍立刻躁动起来，从交头接耳到声嘶力竭地喊，声音越来越大，原本焦躁的情绪变得更加激烈，日本战俘正趋于失控。国军士兵立刻散开，端起步枪，摆开战斗队形。

凡慧对张二两说："发信号，让队员们迅速到大门口！"

日本战俘开始慢慢向前蠕动，嘴里发出嘿嘿的声音。蓄胡子的鬼子举着手在喊，企图阻止战俘们向前走，但群体无意识的战俘已完全没有了理智，推搡着他继续向前走。

战俘们一步步靠近国军。

国军连长铁青着脸，骂道："找死！"他猛地把手举向上方，就在他举手的一刹那，国军士兵迅速向两侧闪开，旋即推出两挺捷克式机枪。随着机枪嗒嗒嗒的声响，前面的战俘像被镰刀砍断的秋秸一样纷纷倒下，后面的战俘见状不好，拔腿发疯般地向北门跑去。在门口，正与赶来的干部队相遇。凡慧的勃朗宁手枪和干部队的五支步枪几乎同时打响，跑在前面的鬼子一个跟头栽到地下。剩余的战俘见状只得停下脚步，蹲在了地上。

武承汉骂道："跑啊，还跑啊！"干部队员们押着战俘来到操场。

一个战俘躺在地上发出痛苦的号叫，子弹穿透了他的腹部，黑紫色的血染红了他的军服。一个国军士兵跑过来鄙夷地看了一眼，一声不吭举起了步枪，对着他的头开了一枪。

也许是感到了恐惧，也许是为刚才的举动后悔了，战俘们跪在地上在大声诉说着什么，可国军士兵们听不懂，也不想听懂。蓄胡子的鬼子和翻译都在刚才的乱枪中被打死了。

在操场一侧，几个鬼子依旧迎风站着，抬头挺胸一副无所畏惧的样子。

国军连长仍然在不快不慢地踱着方步，他乜斜了那几个站着的鬼子一眼，阴沉着脸对国军士兵说："你们几个，去，把那几个家伙埋了！"他嘴角抽动了一下自我解嘲道："留个全尸，便宜你们这些狗杂碎了！"

十几个国军士兵走过去，拉走了那几个战俘。

在操场上，国军士兵把鬼子的尸体堆在一起，子弹把他们打成了筛子，筛子眼里不断向外渗出黑血。活着的战俘都老老实实跪在地上，低着头，好像正在努力寻找中国土地上的秘密一样。

是啊，这些鬼子根本就不是人，是一群畜生！他们杀中国人有时是为了取乐，有时是为了凑数，在他们眼里，中国人甚至连猪狗都不如，我们处决这些畜生难道还需要理由吗？

目睹了这一切。一天之间，队员们的心理承受力正在变得强大起来！

四

三连抵达海湾大港不久，美国第七舰队五艘军舰开进了渤海湾，在海岸附近的海面上游弋。美方代表提出，中国军队撤离海湾，将海港及城市交由美方管理。八路军派出代表与美方进行了严正交涉，拒绝了美方的要求。同日，海湾城市四万多军民举行了声势浩大的示威游行。

美军侦察机更加频繁地出现在渤海湾及口岸上空。

为了保密和避免发生冲突，胶东军区下达命令，所有北上部队即刻从海湾大港转入几十公里外的一个小渔港——龙口港，在那里登船渡海，同时，栾家口港、黄河营港也作为北上渡海的港口。

所有渡海北上的部队立刻行动起来。

魏参谋带着一个民兵来到妈祖庙，一看于连长不在，忙问田宏喜："于连长呢？"

田宏喜说："他在处理点儿事，魏参谋，有什么指示，我可以吗？"

魏参谋指着身后的人说："这是区政府派来的民兵，由他给你连带路，立刻转移。"

田宏喜说："谢谢！"他转身对民兵说："同志，有劳你，你先到队伍那边去吧，我马上过去。"

魏参谋看着集合的战士，人数似乎有些少，他疑惑地问："田副连长，你们的人……"

田宏喜有些尴尬，结结巴巴地说："魏参谋，是这么回事，我们连，大多来，来自沂蒙山，只有，只有，于连长是海边的人……"

魏参谋看着田宏喜张口结舌的样子，说："田副连长，你想说什么？"

田宏喜干脆地说："嗨，也没什么不好说的，我也不瞒你，这么说吧，我们来自山区，可能水土不服，许多人拉肚子……"

远处，一个战士跑向妈祖庙前空地，他步履有些踉跄。

魏参谋着急地问："有多少人拉肚子？厉害吗？需要医生吗？部队还能出发吗？于连长也拉吗？"听到魏参谋一连串的问号，田宏喜笑了。魏参谋也有些不好意思，关切地说："田副连长，要不要我给领导汇报，你们连晚一天出发？"

"谢谢魏参谋，不必了，于连长刚才说了，我们今天准时出发！"

正说着，艾指导员捂着肚子走来，见魏参谋苦笑着说："海鲜真是好东西，人间美味哟！可咱没口福享受不了，我这肚子啊，翻江倒海的。"

魏参谋说："指导员，真对不起，是我们没照顾好，我该提醒一下你们……"

艾指导员打断了魏参谋的话："不，不能这样说，我们从沂蒙山区出发一路辗转，大多数同志都便秘，几天不解一次手，肚子胀得和鼓一样。老天爷眷顾我们，到了胶东就开始拉肚子，好像要把这么多天憋在肚子里的东西全拉出来一样。"他拍拍肚子,一副很认真的样子说:"魏参谋,拉肚子要比胀肚子舒服多了,真的!"

五

　　龙口,这个渤海湾边上的港口小镇,百余年来,数以百万计的山东人从这里启程,前赴后继奔赴关东落脚谋生。

　　无独有偶,山东八路军闯关东也选择了龙口。

　　走在通往码头的路上,田宏喜的步履显得有些犹豫。在尘土飞扬的道路上,到处是一队队准备登船的部队,扛着各种工具的船工,为渡船运送物资的码头工人,为北上部队准备的衣物和给养的胶东百姓……

　　田宏喜要去见一个人,在龙口他也只认识一个人,就是胶东军区司令部的魏参谋。部队到龙口三天了,接到的命令仍然是休整待命。于连长、艾指导员很着急,越是等待,部队越是难带。田宏喜想问问魏参谋,三连何时可以登船。

　　一队为北上部队演出的演员有说有笑地从田宏喜身边走过,激起了他儿时的回忆——

　　童年时,在田宏喜心目中,山外的世界一切都是遥远而又神奇的。那年,一个柳琴戏班来到镇上,在街上扎起了戏台。入夜,他就被一盏灯震惊了,那灯像个小太阳一样雪亮炫目。更为惊奇的是,灯不怕风,拨动灯芯可以让灯时明时暗。在这之前,他只见过家家晚上都用的豆油灯。镇上的人说,那叫美孚灯。柳琴戏委婉的唱腔如泣如诉,大人们在出神地看,还不时小声议论着,然而他却不甚明白。一会儿,台上的人哭,台下的人也哭,凄凄惨惨的;一会儿,台上的人笑,台下的人也笑,兴高采烈的。他挤在人群里瞪着小眼聚精会神地看,演戏的人穿的衣服真是太好看了,五光十色,流光溢彩,在美孚灯的映射下让他目不暇接……

　　田宏喜摇着头笑了,如今自己到了山外的世界,这世界真的很精彩,很神奇!

　　在海运指挥部,一个同志告诉他,码头发生了拥堵,魏参谋到码头去了。

第二十章

在通往码头的十字路口，部队、码头工人、民夫及运送物资的群众把路堵得死死的。魏参谋站在十字路口的一块石头上着急地喊着，拥挤的道路上人声鼎沸，他的声音很快便被淹没了。龙口港于民国三年开埠，民国八年建成钢筋混凝土栈桥码头，是中国第一个用钢筋混凝土建造的栈桥码头。但通往码头的道路十分狭窄，从建成之日起，从未经历过这样大的人员和货物的吞吐量。一头拉车的毛驴受到惊吓冲向另一辆驴车，并造成连锁冲撞，一时间狭窄的道路上人仰马翻，把道路堵塞得水泄不通。

看着不断涌来的部队、船工和群众，一个军事术语跳入了田宏喜的脑海："分割配置"。军事理论认为，一个纵队人数越少，行军越迅速，相反则越困难。要顺利达到预定的地点，有时候则要把部队分割配置成为若干个纵队。

田宏喜奋力挤到魏参谋身边。魏参谋一怔，然而却无暇顾及他，仍然挥舞着手大声喊着。田宏喜说："魏参谋，你看！"田宏喜用手一指，在尘土飞扬的路上，人、车的洪流在缓缓向前移动。"魏参谋，前面不通，后面的却不断涌入并加剧了拥堵，派人在那个地方，"田宏喜用手指着远处的交叉口，"就那个地方，派人设卡阻止人员进入，在这里，堵塞道路的主要是驴车，先把所有的驴牵走，把车上的货物卸下来，再把空车推到路边……"

魏参谋眼睛一亮，对着他身边一个人说："许连长，我看田副连长的办法可行，你说呢？"

许连长连连点头，对一个战士说："你们几个去截住后面的部队，没有我的命令不准放行。"

田宏喜迅速解开驴身上的绳子，一手拉着驴，一手用小棍轻轻地敲打着驴屁股，嘴里不停地发出"喔喔喔"的喊声。毛驴顺从地走到路边，战士和船工们一起将物资搬走，并将空车推向路边……

堵塞的道路很快通畅了。

傍晚，涨潮了，海浪一排排地向岸边涌来，像一座座滚动的山峰。海水撞击着海边的礁石，溅起白色的浪花，发出哗哗的声响。一艘帆船停在不远的海面上，它刚刚从大连返回，船上装满物资，卸货之后，即刻载部队返回。

一个全身湿漉漉的中年汉子跑来，他抹着脸上的水着急地说："魏参谋，这条船后面还有好几条船，都是前些天到大连运送部队返回的，现在码头人手不够，如果今夜卸不了货，涨潮后是要出大事的！"

龙口码头，这个中国第一个钢筋混凝土的栈桥码头却只有几个泊位，根本不足以应付不断驶入的满载物资的船。大多数船只能停泊在浅海中卸货。正值深秋,海风习习吹拂着冰凉的海水。一群衣衫破旧不堪的码头工人冲向海里,蹚着齐腰深的海水开始卸货。

田宏喜被码头工人的举动深深震惊了!

"他们也是战士!"魏参谋感慨地说。他对中年汉子说:"我马上再去找一些人手来。"

田宏喜说:"魏参谋,我马上给于连长报告,我们来!"说完转头向驻地跑去。

魏参谋朝着他的背影喊:"田副连长,你们连就要登船了……"

美孚灯亮了,偌大的海滩上,五六个美孚灯形成一个网状的圈,发出熠熠的光。在美孚灯的照射下,沙滩上泛着金光,翻滚的海浪忽明忽暗。田宏喜再次被震惊了,这儿的美孚灯比镇上戏班的灯更大更明亮,仿佛是茫茫的夜色中大海里升起的一轮明月。

田宏喜纵身一跃冲进海里,其他战士紧随其后,除去拉肚子还未痊愈的病号,全连战士都参加了抢运。置身于海浪中,这些来自沂蒙山的后生们第一次感受到大海的力量,此起彼伏的潮水一波一波涌来,行走起来十分费力,当冰凉的海水达到齐腰深时,全身又似乎被一张无形的大网紧紧箍着,连呼吸都十分困难,还不时被灌一口苦涩的海水。

码头工人见战士们帮忙,高兴地向他们打招呼。

战士们将物资搬到一艘小舢板上,小舢板再把物资运往岸边。货船距离岸边约有三百米,战士们干脆不等小舢板返回便扛着货物直接送往岸边。搬运速度明显加快了。

两天后,魏参谋到码头为三连送行,他握着田宏喜的手说:"我永远忘不了那天晚上,谢谢!"

田宏喜一愣怔,没头没脑地冒出一句:"美孚灯,真亮!"

第二十章

第二十一章

一

　　油灯在漆黑的房间里发出微弱的光，人一走过，苗细的灯捻便在微风中跳动起来。通信员说，像鬼火。
　　"通信员，把灯捻挑大一点！"于连长说。
　　通信员望了望站在门口的艾指导员。艾指导员说："连长，你是不当家不知柴米贵，现在只剩半碗油了，今晚够不够都难说，还是省着点儿吧。"
　　于连长说："你这个指导员也太会过日子了，明天再说明天的事嘛！"
　　艾指导员说："有米一锅，有柴一灶，那不行，过日子嘛，要细水长流。"
　　于连长说："节俭过日子，这没错，但不适合三连，至少不适合现在的三连。"
　　"节俭还分时候分对象？"
　　"当然，假如我们明天登船呢？我的同志，总不能把这半碗油带到东北去吧？"于连长眯着眼笑。
　　田宏喜饶有兴趣地看着连里两位主官一来一往地说着。
　　魏参谋一步跨进连部，说："这么黑！你们都在吗？"
　　"在，在。"魏参谋这时候来，肯定有事，黑暗中三人异口同声地说。
　　于连长喊："通信员，把灯捻挑大些！"

魏参谋说:"指挥部安排,你们连明天登船!"

"太好了!"艾指导员握着魏参谋的手说。来到龙口三天了,停留的时间越久,遇到的问题越多,部队越难带。北上的部队潮水般地来到龙口,随即又潮水般地登船离去,有的部队甚至头天来第二天就登船了。

听到登船的消息,田宏喜陷入了沉思。真的要离开山东了,心里真有些五味杂陈说不清楚。他常给爹写信,但从没收到过回信,其实他也不指望能收到爹的回信,当然也不知道爹能不能收到他的信,他好吗?凡慧在哪儿?田宏喜知道,海路三五天就可以到东北,而陆路至少要走近两个月,两个月呵!老师胡秋生在哪儿呢?有胡老师在,他心里就踏实……

听到登船的消息,于连长心里咯噔一下。五年来,他一直期盼着回家,然而就在这一刻意味着回家终成泡影。他看着沉思的田宏喜,不由开始羡慕起这小子来。他不顾一切跑回家见了母亲最后一面,不枉作为儿子,也算尽了一份孝心……

魏参谋突然提高了话音,说:"你们看看,谁来了?"

齐旅长、胡副参谋长一前一后走进来,齐旅长笑容可掬地问候:"你们好!"

所有的人都怔住了。挑大了灯捻,光线还是很暗。

艾指导员举着油灯走到齐旅长跟前,高兴地说:"旅长,真的太好了,见到你真的太好了!"随后他疑惑地问:"旅长,你怎么会到这儿?你不是已到东北了吗?"

齐旅长指着胡副参谋长说:"你问他。"原来自与齐旅长分手后,王政委一直不放心,派人多方打听齐旅长的情况,干脆派胡副参谋长亲自来。临走时,王政委给胡副参谋长下了死命令,全程陪同齐旅长安全抵达东北,不得有误!

于连长举手敬礼:"报告旅长,三连连长于福田。"

齐旅长和他们一一握手,说:"你们干得很好,出色地完成了任务,特别是剿匪和智取国军,干得漂亮,有种!"齐旅长四下张望,说:"小田呢?怎么不见小田啊?"

田宏喜从后面黑影里走过来:"报告旅长,田宏喜向你报到。"

齐旅长用力握着田宏喜的手说:"干得不错,是胡副参谋长的学生,有凡慧的消息吗?"

第二十一章

齐旅长打听凡慧？为什么问我？田宏喜如堕五里雾中，不觉有些慌乱，结结巴巴地说："干部队走陆路，我，我不太清楚……"

胡副参谋长过来说："我问了山东分局的同志，河西县干部队的同志表现很好，也是一路过关斩将，目前他们快进入河北地界了。"

艾指导员说："二位首长，我想问，渡海行动为什么这样急？"

齐旅长说："你这个小艾，总爱打破砂锅问到底，了解一下也好，在这个问题上我没发言权，胡副参谋长了解情况。"

胡副参谋长迟疑了一下，说："我也知之不多，我想，这是毛主席、党中央的重要决策。进入东北有多重要，我说不好，也许它关系到国共之争的胜败和未来，因此，怎么评价其重要性都不为过。事实上，进入东北的重要性早在日本投降之前就已经显现出来了。就目前来说，前不久美国军舰在天津一带登陆，海军陆战队在秦皇岛登陆。在美国的支持下，国民党的军舰正试图在辽宁营口、锦州登陆，随后会有大批的国民党部队从西南乘船和陆路抵达东北，东北的形势已到了万分紧急的时刻。问题是时间和速度，谁先到谁就占尽先机。中央一位领导说，到了东北也面临困难和危险，但劣势总比无势好。这就是我们面临的复杂的形势。"

胡副参谋长看了站在身边的魏参谋一眼："中央密切关注海运的进展，更关注山东部队北上的进展，这是整个东北国共之争的关键。赢得比赛的标准就是看谁的速度更快，国军在美国的帮助下，有飞机、军舰、火车，而我们靠的双脚和帆船。因而国共目前的速度之争是飞机、军舰和双脚、帆船的比赛，有人说还是飞机大炮与小米加步枪的较量。这一点魏参谋可能更有体会。"

魏参谋说："是这样，胶东军区有很深的体会。中央电报是这样说的：渡海与野战并重，而渡海最急，是第一位的工作，其他工作均属次要。中央要求部队即到即登船过海，不得有片刻迟缓！军区压力很大，就连许司令也是日夜连轴转。中央还指示，海岸部队如果暂时运完，胶东军区要立刻补齐，即派出部队登船北上！目前，胶东军区齐装满员的一个团正待命随时登船北运。"

齐旅长感慨地说："胶东军区为北上行动做出了巨大的贡献！"

魏参谋说："不瞒两位首长，北上运输一开始是船的问题，后来是棉衣、粮食供给问题，还有组织协调的问题，总之一开始没经验，忙乱还往往出错，中央也批评了我们，说我们似有小手小足之作风。"说完，他不好意思地笑了笑。

齐旅长说："中央是为了鼓励和鞭策你们，我还是这样说，为了北上，为了革命的胜利，胶东军区做出了巨大贡献，山东人民付出了巨大的牺牲，这些在中国革命史上是应该大书特书一笔的！"齐旅长注视着一跳一跳闪动的小油灯，说："好了，今天就到这吧。你们抓紧时间准备，早点休息，我们明天上船！"

魏参谋急忙说："齐旅长，你还是再考虑一下吧，三连乘的是机帆船，船小，海上风浪大，颠簸太厉害，你身体又不好，许司令专门做出指示，让你随大部队乘汽船走……"魏参谋一边说，一边暗暗地对胡副参谋长摆手，让他也劝劝齐旅长。

胡副参谋长会意地点点头，却没吭声。他知道，齐旅长不会改变他的做法。

齐旅长笑着说："魏参谋，我和我的部队一起走，这事就这样定了，谢谢许司令，魏参谋，一定把我的话带到啊！"

二

天气出奇地好，海湾风平浪静。

各色各样的船停泊在海面上，按顺序依次进入码头。一队队战士走上码头，稍做停留便迅速登船。登上船的战士们站在甲板上向送行的人群招手致意。送行的人有胶东军区领导、干部战士和群众。

龙口码头，这个古老的码头已成为事实上的军港。

全连分别登上三艘船。齐旅长、胡副参谋长、于连长一排及二排的一部分乘坐的是一艘机帆船，搭乘六十多人。艾指导员和三排乘坐的也是机帆船，可搭乘四十多人。田宏喜和二排一部分乘坐的船最小，是一条帆船，搭乘二十多人。原本于连长要乘坐帆船，他说他在海边长大，熟悉水性，但齐旅长、胡副参谋长乘坐机帆船，也只能由他陪同。

魏参谋前来送行，他抱歉地说："田副连长，船小些，可我们尽力了！"

田宏喜说："魏参谋，这怎么能够怪你，这些天你辛苦了！"

魏参谋看着登船的部队，说："有船才能渡海，而现在最缺的就是船，青岛以南的船几乎都被征来了。船是小些，海上气候变化多端，船小会增加危险性，但比起陆路到东北时间更短，风险也还是小些。"

说者无意，听者有心，魏参谋这句话久久在田宏喜的脑海里萦绕。

起锚了，船缓缓离开码头。战士们久久注视着越来越远的海岸和欢送的人群，直到海岸和人群成为高低起伏的一线山峦。

大海，让这些来自沂蒙山的后生们如痴如醉。蔚蓝的海水、银白色的海浪、白帆点点的渔船、漫天飞舞的海鸥、挺拔矗立的礁石……清凉的海风吹过，他们才回到了现实，兴奋地大声叫喊着。田大膀半蹲在船头说："弟兄们，唱个歌啊！"接着他起头："春天来了，万物都发青啊，唱——"

　　春天来了，万物都发青啊，
　　咱们庄户人啊，家家忙春耕啊，
　　有主力，有民兵，保卫大春耕！
　　主力民兵，保卫大春耕啊，
　　连夜往西行啊，攻打蒙阴城啊，
　　机枪扫，大炮轰，我军齐冲锋！
　　……

一支完了再唱一支——

　　十八集团军那可真正好，
　　三大纪律八项注意样样都做到。
　　吃的是煎饼，铺的是干草，
　　穿的衣服更是谈不到冷热这一套，
　　同志们辛苦了！
　　……

多年后，王长锁离休回到四川老家。一次，一家报社记者就有关川军出川的主题采访他。他思索了很久说："我给你们唱支歌！"出川几十年，他四川口音依然如旧，只是吐字不太清："春天来了，万物都发青啊，咱们庄户人啊，家家忙春耕啊……"年轻的记者一头雾水，愕然地问："这是什么歌？"老人饱含热眼泪说："《打蒙城小调》。"

起锚时船与船之间相隔五六十米，出海不久船与船之间便拉开了距离，渐渐地海面上的船变得稀落了。中午时分，茫茫的大海上只剩下二排的一艘船。

海，更宽更阔了。

这是一艘从渔民家征调来的以布帆做动力的渔船，船老大是个四十来岁的胶东汉子，黑红脸膛，络腮胡子，船上还有一个船工，是二十来岁的小伙子。船老大对田宏喜说："老总，看你这岁数没我大，叫我大哥就行了。"

田宏喜说："大哥，八路军不兴叫老总，你叫我小田吧。"

老大说："那怎么行？你管着这么多兵，肯定是老总。"

田宏喜无奈地笑笑说："随你吧，大哥，这一路你多费心啊！"

船老大说："费心谈不上，全靠造化了。"

田宏喜愕然地问："你这意思是——"

船老大说："咱这船没机器，顺风就快，不顺就慢，这也不当紧，还得看看有没有……"船老大呸呸啐了两口，便不再说了。

看着老大讳莫如深的样子，田宏喜也不再说什么了。但不久他就知道船老大所说的造化是什么意思了。他叫来排长赵旺财，说："叫大家别唱了，保持体力。"

赵旺财说："副连长，都说海上大风大浪，晕船，有那么玄乎吗？这不挺好的吗？"

登船前，各部队都进行了乘船教育，并制定了纪律：第一，不准吸烟和打手电，防止被敌人兵舰发现；第二，随时准备战斗，碰上国民党或美国军舰，用手榴弹近战肉搏，拼死不当俘虏；第三，没命令不准出舱，大小便要报告；第四，出事故不要慌，要听从统一指挥；第五，不准说不吉利话，不要干涉船老大的迷信活动；第六，防止晕船，不要乱走动。

田宏喜想了想说："听说就是那么玄乎，宁可信其有，不可信其无吧！旺财，好好安排一下位置，尽量让同志们舒适一些。"

赵旺财说："教育时说的那些话也未必准，别乱走动，你看咱这船，就这么大的地方，哪里还能走动？"

风浪大起来，船一起一伏的。船老大说："老总们都坐好啊，前面要过岛了，风浪大啊！"

海浪拍打着船身，船开始颠簸起来。在船舱一角，副排长王长锁正在用破布掩盖着什么，见田宏喜来说："昨天晚上，连长安排我们偷偷地搬上来的木头，没让船老大看见。"

田宏喜刚坐下，突然传来一阵锣声，紧接着田大膀过来说："副连长，你快去看看，船老大在搞什么名堂？"

船老大在一个铜盆里清水净手，从驾驶舱的柜子里变戏法似的端出一只鸡和两盘菜，恭恭敬敬地放在甲板上，然后再点燃了三炷香。他和船工跪下来，一边磕头一边振振有词地念叨着。随后，船工便起劲地敲起锣来。

"你们这是……"田宏喜问。

船老大一脸严肃，摆摆手，让田宏喜别说话。好大一会儿，船老大神秘地说："老总，龙王爷要亮翅了！"

田宏喜惊讶地说："龙王爷亮翅？"

船老大自顾自说："龙王爷让咱五更走，咱就不能天明启！老总，不能走了，得上岛。"

乘船教育时说，对船老大的迷信活动不要干涉，于是田宏喜小心翼翼地问："老大，什么是龙王爷亮翅？"

船老大指着桅杆上的风向标说："你看，龙王爷一亮翅，风向就变了，再往前走龙王爷就要拿人了！"

田大膀在一边不满地说："船老大，你唬我们吧？哪里有龙王爷，还亮翅？"

船老大瞥了他一眼，一脸不高兴，一声不吭地操着船舵向远处的一座小岛缓缓驶去。说是岛，其实是一块礁石，它像一个巨大的扇面矗立在海面上。船停泊在岛一侧的小海湾里。风在小海湾里形成回旋，船像炒豆子一样被摇来晃去。战士们的脑袋立刻大了一圈，有人开始晕了起来。也就一盏茶的工夫，船老大又把船驶出了小岛海湾，船立刻平稳了。

田宏喜来到船舱，战士们都安然无恙，便返身回到甲板。自从当副连长后，这还是他第一次单独长时间执行任务，心里不免有些忐忑。

傍晚时分，天色暗淡下来，昏暗的天，昏暗的海，海天一色。田宏喜漫无目的地环顾四周，完全没有方向感。远处一条高低曲折的黑线映入他的眼帘，渐渐近了，有人，还有船，是陆地？他不由一惊，问："老大，那是什么地方？"

"龙口码头。"老大一副莫名的神态说,"老总,真的不能往前走了!"

没人知道船老大敬畏什么,他竟自顾自地把船开回了龙口。

三

抗战胜利后县里的工作千头万绪,孟庆立没有一刻的闲暇。他每天早出晚归,像一架上满发条的机器,但一旦静下来,脑海里便开始浮想联翩:他想到齐恩,想到齐恩谈到孩子时那充满惆怅和希冀的目光;他想到凡慧,不知怎么,最多想到的是凡慧小时像小猫一样蜷缩身子的样子。每天回家,他最害怕见到妻子那忧郁的目光,凡慧走了,妻子的心也随她一块走了。东北那么大,齐旅长能见到凡慧吗?他们相见会是一个怎样的场景呢?想到这儿,他的心一阵一阵地紧缩。

走出县委,孟庆立沿街道东行,他要去看看宏喜爹。闲暇时间看望宏喜爹已成了他的习惯,几乎每天都去,哪怕只待几分钟。孟庆立走得很慢,一边走一边考虑着近期几项工作的安排。

一个女人坐在路边,她非常瘦小,长长的头发垂下来,完全遮住了她的视线,她穿得很单薄,身体在瑟瑟的秋风中不住地抖动。

孟庆立走到她身边,下意识地停下脚步,望着这个衣衫褴褛的女人说:"你家在哪里?为什么坐在这儿?"

女人并不抬头,一言不发。

孟庆立关切地问:"你好像是外乡人,若无处可去,我可以带你去妇救会,他们可以安排你先住下。"

女人微微抬了抬头。

孟庆立说:"大姐,别害怕,我不是坏人。"他抬头看了看天,说:"已经晌午了,想必你还没吃饭吧,我这儿有几个烧饼,你先垫一垫。从这儿一直向前走,路口向右一拐就是县妇救会。"烧饼是给宏喜爹带的,他把烧饼放在女人身边,掉身走了。

女人站起身来,掠了掠额前的乱发,抻抻衣襟,深深地鞠了一躬,说:"谢谢大哥!"

孟庆立站住了，转过身来。这口音怎么似曾相识？他仔细端量女人，不，不认识，是一张陌生的脸。他说："大姐，天凉容易受寒，你还是去妇救会吧，对他们说是孟庆立安排的。"

女人一怔，问："孟庆立？你是孟庆立？"

孟庆立有些惊奇，说："我是孟庆立，你认识我？"

女人突然跪下，抽泣着说不出话来。

孟庆立慌忙走上前来，弯腰想扶起女人，又停住了，搓着手不知该如何是好。

"我叫宋元彩，是周启河的妻子！"女人哽咽着说。

孟庆立蒙住了，宋元彩是谁？周启河又是谁？他搜索着脑海中的记忆，又是似曾相识。

"大哥，你是不是收养过一个女孩？"

孟庆立终于在脑海中寻到了记忆。送独立旅出征的那天晚上，在齐旅长的房间，齐旅长说他改过名字，好像姓周，名字记不住了，但他妻子叫宋元彩，他记住了。孟庆立激动地说："你是凡慧的亲生母亲?！"

女人愣愣地看着孟庆立："凡慧？"

孟庆立醒悟过来，大声说："就是阿花呀！"见女人仍然一脸茫然，他说："就是齐……就是周启河的闺女！"

时间仿佛静止了。

突然，女人号啕大哭起来。

四

干部队召开了支部会。会议很简短，十几分钟就结束了。会议做出了三项决定：第一，武承汉担任干部队副队长，到东北后再报告上级；第二，在未来的行军中，干部队不主动出击，但是要不怕牺牲，坚决对敌人进行斗争；第三，干部队的同志都是革命同志，不要说谁谁曾是国军，是俘虏，这要成为干部队的一条纪律。

这是一条沙土路，赶着驴车、推着独轮车或背着包袱的百姓穿梭走过，路上尘土飞扬。队伍默默地走着。一天之间，队员们恍如隔世，似乎更加坚毅、更加成熟。

"二两，你的名字有什么说道吗？"凡慧想缓和一下行军中沉闷的气氛，对闷头走路张二两说。

张二两一愣。

小云抿嘴一笑说："嫂子，这还用问，肯定是喝了二两酒！"

凡慧说："小云，别瞎说，名字和酒八竿子都挨不着。"

张二两咽了一口唾沫，说："凡慧姐，还真是。"

"啥？真是喝酒？"凡慧惊讶地说。

张二两有点儿不好意思，嘿嘿一笑说："俺娘生了俺，爹一高兴就喝了二两。娘躺在炕上说，他爹，别光顾着喝酒，给孩子起个名吧？俺爹在堂屋说，喝得不多，就二两。俺娘一听高兴地说，就叫二两！"

队伍中发出哧哧的笑声。

小云撇撇嘴说："臭名字。"

队伍行进到一个山坡停了下来。凡慧走到李清面前："李老师，走了好几个小时了，休息一会儿吧。"李清前后观察了一番，点了点头。凡慧转过身对队员们摆了摆手，示意原地休息。队员们在路边各自找地方坐了下来。

一个小姑娘站在远处朝这边看。

张二两对凡慧说："凡慧姐，你看见那个小姑娘了吧？她跟了我们好一会儿了。"

凡慧说："我注意到了，她可能是饿了。"凡慧从背包里拿出一块玉米饼子朝小姑娘走过去："小妹妹，给你。"小姑娘怯生生地看了凡慧一眼，伸手接过饼子狼吞虎咽地吃起来。"小妹妹，多大了？""十五。""你家在哪儿？"小姑娘抬起头，用手指了指前方。凡慧叹了一口气，由于缺乏营养，小姑娘看上去也就十一二岁的样子。她从背包里又拿出几块饼子放在小姑娘面前，掉头回到了队伍里。

"凡慧姐，你看！"张二两用手指着山坡上。凡慧顺着二两指的方向看去，小姑娘正快步向山坡上跑着，她双手抱在胸前的，是凡慧刚刚给她的饼子。

阴天，天空灰蒙蒙的。路上的行人明显少了。

"李清哥，你累吗？"小云紧跟在李清后面。

"我还好，你呢？"李清心疼地看着小云，深深地叹了一口气说，"这么小的年纪就受这么大的罪！"

小云不服气地说："听你这话，好像你有多大岁数似的。"她顿了一下又说："我受了这么大罪，你要负责啊！"

李清惊愕地说："我负责？"

"当然你负责，要不是你，我怎么会到干部队？不到干部队，又怎么会受这么大罪？"

小云话中有话，李清当然听得出来，故意问："我怎么负责啊？"

小云脸颊微红，娇嗔道："照顾我啊，照顾我一辈子！"

在集训队，小云仿佛是一只飞来飞去的小燕子，总给队员们带来欢乐。李清不是木头，当然感受到了这个清纯的姑娘火一般的热情，然而正如他对凡慧所说，在这个动乱的年代，就像深邃的天空中有太多太多的未知一样，他不知道将来会发生什么。每想到这些，酸楚和隐痛总伴随着他，他不想给小云造成伤害，也给自己带来尴尬和后悔。

凡慧说李清越来越像哲学家，又越来越像一个饱经沧桑的老人家，还真让凡慧说准了。

小云用火辣辣的目光看着李清。就在此时，张二两跑来："李队长，前面山坡后有人，好像有枪，但一晃就没影了！"

小云心里愤愤地说："这个张二两，早不来晚不来，偏偏这个时候来，小白脸，不安好心眼儿！"

这是一片低缓的山丘，沙土路从山丘的一侧穿过，另一侧是稀疏的槐树林，林子里间或出现孤零零的柿子树，通红的果子挂满树杈。李清随张二两来到山丘，却什么也没发现，只有一棵柿树在秋风中摇曳。张二两用手指着说："那个人就在那棵柿子树边，我看得清清楚楚。"

休息后干部队继续上路。傍晚时分，干部队来到一座小镇。天空淅淅沥沥下起了小雨，秋风裹着秋雨让人顿感寒意。小镇的街道上空空如也。

一进房间，小云哆嗦着说："嫂子，我冷！"

凡慧急忙说："赶紧上床，捂上被子。"

小云看看床，又低头看看自己的衣服，吭哧了好一会儿才说："嫂子，我们从河西出来多长时间了？"

"怎么啦，小云？"

"你说嘛，多长时间了？"

"二十多天了吧。"

"那就是说，我们二十多天没洗澡了。"

凡慧抬起头看着小云："鬼丫头，想什么呢？"

小云故作诡秘地说："嫂子，来的路上我看到了，离我们这儿不远处有一家浴池，真的！"凡慧看着小云，不知该说什么。"嫂子，我身上很痒，都臭了，真的很臭，你闻闻啊！"说着，小云凑过身来让凡慧闻。接着，她又把头伸过来："还有虱子呢！真的，嫂子，你看看呀，浑身痒……"

一股说不出的惆怅和难过涌上了凡慧的心头，洗澡，这是一个花季少女的基本需求啊！她鼻子一酸突然想哭，她努力控制住自己的情绪，下意识地拽着自己的衣领闻了闻，一股浓浓的酸臭扑鼻而来，她不禁咧了咧嘴。连日的战斗和行军，她根本没有注意到自己身上也是这般的酸臭。她一把拉过小云，眼睛潮湿地看着她说："好妹子，好妹子，你臭我也臭，咱谁也不嫌弃谁！"

凡慧立刻找到李清，话犹如连珠炮般地发出来："洗澡，小云要洗澡，我也要洗澡，所有的队员都要洗澡……"

李清愣了好一会儿才醒过神来，说："好！"

多年后，凡慧曾对人说："在鲁西北那个小镇，我才知道当你需要的时候，洗个澡都可以成为人生中最大的幸福！"

五

小雨淅淅沥沥挥洒了一夜。清晨，雨终于停了。天气似乎一夜进入了寒冬，阴冷阴冷的。

"妮儿，今天天冷，别去了。"破败不堪的房子里，一个老人说。

"奶奶，今天是集呢。"一个小姑娘倔强地说，"不好卖我就回来。"

奶奶说："还有你拿回来的饼子，吃一点再走。"

"不了，我带着到那儿再吃吧。"小姑娘说着，从房子的角落里抱出一摞蒲团。蒲团是当地的特产，是用湖边的蒲草编织的，当地人叫它圆蒲墩，

第二十一章　307

家里人用它当坐垫，修行人用它跪拜。小姑娘用草绳把蒲团打了一个十字结，用力地背在她瘦削的肩上走出家门。

奶奶追出来，给小姑娘口袋里塞了一个饼子。

今天逢五，小镇赶大集。尽管天气很冷，但四邻八乡的人们早早就来到这里售卖他们的产品。小姑娘背着圆蒲墩来到集市东头，在一所房子前停了下来。见小姑娘来，一个卖杂物的妇女向一边挪了挪，腾出一个地方来。小姑娘给妇女甜甜的一笑，然后把蒲团放在地上，仔细地码齐，蹲了下来静静地等候。集上售卖的人们并没有固定的位置，谁来得早谁就占据自以为好的位置。小姑娘对今天的位置很满意。

在小姑娘摊子对面的一所房子里，一个人透过窄小的窗户正密切注视着这里的一举一动。他姓宋，四十岁上下，土生土长的本镇人，五年前因杀了本镇的财主上山拉了杆子，江湖人称宋大。他说："刘先生，又来了一个小姑娘，卖圆蒲墩。"

那个被称为刘先生的人有些急躁，说："真见鬼，有多少人了？"

宋大说："卖草绳的四个，卖笼屉的一个，卖扫帚的两个，卖圆蒲墩的两个……还有一个卖烧饼的，共有十几个人了。"

刘先生说："卖烧饼的怎么也到这儿来了？"

宋大说："要说卖东西，这地方倒是个不错的位置。"

刘先生说："我怎么觉得有点儿不对劲，这地方的人怎么比平日里多了？"

刘先生是国民政府派出的官员。一个多月前，国民政府派员从日本人手里接收了这个镇子，然而人力物力之少根本不足以对镇子实施有效的管理。前不久，一个派驻人员莫名其妙地被暗杀了，之后接收人员大多撤走，国民政府的接收机构已名存实亡了。

房间里还有一个年轻人，他不停地看门口，见门口始终没有动静，似乎有些失望。他姓石，原是八路军滨海军区的一个连长，抗战后期，他受命来到这里组建抗日游击队，他任队长。

宋大问："石队长，你们的人怎么还不来？"

石队长不满地看了他一眼，什么叫我们的人？响马就是响马，一身匪气，什么也不懂。但他却没吭气。他是派队部的小王去联络干部队的，走时他反复给小王交代，小王会不会说不清楚？原本他想自己亲自去，无奈这里又走不开，此时他有些后悔。

宋大说："他们怕是不听你的吧？"

"他们当然不会听我的，我不是他们的上级，怎么会听我的？"石队长不耐烦地说。

宋大颇不以为然："你们不都是共产党吗？"

石队长带有讥讽的意味反驳道："宋大，你是大柳树山的老大，你该不会以为天下的老大都要听你的吧？"

宋大却不在意石队长的讥讽，说："那倒是，可是机不可失，万一……"

宋大话音未落，门被推开了，李清走了进来，凡慧、武承汉和二两紧跟其后。

李清认为，对方意图不十分明朗，且干部队急于北上，不去为妥。凡慧却认为，对方是游击队，是党的武装，有困难请求我们协助，这就够了，还用其他更多的理由吗？至于来者，是个送信的年轻人，并不十分了解情况，可是去了不就清楚了吗？

双方落座，一一进行了自我介绍。

听完介绍，李清不禁暗暗叫苦。宋大，不就是响马吗？说好听的是杀富济贫，说白了就是祸国殃民。刘先生，国民政府官员，国共合作是不错，可是在国民政府眼中，共产党人算什么呢？说是接收，实则是争地盘，不是吗？石队长，这个年轻的游击队长，李清十分困惑，他搞不清他为什么和这些人搅在一起，而且以共产党游击队的名义让干部队来到这里。

凡慧感到了李清情绪的变化，她为自己的坚持感到后悔，然而她很快就释然了，来都来了，她倒想看看，国民政府官员、响马老大和游击队长在一起究竟想干什么！

宋大指着窗外说："请诸位过来看一下。"

李清等人向外看去。

天放晴了，阳光穿过云层照耀着小镇。天气开始回暖了，集市上的人多了起来。抗战胜利了，这个偏僻的小镇又重新迎来了祥和的日子。

"看见那个小姑娘了吗？就是那个卖圆墩子的小姑娘？"宋大用手指着说。

"是她！"张二两失声喊。

宋大回头看着张二两，不解地问："你认识她？"

张二两连忙说："不，不认识！"

第二十一章

凡慧赶紧打圆场："我们昨天到的，今天要走，他怎么可能认识她。"其实，凡慧一眼就认出了那个小姑娘，瘦削的身体套着一件肥大的上衣，正是昨天路上遇到的小姑娘。

宋大看一眼张二两，转过头说："看见小姑娘身后那所房子了吗？"他沉吟道："蔡贵生那个混蛋就在那里，其他让石队长说吧。"

看到干部队的到来，石队长从心里感到高兴，他简短地介绍了事情的来龙去脉："蔡贵生昨天下午进入那所房子，从目前我们掌握的情况看，只有他一个人。这一点我们也感到奇怪，这不符合他的一贯做法，却给我们提供了一个绝好的机会。"

武承汉忍不住插话："石队长，蔡贵生是什么人？"

石队长怔了一下，连忙说："真抱歉，我以为小王给你们介绍过了。蔡贵生原是大柳树山的二当家，就是宋大的二当家的。"他瞥了宋大一眼。

宋大有些难堪地说："是，不过那是过去，是我看走了眼，相信了这个王八蛋！那年，他祸害了一个良家妇女引起众怒，我把他赶下了山，谁知这个王八蛋不思悔改，在一天夜里一把火烧了我的山寨，还烧死了好几个兄弟，妈的！"宋大狠狠地骂。

石队长接着说："这一带老百姓都叫他蔡鬼生，鬼子来时，他勾结汉奸烧杀抢劫，无恶不作，鬼子投降后，他继续在这一带为非作歹。他还竖起了一面大旗，匪中歌谣说：'跟着鬼生吃白饭，县长老爷算个蛋；跟着鬼生喝好酒，天王老子算个球。'"

凡慧愤然地说："政府怎么不采取措施呢？"

宋大和石队长把目光转向了国民政府官员刘先生。刘先生苦笑着说："日本人在时，蔡匪就向各村派粮派款，日本人投降后他继续派，如有抗拒或交不足数，即攻村破寨，烧杀抢劫。国民政府与驻守国军协商拟派队伍来剿匪，谁知队伍还没到，蔡匪就开了杀戒，杀了国民政府派驻人员，把头挂在树上以示警告，手段十分残忍。"

共同的目标，把国民政府、共产党游击队和响马绑在了一起。

李清问："从昨天到现在，十几个小时过去了，蔡匪一直在里面吗？"

宋大说："是，他的相好住在这儿，蔡贵生很机警，轻易不来，通常他会让人把他的相好悄悄地接走。我和刘先生、石队长一直在这里蹲守，确信蔡贵生一直在里面。"

房间里静了下来。外面传来小姑娘的叫卖声："蒲墩，圆蒲墩，来看一看呀。"

"卖，还是换？"一个人问。

"婶子，随你。"

"用什么换呢？"

"用粮食。"

"怎么换？"

"婶子，你看着给吧！"

六

"我们能做什么？"凡慧单刀直入。

宋大、刘先生不约而同看向石队长。石队长不假思索地说："想请你们和我们一起除掉这个土匪！孟队长，我实话实说，目前我们全部的人枪都在这里，要除掉土匪力量不足，而蔡匪随时都有可能离开。"石队长看着凡慧露出疑惑的目光，说："事发突然，游击队和宋大的人都正在向这里赶，就怕远水解不了近渴。"

"国民政府呢？"凡慧问。

"国民政府的人已经撤了。"石队长的话语里充满不屑。

刘先生尴尬地笑笑。

石队长向刘先生示意："当然，刘先生没走，我表示敬意！"

宋大语气加重地说："诸位，我们没有太多的时间了，蔡贵生这狗，狗……"他本来想说蔡贵生这个狗娘养的，可一想起来边上还有位漂亮的女共产党，舌头打了一个卷话又拐了回去："既然来了我们就一块干，如果不方便就借给我们几条枪，我们自己干！"

武承汉一听就不高兴了，说："我们说不方便了吗？"他对着李清说："队长，你说过吗？"又对着张二两说："二两，你说过吗？"

张二两认出来了，昨天在山坡上看到的那个人就是宋大："宋大，你在跟踪我们？"

宋大讪讪一笑说:"不是跟踪,按你们军队的话说,是侦察,是我把你们的消息告诉石队长和刘先生的。"

张二两无话可说,也不想与一个响马计较,他一本正经地说:"我们第二次见面,就算是老朋友了,我直言不讳,我们有两样东西从不能借人,一是媳妇,二是枪。"从战俘营走时,国军连长送给每个队员一支枪。

李清说:"好了,好了,谈正题,说说你们的方案。"

李清的话表明,干部队已同意加入联合行动,为此,宋大、刘先生露出欣慰的笑容。干部队参与行动在石队长的意料之中,故李清表态他并不感到意外。

石队长指向窗外说:"卖圆蒲墩的小姑娘身后是个十几米长的胡同,是个死胡同,也就是说,蔡匪只能从小姑娘这边出来。在正常情况下,这是他唯一的出口。有两个方案:一是蔡匪一出来直接将其击毙,但要一枪毙命,集市上的人很多,如果没击中或击伤,接下来会怎样发展难以预料;二是在集市两边无人或人少区域设伏将其击毙。该办法可以避免误伤群众,但有两个难以估测:一是如宋大所说,蔡匪很机警,他会不会轻易让自己暴露在完全没有遮挡的地方,也就是说我们有没有这个射击的机会难以估测;二是蔡匪有没有其他土匪接应难以估测。蔡匪是一伙极其残忍的家伙,他们绝不会束手就擒,一旦发现有危险一定会拼死抵抗,这会给我们带来更大的麻烦。"

宋大说:"根据我对蔡贵生的了解,他一定会让人来接应,或许接应的人已经到了。"

刘先生说:"今天集上的人比平日里多,蔡匪一旦混入人群,我们人枪再多也无计可施,我认为应该采取第一种办法。"

"不行!"凡慧提高嗓音说,"第一种办法不行。请问,谁有把握将土匪一枪毙命?我猜想,你们让我们参与行动,还不仅仅是人手少,还缺一个狙击高手,但遗憾的是我们也没有。"她指着张二两说:"他是我们射击水平最高的,二两,你说你行吗?"

张二两看了看窗外,说:"不行,人太多太密,又都在不停地走动中。蔡匪一旦混入人群,我完全没有把握在不伤及群众的前提下将其一击毙命。"

刘先生说:"有一个前提请各位注意,今天我们必须把这个十恶不赦的家伙干掉，第一种办法可以确保达到这个目的。"

凡慧斩钉截铁地说："要达到目的不能不择手段，也不能以伤害老百姓为前提。如果有伤害，那个小姑娘会首当其冲。抗战胜利了，好日子刚刚开始，我们没有理由也不能把小姑娘推到危险之中！"

刘先生皱着眉头说："孟副队长，你说得没错，但你知道如果蔡匪再次逃脱，他会给这些刚刚过上好日子的人们带来多少麻烦吗？你知道还可能会有多少人死在这个混蛋手上吗？"

凡慧说："刘先生，你说得也没错，但这不是明知道会造成伤害却还要这样做的理由，不是吗？"

宋大狠狠地说："我跟踪他好几个月了，今天必须宰了他，为我的兄弟报仇！"

李清说："派人劝说让胡同附近的人离开如何？"

"不行！"宋大坚决地说，"我刚才说了，蔡贵生很狡猾，这样做无疑等于在提醒他。假如发现有危险，他有很多办法安全离开，甚至神不知鬼不觉地从胡同北面翻墙出去，我们就前功尽弃了。"

李清思索片刻说："石队长，在集市两边人少的区域设伏，也就是你说的第二种办法，是可以两相兼顾的办法。"

石队长说："第二种办法是临时动议，原因是今天集上的人出乎意料地多。第二种办法虽然可以两相兼顾，但不可预料的因素太多，除了我刚才说的两个难以估测外，还有，集市两边的道路很窄，没有很好的狙击点，极易暴露，再是道路两边都有岔道，走岔道迅速撤离也是土匪最好的选择。这样一来，第二种办法的成功率就极低了。"

方案一个一个提出来，又一个一个地被否定。讨论陷入了僵局。

宋大按捺不住了，站起来大声说："你们不方便就不勉强了，那就我来干！"

武承汉呼地也站起来："谁说不方便了？你来干，那我们来干什么？"

房间里立时充满了火药味。

"承汉，你坐下！"凡慧对武承汉厉声说。然后她转过身来说："谁能告诉我，为什么要让土匪死？不是为了老百姓更好地活吗？因此，不管是谁都没有权力不顾老百姓的死活，把他们推向死亡的边缘。"凡慧看了一眼窗外："那个卖圆蒲墩的小姑娘才十五岁，家里穷，没饭吃，可她在努力，她的人

第二十一章

生刚刚开始,她的好日子也刚刚开始,谁要不顾这个小姑娘的死活,我决不答应!"

听完凡慧一席话,在场所有的人都被震慑了。

房间里陷入沉默。

凡慧示意,李清随她来到门外。凡慧犹豫片刻,向李清说出了她的设想。

李清脸色顿时涨得通红:"你这是胡闹,不行,我坚决不同意!"

凡慧淡然一笑说:"李老师,你不是老说我主意大,什么都是我说了算吗?好了,只此一次,以后都是你说了算!"

当凡慧说出她的设想时,在场的人再次被震慑了。

七

距小镇二十多里地有一个湖,名饮马湖,传说唐王李世民的大军曾在这里饮马,故名饮马湖。湖边盛产蒲草,当地妇女用蒲草编织成各种器物,蒲草筐、蒲草篮、蒲草鞋、蒲草席和蒲草坐垫都是当地民间常见的特色产品。

蒲草多,蒲草制品就多,集上售卖的也多。集市上出售蒲草制品的占据了一面街,售卖的大多是妇女和小姑娘,有客人来她们就大声吆喝,没客人时就叽叽喳喳聊天。

凡慧来到小姑娘身边蹲了下来。小姑娘说:"婶子,你要蒲墩子吗?"她突然睁大眼睛惊奇地说:"咦,你!"

凡慧搂住她的肩膀,趴在她耳边说:"妮儿,别声张,叫我姐。"

小姑娘非常乖巧,她温柔地一笑:"姐,吃了吗?"说着,她从口袋里拿出昨天凡慧给她的饼子。

看到饼子,凡慧心里一阵难过,脸上仍然带着笑容:"姐吃了,你自己吃吧,就剩这两个蒲墩了吗?"

"是,今天卖得挺快!"小姑娘高兴地说。

凡慧佯装看蒲墩,眼睛的余光向小姑娘身后看去。窄窄的胡同长十一二米,共两户人家,在五六米处有一户人家,胡同尽头还有一户人家。宋大指认,胡同尽头的那家即蔡匪的藏身之处。

小姑娘问:"姐,你怎么知道我叫妮儿?"

凡慧反问:"你真的叫妮儿?"

小姑娘说:"是啊,我姓蓝,叫蓝妮儿,别人都叫我妮儿。"

凡慧搂着小姑娘说:"名字真好听!"

不远处,一个卖蒲席的小姑娘羡慕地说:"妮儿,你还有这么漂亮的姐啊!"

小姑娘自豪地说:"那当然了!"

宋大被凡慧的举动震惊了,他不知道这个漂亮女共党的胆子究竟是用什么做的,竟敢以身犯险去刺杀蔡贵生,男人都自愧不如。蔡贵生有多凶残他是知道的,他也知道自己的分量,只有自己认识蔡贵生,其他人即便从蔡贵生身边走过也不认识。

凡事都有例外。宋大对李清说:"蔡贵生身边几个人我都认识,可是一年多了,会不会再有新人呢?"

李清说:"你只管找认识的,其他的由我来找!"随后他问:"根据你的经验,会有几个人来接应呢?"

宋大想想说:"这种事不是越多越好,按土匪的一贯做法,不会超过三个人。"

张二两俯卧在窗口,枪口直指胡同。为了营造更舒适的射击环境,他搬来桌子,在桌子上放一捆草做枪架,给自己和枪设置了一个理想的狙击环境。按李清的安排,凡慧不开枪,谁都不能先开枪,一旦发现异动,他将马上开枪以保证凡慧的安全。

李清不一会儿又匆匆返回来。他阴着脸,死死盯着张二两,许久才说:"我更正一下我刚才的话,你可以率先开枪,但务必把握好时机,决不能让凡慧处在危险中!"

刘先生是个文人,手不能提肩不能扛,只能在房间里坐等。他不停地称赞凡慧,说她是穆桂英、花木兰、梁红玉、樊梨花,说他错怪她了,他要向她道歉……

"姐,你有事?"蓝妮儿问。

蓝妮儿很聪明,很快就发现了凡慧惴惴不安的神态。蓝妮儿的话却惊醒了凡慧,蓝妮都能感觉到,那土匪呢?凡慧告诫自己,努力让自己镇静下来。

"妮儿,姐没事。"凡慧怡然一笑。

"姐,"蓝妮儿腼腆地说,"谢谢姐昨天的饼子!"

凡慧一把搂过蓝妮儿,动情地说:"傻妹子,都叫姐了还谢!"

所谓小镇,其实就是一个大村子,只有几十户人家,东家西家,大家都熟头熟脸的。凡慧问:"妮儿,这里有没有你从来没见过的生面孔啊?"

蓝妮儿左右看了看,趴到凡慧耳边悄声说:"姐,就那边靠着墙根那个人,来了好一会儿了,他不卖也不买,挺奇怪的。"

那是一个三十岁上下的精壮汉子,穿一身鲁西北常见的黑色粗布衣服,双手插到上衣口袋里,倚着墙百无聊赖地摇晃着。八九不离十!凡慧想。她抬起头看一眼对面的窗户,二两就在那儿,可却无法通知他。她对蓝妮儿说:"妮儿,好好听姐说,一会儿如果乱起来,你什么也不要管,只要向后一步趴在墙根别动,好吗?"

蓝妮儿想问,凡慧摆摆手:"好妹妹,听姐的!"

蓝妮儿懂事地说:"好,我听姐的。"

"看那边,那个卖簸箕的女人右边,"宋大对武承汉、石队长说,"穿着蓝上衣黑裤子,戴着灰色毡帽……"

石队长挑起一担柴,武承汉扛着一架磨刀的担子,一左一右向对面走去。石队长搭讪:"要柴火吗?"

戴毡帽的家伙脸一扭不耐烦地说:"一边去!"

石队笑脸相迎,说:"要点吧,上好的柴火。"说着,他弯腰抽出一根柴火递到那人面前:"你看你看,多好的柴火!"

那家伙刚想发火,石队长突然用手枪顶住他的头,武承汉一个箭步从背后冲上去,用毛巾捂住了他的嘴。二人连拉带拽把他拖进胡同。

宋大一步跨进胡同,那家伙惊恐地睁大眼睛,捣蒜般地磕着头:"老大,饶命!"

宋大呵斥道:"他奶奶的,还知道我是老大,说,你们来了几个人?"

那人瞅瞅两边,说:"两个。"

"两个?你他妈的敢说假话,老子骗了你!"

"老大,真的两个,我不骗你。"

按那家伙的指引,三人顺利把第二个拿下了。

就在此时,胡同尽头的门开了,一个人走出来。

凡慧用余光看去,此人四十多岁,寸头,约一米七的个子。与宋大描述的分毫不差！他刚走出门，不知为什么停了一下又折身返了回去。约六分钟，他再度走出来。

胡同里空无一人，是开枪的最佳时机。凡慧却丝毫不敢动，她稍有动作就会引起蔡匪的注意，只能等，等他走出胡同再伺机开枪。凡慧蹲在地上，背朝胡同，时间一秒一秒过去，她如坐针毡。

蔡匪为什么又折身返回，谁也不知道。命该如此。就在蔡匪刚刚跨出房门，张二两的枪响了，蔡匪一个跟头栽到了地上。

凡慧猛地转过身来，只见蔡匪趴在地上，鲜血瞬间流了出来。凡慧突然发现，蔡匪在动，他的手慢慢地伸向腰间，他在掏枪！凡慧一个箭步冲上去，拔出手枪连开三枪！

枪声让武承汉一愣，他拔腿向胡同口狂奔，石队长紧跟在后面。

宋大把刚刚擒住的土匪交给一个干部队队员，也朝胡同口跑去。就在快到胡同口时，叭的一声枪响，一颗子弹击中了他，就在倒下的同时，他开枪也击中了那个土匪，土匪当场毙命。

"宋大，宋大！"武承汉扶着宋大喊。

宋大缓缓地睁开眼。

凡慧说："宋大，蔡贵生被打死了！"

一股鲜血从宋大嘴角流了出来，他脸部抽动了一下，低声说："他们来了三个，不是两个！"

宋大走了，他带着微笑满意地走了。

凡慧返身跑回胡同口，集上的人早已不见踪影，凡慧茫然地大喊："妮儿，妮儿！你在哪儿？"

蓝妮儿死死地趴在拐角处墙根，怀里抱着没卖出去的两个圆蒲墩。听到凡慧的喊声，她抬起头，怯生生地说："姐，我在这儿呢！"

凡慧一把抱起妮儿，嘴里却不住地埋怨："傻妹子，你怎么不跑啊？"

妮儿眼神里仍然充满着恐惧，嘴角却带了一丝笑容，说："姐，我在等你！"

多年后，张胜利到田宏喜、孟凡慧家做客。一个漂亮的姑娘端着一盘水果走来，说："二两哥，吃水果。"张胜利惊讶地看着她，她怎么会知道自己曾经叫二两？凡慧笑着说："胜利，她是蓝妮儿啊！"

第二十二章

一

山东八路军大规模在海湾集结的时候，中国南北同时在厉兵秣马。

是月，国共重庆谈判时而进入高峰，时而又落入低潮。与此同时，美海军第七舰队继续停留渤海湾，企图登陆烟台、威海。八路军再致函美军，烟威日伪军已被八路军解除武装，市区秩序安定，美军在此登陆毫无必要。同时，八路军海防部队正严阵以待。登陆未果，美军配合国军进驻北平、天津、北戴河、秦皇岛、唐山等地。环渤海湾沿岸正在成为全国和世界瞩目的焦点。

是日，二排再度登船启航。

上船不久，田宏喜对排长赵旺财说："再仔细检查一下装备及干粮，务必不能出错。"出发时，每个战士配发了六张大饼、两个酱萝卜咸菜和六个莱阳梨。

赵旺财说："刚检查过，第一次出海时消耗了一些，又重新进行了补充。"他看了看不远处的田大膀说："一班班长说穷家富路，硬是又多搞了些大饼。"

田宏喜问："没违反群众纪律吧？"

赵旺财说："那倒没有，是用钱买的。就是昨天船老大看见了船上的木头，很不满意，说增加了船的重量，要我们卸了。"

"卸了吗？"

"没，我说这是你在东北的亲戚要的，长官的吩咐，一定要带上，不能卸，他也没再坚持。"赵排长嘿嘿一笑，"就是让你背了个黑锅。"

"好，好。"田宏喜思索良久说，"旺财，咱是山里人，不了解海，可我琢磨这一眼看不到边的大海，说什么时候到就能什么时候到？就不兴有个意外？前天我们又回到龙口，不就是个意外吗？"

赵旺财说："我觉得是那个船老大在搞鬼！"

田宏喜说："就算是船老大搞鬼，也还是个意外。"

赵旺财注视着田宏喜问："你的意思是？"

田宏喜盯着站在船尾的船老大说："船老大太重要了，船一到海上他就是爷，他说往东我们就不能往西，我们必须做好他的工作，否则太被动了！"

赵旺财说："魏参谋说，他是个老船工，长年在渤海湾上贩运货物。"

秋风中，海水哗哗作响，掀起一朵朵白色的浪花。田宏喜极目远眺，大海蓝天连成一线。东北在哪儿？也许就在大海蓝天的尽头。

田宏喜说："旺财，你马上宣布一条纪律，大饼和梨虽然各自携带，但吃饭的时间和数量由排里决定。一班班长搞来的大饼由排里安排，没有命令不得随便吃。另外，淡水也要排里统一安排，除饮水外，其他用水都要严格控制。"

"是，副连长！"赵排长有些迷惑不解。

田宏喜来到船尾，对正在操舵的船老大说："老大，我们此次出海造化如何？"

船老大说："风向对路，其他不好说。"

田宏喜问："我问你个问题，帆船出海是涨潮好呢，还是退潮好？"

船老大白了田宏喜一眼，操着船舵注视着前方，好一阵子，说："老总，我这是篷船，也叫风船，哪里有你说的……船？"

田宏喜猛然想起来，魏参谋曾告诉他当地渔民的一些禁忌，在海上切忌说"翻"，帆和翻同音，也不能说。田宏喜马上改口："篷船出海是涨潮好呢，还是退潮好？"

船老大说："没有好坏，篷船下河靠的是风。"

"下河？船老大说下河？"田宏喜心想，这大概也是渔民的忌讳，"哦，我常听人们说，顺风好行船，逆风就不能行船了吗？"

第二十二章

船老大说:"当然不是,逆风也可以行船。"他指着船头的帆:"如果风从这边来,让帆这样,船就可以逆风行走了,但是船走的不是直线。"

田宏喜突然问:"那么说,回龙口不是因为风向的原因?"

船老大语塞了。田宏喜只想让船老大知道,你做的事我们不是不知道,只是不说而已,但他并不想让船老大太尴尬,赶紧打圆场说:"老大,你行船多少年了?"

船老大说:"我十几岁下海,有二十多年了。"他话语里充满着自豪,神态也自如起来。

田宏喜钦佩地说:"老大厉害,你是老资格了,有你在,我们就是闭上眼睛也可以顺利到,老大,你说是吧?"

船老大眯缝着眼,一副很受用的样子。

田宏喜又问:"我们这船几天可以到?"

老大想了想说:"顺利的话,三四天吧,要是不顺利,那就不好说了。"

田宏喜说:"老大,你了解八路军吗?"

田宏喜的话打开了船老大的话匣子,他喋喋不休地说:"当然知道。"他竖起大拇指:"许世友许司令,你知道吗?"

田宏喜点点头。

"许司令自小在少林寺当和尚,功夫了得,会使刀,飞刀,唰,那刀就飞出去了。"船老大眉飞色舞地比画着,"许司令最会使棍,长棍、短棍、三节棍,样样都行,打仗时警卫员给他背着。许司令最好的是枪法,说打左眼就打不着右眼,说打鼻子就打不着嘴!"

田宏喜赞赏地说:"老大,你真了不起,连许司令都见过!"

船老大遗憾地说:"我没见过,可是以后我一定能见到。"

田宏喜点点头表示同意,说:"八路军都功夫了得,老大,你要不要看看我的功夫?"

海上风平浪静,一只海鸟飞过船尾。田宏喜手起枪响,海鸟应声栽到了海里。

船老大呆呆地看着海面,嘴巴张着,半天却没说出话来。"山"里人和"海"里人的差异依然存在,然而气氛却缓和多了。

田大膀端来一碗汤递给田宏喜,转头问船老大:"老大,我给你盛一碗?"

船老大看看田宏喜和田大膀说:"两位长官。"不知何时,船老大改称老总为长官了,他故作大惊小怪地说:"这位长官不会想让船沉了吧?"

田大膀说:"老大,你这是什么意思?"

船老大直眉瞪眼地说:"盛,不就是沉吗?"在船老大那浓浓的胶东口音里,盛和沉是一个发音。

田大膀哈哈大笑,说:"我该怎么说?"

"装,装一碗!"船老大认真地说。接着,船老大一本正经地说:"在船上,不能说翻,帆也不能说,不吉利。船上的家把什不能扣着放,扣不就是翻吗?当然也不能倒着放。"见田大膀坐在甲板上吃饭,他走过去把他拉起来,大呼小叫地说:"长官,蹲下,不能坐下,坐下就是沉下的意思,不祥啊!"

田大膀调侃说:"老大,你这一顿说,翻、扣、沉不都说了吗?按着你的说法,你该不会是想让船沉吧?"

船老大一下子被噎住了,半晌才说:"我那是给你说,不是我说,让你不要说……"

周围的人都笑起来了,连小船工也跟着一起笑起来。

二

出海后的第一次遇险不期而至。

海上的天气和小孩的脸一样,说变就变。刚才还晴空万里,一会儿浓雾便袭了上来。海上能见度极差,船仿佛在云雾中穿行。在船舱里闷了半天的战士纷纷来到甲板上,伸伸懒腰,喘口新鲜空气。

副排长王长锁拿出烟袋锅放在嘴里,却不点火,只是叭叭地使劲嘬。他坐在船帮上,眯着眼向远处望着。突然,他低声喊:"那是什么?"

半空中显现出一根长长的杆子,笔直,黑色,上端和下端都淹没在忽隐忽现的云雾中。它在动,缓缓地动……

"莫非真的有海怪!"田大膀疑惑地说。

"莫瞎说,郎个有海怪哟。"王长锁操着四川口音说。

田大膀学着王长锁的话:"那东西上不接天下不接地的,不是海怪是啥子!"

战士们议论纷纷。船老大喊:"铁船,是铁船!"铁船?是军舰?

田宏喜心里怦然一紧,大声说:"所有的人立刻进舱隐蔽,做好战斗准备!"

赵旺财命令:"一班班长,拿枪!"田大膀带人连滚带爬冲向船尾。全排只有几把短枪随身带着,藏在怀里或别在腰带上,所有长枪都用油布包好,用绳子捆起来吊在船尾水下。船老大目瞪口呆地看着战士们把枪从水中拉出来,把油布一层一层地打开,然后分发给大家。

按既定方案,只有田宏喜和王长锁留在甲板上。田宏喜一边观察,一边问船老大:"以你的经验,这是什么船?"

船老大浑身紧绷着,甚至连田宏喜的问话都没听见。他紧握着舵柄,眼睛死死地盯着铁船的方向。田宏喜再问,他如梦初醒,说:"不,不知道!"

船老大这么紧张是要出事的!田宏喜拍了拍他的肩膀,略带有调侃的口吻说:"老大,你害怕了吗?咱老爷们,这算什么?刚才你看到我的功夫了,别怕,有我呢!"其实,田宏喜心里也慌慌的,他给船老大壮胆,也给自己壮胆。

这是一艘国民党的军舰,越来越近,大雾中隐隐约约传来马达的轰鸣声,悬在半空中的杆子也越来越清晰,那是军舰的天线。

船老大哆嗦着说:"老总,要把帆降下来吗?"

"为什么?"田宏喜注视着军舰。

"是这,船帆太扎眼……"

田宏喜猛地反应过来,说:"好,快把帆降下来!"

结果弄巧成拙。军舰大,帆船小,军舰在大雾中原本很难发现帆船,然而降帆的变化却引起了军舰的注意。军舰减缓了速度慢慢靠近帆船,马达的轰鸣声越来越响,巨大的舰身掀起滚滚海浪,船顿时颠簸起来。

"你们是干什么的?"军舰上一个军官喊。

船老大操着浓重的胶东口音说:"老总,我们是蓬莱的渔民,给东家到大连贩梨。"

"是莱阳梨吗?"军官说。

"是啊,是啊,莱阳梨今年是大年,稀甜啊!"

军官指着田宏喜和王长锁说:"他们两个是干什么的?"

船老大连忙说:"是东家雇的伙计。"他故作生气抱怨:"年轻人只知道吃饭,不知道干活,什么活都要我做。"说着,他对着田宏喜嚷:"你们两个,有什么好看的,还不赶紧干活去!"

"你为什么要降帆?"军官突然问,口气里充满怀疑。

老大不知该说什么,一时愣住了。船舱内,战士们立刻紧张起来,一个战士悄悄地把子弹推上膛,发出了轻微的枪栓撞击声。赵旺财猛地回过头,板着脸示意,不要出声。

田宏喜不知道该说什么,也不能说话,一张嘴浓重的沂蒙口音马上就会露馅,但僵下去肯定出事。他佯装拿起甲板上的一根绳索,转过身背对着军舰悄声对船老大说:"说啊!说点什么,风啊雨啊浪啊,都行!"

船老大突然变得机智起来:"前面有风口,老总的大铁船没事,我们这小船可受不了,不降帆不行啊!"他讨好般地笑着,随手拿出几个事先准备好的莱阳梨,双手捧着说:"老总,吃个梨吧,很水,稀甜。"

军官耸了耸肩,开玩笑地说:"好你个老大,故意馋我是吧?"说完转身离开了。

船老大一屁股坐在甲板上,揩了揩脑门上的冷汗。

田宏喜说:"老大,上岸后我一定请你喝酒!"

船老大颇为幽默地说:"那我得活着,有命才可以喝酒。"

田宏喜哈哈笑起来:"你命大福大造化大,肯定活着,一定会活得好好的!"

船老大露出一丝难得的笑容。

田宏喜问:"老大,你常跑船,每次都这样紧张吗?"

船老大没好气地说:"要不是你们在船上,我才不紧张呢!"接着他狡黠地眨眨眼说:"铁船的长官做梦也想不到,咱这船上都是八路啊!"

三

军舰轰隆隆地开走了。

老天爷开眼,天放晴了,蓝蓝的天上几丝白云在不急不慢地游动。蔚蓝的大海泛着浪花，几只海鸥在飞翔，不时发出啾啾的叫声。

战士们来到甲板上。

"龟儿子，那么大的船！"王长锁嘬着烟锅说。田大膀从船舱里爬出来，问："老班长，那船有多大？""你是没看见，跟小山一样。"一个战士问："比连长坐的船还大？""大，大多喽！有于连长坐的船好几个大！"战士啧啧地说："真可惜，没看见，老班长，那么大的船你都见过了，没白坐船过一次海。"

战士们羡慕地看着王长锁。不知谁喊了一声："看，真好看啊！"

烟波浩渺的大海，风平浪静，波光粼粼，偶有微风掠过，激起一片片浪花。战士们一窝蜂地涌向船边，趴在船帮上眺望美不胜收的大海。船小，战士叠罗汉一般挤在一起，却丝毫不影响他们观海的兴致。

有惊无险，虚惊一场。船扬起风帆，缓缓向前驶去。

田宏喜长长地舒了一口气。然而不久，大海让这些沂蒙山后生们知道了什么是小孩的脸一天三变了。起风了，中午刚过，风越来越大，滔滔的白浪由远而近滚滚而来，越近越高，越近越响。船像喝醉了酒一样摇晃起来。

"所有的人都进船舱，快！"田宏喜喊。

田宏喜最后一个进入船舱。战士们按顺序进入自己的位置，为防止摔倒和拥挤，所有的人都依次躺在船舱地板上。狭窄的船舱内还堆放了一些杂物，躺下后人体之间完全没有空间，几乎摞在了一起。几年后，在抗美援朝战场的坑道里，营长王长锁撬开一个沙丁鱼罐头，他目不转睛地看着，说："真像啊！"通信员奇怪地问："营长，像什么？"王长锁说："像船！"通信员莫名其妙地看着，不知营长所说是何意。

田宏喜紧挨着田大膀。

田大膀小声说："喜子，还记得我把你的书包和鞋都挂在大槐树上了吗？"

"当然记得，那会儿你就是个坏蛋！"田宏喜故作气愤地说。

田大膀说："不带这样的啊，都当连长了，还记仇！"

"大膀，我问你，那会儿你为什么老跟我过不去？"

田大膀一愣，他没想到田宏喜会这样直接问，好一会儿他说："那会儿我挺嫉妒你，真的。"

田宏喜诧异地说："你？嫉妒我？开什么玩笑，我一个整天闷头不吭气的小子，你怎么会嫉妒我？"

田大膀不好意思地咧咧嘴："你不知道，你学习好，爱干净，村里的女孩子都喜欢你，我就是小心眼，想治治你，杀杀你的神气……"

田大膀的话勾起了田宏喜遥远的回忆。在田家庄，在那个小山村，他度过了难忘的童年。家乡的山水，亲人的身影，村头那棵老槐树，在他脑海里终成一幅幅活动的画卷，有幸福，也有辛酸。他忘不了，在那棵老槐树下，他和凡慧第一次见面。他突然想起什么，伸手去摸背包，摸索了好一会儿，他脸上露出甜蜜的笑意。那是一双凡慧亲手给他绣的鞋垫，上面绣着两只翩翩起舞的蝴蝶……

风浪愈发大起来，船一会儿被抛向空中，一会儿又被沉入低谷。由于空气不流通，船舱里充斥着难闻的气味。

一个战士猛地坐起来，大口大口地呕吐起来。像是传染，好几个人也跟着狂吐起来。

赵旺财喊："怎么搞的，都吐到被子上了，快把瓦盆拿来，吐到盆里啊！"

田大膀赶紧拿来瓦盆。然而，事先准备好的几个瓦盆根本不够用，也来不及，他着急忙慌地把瓦盆送到一个战士跟前，那战士却早已喷吐了一地。

王长锁吼着："一班班长，再拿几个瓦盆来。"

田大膀哭丧着脸："排长，就这些了，其他在上船时不小心给摔了。"瓦盆是用胶东当地的黏土烧制的土陶罐，小口大肚子，外壳很脆，很容易破碎。

王长锁大声说："大家吃药啊，吃点儿药压压啊！"上船前给每个人都准备了一些防止晕船的药，有十滴水、仁丹。"实在不行，啃几口咸菜疙瘩压压！"王长锁说着，突然感到一阵恶心，他看看两边紧紧挨在一起的战士，急中生智摘下毡帽大口大口吐在了里面。毡帽是临上船时发的。战士们也仿效排长，拿出了自己的毡帽。后来一个战士惋惜地说，那毡帽真是个好物件哩！

也许，回忆是医治晕船的良药。田宏喜一直沉浸在回忆中，并没有感觉到晕船和恶心。他把十滴水、仁丹交到战士们手中，看着让他们吃下去，至少是心理的安慰。他端着瓦盆爬上甲板，将战士们的呕吐物倒进海里……

田宏喜弓下腰拿药，听到身后有人，他直起身来回头一看，突然"哇"的一声，一大口呕吐物劈头盖脸浇了他一身。田大膀脸色蜡黄，嘴边沾满残存的呕吐物，尴尬地对田宏喜说："喜子，我，我没忍住……"

就在那一瞬，田宏喜突然感到恶心，污浊的空气、腥臭的呕吐物、起伏的海浪，他的胃里像开了锅一样翻腾起来。他使劲忍着，忍着……船猛然颠了一下，恰似开启了胃里的开关一样，他急忙转头，霎时呕吐物脱口倾喷出来，不偏不倚全部喷在了刚刚走过来的赵旺财身上。

三人都愣住了。一旁的战士在哧哧地笑，接着一船人都哈哈笑了起来。高兴也是医治晕船的良药，就在那一刻，战士们好像不晕了。

四

两个女人在抱头哭着，孟庆立站在一边不知所措。好一阵子，两个女人的哭声终于止住了，凡慧娘擦着眼泪说："大姐，我们找了你好多年……"刚刚止住哭的宋元彩眼泪又流了下来。

苦难的岁月在宋元彩身上留下了深深的痕迹，憔悴黑瘦的脸上布满皱纹，花白的头发完全没有光泽，像荒草一样垂着，灰色的上衣上有好几处口子，已看不出颜色的裤子上沾满了污渍。

孟庆立拽了一下凡慧娘的衣袖说："别光顾着哭，让大姐洗洗，找件衣服给大姐换上。"

凡慧娘连忙擦擦眼泪，说："大姐，你看我，我这就去烧水，给你拿衣服。"

孟庆立说："你先安心住下来，就在家里住！"

宋元彩感激地说："谢谢，谢谢！"

"大姐。"孟庆立欲言又止。

宋元彩马上就明白了，说："孟书记，你是不是想问，石寨山上的那座坟？"

孟庆立点点头。

"那是我姐姐的，我的亲姐姐。"宋元彩掠了掠额前的头发，她的目光依旧黯淡，却透出一缕不屈不挠的光，"民国二十三年十月，红军陆续撤出了苏区。那天夜里，启河突然回到家里，他抱起孩子使劲地亲，说，带好孩子,红军一定会回来的。从那时起,我再也没见过他。启河走后,我被列为共匪家属,我一个人带着阿花受尽了屈辱。一天,一群白军闯进了我家,他们指着报纸上的照片说,这是不是你? 然后不由分说地把我抓进了监狱。"

"是那张送红军的照片吗?"孟庆立问。

宋元彩微微一怔:"你知道那张照片?"

孟庆立点点头,说:"我看过那张照片,是齐旅长,哦,就是周启河给我看的。"

凡慧娘烧开了水,却没进屋,怀里抱着衣服倚在门边静静地听。

"就是那张照片,被国民党政府印在了报纸上,说共匪在煽动穷人闹事,并放出狠话,对共匪家属和共匪同情者一律格杀勿论。我被抓进监狱后,他们宣扬说,共匪重要领导人的家属对丈夫参加共匪追悔莫及,已反水为国民政府做事。在那些天里,我成了重要的政治犯。一天,我姐姐抱着阿花来探监。见到姐姐和孩子,我哭了,我告诉她,我永远出不了监狱了,我没向他们低头,我一出狱他们的谎言就露馅了。特务要我公开声明和红军划清界限,如果不这样,他就让阿花来陪我坐牢。我哭着对姐姐说,启河走了,阿花太小,太可怜了。姐姐小声对我说,她打听到了启河。几天后姐姐再来探监。我犹豫再三,刚想张口,姐姐却摆摆手让我别说了,她是不会让他们把孩子带走的,她要带孩子去找启河。她坚定地说,你放心吧,妹子,我一定亲手把阿花交给她爹!"

"你是什么时候知道你姐姐去世的?"

"民国二十八年,日本人占领了赣北,不久南昌也沦陷了。国民政府大赦天下,我被释放了。出狱后,我与党组织接上了联系,做地下抗日组织工作。我多方打听启河的消息,一天有人对我说,前些年曾有人打听过我,是从北方来的。直到今年年初,日本人撤离了,我才下决心到鄂豫皖根据地寻找姐姐和启河。在石寨山,我看到墓碑时才知道,姐姐在十年前就去世了,当地的同志说,孩子是被一个山东的同志抱走的,他叫孟庆立。我在姐姐坟前跪了一天一夜,我后悔极了,是我害了姐姐!"宋元彩的眼泪扑簌簌地又流了下来。

"大姐,"凡慧娘在堂屋喊,"水烧好了!"

洗完澡,换上清爽干净的衣服,宋元彩感到了多少天来从未有过的轻松、惬意。俗话说,人靠衣服马靠鞍。此时的宋元彩与刚才的宋元彩判若两人,从她身上，孟庆立夫妇看到了凡慧的影子。

连日劳顿使宋元彩感到十分困倦，路上吃了两个烧饼，也完全没有饿意。凡慧娘领她上炕安歇了。深夜，她被堂屋里轻微的动静惊醒了。动荡的生活让周元彩睡觉十分警醒，稍有动静便会醒来。

"他爹，能不去吗？"凡慧娘说，她的话音里带着央求。孟庆立沉默着。"再说，慧儿的亲娘刚来，你怎么能走？"

"小点儿声！"孟庆立把声音压得低低的，"不去哪行！按中央的部署，在南满建立党的基层组织和政府，分局和军区已做出了安排，第二批北上干部队要求很高，时间也很急……"

"你不能给领导说一下家里的情况吗？"

"这个话我不能说，谁家里没有情况？我是党员，是县委书记，不是普通群众！"

"大姐怎么办？还有宏喜爹，你都不管了？你就这么走了？"凡慧娘声音里带着哭腔。

"这不是正商量嘛，小点声，别把大姐吵醒了。"孟庆立说。

"照顾宏喜爹，你是答应了慧儿的，你得说话算数！"凡慧娘是典型的传统妇女，嫁夫随夫的传统思想根深蒂固，然而一旦涉及凡慧，她却异常固执。

孟庆立当然知道，宏喜和小云都去了东北，不说宏喜与凡慧的关系，妥善安置赴东北战士的家属是分局、军区的要求，也是县委当前最重要的一项工作。

劳累困顿又袭上来，宋元彩又睡了过去。那一夜，她睡得特别踏实。

第二十三章

一

整个世界都在晃动，天在晃动，海在晃动，船在晃动，人也在晃动，更要命的是自己的脑子也在晃动。田宏喜踉踉跄跄地来到船尾："老大，有什么办法不晕船呢？"

船老大说："没办法！"

"凡事都会有办法，怎么会没办法呢？"

船老大想了想，郑重其事地说："如果有，那就是一个字：忍。"

"忍？"田宏喜猛地为之一振，尽管世界还在晃动，但他却不禁重新审视着船老大。军事家卡尔·冯·克劳塞维茨的一句话：如果说在这里肉体上和精神上的弱点常常容易使人屈服，那么只有那种表现为世世代代受赞赏的坚忍精神的伟大的意志力，才能引导他达到目标。伟大的意志力，换句话说，不就是忍吗？

田宏喜以一副谦恭的样子问："老大，怎么忍呢？"

船老大被问住了，憋了半天说："忍，就是憋着，憋着别吐，憋着别晕，憋久了就好了！"

忍，憋着，憋久了就好了……田宏喜心里在反复琢磨。

"副连长，你嘀咕什么呢？"赵旺财脸色蜡黄，嘴唇发紫，一步三晃地走过来。

田宏喜问："旺财，还吐吗？"

"晕得厉害，想吐，一直想吐。"赵旺财诚实地说。

"那就忍着，忍着别晕，忍着别吐，你试试这个办法。这是船老大说的，我刚才试了一下，有效。另外，让战士们轮流到舱口站站，吹吹风，但别上甲板，风大容易感冒。"

"喜子，遭老罪了！"田大膀佝偻着腰，两手捂着肚子。看大膀那样子，田宏喜直想笑，这还是当年那个趾高气扬专门欺负人的田大膀吗？

田大膀说："喜子，你好像在看我的笑话啊？"

田宏喜说："好你个大膀，我怎么看你的笑话了？我不是也在遭罪吗？"

田大膀想了想，说："也是，可是去东北不是可以从陆地上走吗？沂河边上见到的新四军，他们就是走路去东北的。"

"大膀，你什么意思？想打退堂鼓？"

"喜子，我想打退堂鼓不是也晚了吗？我跳海游回去？可我也不会游泳啊！我是说去东北也不一定非要坐船啊？"

从陆地走？田宏喜看着佝偻着腰的大膀，不就是晕船吗？不就是遭点罪吗？能死人吗？不就几天就到了吗？陆路要走两个月呵！她走到哪儿了？还好吗？老辈子山东人闯关东多走海路，因为陆路远比海路更远，时间更长，也更危险。

"喜子，你知道得多，我们干吗非要去东北？"田大膀问。

田宏喜想起在龙口时胡副参谋长的分析，可是自己也是一知半解，更无法给田大膀说清楚，便含糊着说："革命需要嘛！"

"可是，在哪儿都可以革命啊？我们在山东、在沂蒙山不就是在革命吗？"

田宏喜知道，目前战士们的情绪并不稳定。昨天，他在闭眼养神，战士们的议论传入他的耳朵。一个人说："小日本投降了，没回家娶个老婆也倒罢了，还跑到这大海上来受罪。"另一个人说："咱这船也太小了，屁股大的地方装了咱一个排。"旁边一个人嘻了一声说："你好大的屁股！"旁边几个人哧哧地笑。"说真的，为什么不能再等等，有了大机器船再走呢！"一个人发出呕吐的声音，好一会儿他大口喘息着说："我把这一辈子吃的饭都吐出来了。"一个人嘘了一声："排长来了！"

胡老师在就好了，可以给战士们上一课，而自己却说不清楚，真的说不清楚。到了东北，再补上这一课吧，包括自己。田宏喜想。

海上的夜晚来得特别早，黑得也特别快。天暗淡下来一会儿工夫就完全黑了，黑得伸手不见五指。晚上十一点多，在船的右前方，一束微弱的光划破夜空，但它只闪了一下，夜空便归于平静。

"打亮子，是打亮子！"船老大喃喃地说。

"老大，你说啥？啥是打亮子？"在甲板上值班的田大膀问。船老大没吭气。两人不约而同向闪光的方向看去。约一炷香的工夫，闪光再度升起，巨大的光柱像一把银色的长剑，忽而刺向天空，忽而指向海面，光柱一闪一烁，像一条左右摇摆的长龙在空中飞舞。

"副连长，有情况！"田大膀小声说。

田宏喜靠着船舱口刚刚迷糊，一骨碌爬起来："什么情况？"

"远处有探照灯，应该是军舰！"

"老大，是铁船吗？"田宏喜问船老大。铁船是渔民对军舰的称呼。

"是！"船老大十分肯定地说。

"探照灯在照什么？是发现我们了吗？"

船老大说："应该没有发现我们，铁船晚上都是这样不停地照。"

"你以前常遇到铁船吗？"

"以前不常见，偶尔遇到日本人的船，但这些天铁船多起来，有国军的，还有美国的和老毛子的，俺也分不太清。不过，他们不管渔民的事。"

田宏喜思索着，问："见到渔船也不问吗？"

船老大肯定地说："一般不会问，也有的长官会问一问，就和昨天那个长官一样。昨天，我还以为他发现了什么，所以紧张。"

田宏喜看着越来越近的军舰，对田大膀说："通知赵排长，立即叫醒全体人员，随时准备战斗！注意隐蔽，没有命令，不准开枪！"

"是！"田大膀应道。

军舰掀起海浪，海面变得起伏不定起来，船摇晃和更加厉害。漆黑的海面上显现出一个巨大黝黑的军舰轮廓，在高耸的塔顶上，一束耀眼的探照灯光射向四面八方，给人一种阴森森的神秘感。军舰的速度慢了下来，探照灯射向了船的甲板。灯光从船头慢慢扫向船尾，再由船尾返回船头，如此循环多次，把整个甲板照得如同白昼，最后，灯光停留在站在船尾的田宏喜、田大膀和船老大身上。

强烈的光使田宏喜眼前白花花的一片。他用手搭了个凉棚遮住眼，眯起眼睛从手缝中逆光看去，隐约可以看见灯光下面是一尊硕大的炮身。仅一会儿工夫，眼睛便发涩开始流泪。

船老大对田宏喜说："长官，向他挥手！"船老大一边起劲地挥着手，一边讨好般地朝军舰鞠躬。田宏喜也有样学样挥着手。田大膀挥了两下子便蹲在甲板上。好大一会儿，探照灯终于转向了别处，随后军舰也消失在黝黑的夜色里。

"真他娘的混蛋，照得老子的眼睛都睁不开。"田大膀瓮声瓮气地骂，随后他问，"喜子，你看清了吗？军舰上是什么人呢？"

田宏喜眼前还是一片白茫茫的，什么也看不见，他闭着眼说："要么太黑，要么太亮，什么也没看清。"

田大膀骂："妈的，把老子操弄了一顿，还不知是谁，真窝囊！"

二

天亮了，一夜没停的风依旧不知疲倦地刮着，海水被吹得哗哗作响，海面掀起一朵朵白色的浪花。

赵旺财着急地说："长锁吐得厉害，好像有点儿虚脱了！"

田宏喜连忙过去。一天时间，王长锁好像换了一个人，他眼窝深陷，面色黄干黑瘦，见田宏喜来，他欠了欠身子说："我没事，副连长，我真的没事！"

田宏喜说："旺财，安排各班轮流上甲板透透气，吐得较重的先上。让老班长先上。"

王长锁对赵旺财说："排长，大惊小怪的，不就是难受点吗，又死不了人！"

田宏喜太了解这个四川老兵了，他有事从来都是闷在心里，什么事都自己扛："老班长，你就上去吧！"

田宏喜站起来望了望船舱里的战士们，大声说："同志们，我知道现在大家都很难受，刚才老班长说，不就是难受点吗，又死不了人！"他顿了顿，说："我得了船老大一个真传，就是忍，再难受也要忍着，忍过这个坎以后就好了。这点罪我们都受不了，还叫山东爷儿们吗？现在大家轮流上甲板透透气，穿好衣服，别感冒。"说完转身对赵旺财说："抓紧安排吧，不要带枪！"

"看，鱼！"一个战士站在甲板上指着海上惊呼。

宽阔的海面上，一大群鱼正急速游着，或露出鱼背，或跳出水面，蔚为壮观。

海浪小了，船比昨晚平稳多了，见到鱼群，这些大山的后生们兴奋得手舞足蹈，完全忘记了晕船。

一个战士好奇地问田大膀："班长，这么多鱼怎么聚在一起？"

田大膀摇晃着头："大概是去开会吧。"

"鱼也开会？"

田大膀认真地说："当然，不去开会它们怎么一起朝一个方向游？"

"咱沂河里的鱼要是也开会就好了，下他一网！"他喷着嘴，似乎已打到了鱼。

田大膀笑着说："傻小子，做梦娶媳妇净想好事。"

战士们的惊呼声惊动了正在睡觉的船老大，他眯着眼睛来到甲板。不看则已，一看大惊。他急忙喊船工："快，快把贡品拿出来！"

船工小伙子掀开船尾甲板上的一块木板，从里面拿出一小袋大米，一小篮子馒头，最后竟然还拿出一瓶白酒。渔民好酒，逢酒必喝，每喝必醉，但在船上滴酒不沾，船上不喝酒是渔民世世代代的规矩。船上竟然藏着酒！船老大一样一样地摆好，点燃三炷香，又将一叠黄表纸摊开，用一块木板压住以免让风吹跑。他神情庄重，面对大海施三叩九拜大礼，嘴中念念有词。船工在一旁又敲起了锣。

田宏喜和战士们静静地目睹船老大的一举一动。

船老大跪拜完毕慢慢站起身来，神色凝重地将大米、馒头一一倒入大海，随后又将白酒倒进大海。他回到船尾，转舵向另一个方向驶去。

"老大，你这是？"田宏喜小心翼翼地问。

"过龙兵来了，船要避让。"

"啥是过龙兵？"

船老大不吭声。

蔚蓝色的海面上泛起一片片白色的浪花，远远望去，海水像开了锅一样沸腾着。沸腾的海面呈不规则的椭圆形。随着前行，椭圆形的范围在逐渐扩大，从几十米扩展到几百米，景象蔚为壮观。

大约半炷香的工夫，船工小伙子用手指着喊："看！过龙兵来了！"

一群黑色脊背的大鱼排成两行由远而近巡行在辽阔的海面上，仅露出半个脊背就有十几尺长，犹如一座山冈越上浪尖。大鱼群时而浮出水面，时而潜入水下，一起一伏，配合十分默契。大鱼由北而南在海中急驰，身体不断喷出冲天水柱，高达数米，不时掀起一阵阵巨浪。在大鱼群前面，成千上万的鱼一路狂奔，在偌大的海面上形成一幅壮观的画卷。

大鱼群巡行持续了约半个小时，最终消失在大海尽头。所过之处，海面上漂浮起一片死鱼，大多数死鱼身首分离，甚至分为数段，惨不忍睹。无数海鸥在空中盘旋，竞相冲进海里分得一杯羹。

所有的人目瞪口呆地看着眼前发生的这一幕。

田大膀摇着头："我的妈呀，这也太，太，太……"他终究也没说出太什么了。

轻易不参加议论的王长锁也加入了进来："格老子，要是给别人说这样的事，我敢保证，没人会相信！"

赵旺财说："跟做梦一样，天底下还有这种奇怪的事情！"

田大膀说："副连长，你去问问船老大，这究竟是怎么回事？看那样子他清楚，要不他怎么又烧香又磕头的。"

"大膀，你怎么不去问？"

田大膀含含糊糊地说："我这不是不知道怎么问嘛，船老大听长官的，你问，你问。"

船老大似乎有些忌讳，见田宏喜追问，犹犹豫豫地说："大鱼是东海龙王的侍卫，所以叫过龙兵，遇到东海龙王的侍卫，怎能不避让？否则必遭祸端。"

田宏喜问："过龙兵前面怎么会有那么多鱼？"

船老大说："大鱼是老赵，就是财神爷赵公明，其他鱼见了老赵要躲避，所以大鱼又叫赶鱼郎，此时撒网会有好收成。有歌谣这样唱：赶鱼郎，黑又光，快来帮俺找渔场。赶鱼郎，四面逛，当中撒网鱼满舱。"

田大膀插嘴："那倒是避让还是撒网呀？"

船老大白了田大膀一眼,撇着嘴不吭声了。

田宏喜对此始终感到很神秘,很神圣。很多年以后,他问一位海洋专家,专家笑着说:"大鱼就是鲸鱼,这是一种自然现象。不过,这种自然现象难得一见。"

三

辽阔的华北平原一眼望不到边。湛蓝的天空中,一队队大雁向南飞,发出嘎嘎的鸣叫声。队员们黑蓝色的衣服在广袤的平原上显得格外醒目,一双双沂蒙山老布鞋零乱地踏在傍海道上,借着风势,尘土四散飞扬。

傍海道,即沿海边的大道,老辈子山东人走陆路闯关东即从这里走过,故把这条路称作傍海道。

队员们闷头沿傍海道向北行进。

路是那样的长,越来越长,仿佛永远走不到头。路边是一片片蔓草丛生的荒地,上面泛着白色的碱,偶尔有行人匆匆走过,但很快便消失在道路尽头。这一切虽然都在队员们的意料之中,但荒凉、贫瘠和无穷无尽的傍海道还是让人透不过气来。

行军中回忆往事成了凡慧的习惯,甚至有时为了回忆而期盼行军。在三连演讲后的那个晚上,是三年来她和宏喜在一起时间最长的一次,每每想起她都特别后悔,明明有好多话要说,好像又什么也没说,还一个劲地取笑他。从在县中学他们第一次相识,似乎每次都以取笑他开始。这一刻她才知道,过去的时光是多么珍贵,而这一切都成了埋藏在她内心深处的记忆。

太阳当头的时候,干部队来到一个村子。说是村子,其实也就十几户人家。一户人家听到动静从门缝中探出头来,见有队伍到来马上就缩了回去。在动乱的年月里,老百姓见了兵唯恐避之不及。

在村头祠堂前的一块空地上,干部队停了下来。武承汉张罗着烧水,把带来的疙瘩咸菜切了分给大家。

凡慧就势坐到祠堂前一块石头上,从背包里拿出一块干粮吃起来。

张二两端过一碗水,放在凡慧面前。凡慧说:"谢谢!二两,你坐。"

张二两端着碗坐在凡慧旁边。

"二两，谢谢你！"

张二两一怔，说："凡慧姐，不就端了一碗水吗？还要谢两次？"

凡慧真诚地说："谢谢你及时开枪，打死了那个坏蛋！"

张二两颇有些得意，说："说真的，当时我紧张得要命，手都哆嗦，开始李书记说，你不开枪谁都不准先开枪，他的意图很明确，担心枪声惊动了土匪会给你带来危险。可一会儿，他又跑回来悄悄对我说，把握好机会，我可以先开枪，但绝对要做到万无一失。"

凡慧忙问："他是这样说的？"

张二两说："是啊，他是担心事情紧急你来不及开枪。他这样一说我就更加紧张，还好，我打中了那个混蛋！凡慧姐，还是你厉害，二话没说，上去又补了三枪！"

凡慧把干粮泡在水里，神情木然地喝了一口。连日来，她一直觉得恶心，那个土匪好像老在她眼前爬来爬去，他离她那么近，暗红色的血不是在流，像是在空中升腾弥漫……自己轻轻扣动扳机，他就不动了，原来人死是那么简单，那么容易！

小云端着碗走过来，将一块干粮放进张二两的碗里，然后一声不吭地在一边坐下来。

张二两诧异地问："小云姑娘，你这是？"

小云头一扬说："二两有功，奖励干粮二两，二两，二两够不够？"

张二两一时没反应过来，愣愣地看着小云。小云一句话带了四个二两，引得队员们哄堂大笑。

凡慧担心让二两下不来台，打个圆场对小云说："行了，行了，就你会说。"她转头对张二两说："二两，说实话，二两这名字真不咋样，在家里叫叫也就算了，你现在是革命战士了，叫二两，不好听。"凡慧摇着头说："二两，给你个建议，你听吗？"

张二两痛快地说："你说，凡慧姐，你说的我都听。"

凡慧想了想说："日本鬼子投降了，中国人民胜利了。现在我们去东北，要走的路虽然比想象的困难，但是我们也一定会取得最后的胜利。建议你改名叫胜利，张胜利，你以为怎么样？"

李清在一边说："胜利好，好，有气势，我们干部队一定会胜利，共产党八路军一定会胜利，中国人民也一定会胜利！"

张二两猛地一击掌，叫道："好，我就叫胜利！"

小云叫起来："二两，不，胜利，这么好的名字，便宜你小子了！"

午饭后队伍继续上路。

"李清哥，这地方怎么没有山？一眼可以看好远。"小云问。

李清说："这是华北平原，当然没有山。"

小云想了想，说："还是有山好。"

"为什么？"

"山上有树，有核桃、柿子、红果、山枣，还有草药和各种小动物，小的时候，我最喜欢上山……"

李清端详着小云。小丫头晒黑了，也瘦了，圆圆的脸变成了鸭蛋脸，下巴也尖了起来，脸上却显出了棱角。不知怎的，一股暖流忽地涌上心头：小丫头长大了，长成大姑娘了，像个女战士了。

李清说："天天行军，累吗？"

小云笑笑："累是累点，可我越来越觉得，干部队我真的来对了！"

李清饶有兴趣地问："说说看。"

小云瞪着一双澄澈的眸子，认真地看着李清说："不许笑话我。"

李清点点头："怎么会呢？"

"干部队里有那么多的好人，他们都是勇敢的人，武大哥，张二两，不，张胜利，还有胡队长，可惜他不在了，我最佩服我嫂子，平日里我觉得她和我没什么两样，可一到关键时刻，她一下子就变得勇敢起来，不仅勇敢，而且有智谋，李清哥，你懂我的意思吗？"

李清点点头，他与小云同感。

小云说："有句话我能说吗？"

"你说！"

"李清哥，你有文化，有才华，心也特别细，同志们都服你，可一到关键时刻，你却老是拿不定主意，而我嫂子和你正相反，平时显不出她来，可一到紧急时刻她反倒更冷静，主意更大。"小云瞟了李清一眼，"李清哥，我这样说，你不会生气吧？"

"不，我怎么会生气呢？其实，我也与你有同感，在她身上蕴藏了许多我也看不透的东西，尽管她是我的学生，但在许多方面她弥补了我的不足，是好事！"

小云笑了，发自内心的笑，尽管行军很苦、很累，但能和李清哥在一起是一件让人很快活的事。忽然她变得忸怩起来："李清哥，你得帮我，让我也勇敢，也有智谋，跟你们一样，要不，我和你的距离就越来越远了。因为，因为，我喜欢干部队是因为喜欢你呀！"

小云那清澈的眸子注视着李清。她再一次把话挑明了，也再一次使李清退无可退。

李清望着她微微笑着。怎么向她说呢？自己不是木头，当然也不是薄情寡义，但他知道现在他无论怎样说都显得那样苍白无力。参加革命五年来的经历，他不知道从哪里说起，充满艰难和危险的五年，不知有多少次和死神擦肩而过！他感到幸运，然而他会一直这样幸运吗？小云，这个刚刚走出家门的姑娘，她的心灵清净得像一洼清泉。和煦的阳光，徐徐的秋风，飘游的白云……李清仿佛第一次发现，这世界是那样的美好！他深情地看了小云一眼，他突然想，待到一个合适的时机，世界不再那样凶险，他一定对她说，小云姑娘，我娶你！

远处，胜利大声喊："李书记，前边有个岔路，怎么走啊？"

望着李清匆匆远去的背影，小云心里一阵失望！

黄昏时分，队伍离预定的宿营地还有五六里路。经过一天的奔波，队员们显得有些力不从心，队伍拉得很长，行军的速度明显慢了下来。李清鼓励大家："同志们再努把力，就快到宿营地了。"

见小云半天不吭气，凡慧问："小云，怎么蔫了？"

小云满脸绯红，抬起头来望着凡慧，哑着嗓子说："嫂子，我很累！"

凡慧伸手摸摸小云的额头，埋怨道："傻妹子，你在发烧啊！"

"嫂子，我没事，就是想睡觉。"说着小云整个身体慢慢地向下滑。

凡慧挽着小云的胳膊使劲往上拉："再坚持一下，很快就到宿营地了。"

"嫂子，我就睡一会儿，求你了，就一小会儿。"小云说着一屁股瘫坐在了地上。

李清跑过来皱着眉头着急地说："不行，不能在这里睡。"

他对站在一边的张胜利说："来，把小云扶起来，放到我背上！"

秋天的傍晚，天气格外凉。小云浑身却像火炉一样发出灼人的热，呼吸时长时短极不均匀，嘴里还不停地嘟囔着什么。

李清背着发烧的小云走着，不一会儿自己也开始出汗。他有一种不祥的感觉，看着匆匆行走的凡慧，说："小云烧得这么热，我觉得不是一般的感冒。"

凡慧不解地问："什么叫不是一般的感冒？"

李清说："那年，一个学生就是这样发高烧，最后竟然不治而亡了。"

凡慧几乎在央求："李老师，你别吓唬人！"

李清喘着粗气说："不是吓唬人，而是我们必须得想办法，那个学生最后诊断是疟疾！"

凡慧说："疟疾？就是人们说的打摆子？"

李清看了凡慧一眼，说："是。"

凡慧害怕起来，她原以为不就是感冒发烧嘛，几天就好了，小时候自己也经常发烧。她带着哭音说："怎么办啊？怎么办啊？"此时，这个貌似什么都不怕、连生死都可以置之度外的姑娘竟是一副六神无主的样子。

李清不觉加快了脚步。宿营地是方圆几十里内唯一的镇子。

"胜利，你来背小云。"李清把小云交给张胜利。然后他对凡慧和张胜利说："我去镇子上找大夫，照顾好小云！"

四

第二批北上干部队聚集在城东庙里，曾经的僧人住所还是临时宿舍，正殿前空地还为操场。孟庆立任干部队书记兼队长，教官李善堂任副队长，队员仍然为二十人。培训三天，第四天上午出发。所谓培训，实际上是给队员们准备行装和向亲人告别的时间。

李善堂，原独立旅司令部参谋，第一批北上干部培训结束后，孟庆立与齐旅长协商，将李善堂暂时留在河西县继续负责军事培训。齐旅长当即就同意了。

李善堂急匆匆走进孟庆立办公室，孟庆立一边倒水，一边招呼说："善堂，坐！"

李善堂说："孟书记，上级的要求有没有新变化？"

孟庆立知道李善堂的意思，却没接他的话茬，问："家里的事都处理好了吗？"

李善堂是山东滕县人，从小父母双亡，是孤儿，他笑道："我一个人吃饱了全家不饿。"

李善堂刚来不久，孟庆立并不知道他个人及家庭的情况，见他这样说也不好再问，说："善堂，留你在河西工作，事先也没征求你的意见，独立旅出发你又没赶上，很对不起！你知道，我们这些地方干部完全不懂军事，真需要你这样的军事干部。你来后又一直忙，我们还从未坐下来好好谈谈。"

李善堂说："孟书记，你别客气，服从命令是军人的天职，我个人没意见。"

"那好，现在正好有空，我们商量一下北上的准备工作。"

"孟书记，我想知道上级对携带武器有没有新的规定？"

孟庆立说："没有，原来的规定依然有效。"

李善堂皱着眉头说："听军区的同志说，在东北，日本人留下的枪是不少，但武器都由苏联的部队看管，根本不交给八路军，为此，有的部队和苏军还发生了冲突。"李善堂停了一下又说："听说有这样一件事，经反复交涉苏军将一座武器仓库交给了八路军管理，但仅三天苏军又强行收回了。后来一打听才知道，是美国和国民政府向苏联政府提出了抗议，苏联人就怂了，又收回了管理权。"

孟庆立思索着，没吭声。

李善堂说："据说山海关一带的土匪十分猖獗，甚至连运送军火的火车都敢抢，没有枪防身，不要说到东北，就怕连山海关都过不去。"

孟庆立沉吟了一下，说："问题是有，但没你说得那么严重，据我了解，在山东、河北境内没问题，过了山海关可能会有些问题，但到那时距离东北也就一步之遥了。善堂，你一直在主力部队，你应该清楚，命令就是命令，不能因自己有实际情况而不执行命令，如果大家都讲自己有实际情况，那还不乱了套？"

李善堂说："孟书记，你政策水平高，原则性强，但我们党不是还讲具体问题具体分析吗？我们这样一支小队伍，又缺乏作战经验，历时两个月行程两千多里路，没有枪这不可想象。我不是害怕，更不是怕死，我们应该向干部队负责，只有所有的同志安全到达东北，干部队才能谈得上完成任务。"

孟书记，我还是希望能向分局和军区反映。"

孟庆立很理解李善堂，自己又何尝不是这样想？第一批干部队走时他就产生过强烈的想法。但中央的命令十分明确，就是到东北去接收日本留下的武器。八路军只是部分离开了山东，留下的部队和地方武装还要继续发展壮大山东根据地。前不久，还有个别领导同志未按要求私自携带武器而受到了处分。

孟庆立说："这样吧，我积极向上级反映，至少能保证五支枪，与第一批干部队一样。"

李善堂点点头，显得十分勉强。

孟庆立说："善堂，放心吧，车到山前必有路，至少在山东、河北境内没有问题。这样吧，咱俩分一下工，枪的事我负责，换服装和筹备粮食你负责，善堂，你要确保不能出现任何差错。"他犹豫了一下，说："这两天我还有些事处理，有事及时联系我。"

只有三天的时间，宋元彩的安置一定要有个万全之策。留在河西，凡慧娘显然顾及不过来，可不留在河西她又能去哪儿呢？孟庆立左右为难，但必须拿出一个两全其美的办法来。

宋元彩再一次走到人生选择的十字路口。

那天，宋元彩像往常一样把情报送出去，回来刚一进门，赵阿叔对她说："阿彩，好兆头。"他指着窗外的马路："城里的日本人越来越少，他们正在悄悄地撤走！"赵阿叔是老党员，是党在赣北的负责人。

她疑惑地问："真的吗？"

赵阿叔兴奋地说："我们可能快熬出头了。"

抗战终于胜利了！当人们走上街头欢庆胜利的时候，她却独自一人躲进房间里。丈夫离开二十多年了，她坐了五年牢，此时此刻她感到了孤独，从未有过的孤独，一股不可名状的痛苦在啃噬她的心。十几年来，她一直坚信，启河一定会回来，只要坚守在家里，就会等到那一天。在举国欢庆的日子，一个念头涌上了她的心头，去找姐姐和阿花，去找丈夫！这个念头来得那样突然，那样强烈，一经产生就牢牢地盘踞在她的脑海里始终挥之不去。

赵阿叔盯着她说："你想好了吗？尽管组织很需要你，可我不能阻拦你。阿彩，正值乱世，什么情况都可能发生，你要想好了，开弓没有回头

第二十三章

箭啊！"

在鄂豫皖根据地石寨山，她再次做出选择，到山东寻找阿花，哪怕是走到海角天涯也要找到孩子。当孟庆立告诉她，丈夫和孩子都活着，她知足了，那天，她一个人对着空旷的山林放声大哭。二十多年了，吃不尽的痛苦，受不尽的屈辱，也许只为这一刻可以酣畅淋漓地大哭一场。

那天深夜，她听到了孟庆立夫妇的对话。那一夜她睡得格外沉。第二天早晨醒后她并没有马上起床，她想起了赵阿叔的话，开弓没有回头箭。她坦然一笑当即做出了选择：北上！

世界上没有任何障碍能够动摇母亲寻找孩子、妻子寻找丈夫的决心！

五

起伏的群山、古老的土地、善良的人民……在沂蒙山深处的一个小山村，这里就是孟庆立的家乡。他生于斯，长于斯，从一个长工成长为一名共产党员、县委书记。他是沂蒙山的儿子，与这片热土有着千丝万缕和割舍不开的情感。

从县委出来，孟庆立沿马路走着，他想最后一次再去看看宏喜爹。就要离开了，无论对这片土地有多么眷恋和不舍，然而，人才是他最不放心和割舍不下的。连日来，安置宋元彩的办法不断在他脑海里提出来，又一个一个被否定。

天气好极了，孟庆立的心情却恰恰相反，没有什么事情让他这样左右为难，让他这样糟心。

"孟书记！"一个声音传入孟庆立的耳朵。

是宋元彩。她站在路中间挡住了孟庆立的去路，微笑着看着孟庆立。

孟庆立疑惑地说："大姐，你这是？"

宋元彩说："你是去宏喜爹那儿吗？我刚从他那儿回来。"

"哦，要出发了，再去看看他。大姐，正好我有事给你说。"

宋元彩略一沉吟，说："孟书记，你先听我说，我请求归队！"

孟庆立不明就里："归队？归什么队？"

宋元彩说:"你先看看这个。"她从包中拿出一块白色的粗布,小心翼翼地打开,这是一张泛黄的破旧的纸,纸的折痕处似断非断地勉强连接着。这是一张红军时期苏维埃政府的入党志愿书。在第一行的姓名栏里,"宋元彩"三个字立刻映入了孟庆立的眼帘,他突然感觉到自己周身有些发热,激动地看着宋元彩:"大姐!"

宋元彩平静地说:"孟书记,你再往下看。"

姓名、年龄、籍贯、家庭经济地位、本人职业、是否加入过一些革命组织、犯过何种错误、受过何种处罚、有何不良嗜好等,都已一一写明。右下角写着:支部大会通过。介绍人:赵阿叔。江西吉安苏维埃政府平乡支部。民国二十三年。

孟庆立对苏维埃政府的入党志愿书太熟悉了。在鄂豫皖根据地,由特委书记介绍,他填写了那张让他终生难忘的入党志愿书。正值革命形势跌入低谷,根据地危机四伏,填写志愿书是在极其保密的情况下和庄严的气氛中进行的,那一幕幕他至今仍然历历在目。

按志愿书的时间,大姐入党时间比自己还早两年。孟庆立紧紧握住宋元彩的手说:"欢迎宋元彩同志归队!"

"谢谢,谢谢孟书记!不过,你还没明白我的意思。"

"哦,大姐,你说!"

宋元彩说:"我请求随第二批干部队北上!"

孟庆立愕然地说:"这……"

宋元彩打断孟庆立的话:"孟书记,听我把话说完,你再做决定。"

孟庆立点点头。

"民国二十三年,红军反'围剿'失败撤离了苏区。国民党把对红军的怒气转嫁到苏区老百姓身上,对苏区人民施行了残酷的法西斯暴行,茅草要过火,石头要过刀,人要换种。一时间,白色恐怖笼罩着整个苏区。在这样的时候,我加入了中国共产党,开始了党的地下秘密工作。后来因报纸登出了我送红军撤离的照片,我被捕了,在监狱里一待就是五年。出狱后我继续做党的地下工作,一直到抗战胜利。

"我到山东来,是来找丈夫、找孩子的,但也不全是。在大革命时期,党的工作重点在南方,抗战期间工作重点在北方,而现在工作重点又转移到了东北。这是我到了鄂豫皖根据地又辗转来到山东才逐渐领悟到的。在这样一个重要的转折时期，作为一个老党员，我理应为党为革命尽自己应尽的责任。

"孟书记，我不是一时心血来潮，我是经过反复思考和斟酌的。如果征求启河的意见，他也一定会支持我。我有三个理由：第一，我是老党员，我会践行入党誓词；第二，我做群众工作和党的地下秘密工作多年，有一些组织工作的经验；第三，我曾受过国民党的酷刑，对敌人有切肤之恨，有坚定的革命意志和决心，也有与敌人的斗争经验。"

宋元彩的话掷地有声，她激动的脸上泛起红晕。

孟庆立用力地点点头，说："我向上级汇报！"

第二十四章

一

田宏喜站在甲板一侧，双手擎着望远镜搜索着海面。置身于大海中央，四周是一望无际的蔚蓝，此时，船显得越发渺小，仿佛是海面上漂浮的一片枯叶，忽上忽下，随波逐流。触景生情，田宏喜感慨起来，船是沧海中的一叶孤舟，人呢？

王长锁来到田宏喜身边，说："副连长，我是第一次见到海，你呢？"

"我也是第一次，我们连除了于连长，可能都是第一次。"田宏喜感慨道，"那么多的水，真大呀！"

"我家门口有一条大河，经常发生水灾。有一年发水把村里的房子全冲垮了，村里人只能到山上搭窝棚，小时候我很害怕水……"王长锁望着大海说。

田宏喜关切地问："老班长，最近有家人的消息吗？"

王长锁低着头说："出川后我再也没有听到过家人的消息，山东到四川路途遥远，兵荒马乱的，联系不上啊！"

田宏喜参军就和王长锁在一个排，那时自己还是一个毛头小伙子，这个沉默寡言的老班长给了自己很大的帮助，也可以说自己是在老班长的关心下成长起来的。田宏喜紧紧握住王长锁的手说："老班长，将来有机会我一定陪你去四川看望你的家人！"

王长锁脸上露出久违的笑容。他沉默了许久，说："副连长，你知道川军出川吗？"

田宏喜点点头，说："听说过，但知道的不多。"

王长锁说："我原是川军第四十军一二二师的一个班长，抗战全面爆发后，四川人群情激愤，纷纷请缨出川杀敌。民国二十六年，我随部队出川辗转到河南，后从河南到上海参加了淞沪战役。"

田宏喜注视着比自己长七岁的老班长。他从不谈自己的事，对自己的过去更是讳莫如深。但从他伤痕累累的身上看得出，他曾经历了怎样的磨难。

"后来的事你就知道了，在淞沪战役中，我所在的团几乎全军覆没，我受伤被俘。作为军人，在国家危亡之际，慷慨赴死我无怨无悔。副连长，你年轻有文化，我想请教你个问题，请务必如实回答我。"

田宏喜点点头说："老班长，别说请教，你说。"

"川军各部队一进入内地，便被分散插入其他各个部队。我所在的四十军一万多人，一二二师四千多人，从军、师甚至到团被拆得七零八落，长官说，这是执行国民政府'军队国家化'的指令，这几乎是导致川军的灭顶之灾。副连长，你说这是为什么？这是第一个问题。第二个问题是，川军武器装备极度落后，出川后几乎没有得到任何补给。"王长锁悲愤地说，"他们破衣烂衫，手中还拿着大刀长矛，难道川军又不是国家的军队了吗？"

田宏喜动情地注视着王长锁，良久，他说："老班长，你太高看我了，我的视野仅限于连里，我甚至从未考虑过这样事关国家的大事。我就试着说一说。毛主席曾经说过，我们的战略是'以一当十'，我们的战术是'以十当一'。这是一条非常重要的战略战术指导原则。在时间、空间上分散川军兵力，不能集中兵力各个歼灭敌人，显然国民政府在战略指导思想上出了问题，与毛主席这条战略战术原则正好背道而驰。从军事理论的角度看，不能使所有的军队都行动起来，也就是说，让一部分军队闲置，或者因主观原因没有充分发挥其作用，就是没有合理使用兵力。兵力有而不用和用而不当的起因虽然不同，但结果都一样，都是兵家之大忌。"他停顿了一下又说："老班长，你说的两个问题我可以理解是一个问题，或许两个问题有一个共同的答案，但是这个答案不是单单的军事上的问题，我说不好，将来有机会可以向胡副参谋长请教。"

王长锁思索许久，脸上呈现出一种复杂的表情说："川军出川后受到了一些地方军队的排挤，受到中央军的冷漠，使装备落后的川军只能仅凭一腔热血去拼死……副连长，也许真的不是军事上的问题。"他发狠地说："只要我不死，将来我一定要找出个为什么来！"

王长锁久久凝视着远方，突然他用手指着船右舷方向说："你看，那是什么？"宏喜顺着他的手势望去。

"看到吗？有几个黑点，是船吗？"王长锁说。

黑点越来越近，越来越大，是军舰！

突如其来的情况使船上立刻紧张起来。全体立刻进入船舱，做好战斗准备。田宏喜、王长锁伪装成船工，赵旺财、田大膀也留在甲板上。

军舰共七艘，是一支庞大的舰队，排成人字队形在急速驶进。

船老大看看田宏喜，再看看急速奔来的军舰，眼珠子鼓得老大。田宏喜来到船老大身边，语气平静地说："老大，还是按咱商量的办法，铁船不问话，你就别吭气，如果问话，就说我们是无党派抗日游击队，在昆嵛山打游击，跟国民党、共产党都没关系，日本人投降了，我们回东北老家种地。"

船老大鼓着眼睛看着田宏喜。田宏喜一副轻松的样子说："大哥，有我呢，没事！咱爷儿们还怕他们不成！"

船老大点点头。

田宏喜一转脸，刚才的笑容全无，他招招手，赵旺财、王长锁和田大膀围拢过来。田宏喜说："咱是旱鸭子，到了海上就得听天由命，但今天咱就偏偏不认命。如果一旦暴露，没别的办法，只能硬扛。听我指挥，集中火力打离我们最近的军舰，只打一艘，明白吗？对准一艘狠打，把所有的子弹和手榴弹全部打出去！但要明确告诉大家，在我没发出信号前，所有人必须隐蔽在船舱里。如果我们自己先暴露了，也许我们未发一枪就真成了最后一哆嗦了。"

军舰速度很快，很快就追了上来。左侧有三艘，右侧有四艘，站在甲板上可以清晰地看到军舰两侧泛起白色的浪花。

所有的人都屏住呼吸向军舰望去。

"副连长，你看，旗！"田大膀用手指着军舰喊。军舰上高耸的塔尖上，一面堆满白星星的旗迎风飘舞着。

田宏喜心里骂："是狗日的美国军舰！"他对田大膀喊："别用手指！"

黑压压的军舰像一座座大山铺天盖地般地压了过来，天空似乎都暗淡下来。海浪变得汹涌起来，一个浪头接一个浪头撞击着船舷，整个船身毫无规律左右上下地颠簸，发出扑扑的声音。军舰马达的轰鸣和海浪的喧嚣交织在一起，发出让人难以忍受的噪音。

一艘军舰行驶到与帆船几乎平行的时候，军舰的甲板上一下子冒出了许多士兵，士兵们趴在军舰的护栏上，对着船指指点点地说着什么。

赵旺财说："军舰上的好像不是外国人啊？"

"妈的，指我们！"田宏喜骂道，"我们也指他们！"

田宏喜的声音被军舰的马达声和海浪声淹没了，赵旺财大声问："你说什么？"

田宏喜趴在赵旺财耳边喊："我们也指他们，向他们挥手！"

一个奇特的场景展现在大海上：一侧的军舰上，一群身着笔挺军服的士兵对着一艘破旧的渔船指指点点，另一侧的渔船上，几个衣衫褴褛的汉子向军舰上的士兵比比画画。

军舰突然发出几声撕心裂肺般的汽笛，那声音低沉厚重，像老牛叫，叫声仿佛有一股极强的穿透力，让人心头发颤，使人极度不舒服。

田宏喜故作害怕，双手捂着耳朵，低着头弯下身子说："你们几个，快，也害怕啊！"田大膀诧异看了田宏喜一眼。田宏喜说："快呀，大膀！"田大膀假模假式地比画着，其他人也跟着比画起来。

军舰上的士兵们哄笑起来，手舞足蹈地叫喊着。他们居高临下注视着汪洋中这艘破旧的渔船，注视着渔船上这一群衣衫褴褛的汉子，他们一个个笑得前仰后合，乱作一团。没有人知道，也没有人探究，军舰上的士兵为什么这样开心。也许一年后，或两年后，他们再面对这群衣衫褴褛的汉子时就开心不起来了。

在双方目光对视、手势比画的表演中，由七艘军舰组成的庞大的美国舰队从八路军的渔船两侧急驰而过。所有的人伫立在甲板上目睹着远去的舰队，渐渐地变成七个黑点，最终消失在海平面上。

田大膀蹲在甲板上生闷气。

赵旺财问："大膀，怎么了？"

"妈的，真该给这帮狗日的一炮！"田大膀恶狠狠地骂。

王长锁站在赵旺财身边问："排长，你看清是什么人了吗？"

赵旺财说："好像是国军，但奇怪的是，军舰上挂的明明是美国旗啊。"

田大膀插嘴："不光是国军，我看得清清楚楚，边上那几个人是大鼻子外国人。"

"可是，他们穿的军装是一样的啊。"赵旺财说。

王长锁摇摇头，又点点头说："好像是，咋个搞起的，美国人和中国人穿一样的军装，龟儿子，真搞不清！"

田宏喜来到船老大身边，问："老大，你以前见过外国铁船上有中国军队吗？"

船老大一副如释重负的样子。他满意地看着田宏喜，正是他比比画画的表演才解除了铁船上老总的怀疑，此时他对这位年轻的长官更多了一些钦佩。他说："我虽然没见过，但听说过，也就是最近才有大鼻子的铁船拉着中国军队过海。"

田宏喜望着远方，眉头让人不易察觉地皱了皱。

在山海关，田宏喜的猜测得到了证实，正是美国舰队在连夜把国军精锐部队从遥远的西南运往东北。这支部队正是当年赴缅对日作战的远征军，此时横跨几千公里再度远征。该军比山东八路军启程晚一个多月，却比大部分山东八路军提前到达东北。

二

小云醒来已是两天后了，即便醒了，似乎也还是在梦中。两天来，她面色时而苍白，时而潮红，口唇发绀，发烧时全身大汗淋漓，退烧后全身如入冰窖。她似睡非睡地沉浸在自己梦中的世界里，驾雾腾云般回到了田家庄。

——娘在灶间做饭……爹从私塾回来，在院子里喂猪……她看见了大哥、二哥，他们还是小孩子，一点儿也没变，对着她笑……三哥跑过来拉着她的手，说要上山去采野果子……漫山遍野都是野果子，红的、黄的、紫的、绿的，一串一串的，她大把大把地摘下来放进嘴里，那个酸哟，酸得她直流口水……她咯咯地笑着喊："酸，酸！"

"凡慧姐，小云醒了！"一个熟悉的声音说。

小云有点儿饥饿的感觉，肚子里咕咕叫，嘴里却又涩又苦，浑身没有一点儿力气。她试着移动一下身体，想坐起来……

一只手在她的额头上轻轻地滑动。小云努力地睁开眼，凡慧和胜利站在床边目不转睛地看着她。

凡慧说："你感觉好些吗？"

小云嗓子眼儿里咕哝着，却没说出话来。

"你睡了两天了，饿了吗？"

"两天？"小云惊奇地说。

凡慧温柔地说："我扶你起来吃点东西，好吗？"这声音真亲切，小时候病了，娘就是这样说的。

"娘，俺想喝水！"小云弱弱地说。

凡慧扶小云坐起来，让她靠在自己的肩上，一边喂水一边高兴地说："好孩子，来，先喝点水！"

张胜利撇撇嘴说："这一病，成娘儿俩了！"

好大一会儿，小云清醒过来，四下看看，奇怪地问："人呢？怎么就胜利一个，其他人呢？"

张胜利说："姑奶奶，我已经够冤的了，还要多少人？"

小云问："你冤什么？"

张胜利看了凡慧一眼，没吭声。

见胜利不吭气，小云更加纳闷，说："嫂子，李清哥呢？"

凡慧说："小云，李清和干部队已经走了，我和胜利留下来照顾你，你病好了我们再追队伍。"

小云的脸唰地沉下来，好大一会儿说："对不起，我拖累你们了！"

张胜利反倒不好意思了，说："小云姑娘，只要你病好了，我就值了，就不冤了！"

凡慧说："好了，好了，什么冤不冤的，胜利，让你留下来是干部队交给你的任务，是对你的信任，你还挑三拣四的，好像受了多大委屈似的。"

张胜利频频点头说："我不冤，不冤，我能陪着小姑奶奶，陪着小姑奶奶的娘，我高兴还来不及呢！"

小云故作生气地说："你这个二两，都改成胜利了，还跟原来的二两一样，坏蛋，什么姑姑、奶奶的，要不，你还是冤着吧！"

三

孟庆立的两份报告很快得到了省委的批复。

第一个批复：同意宋元彩同志参加第二批北上干部队。批复说，根据宋元彩同志的履历，宋元彩同志暂任北上干部队副书记兼副队长，待与江西省委取得联系确认后，再正式任命。

第二个批复：同意北上干部队即刻出发。批复还同意了干部队协助滕阳镇日本据点的接收工作。批复说，鉴于河西县长期在滕阳镇进行地下工作，同意干部队北上途经滕阳镇时协助接收工作。批复强调，北上是首要任务，协助接收失败应及时放弃立即北上。

滕阳镇地处两县交汇处，是一个拥有上万人的商埠，三面环山，一条宽十几丈的沂河支流从镇西通过，使这个偏僻小镇展现出一片依山傍水的旖旎风光。

干部队到达滕阳镇时太阳已经偏西了。已交枪的日军营房在镇西。干部队并未进镇，而是在镇东的一个小村子扎营。一个四十多岁的人早早地在这等着，见了孟庆立高兴地迎上来说："孟书记，我在这里等候多时了。"还没等孟庆立答话，他又说："我真没想到你会去东北！"

孟庆立回头看看跟在后面的队伍，压低声音说："老吴，别大呼小叫的，情况有变化吗？"

"没变化，昨天我又联系了内线，都正常！"孟庆立如释重负，立刻显得轻松起来，握着老吴的手说，"好，好！老吴，辛苦你了！"

老吴说："按原来的商议，我去约竹野内，时间定在明天晚上吧。"

刚刚进村，李善堂便急不可耐地来到孟庆立的房间，一脸不高兴，说："孟书记，我憋了一路也没好意思给你说，我们就这样闯关东？"

孟庆立笑着说："善堂，不这样去，还能怎么去？"

"孟书记，你答应了向上级反映，至少要和第一批干部队一样保证五条枪，现在连一条枪都没有，你觉得这样我们能走到东北吗？"

站在一边的宋元彩也用一种不解的目光看着孟庆立，欲言又止。

孟庆立说："对不起，两位队长，事情多，没跟你们两位商量。你们先坐下，一会儿滕阳镇的老吴过来，我们再一起商量具体办法。滕阳镇地下工作一直由河西县负责，主要是做伪军的策反工作，对驻守滕阳镇的日军也有所了解。驻滕阳镇日军指挥官竹野内少佐，据说此人有日本皇族血统，十分骄横，经常顶撞上级。日本投降后，他拒绝执行向非指定之部队投降缴械的命令，而默许士兵们私下进行军用物资的交易。"

李善堂兴奋起来："肯定有枪，是吗？"

"当然有！"

宋元彩问："你刚才说，日本人在进行私下交易，他们需要什么呢？"

"无非就是鸡鸭肉油。日本投降后，一些小商小贩在军营周围做些小买卖，日本士兵用军需品和小商贩换鸡蛋、肉。指挥官竹野内睁一只眼闭一只眼，并不干涉。口子一开，交换的规模有越来越大的趋势，前不久，一个客商用一车大米换了一车军毯。"

宋元彩说："可是我们什么也没有啊？"

孟庆立说："老吴去准备了！"

宋元彩说："准备的什么？"

孟庆立说："他想办法找来一些饲料，用饲料换来了十头肥猪。"

"哦。"宋元彩应。

李善堂说："可是，我们怎么换？对面是什么人？"

孟庆立说："只能和野内本人谈，我们想要枪，量也大，别人怕是办不了！"

李善堂疑惑地问："日本鬼子？这行吗？"他顿了一下又说："鬼子一个个都是死硬死硬的，还认死理，胡同里赶猪一条道走到黑。军区在接收过程中遇到过好几次，坚决不向八路军交枪。另外，我还有一事不明，鬼子也缺粮吗？"

孟庆立说："粮倒是不缺，吃饱肚子没问题，但肉油等副食品基本没有。"

宋元彩说："日本投降后，由日本军队维持的正常供应链断了，从而转向依靠国民政府，而国民政府没有能力给他们提供充足的供给，能提供粮食已是尽了最大努力了。这种情况在南方也是这样。"宋元彩沉吟了一下说："我们可不可以这样推测，日本投降了，这些过去骄横惯了的士兵有很大的心理落差，可目前还回不了国，部队情绪十分不稳定。如果伙食再不好，更加大了队伍的不稳定。"

孟庆立一拍桌子,说:"对呀,这不正是我们的机会吗?"

宋元彩说:"日本人也并非铁板一块。"

孟庆立点点头说:"在灾难面前,从自己的角度出发考虑问题做事情,没有人可以例外。"

枪的问题对孟庆立也是一次考验。上级通知,北上各部队的武器留下,到达东北后由东北局重新分配武器。作战部队都把武器留下了,地方干部队又有什么理由携带武器呢?于是,孟庆立想到了驻滕阳镇的日军。这也是他并没有坚持工作队带枪的原因。然而,他并没有十分把握能从滕阳镇搞到枪,如果一旦失败,那也就意味着工作队真的要赤手空拳走到东北了。

经过刚才一番分析,孟庆立更有信心了。

四

指挥官司竹野内中文很好,略带口音,他穿一身便服百无聊赖地在街上走着,人们很难知道他是日本少佐。

日本投降后,战争紧张的气氛随着秋风从这个小镇上一散而尽,随之而来的是一片祥和的氛围。竹野内来滕阳镇三个年头了,今天才发现这个地方竟然是那样美,三面青山绿水环抱,一面是古老的小镇。三年前来到这里时,他面对的不是美,而是无穷的黑暗与死寂,国军的一个军距此不过百里,共产党八路军无处不在,他时刻都面临着死亡。但他渴望战斗,渴望与中国军队决一死战,甚至渴望以死效忠天皇。然而三年来,他没打过一次他认为真正是意义的战斗,都是些小打小闹而已。战争结束了,他颇感遗憾,为失去与中国军队决一死战的机会而深深地遗憾。

街的拐角处是仙客来饭庄,是镇上最好的饭店。竹野内得到内线的消息,有人约他到这里谈物资交易。他犹豫再三还是来了。

军营附近不断有三三两两的老百姓用当地农产品与士兵交换军用物资,竹野内并没有阻止。日本投降后,他得到国民政府的命令,陆海空军不得向非指定之部队缴械及接洽事务,也不得交出所驻守的地区和任何物资。他个人对国民政府并没有多少好感，日本投降后，部队的后勤供给基本中断，与其将物资交出去，不如让士兵们换点好酒好肉以解部队生活上的困境。

宾主分别落座。孟庆立在中间，宋元彩和李善堂分别坐于两侧。老吴和竹野内坐在对面。

孟庆立端起碗站了起来，说："竹野内先生，既然我们坐在一起喝酒，我们就是朋友了。"

见孟庆立站起来，竹野内也站了起来。老吴在一旁说："按中国的习惯，敬酒人一定要站起来，被敬的人可以坐下。"于是，竹野内坐下来。

"中国有句老话，朋友来了有好酒，豺狼来了有猎枪。既然是朋友了，请你端起沂蒙山人民酿造的美酒，干一杯！"孟庆立这番话有两重意思：一是你如果是朋友，喝完酒我们进行交易。二是你如果是豺狼，我们过去有猎枪，现在也有！

竹野内眨着小眼睛，他虽是个中国通，但却不明白其中的意思。他纳闷，既然是朋友喝酒，和豺狼有什么关系呢？而豺狼又是什么东西？

所谓沂蒙山人民酿造的美酒就是山区老百姓酿的地瓜烧，辣口烧胃，质量低劣。

"干杯！"孟庆立一仰脖，一碗地瓜烧酒干下去了。山东人好喝，能喝，孟庆立也不例外。

美酒不美，竹野内领教过这所谓美酒的厉害。他迟疑地看着孟庆立。孟庆立端着碗注视着他。李善堂、老吴也端起了酒，就连桌上唯一的女人宋元彩也端起了碗。于是，竹野内端起了碗一饮而尽。他只觉得嗓子眼里一阵发烫，一股热流毫无顾忌地通向胃里。

最初竹野内面带难色，然而几杯下肚后胆气就上来了，话也多了起来。他说，滕阳镇是个好地方，山美水美风景美，日本比不了，日本没有一个地方比这里美……

看着手舞足蹈的竹野内，宋元彩想，谁能想到，不久前他还是个十恶不赦的侵略军指挥官呢！

竹野内舌头有些不利索了，突然问："你们，你们想交易什么呢？"

孟庆立看了一眼老吴，老吴点点头。

"枪！"孟庆立说。

竹野内怔住了，好一会儿问："你们是……"

孟庆立淡淡一笑，气定神闲地说："我们是八路军！"

房间里气氛陡地紧张起来，竹野内端着酒呆呆地站着，神情慌张。

宋元彩端着酒微笑着说："竹野内先生，过去我们是敌人，是不共戴天的敌人。但过去的已经过去了，我们中国人更寄希望于未来。现在能在一起喝酒，我们就已经是朋友了。来，为曾经的敌人，为未来的朋友，干杯！"

盛情难却，竹野内不能不喝。他在中国多年，对中国的文化习俗多少也了解一些，他知道，对于盛情的敬酒不喝就是失礼，他毫不含糊地再干一碗。

房间的气氛开始回暖。

竹野内伸出大拇指说："八路军，这个！"他瞪着一双迷迷瞪瞪的小眼睛扫视着眼前的人，说："我曾与贵军作战多年，但从未面对面见过八路军，我的士兵曾问我，八路军是一些什么样的人呢？我说不清楚，但八路军与国军不同，他们作战勇敢，不怕死，日本人崇敬强者和勇敢的人……"

李善堂端起酒，说："竹野内先生，从山西到山东，几年来我一直与你们作战，作为军人，如果能战死沙场，那是我的荣幸！过去的不提了，来，喝酒，为我们的合作干杯！"

竹野内犹豫了一下，再一饮而尽。

孟庆立说："竹野内先生，中国有句老话，为朋友可以两肋插刀，你懂这句话的意思吗？"

竹野内点点头。

"既然是朋友，我也不藏着掖着，我们需要十支枪和一千发子弹。钱，对你来说也没用，我们可以用猪肉换，你看如何？"

竹野内面露难色，犹豫再三说："我得到国民政府的命令是，后天将所有枪械和物资送往济南。"

老吴一下子急了，说："昨天你没说啊？"

竹野内说："命令是昨天晚上到的。"

房间里安静下来。

孟庆立说："竹野内先生，我再敬你一杯酒，我先喝为敬！"说完一饮而尽。竹野内也站了起来，一仰脖一碗酒也下去了。孟庆立说："竹野内先生，你有什么打算？"

竹野内说："私下交易军火违反军令，是不被允许的！"

第二十四章　　355

宋元彩说:"请问竹野内先生,将枪械及物资运送济南的命令是谁下达的?"

竹野内说:"是贵国国民政府。"

宋元彩说:"你了解国民政府的腐败吗?"

竹野内老实地回答:"知道一点。"

"你知道驻南京的日军在国民政府的眼皮底下售卖了多少军火吗?"

竹野内说:"也知道一点。"

宋元彩说:"按命令把枪械及物资运往济南后,你们还要继续在滕阳镇驻扎直到回国,是吗?"

"是。"

"你的部队要在这里驻多长时间?"

"不知道。"

宋元彩说:"竹野内先生,给你一个建议,如何?"

竹野内点点头:"请说。"

"与其把枪械物资送到济南,让国民政府腐败的官员私下贩卖,不如你在合适的范围里私下进行交易,一来让你的士兵在回国前改善一下生活,二来帮助了朋友,你以为如何?"

竹野内没吭声,端起碗呷了一口酒。

李善堂说:"我陪你喝一碗。"他举起碗喝了一大口,说:"敢问竹野内先生,国民政府和你的上级知道你的部队现有的枪械和物资的具体数量吗?"

竹野内看了李善堂一眼,说:"原本是清楚的,日本战败后,他们不清楚了。"

李善堂说:"是否可以这样说,我们进行交易,只要交易渠道顺畅,国民政府和你的上级是不知道的。"

竹野内想了想,说:"是这样。"

孟庆立一直用审视的目光观察着竹野内,他的态度与表情在不停地变化着。他一改过去占领军高傲的派头,变得十分随和。孟庆立面容一整,说:"竹野内先生,我可否谈一下我们的要求?"

竹野内似乎终于横下心来,用力地点点头。

"我刚才说过,我们需要枪和子弹,交易的条件是十头肥猪,如果竹野内先生认为少，还可以再协商。需要强调一下的是，鉴于目前敏感的形势，我们的交易要在保密和安全的情况下进行。"

竹野内现在的位置很尴尬。日本已与国民政府达成协议，国民政府将会获得日军在华的所有装备和物资。然而，滞留在华的百万日军并非完全遵循协议，一部分日军在秘密与八路军、新四军接触，有的公开或半公开与八路军、新四军来往，有的就近投降，有的则直接将武器交给当地八路军。就他本人，对国民政府及国军并没有多少好感，当然这与公然违反命令是两回事……

见竹野内低头不语，孟庆立说："我方的条件都已提出，竹野内先生，你有什么条件和要求，请提出。有一点你我都应该明白，我们是在合作，合作对我们双方都有好处，至少没有坏处。"

竹野内终于抬起头，说："你们的条件很简单，我接受，我也没有特别要求，有一点我们一样，行动需要保守秘密。"

出乎孟庆立的预料，竹野内这么快就同意了，他高兴地说："这没问题，这也正是我们想要做的，我们可以制定一个详细的交接方案！"

孟庆立端起碗说："我们为合作成功干一杯！"

竹野内痛快地再将一碗酒喝下去。他显然有些醉了，眯着眼睛说："孟先生，我这里枪多多的，如果你还想多要，那就要……"

孟庆立一下子明白了："我可以多准备些肥猪！"

竹野内连连点头说："就，就是这个意思！"

新中国成立后在一次运动中，有人检举，孟庆立与日本人在一起喝酒，还称兄道弟的，完全丧失了阶级立场，后来竟演变成孟庆立就是日本特务。孟庆立百口莫辩，锒铛入狱。孟庆立对此根本不以为然，在狱中，这位老县委书记被逼也爆了粗口："他老拧的，再来一次，老子还喝！"

五

交易时间定在晚上零点。

按商定，竹野内将枪和子弹装在卡车上在镇东头与干部队交接，标志是路边的一棵独立树。枪增加到三十支，子弹四千发。干部队追加十头肥猪，分两次交付。

由于战乱，滕阳镇的人口在急剧下降。镇东一带已没有了人烟，这里杂草丛生，到处残垣断壁。在夜幕的掩护下，孟庆立带领干部队提前一个多小时悄悄进入镇东，在距独立树二百米处隐蔽下来。十一点刚过，离独立树不到二百米处，突然一个手电光闪了一下，在黑暗的夜空中格外显眼。干部队立刻紧张起来，迅速隐蔽在路边的草丛里。

一队国军从远处走来。国军为什么深更半夜来到滕阳镇无人知晓。黑暗中，干部队紧紧盯着行进的国军。

"孟书记，你听到他们说话了吗？队伍里好像有日本人讲话。"李善堂悄声地说。

孟庆立说："好像是，听不太清。"

宋元彩说："没错，我听得很准，队伍中肯定有日本人。"

孟庆立自言自语道："这些人会不会和明天向济南运送物资装备有关？"

李善堂皱着眉道："这个点，正好与送枪的车相遇啊！"

让李善堂言中了，日军汽车正好与国军的队伍相遇。见到汽车，一个国军军官不断变换电筒灯光，示意停车，并大声问道："什么人？"

李善堂下意识地发出命令："部队注意，立刻展开战斗队形，准备战斗！"干部队的队员莫名其妙地看着他，李善堂猛然反应上来，队员们既没有枪，也不懂何为战斗队形。他咧了咧嘴，不吭声了。

车停了下来。驾驶座里，老吴坐中间，两边是日本兵，其中一个可以听懂简单的中国话。两人把头伸出窗外向前看着，嘴里还发出叽叽咕咕的声音。雪亮的车灯照得国军军官睁不开眼，他骂道："妈了个巴子的，把灯关上！要不老子毙了你！"说着他举起手枪。老吴把身体蜷缩起来紧靠着座椅，小声对日本兵说："关灯，关上车灯！有伤员，上医院，明白？伤员，县城医院，明白？"

坐在副驾驶的日本兵说："伤员的有，医院的，医院的！"

国军军官听到生硬的中国话，马上明白车上是日本人，骂道："还反了这帮杀千刀的鬼子了，大晚上还出来。"他回头说："那个叫什么井，井什么的，你去问问怎么回事。"

国军队伍中闪出一个日本人，对着车上喊："你们是竹野部的吗？"

车上日本士兵听到是日本人，顿时高兴起来："是啊，我奉竹野内少佐的命令，护送伤员去医院。"

"好的，听口音，你好像是北海道人？"

"是啊，你也是北海道人吗？"

"是啊，我家在札幌，你呢？"

"我家在富良野，听说最近要安排竹野部回国，是真的吗？"

车上日本士兵兴奋起来："真的吗？我们没听说？"

国军军官不耐烦地说："那个叫什么井的，啰唆什么呢？"

"是竹野部送伤员的车，大大的太君，快快地放行！"日本人说。

国军军官不情愿地挥挥手。国军队伍让开了路。

车刚启动，日本士兵又把头伸出窗外，喊："你叫什么名字？"

"井泽杏奈，你呢？"

"乔本杉。"

车大约向前三四百米，在独立树前停了下来。开车的日本士兵把头伸向窗外，看到不远处的独立树，说："就是这里。"然后把火熄了。车灯关闭后，空旷的田野里更显得漆黑一片。

刚走出不远的国军军官看见车停了下来自言自语道："这小鬼子胆子够肥的，这么晚了，磨磨蹭蹭的，还敢停车，就不怕野地里蹿出来个什么东西，把你们这些王八蛋撕吧撕吧喂了狗！"

老吴立刻急了，车一停会引起国军的注意，可是也不能往前开，老吴干着急却不知所措。

孟庆立小声对李善堂说："善堂，你悄悄地迂回上去，告诉老吴继续向前开！"李善堂会意地点点头，一个箭步冲了上去。

汽车启动了，缓缓向前开去。国军队伍也很快消失在黑暗里。半小时后，汽车又转回到独立树。干部队顺利地拿到了枪。

第二十五章

一

经过七个昼夜的颠簸,下午时分,三连两艘船一前一后到达渤海湾边的一个大镇——兴镇。正值落大潮,船在距陆地两公里外的海面上抛了锚。

于连长找到船老大:"老大,还能向前走走吗?这离岸也太远了!"

船老大一口回绝道:"于连长,你原来也是渔民,你说,行吗?"

于连长无话可说,来到船舱对齐旅长说:"旅长,船只能到这儿了,我们要蹚水上岸!"

"按既定方案立即组织下船!"齐旅长说。

胡副参谋长与于连长拟定了一个方案,根据身体状况,将全连战士一对一结成对子,一个身体状况好的和一个状况差的相互搀扶上岸。

深秋,海风飕飕,寒气袭人。战士们跳进冰凉的海水里蹚水向岸边行进。经过海上七昼夜的起伏颠簸,战士们身体状况十分差,晕船和呕吐导致很多人脱了相。一个战士下海还没走几步便晕倒了,几个战士一起将他扶起来,背着他向海岸走去。

多好的战士啊!

齐旅长眼睛有些湿了。一个多月前,他们中有许多人要回家,日本投降了,和平了,娶妻生子伺候庄稼,这是千百年来农民的向往啊!然而,和闯关东的祖辈一样,他们义无反顾地踏上了这块黑土地。

海滩很松软，一脚踩下去一个窝，行走起来十分困难。一踏上陆地，战士们纷纷瘫倒在地上。这些沂蒙山的后生们平生第一次感到躺在地上竟然这样踏实，有的横着，有的竖着，有的倚歪着，一个个有气无力地喘息着，毫无生气的目光瞅着大海，仿佛还在回忆着那一幕幕海上的时光。

兴镇，渤海湾边上的一个古镇，殷商时代这里是孤竹国的属地。明代，为防御倭寇的袭扰，朝廷在这里建立了指挥使司。兴镇自古就是一个大镇。

几个孩子跑过来，好奇地看着躺在地上的人。渐渐地，越来越多的人围上来，七嘴八舌议论着：

"他们怎么了？是让胡子劫了吗？"

"他们是从海上过来的，要劫也是让海匪劫的。"

"这么多人都被劫了，那得多少海匪啊？"

"他们会不会就是海匪哟？"

"应该是要饭的，肯定是，可也有点奇怪，这么多人在一起要饭，要得着吗？"

"这么冷的天，躺在地上是要生病的。"

一阵海风刮过来，一个妇女小声说："他们身上好臭啊！"

胡副参谋长从后面上来对于连长喊："于连长，集合！"

战士们努力站立起来，颤巍着形成两队向镇里走去。他们虽然衣衫褴褛，面容憔悴，相互搀扶着，但队形不乱，虽然步履蹒跚，但步伐仍然保持行军的节奏。兴镇的人们从未见过这样的阵势，全都愣住了。见队伍走来，纷纷闪身让出一条路。当队伍缓缓走过后，人们又开始议论起来：

"不像胡子像官军哎！"

"是，有些像。"

"他们身上的衣服也太脏了！"

"他们是要进镇里吗？那里可是有老毛子啊！"

……

望着战士们的背影，齐旅长内心五味杂陈，百感交集。连日来，战士们身上汇集了汗水、海水、雨水，衣服干了再湿，湿了再干，呕吐物遍布全身，衣服已板结成硬邦邦的布片，多少天来没有洗过脸，更不要说洗澡，身上散发着一股一股的恶臭。许多人从一上船就开始吐，吃什么吐什么，胃里的东西早已清空了，却什么也吃不下……

第二十五章

大病初愈身体虚弱的齐旅长基本没有了自理能力，半躺在用几根木棍扎成的简易担架上。

胡副参谋长跑来说："已和当地的同志联系上了。"他指着身后的一个中年人说："这是联络员。"

联络员走过来说："首长，我已和独立旅联系上了，王政委说近日独立旅过来与你们会合。"

齐旅长说："独立旅到这里来？王政委是这样说的吗？"

"是。"联络员说。

"王政委说来的具体时间了吗？"

联络员说："没有，他只是说就在近期。"

齐旅长沉思了一下说："部队食宿安排在哪儿？"

"在镇的东边，离这里还有三四里地。"联络员是个不善言辞的人，齐旅长问一句他回答一句。

"联络员同志，辛苦你了，情况你也看到了，同志们已是强弩之末了，如不能让战士体力尽快得以恢复，是要出大问题的！"联络员连连点头。

胡副参谋长说："旅长，我们真的是到了力不能入鲁缟的地步了。"

齐旅长苦笑一声说："我们现在不仅穿不透绸子，就连弓弩都拿不起来了！"

二

队伍突然停了下来，一个声音惊呼："看前面！"

一支部队走过，他们身着黄绿色军服，迈着雄壮整齐的步伐，还不时咕咕噜噜地喊口号。

是苏联红军！

战士们立即兴奋起来。苏联红军是布尔什维克，布尔什维克就是共产党！在战士们的心目中，苏联红军是老大哥，是兄弟，当然就是自己人。我们千里迢迢从山东来到东北，其中一个重要的原因就是和苏联老大哥会师。队伍中有人说："是不是苏联老大哥来接我们了呀？"队伍里立刻沸腾起来。有人嘀咕:"看看我们这衣服,见苏联老大哥多难为情啊!""对啊,对啊,我们是不是整理一下啊!"于是,战士们纷纷开始整理服装,抠抠这儿,抻抻那儿,然而又脏又皱的衣服实在没什么可以整理的。

一个战士鼓着劲喊:"苏联老大哥,你们好!"战士们也跟着一齐喊:"苏联老大哥,苏联老大哥,苏联老大哥!"

苏联红军部队突然散开,迅速向三连包抄过来,在距离队伍不远处停下了脚步,形成半包围之势,并举起冲锋枪。一时间,战士们全都傻了眼,呆呆地停在原地动也不动,但很快便反应上来,下意识地举起了枪。

一个苏军军官模样的人在大声说着什么,但没有人听得懂他在说什么。他挥舞着手臂大声嚷着。

就双方的势力,一旦发生冲突后果将不堪设想。胡副参谋长一瘸一拐地快步来到队伍前,大声说:"听我的命令,枪口抬高!"战士们犹豫了片刻,慢慢地把枪口指向了半空。

齐旅长来到队伍前,胡副参谋长、于连长、艾指导员紧随其后。胡副参谋长正色说:"我们是八路军独立旅,这是齐恩旅长!"

苏军军官走上前来,瞪着一双蓝色的眼睛,一副不屑一顾的神态,他一边挥舞着手枪,一边叽里咕噜说着什么。

齐旅长向前走了两步,说:"列宁、斯大林、朱德、毛泽东,你们知道吗?"

一股酸臭扑面而来,苏军军官不禁皱起了眉头。他听清了这些名字,这些伟人的名字在苏联妇孺皆知,他依旧毫无表情地望着眼前的人,他实在想不出,这些伟大的人和眼前这群面黄肌瘦、破衣烂衫的人有什么关系?

根本无法交流,双方僵住了。

"旅长,我可以说几句日语,苏联红军中大多有日语翻译,我去试试?"联络员从小在东北长大,会说简单的日语。

齐旅长说:"告诉他们,我们是八路军,是中国共产党的队伍!先告诉他,双方都把枪放下!"

联络员和苏军军官说着什么。苏军军官举起手挥了挥,苏军慢慢地放下枪。见状战士们也放下了枪。不一会儿,联络员跑回来说:"他们问,怎么可以证明你们是共产党八路军,而不是胡子。"

于连长困惑而愤然地说:"还老大哥呢,把我们当成胡子了!"

艾指导员揶揄道:"连长,看看我们的打扮,胡子的样子也比我们强!"

第二十五章

于连长生气地瞪着眼。

齐旅长浑身上下搜寻着，可啥也没找到。他回头说："你们都找找，看看能否找到可以证明我们身份的东西。"出发时，除了武器装备和行军必需品，其他东西都留下了。在胶东换便装时，本来不多的个人物品再一次被清理。

艾指导员说："旅长，我这儿有一本书。"这是一本《共产党宣言》，是延安中央印刷厂印刷发行的。书的封面上印着马克思、恩格斯的工笔画画像。

苏军军官翻着书，不停地摇头。联络员跑回来说："他说，这种书可以买到，不能证明什么。"

艾指导员又从背包里找出一本书，说："你再拿这本给他看看。"这是毛主席著的《论持久战》，书的扉页上印着毛主席的画像。但由于年久和海水的侵蚀，皱皱巴巴的纸张上，画像已不清晰了。联络员在和苏军军官交涉。苏军军官一副不耐烦的样子，挥着手不停地说着什么。

好大一会儿，联络员再跑回来说："他们还是不信。"联络员停了一下又说："旅长，你可能不了解老毛子，这些家伙很轴，死心眼，都是些死不开窍的榆木疙瘩！"老实巴交的联络员也骂人了。

胡副参谋长问："他们想怎样呢？"

联络员犹豫了一下说："他们要带你们去苏军军营！"

"什么！真把我们当胡子了？"于连长生气地说。

不远处的战士们焦急地朝这边张望着，原本见苏联老大哥喜悦的心情从高峰一下子跌入了低谷，原本准备好想对苏联老大哥说的话更无从谈起。

一排排长姚贵对三排排长李大水说："在山东时，我最想问苏联老大哥的一句话是，你们分到地了吗？现在看来，就是他娘的对牛弹琴！"

李大水却饶有兴趣地说："姚排长，你看见了吗？那个军官的眼睛是绿的！"

姚贵说："你眼睛不好使啊！怎么是绿的，明明是蓝的嘛！"

李大水自顾自地说："真见鬼，眼睛怎么会是绿的呢？晚上坟地里的鬼火才是绿的，我不扯谎，真的！他老拧的，是人还是鬼？那颜色，就和俺村里的那个老瞎子一样。姚排长，你说，他能看见东西吗？"

姚贵说："废话，看不见还能拿枪对着我们？李排长，你就省省吧，我的骨头架子都要散了！"

胡副参谋长对于连长说："别急，沉住气！"

"可是，无论如何也不能去他们军营，一旦进去就身不由己了，会发生什么那就难说了。"连长说。

齐旅长望着苏军队伍沉思。见齐旅长不吭声，其他人也不再说话。联络员不知所措地看看齐旅长，又看看苏军军官。齐旅长的身体状况极差，虚弱得连说话的力气都没有了。他哑着嗓子说："联络员，去和他们说，我们去苏军军营！"

联络员呆住了。所有的人都呆住了。于连长刚想开口，胡副参谋长摆摆手，示意他别说话。齐旅长招招手，大家靠拢上来。齐旅长说："既然说话听不懂，那么我们就唱！"

"唱？唱什么？"几个人异口同声地问。

齐旅长说："《国际歌》！"

两支奇特的队伍在渤海湾宽阔的海岸线上并排缓缓行进。一支黄皮肤的队伍，衣衫褴褛，面容憔悴，扛着长短不一的各种步枪，拖着沉重的步伐走着。另一支白皮肤的队伍，身高马大，军容整齐，端着转盘冲锋枪走着。

突然，一支队伍中响起一个嘶哑却坚定有力的声音："同志们，我们唱个歌好不好？唱一个全世界无产阶级和共产党人都熟悉的《国际歌》，好不好？都打起精神来，我起个头。"

战士们寻声望去，是旅长！

齐旅长挥舞着一只手，吼出了低沉有力的一嗓子："起来，饥寒交迫的奴隶！预备，唱！"这个从江西走出的老红军是竭尽全身之力在唱，是凭借不屈不挠的意志和毅力在唱！

> 起来，饥寒交迫的奴隶！
> 起来，全世界受苦的人！
> 满腔的热血已经沸腾，
> 要为真理而斗争！

从山东出发到现在，疲乏、劳累、紧张、眩晕、饥饿、寒冷像魔鬼一样如影随形缠绕着战士们，他们脸色发青，眼窝深陷，蓬头垢面，步履沉重。他们发出的歌声低沉、无力、嘶哑……

突然，沉闷的歌声中凸起了一个高亢的声音：

旧世界打个落花流水，
奴隶们起来，起来！

是他！是大家熟悉的"野兽"！胡秋生弓着的腰更加弯了，如果说他原来是一只弓着的虾，那么现在他就是一只蜷缩着的虾。他旁若无人地唱着，一副无所畏惧、勇往直前的神态……

也许受到齐旅长、胡副参谋长感染，也许受到歌词要把"旧世界打个落花流水"的激励，战士们愣怔了一下，经过短暂的沉寂后陡然间振作激奋起来。霎时间，战士们都挺起了胸，昂起了头，沉重的脚步也变得轻盈起来，从他们澎湃的胸腔里发出了这个世界上的最强音，雄壮、粗犷而坚定，在海岸上空汇成一道汹涌的滚滚洪流：

不要说我们一无所有，
我们要做天下的主人！
这是最后的斗争，
团结起来到明天，
英特纳雄耐尔就一定要实现！

轮到苏军傻眼了，没有命令，但整个苏军队伍自动放缓了脚步，呆呆地注视着这群衣衫褴褛、面容憔悴所谓的"胡子"。他们听不懂歌词，但对这些经历过卫国战争的苏联布尔什维克战士们来说，却能从熟悉的旋律中听得出是《国际歌》，旋律是那样熟悉，那样神圣！

苏军军官的眼神变得温和起来，犹犹豫豫地走过来，问联络员："他们是在唱《国际歌》吗？"

联络员看了齐旅长一眼，自豪地说："是！"

苏军军官疑惑地说："他们为什么唱《国际歌》？"

联络员翻译。

胡副参谋长说："告诉他，我们是八路军，是共产党的队伍，当然要唱《国际歌》！"

苏军军官说:"真的?他们真的是八路军?"

联络员翻译。

胡副参谋长说:"当然是真的!"他指着齐旅长说:"他是八路军独立旅的齐旅长!"

苏军军官走向齐旅长,郑重地敬了一个军礼。

齐旅长还礼后微笑着说:"斯大林,毛泽东,我们,朋友!"

苏军军官点点头,表示明白,他转身对着苏军部队大声说了些什么,苏军士兵们兴奋地举起枪高呼:"斯大林乌拉!毛泽东乌拉!"

起初战士们不明白"乌拉"是什么意思,斯大林、毛泽东倒是听清楚了。一个战士说:"听人说过,乌拉就是好的意思,他们在喊毛主席好,斯大林好!"另外一个人说:"不对吧?听人说,乌拉是万岁的意思。"排长姚贵大声说:"不管是什么,反正是好话,还等什么,我们也喊吧!"于是,战士们也振臂高呼:"斯大林乌拉!毛泽东乌拉!苏联老大哥乌拉!"

苏军军官高兴地对齐旅长说:"欢迎中国的布尔什维克同志们!"说着,他走过来伸开双臂,似乎想拥抱齐旅长,可突然又止住了脚步,皱起眉头对联络员说:"告诉旅长,身上有味道,很有味道,臭,很臭很臭,洗澡,明白吗?洗澡!"

来到镇里的住处,齐旅长问胡副参谋长:"我们是很久没洗澡了,应该有味,但还至于像那位军官说的到了臭不可闻的地步吧?"

胡副参谋长嘿嘿一笑,调侃地说:"旅长,你是闻不到臭,我也闻不到,这叫身在臭中不知其臭吧!"

齐旅长哈哈一笑,说:"也许是吧。问你一个问题,和苏军发生冲突时,你让战士们抬高枪口而不是放下枪,你怎么想?"

胡副参谋长说:"当时,我完全不知道两军能不能发生冲突,我甚至不能断定对方是不是苏军,放下枪就等于完全放弃了抵抗,枪抬高却完全不一样,一旦发生冲突,虽然我们会吃亏,但至少还有反抗的余地。"

多年后,在某军任军长的齐恩在解放军军事学院学习,在一次学术研讨会上,齐恩感慨地说:"列宁在《欧仁·鲍狄埃》中写道,无论你走到哪里,无论你是什么肤色,无论你是在异国他乡,你都可以凭《国际歌》熟悉的曲调,为自己找到同志和朋友。在渤海湾登陆的那一刻,我对这句话感受真的太真切了!"

三

就在齐旅长和三连上岸遇上苏联老大哥时,田宏喜带领的二排在海上也遇上了苏联老大哥。海上偶遇,田宏喜及二排横渡渤海湾北上的方案完全被打乱了,从而走上了一条更加曲折和充满艰辛的北上之路。

船在大海上继续航行。

田宏喜站在船尾,出神地看着船过后海面上泛起的浪花。白色的浪花与蓝色的海面形成鲜明的对照,像广阔的大地上的一条白色的大路,又像蔚蓝色的天空中彗星划过后留下的一条长长的尾巴。太好看了,凡慧一定喜欢!田宏喜摇摇头,可是,她在哪儿呢?

原本一见就顶牛的田大膀和船老大却成了朋友。用田大膀的话说,船老大看上去不怎么样,其实还是个实诚人。他对船老大说:"你长得那样儿,就是个胡子相,除了开船,还可以劫个道……"

船老大撇着嘴说:"你长得样子好,跟门神似的,你要是劫道,不用张嘴人家就把东西送你了。"

田大膀哈哈大笑,说:"老大,到了东北咱俩一块去劫道!"

船老大指着田宏喜说:"看人家田长官,板板正正的,穿着老百姓的破衣服也有样!"

田大膀自豪地说:"那是,我们是一个村的,一块长大的!"

船老大不屑一顾,说:"人家是连长,你才是个班长。"

田大膀不服,说:"我是哥,他是弟!"

船老大已听说他们是发小,却佯装不知,嘴张得大大的,说:"真的假的?你们都姓田不假,人家田长官有本事,你有吗?"

田大膀有些急:"我也有本事啊?我会开炮啊,炮打得准啊!"

船老大笑着说:"你说打得准就打得准,我也没看见呀?再说,船上也没炮,要是有,你打一炮让我看看我才信。"

田大膀一把拉住刚刚过来的田宏喜,说:"喜子,你说,我是不是炮打得准?"

田宏喜看看一惊一乍的田大膀,再看看专注地瞅着他俩的船老大,故意说:"大膀,你会打炮?还打得准?"

"啊!会打炮,打得准!在延山,我一炮把鬼子给轰了!师里要成立炮兵营,还要调我去呢!"

田宏喜故作惊讶,说:"还有这事?那你怎么不去啊?"

赵旺财在一旁哧哧地笑。船老大莫名其妙地看着,不知他俩葫芦里卖的什么药。田大膀突然明白过来,对着田宏喜嚷:"好你个喜子,调理我啊!"

船头的哨兵喊:"副连长,前边有一艘船,跑得很快,好像朝我们来了!"

一艘灰色的铁船高速开过来,船并不大,只比二排的渔船长一些,马达声音很大,轰隆隆的响声很远就能听见。

船老大说:"是老毛子的巡逻艇!"

"啥?老毛子?"田大膀问。

"就是北边的苏联人!"

田大膀高兴起来,抓着田宏喜胳膊说:"哎,不就是苏联老大哥吗?"

田宏喜和赵旺财也不由兴奋起来。在山东时,布尔什维克、世界第一个社会主义国家、苏联老大哥、黄头发、蓝眼睛、白皮肤……耳朵都听出茧子了,终于见到真的了。船舱里的战士一听说是苏联老大哥,一拥而上冲上了甲板。所有的人都伸长脖子朝着巡逻艇望去。

巡逻艇甲板上站着几个身穿黑色军服的海军,戴着大盖帽,帽檐上和军服的领口、肩上都锥着亮晶晶的金属饰物,十分威武。奇怪的是,有几个人的帽子后有两根黑色的带子,在海风的吹拂下不停地飘。

"看,船头那个人!"一个战士喊。

巡逻艇越来越近了,船头甲板上,一个军官扶着护栏,他挥舞着一只手,嘴里嚷着什么。军官蓄着浓黑的络腮胡,整个脸毛茸茸的,鼻子眼睛嘴巴都陷在胡子里,实在看不出是一张人的脸。

田大膀张开的嘴半天没合拢,自言自语道:"俺的个娘,这是个什么东西啊?"

在距离船几十米处,巡逻艇减缓了速度。艇上的机关炮突然转动起来对准了渔船,随后甲板上一下子涌出七八个水兵,他们手持转盘自动冲锋枪也对准了渔船。

望着黑洞洞的枪口,战士们怔住了。有人想返回船舱拿枪,赵旺财厉声喊:"都别动,待在原地别动!"

田宏喜感到了事态的严重性。他很后悔,光顾着见苏联老大哥,当战士们涌上甲板时,他犹豫了一下并未制止。他扫视了一眼甲板上的战士,二十多个青壮年聚在一起,也许正是由此而引起了巡逻艇的警觉。

田宏喜把手高高举起,大声喊:"我们共产党八路军,是自己的同志,请不要误会……"

络腮胡子胡军官依旧挥舞着手嚷着,没有人知道他在说什么,也没有人知道他要干什么。

赵旺财侧过脸对田宏喜说:"你看,他一直招手,好像是想让我们的船过去?"

田宏喜说:"好像是!"

田大膀圆瞪着眼睛:"这他娘的什么老大哥,连句人话都不会说!"

巡逻艇缓缓启动了,顺着船的方向往前开,然后倒车把船尾对准渔船。船老大喊:"不好,他们要拖船!"战士们立刻躁动起来。田宏喜大声喊道:"所有人立刻到船舱去!"随后他对赵旺财说:"赵排长,你也去船舱,做好战斗准备,但没有命令,谁也不准开枪,听清楚了吗?这是死命令!"

田宏喜死死地盯着巡逻艇上机关炮黑洞洞的炮口,他知道,一旦发生冲突,我们这艘木帆船根本不堪一击。

巡逻艇慢慢靠过来,船尾正对帆船头。一个水兵跳上船头,熟练地把一根缆绳拴在渔船的前桅杆上。

田大膀全身绷得紧紧的,眼睛扫视着周边。在他身边,一盘缆绳下露出一把斧子长长的柄。田宏喜狠狠地看了他一眼,低声喝道:"别干傻事!"

苏联水兵站起身,冲着田宏喜龇牙一笑,双手一摊,然后顺着缆绳爬回了巡逻艇。

在机关炮和转盘冲锋枪的监护下,船被巡逻艇拖着向西开去。

四

巡逻艇驶进了一个小港湾。

这是渤海湾边上的一个小岛,原被日军占领,用作海军临时物资仓库和转运站。日军撤走后，苏军占领了这里，改为海军临时码头，也兼作仓库之用。

一个声音高声喊："所有的人都到这里来！"

田大膀嘀咕："这不是会说人话吗？"

田宏喜对赵旺财说："传下去，听他们的，不要反抗！"

战士们被带到一所院子里，苏军士兵关上了门。这些沂蒙山的后生是第一次这样近距离看苏联人，他们的皮肤有白色的，也有棕色的，眼珠有蓝的，也有灰的黑的，头发是卷的……战士们感到新奇，甚至感到不可思议，人怎么可以长成这样子？这还是人吗？但他们实在是太累了，疲劳和饥饿一齐袭上来，以致根本无暇顾及这些西洋景，一屁股坐在地上，有的四仰八叉地躺在了地上。

一个苏联士兵探进头来说："谁是头？长官要见你们的头！"

田大膀说："副连长，我跟你一块去！"

田宏喜想了想说："好，但别莽撞！"

两人随着苏联士兵来到一个房间。随后进来一个长官模样的人，和巡逻艇上的军官不同，他穿一身黄绿色的军装，个子很高，灰白色的头发，灰色的眼睛，腰间别着一把手枪。

"请坐！"一句生硬的中国话传入田宏喜的耳朵。

田大膀不禁有些愕然，他本来想说，这个灰毛灰眼的家伙怎么也会说人话？可看了看周围又憋了回去。

"我是阿夫杰耶维奇少校，是这儿的指挥官，请问，你们是干什么的？"

田宏喜义正词严地说："我们是中国共产党领导下的八路军，我是八路军独立旅一团三连副连长田宏喜，我连正在执行任务，请……"田宏喜想说，请领导放行，可转念一想，他不是领导，首长？长官？苏联老大哥？是什么呢？他干脆说："请你们放行！"

阿夫杰耶维奇猛然冒出一句："你是共产党员吗？"

"是！"

"很好，请你出示党证。"

田宏喜怔住了，他从未听说共产党员党证一说。

田大膀着急地说："喜子，你有吗？赶紧给他看啊！是不是路上丢了？"

田宏喜思忖了一下，说："少校同志，想必你对中国共产党还不了解，在中国，你见过中国共产党党证吗？"

阿夫杰耶维奇一愣，他的确从来没见过中国共产党党证。看着眼前这个年轻人,阿夫杰耶维奇说:"在苏联,苏共党员是有党证的,党证是很神圣的,你既然是共产党员,怎么会没有党证?"

田宏喜说:"也许中国共产党成立时间短,不如你们那么正规,但所有人在入党时,面对中国共产党党旗都进行了庄严的宣誓。"

阿夫杰耶维奇说:"那么,怎么证明你们是共产党呢?"

田宏喜语塞了,的确,自己身上没有任何东西可以证明,入党多年甚至从未想过,有人会让自己出具自己是共产党员的证明!他注视着眼前这个一脸认真的灰眼睛少校。他个子很高,需抬起头来才可以和他对视。田宏喜平生第一次面对面与一个外国人说话,心里不免有些紧张,他努力保持镇定,说:"我们是山东八路军,你听说过罗荣桓司令员、黎玉副政委,还有政治部主任肖华同志吗?"

阿夫杰耶维奇想了想说:"当然,可是你想说明什么呢?"

擀面杖吹火,一窍不通!

"苏军与国民政府有协议,如果你不能证明,我将把你们送交国民政府。"阿夫杰耶维奇面无表情地说。

"为什么?"田宏喜开始恼怒起来,他没想到苏联老大哥竟然如此难缠。

"你们是不明武装人员,我有责任将你们送交国民政府,明白吗?"阿夫杰耶维奇带有明显的威胁。

田宏喜猛地站起身来,脸涨得通红:"少校同志,你这样做是不对的,国民政府是国民党的政府,不是我们共产党的政府。你,是布尔什维克吗?我,是共产党员!你,我,同志;你们,我们,兄弟,对吗?"

阿夫杰耶维奇诧异地看着田宏喜。

"你们不分青红皂白强行把我们带到这里,已经耽误了我军北上的时间,你明白吗?苏联已经建立了世界上第一个社会主义国家,在你的国家,人民已当家做主人,正在建设自己的国家。可我们中国还没有,中国人民还在受帝国主义和反动派的剥削和压迫。八路军赴东北是奉延安毛泽东主席、朱德总司令的命令,就是为了中国人民的解放事业,让中国人民和苏联人民一样当家做主人。少校同志,你不觉得,你们应该帮助我们,而不是为难我们吗?"

从山东出发起,与日军作战,与土匪作战,与国军周旋,在胶东遭遇美国飞机,在海上受美国军舰和国军士兵的奚落,而在这里……田宏喜真的怒了，他横眉倒竖："我们是共产党八路军，用不着藏着掖着，走到天边我们也是共产党八路军，就是到莫斯科见到斯大林同志，我也会告诉他老人家，我们是中国共产党八路军！"

屋里的空气凝固了，两人在僵持着。

阿夫杰耶维奇被田宏喜刚才的一顿慷慨陈词给震慑了，然而，在未确认这一群衣冠不整并携带枪械的人的身份之前，他不能放他们走。

田大膀也被田宏喜强大的气场给镇住了，原本想说点儿什么帮帮腔，却发现自己根本插不上嘴，他想起船老大的话，喜子就是有本事！他紧紧站在田宏喜身后，以此给他助威！

阿夫杰耶维奇仿佛想起什么，口气软了下来，晃着头，灰白的头发一飘一飘的，说："你刚才说斯大林同志、毛泽东同志，是吗？"

看着阿夫杰耶维奇怪的样子，田宏喜都被气笑了："对，我说了，毛泽东同志、斯大林同志！"

阿夫杰耶维奇连连点头，伸出大拇指说："斯大林，毛泽东，苏联布尔什维克，中国共产党，朋友！"

田宏喜心里一阵窃喜，小心翼翼地说："少校同志，既然是朋友，我们是不是可以走了？"

阿夫杰耶维奇一句话差点没把田宏喜气得背过去。他硬邦邦地抛出一句："不行！"

五

阿夫杰耶维奇强硬的态度明显缓和了下来，但他依旧不松口。他时而专注地看着田宏喜，时而却一副心不在焉的样子。他似乎在等什么，他在等什么呢？

阿夫杰耶维奇终于站起身来，说："请两位回去吃饭！"

田宏喜说："少校同志，我希望……"

阿夫杰耶维奇打断田宏喜的话："中国有句俗话，人是铁饭是钢，一顿不吃饿得慌。想必二位已经饿了。"他竟然还知道中国传统谚语。

苏联士兵端着盛着黑面包的大盆，抬着一大桶冒着热气的汤走进院子。每个战士分到一块黑面包和一小盆汤。这些来自沂蒙山的后生从未见过这样的"馒头"，外面是硬皮，里面却很松软。虽然已上了岸，战士们仍然感觉天旋地转，但一见面包，饥饿立刻战胜了眩晕，狼吞虎咽地吃起来。

赵旺财给田宏喜拿来一块面包和一小盆汤，不安地问："情况怎样？"

田宏喜咬了一口面包，说："这东西还挺好吃的，以前听人家说过洋馒头，今天咱也开开洋荤。"

赵旺财说："洋馒头还行，汤难喝死了，咱山东的涮锅水也比这汤好喝。"

田宏喜喝了一口汤，立刻皱起了眉头："还真是难喝！"

吃完饭，几个战士在小声说着什么，有的蹲在墙根仰望着天空发呆，几个人干脆坐在地上打盹。田宏喜感到一股低迷的情绪笼罩在院子里。他对赵旺财说："通知部队，十分钟后集合！"

的确，阿夫杰耶维奇在等消息。根据苏军与国民政府的协作协议，阿夫杰耶维奇致电国民政府，垂询有关独立旅及三连的情况，然而却迟迟未得到回复。日本投降后，各种势力及党派的地下活动十分猖獗，日军、伪满军的散兵游勇，甚至与土匪勾结在一起，时常公开抢劫、杀人，整日枪声不断。阿夫杰耶维奇也很着急，他并不想让这些人一直在此停留，食宿都会给他带来极大的压力。他独自一人走出来，正遇到二排集合，他向哨兵摆摆手，小声说："别吭声。"他悄悄地走到门口，从门缝向院子里观望。

赵旺财大声说："全体都有，立正！"

全体战士列队，立正站好。

赵旺财转身跑向田宏喜，举手敬礼，大声说："报告副连长同志，二排集合完毕，请指示！"

田宏喜回礼，说："请稍息。"

赵旺财返身回到队伍前发出指令："稍息，请副连长讲话。"

战士们稍息。

田宏喜走到队伍面前，站定，说："同志们！"

战士们迅速并脚立正。

田宏喜向全体战士回敬了一个标准的军礼，说："请稍息。"

阿夫杰耶维奇惊奇地看着这一幕。战士们抬头挺胸，站得笔直，与他们破衣烂衫、面黄肌瘦的形象完全不符。

田宏喜深深地吸了一口气，说："同志们，大家都知道，一个特殊的情况让我们来到了这里。我也不隐瞒大家，刚才谈的情况并不顺利，直到现在还没找到解决的办法，作为副连长，我很惭愧，向大家检讨！现在我想说的是，我们是堂堂的共产党八路军，在山东，我们是抗日打鬼子的好汉，现在，我们在执行党中央毛主席、朱总司令北上的命令，为解放全中国被压迫的人民而战斗，我们依然是好汉！"田宏喜的胸膛在剧烈地起伏，发出呼呼的喘息声："现在，我们遇到了困难，有的同志担心，有的同志沮丧，甚至有的同志害怕，我现在想说的是，同志们，只要人在，我们就不能丧失信心，就不能丢了精气神，不因为别的，就因为我们是八路军！所以，我要求大家都振奋起精神来，拿出一个山东好汉的样子来，别让苏联老大哥看扁了咱，大家说，好不好？"

"好——"队伍里发出了震耳欲聋的喊声。

阿夫杰耶维奇被震撼了，被战士们群情激昂的情绪震撼了。由于地方小，两个站哨的苏军士兵肆无忌惮地紧贴着阿夫杰耶维奇的身体专注地向院子里看。

"老规矩，唱个《打蒙城小调》，好不好？"

"好啊！"战士们齐声高呼。

田宏喜唱："春天来了，万物都发青啊，预备，唱！"

春天来了，万物都发青啊，
咱们庄户人啊，家家忙耕种啊，
有主力，有民兵，保卫大春耕！
主力民兵，保卫大春耕啊，
连夜往西行啊，攻打蒙阴城啊，
机枪扫，大炮轰，我军齐冲锋！
血战两夜，收复了蒙阴城啊，
活捉唐耘山啊，消灭了鬼子兵啊，
俘虏了汉奸队，九百多名！

老歌的力量是无穷的。

阿夫杰耶维奇在中国多年，是个中国通，但他完全听不懂歌词，然而从雄浑的歌声中，他却感受到一种情绪，一种正在熊熊燃烧的情绪，那是唱歌人坚强的决心和不屈不挠的意志。

阿夫杰耶维奇推门走进去，对田宏喜说："告诉我，副连长同志，你们唱的什么歌？"

见阿夫杰耶维奇突然进来，称自己副连长同志，田宏喜立刻感觉到了阿夫杰耶维奇态度的变化，说："这个歌的名字叫《打蒙城小调》。"

"《打蒙城小调》，好听，很好听！"阿夫杰耶维奇摇着头，一副陶醉的样子。

田宏喜解释道："这是一首山东八路军的歌，反映了山东老百姓在后方辛勤耕作，八路军在前方与日寇英勇作战，最终解放了蒙阴城，取得了胜利！"田宏喜补充道："蒙阴城是山东沂蒙山区的一个县城。"

"哦，好，好！"阿夫杰耶维奇问，"你刚才说，苏联老大哥？"

田宏喜答："在山东八路军根据地，我们是这样称呼你们的。"

"哦，好，很好！"阿夫杰耶维奇以一种复杂的心情注视着田宏喜，然后一步一步缓缓走向队伍，与全体战士一一握手，接着又回到队列前，神色庄重地说："副连长同志，亲爱的同志们，我正在通过国民政府验证你们的身份，可现在不用了，完全不用了，同志们，你们是八路军，毫无疑问，你们是！"

阿夫杰耶维奇握着田宏喜的双手，说："副连长同志，非常抱歉，耽误了你的行程，现在你们可以走了！"

队伍爆发出一阵欢呼声："苏联老大哥乌拉！"

二十世纪五十年代初，中苏签订《中苏友好同盟互助条约》，两国之间的友好达到顶峰。应国防部之邀，阿夫杰耶维奇中将作为苏联军事代表团成员访问了中国，其间他提出见田宏喜。在北京人民大会堂，在觥筹交错的欢迎宴会之余，田宏喜问："将军，我有一事不明，闷在心里好多年，不知当问否？"阿夫杰耶维奇抿了一口葡萄酒，说："请！"田宏喜问："当时是什么原因你认定我们是八路军呢？"阿夫杰耶维奇习惯性地晃着灰白色的头发缓缓地说："一支军队有自己的特点和风格气度，这种特点和风格气度是不会以客观环境的变化而改变的。在那种时候，你们仍然能够保持着整齐的队列，唱着家乡的战斗歌曲，从而我断定你们不是国军，也不是伪满的军队，当然更不是胡子，而只能是八路军！"

第二十六章

一

萧瑟的秋风中,一架人力车沿傍海道慢慢前行。泛着白碱的黄土地上滚动着枯黄的秋秸和杂草,发出簌簌的声响。

"凡慧姐,快到了哈!"张胜利发出欣慰的欢呼。

凡慧给躺在车上的小云掖掖被子,然后使劲地推车。

张胜利说:"凡慧姐,你别推了,我拉得动!"

小云的病时好时坏,一会儿发烧,一会儿发冷,身体十分虚弱,连站都站不稳。村里人说,离这三十多里地的李村有药铺,坐堂大夫是方圆几十里内的名医。

看着昏昏沉沉的小云,凡慧心里十分自责,原本以为感冒发烧几天就好了,却没料到竟然如此厉害。小云参加工作还不到半年,凡慧知道,小云最初是冲着她和宏喜来的,这个稚气、充满激情的姑娘一参加工作便迅速融入了革命队伍中,她犹如遍布沂蒙山上的野草花,在河西,到处都有这个身材纤细的姑娘的身影。她这个年龄,正值妙龄芳华绽放,可是……凡慧凝视着荒凉的山野,心如潮涌,宏喜,你在哪儿?你知道小云病了吗?病得很重,她真的太可怜了。从河西出发后,知道我有多难吗?有多害怕吗?有时候觉得我都要崩溃了……

车颠了一下,小云喃喃地说了什么。凡慧突然想喊,她从心底呼唤:小云,我的好妹子,求你了,你一定要好起来啊!要不,我怎么给宏喜、给你爹交代啊!

李村健和堂药铺是方圆几十里唯一的药铺。坐堂大夫是一个六十岁开外的长者,他抬头看了凡慧和张胜利一眼,埋怨道:"孩子病了有三四天了吧,看过大夫吗?"

张胜利着急地问:"没看过,她要紧吗?"

老大夫说:"从气色和脉象上看,应该是寒热症,就是人们常说的打摆子。"

凡慧想起李清的话,是自己的疏忽,把小云的病耽误了。"大夫,求你了,给我妹妹好好看看!"凡慧的话里带头哭音。

也许是听到凡慧的山东口音,老大夫问:"敢情两位是从外地来的,赶路吗?"

凡慧迟疑了一下,说:"我们是去北边寻亲的。"

老大夫说:"这就对了,是寒热症,这个季节得寒热症的并不多见,只有赶脚的经常露宿在外的才有可能染上。"他拿出纸笔,边写边说:"抓药吧。"

凡慧露出一丝勉强的笑容,说:"先生,是不是说,我妹妹可以好呢?"

"当然可以好。可是,目前她的情况并不乐观,好在她体质还不错,只是耽误了一些时日,加上缺乏营养,需要时间调养啊!"

"那要多长时间呢?"张胜利问。

老大夫说:"一个月吧,至少二十天!"

凡慧和张胜利情不自禁地"啊"了一声!

老大夫并没注意到凡慧和张胜利情绪的变化,一脸严肃地说:"病况发展如何还要看调养情况,俗话说三分治,七分养嘛。调养首先是调,调就是调理、调整,按时服药,调理肌体,还有心态调整,缺一不可;其次是养,要吃得好,睡得踏实,多安逸,如此,气血就不会郁结,气血不郁结经脉就通畅,经脉通畅精神头就足,身子就有劲,如此大病方可痊愈⋯⋯"老先生仿佛在讲经,头头是道。

"先生,先生⋯⋯"凡慧欲言又止,双手局促地揉着衣角。

老大夫方才注意到眼前这个姑娘,她头发乱蓬蓬的,一脸黑灰,满是补丁的衣服上还有几处破口,但仍然看得出是个漂亮的姑娘。

临行前，张胜利对凡慧说："这不行！"凡慧诧异地说："怎么了？""你这样出去，搞不好会惹出事端来！"凡慧说："胜利，你这是什么意思？"张胜利憋了好一阵子，说："凡慧姐，你太漂亮了，太扎眼！得化化妆。"于是，凡慧换了衣服，在脸上抹了灰。

老大夫关切地问："你们要上哪里寻亲？"

凡慧说："在关外。"

老大夫不语，但他看得出，他们不像是投亲。可医好寒热症是需要一段时日的，所需费用也不在少数，关键还要有一个适合调养的环境。看看躺在床的小云，老大夫叹了一口气。

思忖良久，老大夫说："识字吗？"

凡慧说："哦，念过几年书。"

老大夫走到桌子前，拿出纸笔，说："冒昧请誊抄一下这个方子。"

凡慧很快将方子抄好。老大夫看着娟秀的小楷，满意地点点头，说："姑娘，我说一个办法，你看行不？"

凡慧点点头。

"药铺师傅家中有事，前些日子回家了。如果你愿意，可临时在这帮忙抵令妹的药费，你看如何？"

"谢谢先生，可我能干得了吗？"凡慧又惊又喜地说。

"抄抄方子，捆捆药包，有不懂的可以问我。你和令妹可住在药店师傅那间房，照顾令妹也方便，不过，这位先生……"

张胜利急忙说："有劳先生了，不用管我，我自己可以安排！"

二

一支队伍盘旋在山涧小路上。

第二批北上干部队从滕阳镇拿到枪后一刻也没耽误即刻向北进发，穿过茫茫的沂蒙山区，不久进入鲁中地区。

山东八路军先头部队已进入东北，后续各部队正在加快北上的步伐。中共中央东北局成立，发动群众、组织群众、出版报刊、建立党的地方政权等一系列工作都迫在眉睫，它关系到到达东北的八路军能否站得住脚之大问题。中央致电山东，北上部队必须配备必要之地方工作干部，并加快进入东北的速度，建立、发展和巩固东北根据地。

在齐鲁大地上，数以万计的八路军和数以千计的地方干部北上的洪流如火如荼而又悄无声息地流淌着。

在北上干部队中，最兴奋的非李善堂莫属了。他背一支崭新的三八大枪，步履轻盈，话也格外多。他说："对于战士来说，枪是什么？"一旁的队员摇摇头。"枪是战士的第二生命，战士没有了枪，就等于丢了命！"李善堂从战士、排长到独立旅参谋，参加过多次战斗，他对枪怀有特殊的情感。

从八一南昌起义时起，从红军到八路军，我们的队伍始终缺枪少弹，每到作战的关键时刻这一窘状便显现出来，多少革命战士为此付出了生命。

宋元彩说："善堂，你一直在队伍上，对武器装备的理解要比我们深刻得多。"

孟庆立说："善堂一直在一一五师，那可是八路军的王牌部队啊！"

李善堂陷入沉思，许久，他才缓缓地说："在一一五师，无论干部还是战士，他们军装可能是旧的破的，脸是黝黑的，身上散发着酸臭，但他们的枪永远擦得闪闪发亮，一尘不染。我从参加八路军时起，这一场景给我留下了永远不可磨灭的印象。那是在晋西北的一次战斗中，一个排被鬼子包围了，在最后的时刻，全体战士毁掉了手中他们视若珍宝的武器装备……"李善堂眼中闪着泪花："在八路军中，战士们尊崇这样的信念：人枪合一，人在枪在，人亡枪亡！"

孟庆立为之一震，他对李善堂又有了新的认识。宋元彩默默地走着，她在细细地品味着李善堂刚才的话。

干部队在山中穿行。

孟庆立计算着路程，按现在的速度，再有一个半月时间足可到达，如果行军速度再加快些，一个月即可。干部队中，除了自己和宋元彩，其他都是年轻人，他们在山区长大，体力好，善走山路，这让孟庆立很放心。唯一放心不下的是宋元彩。

宋元彩看出了孟庆立的心思，说："孟书记，你放心吧，我可以从江西走到安徽，从安徽走到山东，我就可以从山东走到东北，保证不拖干部队的后腿！"宋元彩颇有自信地说："年轻后生们未必比我强，你信吗？"

孟庆立望着宋元彩不服输的神态说："我信，我信！"孟庆立笑着说："你们娘俩一样倔！"

孟庆立一句不经意的话，却实实触动了宋元彩内心最敏感的地方。在她的印象中，阿花还是二十年前的样子，小小的身躯，黄黄的头发，转动着的大眼睛，柔声细气的声音……她总想让孟庆立谈谈齐恩，谈谈凡慧，但一天天过去了，不知为什么却始终没能张口。借着孟庆立的话头，宋元彩说："你能给我说说凡慧吗？"

孟庆立边走边说："大姐，你知道是谁让凡慧参加北上干部队的吗？"

宋元彩摇摇头。

孟庆立说："就是她的亲生父亲齐旅长啊！"孟庆立唏嘘着说："也许真的是命，当时齐旅长并不知道凡慧是自己的亲生闺女。凡慧这孩子什么都好，就是主意太大，她甚至没给我说……"

前面突然有人喊："有人掉下去了！"

弯弯的山道，一边是陡坡，一边是沟壑。一个队员带着哭腔说："孟书记，小马掉下去了，我没拉住……"

队员们呼喊着："小马，能听见吗？""小马，你在哪儿？"山沟里发出嗡嗡的回声。

孟庆立说："善堂，往前走可以绕道下去吗？"

李善堂看着长长的山道，说："绕道下去要走很远的路，恐怕我们没有那么多时间。"

孟庆立眉头紧锁，说："天黑后天气变冷，现在一刻也不能耽误，善堂，准备绳索吧，就从这儿下！"

李善堂转身拿出一卷绳子，孟庆立一愣，他早有准备。李善堂说："不知山沟有多深？绳子够不够长？"

孟庆立说："让所有的队员把绑腿都集中起来！"

李善堂麻利地把绳子捆在腰上，孟庆立用手拉了拉他腰间的绳子，关切地说："善堂，小心！"

李善堂很快到了沟底。小马已处于昏迷状态。用绑腿连接的绳子也放了下去。绳子捆着昏迷的小马，绑腿系成的绳子捆着李善堂，李善堂托着小马缓缓被拉上来。就在两人被拉到沟边时，意外却出现了。绑带制成的绳子突然松动了，发出轻微的撕裂声。孟庆立奋力上前一把拽住李善堂的衣服，使劲向上一拉。由于用力过猛，在李善堂被拉上来的同时，惯性将孟庆立甩进了山沟。

孟庆立和小马被送到镇上的医院时天已蒙蒙亮了。小马被送到医院时已停止了呼吸。一个队员趴在他身上嘤嘤地哭。他们是同龄同乡，一同参加革命工作，又一同进入北上干部队。"都怪我，是我没拉住，都怪我呀……"他的哭声深深地刺痛着在场的每一个人的心。

孟庆立坠落时，一根树杈从他腋下穿过去延缓了他下降的速度，让他得以生还。正像他自己说的，也许真的是命。一队日本战俘遣返回国，路过镇上暂住一晚。得知日军中有一位军医，医院便将他带来为孟庆立做了手术。

三天后，孟庆立苏醒过来。他全身多处骨折，右侧腋下肌腱撕裂，全身用绷带包裹着，只有眼睛在慢慢地转动。他试图转动一下身体，全身一阵刺痛，不禁发出微弱的呻吟。

"别动！"一个声音说。

孟庆立顺着声音望去，是宋元彩："大姐！"

"你醒了！"宋元彩高兴地说。

好大一会儿，孟庆立完全清醒过来，说："大姐，我躺了多久了？"

"三天了！"

"三天？"孟庆立吃了一惊，接着问，"干部队的同志们呢？"

"在镇上，李善堂带领他们在训练。"

孟庆立有些激动，说："干部队不能停下，我向分局做了保证，一定要在规定的时间里到达。"他顿了一下又说："大姐，叫一下善堂，开个支部会吧。"

宋元彩迟疑了一下，说："庆立，现在你需要休息……"

孟庆立说："大姐，去吧，我没事，我有话要说！"会上，孟庆立提出了三个意见：第一，提议宋元彩任第二批北上干部队书记兼队长；第二，北上行程不能耽误，干部队明日启程；第三，与当地党组织取得联系，自己留下养伤。

李善堂十分自责，孟书记是为救自己才受的伤，他试探着说："孟书记，我留下陪你……"

孟庆立不满意地看了他一眼，说："善堂，就这样吧，你去做出发准备吧，我还有话对大姐说。"

"大姐，"孟庆立喘息着缓缓地说，"对不起，我不能亲手把凡慧交给你了，真抱歉！很遗憾也不能和你们一起北上了！"他十分难过，呼吸有些急促。"总想找个机会，好好给你说说凡慧，说说凡慧的父亲齐旅长，可是……"

宋元彩强忍住眼泪，说："庆立，别说了，你太累了，再睡一会儿，好吗？"

孟庆立委实太累了，说话声音越来越低："凡慧是好孩子，齐旅长是好人……大姐，去找他们吧，找到他们……谢谢，谢谢你给了我一个好孩子……"

干部队出发时，孟庆立还在昏睡中。队员们在病房外列队，向孟庆立敬礼道别。

别过孟庆立，干部队来到医院东侧山坡上，队员们依次从小马墓前缓缓走过，每人掬起一把黄土均匀地洒在坟茔上。

小马，名大宝，蒙阴县人，二十一岁。马大宝是河西县北上干部队第一个牺牲的队员，他的名字被记载在《河西县志》上。

三

清晨，小岛海湾，树欲静而风不止。

阿夫杰耶维奇少校亲自送二排上船。他握着田宏喜的手说："副连长，认识你非常高兴，你是我见过的最聪明、最睿智的中国军人，祝你好运！"

"谢谢少校先生！"田宏喜真诚地说。

阿夫杰耶维奇送来一些黑面包，他双手一摊说："非常抱歉，只能给你这么多。另外，岛上有些花，花生，嗯，是叫花生，是日本人留下的，给你的部队带一些。"

阿夫杰耶维奇眯着灰色的眼睛眺望大海，显得有些忧虑，说："副连长，近日海上有风暴，你知道吗？海上的风暴是很可怕的！"

"谢谢少校，我问过船老大，他说这个时节台风经常有，但影响到渤海湾的却极少。船老大是个很有经验的渔民。"

"决定了？"阿夫杰耶维奇问。

"谢谢少校的好意，你我都是军人，中国军队有句话，叫军令如山，给我留下的时间真的不多了，感谢你的盛情和关心！"

阿夫杰耶维奇说："愿上天保佑你！"

船驶出小岛海湾。经过两天的休整，战士们的体力得到了明显的恢复，毕竟他们正年轻。战士们情绪十分高涨，聚在甲板上说着笑着。

田大膀满脸堆着笑走过来，说："喜子，那个叫阿……为鸡的。"

田宏喜扑哧一声笑了："什么阿为鸡，人家叫阿夫杰耶维奇。"

田大膀摇着头说："这也叫人名？不过人倒还不错，还给咱洋馒头，最关键的是他会说人话！"

田宏喜却板起了脸："我倒问问你，昨天当着阿夫杰耶维奇的面，你着急忙慌地让我拿出党证来，大膀，你不是党员，可你没吃过猪肉还没见过猪跑吗？八路军党员哪里发过党证啊？"

田大膀嗫嚅道："我又不知道，当时不是着急嘛！"

不幸让阿夫杰耶维奇言中了。出海不久天便阴了下来，刚过中午，海上一阵紧一阵地刮起了风。船老大注视着远处的滚滚乌云，他的脸色和天一样阴。

"老大，会有暴风雨吗？"田宏喜问船老大。

见船老大不吭声，田大膀着急地嚷："你这个老大，副连长问你呢！有没有啊？"

船老大依旧不吭声。田大膀刚想发作，田宏喜用力拉了他一把，田大膀圆瞪着眼睛不吭声了。

天愈发阴沉了，海风越刮越紧。船老大哭丧着脸说："长官，要起风了。"

田大膀一下子火了："老大，傻瓜都知道起风了，还用你说！"

田宏喜大声说："大膀，你嚷什么？"他转过身对船老大说："老大，别着急，你说！"

船老大犹豫了一下说："我行船十几年，从来没有遇到过这样的天气！"

乌云黑压压地袭上来，仿佛是一个巨大的罩子把大海盖上一样。

赵旺财和王长锁来到甲板，惊异地看着这一幕。

田宏喜察觉船已调转方向，急忙问："老大，我们返回小岛吗？"

"不，去不了小岛，我们现在只能向西！"

"向西？为什么？向西会到哪儿呢？"

"走到哪儿算哪儿吧！长官，我昨天说不会有暴风雨，我错了，可现在只能向西，听我的！"船老大黑着脸说。

"老大，天有不测风云，你不用自责。需要我们做什么，你说话！"田宏喜安慰道。随着船身的晃动，田宏喜的身体也在不停地摇摆。他走近船老大，一改平时那种亲和的神态，面目甚至有些恐怖："老大，我们既然在一条船上，就是一条绳上的蚂蚱，你给我说实话，船会有事吗？"

船老大怔住了，一时不知该说什么，良久，他才说："我拼老命也会保住船，可是，看样子风浪会越来越大，田长官，做些准备吧！"

田宏喜说了声："谢谢老大！"

狂风裹挟着暴雨直面而来，船颠簸得厉害，像喝醉了酒一般摇晃着。全体都进入了船舱。田宏喜站在舱口，快速扫视了一下船舱，说："同志们，我们用三分钟开个会，会后大家要立即行动起来。"他停了一下说："目前，我们到了一个十分危急的时刻！"

战士们一震，但很快就静下来。

"我要告诉大家的是，风浪会越来越大，我们必须做最坏的打算！"

一个战士问："副连长，什么是最坏的打算？"

船舱里立刻安静了，战士们凝视着田宏喜，在等待着他的回答。

田宏喜露出平静的笑容，说："在海上，还有比翻船更坏的事吗？"

船舱内立刻喧哗起来，有几个战士甚至站了起来。

田宏喜中气十足严厉地说："大家都坐下！没有什么可商量的，我们也没有时间商量。如果可以商量，我田宏喜现在就去找老天爷，让它别下雨别刮风了，行吗？我只能说，我们要做最坏的打算，做最好的准备！"

船舱里安静下来，而船舱外的风雨声却喧嚣异常。

"大家听好了，从现在起，谁都不许乱，一切行动听指挥。下面几项工作我们必须马上做。"田宏喜语速很慢，他希望所有人都听清楚，"第一，所有人必须待在船舱里，没有命令谁都不准出舱。一旦听到出船舱的命令，各班要按顺序迅速走出船舱，一刻也不能耽误。第二，现在，把粮食用油布包好，捆在身上。紧急情况下武器可以不带。第三，舱口一边有木头，出舱口时两人拿一根。记住，一旦落水要抱紧木头，抓住所有可以抓到的东西。我们现在的位置距离陆地不算太远，只要我们坚持住，一切都会好的。"

战士们面面相觑。

"该来的一定会来,害怕也没有用,同志们,我们连日本鬼子、汉奸、土匪都不害怕还怕水吗?你们说,是不是?"

"是。"船舱里响起稀稀落落的回声。

赵旺财十分不满意,大声说:"什么时候我们二排都成泥捏的了?大点声,我听不见!"

船舱里响起一阵撕心裂肺的吼声:"是!"

四

狰狞的飓风,咆哮的海浪,黑沉沉的天空,世界像中了邪一样肆虐地撕扯着渤海湾。

小山般的海浪一个连一个向船袭来,船时而被抛向空中,时而又被甩入谷底。所有的人都蜷缩着身躯死死地贴在船板上,并牢牢地抓住船帮。

船舱里黑得伸手不见五指。

"喜子,你在吗?"田大膀在黑影里说。

"在,大膀。"田宏喜说。

"你说,船会沉吗?我不会游泳,会淹死吗?"田大膀直直地盯着黑暗中的田宏喜,实际上他什么也看不见。

好一会儿,田宏喜回答说:"我不死,要死,你死,我还没到东北呢,将来我还要回山东老家沂蒙山,所以我不死!"

船剧烈地摇晃了一下,船身发出嘎吱嘎吱的声音。

"哦,那我也不死!"见田宏喜没吭声,田大膀提高声音说,"我也不死,你听到了吗?"

"听到了,你不死!"黑影里田宏喜回了一句。

王长锁爬过来,说:"副连长,你害怕吗?"

"老班长,你呢?"

"有一点,不过早在几年前,在淞沪保卫战,在苏北日本战俘营,我就该死了,活到现在都已是赚的了。"黑暗中,王长锁发出窸窸窣窣的声音。

"老班长，你在干啥？"田宏喜问。

"副连长，你把手伸过来。"

黑暗中，田宏喜摸索着把手伸过去。王长锁抓住田宏喜的手翻来覆去地揉捏。田宏喜正纳闷，王长锁说，语气里充满释然："没得事，啥子事也没得。我算了一卦，副连长，你命硬，没得事，你没事我们排也没得事，真的！"

田宏喜奇怪地说："老班长，你还会掐算？在我老家，会掐算的叫神汉，你岂不成了神汉？"

风一阵紧似一阵，船身嘎吱嘎吱的声音更响了。王长锁认真地说："真的，你别不信，别看昏天黑地的，没事，至少没大事！"

田宏喜不信命！小时候家里那么穷，两个哥哥都死于非命，共产党来了，家里才过上好日子，如果有命，那也是共产党带来的。如果说命好，是因为自己参加了八路军，还有妹妹小云……田宏喜的思路中断了。小云从小生性活泼好动，两个哥哥走后，她变得沉默寡言了，每天一步不落地跟在他身后……

田大膀凑上来说："老班长，你会算？真的没事？"

暴雨像无数条鞭子抽着船身，船舱里不时发出噗噗的响声。附近的战士竖起了耳朵，生怕听不清老班长在说什么。有的爬着向这边挪，一个战士说："老班长，你大点儿声！"

王长锁扫视了一下船舱，黑洞洞的，什么也看不见，但他知道，一双双眼睛正在盯着他。他也知道，这些年轻的后生们在想什么，在生死面前，又有哪个人不害怕呢？况且他们都这么年轻。他也知道副连长的良苦用心，别看年轻，这个小连长真的不简单哩！他就是要让战士们的思想上绷紧，做最坏的准备，谁敢说船一定不会翻呢？但这些后生全身的弦都紧绷着，绷得太紧久了是容易出事的！

王长锁抬高声音说："大膀，你知道什么是算命吗？"

田大膀老老实实地回答："不知道。"

"算命就是预测，啥是预测？预测就是说出未来要发生的事情。所以算命是大学问，是博大精深的大学问，你还别不信。"

田大膀问："你怎么知道未来发生的事情？"

"大膀，阴阳五行、天干地支、八卦易经，这些你知道吗？"王长锁在苏北日本战俘营时，偶然一次他捡到一本算命的书，无聊时便翻来看看，没想到现在却排上了用场，还有紫微斗数、手相面相、八卦六爻、奇门遁甲、地理风水，这里名堂多着呢，我就不说了，说了你也不懂。"

田宏喜暗暗发笑，老班长平日里蔫不拉唧的，关键时候还真能白话。

战士们对王长锁的一通十分"专业"的话根本听不懂，却感到十分新鲜，过去只知道老班长军事技术好，没想到老班长还有大学问，真人不露相啊！

"有一点大家要相信我，咱山东娃儿命硬，这个我算得准准的。山东娃儿豪爽硬气，遇到事能扛，世界上的事就是这样，凡事能扛过去就是命硬。全连就我一个四川人，也属我年龄最大，今天我们遇上坎了，我跟山东娃儿沾个光，我们一起扛。我刚才给副连长算了一卦，副连长的命最硬，副连长没得事，我们大家就没得事。大家听好了，今天不管遇到啥子事，我们大家一起跟着副连长，咬着牙坚持，就一定可以度过今天这个坎！"

赵旺财说："老班长的话我听明白了，咱山东后生没有孬种，咱二排也没有孬种，当然了，孬种也不会从沂蒙山走到东北。从现在开始，我们一起扛！"

田宏喜从心里感谢两个排长！

五

暴风助着雨势，疯狂地砸向渔船，船头时而插向海底，时而又翘起冲向空中。船老大已完全失去了方向，船像醉汉一样任凭风浪推搡着忽上忽下忽左忽右地漂浮。

一堵黑魆魆的影子迎面压过来。

"老大，你看，那是什么！"赵旺财惊呼。

经过一夜风雨的冲刷，船老大的眼睛红肿着，他眯着眼定睛一看，不禁倒吸一口凉气，他急忙用尽全身的力气急速转舵，可是根本不起作用，一座巨大的礁石瞬间就到了眼前。咔嚓一声巨响，船的右舷撞上了礁石。伴随着船身的强烈震动，船身被撕开了一个裂缝，海水像泉水一样咕嘟咕嘟地灌进来。

一个战士惊叫："进水了！"

船老大跑进船舱，大喊："用被子、衣服堵啊！"

赵旺财抓起一条被子冲向裂缝，被子太大太厚，根本塞不进去。就在他愣神的一刹那，田宏喜拔出刺刀，把棉被割成一条一条的塞进裂缝。渗水很快被堵住了。

狂风暴雨继续肆虐。然而，船却像被鬼附身了一样纹丝不动。船被礁石卡住了！船老大呼天抢地喊："老天爷不公，这是要毁俺啊！"如果不尽快松开，不出半个时辰船就会被风暴撕成碎片。

赵旺财摸索着来到船右舷，田大膀紧随其后。船右舷紧贴着一块巨大的礁石，而船头却伸向左舷的一块尖形礁石，船被卡在了两块礁石之间。赵旺财探出身子观察，却只能模模糊糊看个大概。一阵狂风，他身子一个趔趄，差点被吹下去。

"大膀，我下去看看，用绳子把我绑上……"

田大膀一听就急了："不行，排长，这太危险！"

"少啰唆，快点儿！"赵旺财伸手抓起绳子，摸索着找到绳头。见田大膀不动，赵旺财生气地说："快点儿，帮忙！"

田大膀一把夺过绳子，执拗地说："要下我下，你不能下！"

性格内向、平和的赵旺财一反常态，喝道："好你个田大膀，长本事了，你是排长，还是我是排长，快！"

田大膀抹着脸上的水，雨水和泪水交织在一起。他默默地把绳子缠在赵旺财身上，打了一个结，然后拉了一拉，很结实。

"你磨蹭什么呢？"赵旺财吼。

田大膀迅速将绳子的另一头绑在桅杆上，沿着船身慢慢将赵旺财放下去。

"大膀，你们在干什么？"田宏喜顶着风雨艰难地走过来。

田大膀哭丧着说："排长下去了！"

"什么！"田宏喜把头伸向船外。

赵旺财在船半腰喊："副连长，船被礁石卡住了，我看看可不可以撬开！"

"小心啊！"田宏喜喊。

不一会儿，船下发出叮叮当当的敲击声。在呼啸着的暴风雨中，赵旺财像钟摆一样左右摇晃。半个小时过去了，叮叮当当的声音始终没有停下。

"行不行啊？不行就上来！"田宏喜喊。

海浪撞击着礁石飞溅起几丈高的浪花，并发出震耳欲聋的声音。船下依然传出有节奏的敲击声。

"旺财，再给你一分钟，你必须上来！"田宏喜吼道。

船身陡然震动了一下。刹那间，在狂风巨浪的推动下，船迅速离开礁石箭一般驶向另一侧，瞬间就冲出了几十米。一切发生的是那样突然，那样急促，令人猝不及防。

田大膀望着黑魆魆的礁石，下意识地拉了拉手中的绳子，轻飘飘的，随风飘荡着……

田宏喜痛苦地看着茫茫的大海，任凭暴雨冲刷着自己的脸庞。

"排长——"田大膀发出声嘶力竭的哭喊声。

天蒙蒙亮的时候，风浪逐渐缓了。船搁浅在海滩上。当双脚实实在在落到海滩上时，战士们意识到，他们真的过了这个坎！赵旺财，这个性格内向、当排长还不到半年的年轻人永远留在了北上的路上。

第二十七章

一

　　健和堂药铺东边是个集市,逢一、逢五大集,平日里也就十个八个人在这里摆摊。今天大集。太阳刚尺把高,人便渐渐多起来。逢集到健和堂看病的也多,除非急症,乡下人都趁赶集来药铺问诊抓药。

　　凡慧在药铺里忙碌着。病人一进门,凡慧马上招呼看座,并端上一杯热腾腾的茶。老大夫给病人切脉时,凡慧便在一旁静静地看。凡慧捆得药包格外漂亮,药包被叠得方方正正,四个尖尖的角,七服整整齐齐地码成一摞,用绳一扎,形成一个宝塔状的药捆。病人取药时惊讶地看着药包,嘴里还发出啧啧的赞叹声。

　　老大夫唱药名,凡慧记录并抄方。一位病人取药后不肯离开。老大夫问:"你还有何事?"病人犹豫了一下说:"我想要姑娘写的方,不知可否?"老大夫奇怪:"药不是已给你了吗?"病人说:"不,不,我是要那位姑娘写的字,回去后让儿子临摹,不知方便吗?"

　　一晃半个月过去了。小云的病明显见好,体力也在慢慢恢复。她时常搬个马扎子坐在角落里看着凡慧忙前忙后。

　　李村在傍海道边上,距离海边很近,风大潮湿,故这一带人关节疼痛的现象十分普遍,来药铺针灸拔罐的病人也格外多。

　　老大夫戴上花镜,神色凝重地给病人施针。他拿稳针在病人关节处轻轻扎下去，每隔一会儿捻一捻，询问一下病人的感觉，辅以艾灸和拔罐。几天后，病人的症状便有明显的好转。

凡慧新奇地看着眼前发生的一幕。一次，她禁不住问："一根那样细的针怎么会让腰腿不疼了呢？"

老大夫笑着说："针灸是我们的老祖宗传下来的，是不是很神奇呀？"

凡慧点着头。

"人体有数个穴位，针按照一定的角度和深度刺入穴位，再不时捻一捻或提一提以刺激穴位，达到止疼和恢复肌体的目的。"

"针这样细，怎样能准确地刺到穴位呢？"

来到药铺后，凡慧把药铺里里外外收拾得整洁干净，所有物件都摆放得井井有条，老大夫对此十分满意。他从抽屉里拿出一本书递给凡慧，这是一本手抄本《针灸集成》，说："小孟，你有兴趣就看看这本书。"

干部队走后，一股不可名状的孤独感一直伴随着凡慧，她不能丢下生病的小云，可是，离开了家，离开了河西，离开了干部队，有时她甚至还有一丝恐惧感。针灸术却给凡慧的生活带来无穷的乐趣。每天除了干活，她所有时间都用来看书。几天后，老大丈夫给病人施针后，她学着给病人捻针，在老大夫的指导下，她开始学习针灸，甚至在自己身上施针。

凡慧学得很快，老大夫也很乐意这样做。他对人说，假以时日，小孟会是个好大夫。

然而，每当一个人静下来的时候，凡慧的思绪反而变得汹涌澎湃起来。从河西出发至今的日日夜夜里，经历了自己二十几年从未经历过的事情，旅途的风险，生活的艰辛，与敌人的遭遇……都熬过来了！

今天大集，赶集的人比平日里多，不知为何，药铺门口围了一圈百姓，他们指点着说着。

凡慧不觉有些奇怪，问老大夫："今天有什么事吗？"

近来看病的人多了起来，深秋时节，感冒发烧、腰腿痛的病人增多实属正常。但今天人们都聚在门口不进来，不知为何？老大夫也感到莫名其妙。

原来，健和堂来了一个女大夫，模样好，说话温柔，这消息很快就传遍了四邻八乡。一传十，十传百，越传越神。一进药铺，女大夫犹如天仙般地端上热腾腾的香茶，那茶，那叫香！药包，捆得漂亮，像艺术品一样！女大夫捻针，只要她一捻，舒服，一点儿都不疼！

得知人们的赞赏后，凡慧有些哭笑不得。她走出药铺，连连向围观的人们致意问好，说自己不会看病，只是打打下手，药铺老大夫是个神医，药到病除云云。

张胜利在邻村一家染房当伙计，听说此事后对凡慧说："这不是好事！"他微皱眉头说："凡慧姐，小云身体好多了，我们出发找干部队吧。"

凡慧感慨道："是该归队了！可是，小云的体质太差，我担心赶路她受不了。"

张胜利说："要走就趁早，我担心日久生变！"

凡慧疑惑地说："生变，生什么变？"

张胜利说："你没听说过人怕出名猪怕壮吗？世道不太平，早做打算为好。"

让张胜利言中了，但幸好是有惊无险。

多年后，张胜利对凡慧说："再聪明的女人也有糊涂的时候。当然，这也怪不得别人，谁让你长得那么漂亮、那么扎眼呢？"

二

别了孟庆立，第二批干部队一路北上，很快进入了华北地界。

从绿草茵茵的南方来到荒凉之色的华北大平原，几个月来，宋元彩有一种恍若隔世之感。然而，每当想起丈夫，想起凡慧，一股冲动便油然而生，使她浑身充满力量，遥远的记忆和对未来的憧憬支撑着她义无反顾地向前走。

记忆是甜蜜的，又是苦涩的。那是一个艳阳高照的日子，她和启河成亲了。天不亮母亲就开始哭，按照赣西的风俗，女儿成亲母亲要哭，哭的时间越长越好，谓之哭嫁。第一天哭称"开腔"，母亲哭着说着："你要孝顺公婆啊，尊重长辈啊，夫妻和睦啊……"启河来了。她撩开盖头偷偷地看，这是她第一次见启河。他骑一匹高头大马，威风凛凛。奇怪的是，他没穿新郎官礼装，却穿一身皱皱巴巴的灰色衣服，风尘仆仆的，衣领口上还有缀着两块红布片。为此，父亲大为不满，嚷着要退亲。父亲说："宋家好歹也是村上的大户，闺女是村上唯一在县城读过书的女秀才，也是远近闻名的俊女子，不能这样就把闺女嫁出去，宋家丢不起人哩！"然而他们还是进了洞房……启河告诉她，他是被一个临时紧急任务耽搁了。第二天清晨，天还没亮，村头传来一阵枪声。启河一跃而起从门缝向外看，他神色紧张地说："元彩，对不起，我得走了，在家等着我！"

沿海的天气格外冷，秋风一阵紧似一阵。宋元彩打了一个寒噤。

李善堂关切地问："宋书记，你冷吗？"

"不碍的，"宋元彩笑笑说，"善堂，给我讲讲你们的齐旅长，好吗？"

李善堂沉思了好一会儿，说："齐旅长是独立旅唯一的老红军，他经历了两万五千里长征，从江西瑞金一直走到陕北吴起镇，真了不起！"李善堂发出由衷的感叹："在山东八路军中，团以上领导大多是老红军，战士们对老红军像神一般的崇敬。齐旅长是领导，又是兄长，只要他在，战士们就有主心骨，好像什么问题都可以解决，有他在就什么都不怕！他就是……是什么呢？魂，对，齐旅长就是独立旅的魂，魂在，独立旅就在，就有精气神……"

"那年，齐旅长还是军分区司令员，带了几个人去三团，途经一个村子，刚坐下一碗水还没喝完，五六个鬼子和二十多个伪军突然进了村。所有的人都慌了，撤已经来不及了，敌强我弱又不能打，情况十分危急。齐旅长稳稳地端起碗，喝了一口水说，都别慌，鬼子和我们一样是路过，喝碗水就走了。齐旅长还打趣地说，他们喝他们的，我们喝我们的，这叫井水不犯河水。果然，鬼子只待了一会儿便走了。"

宋元彩听得出了神。

也许，她真的不了解启河。新婚第二天他走了，此后的三年里，他只回来过五次，她记得真真的，一共五次。最后一次是一个风雨交加的夜晚，他只待了小一会儿，他抱着阿花使劲地亲，然后头也不回地扎进了风雨里。在门口，在启河回头的一刹那，她看见两颗硕大的泪珠挂在他的脸颊上。二十年过去了，她再也没有见过他。她甚至想，见到他还能认得出吗？两行热泪缓缓流下来。她原本以为自己的泪已经干涸了，可现在却又毫无顾忌地流淌出来。

"大姐……"李善堂以为自己哪里说错了，惶恐地问。

"没，没有，你说，你说！"宋元彩抹了一把眼泪不好意思地说。

一个队员报告："前面有岔道，我们怎么走？"

李善堂拿出地图查看。地图是清末民初绘制的，十分粗糙。地图表明，这里距山海关还有三四百里路，按地图坐标，脚下这条路老辈子山东人叫榆关道。榆关就是山海关，通往榆关的路叫榆关道。因榆关道离海不远，故老辈子山东人又称之为傍海道。

李善堂高兴地说："宋书记，再有六七天就到关外了！"

宋元彩说："应该还有其他部队从这一带进入东北，是吗？"

李善堂说："应该是，到关外必经山海关，华北的八路军、苏北的新四军都应该从这条道走。"

宋元彩说："要能遇到其他部队就好了，可以和他们结伴而行。"宋元彩语气里充满着希望。

李善堂说："那当然好，可是能不能遇到还得看机遇，这一带有不少岔道，出发的时间、地点、行军速度也不同，只能说相遇有一定的概率。"李善堂看看前方的岔路口，说："宋书记，我到前面探探路，让队伍休息一下吧。"

不大一会儿李善堂回来说："从左面这条路走。"

宋元彩看了一眼疲惫的队员们，说："让队员们再多休息一会儿吧！"

右边的岔道上，一支队伍正朝这边走来，远远看上去大约有二三十个人。队伍中夹杂着哭闹声和骂声。阳光下，偶尔还可以看见铁器反射出的光。

干部队立刻隐蔽在路边几间废弃的房子后。

几个人押着十几个妇女沿路走来，一边走一边还骂骂咧咧的，有穿伪军军服的，有穿便装的，其中一个竟然还穿着日本军服。

一个人边走边说："二哥，这么多娘儿们还能没有一个大哥中意的？"

那个被为二哥的人说："不是让大哥中意，而是让那个团长中意，大哥你我还不知道，只要是个母的，歪瓜裂枣都行。谁他妈的知道那个团长要个什么样的啊？"

"大哥就那么怕那个团长？"

二哥说："别不知好歹，大哥是给咱找个出路，只要那个团长一点头，我们就可以编入国军，改换了门庭，咱过去和日本人的那些事就翻篇了！"

"吃官粮有那么好？哪有咱当绺子自在！"

二哥说："你小子就是没见识，日本人走了，现在是国军的天下，跟着国军保管没错，说不定你我还能弄个官做做。"

"我看那个团长也不是个省油的灯，比他妈的绺子都坏！"

二哥左右看看，压低声音说："别大呼小叫的，你小子活腻歪了，告诉你吧，那团长过去跟咱一样，就他娘的是个绺子，后来投了国军，你看看人家现在活得滋润吧，搞个娘儿们还得咱满世界给他找，妈的！"

宋元彩愣住了，霎时愤怒血气上涌，这就是一群混蛋，抓良家妇女只是为了撇清自己的龌龊，真是禽兽不如！

李善堂怒目圆睁，眼神里透出了杀气。

乱世不缺的就是汉奸。日本人来时，他们数典忘祖投靠日本人，甘心当走狗，帮助日本人祸害中国人，不以为耻，反以为荣。日本人走了，摇身一变又成了抗战功臣，继续为非作歹。国之不幸，国之悲哀啊！

"善堂，你说！"宋元彩注视着李善堂说，她想听听李善堂的意见。

李善堂恨恨地说："杀，不杀了这些王八蛋不足以平民愤！"他攥紧拳头说："土匪一共五个人，咱们二十个人，他们在明，我们在暗，解决这些畜生没问题！"

良久，宋元彩说："我同意，但有几点你必须依我！"

李善堂点点头。

"这是干部队第一次作战行动，非同小可。第一，救人是第一位的，打仗是第二位的，主要不是打土匪，而是解救群众。第二，只要土匪不抵抗就不要开枪，因为……"宋元彩思索着，"因为我们不知道他们是不是罪不可赦，是不是该杀！第三，打仗你是行家，其他队员们不是，你要给他们说清楚怎么打，要保证队员们的安全。"

李善堂向队员们简单部署了一下，最后他命令道："大家记住，要沉着镇静，动作要快，要听指挥，我没开枪谁都不许开第一枪！"说完向土匪队伍潜去，队员们悄悄地跟在他后面。

土匪们不知危险已近，仍然押着妇女们骂骂咧咧地走着。队伍拖拖拉拉地走得很慢。

土匪队伍转过一个土坡，在经过一片草丛时，四周猛地冒出许多人，一个声音从土坡上传来："我们是八路军，放下手里的武器，把女人都放了，否则我们就开枪了！"

土匪被这突如其来的变故惊呆了，几个妇女害怕地尖叫起来。突然，被称为二哥的土匪一把拉过一个妇女，并用枪顶着她的背后。其他土匪一见也都钻进了人群，躲在了妇女的身后。

队员们从未经过这样的阵势，一时都怔住了，不知该怎么办。李善堂曾多次参加战斗，却从未与土匪打过交道，土匪与妇女混杂在一起，不能冲，也不能开枪。

双方僵持住了。

宋元彩对李善堂说："对他们喊话，只要放了妇女，我们保证不开枪！"李善堂喊话后，土匪们立刻安静下来。

被称为二哥的土匪说："你们真的是八路吗？"

李善堂说："当然是真的，我劝你们认清形势，不要再干伤天害理的事了，你们没有妻子姐妹吗？干这种畜生不如的事，你们对得起她们吗？对得起祖宗吗？"

土匪们躲在女人们的后面，一声不吭。

宋元彩对李善堂耳语了几句。李善堂大声说："周围都是我们的人，你们被包围了，偷跑想都不要想，如果你们不想走咱们就耗着，我们有的是时间，天快黑了，天黑之前要是还想不好，我们就不客气了！"

土匪二哥说："放了这些娘们你们真的不开枪吗？"

"八路军一口唾沫一个钉，从来说话都是算数的！"

"听口音你是山东人吧？"

李善堂不觉好笑，这家伙还能听出我是山东人，说："是，我们是山东八路军！"

土匪二哥说："我也是山东人，看在咱们是老乡的份上，你能发个誓不开枪吗？"

李善堂说："你想让我们怎么发誓？"

土匪二哥沉默了一会儿，说："再有半个时辰天就黑了，天一黑我们就走，行吗？"

这些土匪真是老奸巨猾，不仅让我们口头承诺，还要趁夜色溜走，来个双保险。李善堂和宋元彩对视了一下。

宋元彩点点头，说："善堂，告诉他们，别耍花招，只要有一个妇女受伤，我们决不轻饶！"

天色暗了下来。土匪趁着黑暗悄悄地溜出人群，沿着路边的草丛快步向山坡后跑去。

队员们怒目圆睁，不停地晃动着手里的步枪，眼睛却看向宋元彩和李善堂。李善堂看向宋元彩。

宋元彩当然知道他们的意思，她摆摆手说："善堂，赶快组织人解救妇女吧！"为防止意外，李善堂已在土匪逃跑的路上布好了人，只听宋元彩一声令下就开枪。

在队员们的枪口下，土匪瞬间便消失得无影无踪。

到东北后，在纯洁革命队伍运动中，宋元彩为此受到了牵连。有人提出，那几个土匪都是十恶不赦的恶霸，干部队队员要除掉他们，被宋元彩阻止了。身为组织部副部长的宋元彩并没做出解释，况且，时过境迁她也说不清楚。李善堂听说后，专程到纯洁革命队伍委员会进行了说明，宋元彩做出的决定是正确的，为此宋元彩得以解脱。

三

风停了，海浪也悄无声地平息了。战士们拼尽全身的气力爬上了岸，蜷缩在海滩上的礁石缝里。

田宏喜挣扎着坐起来，有力无力地喊："赵排长，全体集合，清……"他想说集合清点人数，却突然止住了，呆呆地望向大海。海面上翻着浪花，一层一层的，这不活脱脱就是咱沂蒙山的农田吗？他一参军赵旺财就是副班长了，后来他当了副连长，成了赵旺财的上级。赵旺财一如既往勤奋努力，服从领导，从不讲价钱，按年龄旺财是自己的哥。田宏喜有些恍惚，仿佛看见旺财正在"农田"里耕作呢！

田宏喜惊讶地发现，周围竟然没有一个人！人呢？怎么会一个人也没有呢？天蒙蒙亮的时候，船搁浅了，战士们纷纷跳下船，蹚着齐腰深的海水向岸边走去。可是，人呢？田宏喜想站起来，可是浑身没有一点儿力气，两条腿像筛糠一样不停地哆嗦。全身湿透了，寒风瑟瑟吹过，他浑身不停地颤抖。必须集合部队撤离，否则，疲劳、寒冷、饥饿一齐袭来，真的要永远留在海滩上了！田宏喜再一次努力，终于站了起来。

"喜子，喜子……"一个声音传来。

田宏喜定睛一看，是田大膀。他佝偻着身子，胸前的衣服被扯掉一大块，脸上一道一道血渍。田宏喜问:"大膀,你受伤了吗?"

田大膀面部肌肉僵硬,咧着嘴说:"没事,让石头划的,这石头跟咱沂蒙山的不一样,上头沾着乱七八糟的东西,很尖很硬,喜子,你也一样啊!"

田宏喜用手一摸,摸了一手血,他全然不顾这些,着急地问:"其他人呢?"

田大膀用手一指说:"有几个在那边。"

田宏喜和田大膀相互搀扶着刚走几步,"副连长,副连长!"几个声音从不同方向传来。为了保暖,战士们都躲在礁石缝里。王长锁带着七八个战士从远处走来。

战士们集合起来,歪歪斜斜地站在海滩上,疲惫不堪,仿佛一阵风都能把他们刮倒。集合清点人数。王长锁报告:"一班小韩未归队,另外,船老大和船工也不在。"

田宏喜站在队伍前说:"大家累吗?"

战士们闷不作声,累似乎让他们话也不想多说一句。一个战士说:"真想吃一顿煎饼卷大葱,最好再来一碗热乎的咸糊豆(稀饭)……"要在平日,战士们一定会调侃一顿,而此时战士们却依旧闷不作声。

田宏喜说:"大家都很累,但从现在起,谁都不能躺下,也不能坐,现在温度很低,躺下可能就永远站不起来了。听我口令,全体跟王副排长立即出发,同志们,必须坚持,再累也不能停下!"田宏喜的嗓子干涩干涩的,他想咽一口唾液润润,可是嘴里什么都没有,他嘶哑着声音说:"全体都有,向左转,齐步走!"

战士们没动,几个战士左转后见其他人不动又转了回来。一个战士问:"副连长,你呢?"

田宏喜犹豫片刻,说:"我和一班班长田大膀有任务,大家服从命令跟王副排长马上离开。"

"是寻找一班的小韩吗?"一个战士问。

队伍躁动起来,战士们议论着,有的在队伍中寻找着。"哎,小韩没来啊!""上岸时我好像还看见他!他去哪儿了呢?""怎么也没见到排长呢?"这句话仿佛拉响了一个手榴弹,队伍里立刻炸了锅,是啊!排长呢?怎么不见排长!

第二十七章

一个战士急切地问:"副连长,排长呢?我们排长呢?"

所有的人都把目光投向了田宏喜。热泪又涌上了田宏喜的眼眶,他转过头去看向大海。战士们似乎也感觉到不祥的事情发生了。海滩上安静下来。许久,田宏喜说:"赵排长走了,离开了我们,为了让我们上岸,他却永远留在了海里……"

战士们沉默着。良久,全体战士转身面向大海,举手向他们的排长敬了一个标准的军礼。队伍中发出了低低的抽泣声。

田宏喜命令道:"王副排长,立刻带领同志们撤离!如果赵排长在,他也一定会要我们这样做!"

战士们仍然沉默着。

一个战士突然说:"副连长,我们不走,我们也要留下来找小韩!"

"还有船老大和船工!"

"对,赵排长也会让我们留下来的!"

"副连长,就你们几个人,那么大的海岸,怎么能找得到!"

"人多力量大,不能让一个人留下!"

"副连长,我们也不走!"

……

王长锁过来说:"副连长,你就别坚持了,战士们说得对,就你们几个人怎么找?还是一起找吧!"

田宏喜只好点点头。

海滩上响彻着战士们呼唤的声音。一个小时过去了,仍然不见小韩的踪影。战士们太累了,再这样下去,不仅找不到小韩,所有的人都会被拖垮。田宏喜命令,所有人跟随王长锁撤离,自己和田大膀各带一个人继续寻找。

田宏喜和一个战士向东,田大膀和一个战士向西,扩大搜寻范围。

在一块巨大礁石旁边,田大膀看到了船老大。他呆坐在地上,神色恍惚,目光呆滞。田大膀不解地问:"老大,你坐在这儿干什么?"

船老大看了田大膀一眼,面无表情地扭过脸去。

"哎,你这家伙,我是田大膀啊!"

船老大仍然不吭声。

田大膀一脸疑惑,走近才发现船老大身边躺着一个人,仔细一看,是船工!他平躺在地上,太阳穴处有一大块黑色的血渍,身体已僵硬了。在船上时，船老大曾告诉他，船工是他的外甥，姐夫出海打鱼再也没有回来，姐姐把孩子托付给他，让他以后讨生活长些本事……

在海边一片小树林，田大膀和船老大一起将船工埋了。就在此时，东边传来一声枪响。田大膀知道，田宏喜找到小韩了。

在海边的一片小水湾，田宏喜发现了小韩。他静静地趴在一个小水湾边，仿佛正在酣睡。他是被风浪推到这里的，已经完全没有了呼吸。

三人轮流将小韩背到小树林。田宏喜默默地从衣袋里掏出一把小勺，那是赵旺财留给这个世界唯一的遗物。在船工坟茔一侧，又起了两个新坟，田宏喜郑重地把小勺放在一个墓穴里。三个坟茔前用石块垒砌了一排简易的墓碑。田宏喜、田大膀站起身来，举手致以最后的军礼，并鸣枪致哀。

排长，赵旺财，二十五岁，滕县人。

战士，韩富宝，二十二岁，临沭县人。

船工，冯有田，十九岁，蓬莱县人。

四

在一处残垣断壁前，王长锁点燃了两堆篝火，战士们围坐在篝火边。熊熊的火苗立刻让战士感到了暖意。战士们脱下衣服在火边烤。

田宏喜赶到时，正遇到王长锁提着三只野兔回来。田宏喜高兴得眼睛眯成一条缝，说：“老班长，真有你的！”

战士们欢呼起来。一天一夜，风里来雨里去，水米没打牙，能吃到野兔肉真犹如久旱逢甘露。一个战士喊：“老班长万岁！”

王长锁将一根木棍插进土墙，把野兔挂在木棍上，用一块尖尖的石头在野兔脖子上割开一道口子，把手指伸进去使劲一拉，三下五除二便把野兔皮剥了下来。在战士们一双双渴望的眼睛注视下，王长锁把剥了皮的野兔放在石头上，用尖石硬生生地把兔肉分割成几条，挂在篝火上方的架子上。

田宏喜来到王长锁面前：“老班长，辛苦你了！”

王长锁说：“副连长，下一步该怎么办？”

“我现在完全搞不清位置。”

王长锁说:"来的路上我问了一个老乡,他说向北就是山海关,大概还有三四百里路。"

田宏喜恍然大悟,说:"这就对了,遇到暴风雨时,船老大说向西,也就是说,渤海湾的北岸是我们的目的地,而暴风雨把我们吹到了渤海湾的西岸。"

王长锁摇摇头,他搞不清方位。

田宏喜说:"我们往北走,如果顺利的话,几天就可以到山海关了,过了山海关就是关外,应该就可以和部队取得联系了!"

王长锁说:"你是说,我们还可以见到于连长、艾指导员他们吗?"

田宏喜说:"当然能,一定能!"

王长锁说:"你那么肯定?"

田宏喜说:"从位置上看,肯定能!"随后田宏喜说:"我们向北走,说不定我们还可以遇到其他北上的部队呢?"

王长锁不解地问:"其他部队?"

田宏喜说:"是啊,从陆路进入东北的部队应该也从这里走,比如鲁南、鲁西的部队,还有苏北的新四军。"

烤熟的野兔肉的香味在空气中弥漫。

"对了,老班长,还有几发子弹?"田宏喜问。

王长锁说:"一支枪和七发子弹,哦,打兔子消耗了四发,还有三发。"对于不熟悉水性的人来说,枪无疑是最大的负担。在船遇险前,田宏喜犹豫再三做出了可以不带枪的决定。

一个战士跑来笑嘻嘻地说:"副连长,野兔肉熟了……"

田宏喜也笑了,说:"好,马上开吃!老班长,把野兔肉分一下,要保证每个人都能吃到!"

王长锁说:"明白!"

田宏喜拿了一小块野兔肉来到船老大跟前,说:"老大,很抱歉,只有这个,也不多,你先将就一下吧!"说完把野兔肉递给船老大。

埋葬外甥后,船老大始终沉默不语,此时,他抬起头惊讶地看着田宏喜:"这,这,是给我的?"

"当然是给你的,老大,你辛苦了,我说过,将来革命胜利了,我一定请你吃大餐!"

船老大低着头，沉默了许久，突然抬起头说："副连长，你说，我辛苦了？"

"对呀，你辛苦了！"

"你这样说，就是没把我当外人，那我有话就直说了！"

田宏喜忙说："你说，你说！"

"船毁了，船是租东家的。外甥死了，他是我老姐姐唯一的儿子，我无法向老姐姐交代……"

田宏喜一下子怔住了，为了八路军北上，船老大舍出了船，亲外甥付出了生命，而他现在又被困在了这荒无人烟的海边……田宏喜更加感到不安和自责，仿佛这一切都是自己错，他真诚地说："老大，你我已是风雨同舟的生死兄弟了，你说，要我做什么？只要我能做到的，我一定做到！我做不到的，到东北后我一定会如实向上级反映。"

船老大的瞳仁一下子亮了，说："副连长，这话可是你说的。"

"是我说的！"

船老大坚定地说："我要参加八路军！"即日起，二排多了一名编外老兵。黄老根，四十八岁，山东蓬莱人。黄老根跟随二排参加了山海关战役，同年参加东北人民自治军。一九四七年，作为东北野战军第二兵团九纵的一名排长，黄老根参加了著名的辽沈战役，随部队打进了锦州城。一九五〇年初，黄老根任连长，跟随四野十五兵团一直打到了广东雷州半岛，在解放海南渡海战役中壮烈牺牲，享年五十三岁。

五

晴天，一抹阳光洒在大平原上，习习的寒风让人感到深秋临近了。

部队出发了。

田宏喜判断，先向西，再向北，即可到达山海关。老辈山东人闯关东应该走的就是这条道。那时自己还小，爷爷瞪着浑黄的眼珠说，那年大旱，地里颗粒无收，村里人开始闯关东寻个活路。有亲戚，好投奔，起初是一家一户，后来越来越多，一个村子，后来几个村的人约好一起走。爷爷说："我的腿不好留在了家里,你大伯带着全家走了,从此杳无音信……"

田宏喜望着这条路,一条远离山东的路,它却留下了山东一代又一代人的脚印,还有山东人的森森白骨。

秋风中,战士们举步维艰。二十多个人分食了三只野兔,对一天一夜未沾水米的年轻人来说实在是杯水车薪。经过海水浸泡又被篝火烤干了衣服硬得如同石板,秋风肆虐地侵蚀着他们的身体。一个时辰过去了,一望无际的大平原上仍然不见村子的踪迹。战士们的体力透支已达到了极限。

"副连长,这样下去不行!"王长锁忧心忡忡地说。

田宏喜蹙着眉头说:"我们必须走,一停下来可能就再也走不了了!"田宏喜抿了抿干涩的嘴唇说:"必须找到可以休整和补充的地方!"

王长锁说:"一眼可以望出几十里地,哪里有歇脚的地方呢?这样走下去,恐怕也会有人再也走不了了!"

田宏喜说:"老班长,你有什么打算?"

王长锁说:"我去前面侦察一下,其他人点燃篝火原地休息,有情况我回来报告。"

"这办法行,我去前面看看!"田大膀不知什么时候跟了上来。

王长锁看了田大膀一眼,说:"行,咱俩一块吧。"

田宏喜想了一下说:"旺财走了,排长的位置不能空缺,老班长,我想让你主持二排的工作,大膀暂为副排长,到东北后再报上级批准,待会儿我向全排宣布一下。这样你俩不能同时离开部队。这样吧,我和大膀去,我方向感比你强,实地看一下心里更有数。"

王长锁有些急,说:"副连长,还是我去吧!"

"老班长,别争了,你去了谁来生火啊?我不会,你得先教我怎么把火点着才行!"田宏喜半开玩笑地说。

野外生火是王长锁的独门绝技,也是多年来恶劣的环境教给他的生存之道。尽管如此,要这在风大、潮湿的环境中点燃火堆并不是一件容易的事。王长锁不作声了。

晌午。秋风毫无遮挡地掠过茫茫大平原,世界变得更加广阔无垠。

连日的舟车劳顿,田大膀身体瘦削了许多,他弓着腰跟在田宏喜后面,一边走一边唠叨:"喜子,这地方没山,也不见人,真是奇怪的地方,哪像咱沂蒙山,有山有水,咱那里人也多呀,可就是地少,这地方地多没人种啊,可惜了……"

从河西县出发到胶东，一路上，部队需要多少粮、菜、油等，到村公所报个数就可以了，沿途早有准备。在龙口，连换的衣服都准备好了。然而，一场暴风雨把船吹到了渤海湾西岸，吹到了华北大平原，这里有村公所吗？如果有村公所，也要先找到村啊！

"大膀，无论如何我们都要找到粮食，衣服也需要拆洗，最好换一换，天气越来越冷了，这衣服不能再穿了！"田宏喜伸手拽了拽田大膀身上硬邦邦的衣服，说，"无论如何不能再穿了！"田宏喜走着说着，眼睛里充满着期待。

人生地不熟，粮食，衣服，休整，谈何容易？在学校时，李清老师曾说美国政治家、物理学家富兰克林的名言：人生应为生存而食，不应为食而生存。当时他很不理解这句话，第一句好像是正着说，第二句又反着说，就是在饶舌。肚子发出咕咕的声音，这声音让他突然明白了，如果连肚子都吃不饱，人都不在了，哪里还有生存？哪里还有什么远大的理想抱负……他自我解嘲地笑笑，如果让李老师知道，自己是这样理解富兰克林的名言，他会不会说，你的理解太偏颇，像个农民。可是，农民有错吗？在田家庄，乡亲们祖祖辈辈种地，一年下来却连饭都吃不饱，能吃一顿饱饭是他们最大的奢望，他们有错吗？

田宏喜漫无边际地想着，思绪仿佛是脱了缰的野马在大平原上驰骋。

"喜子，你在想什么？"田大膀说。

田宏喜回过神来，说："没，没什么。"

"喜子，你说……"田大膀吞吞吐吐的。

田宏喜说："大膀，有话你就直说。"

田大膀犹豫了一下，说："我说了，你可别说我思想落后！"

田宏喜点点头。

"我还是想不明白，抗战不都胜利了吗？日本鬼子不都被赶走了吗？胜利了有人想回家娶媳妇、种地，那是思想觉悟低、水平低，可咱根据地有多少事不是还没人去做吗？这个时候我们为什么还要去东北呢？"

田宏喜知道，这是许多战士心中始终没有解决的困惑，其实自己何尝不是如此。从山东出发，部队的行动不是公开的，又十分紧急，就连艾指导员似乎都说不清楚，何况自己呢？

"大膀，我真的说不好，看来，"田宏喜犹豫了，他想起在延山与国军一一三团的对垒，想起与国军团长李伯修关于土地的纷争，想起胡副参谋长断断续续的说话片段，说，"也许我们和国军真的有一场仗要打啊！"

"你是说，我们去东北是要和国军打仗吗？"

"大膀，你记得在海上遇到的那艘美国军舰吗？"

田大膀点点头，说："军舰上是国军的部队。"

"军舰向北开，应该是去东北。我在想，我们八路军也去东北，国共这么多部队去东北干什么呢？能干什么呢？"

这是一个有百十户人家的村子。两人一见立刻高兴起来，快步走进村子。

村公所管事的是一个六十岁上下的老汉，见田宏喜问："两位长官去村公所做什么？"

田宏喜说："我是山东八路军独立旅一团三连副连长田宏喜，奉上级命令去东北，部队就在附近，需要粮食，能否找些衣服，部队要休整……"

管事听着，不时用眼睛余光上下打量着田宏喜，从口气、口音上看是八路军，可衣着打扮却实在不敢让人相信，管事问："敢问二位从哪里来？"

"海上！"

管事吃了一惊，不禁脱口而出："海上？"

"我们是从山东龙口出发的，昨天暴风雨把我们吹到了这里。"田宏喜轻描淡写地说。

管事更加吃惊，张着大嘴半天合不拢。

然而事情并不顺利。管事说，昨天刚送走一批部队，部队人很多，政府安排的粮食全吃完了还不够，新补充的粮食要过两天才到。村公所也没有可换的衣服，原本安排中就没这项内容。唯一可以做到的是让部队在村里住下。

为了让田宏喜相信，管事拿出一张纸条说："你看，这是部队留下的条子。"条子上写，某某部队路过，村公所提供粮食的数量，纸条下面有部队的签字。

田宏喜沉默了。门后有一口水缸，他抓起缸边的葫芦瓢舀了一瓢水递给田大膀，说："喝完水你立刻回去，带部队过来！"这里至少还有房子过夜！田宏喜想。

田大膀转身去了。

田宏喜对管事说："我们人不多，可否从村里先筹些粮食给部队应急呢？"田宏喜拿起瓢喝了一大口水，试探着说："我能否先开个条子，以后从政府补给粮里充数呢？"

管事使劲咽咽口水，张嘴啊啊了两声便不吭气了。好大一会儿他抬起头，脸色十分难看，说："同志，实在对不起，村子太穷了……"

说是百十户人家的村子，只是有百十户人家的房子。由于战乱和匪患，村里的人家大多逃难去了，目前在此居住的人家还不足二十户。部队选这个村子作为落脚点的主要原因是因为村里有闲置的房子。

管事带着哭腔说："不信，我领你挨家看看，政府不安排粮，村里人只有等死了。"

田宏喜怔怔地看着管事，心里很难过。都是庄稼人，同生活在战乱的年代，怎么能不信呢？他忙说："不，不，不用看，在这个兵荒马乱的年月，我信，我信！"

可是，部队怎么办呢？

第二十八章

一

李善堂走在队伍最前面，低着头，看上去情绪不高。宋元彩跟在他身后，后面几个队员边走边议论着。

宋元彩快走了几步追上李善堂，说："善堂，怎么啦？"

李善堂说："没怎么。"

宋元彩笑了笑，说："没怎么？情绪不高？"

李善堂说："没有。"

宋元彩说："大小伙子，有话就直说，有什么话还不能给大姐说啊？"

李善堂还是不吭声。

宋元彩说："那好，你不说我说，你是对放走那几个土匪不满意，是吗？"

"不，大姐，我没不满意！"

"好，我用词不当，换一个词，不是不满意，是不理解，行吧？"宋元彩停了一下说，"善堂，你说应该怎么办？"

李善堂生气地说："那几个土匪太可恶了，我们就这样放走了，他们还会祸害群众，甚至给八路军带来麻烦。要让我说，要么枪毙，要么抓起来送当地政府。"

宋元彩略一沉吟，说："善堂，你想过没有，我们一不能杀，二不能抓。"

李善堂一脸不理解。

"他们是土匪可以确定无疑,但他们是不是罪大恶极的敌人我们并不知道,也就是说他们手中有没有血案我们不清楚,在情况不明的前提下,我们不能随意剥夺他们的生命,不是吗?"

"土匪说过,他们和日本鬼子有勾结!"

"我也听到了,可是,在抗战期间与日本人有过勾搭的人都该杀吗?"

李善堂语塞了。

"另外,我们已经答应了,只要被押解的妇女是安全的我们就不开枪,既然答应了,就要守信用。善堂,你说对吗?"

李善堂信服地点点头。

"我们也不能抓。干部队既不是作战部队,也不是政府的保卫部门,干部队的任务是北上。抓土匪既不是我们的任务,也不我们的职责,况且抓起来以后呢?既不能带着走,而只能交当地政府,可当地政府在哪儿?"

李善堂犹如久梦乍回,说:"大姐,还是你政策水平高,考虑问题周到,我听你的!"

听了宋元彩一席话,李善堂的情绪高涨起来,甩开膀子大步走着。李善堂是那种喜怒哀乐都表现在脸上的人。他说有些队员也有看法,他要一一告诉他们,大姐就是大姐,大姐是对的。

宋元彩的情绪也被李善堂感染了。她很喜欢这个年轻人,别看年纪不大,已参军五年了,是老革命了。他率真,正直,有丰富的作战经验,真的难能可贵。

宋元彩一路走,一路观察着周围。她的心情沉重而复杂。一望无际的大平原,原本美丽富饶的土地,而现在却满目疮痍,异常贫瘠。正值深秋,萧瑟的万物使这片灾难深重的土地更加赤贫、荒凉。在南方,虽然人们也被苦难和战争的阴云笼罩着,但葱翠的山岭、缤纷的色彩却让人心里仍然存有一分慰藉。中国人,是世界上最能吃苦耐劳的人,也是心理承受能力最强的人!只要有一丝亮光,一丝希望,他们就能顽强地生存下去。

宋元彩不由自主地长长地吁了一口气。从江西到安徽、山东,她想,自己会一直走下去,走到东北,向着北方一直走到革命胜利。

"累了吗,大姐?"李善堂从后面赶上来。他从心里钦佩宋元彩,她比自己大了十几岁,这个年龄的女人和年轻人一起忍饥挨饿,跋山涉水,她要承担多大的心理和身体上的压力啊!

"哦,不,没有。"宋元彩连忙笑了笑,摇头道。

"但愿我们运气好,顺利到达东北,最好能和我的老部队会合,见到老领导齐旅长,那该多好啊!我们就没这样大的压力了!"李善堂直接说出了自己的担心,他是一个不善于掩饰自己的人,当然,对大姐他也不需要掩饰自己。

"善堂,相信大姐,我们的运气一定不会差!"宋元彩肯定地说。

李善堂笑了,笑得很灿烂。

中午时分,干部队来到一片土坡。土坡北侧是一片望不到边的芦苇荡,东侧则是一片稀疏树林。从地图上看,这里离住宿点还有二十多里路,天黑前赶到不成问题。

"善堂,休息一下吧,吃点干粮。"宋元彩说。

李善堂环顾四周,迟疑了一下说:"再往前走走。"部队向前走了几百米,李善堂说:"就在这儿休息吧。这里距芦苇和树林稍远一些,视野更开阔,便于部队机动和防备。"

队伍停下来,队员们走到芦苇边小解,有的坐在路边,拿出干粮和水。

队里只宋元彩一个女人,总有些不方便之处。宋元彩走向路边芦苇。透过芦苇,她隐隐约约看到一个全身穿黑色衣服的女人从路上匆匆走过。女人走得很快,仿佛是在小跑。不知为什么,宋元彩心里猛地动了一下。解完手,她急忙站起身来,穿过芦苇向路边走去。走到路边时,女人已经走远了,从背影和走路姿势看,女人很年轻,她头上包着围巾,从高高隆起的围巾看,她挽着发髻。

回到队里,宋元彩问李善堂:"你刚才看见一个年轻女人过去吗?穿着黑衣服,挽着发髻。"

"女人?"看着宋元彩不安的样子,李善堂觉得有些蹊跷。女人他没在意,刚才一个男人倒是引起了他的注意。那个男人可能有急事,走得很快,他左脚有些跛,身体微微向一边偏。在战争年代,这种情况不足为奇。不知为什么,他莫名地盯着那个男人一直到看不见为止。

宋元彩自己也感到莫名其妙,是好奇心吗?她沉默了一瞬,说:"哦,没什么,吃饭吧。"

二

凡慧急匆匆地走着，不时回头看看：后面没人！她放下心来，是自己在疑神疑鬼，她笑了笑，握着手枪的手也从包袱里抽了出来。

凡慧是到邻村送药的。还不到晌午，老大夫急匆匆走进药铺，把手中的药包往台子上一放说："两味药找到了，病人家属呢？"凡慧说："走了呀！"老大夫着急地说："怎么走了？不是说好等我回来吗？"凡慧说："他说家里没人照顾病人，待了一会儿就走了。"老大夫搓搓手说："少两味药吃了是要出事的！"凡慧抓起药包说："邻村也就十几里路，我给他送去！张胜利在那个村染坊当伙计，正好顺便去看看他。"

在凡慧的人生中，这是第一次离开家，离开父亲和母亲。一个多月来，她对父母的思念是那样的真挚和长久。小时候，父亲总是忙，每天都早出晚归，母亲总是为父亲担心，经常长吁短叹。但父母对她，正像书中写的那样，捧在手里怕摔了，含在嘴里怕化了，想想她都感到幸福！不知什么时候，她感到父母看她的眼神有些变了，变得更亲了，但是在亲的后面似乎有一种异样的东西，那是什么？她说不清楚，总之，有些不一样了。

独立旅出征的那一天，齐旅长紧紧地握着她的手，直到现在，她仍然可以感受到他那双大手的温度。在齐旅长的眼神里，凡慧也感到了一种异样的光。这种目光，她向齐旅长求情要参加北上干部队时也曾经见过。那天，她骑马追上齐旅长，当见到他的一刹那，之前的局促不安竟然奇迹般地消失了。每每想起来，一股温暖和惬意感便油然而生。

秋风吹过，广阔的大平原显得更加孤寂荒凉，岁月在这里仿佛静止了一样。凡慧从沂蒙山长大，荒山深谷走得多了，自然不惧在这平原上行走，她只是想快些回去，久了心里总是有些嘀咕。

一群人坐在路边，看上去是庄稼人的模样，不像绺子，可在这年月一群人悠闲地坐在路边，会是什么人呢？反正好人不会这样，凡慧想。她没想到的是，正应了张胜利的那句话，她让人惦记上了！

起风了，芦苇荡里发出哗啦啦的声音。一群老鸹被惊得飞起来，呱呱的叫声响彻芦苇荡上空，让人心里瘆得慌。凡慧壮着胆子继续往前走。

"嗨！"一个人猛地从路边蹿出来，大声吼道。

凡慧吓了一跳，情不自禁地往后倒退了两步，定睛一看，来人好像有些眼熟。

"大妹子，回药铺吗？"来人怪笑道。

凡慧一下子想起来了，他曾经去过药铺抓药，但每次都不给钱。老大夫好像很怕他，也不敢说什么，只管给他抓药。

凡慧吃了一惊，望着他那嬉皮笑脸的怪相厉声说："闪开，回不回药铺关你什么事？"

"大妹子，不记得我了吗？我是杨瞎子，你给我抓过药啊！"他一边说一边向前凑。

凡慧心里惶惶的，却又怕激怒他，好言安抚道："杨瞎子，以后我还给你抓药，好吗？天不早了，我要回去了……"

杨瞎子仍然不依不饶，继续向前逼近。

凡慧一边退一边警告杨瞎子："我可不是什么药铺的伙计，我是八路军！警告你，不要乱来！"

听说是八路军，杨瞎子愣了一下，但马上又涎着脸："八路军？就算你是八路，八路好啊，这么鲜的八路，让我杨瞎子也尝一尝……"

趁杨瞎子不留神，凡慧蓦地跳起来猛地推了他一把，扭头就跑。

杨瞎子被推得一趔趄，恼羞成怒地骂了一句，疯狗一般向凡慧扑过来。

就在快追上的时候，凡慧猛地把手里的包袱砸向杨瞎子，同时掏出手枪指向杨瞎子。包袱正砸在杨瞎子头上，他不由一愣，抬起头却看见黑洞洞的枪口对着他。他突然狞笑起来，露出满嘴的黑牙，不退反进，一步一步向凡慧走来："大妹子，你会开枪吗？你敢开枪吗？你开呀……"

凡慧的心在剧烈地跳，手不停地抖。她一步一步地向后退，杨瞎子一步一步地往前逼近。凡慧突然觉得身后有一股凉风吹过，是一种空旷的感觉。她回头一看，一个大坑，一个很深很深的大坑。她站住了。

杨瞎子越逼越近……

远处，一个人大声喊："姑娘——开枪呀！快开枪！"

凡慧的枪响了。杨瞎子张开的嘴僵住了，他的手向空中抓了一把，然后重重地摔在了地上。

像是在梦幻中，凡慧茫然地向四周看着。两个人一前一后向她跑过来。

"姑娘,你还好吗?"一个女人的声音,她操着一种奇特的口音。

凡慧一下子扑到女人怀里,像孩子受了天大的委屈一样嘤嘤地抽泣起来。

女人怔了一下,她紧紧搂着凡慧轻轻地拍着她说:"好了,好了,都过去了,你很棒,很勇敢,坏蛋已被你打死了……"

凡慧放声大哭起来。

原来,回到干部队后宋元彩始终心神不定,她咀嚼着干粮,眼睛却久久凝视着远方。她猛地站起来,说:"不对,善堂,走,跟我去看看!"于是就发生了刚才的那一幕。

凡慧惊魂未定,她紧紧地靠在宋元彩的身边,好大一会儿,沸腾的心绪才慢慢平静了一些。说也奇怪,凡慧可不是一般二般的姑娘,从小跟着父亲做地下工作,长大后入了党,是县妇救会主任,是风里雨里闯过来的!可此时此刻,她就像是一个无助的小姑娘。

"姑娘,既然有枪,为什么不开呢?多危险!"宋元彩想想都有些后怕。

"那么近……"凡慧喃喃地说。她曾和队员们一起向日本鬼子开枪,但打没打中她不知道;她曾对罪大恶极的土匪蔡贵生连开三枪,可她并没看到他的脸。可是今天,他们几乎是面对面,一张狰狞的脸刹那间就凝固了,她感到恶心,也从心里感到恐惧。

"他是什么人?你认识他吗?"

"不认识,他到药铺里来抓过药。"

"你在药铺?我说你身上怎么有一股草药味。"宋元彩打量着凡慧。她全身都被黑衣服包裹着,但看得出她是个漂亮的姑娘。

"你怎么会有枪?"

"我……"凡慧不知该怎么回答。

李善堂在后面走着,说:"姑娘,听你口音,是山东人吗?好像也是沂蒙山人吧。"

"是,是,离那儿不远。"凡慧吞吞吐吐地说。

李善堂又问:"你一个人怎么会在这里的药铺当伙计呢?"

"我,我,是来投亲的。"

显然,凡慧的话不能让李善堂信服。"大中午头,荒郊野外的,你一个人独自在外有什么要紧的事吗?"李善堂一反常态,一副打破砂锅问到底的架势。

第二十八章

"没什么，没什么。"凡慧支支吾吾地说。

凡慧不觉放松了挽着宋元彩胳膊的手。她心想，他们分明在怀疑我，在盘问我，看上去他们不像坏人，特别是那个女人，慈眉善目的，是个漂亮的女人，刚才还救了我，可是……远远看见坐在路边的那一群人，凡慧一下子警觉起来，他们是一伙的！她猛地抽出挽在宋元彩臂弯里的手，说："谢谢两位的搭救，我现在好多了，就不打搅了。"说完扭头往回走。

两人愣住了。李善堂往前紧走了两步，宋元彩举手示意，李善堂停住了脚步。

宋元彩朝着凡慧的背影喊："姑娘，能告诉我你叫什么名字吗？"

"我叫孟凡慧。"

李善堂突然大叫："啥，你叫啥？"

凡慧停了一下，没吭声，继续往前走。

"你真的是孟凡慧吗？我是李教官，李善堂啊！"

凡慧猛地转过身，惊讶地望着。

李善堂大步跑过来，仔细地端详了一下，高兴地喊："孟副队长，真的是你呀！"

凡慧蒙了，几乎不相信自己的眼睛，她怎么也想象不到，在这里怎么会遇到李教官？她喜极而泣，一把摘下头上的围巾，结结巴巴地说："李，李教官，你怎么会在这儿？"

李善堂回头对着宋元彩嚷道："大姐，是孟凡慧，是第一批干部队的孟副队长！"他好像突然想起来，说："她是孟书记的闺女呀！"

宋元彩呆住了，凡慧，孟凡慧？孟庆立的闺女？她陡然觉得两腿发软，身体晃了一下。自己虽然没见过女儿，但凡慧的名字却在自己的脑海里千遍万遍地重复过。女儿，这是自己的女儿吗？是自己千辛万苦寻找了二十多年的亲生女儿吗？

多年后，女婿田宏喜问宋元彩："你当时完全不知情，又是在那样复杂的情况下，你怎么会返回头去找凡慧呢？"宋元彩一脸茫然，好久才说："不知道，真的不知道，从背影看，那是个姑娘，就去了……"

三

部队马上就到了,可粮食却没有着落。田宏喜心里一阵阵发慌。缺乏足够的给养,短时间部队可以承受,但超过一定的限度,对战士心理会造成极大的冲击,甚至导致部队的溃散。人生地不熟,他一点儿办法也没有,只能干着急。

管事是个老实人,他站起来又坐下,坐下又站起来,迟疑半晌,说:"离这十几里地有个叫沙窝子的地方,一群好汉在那里拉起杆子……"管事欲言又止。

"你说,你继续说!"田宏喜说。

管事说:"听说过拉杆子吗?"

田宏喜说:"我知道,山东叫响马,你们这叫什么,对,叫绺子,就是土匪。"

管事忙说:"别、别这么说,不好听,不好听,其实这些人倒也不坏,也没干过什么坏事。"

田宏喜听出点儿端倪来,说:"你是不是说,他们那里有粮食?"

管事忙说:"我只是说说,这年月,绺子不抢你就烧高香了,怎么还能要绺子的粮食?不过……"

"不过什么,说呀?"

管事看了田宏喜一眼,说:"老汉我冒昧了,杆子头和你一样是山东来的,就是你说的响马!"

田宏喜沿小道一直向北。按管事的指引,见到土崖子转向东,穿过一片芦苇和杂草交织在一起的滩涂继续向东,大约再有二里路就是沙窝子。田宏喜从村公所找了一个褡裢背在身上,手里提着半截槐木棍。他觉得褡裢里好像有东西,用手一摸,是一个生地瓜。他想也没想,几口便吃了下去。

天色渐晚,芦苇在秋风中发出唰唰的声音。突然,两个人从芦苇丛里跳了出来,其中一个二话不说举棍就打。田宏喜一惊,猛地向后一撤,用槐树棍向上一横,大喊:"兄弟,别打,我是来见你们老大的!"

听到田宏喜的喊声,两人对视了一下,停住了手,其中一个人竟然还奇怪地笑了笑。两人领田宏喜来到一处破庙,庙门口一边站着一个人,好像是在站岗。庙里很暗,大堂两侧各点着一支蜡烛。

借着微弱的烛光,田宏喜看见大堂正中高台上放了一把椅子,椅子上方有一个大大的"呔"字。田宏喜纳闷:"呔"是何意?借着跳动的烛光,田宏喜发现两侧贴有对联,上联是:此路是我开,此树是我栽;下联是:若想从此过,留下买路财。原来"呔"是横批。小时候听书,山东好汉秦琼秦叔宝就是这样说的,每每说到此,说书人都激情满满,像县太爷升堂一样,用力一拍惊堂木,大喝一声:"呔!"每每听到这儿,田宏喜都会热血沸腾,幻想着自己将来也能成为像秦琼秦叔宝一样的好汉,跳出来对着那些欺负自己的人大喝:"呔!"

看着对联,田宏喜不觉笑出声来。

一个声音从黑影里传出来:"谁要见俺?兵荒马乱的,憨巴子呀!"

是沂蒙口音,地地道道的沂蒙口音!猛地听到这熟悉的口音,田宏喜觉得十分亲切!他顺着声音望去,一个中年汉子走过来。他中等个头,身材瘦削,蓄着一头浓浓的长发,完全不像绺子,倒像一个教书先生。

田宏喜故意带着浓郁的乡音说:"大哥,俺是专门来找恁(你)的,这里黑吧啦唧的,看不纯(清),兄弟俺先给恁施个礼。"说着,田宏喜双手抱拳施了个揖礼。

中年汉子愣了一下,说:"听恁的口音,敢情也是山东临沂的?"

田宏喜说:"俺是河西的,大哥呢?"

中年汉子高兴地说:"俺是蒙阴的,小兄弟,坐!"他走上来拉着田宏喜的手走到大堂的台子上。他对台下面的兄弟说:"上茶!"

田宏喜说:"大哥贵姓?"

"兄弟俺姓陈,人们都叫俺陈掌柜的。"

田宏喜再抱双手道:"原来是陈大哥,既是大哥,兄弟我在真人面前不说假话了,俺叫田宏喜,是山东八路军独立旅的副连长,奉命北上路过此地,兄弟有一事相求,望大哥成全!"

陈掌柜的说:"说来听听?"

田宏喜直奔主题:"事情急,客套话俺不再多说了,只为一件事,请大哥给兄弟些粮食救急!"

边上站的人急了:"你可真没把自己当外人,张嘴就要粮食,说得轻巧,这年月十斤粮食就能换个媳妇，你当俺们是财主啊？"

陈掌柜的扫了那个人一眼，对田宏喜说："近来是不断有八路军路过，但都是大部队，我可没那么多粮食。"

"大哥，我们也就二十几个人，有点儿就行！"

陈掌柜的脸一沉，说："你给我说老实话，你到底是什么人？敢到这里来打秋风！"

田宏喜神情镇定，说："行不改姓，坐不更名，俺就是山东八路军独立旅副连长田宏喜，不就粮食吗？还用得着冒充八路军？俺知道这年头都不容易，都难，要不是逼急了，要不是听说大哥是山东老乡，俺也不会来！"

陈掌柜的被田宏喜这一番慷慨陈词给说愣了，好一会儿问："你们既是八路军，怎么就这么少的人？你们是怎么来的？"

当田宏喜说到海上遭遇暴风雨、两天两夜狂吐却水米未进时，陈掌柜的沉默了。他缓缓站起身来，围着椅子慢慢地来回踱步。

好闷啊，闷得透不过气来！田宏喜感觉自己像被什么箍住了喘不上气来，他大口喘气，鼻子、嘴里像拉风箱一样发出呼呼的声音。他觉得全身冰凉，却又不停地冒汗……大堂里的那盏蜡烛发出的蓝光忽远忽近，忽暗忽明。昏暗中一个人在晃动，他走过来好像在说什么，可是自己什么也听不见，也看不清。田宏喜眼前一片朦胧，朦胧中模糊地显现出一艘船，好像是美国军舰，军舰上也有蜡烛，也发蓝色的光……不，是苏联老大哥的巡逻艇，叫什么阿为鸡，是大膀那个家伙说的，其实人家不叫什么鸡，叫阿夫杰耶维奇，一头灰白色的毛，大膀说，他会说人话。船怎么不动，风那么大，船怎么会不走？旺财，他在敲什么？叮叮当当的，一刻也不停下……

田宏喜倒下了，浑身颤抖着像筛糠一样。这个沂蒙山后生终于撑不住了！

王长锁和二排是一步三晃地挪到了村公所的，战士们进门便躺倒了一片。海上的风浪和饥饿耗尽了他们仅存的一点儿气力，他们已处在了崩溃的临界点上。看着疲惫不堪、士气低落的战士们，王长锁只是干着急，他折歪在门框边，上气不接下气地说："大膀，副连长呢？"

田大膀用力站起来，神色茫然地扫视着村公所。

管事忙走过来，将一张纸条递给了田大膀。纸条上写：老班长、大膀：到后即可住下，我去找粮食，一个时辰回来。田宏喜。

田大膀将纸条递给王长锁。

第二十八章　　　417

管事又将一个布包递给田大膀,说是田宏喜留下的。田大膀有些奇怪,慢慢地打开布包:是田宏喜的手枪!王长锁和田大膀看着手枪百思不得其解,这荒郊野外人生地不熟的,上哪儿找粮食?为什么不带枪?

四

几个人七手八脚地把田宏喜抬进一个房间,放在一张木板床上。注视着昏迷的田宏喜,陈掌柜的心里明白了几分,吩咐人给田宏喜灌点米汤。

一碗米汤下肚,田宏喜一个激灵便醒了,先是怔怔地看看屋顶,再扭过头看了看站在身边的陈掌柜的,说:"俺睡了多久?"

陈掌柜的说:"也就半个时辰。"

田宏喜挣扎着翻起来,嘟囔着说:"就一眨眼的工夫,怎么这长时间?"他强打笑容说:"多谢陈大哥救命!时候不早了,就不给大哥添麻烦了,就此别过。"

陈掌柜诧异地问:"这就走?"

在见陈掌柜的第一眼时,田宏喜想起管事说的话,他不是坏人,几番与陈掌柜的对话,他认可了管事的话。他注意到了破旧的庙,庙内窘迫的陈设,站岗人菜色的面容,绺子的日子并不好过!自己是抱着一线希望硬着头皮来的,一来是冲着山东老乡,二来也是没办法的办法。可在这个战乱的年月,一斤粮食可能就是一条人命啊!在这时候要粮食岂不是有与虎谋皮的意味?与其在这里空耗时间,不如回去另谋他法。

陈掌柜的突然问:"八路军为什么去东北?"

田宏喜被问住了,他犹豫着说:"我只是一个副连长,服从命令是天职,但我知道,这个命令是毛主席下的,大哥,你知道毛主席吗?"

陈掌柜的点点头。

这让田宏喜很惊奇,陈掌柜的居然知道毛主席?看来这个掌柜的并不简单。田宏喜说:"虽然我对八路军为什么去东北不太明白,但我相信,这是毛主席指挥八路军在下一盘大棋,这盘大棋赢了,天下的老百姓就有好日子过了!"

陈掌柜的说："你是共产党吗？"

田宏喜说："是，我是共产党员。"

"我问你，共产党能得天下吗？"

这倒把田宏喜问愣了，自己入党几年却从未想过这个问题。他思忖良久说："共产党追求天下公平，让穷人有饭吃，能活着，让穷人的孩子有书读，不让人世间再有人欺负人这种事情发生，你不希望生活在这样的社会里吗？"

"你们做得到吗？"

"这是共产党的追求，也正在努力做！"

陈掌柜的沉思着。

一个年轻人拿着两个菜窝窝头走进来，看了陈掌柜一眼，把菜窝窝头放在田宏喜面前便退了出去。陈掌柜的说："兄弟，抱歉，这只有这个，杂合面里掺着野菜，这种菜叫盐地碱蓬，咱沂蒙山没有，你别嫌，凑合着吃点。"

田宏喜站起来，双手一抱拳说："干粮我带着，谢陈大哥，俺这就告辞了。"

"兄弟，等等。"陈掌柜的说完便走出了房间。不一会儿，他回来对田宏喜说："再稍等片刻，准备了些干粮你带着，不过，还是杂合面菜窝头，别嫌乎！"

田宏喜喜极而泣，也许二排二十多个战士的生命和北上的任务都系在了这些杂合面窝窝头上了。他恨不得给陈掌柜跪下，在他的人生中，此时他真切地感受到什么是雪中送炭！

陈掌柜的似乎并不急于让田宏喜走，他沉思片刻，说："在咱沂蒙山老家，共产党把土地分给农民，你们叫土改，是吧？"

田宏喜点点头。

陈掌柜的说："村子里成立了农会，负责土改和村里的大小一切事务，可是，农村人大多数不识字，甚至没有出过门，他们只关心自己，这样的人能管理农村吗？"

田宏喜当然知道陈掌柜的意思，无非就是农民没文化，自私保守，难以管理村上的事务。他沉默半晌，说："土改是将地主的地分给农民，农民很高兴，地主自然不愿意这样做，让有文化有见识的地主来管理，土改还能进

第二十八章

行下去吗？"

陈掌柜的微微点点头，接着又摇摇头说："没文化是管理不了的，怎样公平分配？如何记账？于是，农会找来有文化的人帮他们来做，而这些有文化的人多出身地主，其结果是这些有文化的人帮助农会分了自己家的地，你说这样公平吗？"

田宏喜参加八路军时田家庄村的土改还没开始，听完陈掌柜的一席话才觉得土改是一件很复杂的工作，良久，他说："我只能说，我敬重这些有文化的人，也许他们是真心地帮助穷人，而不是为自己。"

"不，不是这样的，他们是迫于共产党的压力，白天帮农会分自己家的地，晚上回家抱头痛哭，骂自己辱没了祖宗。"

田宏喜从未想过会有这样的事，仔细想想却不感到意外，他感叹地说："共产党为大多数人的谋利益，为大多数利益肯定会触及少数人的利益，这是没有办法的，叫鱼和熊掌不可兼得吧。"

陈掌柜的突然对眼前这个年轻的八路军产生了浓厚的兴趣，他的话很简单，但不得不说，他说出了自己从未听到过的道理。陈掌柜的想了一下又说："你刚才说，土改农民很高兴，地主不高兴，事实上政府也不同意这样做……"

田宏喜插话说："你说的政府是国民党政府，国民党的政府不是共产党的政府，所以只有在共产党领导的解放区进行土改，而国统区没有。"

陈掌柜的愣了一下，说："与政府作对，哦，是与国民政府作对，你们有胜算吗？就是我刚才问你的，共产党能得天下吗？"

田宏喜毫不犹豫地说："能！"

陈掌柜的尽管想到田宏喜会这样说，可他快言快语地说出来，陈掌柜的仍然感到有点儿意外："你就这样肯定？"

田宏喜说："你说农民没文化，不出门，没错，正因为如此，农民不知道什么是政治，也不关心政治，但农民知道，国民党政府是地主的政府，国军为有钱人打仗，你想想，一个村只有一两户地主，却有上百户穷人，穷人支持共产党，共产党能不得天下吗？"

陈掌柜的派了两个人帮田宏喜背干粮。看着田宏喜的背影，不知为什么，陈掌柜的突然感慨道："共产党能得天下，果真有些道理！"

此一别，田宏喜再也没有见过陈掌柜的。田宏喜很后悔，竟然也没问陈掌柜的名字。多年后，田宏喜通过当地政府多次寻找他，却杳无音信。在田宏喜心里，陈掌柜的始终是个谜：他不是绺子，至少不是货真价实的绺子，他是干什么的呢？他千里迢迢从山东到渤海湾海边一个穷乡僻壤之所苦熬，为什么？他识字，有文化，却在大堂里挂了一副那样的对联。在粮食紧缺的情况下，他却拿出仅存的干粮送给了八路军……

第二十九章

一

独立旅到兴镇后,联络员送来一台日制的收音机,隔三岔五还送来当地党组织搜集到有关形势的通报,让齐旅长深感满意。

就在齐旅长及三连在兴镇进行休整的时候,国际国内发生了许多重大事件。五十多个国家在美国旧金山召开了制宪会议,会议通过了《联合国宪章》,联合国宣布正式成立。美、苏、中、英、法为五大常任理事国。中国为联合国创始国和常任理事国。消息传来,国民政府自上而下无不欢欣鼓舞,举国民众一片欢腾。国民政府同苏维埃社会主义共和国联盟(简称苏联)在莫斯科签订《中苏友好同盟条约》,令世人瞩目。

然而,国共之间的明争暗斗致使形势突变,让齐旅长倍感担忧。

受蒋介石之命,杜聿明就任东北保安司令长官,率军出关,接收东北。他向蒋介石建议:要接收东北非用武力不能解决。蒋介石欣然接受。在杜聿明的指挥下,国军精锐第十三军、第五十二军七万多人分别由香港九龙、越南海防抵达山海关,旨在开辟进入东北的通道,确保国军后续部队从海路和陆路进入东北。

华北、华东、陕甘宁绥的八路军相继进入东北,东北人民自治军成立,林彪任总司令,并亲临山海关视察。东北人民自治军山海关守军指挥部成立,山东八路军七师师长杨国夫任总指挥,热河辽军区张鹤鸣旅长任副总指挥,一万多部队进入山海关要塞,旨在将国民党军阻挡于关外,确保八路军先期入关的部队站住脚,确保后续部队和地方党政干部顺利入关。

齐旅长低着头若有所思,好一会儿他抬起头感慨地对胡副参谋长说:"随着日本战俘的回国,苏联红军回国的日子也应该指日可待。国共双方都在大规模地聚集力量,兵锋所向直指山海关,双方都志在必得呀!"

胡副参谋长说:"我也感觉到了大战来临之前的气息。"

齐旅长说:"你这个战术专家不妨也谈谈战略问题。"

胡副参谋长笑了一下说:"旅长,我哪里敢当专家啊?"他看了看桌上的地图说:"刚在秦皇岛登陆的十三军是国军抗日的主力部队,从组建之日起就一直在抗战最前线,参加过著名的长城抗战、南口会战、台儿庄会战,也是豫中会战和湘西会战的主力。作为嫡系部队,抗战胜利后十三军率先装备美械,是一个全机械化的军。五十二军战力也不差,是个半机械化的军。按国军的编制,齐装满员的一个军兵员应在三万人左右。这样的两个整编军千里迢迢从南方紧急调入东北就足以说明问题了。"

齐旅长吁了一口气说:"看来国共之间又到了一个临界点了。我曾说过,国共之间打与不打从不取决于共,而取决于国,但这次可能是个例外。"山雨欲来风满楼。然而,齐旅长和胡副参谋长并不知道,此后在东北大地上发生的国共之战,是决定国家之前途、国共之命运的开端。

就在齐旅长与胡副参谋长谈论形势的时候,国军与苏军军火库守军发生了冲突。一名国军中校奉命率部接收日军一座军火库,被一名苏军少尉排长拦住了去路。

国军中校正色说:"我奉上峰命令接收日军军火库,根据《中苏友好同盟条约》,贵军应把这里所有的物资全部交给国民政府,请你配合!"

苏军少尉轻蔑地说:"不,你们不可以到这里来,这里是苏军的防区,知道吗?苏军的!"

国军中校火冒三丈,说:"你个小小的少尉,见了长官怎么不敬礼?没学过军队条令吗?"

苏军少尉耸耸肩:"你不是我的长官,我不向你敬礼!"

国军中校嘀咕:"真撞见鬼了!"他耐着性子说:"你的长官有没有告诉你,你们在东北收复的地区,包括物资在内的一切都应交由国民政府设立的行政机构接管吗?"

第二十九章

苏军少尉摇着头反问道:"这里是苏军的防区,你知道吗?"

国军中校指着军衔说:"少尉先生,我是中校,你我军阶不对等,把你的长官叫来,我要和他对话。"

苏军少尉没听明白国军中校说话的意思,似乎也不想听明白是什么意思,依旧梗着脖子说:"这里是苏军的防区,知道吗?你们马上离开,马上,知道吗?"

苏军士兵端着转盘冲锋枪,国军士兵也端起了美式汤姆枪。双方一时间剑拔弩张。

国军中校举起手,示意士兵们放下枪,对这个油盐不进的黄毛子,真是秀才遇上兵有理说不清,他也不想继续纠缠,若真发生冲突,其结果也是自己这个级别的军官承担不了的,只得率部悻悻地离开。

刚刚进入东北的国军自恃为政府军,遵照联合国和中苏有关协议接收东北,师出有名,合理合法,却全然没想到苏军根本不按规矩出牌,国军一个营长、团长,甚至一个师长,面对一个指手画脚的苏军低级军官也往往无计可施,被搞得灰头土脸。据说,连东北保安司令长官杜聿明上将也在一个苏军中尉面前吃了憋。

上述发生的一幕号外很快传到了齐旅长手里。他颇感意外,回想起刚上岸时苏军的态度,显然苏军对八路军和国军有所区别,而并不像《中苏友好同盟条约》显示的那样,国民政府与苏联政府不缔结反对对方的任何同盟,以及不参加反对对方的任何集团,同时,国民政府军事代表与苏联军事代表协商有关东北接收事宜。

齐旅长对胡副参谋长说:"你怎么看?"

胡副参谋长思忖良久,说:"苏联红军占据着东三省全部的大城市和主要交通线,整个东北都在苏军的控制之下。我八路军初到,看来还少不了与他们打交道。"

齐旅长点点头,心里却在想,国、共、苏三方均进入东北,国民政府后面还有美国人的支持,在同一片区域里,存在的基础是共同的利益,或者说是各自的利益。然而,就实力而言,八路军与美、苏、国民党不可同日而语。齐旅长嘲弄道:"用老百姓的话说,三国四方尿不到一壶里啊!"

二

东北，这片土地自古多灾多难，重要起因就是来来往往的兵，先是大辫子清兵，后有张作霖的双檐帽，再是日本小矮子。抗战胜利后，小矮子走了，大鼻子又来了。可在老百姓眼里，这些兵差不多一样，都是胡子！

上午，天气不错，蓝天上飘着几丝云彩。兴镇，这个海滨小镇展现出难得的祥和气氛。

王天宇政委一步跨进门，大声说："老齐，老伙计！"

齐旅长吃惊地抬起头，猛地站起来紧紧地握住王政委的双手，禁不住喊了一声："老王！"

一个多月不见，恍如隔世之感。看着齐旅长瘦削憔悴的面容，王政委感慨地说："老齐，这一个多月，你吃苦了！"

齐旅长说："你好吗？"

"我很好，你的伤怎么样？"王政委关切地问。

齐旅长说："基本好利索了，卫生队齐军医医术还是很高明的！"齐旅长拍拍伤口处说："伤倒是没问题，就是咱这旱鸭子坐船可真受罪，哈哈！"

两人坐下来，警卫员端上来两碗水。王政委笑着说："可惜大叶子茶没有了！"与在山东时一样，两人有一搭没一搭地聊起来。从两人第一次见面聊起，聊在滕县与日军作战王天宇受伤，聊与国军骑二军发生摩擦，聊剿灭土匪刘黑七的残渣余孽，聊延山战斗的策划，聊两人分手后一路北上横渡渤海湾……聊到高兴时，两人兴奋地手舞足蹈；聊到伤感点，两人闷不作声；聊到悲壮处，两人感慨万分，潸然泪下。

方参谋长和胡副参谋长一前一后走进来。

方参谋长说："旅长、政委，我只能扫两位领导的兴了。独立旅登陆也有日子了，可一直在这里迟迟不动，是否再向上级反映一下？"

齐旅长沉吟了一下，说："我最近也一直在想，在东北急需兵力的时候却一直没有把我们调过去，这是为什么？难道上级不知道独立旅已经到了？不是，答案只有一个，我们另有任务，或者形势需要有一支部队暂时留在这里。"他停了一下又说："不过，方参谋长，该向上级报告还要报告。"

"是！"方参谋长犹豫了一下又说，"齐旅长，现在最大的问题是装备不足。目前，我们所有的枪还是从山东带来的，数量少质量差，除少量三八大盖外，大多为老套筒、汉阳造，许多战士还是赤手空拳，一旦有情况连应付一下都难。请示了民主联军后勤部，他们答复补充装备还需要时日，具体时间尚定不下来。"

方参谋长看了胡副参谋长一眼，胡副参谋长会意地点点头，拿出一张记录，说："这是刚刚转来的一份情报，是国军一个整编军的装备清单，清一色的美式装备，当然，这是老蒋的嫡系部队。"

齐旅长接过清单。

国军新一军，下辖三个师，四万余人，配备如下：

配备：105毫米榴弹炮12门，75毫米山炮72门，105毫米重迫击炮108门，60毫米迫击炮486门，37毫米战防炮108门；

配备：火焰喷射器255具，火箭发射筒324具；

配备：重机枪324挺，轻机枪1080挺，冲锋枪1500支，卡宾枪1500支，自动步枪3240支；

配备：军用各种汽车456台。

在延山，国军一一三团的配备让独立旅震惊不已，时隔才一个多月，与新一军相比，一一三团的配备是小巫见大巫了。

王政委愤愤地说："还说什么建立联合政府？下如此大的气力，看来是准备死杠到底了！老齐，记得咱俩谈论过，中国从不缺人，更不缺少军队，早有如此信心和决心，抗日战争何至于打了这么些年！"

房间里沉默了。

齐旅长感到一种似曾相识的压力。一九三四年秋，白军采取了堡垒主义的战术向苏区发起"围剿"，红军仓促应战。那是一个秋天的黄昏，数倍于红军的白军突然包围了苏区，在飞机坦克的掩护下，白军潮水般包抄上来。全排仅有几支马步枪和毛瑟枪，自己刚从赤卫队转入红军，紧握着一杆红缨梭镖紧张地注视着前方……

胡秋生副参谋长，此时这个出身行武世家的军人想得更多的是如何能摆脱困境。两军对垒，双方武器装备若无大差别，譬如大刀对长矛，那么军队的精神、意志将起到至关重要的作用，甚至是胜负的决定性因素。假若双方武器装备差别很大，譬如大刀对大炮，再强调精神和意志的作用，显然就有些唯心。这是特定时期和特定条件下决定战争胜负的法则。他想，不能等，无论如何必须搞到装备，哪怕是为数不多的烧火棍，一旦有事至少也可以挥舞一下。

日本投降时关东军尚有二十四个师团七十余万人，留下了大量的武器装备。这些武器装备主要在仓库里，而仓库在苏军手里。

事实大致如此。

兴镇东约二十里的山坳，在一个巨大的山洞里，关东军在这里建了军火仓库。天色将亮未亮之际，一个庞大的车队在山洞前小广场上排起了长龙。紧接着，荷枪实弹的苏军士兵出现在山洞前，一台台的电瓶车满载着枪械物资从仓库中鱼贯而出，由搬运工装上卡车。装满十台车后，车驶出仓库前的小广场，再开进十台，最终整个车队扬长而去。

一连多日，这样的场景在这里不断上演。

这引起了独立旅的注意。地下组织说，苏军车队开到距离兴镇一百多里外的货站，从那里将货物搬上火车运往苏联。

方参谋长气不平地说：“固然，苏联红军是应包括国民政府在内的国际同盟之邀出兵东北的，对中国抗战胜利做出了巨大的贡献，也付出了巨大的牺牲。但公然肆无忌惮地把物资运往苏联国内，是不是有公开掠夺之嫌啊！”

王政委略一沉吟，说：“这样说不能说没道理，但你刚才说，苏联是应邀出兵，可不可以这样说，帮助中国抗战不是苏联的义务，而付出巨大的牺牲后也不会有相应的回报，你想想是这样吗？比如，他们把这些物资运回苏联，也许他们认为算是回报吧。从另一个角度讲，这些物资是中国的吗？也许他们认为，这些物资是日本和伪满政府的，把缴获日本和伪满政府的战利品运回苏联国内是天经地义的。”

方参谋长说：“政委，道理虽然是这个道理，但心里却别扭，这毕竟是在中国啊！苏联政府承认了伪满政府，但我们并没有承认，国民政府也没有承认，也就是说这里还是中国的领土。在中国领土上，就这样大摇大摆地把物资运走？况且，你没听说吗？苏联红军在东北烧杀抢掠事件时有发生，让人难以置信是共产党所为！”

王政委沉思着，说：“我以为，问题出在苏共上层，或许与俄罗斯民族性格也有关，其深层次的原因还在于我们这个多灾多难的国家积贫积弱啊！”

齐旅长说：“这样一个问题你们想过没有，苏军匆忙这样做意味着什么？"

司令部几个参谋坐在房间的另一边，关切地向这边看着。

齐旅长说："能不能这样说，苏军运送物资越急，越能说明他们要撤军了，抓紧时机捞一把就走呢？"

胡副参谋长说："恐怕是这样，昨天联军后勤部的同志说，部分苏军已开始陆续回国了。"他停了一下又说："兴镇军火仓库里存有大量的枪支弹药，还有相当数量的重武器，如步兵炮。"

齐旅长说："你有什么意向？"

胡副参谋长说："我还没有什么成熟的意见。我只是想，日本人的这些武器装备，对我们来说是好东西，但对苏军就未必是好东西。反法西斯战争胜利后，苏军的武器装备已进入了一个新水平，也形成了自己的体系，也就是说，苏式装备与日式装备在苏军部队中不能融合使用。对苏军来说，日本关东军这些武器装备如同废铜烂铁，他们拉回去干什么呢？"

王政委来回踱着步，说："也许，对他们来说，就是废铜烂铁，是拉回去回炉的。"

胡副参谋长面露喜色，说："对，我就是这样想，既然是废铜烂铁回炉，要与不要对他们来说是无关紧要的，至少是无碍大局，我们何不与他们协商，有无可能搞一部分武器装备，哪怕少量的以解决我们的燃眉之急。"

方参谋长插话："理论上说应该可以。前不久，冀热辽军区的部队进入山海关，苏军派出汽车出城迎接，还举行了隆重的入城欢迎仪式。从这点上看，苏军对我军和国军还是有很大区别的，毕竟同为共产党嘛！"

王政委说："我同意与苏军接触一下，至少可以试探一下。"他沉思片刻又说："方参谋长，你注意到没有？苏军对国军、对我军的态度是在不断变化的，似乎处在一种亦敌亦友的状态，让人捉摸不定。如果按国民政府与苏联政府缔结的军事同盟的有关条款，矛头应该是指向我们共产党的，但在实际中并非如此，或说不完全如此。有一点可以肯定，国共之争的背后是美苏之间的博弈。我们应充分认识这些，在与国军、苏军以及美军的接触过程中把握好分寸。"

方参谋长连连点头说："是！"

齐旅长说："王政委分析得很精辟，我完全同意。登陆时与苏军接触可以看出，苏军基层军官和部队的随意性很强，这给我们与其接触带来不确定性和难度。方、胡两位参谋长，要针对这种情况，立即着手拿出一个切实可行的方案来。我给你们八个字做参考：视情而进，适可而止。"

三

傍海道边一个十几户人家的小村，家家户户都紧闭房门。有几个青壮男子在村头场院上干活。

一个人行色匆匆走进一户人家，他提着一个柳条编织的篮子，篮子上盖了一块白毛巾。在华北一带，这种篮子是用来盛干粮的。他一进门急急地说："营长，有一群人过来，还有枪！"

被称为营长的人问："从哪个方向过来？"

"南边！"

"他们看见你了吗？"

"好像看见了，也好像没看见！"

营长生气地说："你这个阿五，到底是看见了还是没看见啊？"

被叫阿五的人犹豫了一下，委屈地说："村口场院上有好几个人在干活，见有人来都赶紧回家了，我也不知道是不是看见了我？"

营长想了想说："你到后面去吧。"

王长锁跑来对田宏喜说："副连长，休息一下吧，在村里烧点开水，战士们喝口热乎的。"

田宏喜皱起了眉头，没说话。刚才的一幕让田宏喜产生一股莫名的疑惑和不安。几个老乡见了部队纷纷转身回家。在战乱年代，老百姓见到兵避退三舍并不奇怪，但其中一个人紧走几步又放慢了脚步，从容地闪进一户人家。他的一紧一缓和走路甩臂的姿势引起了田宏喜的注意。

见田宏喜没吭声，王长锁小声叫："副连长……"

田宏喜回过神来，说："哦，休息一下吧。让大膀带一个战士去烧点开水，告诉大膀，只到路边的人家，不要到村后面去。"

王长锁不知何意，疑惑地点点头。

田大膀一连进了几户人家都没人，有的人家连锅灶都没有，破旧的房子里家徒四壁。田大膀长吁短叹地向村后走去。田宏喜远远看见，生气地骂道："这家伙……"他急忙对王长锁说："我去一下，部队原地休息待命。"拐过一户人家的院墙，田宏喜刚好看见田大膀走进一户人家。他刚想制止田大膀，然而田大膀一晃就闪进了门。"妈的，动作倒是挺快！"田宏喜心里骂道。

田宏喜悄无声息地来到门口，闪身站在门的一侧附耳聆听，房间里静悄悄的。突然房间里有人说："门口的这位先生请进来吧！"

田宏喜顿感紧张，犹豫了一下便推门走了进去。房间里挺暗，田宏喜眯起眼睛分辨着。房间一角的床上一个人半躺着，他微笑着说："请坐吧！"

田宏喜赶紧说："我兄弟来烧热水，他人呢？"

"你是说你们那位同志？在后面烧水，你要不要去看看？"

他说同志？从刚才那个人的举止和走路的姿态判断，他们应该是军人。

床上的人说："自我介绍一下，我叫由学武，是国军十三军的少校营长，随部队从秦皇岛登陆，由于中途旧伤复发，暂且在这儿停留几日。"他停了一下，提高声音说："兄弟我是山东台儿庄人。"

田宏喜心里暗想，他已经猜出了我的身份，还听出了我的山东口音。田宏喜挺了挺胸，敬了一个标准的军礼，说："我是山东军区独立旅副连长田宏喜，临沂河西人。"

由营长随即还礼，说："抱歉，有伤在身，恕不能站起来。田副连长，请坐！"

田宏喜微笑着，说："谢谢由营长，部队即刻出发，不打扰了。"

"是去东北吗？"由营长毫不掩饰地问。

田宏喜一惊，部队赴东北作为秘密行动，不仅不能外传，甚至连军装都不能穿，这个国军营长似乎早就知道！

由营长似乎看出了田宏喜在想什么，坦然地说："告诉你，国军十三军也去东北。"

由营长直言不讳地说出来，田宏喜虽然有些意外，却并不十分惊讶。他想起海上美国军舰运送的国军部队，不由自主地坐了下来。

由营长欠了欠上身，指着床边上的茶壶说："田副连长，自己倒茶。"由于翻身碰到了伤口，由营长疼得龇了龇牙。

"要紧吗？"田宏喜关切地问。

就在身体前倾的一瞬间，田宏喜瞅见了床角深黄色的军服。由营长淡然地说:"没事,是在密支那被地雷炸的。"

"密支那?"田宏喜好奇地看着由营长,他第一次听说密支那这个地方。由营长靠在床的后背上,身体松弛了一些,随手递过来一个包装精美的盒子,说:"你要不要尝一尝美国的压缩饼干?"

田宏喜咬一口,说实在的,这是他活了二十多年吃过的最美味的东西。这真是个奇怪的东西,有油,有盐,香甜可口,他不由想起小时看到的地主家的年夜饭,心想,也许地主也吃不到这样美味的东西!

由营长缓缓地说:"哦,密支那是缅北的一个地方。民国三十三年,我部从云南飞到印度孟买,然后转机到密支那,我就是在那儿受的伤。一个士兵踩到了地雷,飞溅起来的弹片钻进了我的腹部。"他指着被纱布裹着的肚子说:"在这儿!"

"是远……远征军吗?"在培训班时,记得胡老师曾提起过,田宏喜不确定地问。

"你知道远征军?"由营长感到意外,又十分高兴。"在缅北,我们两个团和美军一个团偷袭了日军机场,拉开了密支那战役的序幕。"由营长眼睛发出炯炯的光,"偷袭成功了,刹那间机场一片火海,狗日的日本守军被打得鬼哭狼嚎,那一仗真痛快!"他开心地笑了。

田宏喜霍地站起来,举手敬了一个标准的军礼,说:"请前辈接受我的敬意!"

田大膀和一个战士抬着一桶热水从里间走出来,奇怪地问:"副连长,你怎么来了?"

田宏喜对由营长说:"多谢前辈,我就此告辞。"

由营长看了田大膀一眼,说:"且慢,田副连长,能否让这位兄弟先走一步,我有几句话说。"

由营长的神情变得凝重起来,沉默了一瞬,说:"你我同乡,有句话我不得不说。十三军从香港九龙出发辗转到秦皇岛,我不说你也应该知道来干什么。至于兄弟阋墙孰是孰非,你我小人物姑且不论,我想说的是,国军今非昔比了,国共一旦动手,共产党绝无胜算!"

田宏喜没吭气,静候由营长的下文。

"那年,部队辗转到印度,在那儿全部换上美式军服和武器装备,由美国人任教练对部队进行了强化训练。在密支那,与日本人一交手才知道仗可

第二十九章

以是那样打的，一支汤姆式冲锋枪控制范围超过了两到三挺歪把子，一个美式105榴弹炮团五分钟可以覆盖五平方公里的日军阵地。"由营长话锋一转说，"台儿庄战役你听说过吗？"

田宏喜点点头。

"台儿庄战役时，国军兵力数倍于日军，但武器装备却十分落后，当成吨的钢铁倾泻到阵地上时，国军付出的只有血肉之躯。然而在密支那，国军武器装备之精良超过了日军，战争的天平顷刻转向了国军，日本人被打得哭爹喊娘。这是一个显而易见的道理：打仗打的就是火力！"

田宏喜已大致明白了这位抗战英雄的弦外之音，他微笑着说："由营长，你说！"

"目前国军的配备情况你们显然并不十分清楚，配备的各种火炮、火焰喷射器、火箭发射筒以及各种轻重机枪、冲锋枪远非你们可以想象得到的，比国军在密支那时更胜一筹。"

由营长上下打量着田宏喜。田宏喜立刻感到浑身不自在，从龙口出发时换的一身对襟女装早已看不出样式和颜色了，与国军美式军服相比，同为军人，国共之间有着天壤之别！

由营长说："日本人的三八式、歪把子在八路军里可以人手一支吗？据我所知，不能！可三八式、歪把子在国军主力部队中已被淘汰。当战争双方武器装备一方对另一方形成碾压优势时，你认为战争的结果还有悬念吗？"

田宏喜沉思着，他在细细地揣摩着由营长的话。实际上，三八式、歪把子不仅不能人手一支，就连老套筒、汉阳造也不能人手一支。

话一出口，由学武自己也感到奇怪，与这位八路军的副连长素昧平生，仅一面之交的同乡，自己为什么讲这些？

田宏喜真的很不服气，他想借用军事家克劳塞维茨的一句话：物质的原因和结果不过是刀柄，精神的原因和结果才是贵重的金属，才是真正的锋利刀刃。然而，当看到由营长的神态时，话又咽进了肚子。事后他想，也许由学武说的并非没有道理，也许自己还不够自信，也许战争的走向谁知道呢，也许在那种情况下自己也无暇去和他理论什么，也许……

十几天后，田宏喜感受到了由学武所说的国军在火力上的碾压优势。

三年后，由学武对田宏喜想说却没说出口的理论有了真实的理解。在辽沈战役中国军兵败如山倒，已升任团长的由学武随残部仓皇从山海关撤入关内,阴错阳差地再次经过他养伤的小村。他不由感慨万千,说:"当时我看到那个身穿破烂不堪的女装,拿一支连枪膛线都已磨秃了的驳壳枪的副连长,同情心大发,想劝一劝那个年轻的山东同乡,别以卵击石柱送了年轻的生命。现在想想,是国民政府虚火上升,是国军虚火上升,是自己虚火上升,劝说别人的话却应验在自己身上。"然而,当听到远征军以及密支那抗战,那个年轻的副连长两次恭恭敬敬地称自己是"前辈",那谦恭的神态历历在目,使他至今不能忘怀。

四

干部队在李村住了一夜,第二天一早继续上路。

秋高气爽,和煦的阳光照耀在广袤的大平原上,田野里不时传来小鸟吱吱啾啾的鸣叫声,一切都那样自然、和谐。

"这里原来这么好看!"小云欢快地说。经过二十多天的治疗和休养,小云的身体基本恢复了正常。

张胜利哼了一声说:"看来你的病真的好了,前些日子,你哼哼叽叽的,惨不忍睹!"

小云冤屈地说:"你个没良心的,你得病试试,你不知道那有多难受,热就热死,冷就冷死,俺的个娘,现在想想都难受!"

"娘?你娘不是在那儿吗?"张胜利指指凡慧。

小云瞪着眼睛,一脸不解。

张胜利说:"那会儿你叽叽歪歪的,趴在凡慧姐身上一个劲儿地喊娘。"

"真的?"小云一副讶异的神情,接着她开心地说,"你没听说过长嫂如母吗?俺嫂子就是俺娘,怎么啦?"

张胜利笑道:"好,好,凡慧是俺姐,凡慧是你娘,那你得叫俺舅啊!"

"好你个张胜利,占俺的便宜,不跟你说了!"小云故意生气地说。

看着小云和张胜利说着闹着,宋元彩微笑着说:"年轻就是好,再苦再难也不放在心上。"

凡慧说:"宋书记,你也不老啊?"

宋元彩皱了皱眉："凡慧，你应该叫我姨才是啊！"

凡慧小声说："有人时我叫你宋书记，没人时我叫你姨，好吗？"她停了一下，说："宋姨，南方人说话一说快我就听不太懂了。"

宋元彩说："是吗？那我就说慢点。"

"你的口音很像齐旅长，真的啊，就是独立旅的齐恩旅长，你知道他吗？"

宋元彩点点头，说："知道，那是很久以前的事了。"

凡慧惊讶地说："很久以前？很久以前你就认识齐旅长？"

"算是吧！"宋元彩望着前方，伤感油然而生。

"宋姨，什么叫算是啊？认识就是认识，不认识就是不认识。"凡慧不依不饶，"齐旅长是长征过来的红军，在河西县，人人都知道他是老红军、老革命啊！"

"好孩子，你很熟悉他吗？"宋元彩温柔地看着凡慧。

"当然熟悉！"凡慧迟疑了一下，又说，"哦，也不怎么熟悉。"每想起齐旅长的目光，凡慧浑身都暖暖的。其实，自己一共也没见过齐旅长几面，然而齐旅长慈祥的目光却始终如影随形地伴随着自己……凡慧沉浸在对往事的回忆中，脸上呈现出幸福而甜蜜的微笑。

看着俊俏的凡慧，她小时候的模样依稀可辨。那年，姐姐抱着不到三岁的阿花探监，她忽闪着大眼睛紧盯着她，似乎什么都明白一样。直到姐姐离开，她突然伸出小手在空中抓挠，仿佛想把自己抓住一样。

"凡慧，小时候的事你还记得吗？"宋元彩试探着问。

凡慧开心地说："当然记得，那时候日本鬼子刚进河西城，我爹我娘不让我出门，爹就在家里教我认字。局势稳定一些后，爹娘送我上学堂。家里穷，但我一回家，娘总是变着法地让我吃上热腾腾的饭菜，每到吃饭时，娘总说她不饿，让我先吃，剩下的她再吃，那时我总想，大人真的很奇怪，为什么总是不饿……"

宋元彩很欣慰，这孩子有福，遇上了好人家。她也很失望，凡慧记忆里只有河西，只有她的养父养母。这也难怪，孩子对三岁以前的事是没有印象的。宋元彩百感交集，一股热泪又涌了上来，她多想说，我是你的亲生母亲啊！如果你在我身边，我也会这样照顾你啊！生了她却没能够照顾她，愧对孩子啊！

现实没有给宋元彩留有更多感慨的时间和空间，几天之后，干部队义无反顾地投入了突然爆发的山海关战役。

第三十章

一

夜深了，距兴镇二十多里的后山屯，日本居留民佐藤实谷家仍然闪烁着幽暗的灯光。

从外表看，这是一户普通的日本居留民家庭。

日本在日俄战争中击败了沙皇俄国，夺取了辽东半岛。十四年前，日本发动了"九一八"事变，东北沦陷。日本成立了"开拓团"，开始实施向东北移民计划。佐藤一家于昭和七年（一九三二年）移民东北，几经周折，最后定居于兴镇，至今已十几年了。

十几个人聚集在暗淡的油灯下，没人说话，房间里十分安静。所有的人眼睛里都闪现出复杂的光，脸上充满着紧张、激动和兴奋的表情。他们明白，迫不得已也好，主动选择也罢，成也好，败也罢，箭已在弦上不得不发了。

佐藤打破了沉默，开口说："诸君，没有余地了，没有时间犹豫彷徨了！"佐藤说："现在我介绍一下，此次起事，国军军统站将作为内应支援我们。因某种原因，军统站李主任不方便出席，特地派出陈果特派员出席今天的会议。"佐藤转身说："这位就是陈特派员，大家欢迎！"

房间里响起热烈的掌声，并响起一阵兴奋的低呼。显然，日本人对于国军的参加有着很高的期待。

陈特派员一副不卑不亢的样子，礼貌地点点头。

佐藤继续说:"这位是黄岭山的老大沈爷,我非常高兴,此次行动沈爷将率黄岭山的义士加入我们!"说完,佐藤向沈爷深深地鞠了一躬。

坐在房间一角被称为沈爷的站起来拱手揖道:"兄弟沈万三仰仗各位了!"房间里的人欠欠身,点头示意。也许他们在想,什么义士,不过是手中握有几把大刀长矛的胡子而已。

佐藤说:"大家静一静!"房间里安静下来,所有的人都看向佐藤。佐藤扫视了一遍众人,说:"大日本战败了,天皇陛下已颁布了御诏敕。毋庸置疑,大日本战败的责任理应由军部来负。现在政府企图把责任推到天皇身上,这完全是无理的行为,是非国民的行为,毫无疑问,现在的政府就是国贼!"

房间里的人喘着粗气,牙咬得咯咯作响。

佐藤强压着悲愤说:"战败的民族,生活在异国他乡,在悲哀中度日,诸君的心情我可以理解。但作为大日本的子民,我们现在不是要指责他人,更不是怨天尤人的时候,而是诸君要承担起自己应尽的责任,为大日本复兴竭尽全力的时候!目前,形势对我们也有有利的方面:苏联军队要撤离东北,国民政府军刚刚进入,共产党在东北立足未稳。美国人虽然在秦皇岛登陆,但美国人是局外人,用中国话说,敲敲边鼓而已。更为重要的是,在美苏的支持下,国共两党的矛盾正日趋尖锐,中国随时都有爆发内战的可能。此时对我们来说正是大好时机!"

房间里鸦雀无声,所有人的脸上都表现出庄严的神色。

"目前我们需要武器,需要将会员都武装起来,黄岭山的义士也需要武器。军火库苏军守卫只有两个排,不足为虑。有一个情况值得注意,共产党的一个旅到达了兴镇,人数虽众,但共产党的军队装备很差,缺乏训练,不足为虑。按以往的情况,共产党的部队不会在兴镇久留,估计几天就会撤离。"佐藤脸上显示出少有的轻松表情。

日本人在摩拳擦掌,跃跃欲试。军统陈特派员面无表情,静静地注视着房间里所发生的一切。黄岭山沈爷则喜形于色,却一声不吭。

佐藤的目光落在了一个日本人身上,说:"秋野君。"

秋野一郎立刻站起来,说:"在!"

佐藤沉声说:"辛苦秋野君继续密切关注军火库,务要掌握苏联守军的变化,同时搞清楚共产党独立旅的动向,拜托了!"

秋野一郎鞠躬道:"明白!"

"我宣布,我们伟大的圣战行动进入倒计时,此次行动的代号就定为:圣战。你们现在需要做的是立刻返回,将行动的消息传达到各村,做起事的准备。"见人们窃窃私语,佐藤说:"请诸君放心,不必猜忌,此次行动事关重大,必须做到万无一失,为此,起事时间及行动方案将在晚些时候通知到各位。"

所有的日本人都站起来,众口一致地说:"请佐藤君放心,我等定不负阁下所托!"

佐藤把目光转向沈万三,说:"沈爷,过去多年的是是非非我们不再提了!"

沈万三拱手道:"不提了,不提了,佐藤君说得是,我们现在是目标一致,用我们的话说,就是可以尿到一个壶里了。"沈万三知道日本人看不起自己,也知道日本人在利用自己,可自己何尝不是在利用日本人?他一副满不在乎的样子,但意思却准确无误:"行动后你走你的阳关道,我走我的独木桥!"

"好,一言为定!你人多势众,堪当大任,务请沈爷承担更多的职责,当然收获也主要归沈爷所有。方案我当尽快给沈爷送上!"若时间再早一个月,佐藤根本不把这个胡子头放在眼里,而今非昔比了。沈万三手下有二百多号人,是兴镇地区最大的民间武装,他不得不求助于他。佐藤嘴上说着,心里却十分不情愿。

佐藤再把目光转向陈特派员,说:"陈先生,我们过去的恩恩怨怨也不再提了,我们各取所需,你同意吗?"

陈特派员微一躬身,说:"卑职明白!"

佐藤说:"贵军不公开出面我可以理解,但务请贵方提供苏军和共军的准确情报,事关重大,马虎不得。居留民团将遵守与贵站李站长的承诺,与贵方配合竭力阻止共产党进入东北,决不食言!"

陈特派员再次微一躬身说:"请佐藤阁下放心,李站长曾特别交代,我当竭尽全力配合!"

佐藤点点头,他扫视了一下房间,弯腰深深地向众人鞠了一躬,郑重地说:"我们将炸掉军火库,这也将是我们伟大圣战的开幕式,此次行动成功与否,就看各位的了!"

二

兴镇军火库位于两山之间的峡谷中，日本人在此建仓库前后历时七八年时间，直到日本投降前，仓库还在断断续续修建。

一排排长姚贵在山上蹲守两天了。他用八倍望远镜朝山下观察，军火库出口及小广场一览无余。

胡副参谋长从山下上来，问："有情况吗？"

姚贵犹豫了一下，说："报告胡副参谋长，苏军换岗很准时，其他没什么特别的。"

胡副参谋长看一眼姚贵，拿过望远镜向山下看，一边说："有话直说！"

"有个情况我说不好。前天，一个人在那个位置，"姚贵用手指着军火库前小广场东南角说，"他待了有五六分钟，一直向仓库方向张望，今天上午他又来了，不到两分钟就走了。"

军火库地处偏僻，很少有人到这儿来，这人却来了两次。在这样一个敏感的时刻，胡副参谋长立刻嗅出了异常。

在临时会议室，齐旅长就此事问胡副参谋长："你怎么看？"

胡副参谋长未加思索脱口而出："有人在打军火库的主意！从兴镇到军火库路况很差，开车也要两个小时，苏军守军只有两个排，一个小时解决战斗时间足够了。"

齐旅长说："你是这样认为？"

胡副参谋长肯定地说："我以为是这样！"

齐旅长沉思不语。苏军虽然只有两个排，战斗力却十分强悍，并且占据有利地形。苏联红军进入东北后，其粗犷的作风和强大的战斗力世人皆知。敢打苏联红军的主意，想必也有一定的势力，是什么人呢？齐旅长深知日本人的狂妄，但恐怕败军之将还不至于狂妄到鸡蛋碰石头的地步，况且兴镇地区的成建制的关东军部队早已撤离，遗留下的散兵游勇竟敢如此冒天下之大不韪？是胡子？齐旅长随后又否定了。从以往的经验看，胡子一般不会与官军发生直接冲突，尤其在这样的时候，胡子更不可能与苏军发生冲突，除非有特殊原因，有什么特殊情况呢？

齐旅长还真小看了日本人和胡子。尽管如此,这并不妨碍齐旅长做出正确决定,他命令:第一,立刻与兴镇苏军接触,通报有关情况;第二,派出侦察小分队,严密监控兴镇及军火库地区,一旦发现可疑人马上抓捕;第三,向当地党组织详细了解兴镇一带有关各种武装组织情况;第四,全旅进入准战斗状态。

秋天的兴镇天黑得特别早,刚过六点,天色就黑下来。于连长带领侦察小组在军火库小广场前山坳里蹲守。秋叶散落在地上,只余下光秃秃的树杈在秋风中摇曳。在一个土丘后,于连长匍匐在一墩树丛中,姚贵紧随其后。

约在晚上十点钟,林子里发出了细微的飒飒声,与秋风拂过的声音夹杂在一起,时有时无。在昏暗的夜色中,于连长似乎看见两个人影一闪而过,瞬间就消失在山林中。

"妈的!"于连长骂道。可以肯定,来人是经过训练的高手,根本没给侦察小分队留下动手的机会。

齐旅长神色凝重起来,如果说前两次是偶然,第三次晚上再来那就不是偶然了。

夜深了,天空仿佛被一口巨大的锅反扣着,一片漆黑。山路上,一个人左手提一盏马灯,右手拿一根棍子,向独立旅驻地匆匆走来。他对哨兵说,有紧急事情求见齐旅长,而对哨兵其他询问则一概不做回答。

来人正是军统驻兴镇特派员陈果。

"是齐长官吗?"陈果衣衫破旧,像一个流浪汉。

齐旅长说:"我是旅长齐恩,阁下是?"

陈果双腿并拢,腰杆挺起,身体微微前倾,与他一身流浪汉的装束霄壤之别:"实不得已,深夜造访。兄弟我是军统驻兴镇中校特派员陈果。日本居留民团与黄岭山胡子正在密谋近期举行暴动,暴动第一个目标是夺取兴镇苏军军火库。"

方参谋长说:"冒昧问一下陈先生,你是怎么得到这个情报的?我没别的意思,我只是想知道这个情报的准确程度。"

陈果犹豫了一下说:"该情报准确无误,一天前,我参加了日本人的起事会议。"

所有人惊异地看着陈果。陈果把会议的参加人员及主要内容简明扼要地复述了一遍。

齐旅长直接问道:"他们暴动的目的是什么?"

陈果说:"我想,他们的目的就是制造混乱,肆意报复。暴乱后他们的打算,我还不得而知。在抗战期间,这些日本居留民就是军队的告密者和帮凶,他们大多数人在东北已生活了十几年了,非常熟悉这里,对本地情况及当前的时局可以说了如指掌。他们已融入了东北,当地人甚至难以辨别他们是日本人。日本居留民的虚荣心和自豪感很强,决不承认日本的失败,认为日本天皇颁布的投降诏书是受人胁迫,并非天皇的本意。胁迫天皇的政府和军方是国贼,必须除之。在这种情况下,他们的民族特性变得十分狭隘,恶性极度膨胀。表面看起来温文尔雅,而做起事来异常凶狠野蛮,其程度甚至超过关东军,他们是一群非常危险的人。"

方参谋长问:"他们有多少人?"

"兴镇一带不是日本居留民主要聚集区,再加上日本投降后一部分居留民已经离开,以我看,纠集二三百号人应该没有问题。这也就是为什么日本人拉拢黄岭山的胡子一块起事的原因。"

齐旅长沉思了一下,说:"胡子就那么听他的?"

陈果说:"黄岭山胡子的成分十分复杂,有三类人,一类是本地胡子,一类是原关东军的伪军,还有一类人是残留下来的日本军人。黄岭山的胡子老大姓沈,是个狠角色,也颇有些本事,他硬是把这三类人拢在了一起。但在特殊情况下,这些人能不能服从他也未可知,尤其是日本人。苏联人也曾剿匪,但一有风吹草动胡子就躲进了山里,剿匪也就此作罢。"

"有行动方案吗?"方参谋长问。

"方案在晚些时候才能到各个负责人手里。日本居留民团的社长叫佐藤实谷,此人性格内向,十分谨慎,表面上说方案还要调整,实则他信不过胡子,也信不过我。"

方参谋长问:"你可以拿到吗?"

"应该可以,拿到后我会第一时间把方案送给贵军。"

一直缄口不言的王政委说:"陈先生,恕我直言,你的上级派你参加会议,那么,国军在此次暴动中是怎样的角色呢?"

会议室里静了下来。东西墙各放置了一盏油灯,火苗在空气中一跳一跳的。

陈果泰然地说:"恕我直言,兄弟以为,国共从根上是不同的,因此国共不会长期合作,但国共之争是兄弟之争,中日之争是人鬼之争。然而只要争,就要分个上下高低,就会有输有赢。我只能说,我永远不会和鬼合作,这是原则!至于上峰想法做法,我以为是权宜之计,作为低级军官,我不做评论。作为军人,服从是天职。有一点请贵军放心,只要有我在,国军在兴镇不会为日本人出一谋,开一枪。"陈果站起身来说:"抱歉,我不能久留,就此告辞,望贵军早做打算!"

齐旅长握着陈果的手说:"我钦佩陈先生的为人处事,多多保重,恕不远送!"

天刚亮,齐旅长、胡副参谋长一行和一名翻译来到苏军驻兴镇驻地。一名军官说,莫西洛夫上校去军火库了。齐旅长一行骑马再赶往军火库。

在军火库前小广场,齐旅长一行被苏军哨兵拦住。哨兵一脸的傲慢,说莫西洛夫上校很忙,没有时间接见他们。翻译生气地告诉哨兵,这是八路军独立旅齐旅长,有重要事情要面见莫西洛夫上校,事关重大,耽误了军情他是负不了这个责任的!哨兵显然被震住了,他拿起电话报告。不一会儿,莫西洛夫上校乘车从仓库里出来。

莫西洛夫正是独立旅刚登陆时见到的那位军官。齐旅长面带微笑说:"莫西洛夫上校,你好,斯大林,毛泽东,我们,朋友!"

看见身着八路军军服的齐旅长,莫西洛夫不由一怔,但很快便认出了齐旅长,他快步向前走了两步,却突然又停住了,说:"我们,朋友!"他用手比画着,像是拿着毛巾在搓背,他一边比画一边笑着说:"洗澡,有味道……"

齐旅长、胡副参谋长也哈哈笑起来。

翻译完全不明白这位苏军上校为什么要做出洗澡的动作,而齐旅长和胡副参谋长还笑得十分开心。

齐旅长却无心开玩笑,说:"上校同志,我部得到可靠消息,日本人正在密谋袭击你的军火库,试图夺取武器并炸毁它。"

莫西洛夫的笑容凝固在脸上,疑惑地说:"日本人已经投降了,部队已经撤走,你会不会搞错?"

齐旅长说:"暴动的人不是军队,而是在兴镇的日本居留民。"

"老百姓?"

"他们也许是老百姓,也许不是,这些武装起来的老百姓比军队更凶残。据我们了解,日本人正在广泛动员日本居留民参加暴动,并伙同黄岭山的胡

第三十章

子，预计可聚集四五百人之多！"

莫西洛夫吃惊地看着齐旅长。

"事情非常紧急，莫西洛夫同志，没有犹豫的时间了！"齐旅长挥着手说，"我将力争在短时间里拿到日本人的行动方案。你我，朋友！我们皆为抗日军队，理应守望相助，精诚团结，共御日寇！"

当听到日本人可以聚集四五百人时，莫西洛夫立刻意识到了事态的严重程度，甚至严重到超出了自己的应付能力。在兴镇，苏军兵力不到一百人，军火库也只配备了二十多人，显然不足以对付四五百人。他试探着问："日本人暴动在什么时候？"

齐旅长说："具体时间还不得而知。日本人很狡猾，真正掌握暴动具体时间的只有一两个人。但我想时间不会太长，久则生变的道理他们懂。"

莫西洛夫知道，现在马上上报，援兵至少也要三天才能到达，当然，前提是有援兵可以派出。他相信这个共产党的旅长，也确信日本人将暴动，但他的上司未必相信，至少现在所提供的情报似乎还不足以让他的上司采信。与八路军联手应是唯一可行的办法。

莫西洛夫眼前一亮，说："毛泽东，斯大林。"他指指齐旅长，又指指自己："你，我，同志，朋友！"

三

"大点声！没吃饱啊？"冀热辽军区的一个团长对着电话大声地嚷。

"二十多个人！"一个身扎着武装带的军人拿着电话，扭头对田宏喜说，"你们有多少人？"

田宏喜答道："二十八个！"

他转过身大声说："二十八个人，团长，怎么办？"

团长呵斥道："什么怎么办？就放到你们新编一连，打完仗再说！你不是说兵员不够吗？现在不有了吗？这就算是给你补充兵员了。"放下电话，团长一脸不满意，自言自语道："这个胡连长，姓胡，还真是一脑袋糨糊，正是火上房缺人的时候，都送上门了还问怎么办？"

田宏喜一听就急了，说："胡连长，这不行，我们的任务是赴东北，我们不能在这儿停留！"

胡学农，河北保定人，原冀东军分区连长，后全连编入冀热辽军区。胡连长狡黠地眨眨眼，说："我说田副连长，刚才团长的话你都听见了，我的话你不信，团长的话你也不信吗？同志，跟我走吧，先换军装！"他扯着田宏喜衣服的一角，撇着嘴说："看看，看看，你这也叫衣服，要饭的都比你们强，赶紧走吧！"

田宏喜回头看看王长锁和战士们，一个个衣衫褴褛、面容憔悴，心想，反正都是八路军，让战士换身军装吃顿饱饭再说，于是说："走！"

胡连长高兴起来："这就对了嘛，都是共产党八路军，都是革命的队伍，在哪儿不一样啊？况且，你们不是去东北吗？到了这儿，也就算到东北了！"胡连长不停地说着："现在形势很紧，狗日的国民党说话就到了，他们也要去东北，上级命令我们在山海关阻击他们，迟缓他们进入东北的时间。我说田副连长，有敌人我们能不打吗？有命令我们能不执行吗？那还是八路军吗？你是不是害怕打仗啊？可是，不应该呀？山东人都好汉呀！怎么会害怕打仗呢？"胡连长边走边自顾自地说着。

田宏喜也不争辩，低着头跟着他走。

和由营长分手后，田宏喜始终回想着他的话：国共双方军队这样大规模地辗转到东北，能干什么呢？在山东时，国共之间虽有摩擦，但大家心里都知道，大敌当前，不能也无暇内斗，然而抗战胜利了，国共真的要反目成仇了？

一艘美国的登陆舰停靠在渤海湾港口，舰尾巨大的铁门洞开，美式军车鱼贯而出。船中部，一队队身着深黄色军服、全副美式装备的国军士兵沿旋梯走下军舰。

一个上校军官指着旋梯出口处的几个士兵喊："你们几个，动作快点，赶快离开！"不一会儿，部队在码头上列队集结。上校发出口令："立正！"然后他小步向一位佩戴少将军衔的军官跑去："报告师长，部队列队完毕。"

少将师长点点头，说："稍息！"

上校大声说："是！"

根据《中苏友好同盟条约》之规定和国防部安排的程序，驻地苏军需与国军办理港口接收事务。一位苏军中尉已等候多时。

"我是国军上校团长丁桂安,中尉先生,我军将就港口接收事宜与贵军联络。"他指着不远处的师长说,"我军少将师长正在等候,他作为国民政府全权代表就有关事务与贵军长官接洽。"

苏军中尉扬起脖子,说:"我是留守司令安德波夫中尉。"

"你?"丁团长盯着他的中尉军衔,一脸疑惑地说,"跟你……交涉……事务?"

安德波夫中尉说:"这要看你要交涉什么事务。"

丁团长说:"当然是我军登陆接收港口的有关事务。"

安德波夫中尉说:"登陆接收事务苏军不负责,这是你们自己的事!"

丁团长说:"这怎么是我们自己的事?根据条约,贵军要协助我军登陆并接收有关港口的一切事务!"

安德波夫中尉依旧扬着脸,说:"有关登陆接收事务要问这里的中国军队!"

丁团长一脸狐疑:"中国军队?我是第一批登陆的,这里哪还有中国军队?"

安德波夫中尉说:"不,不,上校先生你错了,国军第十八集团军已接管了这里,就是贵国所说的八路军。"

丁团长睁大了眼睛,惊得一时不知该说什么。

安德波夫中尉说:"八路军接管后,我军已撤出,我在这里留守。"

丁团长蹙着眉头说:"中尉,哦,司令先生,根据条约,你们只能向国民政府设立的行政机构及国军交接,而不能向没有合法地位的共产党部队交接!司令先生,我不得不严正地告诉你,你们违约了!"

"不,不,不,"安德波夫中尉的头摇来晃去,"是你们违约了,你们应该在十天前到达,可是你们没有到!你们违约了,我们没有!我军得到命令,把这里交给贵国的军队,我们核查过了,八路军是中国国民革命军第十八集团军,隶属贵国国民政府军政部,不是什么不合法的军队!"

黄毛子中尉说得有板有眼,滴水不漏。国军上校团长倒成了窝脖鸡,他愤怒而又无奈地看着一脸得意的黄毛子中尉,却不知如何是好。

安德波夫中尉耸耸肩,说:"上校先生,如果谈登陆接收事务,你可以直接去找驻扎在港口的八路军联系,这是你们中国人自己的事,苏联军队无权干涉!"说完,他用手向远处一指说:"就在那边!"

丁团长悻悻地返回了部队。

如果丁团长知道东北保安总司令杜聿明上将也在一个苏军上尉面前吃了和他同样的瘪，也许他就不这样愤怒了。杜聿明咬牙切齿地骂："俄国人真敢开国际玩笑！看来只有动用武力了。"

四

洗了个热水澡，换了身军装，结结实实吃了两大碗杂面饸饹，那真叫舒坦啊！从山东出发以来，田宏喜从未这样惬意和踏实。

天还没亮，田宏喜被紧急的哨声惊醒。昨天，胡连长告诉他："团长命令，你在新编一连暂任副连长，你带来的人编为四排。只是委屈你了，山东老大哥在我手下当个连副。"

田宏喜说："不，不，论年龄你是大哥，连长，方便的时候请报告团长，在合适的时机我们还是要归队的。"

胡连长说："这没问题。"

上午十时，国军轻装前卫营来到山海关要塞前卫阵地。一个国军军官喊："喂，我是国军第十三军前卫营，你们是哪一部分的？"

胡连长答话："我是八路军冀热辽军区新编一连连长胡学农，奉命在此驻守！"

国军军官说："我奉国民政府之命令，代表国民政府与你们协商接收山海关事宜，请你们立即把关口让开！"

胡连长揶揄道："你是在下命令吗？"

国军军官一愣："哪那么多废话，你们现在马上让开！"

胡连长厉声说："山海关已被我八路军解放了，日本人早就滚蛋了，这里已被我军接收，你们无须再来接收，应该让开的是你们！"

国军军官见状，语气稍有缓和，说："兹事体大，我必须面见长官，还请给个方便！"

胡连长毫不客气地说："我说过了，请贵军迅速撤离！"

一个国军中尉突然骂道："土八路，别给脸不要脸，老子要是硬过呢？"

第三十章

"你吃大粪了，嘴巴那么臭！你小子硬过试试！"胡连长憋不住回怼。

双方一下子僵住了。突然，不知是哪方开了一枪，一时间，要塞前卫阵地枪声响成一片。

话说绝了，但事情没有做绝。

田宏喜趴在堑壕里，听着汤姆枪发出的清脆的声音，又想起由营长的话，一支美式汤姆式冲锋枪控制范围超过了两挺歪把子。但他很快就发现，枪声虽然密集，却鲜有子弹落在阵地上。在抗战期间，国共摩擦不断，此起彼伏，却从未真正开打，双方心里都明白就是个意思，点到为止。田宏喜对此种操作方式并不陌生，看来这一次也不例外。他对王长锁挥挥手，王长锁会意地点点头，战士们象征性地对天射击。

不一会儿，对面的枪声戛然而止。田宏喜探头观望，只见国军队伍缓缓向后退去。胡连长猫着腰从堑壕另一端跑来，笑着对田宏喜说："田副连长，饿了吧？准备开饭。"

山海关要塞战役以双方的擦枪走火拉开了序幕，很快又以兵不血刃的方式关闭了序幕。然而，抗战胜利后国共的第一次大规模的对抗却由此开始。

十几年前，日军在榆关策划了手榴弹爆炸事件，并把责任强加于中国守军。在飞机、军舰和坦克的掩护下，日军一举拿下了山海关。经过多年经营，要塞已形成了守备与攻坚一应完备的现代阵地。但十几年来，要塞的前卫阵地几乎从未启用，许多地方已几近荒废。

胡连长靠着坍塌了半边的堑壕吃着大饼，看着田宏喜说："田副连长，你这一梳洗一换装，还是个俊巴的后生嘛！"

田宏喜笑笑说："连长，你取笑我呢！"

胡连长说："那不能，哎，田副连长，有媳妇了吗？"

田大膀在一旁忙说："有了，有了，俺们副连长的媳妇老漂亮了，和天上的仙女似的！"

田宏喜说："去你的，大饼还堵不住你的嘴！"田宏喜怕田大膀再说出什么来，急忙话锋一转说："胡连长，我有个建议。"

胡连长嘿嘿地笑着说："年轻人，脸皮还挺薄，你说，你说，我就喜欢听别人的建议。"

田宏喜略一沉吟，说："胡连长，上级要求我们坚守多长时间？"

胡连长说："团长交代，一定要坚持到明天上午。"

田宏喜毫不迟疑地说:"那样的话,我们需要加固工事!整个要塞工事十分坚固,而恰恰这一段大多已垮塌,完全经不起炮火和冲锋。"

胡连长怔了一下,看着田宏喜郑重的神态,说:"田副连长,刚才你也看到了,双方都没有真动肝火,他们很快就退了,抗战以来,我们和国军大多都处于这种状态。说实在的,日本人前脚刚走,中国人后脚就大动干戈,真的是很不光彩的事,他们敢动真格的?"

田宏喜说:"以我看,他们敢!比如,两个人打架打得头破血流,此时谁对谁错、谁先动的手还重要吗?"他顿了一下又说:"在局部战斗中,对峙双方在力量悬殊的情况下一般不会发生战斗,因为力量弱的一方会立即做出让步。现在敌强我弱,无论是兵力还是装备,正常情况我军应做出让步,可是,胡连长,我们能退出吗?"

"当然不能,我们的任务就是坚守山海关,这是板上钉钉的任务!"胡连长信誓旦旦地说。

"我们不能退,国军进入东北必经山海关,也不能退,彼强我弱,国军会做什么呢?"田宏喜又想起了由营长的话,说,"一个国军营长曾对我说,国共双方数十万军队涌进东北,能干什么呢?"

胡连长如梦初醒,立刻下令抢修工事!

五

上校团长丁桂安被苏军中尉奚落了一顿,事后又被师长训斥,正在独自生闷气。前卫营来报,部队被八路军堵在了要塞关口,双方产生摩擦还开了枪。

"混蛋!你们手里的枪是烧火棍子吗?全他妈的是混蛋加笨蛋!"丁桂安恶狠狠地骂。骂谁?苏军?八路军?还是前卫营?谁也不知道,恐怕他自己也说不清楚。

丁桂安硬着头皮来到师长办公处。他很不情愿,近来师长情绪也不好,动辄便火冒三丈骂娘,此时来就是自己送上门来找不自在,然而他却不得不来,这样的大事,他必须得到上峰的手谕。然而,师长一反常态神情十分平静,说:"桂安啊,你我都是棋盘上的棋子,是向前拱还是往后退,都是上峰说了算。"他命令立即把情况上报。据说,情况报告报到军,又报到东北军事最高主官杜聿明,最后报到了重庆。蒋介石十分震怒,拍案道:"我们一定打进东北!"

一发炮弹突然落到不远处,田宏喜纵身一跃奋力将胡连长推开。

胡连长从地上爬起来,抖抖身上的土,骂道:"国民党狗东西,还真有炮!"曾有消息说,由于海运能力和经验不足,国军的炮未能随军而是留在了南方。然而,国军有炮,而且是重炮!

"是山炮,"田大膀哑巴着嘴说,"打得不怎么样!要是我,胡连长和田副连长,那就……"

胡连长说:"听兄弟的意思,如果是你打炮,我和田副连长是不是就光荣了?"

田大膀嘿嘿一笑,指着前方说:"那不能,如果我打,炮弹是朝那边飞呀。"

人们都笑起来。

胡连长走过来握着田宏喜的手,郑重地说:"大恩不言谢,兄弟!"

说话间,敌人炮火准备开始了。刹那间,炮弹铺天盖地覆盖了整个阵地,火焰染红了半边天。战士们蜷缩着身体,头死死地埋在堑壕里。弹片紧贴着阵地上空呼啸而过,掀起的泥土排山倒海般倾泻在堑壕里,须臾便将堑壕掩埋了多半边。经历了多年抗战的八路军第一次感受到了美式火炮的威力。

炮火逐渐消停下来,步兵进攻开始了。

伴随着步兵漫天的杀声,冲锋枪、汤姆枪的子弹雨点般挥洒在阵地上,堑壕边的泥土被掀起无数个小泡泡。战士们被密集的火力压得抬不起头来。一个战士刚一抬头,一颗子弹正中眉心,他一声未吭便栽倒在堑壕里。

胡连长牙齿咬得咯咯作响,却无可奈何地吼:"都别抬头啊,别找不自在!"随后他又喊:"听我命令,把手榴弹准备好!"几分钟后,国军步兵发起了冲锋。随着胡连长的一声命令,全连几百枚手榴弹在天空中翻滚着飞向国军。趁着爆炸的烟雾,战士们翻身冲上阵地,轻重武器一齐开火,不到一刻钟,国军就撤了下去。

胡连长从堑壕另一头走过来时,田宏喜缩在堑壕的角落里研究地图,他用手比画着自言自语道:"从这儿,到那儿,然后……"

胡连长走近一看便火了,呵斥道:"田副连长,你这是几个意思?"

"胡连长，我是在想下一步怎么走……"

胡连长打断田宏喜的话："走？上哪儿走？我们任务是坚守阵地，我们已经守住了！走？和敌人过了一招就走？说好听的是走，说不好听的是逃跑！"胡连长的话像连珠炮。

田宏喜急了，涨红着脸说："不，不是这样，我不是要当逃兵，可是仗不能再这样打了，刚才的冲锋我们是顶住了，可是敌人的炮火猛，攻势强，再来一波炮火准备、一个冲锋，我们还能顶得住吗？"

胡连长更火了："这叫什么话，顶不住也要顶，人在阵地在，就是全连都打光了打没了，也要顶住！"

田宏喜苦笑着说："连长，人都打光了打没了，还怎么顶住？如果想办法避开敌人的锋芒，人没打光也顶住了，岂不更好？"

胡连长说："打仗嘛，就是兵来将挡，水来土掩，人都走了还挡什么挡，掩什么掩？"他迟疑了一下，疑惑地说："田副连长，你不是害怕想逃跑吧？按说你也不是个胆小怕死的人啊？关键时刻你可以不顾危险推开我……"

田宏喜说："我们连也就一百来人，武器还很落后，对面呢？至少一个团，还配有重武器。刚才我们用手榴弹把敌人压下去了，赢在了出其不意，还有，国军大概也不想和我们拼命。一次冲锋我们的手榴弹就消耗得差不多了，如果再这样守，也许国军的第二轮进攻我们真的就打光了，打没了！"

胡连长想起刚才修工事，要不是听了田副连长的建议，恐怕第一轮进攻都坚持不下来，也许这个小副连长肚子还有点货，于是他强压着火说："你有什么办法？"

田宏喜说："敌人的优势是武器好、人多，我们的优势是熟悉地形，地形对我们也有利。对于要塞，进攻者可利用的只有附近的山川树木，但部队一动，进攻者可利用的要素就基本消失了。防御者则不同，可利用的要素非常多，比如这里的工事四通八达，我们可以利用地形避开敌人重武器的长处，打他们不善夜战近战的短处。这样仗就打活了，至少比蹲在工事里挨炮弹强。"

胡连长不由点点头，心想这个山东后生肚子里果然有些货。

田宏喜站起来，弓着腰用望远镜观察，说："敌人正在组织第二次进攻。"他抬起头看了看天说："还有两三个小时天就黑了，他们要利用天黑前的时间再组织一次冲锋，如果是这样，不出一刻钟炮火准备就开始了，我们不能在这里等死。胡连长，时间不多了，必须马上撤离，撤至左后方的无名高地，天黑后再做打算。"

胡连长犹豫着说："天黑了再做打算，什么打算？"

田宏喜说："具体我还没想好。"他指着地图说："无名高地盘山道与要塞工事相连接，初来乍到的国民党应该想不到，我们可以利用夜晚，通过这一通道袭扰他们，甚至夺回阵地……"

胡连长沉思着。出发前，团长反复向他交代，无论如何要坚持到第二天上午，在后续部队未到之前前卫阵地一旦被突破，将给整个山海关的阻击任务带来极大的压力。他拍着胸脯对团长说，人在阵地在！而刚到半下午，人在，阵地却不在了，怎么向团长交代？岂不是有临阵逃跑之嫌？

见胡连长低头不语，田宏喜十分着急，他招招手，田大膀走了过来说："胡连长，敌人正在修正炮火诸元。我刚才说，如果是我打炮你和田副连长就光荣了，这真的不是狂妄之言！经过正规训练的国军炮兵应该比我强，修正炮火诸元后的炮弹一发也不会浪费，全都可以打进我们的堑壕！"

胡连长终于下了决心，说："撤！"随后又说："田副连长，如果任务失败了，责任全在我，要杀要剐随领导定。如果任务完成了，我给你请功，请大功！但现在你给我听好了，其他你什么都别管，把下一步的作战方案给我想好了，想周全了！"

"是！"田宏喜响亮地说。

六

几天来，团长丁桂安的怒火和冤气一直无处释放。

一个堂堂的国军上校团长，抗战以来出生入死，也算是抗战英雄了，什么时候受过这个窝囊气？一个黄毛子中尉竟然对他颐指气使地发号施令，更可气的是，这个黄毛子中尉打乱了全军既定行军计划和行动日程，使他这个先遣团不得不提延迟启程，导致在通往山海关的道路上与其他部队发生冲突，引发了拥堵、混乱和官兵的不满。更让他感到悲哀的是，他的上司，那个皮肤黝黑的少将师长不论是非曲直，把责任一股脑地推给了他，让他背了整个部队前进迟缓的黑锅。他甚至悲观地想,此次行动可能使他离晋升副师长的位置又远了几分。

丁桂安把所有的不满和怒火都指向了八路军,毫无疑问,是八路军的错!八路军不顾国民政府的训令抢先接收了港口,又在要塞关口设伏。他的一营为前头部队,竟然被打了回来,这完全出乎他的意料。后来他得知,一营长组织进攻只用了一个连,其营长根本没把八路军放在眼里,认为有炮兵支持,一个连足矣,结果吃了瘪。抗战这些年来,国军与八路军有分有合,有合作也有纷争,但说了归齐国军对八路军还是缺乏足够的了解。

在作战地图前,丁桂安在连以上军官作战会议上重新调整了战斗部署。首先调整了炮兵阵地。他把团属炮兵及营连炮兵全部集中在一个平坦而开阔的区域,以火力高度集中和纵深梯次为原则进行了配置。炮兵提出这样做有违炮兵阵地分散、疏散隐蔽的配置原则。他冷笑道:"我就是欺负八路军没炮没飞机,就是要集中火力让他们尝尝美国钢铁的味道。"其次是调整了步兵兵力配置及进攻路线。用一个连率先从正面进行佯攻,用两个营悄悄从两翼包抄过去,形成钳形攻势,得手后三面一齐压上。他命令,炮兵火力压制与步兵的距离放在八十到一百米之间。对此遭到步兵和炮兵的激烈反对,但丁桂安全然不顾。

正当国军紧锣密鼓地部署作战时,新编一连悄悄撤出了阵地。

不到一刻钟,国军的炮火准备开始了,整个阵地一片火海。炮火的硝烟还未散尽,国军三路人马长驱直入进入空空如也的要塞前卫阵地。团长丁桂安长长地出了一口气,如释重负,感叹道:"土八路就是土八路,打个游击还行,真正枪对枪、炮对炮打阵地战就露馅了。"他命令:"向师长发报,我团已占领前卫阵地!"

深秋山区的天黑得很快。

胡连长有些沉不住气,对田宏喜说:"什么时候出发?"

田宏喜说:"还早,再等等!"

承载着阵地丢失的压力,全连一百号人的安危也系于一身,田宏喜感觉到有些透不过气来。由营长的话不虚,他切切实实感受到国军的强大。据现有的装备和作战能力,如果正面硬扛,八路军不要说一个连,就是一个营,也难以与这样装备精良、训练有素的国军一个连匹敌。

王长锁悄悄地走过来,深深地注视着田宏喜,说:"用你的一句话说,箭在弦上不得不发，那就发吧！"两人对视，一切尽在不言中。田宏喜突然感到释然，他感激地看着老班长。

借着微弱的光，田宏喜拿出地图再仔细查看。见胡连长过来，田宏喜说："胡连长，请教你一个问题。"

胡连长说："你说。"

田宏喜指着地图说："从图上看，敌人有三条进攻路线，东西中各一条。第一波次进攻，他们已摸清了我们的底，我猜想第二波次进攻他们会以绝对优势的兵力从三个方向压上来，力争一举拿下阵地。这样的进攻兵力至少在两个营以上。前卫阵地上几乎没有生活设施，没有电，没有粮食，没有水，两个营以上的兵力如何保证后勤补给呢？"

胡连长想了想说："国军后勤补给与我们不同，我们的后勤供给主要靠自己靠老百姓，国军的补给由后勤部队来做，今天他们要保证后勤补给可能够呛！"

田宏喜说："为什么？"

胡连长说："要塞北面是山道，不要说汽车，连马车也过不去。靠人拉肩扛走山路夜路，为这么多人提供给养，我觉得难！"

田宏喜思索着，突然问："胡连长，要是你，你会怎么办？"

"我？说不好，我们在山上，有吃有喝，算是以逸待劳吧，而对面的国军已经连续作战一天一夜了，人是铁饭是钢，此时的部队不好带啊！"胡连长答非所问。

田宏喜若有所思地看着黑暗中的阵地。

丁桂安看着横七竖八地躺了一地的士兵，对参谋长说："后勤补给什么时候到？"

参谋长说："我刚通了电话，最早也要凌晨四五点才能送到。"

丁桂安阴着脸。战场上的变化完全没有给后勤补给留下足够的时间。原本以为与八路军"商量"一番就可以了，没想到对方一反过去的做法变得很强硬，没有一点儿商量的余地。上峰的态度也十分强硬，几次电令催促部队要尽快拿下要塞。战斗一开打又失利，一个连的战斗打成了一个团的规模。

丁桂安毕业于黄埔军校武汉分校后勤科。迫于形势和环境，后勤补给暂缺原本是正常的事，但几天的行军和一天战斗，加上夜间的大幅度降温，此时忍饥挨饿会让士兵的体力和精神都会受到极大的削弱。然而，他却什么也做不了，唯一能做的就是继续发电报催。

在无名高地的一个黑黢黢的山洞里，为了不暴露目标，小油灯也熄灭了。田宏喜在黑暗中说："胡连长，如果是你，你会想到对方会主动袭击自己吗？"

胡连长想了想说："不会。"

田宏喜说："我料定他们不会想到我们会主动袭击阵地，假如，我是说假如，他们如果想到我们会袭击前卫阵地，他们绝不会想到我们会连夜去袭击他们运输队！"

袭击运输队？胡连长嗅到了硝烟的味道，情绪为之一振。

田宏喜说："我的老师曾说过，用兵之道其实就是谋划好，先干什么后干什么，只要谋划好了，仗打得再大也不怕，因为不会出乱子！胡连长，我们可以兵分两路，一路袭击运输队，一路袭击前卫阵地……"

胡连长说："你说，你说，我刚才说过，你说怎么打就怎么打！"

田宏喜说："那好，胡连长，你带两个排去袭击运输队，我带两个排埋伏在路上，阻击前卫阵地的敌人前来救援。我说两点你务必注意：第一，不要与敌人打照面，选好一处居高临下的伏击点，让战士们藏好了再扔手榴弹，手榴弹别扔得太快，一刻钟后再撤离。第二，一旦开打，把动静搞得越大越好。"

"为什么？"胡连长说。

田宏喜说："你这边动静搞得越大，山上的敌人救援的可能性就越大，出兵就会越急促。人一着急就会犯错，我带两个排在路上等着他。"

胡连长说："敌人要是不出兵救援怎么办？"

田宏喜说："我说两个必救援的理由：一个是他们正急需粮食，救运输队就等于救自己。一个是他们根本没把我们当对手！"

"你这是何意？"

"在他们眼里，我们是土八路，兵力不足，武器不好，不懂战术，总之，我们不配当他们的对手。这是我从一个国军营长那儿悟出的道理。"

胡连长笑了笑，说："田副连长，真有你的，那好，今天晚上我们就做一回他们的对手，看看配不配！"

凌晨两点，全连兵分两路，一路在胡连长的带领下袭击运输队，一路在田宏喜的指挥下袭击救援部队。整个战斗脉络十分清晰，也十分简单。趁着茫茫夜色，一顿手榴弹后，在情况完全不明的前提下，国军运输队仓皇退回了山下，丁桂安派出的救援部队也只能退回了山上。整个战斗历时不到半个小时。

国军陷入了进退维谷之中。

团长丁桂安裹着校官呢大氅坐在一块石头上生闷气，脸色很不好看，原来以为顺理成章的事，用不着大动干戈，结果却是大费周章，此时他才觉得八路军不简单，自己太掉以轻心了。他看看手表，还有几个小时天就亮了，何去何从呢？补给在短时间内不会来，也就是说，一天一夜水米未打牙的士兵还要继续饿肚子。

士兵们的情绪已降至极点。

参谋长说："团座，侦察兵报，八路军位于阵地西北方的无名高地，对阵地可以形成居高临下的态势，袭击我军后，他们又撤回了无名高地。"他犹豫了一下，又说："师部电报，八路军的增援部队正连夜向我阵地赶来！"

丁桂安茫然地看了他一眼，没吭声。

胡连长兴致极高，说："田副连长，我服你了！"

田宏喜说："别这么说，仗又不是我一个人打的。我派田大膀带了几个人去前卫阵地打黑枪，让他们饿肚子不说，让他们连个囫囵觉也睡不成！"

胡连长讪讪地笑道："不厚道，山东人不厚道啊！"

田宏喜说："连长，咱俩打个赌好不好？"

胡连长说："好啊！"但随后一想，说："你鬼精鬼精的，和你打赌我准输。"

"那不一定，"田宏喜说，"你说，明天一早国军会不会撤？"

胡连长思索了半天，说："我说不好，你说！"

田宏喜笑着说："我赌他们一定会撤！"

田宏喜赢了！

胡秋生副参谋长对此次战例极为推崇，在一次战例分析会上，他把这一次战斗作为围点打援的范例。他说："战争要求指挥员正确地使用诡诈，而正确地使用诡诈则来自对战场准确的判断力。田宏喜判断得很准，时机把握得很好，有谋略，有章法，可圈可点！"

一九五〇年初，官居少将师长的丁桂安兵败撤到海南，又撤至台湾。在台北的一个茶馆里，一位同僚问起抗战胜利后与八路军打的第一仗，丁桂安说:"惭愧,我铆足了劲,却一拳打到棉花上!"

七

"胡连长,胡学农……"阵地上传来一个粗声大气的喊声。

胡连长急忙站起来,把军装整理了一下迎了上去。他刚跑两步回头一看,田宏喜仍然站在原地,他喊:"是团长,来呀!"

"报告团长……"胡连长举手敬礼。

"好啊,好啊!"团长对着站在胡连长身后的田宏喜劈头问,"你是田副连长?"

"报告团长,我是田宏喜。"田宏喜精神抖擞地敬礼。

"好,好,光人长得漂亮不行,仗也得打得漂亮才行啊!"团长说。

胡连长一听感觉有些不对劲,急忙说:"团长,你听我说,责任在我,我是说过人在阵地在,不能后退一步,可当时情况……"

团长说:"你不用解释,我全知道了。"团长点着头。

"我决定撤出阵地,违反了命令,我请求团长处罚。可是,团长,现在阵地又回到了我们手里,也算是将功补过了吧?"

"处罚?"团长笑了笑说,"那我得搞清楚,主意是谁出的,要处罚也得知道处罚谁呀?"

"是我!"胡连长和田宏喜一齐说。

"是要处罚,如果真的要处罚,处罚的第一个应该是我。"听得出来,团长有些激动,胡连长和田宏喜直愣愣地看着团长。"一开始听到你们连撤出了阵地,我恨不得亲自跑过来骂街,你胡连长是怎么给我下的保证?恰巧师参谋长到团里来,他听了情况报告后久久没吭气,好一会儿才说,你们这个连长不简单哩!"他顿了顿又说:"好了,闲篇不说了,师长要给你们嘉奖,但我得知道这场战斗是谁指挥的。"

胡连长如梦初醒,大呼:"嘉奖?真的!团长,你吓了我一跳,我还以为……团长,你是知道我的,斗大的字识不了几箩筐,我哪有那个本事啊?战斗都是田副连长指挥的。哎,团长,别看田副连长年轻,肚子里有货!"

团长紧紧握着田宏喜的手说:"田副连长,感谢,真的感谢,这一点原来我也不明白,我们一直教育我们干部战士,打仗就是要勇敢,不怕死,这场战斗使我明白了这样一个道理,打仗不能仅凭勇敢,要以最小的代价换取最大的胜利就要动脑子,要出奇制胜。"他停了一下,似乎又在回味刚才所说的话的深意,接着又说:"田副连长,我代表全团感谢你!"

田宏喜握着团长的手,不好意思地说:"团长,不能这样说,我只是建议,最后是胡连长做决定,如果有功,应该是胡连长的功!"说到这儿,田宏喜真的动了感情,说:"打仗有胜就有败,谁也不能保证每打必胜。胡连长对我说,如果失败了责任在他,如果胜利了他给我请功,团长,胡连长才是大将风范啊!"

田宏喜与胡学农之间的友谊持续了多年。

第三十一章

一

干部队在一条杂草丛生的羊肠小道上行进。

李善堂仍走在队伍的最前面。凡慧寸步不离地跟在宋元彩身后，走在队伍的中间。张胜利走在队伍的最后，边走边观察着周围的情况。小云紧跟着张胜利。张胜利几次让小云到前面去，小云马上回怼道："提高警惕，好好走路！"

一声沉闷的枪声打破了平原上空的平静。

李善堂的目光穿过层层叠叠的芦苇向远方看去。凡慧从后面跑了上来问："什么情况？"李善堂用手一指说："是那个方向。"张二两和小云也从后面跑了过来。

李善堂说："枪声是从海的方向传过来的。从方位上看，那个方向应该有港口。"

凡慧问："善堂，能听出是什么枪吗？"

"不是老套筒，也不是三八大盖，声音有些闷，可能与潮湿的天气有关，但一定是把好枪！"李善堂肯定地说。

凡慧说："你继续说！"

李善堂看了凡慧一眼，说："这么好的枪，这么偏远的地方，不会是猎人开的枪。"

凡慧一抬头，正好与宋元彩对视。宋元彩说："不管是什么人在打枪，我们走我们的，让大家提高警惕，已接近山海关了，时间拖得越长越容易出意外。"

干部队继续行进，每个人都显得十分小心，但速度明显加快了。

李善堂走走停停，竖着耳朵在听着什么。凡慧走到李善堂身边，停了下来，侧着身子听，却什么也没听到，说："有什么可疑……""嘘！"李善堂示意凡慧别吭声。

队伍停了下来。宋元彩、张胜利也走了过来，见李善堂和凡慧的神态，也侧身去听。所有的队员都静下来听。李善堂向凡慧挥挥手，凡慧回身做了一个手势，宋元彩会意地点点头。李善堂和凡慧爬上一个土坡，拨开密密的芦苇，两人立刻定住了，情不自禁地把头放低了些。宋元彩、张胜利看到两人神秘的样子有些不解，也爬了上来，定睛一看也傻住了。

密密麻麻的国军士兵充斥在傍海道上。队伍分四路，齐头并进，路的一侧是机械辎重部队，炮车和满载物资的卡车缓缓前行。黄色的土地、枯萎的芦苇映衬着深黄色的军服，队伍中还不时反射出武器的闪光。

李善堂不禁有些后怕。刚才，凡慧提出不走傍海道而选择一侧的小路，他不同意，说小路太难走，耗费体力不说，还影响行军的速度。张胜利也认为，朗朗天空，大路不走走小路，这不对呀！凡慧却固执地坚持说，感觉在傍海道上走好像在戏台上走一样。宋元彩听从了凡慧的意见，决定走小路。为此，两人嘀嘀咕咕的，很有意见。张胜利说："我可没有上戏台的感觉。"

李善堂一屁股坐在地上。宋元彩和凡慧走到他身边，也坐了下来。过了半天，李善堂说："真险！"

凡慧说："看来我们只能等了，等他们过去，或者天黑后我们再走。"

张胜利跑过来伸着舌头说："俺的个娘，队伍看不见头看不见尾，得多少人啊！"

宋元彩说："善堂，你说说！"

"我们离他们太近，况且没有什么遮挡，一旦被发现，一定会有麻烦！我同意凡慧的意见，先隐蔽起来，待有合适的时候再走！"

宋元彩说："如果没什么不同意见，就这样吧。"

天渐渐暗了下来。国军长长的队伍终于远去了，傍海道上安静下来，沿海滩涂显得更加宽广、深邃。干部队快速穿梭在杂草丛生的羊肠小道上。要在天完全黑下来赶到下一个驻地，必须加快行军速度。出发前，李善堂检查了每个人的装备，使装备在行进中不因碰撞而发出响声。

秋天的沿海滩涂温度很低，旷野中的鸟兽似乎也被寒冷的天气冻住了，世界变得静悄悄的。干部队刚穿过一片齐人高的芦苇丛，远处一只狗突然狂吠起来，打破了旷野的寂静，紧接着一个声音在大声喊着什么。走在最前面的李善堂站住了，所有的人也跟着站住了。那个声音再次喊起来，接下来是一阵哗哗的拉动枪栓的声音。所有人的神经都紧绷起来，却听不懂他在说什么，但听得出来声音很严厉。

空旷的滩涂上一群影影绰绰的人影快速朝这边围拢过来。

队员们的手不由自主地摸向了枪。宋元彩低声命令道："都别动！"凡慧也把手摸向了手枪，听到宋元彩的命令，手慢慢地按在了枪套上。

一群人霎时就冲到了干部队跟前。借着微弱的月光，队员们看清了来的人是身着黄绿色军服的国军。一个长官模样的人再次厉声喊话，队员们你看我我看你还是听不懂。国军长官也显得十分无奈，回过头说了句什么，一个女军人从队伍的后面跑过来。

"你们是干什么的？"是个尖尖细细的女人声音，她的话音拉着长长的调。

李善堂刚想答话，凡慧拉了他一把，向前走了两步说："请问你们是哪一部分的？"

听到也是女人的声音，国军女军人一怔，说："我们是国军十三军前卫营的。"

凡慧转身对宋书记小声说："我们这么多人，又带着枪，不说实话恐怕说不过去！"

宋元彩说："照实里说吧！"

听到是八路军，国军长官似乎并不感到意外。一个士兵跑来："丁团长命令把人带到团部去。"国军长官一愣，在场所有的人也都愣住了。这并非惯例。

二

清早，凡慧和李善堂走进团指挥部，团长丁桂安正坐在一张椅子上发呆。

小时候听村里的老人说，村里谁谁昨天夜里在村边树林子里转悠了一夜，竟然未找到回家的路。在这里住了一辈子了，怎么会找不到路呢？老人说得极其认真，谁要是表现出不信的样子，老人就杵着手中的拐杖大声呵斥，说："细路仔(小孩子)不知厉害，那是鬼遮眼，是鬼在作祟！"丁桂安嘴角抽了一下，苦笑道："莫非真的鬼遮眼了？"

那天师作战会议开的时间很长，丁桂安的情绪也糟到了极点。会议一开始，师长就开始骂，先骂参谋长，骂情报处，骂作战处，再骂后勤部，骂炮兵，骂了一圈最后重点骂丁桂安，他说："还什么黄埔军校毕业的，就是他妈的狗脑子，不对，狗都比你聪明，是猪脑子。"会上所有的人面面相觑，一声不吭。情报传来，对面共军就是一个连，一个团对阵一个连，打了两天一夜，好歹占领了阵地，竟然又给打了回来。共军援军已到，已失去了夺取阵地的最佳时机。此一战荒唐得已不成体统，国军颜面尽失！

丁桂安恨不得把头扎到地缝里。官大一级压死人，可自己有错吗？自己每走一步都把方案报到师里，从阵地上撤下来也是师里同意的。妈的，我这个团长不称职，你师长就称职？其实他心里清楚，师长骂娘一半是因为战斗失利，另一半则是因为一营许副营长在作战中失踪了，为此，他也被军长骂了个狗血喷头。一营副因崴脚掉了队，和他一起的还有营部的通信员。一营副是抗战英雄，豫中会战后，军长亲自签发命令，他连升三级，从排长提升为副营长。初与共军交手，抗战英雄便失踪了，这在军中引起了极大的反响。

"请问为什么让我们到这儿来？"昨天晚上，国军强行把干部队带到这里，折腾了一夜，凡慧显得很疲倦。

女八路丁桂安倒是司空见惯，但一个女人，且是这样漂亮的女人，却让丁桂安有些意外。丁桂安怔了一下，说："我是国民革命军第十三军上校团长丁桂安，你们是？"

"我们是国民革命军第十八集团军山东北上干部队，我是副队长孟凡慧，他是副队长李善堂。"

丁桂安没想到女八路军这样回答，说："我听出来了，你是说，我们同为国民革命军，是自己人。"

凡慧说："难道不是吗？如果你们真的是第十三军，难道不是和第十八集团军一样同属国民政府吗？"

丁桂安哑口无言，心想，这女仔在这儿等着我呢。

凡慧继续说:"国共合作一致抗日才有了今天的胜利。丁团长,按岁数和职务,你是前辈,是长官,我想,称抗战英雄你应该可以担得起吧?!"

漂亮的女八路军这样说,丁桂安感到很意外,也觉得挺受用。从遥远的西南来到山海关,他已深深感受到了八路军的压力。

凡慧说:"我不知道你要我们来干什么,但我想说的是,我们同在执行上级的命令,希望你顾全大局,自己人不要为难自己人!"

前卫阵地战斗失利,师长的骂声犹在耳边。丁桂安不禁有些恼怒,冷冷地说:"过去是自己人,现在是不是自己人就难说了!"

凡慧不禁有些愕然。在路上,听逃难的老百姓说前面在打仗,是中国人自己在打,难道是……

丁桂安突然站起身来,走到李善堂跟前停了下来,说:"我能看看你的枪吗?"

李善堂没吭声,一个标准的动作从肩上取下枪递给了丁桂安。

丁桂安接过枪端量着,甚至把枪端起来细细地看。这是一支毛瑟 M1924 型步枪,一九三四年从德国进口。枪保养得很好,虽然外表有些斑驳,但各部件基本完整。当年,国民政府决定建立以德国体制为模式的新型军队,购置了大量的德国武器装备。他轻轻地叹了一口气,十几年前,他从广西一个偏远的山村参加了桂系国军,入伍不久就领到了这样一支毛瑟枪。

丁桂安见枪只有半个准星,问:"还能打吗?"

李善堂说:"当然能!"丁桂安摇摇头。在滕阳镇,李善堂拿到了一支崭新的三八大盖,后来为照顾一个老队员的情绪,他们互换了枪。现在他真后悔,这支破枪让人家看笑话了。

丁桂安根本没注意到李善堂尴尬的表情。毛瑟枪在当年是最好的枪,然而十几年过去了,它真的难堪大用了。他从卫兵手中拿过一支汤姆枪,说:"这是美国制造的汤普森冲锋枪,又叫汤姆逊手提机枪,射速每分钟一千发,重量只有歪把子的二分之一。两位副队长,你以为怎么样?"他拉动枪栓,枪发出清脆的响声。

丁桂安操着浓重的广西口音,凡慧和李善堂听起来十分费劲,但大意能够明白。他们明显感觉到他的话语里带有居高临下和蔑视的意味,但不得不说,他说的是事实。

凡慧指着毛瑟枪说:"丁团长,你别见笑,这样的枪我们也不能人手一支。

在山东，八路军就是用这样的武器和日本鬼子周旋，虽然消灭敌人的人数不多，却让鬼子日夜不得安宁。丁团长，我们的武器虽然不好，但一样可以消灭敌人。"

女八路军浓重的山东口音，丁桂安听起来也十分困难，但他听懂了，这种情况当然不止在山东。民国三十三年豫中会战，在阜阳，他作为代理团长率部与日军作战，有力地牵制了敌人，使华北方面军作战得以顺利进行。之所以顺利，是因为得到了八路军游击队的有力支持。战后，他晋升为上校团长。

事情绝非这样简单。

丁桂安说："孟副队长，淞沪会战国军投入七十万军队，豫中会战国军投入三十万军队，没有国军的正面战场，你以为还有你们所说的敌后战场吗？"

凡慧无言以对。她听李清说过淞沪会战，对那些血洒疆场的中国军人充满着敬意，但这些与八路军在敌后作战有何关系她却从未想过。然而，这位国军团长这样讲，她从心底感到不服。她搜寻着脑海中的记忆，良久她说："丁团长，你说的正面战场和敌后战场难道不是一个战场吗？不都是在日寇的占领区作战吗？八路军和国军、正面战场和敌后战场，不都打日本鬼子吗？为什么要分出个有无和高下来呢？"

丁桂安突然不知道该怎样应对了，他发现自己轻看这位漂亮的女八路了。但丁桂安仍然感到轻松。在豫中会战中，八路军虽然机智勇敢，也表现出了强悍的战斗力，但从本质上说，他们不是一支严格意义上的军队，是稍加训练的老百姓，搜集些情报、打打游击，仅此而已。听完女八路军的一席话，丁桂安十分感慨，八路搞宣传真的有一套啊！可事实是，在现代战争中，毛瑟枪是无法与汤姆枪对垒的。他甚至想，自己在前卫阵地的失利应实出偶然。

已耽误十几个小时了，凡慧着急地说："丁团长，让我们来不是为了告诉我，国军的枪比我们的好吧？"

丁桂安突然改变了态度，一副笑容可掬的样子，说："哪里，哪里，怠慢二位了！"他一边让人上茶，一边说："两位副队长，本团长有一事相求，望两位副队长相助！"

凡慧和李善堂诧异地看着丁桂安的变化。李善堂说："丁团长，有话请直说。"

"国军与贵军在山海关前卫阵地发生了些冲突，有些不愉快，请二位相信，这绝非本团长的意思，实为执行上峰的命令。执行命令是军人天职，这自不必说。实话相告，本团一个副营长在冲突中走失了，目前，他就在贵军中。"

"你想怎样？"凡慧大致猜到了他的意思。

丁桂安说："据说，守卫前卫阵地的八路军也来自山东，是你们的同乡。眼下两军不会再开战，至少两三天内不会，我实话实说，两三天后就难说了。这位副营长是我兄弟，想请二位队长说和说和，放他回来，不知意下如何？"

丁桂安赔笑作揖，为了师座，他只得如此。当然，也是为了自己，一营副找不到，军座饶不了师长，师长也饶不了他。

三

在通往前卫阵地的山道上，凡慧和李善堂在前，两个国军在后，一行四人在萧瑟的秋风中走着。

"小黄，累了吗？"凡慧停下来说。

"不累！"被称为小黄的正是昨天的国军女军人。她叫黄秋叶，少尉军衔，是团部的书记官。她穿着棉军服，本来个子不高，穿这身更显得臃肿。她紧走几步追了上来，喘着粗气羡慕地说："孟长官，你体力真好！"

凡慧说："我们八路军都穷人家的孩子，从小在山上干活，从来不知道什么是累，哪像你们国军，都是有钱的人……"

小黄打断凡慧的话："看你说的，我哪里是什么有钱人哟！从小在种田、放牛，因为家里穷，把我寄养在姨家，有钱人还会这样？"

凡慧说："你说话我听得懂，丁团长说话我是连猜带蒙的。"

小黄咪咪地笑，说："我们团都是广西人，他们不会说官话。我姨家在河北，我在那里待了几年，所以会说北方话。就因为这个，团长让我在团部当个书记官，算是个翻译吧。"

凡慧摇着头感慨地说："都是中国人，说话却听不懂，唉！"

小黄又咪咪地笑。凡慧奇怪地看着她。小黄说："八路军里的女长官都长得像你这么漂亮吗？"

凡慧笑着说："小黄，别叫我长官，我也不是什么长官，叫我凡慧姐吧。"

小黄立刻喊："凡慧姐！"

"哎！"凡慧爽快地答应。

小黄咯咯地笑。

"小黄，你们是从哪里来的？"凡慧问。

"部队从广西出发到香港，从香港坐船到这里来的，前后走了一个多月呢！"

凡慧十分惊讶，不由想起傍海道上看到的前不见头后不见尾的国军队伍，只是没想到他们是从那么遥远的地方来的。

小黄突然说："凡慧姐，你说国共会打仗吗？"

凡慧说："我也说不好。"这样敏感的话题，她不想和一个国军谈起，随口问："你说，会吗？"

小黄不假思索地说："会！"

自抗战胜利以来，凡慧心里有预感，也有自己的判断，但听小黄毫不掩饰地说出来，心里不免还是一紧，说："你这样说有什么依据？"

小黄说："这不明摆着的吗？抗战胜利了，按说应该马放南山、刀枪入库了，然而长官们没这样做，反而在招兵买马扩充地盘，向上峰要编制、要装备、要兵员，还从美国买武器，那是要干什么，不就是为了打仗吗？"

凡慧说："你们长官是这样说的？"

小黄说："不，长官当然不会这样说。长官是这样说的，抗战胜利了，人民一致渴望和平，但共产党却在号召人民参军参战，走全面掀起战争的路线。蒋委员长与共产党的毛泽东在重庆谈判也谈不拢……"小黄是个很健谈的妮子，由于走路，她脸上泛起了红晕。

"你是这样认为的吗？"凡慧说。

也许小黄注意到了凡慧微妙的变化，她顿了一下说："凡慧姐，你知道吗？世界成立了联合国，中国是常任理事国，全世界只有五个常任理事国，其中就有中国啊！国民政府领导全国人民打败了日本鬼子，让中国成为世界强国，这是多么伟大的事啊！在广西，在贵州，在湖南，我见过共产党，他们都是一些好人，但是他们怎么能够反对国民政府呢？"小黄振振有词："国军都这样认为，老百姓也这样认为，甚至学生仔也这样认为，凡慧姐，这不对吗？"

看着小黄一副认真的样子，凡慧不想和她争论，也没必要争论，心里想，国军士兵这样认为，八路军战士可不这样认为；广西、贵州、湖南的老百姓、学生这样认为，山东的老百姓、学生却不这样认为。

小黄说："凡慧姐，你不高兴了吗？"

凡慧说："没有，人各有志，每个人都有自己的看法和观点。"

小黄高兴起来，说："你这样说，我真高兴。尽管如此，我还是认为国共之间不应该打仗，都是中国人，都是抗日军人，打内战岂不让外人笑话？最终倒霉的还是老百姓！"

凡慧说："讲得好！"

小黄说："凡慧姐，见到你我觉得更不能和共产党打仗了！"

"为什么？"

"你那么漂亮，人又好，怎么能想象和你这样的共产党打仗呢？"她轻轻叹了一口气，自言自语道，"可是，这种大事哪容得了老百姓说话，其实已经动了手，早晚得打起来！"

在凡慧和小黄后面，李善堂和另一个国军也聊得火热，还不时大声争论着。

直到走进八路军连部，凡慧还在想着小黄的话，不知怎么，她感到心里有些堵得慌。

凡慧将四人身份一一进行了介绍。

胡连长摆摆手说："你们有什么事，抓紧说！"

小黄挺胸敬了一个标准的军礼，说："长官，我们请你做一件事，一件并不复杂的事。前些天我军与贵军发生了不愉快，我们的一个副营长失踪了，他叫许有发，现在就在你的军中。"

胡连长心里说，什么叫不愉快啊？于是，他不卑不亢地说："你们想怎样？"

小黄说："许副营长是一位抗战功臣。在民国三十三年豫中会战中，他一人刺死了三个日本鬼子，自己也身负重伤。请长官看在曾同为抗日军人的面上，让许副营长归队养伤。"

胡连长对豫中会战也有所知晓，对国军在作战中表现出的英勇气概也深表敬意。但小黄不说同为抗日军人的话还好，一说反倒激起了胡连长的火，

第三十一章 465

心里骂，你们向我们开炮的时候怎么不想想我们曾同为抗日军人？

胡连长说："我们有战俘政策，对于军官，按政策需要集中进行培训，还要进行详细调查，视情况不同而分别给予处理。另外，我也没有权力让他回去，需要向上级报告。关于养伤，大可让你们长官放心，我们对伤员一视同仁，会精心照顾他的。"

胡连长虽然没说不行，但话语里却透出办不了的意思。小黄一副求助的目光看向凡慧。

凡慧说："胡连长，能不能借个地方说话？"

凡慧和胡连长来到屋外。凡慧虽然同情这个抗战英雄，但此刻她关心的是干部队。丁团长的用意再清楚不过了，干部队是他的人质。如果像丁团长说得那样两三天内国共将开战，干部队就生死难卜了，为此，她必须说服胡连长，放那个副营长回去。

凡慧把情况以及可以预料的后果向胡连长进行了说明，最后动情地说："胡连长，求你了，我代表山东北上干部队二十多个队员求你了！"说完，她向胡连长深深地鞠了一躬。

胡连长立刻慌了，他想伸手扶起凡慧，还没碰到又缩了回来，结结巴巴地说："孟副队长，别，别这样，别着急，我马上向上级汇报。"

不知怎么，凡慧心里咯噔了一下。她想起丁桂安曾说，对面的八路军也来自山东，她想问胡连长，但转念一想，此时问这种事似乎不合时宜，便打住了。

返回连部，胡连长劈头问通信员："田副连长去团部回来了吗？"

通信员说："没有。"

胡连长皱着眉头说："怎么搞的，该回来了呀。"

天傍黑了，田宏喜跨进连部。胡连长一见便埋怨道："怎么才回来？"

田宏喜说："现在回来已经是最快的了！"

胡连长不以为然："有那么复杂？"

田宏喜说："团长和参谋长轮番问我阵地以及对面国军的情况，问得很详细，随后又让我从地图上一一标出来……哎，通信员说，你找我？"

胡连长把今天的情况说了一下。

田宏喜笑嘻嘻地说："上级都批准了，人也走了，我能做什么呢？连长，我先去吃饭，都饿得前胸贴着后脊梁了，回来给你汇报团里的部署。"说完向门口走去。

胡连长对着他的背后说:"随同国军一起来的人是个女的,她说她是山东北上干部队的……"

田宏喜噌地蹿了回来,问:"北上干部队?人呢?"

胡连长说:"你刚才不是知道了吗?已经走了,中午走的。"随后咧着嘴说:"山东姑娘长得漂亮,啧啧,真漂亮……"

"她叫什么名字?"田宏喜的脸几乎贴在了胡连长的脑门子上。

胡连长不由往后退了一步,说:"看把你猴急的!"

田宏喜着急地说:"你就没问问名字?"

胡连长说:"哦,名字倒没问,只知道姓孟,孟副队长。"

田宏喜拔腿跑出连部。

胡连长喊:"你去哪儿?"

田宏喜猛地止住了脚步,是啊,去哪儿?他们应该早已到了国军营地,再说,山东来的,干部队,女的,姓孟,副队长,就一定是凡慧?不过这也太巧了!不是她又是谁呢?可是她怎么会到这儿了呢?为什么和国军在一起?干部队其他人呢?李清李老师呢?还有小云?他懵懵懂懂地又返回了连部。

胡连长张着嘴,惊愕地看着田宏喜忙三火四地跑出去,又耷拉着脑袋地走回来。

两个相恋的人连老天爷都会真诚地眷顾。也许,老天爷真的再一次眷顾了这一对恋人,让两人同在一个屋檐下,只是没见面而已。

四

在前卫阵地,胡连长正召开排长会,传达团作战会议安排。传达完后,他意犹未尽,挥舞着胳膊说:"大家知道吗?中国版图像一只大公鸡。"他对田宏喜说:"田副连长,你是秀才,你来给大家画一幅中国地图。"通讯员拿来纸笔,田宏喜画了一个中国地图的轮廓。胡连长高兴地说:"秀才就是秀才!"他指着地图说:"大家看看,如果中国是一只大公鸡,那么东北就是鸡头,哪儿是鸡脖子呢?就这儿,山海关!"说完他诡异地笑笑,接着又严肃起来:"杀鸡杀脖子,同志们,我们现在就在鸡脖子上,知道吗?"

"田副连长,你说说。"胡连长说。

田宏喜站起来,清了清嗓子,说:"连长说得对,如果东北是鸡头,山海关就是鸡脖子。山海关地处东北与华北交接处,一面是山,一面是海,是华北通往东北的交通要隘,历代皆为军事要地,所以被称为天下第一关。"田宏喜对胡连长笑笑说:"连长,我们在鸡脖子上,敌人也在鸡脖子上,那么,谁宰谁呢?"

胡连长笑起来了。排长们也笑起来了。

一个排长说:"那还用问吗?当然是我们宰他们!"

胡连长说:"要想不被宰,那就做好准备。只有一天时间,抢修阵地,构筑工事。咱已领教了他们的炮火,没说的,这会儿多出点力,多流点汗,打起来就少触点霉头。"他看了田宏喜一眼说:"在前卫阵地,要不是加固了工事,我们的霉头就大发了!"

阵地上尘土飞扬,一片繁忙。

胡连长对田宏喜说:"宏喜,你说说!"

田宏喜说:"说什么?"

"说说态势!"

田宏喜遥望着国军集结的方向,良久说:"连长,在前卫阵地,我那是小伎俩,权当是以退为进、以柔克刚吧。可是今天不同了,双方的企图已十分明朗,一个非要过去,一个偏不让过去,双方都志在必得,硬碰硬、刚对刚啊!"

胡连长说:"可是只上来了我们两个团,从石门寨、角山到九门口,这么宽的防线,上级怎么不多派些部队来呢?另外,我们一路上来时,并未发现设置二道防线,一线要是被撕开个口子,那还不得全线溃败啊!"

胡连长文化水平不高,但毕竟是老兵,一语中的。田宏喜说:"这正是兵力少的原因,防线宽,兵力不足,再分兵把守更无胜算了,况且一线尚有较完备的工事。"田宏喜再看向国军集结的方向,坚定地说:"恐怕应了你前几天说过的话了,人在阵地在,打到一兵一卒,也决不能后退一步!"

清晨,国军如约而至。一辆美式吉普车走在队伍的最前面。车上的一个军官高声喊道:"奉蒋委员长及国民政府之命令,我军将接收山海关,请你们让开,有关接收事宜进城后商谈。"

我军回答道:"我们是东北人民自治军,山海关已被我军解放并负责镇守,请你们马上撤离……"

我军话音未落,吉普车上的军官挥着手说了什么,吉普车迅速后撤,随即国军便发起了进攻。国军有备而来。

霎时,成吨的炸药倾泻在了阵地上,不到半个时辰,阵地已成为一片焦土。虽然经历过一次轰炸,对美式大口径火炮的厉害已是略知一二了,可震耳欲聋的爆炸声还是让田宏喜有些发蒙。不远处,田大膀紧缩着身子,怀里抱着八二迫击炮,成堆成堆的泥土从空中落下来覆盖在他身上,他心里不停地骂:"比他娘的小鬼子还狠啊!"

炮火渐渐稀疏下来,在坦克的掩护下,步兵发起了冲锋。

胡连长一声令下,全连战士迅速进入阵地,然而进入阵地后却意外发现,阵地前空无一人。国军在坦克的引导下直奔二连阵地。两个连阵地之间有一条沟壑,约三千米宽,二连阵地是整个阵地的制高点。毫无疑问,敌人企图拿下制高点,从而俯冲整个阵地。

二连很快和敌人接上了火。战斗持续了近一个小时,二连的火力似乎减弱了,敌人距阵地越来越近了。

"不应该呀,"胡连长焦急地说,"说是二连阵地,实际上除了我们新编一连,整个营都在那里呀!"

"可是,对面有一个团的兵力呀!"田宏喜紧盯着正在急战的二连阵地。

胡连长倒吸一口凉气,说:"有那么多?"

抗战以来,国共之间产生摩擦是常有的事,但以一个团的规模向八路军发起进攻却从未有过。实际上,这种规模在政治意义上也突破了作为东北保安司令杜聿明的权限和职责。作为民国政府东北最高军事长官,杜聿明的主要责任是从苏军手中收回主权,而不是与共产党作战。也许杜聿明本人也不想冒天下之大不韪成打内战的第一人,然而事实上他做到了。

田宏喜用手指着一片小树林后,说:"你看那边,应该是预备队,足有一个营,如此推测,进攻的部队至少有两个营!"

一个战士惊叫:"快看!"

在冲锋枪、机枪的压制下,二连战士手中的三八大盖、毛瑟枪根本不足以与之对抗,被密集的子弹压得抬不起头来。国军距离二连阵地已不足几十米了!

"连长……"田宏喜急促地说。

"你说!"胡连长眼神里充满着期待。

"我带一个排,带上连里的迫击炮支援二连!"

三天前,连里配备了三门二十式八二毫米迫击炮。田大膀到团里领炮时,意外地遇见了一个山东老乡,软磨硬泡又多领了两门。田大膀担任教练,从各排抽调人,从取炮、架炮、装填到开炮、收炮,几天下来部队被训练得有模有样了。

二十几个人背着炮沿山坳急行,迂回到二连阵地的一侧。在土坡后一块小平地,田大膀大口喘着气说:"副连长,可以了,距离可以了,就在这儿吧!"

田大膀伸出右手再一次目测距离。战士们迅速架炮。

田宏喜说:"第一,把所有的炮弹打完,一发都不准剩;第二,打完立即撤,一刻也不准停留!明白吗?"

战士们齐声说:"明白!"

田宏喜把手一挥:"打!"

五门炮,每炮配备了十发炮弹,不到两分钟五十发炮弹呼啸着飞向了国军。在突如其来的炮击下,国军进攻的队形被打乱,但很快便恢复了队形,并依次撤出了战斗。

看到国军有序地撤出,田宏喜十分感慨,真不愧是滇缅远征军,武器装备好,还有着极高的军事素养。

五

战事在进一步升级。

在一个不起眼的小站,国军作战会议在一列专列上召开。会议决定立即发起全面进攻,两个师部署在中路直指山海关前卫阵地,两个师部署在侧翼配合行动。在坦克和大炮的策应下,并出动了飞机进行空中支援,与东北人民自治军对峙的状态旋即转为全面进攻的态势。

针对情况变化,东北人民自治军立即调整了作战部署,紧急调集部队迅速集结，形成重点坚守与全面防御相结合的布局，充分利用地形形成天然屏障，扼守石门寨、角山、九门口一线，从而建立起一道紧固的御敌防线。

双方剑拔弩张，大战一触即发。

天还没大亮，阵地上人头攒动，一片繁忙。战士们弯着腰挥舞着铁锹，把坍塌在堑壕里的土铲出去，把堑壕加深、拓宽。阵地上空尘土飞扬。

"排长，不行啊。"一个战士在远处喊。

作为老兵，王长锁深知战时堑壕的作用，平时不起眼的沟，关键时刻可能是你得以生存的救命稻草。听见战士的喊声，他跑过来问："怎么啦？"

战士着急地说："土太松了，下边挖，上边塌，你看！"他用铁锹使劲一铲，堑壕上面的土扑簌簌地流下来。由于炮击，阵地的土像被犁过一样变得十分松软。

王长锁眉宇紧锁，他早已发现了这种情况，可是没有构筑堑壕所用的基本材料，如滚木、草袋等，也缺少起码的挖掘工具，巧妇难为无米之炊啊！他环顾四周，周围方圆几十里空空如也，连一棵树也见不到。

每次行动前，田宏喜尽可能把能想到的安排周道，可现在他毫无办法，他苦笑着对王长锁说："挖吧，除了挖还有别的办法吗？"

这时一个战士大声说："快看！"

远处，一群人抬着滚木、扛着麻包和草袋沿着山道向阵地走来，原来是当地的政府动员民夫前来支援。田宏喜搓着手高兴地说："真是雪中送炭啊！"

民夫队伍前，有一个人在指挥，像是民夫的头，他大声说："按分好的组分散开……"

多么熟悉的口音，田宏喜不由一怔。然而他顾不了这些，他和战士们一起将民夫手中的物资接过来，并将物资一一摆放在堑壕内。

一个声音对几个民夫喊："哎，不要把麻包堆在一起！"

田宏喜抬起头，高兴地大喊："李老师！"

李清回过头来，惊喜地说："宏喜，怎么会是你！你怎么会在这里？"田宏喜也问出了同样的话："你怎么也在这里？"四只手紧紧地握在了一起。他乡遇故知，没想到竟是这样的亲切！四目相对，激动、兴奋、亲切在两人心中油然而起，然而就在一刹那，疑惑、不安也同时在两人心中产生：

——在李清心目中，河西县最亲最近的就是独立旅，河西县的后生大多

第三十一章　　471

也在独立旅。可眼下就宏喜和二三十个人，齐旅长呢？独立旅呢？其他战士呢？他们不是从海路走吗？为什么会到了山海关？

——田宏喜知道，从山东到东北必经山海关，可是按路程和时间，他们应该早进关了，怎么才到这儿？干部队的人都在，凡慧呢？小云呢？她们……

与民夫会合在一起，战士们的情绪一下子高涨起来。胡连长跳上高处，大声喊道："同志们，乡亲们来帮助我们，我们怎么办啊？"他激动得涨红了脸："同志们，把工事挖好，坚决守住阵地！"

"好——"战士们举起手中的工具喊。受战士们情绪的感染，民夫们拿起工具与战士们一起构筑工事。

没有更多的语言，匆匆一见后，李清和田宏喜便投入了紧张的施工。

堑壕在军民密切的合作下正在加固、延伸。胡连长十分满意，照这样的进度，再有半天工事就可以完工了。他兴致勃勃地巡视着，远远望见一小队战士正在奋力地挖一条通往山后的堑壕，他十分奇怪，跑过去问："喂，你们在干什么？"

一个人抬起头来，是田大膀："报告连长，我们正在挖堑壕。"

"挖堑壕？"胡连长充满着疑问，语气上不免有些严厉，说，"田副排长，谁让你们在这儿挖堑壕？"

田大膀犹犹豫豫地说："报告连长，是，是田副连长……"

胡连长转身走开了。他生气了，这个田宏喜，自作主张！可是，他为什么要在山后挖堑壕呢？是不是老毛病又犯了，还没开打先准备好后退的路，可转念一想，不对！在前卫阵地时，他的主张不是逃跑，而是主动撤退，最终我们赢得了战斗。可是这次不同了，他清清楚楚地知道我们的任务是死守，可他为什么……

田宏喜正在对一个排长说："这一段堑壕挖得深度、宽度都不够，要再加深加宽……"

一见田宏喜，胡连长劈头说："田副连长！"

田宏喜说："连长，啥事？"

胡连长生气地说："啥事？立刻把田副排长从后山撤回来！"

田宏喜有些迟疑，说："连长，那是交通壕……"

胡连长说："你要当我是连长，那就执行命令吧！"

看着一脸乌云的胡连长，田宏喜说了一声"是"，然后向后山跑去。

午饭后有短暂的休息时间，胡连长坐在堑壕边大口大口地吸着自制的土烟。田宏喜笑嘻嘻地走过来，从口袋里掏出一包香烟，说："连长，孝敬你了！"

胡连长拿起烟嗅了嗅，说："好烟，好烟！真的给我了？"

田宏喜点点头，说："我刚才说了，孝敬你了！"

胡连长阴阴地笑了，说："宏喜，好小子，想干什么？"

田宏喜说："来请示你，修后山的交通壕！"

胡连长没想到田宏喜直截了当地说了出来，倒让他一时不知该说什么了，好大一会儿说："为什么？"

不远处，李清走了过来，见田宏喜和胡连长在说着什么，便停下了脚步。

田宏喜也看到了李清，然而此时他只想说服胡连长，时间不等人啊！田宏喜说："首先是运送弹药，我们的弹药只有一天的量，如果放开打，一天都不够；再是运送粮食和水，我们的粮食、水仅可以维持两天，两天后呢？还要运送伤员。如果敌人从阵地右侧压上来，后山的补给线就完全暴露在敌人的射程内，没有交通壕，弹药、粮食上不来，伤员下不去，我们会重蹈前卫阵地国军的覆辙，连长，你忘了吗？"

胡连长想了想，说："宏喜，你说的我不反对，可是现在修前沿阵地的堑壕是重点，必须保证在轰炸中我们可以生存下来！"

"连长，从理论上说，交通壕与堑壕一样重要，在特殊情况下，交通壕可能更为重要。现在没有别的办法，只有连夜挖，阵地堑壕必须在明天天亮之前完成，山后交通壕要同时进行，敌人一旦发起进攻，我们可就没时间了。"

胡连长点燃一支香烟，说："你早说啊！"

田宏喜惊讶地说："昨天你不是已经同意了吗？"

"是吗？"胡连长含含糊糊地说。

此时，田宏喜才想起李清，他四下张望着，阵地上人来人往，一片忙碌，哪里还有李清的影子！他一阵懊悔，对着田大膀大喊一声："大膀，四排跟我来！"

六

通信员报告，有个国军军官声称要见长官。胡连长看了来人一眼，说："有啥事，说！"

军官说："兄弟我姓张，是国军东北保安司令部的参谋，请问长官怎么称呼？"

胡连长说："冀热辽军区一团连长胡学农。"

张参谋举手敬礼，说："胡连长，我要见你们的长官。"

胡连长说："我就是长官，说吧！"

国军张参谋看了胡连长一眼，没吭声。

田宏喜温和地说："张参谋，你得告诉我们你有什么事，我们才可以安排你见长官，你什么都不说，我们怎么安排？"

张参谋眼睛盯着地上的一个大碗，里面放着几个土豆和一块咸菜疙瘩，那是连部的晚饭。他情不自禁地向前走了两步。

胡连长喝道："哎，干什么？"

张参谋赶紧停下脚步说："你们晚饭吃这个？"

胡连长说："你管我们吃什么，有话说！"

张参谋咂摸着嘴说："我们云南的土豆没这么大！"

胡连长瞪着眼睛没出声。

田宏喜问："你们从云南来？"

张参谋说："不，我们从越南一个叫海防的地方过来。"

"越南海防？"

张参谋解释道："我们从滇缅回来后到了滇北，又从滇北转道到越南。"

田宏喜脱口而出说："你们是从滇缅战场上下来的？"

张参谋骄傲地说："是啊！如假包换！"

田宏喜面露钦佩之色说："慢待了！"说着走过去和张参谋握手。

越南海防、滇缅滇北，什么乱七八糟的？胡连长统统没听说过。看着田宏喜一团和气地走过去和国民党握手，他气就不打一处来。这个田宏喜，又搞什么名堂？他使劲地咳嗽了两声。

田宏喜知趣地退了回来。事后田宏喜把自己所了解的滇缅战场及远征军告诉胡连长，说："在我心目中，他们是抗日英雄！"胡连长点点头，却没吭声，他心里想，虽然是抗日英雄，但我信不过国民党！

张参谋说："请把这封信交给你们的长官！"说完，他举手敬礼："长官，我的任务完成了，我可以回去了吗？"

胡连长把信递给田宏喜，说："我那点儿墨水，还是你看吧！"

纸条上写：致八路军：近日，在重庆召开了全国政治协商会议，国民党、民主同盟、青年党及社会贤达出席了会议，贵党领导人也出席了会议。会议做出决议，第十八集团军所属之部队，应撤至山海关及铁路两侧30公里以外，原地驻防待命，接受本战区司令长官之管辖。如不从之，国军将以武力接收山海关。东北保安司令长官杜聿明。

胡连长说："杜聿明是谁？"

田宏喜说："司令？应该是国民党的大官。"

胡连长说："宏喜，你有文化，你说，这信是真的还是假的？"

田宏喜琢磨了好一会儿，说："说不好，我觉得有点儿假，好像也有点儿真！"

胡连长说："哎，你这不白说吗？那你说，政治……政治协商会议是个什么东西？听上去好像是开了个会，信上说咱共产党也参加了，真的吗？"

田宏喜说："我的老师要在，他保准知道。连长，不管是真是假，还是交到团里去吧。"

一年后，在辽西会战中田宏喜遇到胡连长，问起此事。胡连长说："师里回了信，大意是，我军未收到政协的决议。山海关已被八路军解放，现在由东北人民自治军管理，这里没有日本人，也没有伪军，社会秩序井然，请你们不要来，否则发生摩擦，并由此引起误会、造成人员伤亡应当由你们负责，由杜聿明负责。"

黄昏降临，田宏喜带着十几个战士组成的小分队摸索着前进。山海关总指挥部命令，各部队和地方民兵要主动出击，派出小分队利用夜暗出击袭扰敌人、破坏铁路、公路，迟滞敌人后续部队的开进。

小分队来到一片开阔地停住了脚步。"副连长，你看！"王长锁小声说。

通往山海关的公路展现在小分队面前。公路地基略高于地面，路两侧有一百多米的隔离带，隔离带内的树木杂草被全部清理干净了，形成一个连片的开阔地,想在这里进行隐藏是不可能的。

一阵马达声传过来,汽车雪亮的灯光在黑夜显得格外扎眼,是国军的巡逻队。车队突然停下了,两台卡车、五辆摩托车,十几盏车灯对着空旷的隔离带照射,亮得如同白昼。

战士们把头紧紧地埋在草丛里。田大膀又想起在海上美国军舰的探照灯,心里不住地骂:"给你狗日的一炮!"

车队停了两三分钟时间便轰隆隆地开走了。

"副连长,上吗?"排长王长锁说。

田宏喜看看王长锁,犹豫了一下说:"再等等。"

约二十分钟后,又一队巡逻车队开来,照例停车照射三分钟,然后轰隆隆地远去了。

防备得这样严,预示着近日部队将有大的行动。田宏喜心里想着,回过头对王长锁说:"老班长,你怎么看?"

王长锁说:"巡逻队二十分钟左右一个来回,车灯这样亮,我估摸着能看出去上百米。我们必须留出足够的进入和撤出的时间,我以为至少十分钟,也就是说,只有十分钟埋炸药的时间。"

田宏喜一直注视着公路,好大一会儿,自言自语道:"不是埋炸药,而是放炸药!"

王长锁说:"放炸药?"

"对,放炸药!我们的任务是破坏公路,而不是炸汽车,况且公路地面一定很硬,也挖不动。"田宏喜简短地向小分队布置了任务:车队过去五分钟后开始行动,用五分钟时间到达公路,用两分钟依次把炸药放好,立刻点火起爆,然后用五分钟时间撤回。黑暗中,田宏喜扫视着小分队:"出发、点火、撤回,这是三个关键环节,听口令统一行动,明白吗?"战士低声答:"明白!"

夜深了,巡逻车队刚刚过去,田宏喜默默计算着时间。突然远处发出了扑扑的声音,他顺着声音的方向望去,一群影影绰绰的身影直奔公路。田宏喜脑子里一阵发蒙,怎么回事?不一会儿,黑暗中传来一阵阵铁器挖公路的撞击声。田宏喜猛然省悟,是民兵!

就在此时,远处突然传来了汽车马达的声音。田宏喜的心猛地揪了起来,紧张地向传来马达声音的方向望去。他的担心很快变成了现实,民兵的行动被巡逻队察觉了，巡逻车队掉头又开了回来！

铁器撞击的声音并没有停止，反而加快了速度。王长锁和田大膀几乎同时喊："快，快撤呀！"

挖掘的声音终于停了下来，然而，撤退的最佳时机已经错过了。民兵刚刚跑到开阔地边缘时，巡逻车突然打开了大灯，在惨白灯光的照射下，民兵们暴露无遗，有几个人竟不知所措地原地站住了。

田宏喜喊："趴下，快趴下！"

王长锁、田大膀也一起大喊。

话音未落，空旷的隔离带上空枪声大作。听到枪声，一部分民兵一头趴在了地上，还有一部分民兵却朝着树林狂跑起来。民兵队伍中一个声音高声喊："趴下，都趴下！"一些人趴下了，还有一些人仍然继续奔跑。巡逻队开始是鸣枪警示，对着人群上空射击，当人群接近树林时，巡逻队的枪口突然下移，一排枪过后，几个民兵应声倒下。

巡逻队枪响的同时，田宏喜喊："打！"

小分队早已将子弹顶上了火，随着田宏喜的一声令下，一排枪打了过去。遭到突然的打击，巡逻队的枪声中断了，但很快就清醒过来，车灯迅速转向小分队，子弹雨点般地扫射过来。在一墩低矮的柳树旁，田宏喜以跪姿推枪上膛，随着几声枪响，汽车的大灯应声熄灭。紧跟着，王长锁和田大膀也将摩托车灯干掉了。

隔离带重归漆黑一片，国军的机枪立刻失去了射击目标。嗷嗷叫的国军士兵也不再吭声了。他们并没有出击，漆黑的夜晚让他们不敢妄动。

"李书记，李书记……"

田宏喜向民兵跑去，还没到跟前便听到有人在急切地呼唤。一个人躺在地上，几个人围着他。田宏喜急促地说："不能在这儿停下，赶快撤离！敌人的援兵马上就到了！"

一个人突然说："是田排长吗？"

田宏喜感到奇怪，怎么会有人认识我？黑暗中虽然看不清那个人的脸，但听得出来那人操着浓重的沂蒙山口音。

那人呜咽着说："田排长，他是李清李书记啊！"

田宏喜三步并作两步跑上前去，轻轻将李清扶起来，轻声喊："李老师，李老师！我是宏喜呀！"

第三十一章

李清的眼睛亮了一下,点点头说:"我听出来了……"

"李老师,别说话,我背你撤!"给李清进行了简单的包扎后,几个人慢慢将李清放到田宏喜背上,两个干部队队员一左一右搀扶着田宏喜一路狂奔。

田宏喜突然感到一股热乎乎的液体流进了他的脖子里,他用手一摸,黏糊糊的。他轻声呼唤:"李老师,李老师!"李清趴在田宏喜背上,嘴里不断冒出鲜血,他断断续续地说:"宏,宏喜,把我,把我放下来吧!"田宏喜轻轻地把李清放在地上,发现自己手上、身上都是血。他伏下身子看去,李清的前胸和后背全被鲜血打湿了,他的身体被子弹穿透了,简单的包扎根本无法止住血。一股热流涌上了田宏喜的头,眼泪哗哗地流了下来。

李清嘴角露出一丝微笑,想要说话,但一张嘴鲜血便涌了出来。田宏喜下意识地紧紧握住李清的手,伏在耳边对他耳语:"李老师,咱回家!"李清微微点点头,伸手摸向胸前的口袋,手刚刚插进去就停住了,身子一下子软了下去,永远闭上了眼睛。

天亮了,田宏喜将李清背回了部队。一路上,他没说一句话,任凭热泪挂满脸颊。他的良师益友,他的入党介绍人,他人生的领路人,走了,是躺在他的怀里走的……

田宏喜伸进李清的上衣口袋,里面有一张已被鲜血浸透的纸条。他颤抖着打开纸条,几行字映入眼帘:宏喜,在阵地上见到你非常高兴,未能详谈,很遗憾。小云身体有恙,凡慧为照顾她暂时留在了北上的路上,相信不久会赶上来。另外,齐恩旅长是凡慧的生身父亲。要出发了,就此住笔。李清。

李清,二十八岁,沂水县人,一九四一年五月参加革命,同年十二月入党,河西县委副书记,河西县第一批北上干部队书记兼队长。

第三十二章

一

指导员艾家驹走在兴镇的大街上，皱着眉头，阴着脸，看上去心情很糟糕。连部通信员跟在他后边，边走边小声嘀咕着："我刚才明明看到里面有人，就是不开门，都说了，买点药，我们给钱，这儿的人真奇怪，有钱不挣吗？"

由于天气寒冷和水土不服，连里有不少战士拉肚子，连里派人去镇上买药却买不到，说药铺不开门。兴镇自古是一个大镇，由于战乱这里田亩荒废，人口凋敝，但当年兴盛时期繁荣的景象依稀可见。镇上有好几家药铺，门脸虽然有些破败，但仍然保留着当年的气派。

艾指导员在前面走，后面跟着一群人围观，大多是年轻人和孩子，也有几个老人。通信感到很不自在，不停地向后看，他停下来，人们也停下来，再走，人们兴致勃勃地继续跟着走。从清兵、张作霖的双檐帽、日本兵，一直到光复后的国民政府军，这里的人们已习惯了各色各样的兵，但对这些兵不像兵、匪不像匪的兵甚是新奇。

艾指导员再走进一家药铺。

药铺伙计以一种怪异的目光注视着他，并不吭声。艾指导员说买药，伙计说："你用什么钱？"

近代中国币制十分混乱。抗战胜利后，国民政府发行了纸币，但金银、外币仍然广泛流通，银圆也十分兴盛，在东北流行的有鹰洋、龙洋、大头洋、船洋以及英法日过去发行的银洋。同时，伪满中央银行发行的纸币、东北银行发行的纸币也在流通。艾指导员拿出钱，那是地下组织提供的国民政府刚刚在全国发行的纸币。

伙计接过纸币仔细看了半天，说："本药铺只接受金银、大洋和纸币。"

艾指导员说："这不是纸币吗？"

伙计摇摇头说："不，我没有见过这种纸币，我们不要。"

艾指导员想告诉他，这是国民政府刚刚发行的货币，是抗战胜利后通行的法币，可看到伙计那一副笃定的神态，他无可奈何地摇了摇头。在药铺门口围观的人群涌了进来，围成一圈，人们以一种莫名的眼神上下打量着艾指导员和通信员，有几个人还伸长脖子看他手里的纸币。

此时，一个国民党军官走进药铺，他扫了一眼围着的人群，似乎没发现有什么不妥，便对着药铺伙计嚷："伙计，这是药方，抓好送来，别耽误了啊！"说完把药方往柜台上一拍便扬长而去。

药铺伙计点着头，对着国军军官的背影说："放心吧，长官，错不了！"

回到连里，一向以政治工作者自居的艾指导员心情难以平静。前些天，一排排长姚贵说，他执行任务回来又渴又饿，想到路边店铺讨口水喝，但敲了半天人家硬是不开门。镇上的人都以古怪的目光看着他。艾指导员不以为然，对姚排长说："兵荒马乱的，也许人家害怕呢。"姚排长愤愤地说："我前脚走了后面来了一队国军，老板端着茶壶从店铺里冲出去，笑容可掬地给国军奉茶。"

兴镇居民多为近年来北方各地迁徙来的移民，受儒家君权神授、江山一统、三纲五常等思想的影响，认为处于统治地位的国军才是正统，是抗击日寇解救民众的英雄，而其他的要么是乱臣贼子，要么是枝节末流，不足挂齿或正视。

艾指导员相信姚排长说的是真的了。

二

一连几天，兴镇的日本居留民并无动作，给了独立旅宝贵的准备时间。

独立旅与苏军顺利地进行了武器交接。都说老毛子很轴，用老百姓的话说，叫胡同里赶猪不带拐弯的。而苏军上校莫西洛夫却十分灵活，当下就同意了提供武器。一个月黑风高的夜晚，十几台车神不知鬼不觉地开进了独立旅。王政委笑道："看来老毛子不变通也分时候，刀架到了脖子上就变通了！"为掩人耳目，独立旅每天的训练仍然使用原来的武器，仿佛什么都没发生一样。

敌情基本搞清楚了。日本居留民纠集了三百余人，年龄上到五十多岁下到十几岁，多为农民、商户，其中有一部分为关东军伤兵。黄岭山胡子一百多人，成分构成十分复杂，地痞无赖、旧军人、被逼活不下去的穷人、杀人越货的歹人。山上还有五六个日本人，日本人何故上山做了胡子不得而知。沈老大虽然是黄岭山胡子的当家人，但日本人在其中的作用不可小觑。

暴动的目的和去向也搞清楚了。根据军统陈果提供的情报，第一目标是苏军军火库，取得武器后突袭兴镇镇政府、商团、店铺，甚至可能大开杀戒，然后连夜直奔吉林，与吉林日本居留民会合一处。

在独立旅旅部，齐旅长说："哪个部队在监视军火库？"

胡副参谋长说："一团三连。"

齐旅长表情严肃地说："军火库是关键，不可大意，胡副参谋长，你的重点也要放在那儿。"

"是！"胡副参谋长说。

齐旅长沉吟了一下，突然问："三连二排有消息了吗？"

胡副参谋长表情凝重地说："还没有确切消息，胶东军区说，二排的船启航第三天正赶上了暴风雨，那艘船也太小……胶东军区已通知了渤海沿岸在寻找……"

齐旅长眉头紧蹙。田宏喜给他留下了很深的印象，在延山受降、河西反特和剿匪等战斗中表现出了很高的军事素质。他不由看了一眼王政委，记得他曾说，凡慧正在与田副连长谈恋爱。凡慧，她又在哪里呢？对凡慧参加北上干部队这件事，齐旅长内心似乎有一丝后悔之意。孟庆立是个好父亲，能待在他身边是凡慧的福气。从山东到东北路途遥远，一个女孩子，唉，却是自己把她送上了北上的这条路，一旦有事怎么对得起她死去的母亲呢？可当时他哪里知道凡慧就是他的亲生闺女阿花呢？

齐旅长猛然从沉思中醒过来，说："三天了，日本人没有一点儿动静，你们怎么看?"

方参谋长说:"我们对日本侨民在东北地区的情况进行了了解,九一八事变后,日本向东北进行了大规模的移民,他们称之为开拓团。目前,居住在东北的日本侨民有一百多万。"

"有那么多!"齐旅长有些吃惊。

"是,这还不是完全的数字。日本投降后,军方忙于处理各种事务,根本无暇顾及侨民。许多侨民迁入东北已十几年了,一直以来,他们从未想到会有这样的一天,从高山上一下子跌入低谷,自杀、自残的情况十分普遍。"

王政委说:"苏联《红星报》报道,苏军在小兴安岭的密林里发现了六百多具剖腹自杀的日本开拓团团员,令人震惊!"

方参谋说:"当然,那些都是些死硬分子,在日本侨民中,也有相当多的人并不愿意为天皇殉葬,特别是妇女、老人和孩子,他们在等待日本军方安排回国。据军统方面的消息,兴镇日本居留民对于先起事还是先安排眷属撤离意见不一,还发生了激烈的争论。"

齐旅长说:"如果推测成立的话,其眷属一旦撤离,日本人便没有了后顾之忧,其行为将会变得更加疯狂和肆无忌惮!"

方参谋长说:"应该是这样,日本已经投降,但凡有点理智的侨民都会随同眷属一同撤离,国民政府和东北人民自治军为其提供了诸多的方便。坚持不走已有悖常理,做出异样的举动也就不意外了。"

王政委说:"这样的死硬分子在日本居留民中所占比重大吗?"

方参谋长说:"所占比重不是很大,但影响非常大。自治军政治部的一位同志介绍说,在死硬分子的煽动下,一些原本唯唯诺诺的人,甚至是妇女、孩子一夜之间就变得极度疯狂凶蛮,并做出让人不可思议的举动来。日本这个民族是个很奇怪的民族,也是个很可怕的民族。"

齐旅长站在窗前沉思。

从兴镇军火库回来,齐旅长立刻下达了作战命令,并要司令部连夜制定作战方案。胡副参谋长注视着他。他明白胡副参谋长的意思,斩钉截铁地说:"杀鸡也用牛刀,除恶务尽!"

王政委说:"有一些人是被逼上的山,是否可以区别对待?"

齐旅长略一沉吟,说:"与日本人一起举起了屠刀,一旦迈出这一步就已经走到了头，杀不足惜！"

胡副参谋长心领神会，作战方案以全部清除为主旨，举全旅兵力进行了周密的部署。

三

李清的牺牲给田宏喜带来极大的冲击，一连几天，田宏喜眼前老晃动着汽车雪亮的灯光。在田宏喜的人生中，每一次灯的出现总是冲击着他的神经，小时镇上社戏班子的美孚灯，渤海湾边上的美孚灯，美国军舰上的探照灯。他说不清那是一种什么感觉，恍惚中又好像置身于汹涌的大海之中，猩红色的海水黏糊糊地附着在自己身上，怎么甩也甩不掉，并有一股股浓烈的血腥味涌上来……

那年他十七岁，从田家庄来到县城。两个哥哥死后，父亲说，砸锅卖铁也要让小儿子读书。后来长大了才知道，父母和妹妹是怎样没日没夜干活供他上的学。一天夜里，他饿得实在难受，在学校外路边捡菜叶子吃，正巧被李老师看到。李老师带他到宿舍，拿出一个窝窝头，他三口两口就吞进了肚子。李老师见他没饱，又给了他一个地瓜。后来他才知道，那是李老师第二天的口粮。从那以后，他从心里把李清当长辈一样看，其实李清比他大不了几岁。

李清被安葬在一个山坡上，墓地坐北朝南，向着山东方向。田宏喜站在山坡上极目远眺，任凭秋风吹拂，他没有掉眼泪，只是偶尔传出一声轻微的呻吟。好一会儿，他仰天长叹："就要入关了啊！"通信员六子、战士李拴住、二排排长赵旺财、战士韩富宝、船工冯有田、他的老师李清……那一刻他们似乎活生生地站在他面前，他们永远留在了北上的路上！

山海关的秋夜万籁俱寂，只有秋风在空旷的大地上发出呜咽般的声音。

远处突然爆发出一阵阵激烈的枪声。田宏喜一个箭步蹿出堑壕，看到胡连长正站在高处向枪声传来的方向张望。胡连长对田宏喜说："是二团的阵地！"

十几分钟后，枪声逐渐稀落下来，最后归于平静。

消息很快传来，国军一个营偷袭了二团阵地，国军分为三路，直插二团阵地，显然国军进行了周密的策划。让人不解的是，国军离阵地很近了，二团竟没有发现，直到国军一个士兵在黑暗中踩翻一块石头发出哗哗的声音。双方交火后互有伤亡，国军趁着夜色很快撤出了战斗。

胡连长说："宏喜，你怎么看？"

田宏喜仍然注视着二团阵地，没吭声。

战士们纷纷跑出来张望，并议论着。胡连长大声命令道："全连都有了，立刻回去睡觉！没有命令，谁都不准上阵地！"

田宏喜赞许地看着胡连长。"连长，"田宏喜再回头看向黑暗中的二团阵地，"夜战，偷袭，打游击，这原本是我们的拿手戏，现在却让人家拿去袭击了我们，这说明什么？"

胡连长点点头，又摇摇头，说："宏喜，你说！"

"我们几次与国军交手，虽然我们没吃亏，并不能说明我们战斗力有多强。国军的长处是武器好，善于大部队打阵地战、运动战，我们的长处是小规模打游击战，而今天，国军竟然给我们打起了近战夜战。这样一来，岂不是人家的短处变长了，而我们的长处没长，短处更短了吗？"

胡连长思索着，不置可否。

"不知二团吃亏没有？如果吃了亏，那才叫……"田宏喜想说那才叫窝囊呢，可转念一想，自己毕竟是临时在人家这儿，对兄弟部队说东道西，不合适！想了半天，他自言自语道："岂不是玩了一辈子鹰，反被鹰啄了眼！"

胡连长眨眨眼说："你有什么主意？说吧！还是老规矩，失败了是我的，胜利了我给你请功。"

田宏喜看看胡连长，说："连长，板还得你拍！"田宏喜脑海里浮现出李清的身体一点点软下去的样子，发狠地说："我就是让他们知道，便宜不那么好占的！"

子夜刚过，也就是国军偷袭二团阵地两小时后，新编一连在胡连长和田宏喜的带领下扎进了茫茫的夜色。胡连长拍了板，马上报告团长。团长当即同意了。胡连长兴奋地说："他们前脚偷袭了我们，我就不信他们能想到，我们后脚就跟着过来了？不过，宏喜，有一点我不认可，打死我也不信国民党能打夜战近战！"

黎明前，墨黑的天上隐约有几个昏暗的星光。大地在沉睡，不闻鸡鸣犬吠。

国军一个哨兵端着步枪来回走着,天气很冷,哨兵在秋风中瑟瑟发抖,不时原地小跑几步取暖。刚刚偷袭回来的士兵们乏了累了,整个军营死寂一般。

田宏喜和王长锁一前一后悄无声息地匍匐前进。抓舌头是王长锁的拿手戏,在对日作战中,他从未失过手。他一点一点地向前蹭,哨兵全然没有发现身后的动静。他轻轻地抽出匕首,就在准备扑上去的时候,不远处黑暗中突然闪了一下光,王长锁停住了。在王长锁身后,田宏喜把头深深地埋进草丛里。

一个国军军官打着手电筒走了过来。军官走到哨兵身边,小声嘱咐了几句,哨兵点点头,军官便离开了。军官刚走几步转头又折返回来,把手电筒夹在腋下,从口袋里掏出一包烟,抽出一支递给哨兵,自己也点燃了一支。看得出来,军官和哨兵的交情不一般。

哨兵说:"连长,北方的鬼天气太冷啦!"

军官拉开上衣把烟藏在衣服里吸,以免让人看到火光。他低下头吸了一口说:"可不是嘛,你的伤好些了吗?"

"好多了,基本不疼了,连长,你呢?"

"我也好多了,多亏了你!"连长感激地说。

哨兵赶紧说:"别这样说,你是长官,又是兄长,应该的,应该的!"说着拉开大衣领子,埋进头去吸了一大口烟,说:"还是咱广西好,多暖和啊!"

军官哼了一声说:"还没到东北呢,那地方更冷。"

"真不晓得那里的人都怎么过啊?"哨兵吸溜着鼻子。

"不能过也得过,还能死啊?人这东西,什么苦都能吃,什么罪都能受。在滇缅的时候,上面飞机炸大炮轰,下面毒蛇咬虫子叮,天气热得跟火烤似的,比现在受罪多了,我们不也挺过来了吗!"

哨兵不吭气了,一会儿说:"连长,我挺怀念那时候的,苦是苦些,也危险,可是不知为什么浑身有使不完的劲,见到鬼子眼里就冒火,就想往前冲,可现在……"

"好了,好了,"军官打断了他的话,吸了一大口烟,说,"吸烟吧,这可是好烟。记住了,咱就是个大头兵,该当炮灰的时候就得当,当炮灰是死,不当死得更快!机灵点,当炮灰说不定还死不了呢!"

军官打开手电筒,朝着远处晃了晃,说:"好了,我走了,警觉点儿!"

说完晃着手电筒向营房走去。

哨兵随其后边走边说:"连长,说好了,谁要是活着回广西,一定替对方上家看看老人!"哨兵做梦也没想到,就他这句话救了他和他的连长一命。

军官停下脚步,好一会儿才说:"放心吧!"军官话音里带着哽咽。

王长锁将匕首悄悄地插进腰里,向后一闪退了回来。他看了田宏喜一眼,说:"你都听见了?"

田宏喜点点头说:"听见了。"接着问:"哨兵的位置离营房有多远?"

"两百多米。"王长锁说。

这个距离,解决掉哨兵后一个冲锋,一顿手榴弹和排枪,这个连大半就报销了。田宏喜和王长锁却默默地原路返回了。

胡连长一见急火火地问:"怎么没动静,什么情况啊?"

王长锁看了田宏喜一眼,说:"报告连长,时机不好,没下手!"

胡连长疑惑地看了看田宏喜。田宏喜对王长锁说:"老班长,我和连长有话说。"王长锁看了田宏喜一眼,走开了。

田宏喜把刚才的一幕向胡连长叙述了一遍,他有些激动,说:"他们刚从滇缅抗日战场上下来,身上还有伤,他们是真正的中国军人,我不能……"

"不能什么?你不能什么?"胡连长心急火燎地说,"他们是真正的中国军人,那我们是什么?啊?你说啊!"胡连长真的生气了,用手指着对面说:"告诉我,他们是敌人还是朋友?他们刚刚袭击了二团,你别说,他们不是我们的敌人,他们是抗日英雄,是真正的中国军人!"

田宏喜沉默了,低沉着嗓音说:"连长,我只是想,他们曾经是我们的朋友,现在当然是我们的敌人,他们打死了我的老师,我的兄长,可是,尽管如此……还是,还是有点儿让人难以接受!"田宏喜心里执拗地想,都是父母生父母养,都是穷人家的后生……

夜色中,胡连长注视着国军驻地的方向,良久说:"那好,老规矩,你说吧!"

全连分散开呈半包围形,一直压到距离国军营地很近的位置,一阵排枪和手榴弹爆炸后悄然撤出了战斗。明眼人都看得出来,不是我不能打不敢打,而是我放了你一马!

四

拂晓时分，部队脱离了国军占领区，行军速度慢了下来。

一路上，田宏喜一声不吭，国军士兵的那句话一直萦绕在耳边："谁要是活着回广西，一定替对方上家看看老人。"也许就是这句话击中了田宏喜的软肋，他深深地叹了一口气。

"怎么了？唉声叹气的！"胡连长问。

"没什么！"田宏喜说。

"真的没什么？"胡连长提高声音，"宏喜，说点儿什么，别老闷着。"

田宏喜看了胡连长一眼，说："连长，你家分地了吗？"

"没有。"胡连长说话声音有点沉重，心想，你小子不说便罢，一说就戳别人的痛处。他悻悻地说："没你们山东人幸运，我老家是敌占区，只听说过分田分地这回事，谁也没指望真的能分上地。"

从一九四三年起，抗战战略反攻前，山东根据地实行了减租减息和合理负担的政策，同时在双减过程中，将地主的一部分不合理获得的土地偿还给了佃户和债户，一些被认定为非法侵占的土地也还给了贫苦农民。这一政策的实施极大地减轻了农民的负担，推动了农业生产的发展。抗战胜利后，八路军在解放区广泛开展了反奸诉苦运动，运动极大地激发了广大农民的革命积极性和热情，要求解决土地问题的呼声也日益高涨。本着"耕者有其田"原则，解放区在反奸、清算、减租、减息的基础上直接从地主手中取得土地分发给农民。一方面，广大农民热情空前高涨，在山东的老解放区、半老解放区和新解放区里，农民的土地问题广泛得到了解决。另一方面，一部分地主、豪绅逃往了城市和外地，通过各种渠道攻击解放区的土改和群众运动。党内干部，甚至一些领导干部也有人认为，解放区的群众运动过火了，反奸诉苦运动超出了减租减息政策的范围，犯了"左"倾机会主义错误。矛盾极为尖锐，斗争也十分激烈。一些地区的反奸诉苦运动一时终止，也影响了土改和减租减息工作的开展。

田宏喜说："农民分到了地自然高兴，可是分地这事并不简单。"

"你家分到地了吗？"胡连长问。

"分了十亩坡地。"

"哦。"胡连长应了一声便不再吭声了。对于土改，穷人和富人的态度真可谓泾渭分明。对于穷人来说，土地不仅是赖以生存的物质基础，更是祖祖辈辈尊崇的精神依靠。

田宏喜心里的苦他自己知道，几代人的向往，如今终于得偿所愿，然而家里却没有了人，母亲走了，父亲种不了地，他和小云也离开了家，真是造化弄人啊！

天亮了，是个好天气。太阳刚爬上一杆子高，天空便显示出近些天来少有的湛蓝色。起伏不平的山峦中，一条盘山路沿着山坡蜿蜒伸向远方。部队沿盘山路一侧的小路行进，转过山就进入我军防御的地界了。突然，两辆吉普车沿山坡一侧开了出来，由于山路曲折，以致车转过弯时双方的距离已经很近了。

是国军！

胡连长大喊："隐蔽！"

山坡上没有可以隐蔽的地方，战士们只能以树为掩护跪着举起了枪。两辆车也急速停了下来，车上的人纷纷跳下车，以车身为掩体准备射击。

也许是故意，也许是无意，也许是由于紧张，不知哪一方先开了一枪，于是双方同时开火，一时间山谷里枪声大作。

"妈的！"田宏喜恨恨骂着，一边举枪寻找目标。他突然发现从吉普车上下来的几个人都人高马大的，动作十分笨拙，其中一个还蓄着浓密的胡须。田宏喜感到奇怪，国军中怎么会有这样的人呢？他猛然想起在渤海湾小岛遇到的那个苏联少校阿夫杰耶维奇，莫不是苏联红军和国军在一起了？可是，不应该呀？苏联红军是布尔什维克，是共产党啊！

胡连长也发现了那几个人，他隐蔽在一棵树后，一边射击一边嘀咕："那几个，就是那几个，是人还是鬼，真见着鬼了吗？"胡连长从未见过外国人。

田宏喜猛然省悟过来："是美国人！"

根据苏联政府和国民政府在莫斯科签署的《中苏友好同盟条约》，苏军在东北收复地区应交由国民党设立的行政机构接管，但前提是绝不能让美国一个兵踏上中国的土地。这是苏共总书记斯大林所强调的，也是苏联政府的底线。然而，一纸条约根本不具备制约效力，不久美国海军陆战队第三师、第一师在渤海湾相继登陆。美军的登陆是不公开的秘密。在山海关前卫阵地出现了美军，这是一个极其严重的事件，不仅对东北人民自治军是一个严重的挑衅，也是对苏联政府的公然挑衅。

田宏喜迅速登上一个高坡，居高临下，吉普车后面的人只要一伸头便暴露在枪口下。一个家伙慢慢地探出身子，一边喊着什么一边向另一个车上的人打手势。田宏喜迅速举枪，叭的一声，那家伙的大檐帽应声飞了出去，他立刻蹲了下去，嘴里还哇哇地喊着。大檐帽咕噜噜地沿山坡滚着，刚要停下，只听到叭的一声，大檐帽再度跳起来，像一只飞舞的蝴蝶。如此反复了三次，大檐帽终于消停地落在了地上。随着大檐帽的落地，吉普车后面的人也消停了，缩在车后再也没露头。

胡连长对着田宏喜举起了大拇指。

"大膀，喊话！"田宏喜对着田大膀说。

山谷里立刻响起田大膀那粗犷的嗓音："喂！下面的人听着，我们是八路军，看到我们的手段了吗？放下武器，看在我们曾共同抗日的份上，我们保证你们的生命安全！"

山谷里静悄悄的。

田大膀再扯起嗓子喊："你们是在等援兵吗？别想了，你们的援兵至少要一个小时后才能到，你们恐怕等不到那会儿了，我们用十分钟就可以消灭你们，要不要试试？"

田宏喜再举起枪，那顶倒霉的大檐帽再度跳了起来。

山谷里一片沉寂。

一个国军士兵走出来，他举着一根树枝，上面绑着一件白衬衣袖子，一边摇一边喊："别开枪，我们投降！"

三个美国人和五六个国军躲在吉普车后面，见田宏喜过来一齐站了起来。胡连长指挥战士迅速将吉普车包围起来。美国人身材十分魁梧，军装紧紧地裹在身上，其中一个头发和胡子连成一体，打着卷。田宏喜上下打量着他们，曾有过与苏联人接触过的经历，田宏喜并没感到特别的诧异。在他眼里，美国人和苏联人长相似乎都一样，都怪里怪气的。

"我，美利坚合众国，观察团亨利上校，你们是什么人？"这个叫亨利的美国人竟然会说中国话。

胡连长和战士们正惊诧地看着眼前这个浑身毛茸茸的家伙，听到亨利说话更加惊讶。

田宏喜说:"我们是东北人民自治军,就是八路军,告诉我,你们为什么在这里?"

"明白,是共产党,你们,他们,"亨利指着一边的国军,前言不搭后语地说,"打仗,NO,NO,我们是,观察团,OK?"

美国人一个字一个字地蹦,田宏喜大致明白其中的意思,却没接他的话茬,说:"你们不应该出现在这里,既然已经出现在这里了,那么你们的意图已经很明确了。我现在告诉你,你们是我的俘虏,必须服从我的命令,明白吗?"

亨利摇着头说:"NO,NO,我不是俘虏,我代表美国,美利坚合众国,你知道?你不能,OK?"

田宏喜说:"不能什么?你们必须跟我走,至于你们是什么,由我们的上级定。好了,先生们,走吧!"

亨利小声对一旁的国军军官嘀咕了几句。国军军官走过来,举手敬了一个标准的军礼,说:"先生,他们是美国人,是美国观察团的长官,是我们的朋友,你们不能带他们走!"

天不早了,没有时间了,也许国军的援兵很快就要到了。田宏喜不动声色一字一句地说:"先生,我们能!顺便说一句,他是你的朋友,不是我的!"

美国人出现在前卫阵地上,虽然在人们的预料中,但仍然在山海关东北人民自治军中引起了不小的震动。为缩小影响,减少摩擦,上级指示将美国人放回,并向美军发出公函,对美军的侵略行径表示强烈抗议,要求该行为不再发生。

正如中苏签订的一纸条约没有制约效力一样,一封函件对美军来说也如同废纸。美国人放回去了,但美国人干涉中国的内政却刚刚开始。

第三十三章

一

深秋，天气越来越冷。

傍海道上的行人却没有因为天冷而有所减少，反而越来越多了起来。南来北往的人们扶老携幼，背着包袱，推着小车，三五成群，结伴而行。傍海道上尘土飞扬，秋风吹着枯枝败叶时起时落，时而飞上半空中，时而在人们脚下打旋。

小云忍不住说："这么多人向北走，也有这么多人向南走，他们都去哪里啊？"

张胜利喊住一个向北走的中年汉子，他身后跟一个妇女和三个孩子。中年汉子显得有些紧张，结结巴巴地说他从山东来，到关外投亲。三个孩子瞪着小眼睛害怕地看着张胜利。张胜利忙从背包里掏出窝窝头分给孩子。孩子的母亲扑通一下跪下了，不停地说："好人，好人……"

小云远远地看见了这一幕，事后她对张胜利说："你还算是个好人！"

十九世纪，黄河下游连年遭灾，成千上万的山东人冒着被清廷惩戒的危险开始闯关东。由于作为一种社会习俗被广泛接受，一直到新中国成立，山东人闯关东的洪流才告停止。

和北上入关的人不急不慢地行走相比，南下的人群似乎都在急匆匆赶路，并显现出惊惶不安的神情。一个人告诉张胜利，前面在打仗，让他们不要去了。他指着人群说:"他们都是躲避打仗而离开家的。"

队伍走到一个偏僻处停了下来。宋元彩把凡慧和李善堂叫来,张胜利把了解到的情况介绍了一下。

李善堂说:"我以为还是要从山海关走。"

宋元彩说:"说说理由。"

李善堂看了看凡慧和张胜利,说:"理由有三:第一,入关必经山海关,绕道走不是不可以,但路途太远,是否还能遇上打仗也未可知。第二,国共对垒,有国也有共。我们一路都希望遇上北上的部队,现在遇上了,我们没有理由绕开。第三,我们是共产党员,不能在这样的时候袖手旁观。"李善堂一席话铿锵有力,掷地有声。

宋元彩说:"好,就这样决定!"

二

就在河西县第二批北上干部队沿傍海道继续北上时,山海关国共双方厉兵秣马并不断摩擦碰撞,战争终犹如狂风暴雨一样席卷了山海关南北两麓。

连绵起伏的山海关上空弥漫着挥之不去的硝烟,枪声、炮声和声嘶力竭的喊杀声响彻云天。不时从阵地上空掠过的轰炸机投下成吨的炸弹,阵地上的浓烟直冲天际。双方士兵仿佛着了魔,一个个眼睛里冒着火射出一串串愤怒的子弹。杀红了眼的士兵们搅在一起,发出猛兽般的嘶吼。国军的坦克、大炮早已偃旗息鼓了,到处是奔跑的人群,到处是扭打在一起的士兵……一批批国军士兵退下去,当个别地方的搏斗和追击甚至还没停止之时,新的一轮的冲锋又在呐喊声中开始了。

他们面对的不再是活生生的人,而他们自己也不再是活生生的人。这是一个怎样的变化啊?

三个月前,饥寒交迫的八路军战士为了争取生存和民族独立,奋不顾身地杀向日本鬼子!同样是三个月前,在滇缅、在密支那,充满仇恨的国军士兵同样为了争取生存和民族独立,义无反顾地杀向日本鬼子!他们都曾用自己的鲜血和生命践行了中国军人神圣的使命!而现在,他们却在生死对决!

田宏喜感到极度的震撼，眼前的国军完全不同于在山东时他所见过的国军，他们强悍、顽强，有着极好的军事素养，交战时也一改过去点到为止的做法，不顾一切地向前冲。田宏喜感到疑惑，他们是我所见过的国民党军队吗？

一番鏖战后，国军进攻的势头暂时被压了下去。阵地上呈现出短暂的平静。利用这个难得的空隙，地方干部带领着民夫把粮食、弹药送上来，把伤员抬下阵地。交通壕发挥了巨大的作用。

田大膀撅着屁股爬过来，骂道："他老拧的，这些家伙真是王八吃秤砣了，生生往上冲啊！"

田宏喜沉思着，没吭声。

阵地上空的硝烟正在慢慢消散。

胡连长猫着腰跑过来，不由分说抓起田宏喜的手用力握着。田宏喜莫名其妙地问："连长，你这是干啥？"胡连长说："宏喜，我代表新编一连谢谢你！"田宏喜说："谢我什么？"胡连长说："还是你有远见，交通壕真救了急！"田宏喜摆着手说："哪有你这样的，我是谁？不是新编一连副连长吗？"胡连长说："是，你是副连长，可是，你不是副连长……"他挥挥手说："哎，让你给说糊涂了，是副连长也要谢谢！"

看着民夫不停地把伤员抬下去，连里在快速减员，田宏喜心情十分沉重。

胡连长忧心忡忡地说："我们对面的国军究竟是些什么人？吃错药了吗？打日本鬼子时他们也没这么玩命！"抗战时期，他和日本鬼子打过仗，和伪军汉奸打过仗，和国民党有过摩擦，也打过不少大仗，但像今天这样双方都要拼死一决的仗实在不多。

田宏喜说："他们曾是滇缅远征军，在滇缅战场上打鬼子他们也玩命。我对远征军了解也不多，他们曾重创了日本人，在世界反法西斯战场上都赢得了很高的声誉。一个国军营长曾告诉我，滇缅远征军是国军精锐中的精锐，武器好，军事素质好，是一支战斗力很强的队伍。"

胡连长呆住了，叹了一口气说："唉，中国人早这么玩命，还至于让日本鬼子欺负啊！"

说话间，一个战士押着一个国军俘虏报告说："抓到一个俘虏！这小子被炮弹震昏了，被压在死人堆里。"

俘虏是个年轻人，穿着厚厚的棉军服，没戴帽子，小小的尖脸，深深的眼窝，高高的颧骨。他个子很矮，很瘦，像个半大孩子，但他抬头挺胸，很精神，瞪着一对大眼睛巡睃着，像一只好斗的公鸡。通常情况下，战场上抓到俘虏马上会被押送到后方。

见这个俘虏的神态，田宏喜十分好奇，问："你多大了？"

年轻俘虏仿佛没听见一样，低头不语。

胡连长大声说："问你呢？没听见呀？"

"说就说，十九啦。"他的话音拖着长长的调。

"你是二六五团的，还是二六六团的？"田宏喜问。

"二六六团的。"俘虏答。

"你们团有多少人？"田宏喜问。

年轻俘虏突然警觉起来，说："不知道！"

田宏喜笑笑，听俘虏的口音是南方人，于是问："是广西人吗？"

年轻俘虏说："是。"

"是滇缅战场下来的？"不知怎么，田宏喜很期待。

年轻俘虏眼睛里立刻闪烁起骄傲的光，毫不掩饰地说："是，怎么啦？"

"前几天，在前卫阵地的战斗也是你们团打的吧。"

"是又怎么样？"年轻俘虏一脸不服气，"让你们给骗了！真刀真枪地打，你们根本不行！"

胡连长真生气了，小王八羔子还嘴硬，说："现在真刀真枪地打了，我们行不行啊？你小子还不是让我们给擒住了！"

年轻俘虏绷着脸，嗫嚅道："我是让炮弹给震昏了，要不，你们休想！"

看着这个牛哄哄的年轻俘虏，不知怎么，田宏喜又想起了由营长，不由得问："你参加过密支那偷袭日军飞机场的战斗吗？"

年轻俘虏睁大了眼睛说："你怎么知道？"

田宏喜说："那一定知道由营长，由学武营长。"

年轻俘虏兴奋起来："那是我们营长啊！我的命还是他救的呢。"

田宏喜却陷入深深的沉思。克劳塞维茨认为：物质的原因和结果不过是刀柄，精神的原因和结果才是贵重的金属，才是真正的锋利刀刃。当时他想把这段话转述给由营长，却没说出口，同样对这个年轻的士兵他也说不出口。由学武所说的在火力上一方对另一方具有碾压优势时，其战斗结果是不言而喻的。而现在，毫无疑问，由学武所说的碾压优势已经形成，不仅是物质的，也许还有精神的,但结果会是什么呢?从现在看,他所说的不言而喻的结果至少现在还没有出现。

田宏喜看着这个年轻的国军士兵,他敬佩远征军,他们是民族的精神,是中国人的骄傲!作为滇缅远征军中的一分子,这个年轻人应该值得骄傲,然而在大千世界中,时过境迁,还有着很多让人说不清的东西,潜在的和更深刻的东西……

田宏喜说:"我认识由学武营长,我们是同乡,如果你见到他,就告诉他,我记住了他的告诫!"

年轻俘虏还没转过弯来,傻傻地看着田宏喜。

田宏喜对一旁的战士招了招手,说:"把这位兄弟带下去吧,他是抗日好汉,别慢待了啊!"田宏喜说。

"是!"战士应了一声。

三

军令如山。

对于丁桂安的团来说,作为国军精锐,即使没有上峰的死命令,部队也会牢牢地钉在阵地上。丁桂安一再把团指挥部向前推移,大有杀个你死我活一雪前耻的意味。他信奉的一句话:炮兵是战争之神。在强大炮火的覆盖下,不论是肉体,还是精神,都将不复存在。然而在人数、武器装备都不占优势的前提下,一番苦战下来,国军强劲的进攻势头却被阻止了,被减弱了,丁桂安感受到了对手顽强的意志和强悍的战斗力。尽管如此,他仍然没有把指挥部后移,既然吃不掉你,那就加大炮火的攻击,并以运动战方式耗着,直到把你耗死为止。

抗战胜利以来,国共双方第一次出现这样大规模和激烈的对峙,你来我往形成拉锯战,你中有我,我中有你,伤亡巨大,战斗异常惨烈。

阵地前大约五百米开外有几栋民房,经过几轮轰炸,房屋早已坍塌。在砖头瓦砾中,一排低矮的残垣断壁被加固后改造成为一座半地下的堡垒。每当发起冲锋时,堡垒里便突突地冒着火舌,压得战士们抬不起头来。

胡连长越看越急。阵地与堡垒之间几乎没有遮挡物，人一露头便完全暴露在机枪的扫射下，致使坚守阵地的难度越来越大，伤亡也在迅速增加。

"老子没炮也照样把你打掉！"田大膀大吼一声，扭动着身躯准备跃出堑壕。

王长锁一把拉住了他，骂道："干啥子，个子那么高，找死！"说罢自己一骨碌跃出了堑壕。

"王排长，你干啥？回来！"胡连长大喊。

王长锁滚进一个弹坑，回头对胡连长龇了龇牙，说："连长，我去把那个堡垒搞掉！"

王长锁一直在观察，堡垒射击孔虽然很小，但只要角度合适，打掉机枪手不是问题。但堡垒设了好几处射击点，机枪手不停地转换位置，这给狙击增加了难度。关键还是距离，堡垒距阵地五百多米，三八式步枪对单体目标的有效射击距离是三百米，也就是说，至少要向前推进两百米，然而，暴露在毫无遮挡的开阔地上，人就像活靶子一样。

胡连长指挥着加大火力掩护，紧紧盯着王长锁的一举一动。

王长锁紧贴着地面匍匐前进。他很机敏，灵巧的身体一会儿伏下，一会儿跳入弹坑，一会儿匍匐向前。就在前进了一百多米时，堡垒里的枪口突然转向了王长锁，子弹雨点般落在了他的周围。机枪手感觉到来者的危险，一挺机枪对准了弹坑，王长锁稍有异动，立刻招来一排子弹。

"王排长！"田宏喜喊，向王长锁做出停止的手势，王长锁点点头表示明白。

田大膀提起枪刚爬上堑壕，却再次被一把拉了回来。他回头一看，是田宏喜。

田宏喜吼道："你比老班长强吗？"田宏喜也一直在观察，机枪手虽然不断变换射击点，但也许是由于视线或者是习惯的原因，选择次数最多的射击点只有两处。阵地东侧的一个点正处于两个射击点的中间线上，可以成为狙击点。但问题还是距离太远，那个点偏离东，距离射击孔直线距离目测已超过了六百米。三八式步枪标尺射程虽然可以达到二千四百米，但狙击单体的有效距离仅为三百米。在理论上，经过严格训练的狙击手可以在六百米开外射杀对手，然而在实际中，狙击与环境、风速等有着很大关系，换句话说，在炮弹爆炸不断掀起的冲击波以及今天高达五级风速的影响下，这样远的距离击中目标的概率非常低。

射击口在疯狂地吐着火舌。

可是，总得试试，至少有百分之五十的可能，田宏喜想。他向胡连长打了一个手势，然后沿堑壕连滚带爬地奔向狙击点。他迅速调整射姿，把步枪表尺调整到六百米。这一距离是三八式步枪对单体目标射击距离的两倍，已达到了三八式步枪有效射击距离的最远点。他搜寻着目标，测试风速，屏住呼吸，啪的一声，堡垒瞬间哑火了。然而不一会儿，射击孔再次吐出了火舌。田宏喜调整了一下射姿，再度敲掉了第二个射手。

国军的冲锋潮水般地退去了。在指挥部里，丁桂安目睹了这一幕，对面是自己所知道的八路军吗？八路军怎么会变得如此强大？丁桂安摇着头。

对于东北人民自治军而言，此一仗所受到的震动并不亚于丁桂安。在短暂的时间里，国军可以调集如此密集的火炮，以几个整编团的规模发起进攻，自八路军建军之日起从未经历过，也始料未及。然而，在接下来的几天里，国军两个军近十个师的兵力更让东北人民自治军承受了从未有的巨大压力。

四

战地救护所内，一个战士躺在床上，子弹打中了他的右侧胸部，上半身被绷带包裹得严严实实。他努力睁开眼睛，想坐起来。

"凡慧，快来，他醒了！"一个女人的声音。

随后一个人来到他身边，说："别动！你的伤很重，不能动！"是熟悉的沂蒙山口音。他努力睁开眼，终于看清了，啜嚅道："孟领导，孟领导……"

"凡慧，这个伤员好像在叫你！"宋元彩说。

"是在叫我吗？"凡慧俯下身奇怪地看着这个缠满绷带的伤员。"我是三连的，田，田副连长，就在，在阵地上！"战士艰难地说。

"你说的是田宏喜吗？"凡慧惊喜地问。

战士微微点点头。

"我知道了，别说话，你需要休息！"凡慧一边帮他掖着被子，一边温柔地说。

凡慧和宋元彩对视着，两人眼神同时在说，田宏喜怎么会在阵地上呢?

夜深了。阵地上万籁无声。战士们都入睡了，几天的战斗下来，他们委实太累了。对面的国军士兵也进入了梦乡。不知怎么，田宏喜怎么也睡不着。天很冷，他用大衣把身体裹了裹，尽量让身体伸展一些，更舒服一些，可还是睡不着。

不知什么时候，田大膀走了过来，低声问:"喜子，睡了吗?"

"没!"

"我也睡不着。"

田宏喜索性爬了起来，说:"妈的，不睡了!"

两人坐在堑壕边聊起来，从在田家庄上学开始聊起，一直聊到横渡渤海湾、碰上国军的铁船，聊到小岛上灰色眼睛的苏联军官，聊到在渤海湾被暴风雨吹上岸……

田大膀感慨地说:"跟做梦一样，这才多长时间呀，经历了那么多事! 想想也值了，别说见过海，连外国人的大铁船咱都见过了，还有渤海湾里的大鱼……打完仗回去跟村里人说，他们还不羡慕死咱啊!"

聊到暴风雨，两人不约而同想起了排长赵旺财，于是两人沉默了。好一会儿，田大膀问:"喜子，你想家吗?"

田宏喜老老实实回答:"想! 真想!"

田大膀，这个膀大腰圆的山东汉子哽咽了:"在家时，我就一心地想离开家，离开田家庄，到外面去闯一闯。可是现在真的想家，想田家庄，还有村头那棵大槐树，喜子，你还记得那棵大槐树吗?"

田宏喜调侃道:"忘了你，我也忘不了大槐树!"

田大膀叹了一口气。

田宏喜把话题岔开:"大膀，你在国军待过，你怎样看国军士兵呢?"

自以为对国军了解的田宏喜，几天来感到迷惘了，他们如此强悍和顽强，军事素质如此之高让人难以置信。他想从田大膀这儿得到点儿答案。田大膀看了田宏喜一眼，说:"说说我自己的经历，你就知道八路军与国军士兵在军事素质上有什么不同了，不过——"

田宏喜马上明白，说:"你就说吧，就咱俩，用不着藏着掖着。"

"那年，我从田家庄出来，我和许多人作为'国民兵'被集中到一个叫韩家窝棚的地方。在那儿，由当地的国民政府对我们进行了一个月的军事基础知识教育和训练。也就那一个月，我知道当了兵不能像在家时那样想干什么就干什么，得守规矩。教育结束后我转入了'常备兵'，也就是入伍前的准备阶段。在政府补充兵训练处，我又进行了四个多月的军事训练，才成为国军的现役士兵。"

田宏喜问："从田家庄到成为现役士兵一共用了多长时间？"

"有六个月吧。喜子，这么说吧，成为现役士兵后才是部队训练的开始。我是炮兵，前前后后又用了半年的时间才把炮兵的基础科目学完。"

见田宏喜不吭声，田大膀又说："我文化不如你，我是高小文化水平，在国军士兵中，这是最低的文化。当了八路军后我才知道，敢情战士大多数是文盲，连长、排长有高小文化水平的也不多。"

看着黑暗中的国军驻地，田宏喜感慨地说："有文化，经过了严格训练，还有在滇缅战场的实战经验，看来对面的国军真的是不简单啊！"

连部通信员匆匆跑来说："田副连长，团长来了，叫你马上回连里！"

五

几天来，丁桂安得到上峰的命令只有两个字：进攻！上峰的意图十分明确，不惜一切代价，拿下山海关！然而，看着阵地前横七竖八的尸体，这个黄埔军校毕业戎马多年的上校团长心中那柔软和脆弱的一面显露出来。这些士兵刚从滇缅战场上下来，九死一生从野人山的死人堆里爬出来，而此时他们却躺在了冰凉的山海关阵地上。他连续向师部报告称：共军火力强大，作战顽强，要塞工事坚固，抗战以来，我军缺乏对共军足够的了解，故不可轻易进攻，应另作他图。

东北保安司令长官杜聿明亲临督战，听到属下诸如此种说法，十分惊讶。在这位毕业于黄埔一期的抗日名将心目中，共军就是一群农民、土包子，士兵全身仅有一顶像样的帽子而已，何谈战斗力？一九三二年初，时任陆军第四师二十四团团长的杜聿明奉命在皖北大别山"围剿"红军，他率部穿插取得全胜，战后升任副师长，并名噪一时。从那时起至今，国共之间再无大规模交手，杜聿明成功的"剿共"经验也一直保留至今。他始终认为，共产党与当年在江西时一样，并无多少进步，虽然得到了一些日本的武器装备，但根本不知道如何运用。当属下说共军具有强大的战斗力时，他根本不屑一顾，连一个字都不相信。然而，两个军、全美械装备的七万之众却始终没有撼动仅一万多人的共军阵地，他又不得不对自己的判断产生怀疑。可是，症结究竟何在？

杜聿明发出了命令：两个军之五个师继续强攻山海关，陆、空协同，步、炮协同，飞机轰炸为掩护，重炮延伸射击，他再次重申蒋介石的"连坐法"，特别强调：拥兵不进、奉令不力者，杀！两个军各一个师秘密经石门寨以北，绕道迂回至山海关侧后，对山海关守军实施包围，并切断其向北的退路。

入夜时分，田宏喜、王长锁和田大膀带着几个战士悄无声息地再次潜入国军营地，在一堵坍塌的土墙后停了下来。国军哨兵在来回巡逻，和前些天不同的是，巡逻的哨兵增加了，但看上去好像比较松散。更让人奇怪的是，营地四处发出时有时无的亮光，还传出轻微的铁器碰撞声。

团长昨天到连里来说，据侦察国军驻地来了很多卡车，令人生疑。此时，几十台卡车整整齐齐停在营地东侧的空地上，卡车用篷布围得紧紧的。周围布满哨兵，还不时有流动哨兵巡视，与营地其他地方松散的警戒形成鲜明的对照。

子时，天上纷纷扬扬地下起了小雪，这是今年山海关的第一场雪。伴随着小雪，天气骤然降温。约在丑时，营地安静下来，漆黑一片的营区里没有一点儿声响。停放汽车的空地上哨兵数量也少了许多。

田宏喜冲着不远处的王长锁做了一个手势，王长锁点点头，并伸出手也做了一个手势，示意明白。随后他伸出一个手指头，田宏喜犹豫了一下，点点头表示同意。王长锁很快消失在黑夜里。不一会儿，王长锁就返了回来，疑惑地对田宏喜说："是空车！"

"空车？你没看错？"田宏喜诧异地问。

"不会错！我掀开了汽车篷布，车里什么都没有，我一连看了好几台车！"

田宏喜"嘘"了一口气，转过身去继续向空地望去。

"会不会是送武器装备或弹药来的，已经卸了车？"王长锁说。

"有可能，可是，"田宏喜顿了一下又说，"可是，如果是运送武器弹药，既然已经卸了车，还有必要放那么多岗哨吗？"

王长锁想了想说："这大汽车不也很贵重吗？让哨兵看着也不为过。"

田宏喜看看黑暗中的王长锁，说："那倒是！"

"还有——"王长锁欲言又止。

"老班长，你说！"

王长锁说："汽车南边有一处房子，建筑与其他的明显不同，门前有两个岗哨，还有一个带班的，我觉得应该是指挥部。征用当地最好的房子做指挥部是国军的惯例。"

田宏喜沉吟了一下，说："我们对面是一个团，如果是指挥部，那就是团指挥部！"

"应该是！"王长锁说。

田宏喜目不转睛地注视着前方，说："这么多汽车究竟来干什么？我总感到蹊跷，不能就这么回去，再等一等。寅时是人睡得最死的时候，我们过去看看。"他指了指田大膀："大膀和我一组从左边过去，老班长，你带两个人从右边过去，不到万不得已不要开枪！"

几个黑影绕过汽车空地，悄悄向那间房子摸去。

一个哨兵挎着汤姆枪，把手插到袖筒里，一边跺着脚一边小声说："阿强，真冷！快到点了吧？"那个叫阿强的哨兵从黑影里出来："别大呼小叫的！排长刚走，你就不怕把狼招来！""阿强，你以前见过雪吗？我可是第一次见，以前只听人家说过。"阿强说："真的挺奇怪的，天上怎么会掉下这东西来呢？"

两个哨兵你一言我一语地说着。

田宏喜用手比画了一下，王长锁和田大膀会意地点了一下头。两人一左一右悄悄摸了上去，突然犹如饿虎扑食一般冲过去。雪亮的匕首抵住了哨兵的脖子。其中一个刚要喊，田大膀用刀把反手猛地一击，他立刻昏过去，另一个立刻摆着手，表示自己不反抗。

田宏喜沿墙根摸进指挥部。房间里漆黑一片，伸手不见五指。一不小心，田宏喜踩到了什么，黑夜里发出的声音格外刺耳。

"是阿强吗？"房间里有人说。

田宏喜灵机一动，扯着嗓子说："是，太黑啰！"

那个人摸索着点燃了油灯，当看到眼前黑洞洞的枪口时，他一下子呆住

第三十三章

了。田大膀押着那个叫阿强的走进来。

田宏喜打量着房间，房间中间有一张桌子，上面摆放着作战地图。王长锁判断得不错，这里是指挥部。桌子一侧几张椅子连在一起，上面放着一件军大衣。田宏喜说："你在这儿睡？"

"是。"

"你是军官？"俘虏不吭声。

田宏喜说："我们是八路军，我只想知道，那些汽车是用来干什么的？"

俘虏低头不语。

田宏喜发现房间一侧还有一个门，他回头看了俘虏一眼，走过去试图推门。

俘虏说："你不要进去，那是长官的房间！"

田宏喜说："里面有人吗？"

俘虏说："没人，长官去师部开会，没回来。"

"是团长吗？"

俘虏犹豫了一下，说："是！"

田宏喜推开门，房间里果然没人，他转身说："告诉我汽车是用来干什么的，我不会伤害你们，说完我们马上走！"

田大膀压低声音吼了一声："快说！"

那个叫阿强的哨兵显然不清楚，他可怜巴巴地看向另一个人。

时间越久，危险越大。田大膀骂道："别他娘的不吃敬酒吃罚酒，说！"

俘虏十分镇静："长官，汽车是昨天到的，我真的不知道是干什么的。"

田宏喜走到地图前，借着昏暗的光仔细看着，一副不经意的样子问："这么多汽车可以拉很多炮弹吧？"

"汽车是空车来的。"俘虏说。

田宏喜没吭声，他揣摩着地图上的那些标注着的线条和箭头：一个箭头拖着一条长长的黑线弯曲着伸向北方……空车，营区忽明忽暗的光，时有时无的铁器碰撞声……他猛然省悟过来，对俘虏说："委屈二位一下，外面那位兄弟没事，一会儿就醒了。"他回头对田大膀说："大膀，抓紧时间，完后马上撤！"田大膀把俘虏的双手反捆上，在嘴里塞上毛巾。

田宏喜一行瞬间便消失在夜幕中。

第三十四章

一

山海关战况很快传到兴镇。

在临时指挥部，齐旅长凝视着作战地图。在上里镇，独立旅曾与国军一一三团对阵，他清楚国军快速增长的实力。作为老资格的红军旅长，他也清楚山海关守军面临着怎样的压力。与过去国共之间的较量完全不同，红军时期的"围剿"，抗战时期的摩擦，进攻一方今天攻不下还有明天，实在攻不下还可以暂缓，防御一方则守不住就撤。而在山海关，一方要死守，另一方要硬攻，双方都没有回旋的余地。

齐旅长也十分清楚独立旅所处的境况。山海关距兴镇只有两百多里，国军机械化部队一天时间就可以到达。独立旅的当务之急是清剿日本残余，只有解决了兴镇的问题，才可以腾出手来全力应付下一步。然而，日本人却迟迟不动。

胡副参谋长走进指挥部："齐旅长，自治军司令部正与有关部门协商，近日安排兴镇居留民眷属回国。"

齐旅长有些不满意，说："近日？近日是什么时候？"

胡副参谋长迟疑一下，说："司令部答复说，人多船少，具体时间不好定。"

齐旅长遥望着山海关方向，良久不语。眷属不走，日本人不动，他们居住很分散，不集中难以聚歼。

胡副参谋长思忖了许久说："齐旅长，我以为，日本人迟迟不动，眷属只是其中原因之一。"

齐旅长专注地看着胡副参谋长。

"独立旅驻扎在兴镇，这恐怕是日本人最忌惮的，几百人的乌合之众对二千多人的军队，日本人再狂妄恐怕也有所顾忌。我军北上部队登陆后一般稍做停留便进入东北腹地，也许日本人在等，等独立旅撤离。"胡副参谋长停了一下又说，"如果是这样，日本人袭击的重点可能不是军火库，而是兴镇，是兴镇的商铺、居民和公共设置。"

独立旅立刻召开了作战会议，会议一直持续到深夜。会议通过的作战方案立刻报东北人民自治军，并被批准。

二

田宏喜在山海关阵地上，和她相距不过十几里，凡慧的心情复杂而激动，一时百感交集，想也不敢想的奢望，这么快就实现了，她感谢老天爷的眷顾！可是，宏喜怎么会到山海关了呢？伤员一批批被抬下来，她不停地忙碌，那个伤员的话却始终固执地在耳边萦绕，她甚至有些疑惑，自己不会听错了吧？抽空闲她再来到病房，见病床上是另外一个伤员，她不觉有些失望。这里是战地医院，对伤员进行临时救治后就会转运走，她还是情不自禁地问护士："原来那个伤员呢？"

"刚刚转走。"护士说。

凡慧失望地应了一声。有人在叫她，她回头一看，是宋元彩："宋书记，你也在这儿？"

宋元彩看着凡慧，心想孩子真的长大了："你找那个受伤的战士？"

凡慧低下了头。

宋元彩深情地望着凡慧，动情地说："好孩子，让姨抱抱，姨就告诉你宏喜的事！"

凡慧惊喜地说："真的！可是，可是你怎么会知道？"

宋元彩伸开双手说:"好孩子,来吧!"凡慧紧紧地拥抱着宋元彩,不知怎么,见了宋元彩从心里就感觉到亲,就想给她说话,甚至想坐在她的怀里撒娇。

宋元彩抱着女儿,微微闭上眼:阿花,我的阿花!在她的记忆里,凡慧和小时候的阿花一样,甚至连模样都没有变。二十多年了,一切痛苦、委屈和伤感仿佛像流水一样远去了,还能这样抱着自己的女儿,此生足矣!那一刻,热泪决堤一般挂满了宋元彩的两颊。

"宋姨,都是我不好,让你伤心了!"

宋元彩忙擦擦眼泪,说:"不,不,我是高兴。凡慧,我打听到宏喜了!"送走伤员,宋元彩独自一人来到冀热辽军区一团,逢人便打听田宏喜。一位同志过来问:"是你在找田宏喜?你认识他?"

宋元彩点点头,又摇摇头,说:"他好吗?现在他在前沿阵地上吗?"

此人正是一团团长,他告诉宋元彩,田宏喜的船遇到了风浪漂到了山海关,现在是新编一连副连长。他赞不绝口地说:"田副连长很年轻,是个人才哟……"

凡慧专注地听着宋元彩对田宏喜的描述,脸上洋溢着幸福的微笑。

"告诉姨,喜欢宏喜吗?"

凡慧不好意思地点点头,好一会儿说:"老天爷不公,我们总也见不到面!"

宋元彩虽然没有见过田宏喜,但相信他一定是个好小伙子,她禁不住问:"你喜欢他什么?"

凡慧沉思了好一会儿,说:"宋姨,我说你别笑话我!"

宋元彩点点头。

"我们是同班同学,那会儿他就是一个傻小子,真的,宋姨你别笑!他总穿一身土布衣服,一副呆头呆脑的样子。可是,他爱学习,成绩总是全班第一。他喜欢看书,特别喜欢看军事方面的书,当时我想,世界上的人真是千奇百怪,还有人喜欢看这种枯燥无味的书。不知从什么时候起,他变了,特别是参加了八路军,变得我都不敢认了。有时候我甚至想,这个呆头呆脑的傻小子怎么说变就变了呢?我为他的每一个进步而欣喜,为他每一次犯错而担忧,每次见到他我的心就跳得特别快。宋姨,你说,这是不是爱呢?"

"傻孩子,这当然是爱!只要你认准了,你就大胆地去追求,姨支持你！"宋元彩被深深地感染了。这个傻小子田宏喜和周启河——凡慧的爹倒有几分相似。在数年倥偬的岁月里，一个呆头呆脑的傻小子，一个曾对革命一无所知的年轻人终于被铸造成了一个革命者、一个勇敢和睿智的指挥员。然而，与启河相比，田宏喜幸运多了。凡慧在抱怨老天爷不公，女儿你可知道，爹和娘已经二十多年没见面了！愿女儿幸福，别重蹈爹娘的覆辙！宋元彩心中暗暗祈祷。

战争中许多事情都是在偶然间发生的。

天刚蒙蒙亮，干部队启程护送伤员到魏家集。魏家集是位于战地医院西南二十多里处的一个镇，是一个转运中心。各部队把伤员送到中心再分散到各地去。一群老乡兴高采烈地从远处走来，手里还摇着自制的小彩旗。李善堂走上前去询问。

"大喜，大喜呀！"一个乡绅模样的老者一边作揖一边对着凡慧和李善堂说。

凡慧忙说："同喜，同喜，敢问是孩子大婚？"

老者笑了，说："哪里，哪里。"他摇晃着白头说："倭寇欺我华夏无人，作恶多端，如今我中华兵精将广，兵强马壮，岂不是大喜？"

李善堂不解地问："你是说……兵强马壮？"

喜悦慢慢凝固在老者的脸上，问："你是干什么的？"

李善堂说："我们是八路军。"

"八路军？"老者疑惑地说。

老乡们围了上来，七嘴八舌地说着。显然，他们并不了解共产党，也不在意什么八路军。一个老乡说："你们也是去欢迎大军的吗？你们来晚了，为什么还抬着病人？"

"大军队伍人多吗？"李善堂已经感觉到，老乡们说的大军可能是国军。

"多极了，还有汽车！"老乡们又开始七嘴八舌地赞叹。

国军部队怎么会出现在阵地的侧方？要知道，再向前走就是山海关的后方了！凡慧和李善堂对视了一眼，立刻感到了事态的严重。

凡慧沉思良久，说："善堂，你护送伤员继续走，救治伤员不能耽误。我返回去报告。"

小云说："嫂子，我跟你一起去！"

三

山海关战斗进入白热化程度。

天上的飞机不断俯冲，丢下成吨的炸弹，大口径火炮发出刺耳的轰鸣，并不断向前延伸、延伸、再延伸，整个阵地上被炽热的火焰笼罩着、烘烤着……在杀声震天的呐喊声中，步兵排山倒海地冲上来。

这是一道死命令：拥兵不进、奉令不力者，杀！进攻者没有退路。

死守，人在阵地在，死也要死在阵地上，也只能死在阵地上！守卫者也没有退路。

国军的第四次冲锋被打退了，第五次冲锋再度酝酿发起！美式机枪和冲锋枪的声音格外清脆，仿佛炒豆子般响着。不断有人倒下，阵地上的人越来越少。国军越来越近了，终于，阵地被撕开一个口子，一个国军士兵跳进了堑壕，接着第二个、第三个、第四个……

田宏喜脑子里轰的一声，一个可怕的想法掠过脑际：阵地要失守了吗？也许是年轻，也从未经历过这样的阵势，他迟疑了，茫然不知所措。

一个声嘶力竭的声音大声喊："弟兄们，上刺刀！"是胡连长！这是命令，如同晴天霹雳一般的命令！

田宏喜全身的血液一下子涌上头顶，仿佛是置身于熊熊的烈火一般全身都沸腾起来，脑海里好像被命令控制着，又好像是一片空白，他快速从腰间拔出刺刀装到枪上，举起枪用全身之力大吼："弟兄们，杀啊！"

霎时间，战士们以超出平常的速度和勇气，跟在连长和副连长身后冲向阵地被撕开的口子。

田宏喜不顾一切地向前狂奔，只觉得密集的子弹像刮风一样从耳际滑过。好像有什么东西撕扯他的裤腿，忽然，小腿好像被烧红的火炭灼了一下，他一个趔趄跪在了地上。我被打中了吗？我负伤了吗？田宏喜想，负伤原来是这样！顾不得多想，他爬起来蹒跚地继续向前冲。

看着战士们一张张愤怒的脸和一双双血红的眼，国军士兵们惊呆了，共军仿佛凶神恶煞一般的存在。

三八式步枪全长一点二八米，而汤姆枪全长只有零点八五米，两军近距离接触时优劣立时可见。国军士兵惊恐地发现，手中的汤姆枪根本不足以与三八枪近距离较量。噗的一声，一个国军士兵被刺应声倒下，鲜血四溅开来。周围的国军士兵竟然不知所措地看着眼前所发生的一切。突然，一个士兵怪叫了一声，拼命地爬上堑壕撒腿就跑。

国军决堤一般退了下去，第五次冲锋结束了。

部队伤亡过半，李二宝、冯广田、许还山、田桩子、孙庆有、苟成龙、朱根苗……从河西县起，他们跋山涉水一路走来，一直走到山海关，距东北只有一步之遥了。对于这场战斗的残酷性田宏喜是有思想准备的，可是一仗下来，这些和他朝夕相处的沂蒙山后生，他的战友、兄弟就这样从他眼前消失了，田宏喜心理上仍然难以接受！忽然他觉得有些头晕，额头上泛出虚汗，一屁股坐在了地上。

田宏喜醒来时，天已经黑了。胡连长和田大膀坐在他身边，目不转睛地看着他。他挣扎着想坐起来，胡连长轻轻地按住他，示意不要动。

"连长，我怎么了？负伤了吗？"

胡连长笑着说："一颗子弹在你小腿上钻了个窟窿，流了点血，没大碍，只是你太累了！"

"我说嘛，负伤没什么可怕的！"田宏喜说。

"哟，把你能的！"胡连长故作大惊小怪，他接着说，"负伤没什么可怕，可怕的是咱俩打赌你输了！"

"什么赌？我怎么输了？"田宏喜不解地问。

"不认账，不认账，这可不是咱山东人的做派啊？愿赌服输！"胡连长拉了田大膀一把，"有田排长做证，田排长，你说！"

田大膀连忙点头说："是，是，我做证。"

田宏喜这才想起来，前几天国军夜袭二团阵地，他说国军把八路军近战、夜战的长项偷走了。胡连长不以为然，说："我就不信国军敢和我们拼刺刀，你不信，咱俩赌一把。"此时，胡连长颇有些得意地说："怎么样？我们端着刺刀冲上去的时候，那帮猴崽子立刻脸都吓得走了形……"

其实，田宏喜已认可了胡连长的判断。

经历了国军营区侦察和今天的白刃战，田宏喜发现，无论是在心理上还是在战术上，国军对夜战近战都准备不足，也极度不适应。尽管他们有滇缅战场的经验，有先进的美式装备，但夜战近战依旧是八路军的长项。

田宏喜对胡连长的认可远不止如此。"上刺刀！"胡连长一声呐喊，仿佛是给貌似平静的热油锅里投入了一束火苗，全连战士立刻炸了锅，呼号着冲向了敌人。在紧急关头，指挥员哪怕有一分一秒的迟疑，都会对战斗带来不可挽回的损失，甚至影响到整个战场的局势。胡连长没有迟疑。田宏喜敬佩地看着胡连长。

从初晓到入夜，战斗持续了十几个小时。这是山海关战役开战以来战斗最激烈的一天。

战场上平息下来，田宏喜的心里却七上八下翻腾着。他不停地向阵地后方张望，然而一次次让他失望。他希望让部队吃饱喝足，养精蓄锐，以应付明天的战斗。然而，阵地后运输线上空无一人，粮食、水、弹药都没有运送上来！伤员也没有送下去！

更让田宏喜焦心的是国军团部的那张作战地图，粗大的箭头拖着长长的黑线绕过了要塞防线。国军营区时明时暗的光和铁器的轻微撞击声，分明是国军士兵正在连夜做转移的准备。空车则是用来运送部队的。这一切给他一个强烈的预感，国军在正面强攻的同时，正在预谋避开正面防御迂回至要塞后方！自己的报告能引起上级的重视吗？

此事非同小可！

一场初雪时有时无纷纷扬扬地下了几天。在凛冽的寒风中，白毛雪如同渤海湾畔漫天的芦花一般随风轻舞着，整个山海关白茫茫的一片。

山上的气温在急速下降。

当务之急是要保暖。战士们搜遍了阵地上所有可以用的东西搭了几间窝棚，也仅够伤员住进去。每人只分到了一小块干硬的玉米饼子。

田宏喜拄着一根棍子一瘸一拐地找到胡连长。胡连长一惊，说："你怎么来了？"

"我没事，连长，伤员必须马上送下山！没有药，没有粮食，天这么冷，再不送下山伤员只有死路一条了！"

胡连长沉默了，低沉着声音说："怎么送？"

"团里回话了吗？"

"没有，回不回话都一样！这么宽的防御阵地，各个连情况都差不多，团里没有那么多人手！"

田宏喜着急地说："为什么不组织些民夫呢？"

胡连长看了田宏喜一眼，说："这里不比你们山东解放区，上哪儿找那么多民夫呢？"

在山海关短短的二十几天里，田宏喜感觉就像过了很多年，甚至有恍如隔世之感。他不能接受这样的现实，救治及时这些伤员是可以活下来的，但留在山上，有的可能都扛不过今晚……

"连长！"田宏喜动情地喊了一声。

胡连长直言不讳："你说，还是老规矩！"

"我们自己连夜送伤员下山，我算了路程和时间，明天早晨五点前可以赶回来。"

胡连长沉默了。他不是没考虑过，可是，战士们已连续作战数日，今天从清晨到现在一直在拼命，是铁打的也累了。就算可以撑得住，明天还能作战吗？他苦笑了一声，说："宏喜，如果敌人拂晓进攻，你觉得刚刚返回的战士们还能拿得动枪吗？"

田宏喜语塞了。

一个月的相处，胡连长对这个山东后生已是非常了解了，他缄默的后面蕴含着深挚的感情，然而，自己又何尝不是如此呢？

"要不先把重伤员送下去！"田宏喜说。

"我同意！"

就在连里组织送重伤员下山时，通信员传达了指挥部的命令：全体立即撤出阵地！

四

第一份情报是中午传到山海关指挥部的。一团前线部队称，当面国军一个团正在换防。根据作战想定分析，该团撤出后，行动路线为经由城子峪向西，然后转向北，最大可能是向山海关侧后迂回。

地处后方的战地医院传来第二份情报。国军一支部队出现在山海关西山区，具体兵力不详，但可以肯定是一支大部队。消息是一支地方部队报告的。

两份情报不谋而合。

第三份情报传到指挥部时已是下午四时了，防守九门口的二十团报告，至少有一个师的兵力向山海关侧后方迂回，应为国军主力部队。

国军五个师的兵力从正面和两翼压向山海关阵地。国军部队在执行杜聿明作战会议的部署，企图对山海关守军形成包围之势。

继续坚守山海关要塞已失去意义。山海关指挥部立即召开紧急会议，遂下达命令，各部队逐次撤出阵地，连夜脱离山海关战场。

部队立刻行动起来，阵地上一片繁忙。

为了保暖，小云用纱布把伤员的伤口密密包扎起来，然后盖上棉被。这一切做好时，她朝着不远处的一个人喊："那位大哥，快过来，把这个伤员抬走！"

"哎！"那个人应了一声，向这边跑来。他把担架放在地上，熟练地撑开担架，铺上被褥。他招呼两个民夫过来抬起担架，嘱咐道："小心点啊！"

小云突然喊："承汉大哥！"

"小云！"

小云抓住武承汉的一只胳膊，高兴地说："你怎么在这里啊？"

"真的是你呀，小云丫头！"武承汉嘿嘿地笑着说。

小云对着不远处喊："嫂子，嫂子，你看这是谁呀！"

凡慧跑过来，惊喜地说："承汉，怎么是你呀？你好吗？队里的其他人都好吗？"

武承汉脸上闪过一丝阴影，笑容转瞬便凝固了，游移不定的目光一会儿看向凡慧，一会儿转向小云，一会儿又飘向远处。凡慧立刻感觉到了武承汉的变化。小云毫无察觉，仍然不依不饶地追问："对呀，其他人呢？怎么不见李清哥？"她踮起脚四下张望，似乎要在人群找到她的李清哥。好大一会儿，她转过头来生气地说："哎，你这个武承汉，李清呢？你把李清哥给丢了吗？"

武承汉一下子蹲在了地上，双手抱着头，无论谁问，他就是不吭气。

凡慧、小云呆呆地站着，时间仿佛静止了一样……

撤退工作有条不紊地进行，一批批伤员被抬走，一批批部队逐次从前线撤下来。傍晚，阵地上的人稀落了下来。

在武承汉的引领下，干部队一行来到李清墓前。凡慧、小云伏在李清坟茔前，站在她俩身后的是武承汉、宋元彩、李善堂、张胜利和北上干部队队员。

凡慧无声地饮泣着，瘦削的肩头一上一下地颤抖。记得当她要求参加北上干部队时，李清对她说："你想好了吗？你觉得你能经得起困难吗？困难程度可能难以想象，甚至是付出生命！"他自己已做好了牺牲的准备。在场的人中，她最熟悉李清，在二十几年的人生中，她与他已相识相交了十几年。他是她的老师，也是她走上革命的引路人。他是那样年轻，那样才华横溢，他性格内向，有时显得拘谨，甚至优柔寡断，但凡慧知道，李清的内心揣着一把火，一把熊熊燃烧的烈火，只要需要，他会勇敢地把人世间的一切不平等都烧得干干净净！

小云早已哭红了眼，这个率真的姑娘把心全部交给了她的李清大哥。在她心里，一个固执而又矛盾的念头总是挥之不去：总想见到他，和他在一起就感到愉悦，感到幸福，感到安全。可又怕见到他，他是哥哥、嫂子的老师，是县里的领导，长自己十岁，自己只是个乡下丫头……他走了，一声没吭就走了。她恨自己，为什么不勇敢地走进他的心里！

在墓前，干部队队员们沉默了许久、许久……

张胜利和几个队员要鸣枪致哀，被宋元彩制止了。宋元彩嘶哑着嗓子说："胜利，别在阵地上引起误会。"

入夜，部队陆续撤离了，阵地上空荡荡的。战地医院送走了最后一批伤员，几个人在整理医疗设备，打包后装上大车。

凡慧有自己的主意，她要求和收容队的同志一起，等最后一批部队到达后再撤离。武承汉告诉她，李清牺牲在田宏喜的怀里，田宏喜给了他莫大的安慰，他走得很安详。武承汉的话从另一个角度准确无误地告诉她，宏喜就在前沿阵地上。

一批批部队从前线下来，进行短暂的休整后迅速撤离。凡慧密切地注视着，小云像是一只漫天飞舞的小燕子在队伍里搜寻着，可是，没有，还是没有，始终没有见到宏喜的身影！

有一点凡慧可以聊以自慰，所有的伤员已率先安排撤离了，也就是说，如果宏喜还没撤下来，说明他没有负伤。

夜深了。

一支队伍从前线下来，凡慧走上前去，借着昏暗的光一边仔细辨认着，一边不厌其烦一遍一遍地说:"我是战地医院的,有负伤的同志吗?"

一个人走着,听到凡慧的说话又折返回来,问道:"你是孟副队长吗?"

凡慧一怔,说:"是,是啊,我姓孟,你是?"

"你忘了吗?我姓胡,你带着两个国军到阵地上……"

凡慧一下子想起来了,高兴地说:"你是胡连长,真的是你呀!真的要谢谢你,要不是你的帮助,我们干部队现在还不知怎样呢?"

胡连长摆摆手说:"别这样说,这是我该做的。"他忽然想起那天一提起孟副队长,田宏喜那跑进跑出猴急的样子,试探着问:"孟副队长,你认识田副连长吗?"

"你说谁?是宏喜吗?"凡慧激动地问。

"是,就是宏喜!"

"他在哪儿?"凡慧兴奋地叫起来,她不由自主地四下里张望,好像要把田宏喜从队伍中找出来一样。从前线撤下来的队伍默默地走过,并未见田宏喜的踪影。"胡连长,宏喜在哪儿?他怎么了?他受伤了吗?"一种不祥的阴影掠过凡慧的脑际。

胡连长忙说:"姑娘,哦,孟副队长,别着急,没大事,宏喜的腿受了点伤,不重,没大碍,一小时前下山了。"他停了一下又补充道:"田副连长主要是给团长汇报伤亡情况的。"

凡慧自觉有些失态,难为情地笑了笑,说:"我知道了,谢谢你,胡连长!"

胡连长再次说:"只是流了点血,真的没大事!"

两人再一次阴错阳差地错过了相见的机会。凡慧却知足了,老天爷真的很眷顾她,因为她知道宏喜好好的。如此这般,夫复何求?

第三十五章

一

东北人民自治军撤出后，国军第十三军和第五十二军一部在山海关要塞会合，通向东北的大门被打开了。

独立旅临时作战室里一片寂然。冷风从门缝里挤进来，吹得桌子上的作战图哗哗作响。几位领导挤在不大的房间里默不作声。齐旅长站在作战地图前，眼睛却看向窗外，局势已了然于胸，仿佛没有再看作战地图的必要了。

独立旅正面临着巨大的压力。连日来，齐旅长带领方参谋长、胡副参谋长反复勘察了地形，也详细勘察了日本人可能暴乱的路线，最后确定军火库和兴镇同为重点进行部署。然而，日本人却迟迟不动。有人认为，一小股日本残渣余孽翻不了天，所忌惮的是不久将至的国军，如不及时撤离后果难以预料。此建议有其道理，但被齐旅长断然否定了，竟少有地爆出粗口："撤离？岂不是便宜了这帮王八蛋！"

胡副参谋长对近几天的情况做了汇报。日本居留民眷属的撤离工作在逐步进行，已撤走了大部分。日本居留民及黄岭山的胡子蛰伏在原地，他们在等待。军火库方面情况却不容乐观。苏军认为军火库地理位置优越，易守难攻，暴乱分子仅凭轻武器不会把军火库怎么样，为此守卫十分松懈。原本与莫西洛夫上校协商的我旅派一个连进入军火库共同防御，不知何故莫西洛夫又变了卦，不允许我军进入军火库。

齐旅长说："大家都说说看？"

方参谋长揶揄道："这不成了皇上不急太监急吗？"

王政委想了想说："看来老大哥信不过我们啊！"他从文件袋里拿出一张报纸，说："《中苏友好同盟条约》有这样一条内容，'不缔结反对对方的任何同盟、不参加反对对方的任何集团'。这里所说的任何同盟、任何集团是指谁呢？恐怕这是秃头上的虱子太清楚不过了，显然是指八路军。从这件事上看，老大哥对我们还不是简单地信不过的问题，而是压根就不信，或者更准确一点儿说，不是信不信的问题，是没把我们八路军放在眼里。"他停顿了一下又说："我认为，信不信得过，是否放在眼里，都与我们无关！老大哥是老大哥，我们是我们，我们应该立足自己，不能指望老大哥！"

齐旅长表态说："我同意政委的意见，俗话说，靠山山倒，靠人人跑，靠人不如靠己啊！在苏区时，白军'围剿'我们，我们没人依靠；对日作战时，国军依靠不住，现在我们更不能依靠苏联人。"说完他转向胡副参谋长："日本人有什么动向？"

胡副参谋长说："山海关战役情况想必日本人也得到了消息，从山海关北上，兴镇是必经之地，无论是我军还是国军到达兴镇，对日本人的暴乱都会造成泰山压顶之势。对日本人来说，有两种选择，一是在国军到达之前举行暴动；二是在国军到达之前撤离兴镇。国军何时启程不得而知，按机械化部队行军速度，国军一天就可以到达兴镇。对我们来说，只有一种选择，那就是必须在国军到达之前把日本人清除掉，并撤出兴镇。"

齐旅长站起身来，每到紧要时候他习惯站起来踱几圈，然而作战室太小，他只得站在原地，说："看来日本人还没有疯狂到不顾一切的地步，非要我们做出些动作来才行。"

胡副参谋长说："恐怕是这样。"

日本人忌惮的是独立旅的存在。作战方案曾提出这样的设想，部队白天大张旗鼓地撤离兴镇，夜晚悄悄返回，给日本人造成独立旅撤离的假象。但此设想并未实施，其原因是日本人和胡子在兴镇有众多的眼线，部队大规模行动难免做到不露一丝痕迹，一旦暴露行踪反倒引起日本人的警觉。然而，现在已经没有与日本人耗下去的时间了。

王政委说："疖子不挤不出脓，看来是要挤一挤这个疖子了。"

齐旅长巡睃了一眼作战室,说:"说好听的,这帮日本人还有点儿自知之明,说不好听的,也就是一群怂货。看来这场兵不厌诈的戏我们还非演不可了!"

暴乱的阴霾在夜暗的遮掩下正向兴镇袭来。

日本居留民佐藤实谷家,幽暗的马灯映照着军统驻兴镇特派员陈果、黄岭山胡子老大沈万三和日本人佐藤实谷的身影,三人身后还聚集着五六个日本居留民。

佐藤深深鞠了一躬,面带愧疚地说:"诸君,圣战迟迟未行动,无论如何责任在我,对此我深表歉意!"说完他又深深地鞠了一躬。

上午,佐藤和沈万三前往兴镇和军火库及周围地区进行了最后的侦察。沈万三问佐藤军统特派员陈果为什么没来?佐藤并没有回答,良久说:"国军马上要进入兴镇,作为国军少校的陈先生会怎样呢?你我则不同,不论是国军来还是八路军来,你还是你,我还是我,跑不了你也跑不了我!"他语重心长地说:"沈爷,你要明白,在这里,你我才是拴在一根绳上的蚂蚱!"沈万三不住地点头:"是,是,那是……"侦察结束时,佐藤对沈万三正色道:"圣战方案内容天知地知、你知我知,但不能让陈果知道。"沈万三再连连点头:"是,是,那是……"

佐藤把马灯拨得更暗一些,压低嗓音说:"两个消息:一个是山海关国军即刻北上,不日将到达兴镇。一个是迫于国军到来的压力,兴镇共军独立旅已撤离。"随后他对陈果说:"陈先生还有什么最新情报吗?"

陈果已感到了佐藤的不信任,这并不奇怪,除日本人生性多疑的因素外,也由于特殊的环境和自己的身份。他只去过八路军那一次,他知道一旦被日本人发现会是什么后果,这不仅关系到他个人的安危,还涉及军统兴镇派出机构。兴镇原本是个无足轻重的地方,军统派出机构也就十几个人。他微一躬身,肃声说:"所有情况我已说过,没什么好说的了,佐藤君洞悉一切,卑职将唯佐藤君马首是瞻!"

"好!"佐藤点点头,说,"我宣布,起事的时间定于明晚凌晨两点!"

"是,是,那是!"沈万三似乎没别的话。

佐藤表情严峻地说:"为有利于行动,圣战方案没有给各位,而只把方案中各位的具体行动给了各位,请理解,这完全是处于安全的需要。"

众人纷纷点头表示理解。

在肃然的气氛中，佐藤再深深鞠了一躬，用无比郑重的语气说："拜托诸位了！"

二

夜色正浓。

三连在军火库北侧山坳里蹲守，十几天里没离开过一步。胡副参谋长当面给于连长交代："三连就是一个钉子，没有命令，你们要钉死在这里。"

于连长和艾指导员不敢怠慢，然而心里却十分不情愿。根据协议，三连进入军火库与苏军一起守卫，然而苏军临时变了卦。十几天来，战士们风餐露宿不说，由于地势低洼，一旦日本人来袭，部队将处于一个极为不利的位置。其间，苏军加紧了物资的运输，十几天内竟然运出三批，令战士们气愤不已，却又无可奈何。

更可气的是那个苏军少尉，一脑袋乱蓬蓬的亚麻色头发，一副油盐不进的样子，身上还散发着一股怪怪的味儿。艾指导员与他交涉，用军火库的锅灶烧些开水，他梗着脖子说："开水，喝？为什么？"这家伙是个大舌头，说起人话来上气不接下气。艾指导员告诉他："天气寒冷，烧些开水，暖和，御寒，预防拉肚子，你的，知道？"逼得艾指导员也成了大舌头。苏军少尉晃着脑袋说："热水的，不能喝，冷水的，可以，你，不说实话，为什么到这里来？你们不能来，不能来这里，这里是苏军的，你知道？中国军队，不行……"苏军少尉人话说不好，却是个话痨，喋喋不休说个不停："武器，子弹，你们拉走了，拉走了，统统拉走了，为什么还要开水？不行，不行！"把天生好脾气的政治工作者艾指导员气得不轻，回来后半天缓不过劲来，冷不丁地爆出了粗口："他老拧的，欠揍的东西！"于连长问："为什么？"艾指导员憋了半天冒出一句："凭他那长相，凭他那身上的味，就该揍！""哈哈哈哈……"于连长笑弯了腰。

清晨，天空阴沉沉的，大地黑黢黢的。

老大沈万三带领胡子来到军火库外的小树林。尽管侦察过多次，但当胡子多年养成的多疑性格使沈万三仍然不敢轻易冒进，他站在土坡上向军火库方向张望了许久。按行动方案，起事时间为凌晨两点，可直到四点多他才带队伍到达军火库外围。与日本人合作，沈万三是不得已而为之，用他自己的话说，咱是胡子不假，但咱是中国的胡子。打家劫舍的营生咱干过，与日本人一起干却断然不行。别说小日本已投降了，就是当年这帮王八犊子闹得凶的时候，咱也没跟他们一起整过事儿。可话又说回来，劫老毛子又另当别论了，特别是劫枪。历朝历代胡子都不招人待见，小日本走了，不知道谁来东北这嘎达主事，只要自己手中有人有枪，老子还怕啥，就可以继续在黄岭山当爷，谁的王八犊子脸也不看。

"你的，怎么才来？"几个日本人斜刺里从树林中蹿了出来，其中一个人张嘴呵斥道。

"啊，啊，是啊，是啊，刚到，路不好走！"沈万三自知理亏，支支吾吾地回答。

为首的正是日本人秋野一郎，他个子不高，很结实，一脸横肉，是佐藤派来与沈万三一起袭击军火库的。他十分不满，说："沈先生，你的完（晚）了，你没有遵守与佐藤君的约定，大大地坏了……"

沈万三蛮横地打断日本人的话，骂道："住嘴，他娘的我怎么就完了？还坏了！不是老子埋汰你，你一个日本小犊子，还给你脸了！沈爷我什么时候归你们日本人管了，还约定，约他娘的什么瘪犊子定，老子想什么时候来就什么时候来！"沈万三骂骂咧咧，一副无赖的嘴脸。

秋野一郎愣怔了一下，倏然沉下脸压低嗓音喝道："八嘎呀路！"他身后的十几个日本人摆弄着手中的枪，虎视眈眈地盯着沈万三。

沈万三不禁大怒，特别是看见黄岭山上的几个日本人此时也站在日本人的队伍中，他更是可怒不可遏，骂道："你个瘪犊子，煮不熟的玩意儿！还敢给老子叫板！"他一举手，几十个胡子立刻围拢过来，把日本人团团围住。

按佐藤制定的行动方案，整个人员兵分两路，一路是佐藤带队的日本人袭击兴镇，另一路是沈万三带队的黄岭山胡子袭击军火库。佐藤说，兴镇是重点，危险大大的，而军火库只有两个排守军，不足挂齿，劫了武器统统归沈万三所有。佐藤说，他将派出十几个人助沈万三一臂之力。

沈万三当然知道日本人粘上毛比猴都精，这十几个人与其说来助他，还不如说是来监视他的。但军火库的枪对他有很大的吸引力，在这个动荡的世界，有枪才可以安身立命。借日本人之力得到枪他求之不得，当然，自己不会干有命劫没命用的事，这个道理他也知道。

沈万三和秋野一郎的对峙很快就缓和下来，双方都明白，他们深夜来此的目的是什么。在两人的推动下，胡子和日本人一起蜂拥冲向了军火库。

军火库建在两山之间的峡谷中，设计构思十分巧妙，大门坐南朝北，背后有一片长达二三百米的陡坡，紧接着是数十米高的悬崖，形成一个天然的半封闭型的堡垒式建筑。进入军火库唯一通道是大门北侧，而苏军在东西两侧高地上设置了狙击点，形成环形交叉火力可以牢牢地封锁大门北入口，大有"一夫当关，万夫莫开"之势。

然而，一盘好棋却让苏军下臭了。客观上天气寒冷，主观上是轻敌，苏军竟然把东西两侧高地上的狙击点撤了。很快，胡子在日本人的指挥下占领东侧高地，控制了进入军火库的唯一通道。控制了东侧高地，西侧高地也就在机枪的射程之下了。在佐藤行动方案中，这是最重要的一环，苏军恰恰留下了可乘之机。胡子不费吹灰之力就占据了两侧高地。

形势急转直下，苏军出不来进不去，成了瓮中之鳖，立刻慌乱起来。

于连长完全没料到苏军会把东西两侧的狙击点撤掉，气得大骂："蠢猪！"艾指导员泄愤地说："报应！"胡子占据高地后，居高临下，三连被火力压制得死死的，根本无法靠近军火库。

几十枚手榴弹夹杂着胡子自制的燃烧瓶呼啸着飞向山下，军火库前山坳里立刻燃起了熊熊大火，北风卷起黑烟浸入了军火库。很快，几个苏军士兵受不住熏呛捂着口鼻蹿了出来，刚一露头便被胡子的机枪打了回去。

形势陡然严峻起来。

于连长把刚刚拿到的两挺歪把子机枪调了上来，企图压制狙击点。然而，东侧高地狙击点的位置极佳，由下而上射击收效甚微。一排排长姚贵献计说，组织力量夺取西侧高地狙击点，与东侧高地狙击点对擂。然而，登山的路被一把机枪封得死死的，此办法行不通。

天大亮时，山坳里的火势逐渐弱了。

深秋，山里的湿气重，刮了一夜的北风也停了下来，山坳里的大火最终成了点点星火，浓烟也逐渐散去。苏军得以喘息的机会，并再组织起新的防御。胡子没有重武器，难以对苏军形成毁灭性的打击。

八路军、苏军和胡子形成了僵持状态。

三

　　田宏喜很快追上了部队。从山海关撤下来后，胡连长带领这支不足百人的队伍一路北上。夜色中，战士们在悄无声息地行进。
　　胡连长追上田宏喜说："从阵地上撤下来时，你猜我见到谁了？"
　　田宏喜心不在焉地说："我怎么知道你见谁了。"
　　胡连长说问："我又见到她了！"
　　田宏喜随口应了一句："哦。"
　　胡连长十分奇怪，心想这小子受了点伤，脑子莫非也给打糊涂了，又说："这次我问名字了。"
　　田宏喜一瘸一拐地走着，说："哦，叫什么？"
　　"叫……"胡连长故意拉长嗓音。见田宏喜仍然若有所思地注视着前方，他便提高嗓音说："孟凡慧！"
　　田宏喜一惊，一下子站住了，抓住胡连长的胳膊说："你说什么？孟凡慧？山东北上干部队的？就是你上次说的到我们连的那个副队长？"
　　胡连长见田宏喜又惊又喜的样子，露出一丝笑意，说："对嘛，这才像个样子嘛！八竿子打不着人跟着瞎高兴，该高兴的人却无动于衷，这算是哪门子的事啊！"
　　田宏喜望着胡连长："真的是她？"
　　"当然真的是她！"
　　田宏喜眼里射出了惊喜的目光，好久说不出话。一会儿，他惊喜的目光慢慢黯淡下来依旧向前方张望着。胡连长自以为已经很了解田宏喜了，此时也有些迷惘，心想这小子今天怎么了，一副神不守舍的样子。
　　"你听到什么了吗？"田宏喜突然问。
　　胡连长竖起耳朵听着，摇摇头说："没有啊？你听到什么了？"
　　田宏喜没说话，侧耳专注地听着什么。秋风盘旋在山道上空，山道两侧的树林发出沙沙的声响。
　　田大膀从前面跑来报告说："我确信前方有枪声，还比较密集。"
　　上级命令，部队从山海关撤出后迅速北上到锦州城外待命。部队来到一处岔路口。田宏喜注视着黑黢黢的天空和一左一右的两条路。田大膀扛着迫击炮从后面跟了上来，一路上他对人说："身大力不亏，这炮归我扛，谁跟我抢我就跟谁没完。"田大膀用手指了指左边的山道。田宏喜点点头，没吭声。

胡连长从后面跑了上来，问："什么事？"

左右两边的路都通往锦州，从地图上看，右边的路更近些。见田宏喜在观望，胡连长便明白了几分，说："老规矩，说吧！"

田宏喜感激看了胡连长一眼。国军不日即可从山海关启程，形势十分紧迫。然而，不知为什么，他心里总感到惴惴不安，这一带除了有小股土匪外，并无大股敌对势力，可是为什么有如此密集的枪声？

"连长，如果从左边路走，是舍近求远，可是……"田宏喜犹犹豫豫地说。

"说说理由！"

田宏喜沉默了一瞬，说："我说不好，就是觉得应该去看看。"

胡连长不禁有些愕然，觉得，应该，这叫什么？他沉默了半晌说："非要去？"说完，他又觉得有些不妥，于是补充道："你说，我定！"

军火库前的僵持状态很快就结束了。在日本人的指挥下，胡子们将成捆的柴草从山上推下去，并投出自制燃烧瓶，大火再度燃烧起来。不一会儿，滚滚的浓烟笼罩了整个山坳。

根据佐藤的方案，胡子袭击军火库所达到的目的是促使兴镇的苏军派兵支援。苏军一动，日本人便乘虚而入血洗兴镇。按方案，胡子袭击军火库的时间为凌晨两点，日本人在兴镇动手的时间是凌晨四点，沈万三迟到了两小时，打乱了佐藤的袭击方案。佐藤只能通过无线电敦促秋野一郎继续扩大战果。

沈万三发现，军火库北侧的是八路军，他突然觉得自己被骗了，愤怒地呵斥日本人："瘪犊子，八路军根本就没走！"

秋野一郎愣住了，他也感到意外，八路军不是已经撤走了吗？他感到了压力。好一会儿，他一改阴沉的面容，硬硬地挤出一丝笑容对沈万三说："情报有误，一定是情报有误！沈爷，我们已占据了有利地形，八路军对我们构不成威胁，而苏联人就要坚持不住了，再加把劲就可以拿到武器了。"

沈万三嘘了一口气，他恨不得一巴掌扇死眼前这个王八犊子小日本矮子秋野一郎，然而事到如今已没有退路了，他感到悲哀，也十分后悔蹚这趟浑水，但现在只有孤注一掷了。他狞笑着对胡子们大吼："他奶奶的，投柴火，多投柴火，熏死这帮老毛子！"

军火库紧闭大门，苏军士兵用军毯、麻袋等所有可以用的东西堵塞缝隙。浓烟在山坳里四散开来。一时间浓烟滚滚，胡子们反被呛得不停地咳嗽。沈万三大声喊："扔铁雷子，扔铁雷子！"山坳里能见度极低。一个胡子掏出手榴弹朝着烟雾里投了下去。沈万三立刻呵斥道："小王八犊子，谁让你这样扔？"他一边比画一边吼着："就这样，把铁雷子捆在一起，炸那个瘪犊子仓库大门！"

几声巨响，军火库大门被炸出了一个大洞。老天爷果真不长眼，北风再起，风裹着浓烟涌入军火库。转眼间，刺鼻的浓烟充斥着军火库。

苏军士兵发出一片惊呼。

沈万三野兽般的号叫："小王八犊子们，添柴火，再添柴火！"

随着沈万三的叫喊，胡子们将成捆的树枝、柴草推下山去。一个胡子掏出手榴弹正准备往下扔，沈万三一把拉住他，骂道："你个小王八犊子，你想把火炸灭呀！"沈万三指挥着胡子们将收集来的木头、杂草、碎石等杂物推下去，明火很快被砸灭了，随之黑烟升腾起来，俄顷便缭绕在整个山坳。

曾在东北战场上锐不可当、节节胜利的苏联红军，此时却无计可施。为避开浓烟，苏军一退再退，直至龟缩在军火库的最深处。

军火库大门洞开！

四

军火库所发生的一切于连长尽收眼底，然而他却无能为力，枪打不着，又冲不进去，只能干着急。

艾指导员思量了一阵，说："于连长，进不去索性就不进了，咱就等，等着看这帮胡子下一步干什么！"

于连长心里一亮："对呀，胡子要想拿到枪，总得从山上下来，只要下来就由不得他了。"他高兴地对艾指导员说："对，咱就等！再说，那些老毛子一时半会也熏不死。"

艾指导员揶揄道："说句不该说的话，这些老毛子被熏死也是自找，不是吗?"于连长赞许地对艾指导员说:"老伙计,你说话越来越有水平了!这帮不长记性的老毛子,早知今日,何必当初呢!"

一个时辰过去了。胡子不断将柴草推下去,明火燃起后再将其砸灭,黑色的浓烟一股股升腾起来。胡子的意图十分明确:将苏军从军火库中熏出来,然后逐一消灭;用机枪封住入口,阻止八路军接近军火库。于连长组织了狙击手,也只是击伤了两个抛柴草时不经意露出头的胡子,完全构不成威胁。苏军则死死地躲进军火库中。战场上再形成僵持状态。

山坳里烟雾的浓度越来越大。艾指导员有些沉不住气了:"于连长,你去过军火库,里面是个啥情况?"

于连长说:"我只是在门口停了一下,听说很深,有好几里地长。"

艾指导员一脸不安:"再这样下去,老毛子恐怕坚持不了多久了,呛也呛个半死,尽管是自找,可是,可是……"

于连长眉头紧蹙凝视着前方。此时,他一筹莫展,大风大浪都过来,没想到却在这小阴沟里翻了船。

一排排长姚贵兴冲冲地跑来,说:"于连长、艾指导员,你们看,谁来了?"

是田宏喜!

于连长几乎不敢相信自己的眼睛。田宏喜的变化不小,黑了瘦了,却结实了。三年前,他亲手把这个腼腆的小伙子接到了部队,从副班长做起,班长、副排长、排长,一直到成为自己的副手,副连长。于连长还记得,他最初见到田宏喜时的情景。已经很晚了,操场上还亮着一盏发着昏暗光亮的油灯,他看见田宏喜独自一人在练习射击。起初他并没在意,然而日复一日,他终于忍不住了,叫住了田宏喜,并命令田宏喜回去休息。然而第二天,在操场的另一角,他又发现了田宏喜……

于连长紧紧握着田宏喜的手,算下来,从胶东分别也才一个多月,却仿佛过了许多年一样。于连长动容地说:"欢迎归队!"

田宏喜完全没有思想准备,本来就觉得应该来看看究竟是怎么回事,没想到却鬼使神差回到了"家"!当见到于连长时,田宏喜激动得有些不能自持,不由擦起了眼泪。他突然想起来,指着胡连长忙介绍说:"报告连长、指导员,这是胡连长!"

胡连长向前跨一步,举手敬礼,说:"冀热辽军区一团新编一连连长胡学农。"

于连长还礼后紧紧握着胡连长的手,说:"山东军区独立旅一团三连连长于福田。"

艾指导员举手敬礼说:"山东军区独立旅一团三连指导员艾家驹。"

胡连长说:"非常抱歉,你们的副连长半道上让我抓了丁……"手榴弹的爆炸声打断胡连长的话。

田宏喜观察着狙击点,角度、弧度和距离与延山的情况极为相近,他脱口而出:"怎么……"他想说怎么不用炮?话一出口又停了下来,出发时连里仅有的一门迫击炮留在了山东根据地。他大声喊:"田大膀!"随后报告:"报告两位连长、艾指导员,迫击炮随后就到,请指示!"

"立刻架炮!"两个连长异口同声。

两个战士用刺刀挖出一个炮窝,将迫击炮组装好,田大膀开始调试。

于连长异常高兴:"妈的,就这几个混蛋王八蛋土匪,还真把老子给治住了,让他们尝尝炮弹的滋味!"

田大膀从一个战士手中接过一个炮弹箱,将箱子放下后,打开箱盖拿出一发炮弹。

艾指导员走过去看了一眼,箱子里还摆放了两发,问:"还有吗?"

田大膀说:"报告指导员,没了!"他笑笑对艾指导员说:"指导员,放心吧,三发就够他们喝一壶的了!"

田宏喜指着山上的狙击点,对田大膀说:"大膀,看到那个小土堆了吗?"田大膀点点头。"小土堆向后五米,明白吗?"田宏喜断定,那个点是土匪设伏的位置。

田大膀龇着牙说:"明白!"

"大膀,你只能有一米的误差!"田宏喜不容置疑地说,"如果差大了,我,我……"

田大膀接话说:"差大了你撤了我!"说完他伸起手测着距离,眯着眼睛说:"喜子,放心!"

山海关阻击战中,五门迫击炮仅剩下这一门,田大膀像宝贝一样恨不得天天抱在怀里。一个战士迅速递来一发炮弹,田大膀塞入炮筒。轰的一声,炮弹准确命中了目标。

一个胡子惊呼:"共军有炮!"炮弹爆炸的威力显然超出了这些平日里

打家劫舍、为非作歹的胡子们的心理承受力,被炸伤的人撕心裂肺的哭喊声更加剧了胡子们的恐慌。

于连长大声说:"大膀,打得好!"

第二发炮弹呼啸着再飞向高地,击中了胡子自制的燃烧瓶,并点燃了柴草,高地上立刻燃起了大火。

一个胡子喊:"麻溜的,扯呼吧!"

胡子们面面相觑,最后都把目光转向沈万三。突然,秋野一郎发出嘶吼:"不能撤,共军没有多少炮弹,再坚持一会儿,苏联人就要坚持不住了!"

沈万三铁青着脸。他在进退两难:撤,没拿到枪不说,还得罪了日本人,也得罪了老毛子和共产党,自己还死了人,人说赔了夫人又折兵,自己是他娘的赔掉腚了。不撤,共军有炮,顶得住吗?就算能顶住,能拿到武器吗?

沈万三正犹豫着,一个胡子喊:"看!"

烟雾弥漫的军火库前,几个苏军猫着腰从被炸开的大洞中跟跟跄跄地走出来,他们用毛巾捂住口鼻仍然在不停地咳嗽。烟雾中,苏军士兵的身影时隐时现。

秋田叫嚷着:"快快的,打!打!打!"

就在秋田一郎叫嚷着打的同时,田宏喜也发出命令:"放!"

第三发炮弹飞向高地。随着一声轰鸣,飞溅起来的弹片不偏不倚正击中秋野一郎的头,顷刻间,他像一只未装满的麻袋软软地堆在了地上。

沈万三声嘶力竭地喊:"扯呼!"

五

就在胡子向军火库投掷手榴弹、燃烧瓶的时候,日本居留民在佐藤实谷的指挥下冲进了兴镇。

佐藤一家人刚踏上东北的土地时,这里的一切都是陌生的,不久他得到了六亩地。佐藤在日本经营了一所医馆,从未种过地,他雇了两个中国人来种。不久,大批的日本人来到了东北,房子不够住了,于是开始抢中国人的房子,然后再把房子加以改造。这里有大片的黑土地,日本人开垦荒地,后来干脆把中国人土地抢来，地多人手不够，就再雇中国人来种，自己则当起了外来的"地主"。如此循环往复。佐藤很怀念那样的日子，有房有地，生活日常用品由关东军提供，衣食无忧，真正过上了开拓团在日本本土宣传时所说的"王道乐土"的生活。

天皇无条件投降诏令颁布后，这一切都烟消云散了。佐藤从心里感到不服，在他眼里，中国人是劣等人种，不足挂齿，日本战败是因为美国的加入，而不是中国人的持久抵抗。当关东军向中国人缴械投降时，佐藤心中的愤怒几乎让他整个人都燃烧起来。作为天皇陛下的子民，他愿意为帝国粉身碎骨，也愿意誓死保卫自己多年来修成的"王道乐土"。

一小时前，兴镇苏军一个连急匆匆地赶往了军火库，兴镇已成为一个空城。佐藤阴阴地笑了，天皇庇佑，他的计谋得以实现。他高举起手吆喝着，日本人队伍向兴镇冲去。

长海街是兴镇的主街道，抗战胜利后，刚刚得以恢复的商贾店铺多集中在这里，县政府驻兴镇办事机构、学校、诊所、药铺等也在这条街上。

日本人刚到街口，两侧居民房顶上突然爆发出激烈的枪声，机枪、步枪一齐开火，位于街口一侧角楼上，两挺二四式重机枪（马克沁重机枪的仿制品）居高临下发出怒吼。密集的子弹拦腰横扫狂奔的日本居留民，队伍立刻乱作一团。

枪声一响，佐藤猛然省悟过来，八路军没走，上当了。"狡猾的八路军。"他不由破口大骂起来。但他知道，居留民多为农民、商贩出身，根本不足以与军队对抗，况且现在还不是鱼死网破的时候，他要保全这支队伍。佐藤立刻启动了第二套方案。在佐藤的指挥下，慌乱了一阵的队伍很快重新整理好队形，向长海街一侧小街冲去，穿过小街可直奔黄岭山。

取道黄岭山，一是可在山里稍做休整后转道直奔吉林，二是有日本人和胡子沈万三接应。取道黄岭山原本是行动成功后撤离的路线，然而行动还没开始就结束了。佐藤心有不甘，但现实又不得不让他屈从。

独立旅早已把兴镇团团包围起来。但苏联守军和军统站都位于长海街东侧这条小街上，齐旅长几次派人与苏军和军统沟通协调均未得到准确答复，故只能把封锁的地点放在距兴镇七八里地的一个山坡上。

日本人沿小街一路狂奔。

此时，军统特派员陈果正在与苏军一个上尉交涉。苏军军营在一个山坡上，距离小街有两里多路。苏军上尉摇着头说："莫西洛夫少校不在，需要等他回来。"

陈果问："他去哪儿了？何时回来？"

苏军上尉犹豫了一下，说："他去军火库了。"

"军火库？"陈果立刻傻了眼。他曾向莫西洛夫通报，八路军独立旅可确保军火库万无一失，而袭击兴镇的日本人却不可小觑，可是，他为什么还是去了呢？他马上觉察到，自己处在一个十分尴尬的位置，辱没祖宗的事他不会干，但这帮疯狂的日本人一旦进城，难免城门失火殃及池鱼。

他试探着说："上尉先生，日本人马上就到了，我们可否携手共同进行阻击？"

苏军上尉看了看陈果，又扫了一眼陈果身后的十几个人，轻蔑地说："这是你的部队？"陈果点点头。苏军上尉耸耸肩说："不，陈先生，我没有得到长官的命令。"

陈果生气地说："难道没有长官的命令你什么也不做吗？"

苏军上尉说："当然不，我的任务是守卫这里，你明白？"

陈果一下子被噎住了，心里骂："还真让这王八犊子说着了！"

说话间，苏军和军统的哨兵同时来报，日本人来了！

苏军上尉立即发出命令："全体进入阵地！"苏军士兵冲向营区前的早已挖好的堑壕，并迅速排开一字长蛇阵。苏军上尉再发出命令："没有我的命令，不准开枪！"

陈果明白了，只要日本人不进入军营苏军是不会开枪的。陈果也清楚，日本人逃命还来不及呢，怎么会进入苏军军营？他回头看了看，军统站十几个人焦急地看着他。最终，陈果选择了沉默。

在苏军和军统的注视下，日本人沿小街疯狂地奔跑，瞬间便消失在小街尽头。

第三十六章

一

两批干部队所有的队员集合到了一起。队员们喜出望外，兴高采烈地拉着手，拥抱着，操着他们熟悉的口音问候着。可不一会儿，队伍安静下来。他们发现，他们中很多熟悉的人不在了，永远留在了北上的路上……

李善堂大声说："干部队的同志们，集合！"

在两批干部队集训时李善堂都担任军事教员，队员们对他十分熟悉。队员们迅速列队，宋元彩、武承汉、孟凡慧和李善堂站在队伍前。

宋元彩清清嗓子，努力模仿着山东口音发表了简短的讲话："同志们，我们从河西出发，历经千辛万苦走到这里，距东北只有一步之遥了，同志们，我们胜利在望了！"队伍中发出一阵欣慰的笑声和欢呼声。"我们两个队在这里会合了。和几个队长商量并一致同意，从今天开始，我们两个队合成一个整体。由我临时担任队长，副队长由武承汉、孟凡慧和李善堂担任。关于任职，到东北后再向上级汇报。现在我要说的是，我们本来就是一家人，从现在起，我们要同生死，共进退，要对得起党，对得起生我们养我们的山东父老乡亲。我们要排除一切困难，向北，向北，绝不退缩！"

听着宋元彩的慷慨激昂的讲话，所有的队员都激动不已，眼中闪烁着自豪和兴奋的光芒。

干部队来到一个三岔路口。几个年轻人坐在一个小土坡上，其中一个人穿着土黄色的八路军军装。见干部队来几个人立刻站了起来。

李善堂问："兄弟，你们是哪部分的？"

身着军装的人说："我们是冀热辽军区一团的，你们呢？"

李善堂说："我们是山东八路军北上干部队的。"

几个人高兴起来。原来他们从山海关要塞撤出后与部队走散了。穿着军装的战士试探着问："你们有干粮吗？"他不好意思地摸摸头说："打仗时没工夫吃饭，撤下来时走得急又没带干粮……"

几个人拿到干粮后狼吞虎咽地吃起来。宋元彩走过来问："你们是本地人吗？"

其中一个战士回答："我是，他们几个不是。"

宋元彩说："前面是什么地方？"

"前面是个大镇子，叫兴镇。"

宋元彩说："离这儿有多远？"

战士说："五六十里地吧。"

宋元彩说："镇里有我们的部队吗？"

战士说："山东跨海过来的部队在那里落脚，通常待个两三天就走了，不知现在还有没有。"

听说是山东过来的部队，宋元彩和凡慧心里不由自主咯噔一下。

另一个战士插话道："还有部队在那里，前些天我去送信路过兴镇，我看到部队还在，是山东独立旅的，他们人特别好，还给我干粮和水……"

这是个秋高气爽的日子，干部队出发了。宋元彩失神地走着。李善堂对她说了什么，后来好像武承汉也来说了什么，她点着头说："好，好。"她不知道他们说了什么，也不知道自己说了什么。天清气朗，她却有一种暴风雨前窒闷的感觉，喘不上气来。启河就在前面，就要见到他了！是真的吗？世界上的事就是那样奇怪，天下之大，茫茫人海，莫非上天真的有眼？二十多年过去了，那时候他们都年轻，现在他还能认得出我吗？一股酸楚的热泪不由自主地奔涌出来。

有人说，眼泪是女人的专利，是软弱的表现。然而，在许多时候，眼泪正是女人刚毅和顽强的迸发！

凡慧紧跟在宋元彩后面。她显得十分平静，但在她深邃的眼睛里，却隐隐透露出一丝让人难以察觉的忧思。独立旅,这支部队已深深地植根于她的心中。独立旅就在兴镇,这个消息仿佛是在平静的湖面上投下的一枚炸弹,在凡慧心里翻起巨大的波澜。让凡慧不安和百思不得其解的是,兴镇在北,山海关在南,相隔上百里路,独立旅在兴镇,宏喜怎么会到了山海关呢?这中间究竟发生了什么?部队从山海关要塞撤出后,宏喜也会到兴镇吗?齐旅长,那个让她难以忘怀的老头,他是那样可亲可敬,见到他总有一种让她说不出的感觉,那是什么?凡慧说不清楚。她真的要感谢他,要不是这个可亲可敬的老头,自己还在河西摊煎饼做军鞋呢!还有胡副参谋长,宏喜的老师,那个睿智、干练、不苟言笑的领导……

"宋姨……"见宋元彩暗自垂泪,凡慧一时不知如何是好,宋书记可不是"感时花溅泪,恨别鸟惊心"的那种人,可是,为什么她如此伤感?凡慧挽着宋元彩的一只胳膊,试图安慰她,却又不知该说什么。在宋元彩面前,凡慧感觉自己就是一个孩子,有些对爹妈都不好讲的心里话却可以给宋元彩痛痛快快地倾诉出来。但在凡慧心里,宋元彩依然是一个谜。她有曲折甚至是痛苦的经历,也许她的经历可以写一本厚厚的传奇小说。她从不提她的丈夫,有一次她破天荒地对自己说:"我的孩子和你一样大。"当自己问她的孩子在哪儿时,她又缄口不言了。她很坚强,但有时又十分脆弱,真是谜一般的书记宋元彩!

宋元彩大踏步地走着,她恢复往日的神态和精神,平静地对凡慧说:"哦,好孩子,没什么!"

在宋元彩的带领下,行军加快了速度。此时,凡慧突然觉得自己浑身充满力量,有着从未有过的勇气,她甚至想,高山算什么,大海算什么,她一步就可以跨过去……

重重叠叠的群山,连绵起伏的丘陵,映照着这一对母女的背影以及她们急匆匆却是扎实而稳健的步伐。

张胜利从队伍后面跑上来,问李善堂:"怎么了?"

李善堂说:"什么怎么了?"

张胜利说:"有情况吗?"

"没有,什么情况也没有!"李善堂快步走着。他认为这样的行军速度正合吾意,军队行军嘛,就该如此。他看着宋元彩和孟凡慧的背影,似乎猜到了些什么。

没情况怎么突然走得这么快？张胜利想上前去问，却被李善堂一把拉住了。

二

十几天的埋伏，一天一夜的战斗，三连已是人困马乏，然而却没有休整的时间。

于连长把艾指导员、田副连长和几个排长召集起来开紧急会，研究下一步方案。胡连长参加了会。于连长说："部队即刻出发，我们只开十分钟的会。上级通报，就在一个月前，黄岭山的胡子血洗了一个村子，并掳走了十几个妇女，我们工作队的几个同志也被杀害了。上级命令只有四个字：除恶务尽。这是最后的命令！时间只有一天，也就是说，从现在起，明天天黑之前必须结束战斗。大家谈谈意见。"

一排排长姚贵说："土匪正撤向黄岭山，他们受损失不大，仍然有战斗力。黄岭山地形复杂，易守难攻，我们也缺乏攻坚的武器和经验……"

于连长打断姚贵的话，不满意地说："姚排长，说主题，别东拉西扯地讲客观！"

姚贵说："连长，如果强攻黄岭山，势必跟今天打军火库一样，短时间攻不下来不说，还容易造成伤亡。我们千辛万苦从山东走到这儿，让这帮狗杂碎土匪咬一口，我觉得不值！"

会场上出现短暂的沉默。姚贵所说的，也是大家所忌惮的。

胡连长看了一眼田宏喜，说："还是老规矩，你说！"刚说完他马上觉得不妥，宏喜不是已经归队了吗？如果归队了，那就已经不是他的副连长了！他不自然地对着于连长笑了笑。

田宏喜略一沉思，说："于连长，苏军仓库里有炮吗？有炮弹也行！"

于连长马上明白了，情不自禁地说："好，就这么办！"他大声说："现在我宣布作战方案，马上和老毛子交涉，先礼后兵，就是抢也要抢出几门炮来！"

山间小路上，十几个战士身背迫击炮和炮弹箱在急行军。

几经交涉，莫西洛夫终于同意了。于连长松了一口气，即刻赶往了黄岭山，临走时嘱咐二排排长王长锁："我先走一步，拿到炮后一刻也不要停，马上赶往黄岭山！"

在苏军的引领下，王长锁带领二排进入军火库，并与苏军举行了一个简单而庄重的交接仪式。

黄岭山三面被群山环绕，只有南部隘口一条道可通往主峰。于连长赶到隘口已是下午时分了，一直在隘口等候的艾指导员、胡连长异口同声地问："怎么样？"于连长说："行了，这次老毛子还算够意思，给了整整五门迫击炮，二排随后就到！"

变天了，山风一阵紧似一阵。

二排仍然不见踪影。于连长爬上高处着急地朝山下张望。让王长锁去是于连长反复斟酌过的，论资格，王长锁是全连最老的兵，经验丰富，胆大心细，遇事不慌，可是，这个老班长到底在干什么？于连长终于按捺不住了，命令道："田副连长，你去看看！"

田宏喜一口气跑出十几里，正遇见田大膀。田宏喜有些火，说："大膀，怎么回事？在这干什么呢？"不等田大膀回答又问："王排长呢？"

田大膀苦着脸，用手一指，说："在那儿！"

田宏喜望去，王长锁提着手枪在走来走去，几个战士背着炮弹箱、手里拿着步枪在比比画画的。他们面前蹲着五六个人，还有几个躺在地上。田大膀说："是狗日的日本人！"

原来，一个战士到路边解手，隐约听到林子里发出窸窸窣窣的声响，还有人小声说话的声音。王长锁带人悄悄包抄上去。正是袭击军火库的日本居留民，共八个人，其中三个受了重伤，在包扎伤口，其他几人也不同程度地受了轻伤。

"搜过身了吗？"田宏喜问。

"搜过了。"

"他们抵抗了吗？"田宏喜问。

"算是没有吧。"王长锁用手指了指说，"就那个龟儿子，胳膊被炮弹炸断了，让他交枪时还硬撑着想反抗。"

田宏喜看去，正与那个日本人对视。那是一对野兽的眼睛，镶嵌在一张扭曲而满是褶皱的脸上。他硬撑着受伤的身体，梗着脖子，毫无顾忌地直视田宏喜。他仿佛是一只掉进陷阱里的狼，眼神里满满的仇恨、杀气和绝望。田宏喜走过去，看了他一眼转身走开了，脑子里立刻冒出一句成语：困兽犹斗。

"你怎么打算的？"田宏喜问。

王长锁皱着眉头没吭气。

田宏喜知道他在想什么，不觉有些动气："老班长，你怎么糊涂了呢？于连长、胡连长那里能等吗？山海关的国军能等吗？我再问你，这些人是俘虏吗？不，他们不是俘虏，他们是敌人！"

王长锁恍然明白。

"日本侨民都撤了，他们为什么留下来？为什么又和土匪搅在一起攻打军火库？如果没受伤，他们能这样老老实实的吗？……"

不远处，日本人紧紧盯着田宏喜和王长锁的一举一动。断胳膊的日本人回头使了个眼色，没受伤和受轻伤的人立刻调整了姿势，一副枕戈待旦的架势。几个受重伤的竟然也在慢慢蠕动。

这一切都被田宏喜看在眼里。他背过身，向王长锁眨了眨眼，王长锁立刻明白了，也背过身慢吞吞地向前走。

一个日本人突然站起来，手里握着一把匕首狂怒地冲向王长锁。警戒的战士从没遇到过这种情况，加上身上还背着未来得及放下的炮弹箱，动作显得十分笨拙。瞬间日本人就冲到了王长锁身后。就在日本人距王长锁不到两米的时候，田宏喜和王长锁猛地转过身来，迅速扣动了扳机，日本人应声倒下。

田宏喜大声命令道："杀鬼子！"

战士们立刻冲过来，一边跑一边射击，刹那间，蠢蠢欲动的日本人倒了一地，鲜血从尸体下缓缓渗出来。见没了动静，战士们围拢过来察看。

除王长锁和田大膀外，二排大部分战士是新兵，参军时已到了抗战末期。在根据地，他们曾见过已投降的日本战俘，八路军严格遵守了"三大纪律八项注意"，并没有为难他们。在战士们心目中，日本士兵都很年轻，有的甚至还是些孩子。抗战中后期，特别是太平洋战争爆发后，在中国战场的老兵多被抽调去太平洋战场，补充的新兵则是来自日本本土的年轻人，其中有许多是中学生。这些新兵与老兵不同，他们没有进行过严格的训练，以至在他们身上很难看到军人的气质，更谈不上武士道了。而现在，在他们面前的日本人年龄都在四十岁上下，有的已过半百，他们不是军人，大多数人一生都

第三十六章　　533

在种地，但是他们比军人更残忍，更凶悍，他们没有受过武士道教育，但武士道的精髓却溶化在了他们的血脉里……

有一个奇怪的现象，所有的日本人都蜷缩着身体，紧握着拳头。田大膀用脚使劲把一个日本人的手踹开，所有的人都惊呆了，那是一枚个头不大的手雷，显然是特制的！几个战士也上去用力踹，所有的日本人手中都握着一件东西，有手雷，有匕首，也有石头。

田宏喜后背一阵发凉，刚才做出决定是出于对敌人的警惕，也出于对自我的保护，多少带有点下意识。如果犹豫不决，且不说会对二排造成伤害，对黄岭山剿匪作战都会带来巨大的影响。进入东北后，面对着各色各样的人和复杂的环境，年轻而善良的山东后生们明显准备不足，更缺乏应对的经验。

一定要杜绝这潜在的危险源！田宏喜想。然而，当看到双眼通红、杀气腾腾的战士毫不手软地冲向日本人时，他又突然感到欣慰，也许自己的担心是多余的，正像胡副参谋长所要求的，部队的狼性和狠劲正在这些年轻的后生身上展现出来！

王长锁很自责，搜身不彻底险些酿成大祸。可是，自己是认真搜过的，这些狗东西把武器藏在哪儿了呢？

三

刚冲进兴镇时，日本人的情绪异常高昂，甚至有些不敢相信眼前的事实，就要大开杀戒一雪前耻了，他们兴奋着、激动着、欢呼着。有人挥舞着手臂大声狂叫："该死的支那人，去死吧！"突然一阵乱枪扫来，他们顿时蒙了，不少人还以为搞错了，是不是先遣来的日本人错以为他们是支那人，他们挥着手大喊："别开枪，别开枪！我们是日本人！"当队伍中的人一片片倒下，当炮弹爆炸后残肢断臂四处飞溅时，他们才清醒过来，但为时已晚了。一个日本人绝望地说："是八路……"他话音未落就被打成了筛子。

日本人蜂拥逃出了兴镇，佐藤走在队伍的最前面。他感到庆幸，远远望着苏军的营地，隐约看见苏军士兵架起枪严阵以待，不由回头看了看自己的残兵败将，假如苏军出击，只用很少的兵力就可以解决他们。他又想起了军统陈果，恶狠狠地说："该死的支那人！"

远处的山峦和树林映入眼帘，再有几里路就可以进山了，佐藤感到一阵轻松。

齐旅长正擎着望远镜注视着日本人队伍。当日本人进入小街时，齐旅长露出一丝让人难以察觉的冷笑，立刻调兵加强了兴镇北侧的防御。随后他也亲自来到阵前。

战斗开始了，可以预料，其结果毫无悬念。

在胡副参谋长的指挥下，部队有意让日本人进入距离防御阵地不到一百米的地方。"咣，咣，咣……"迫击炮发出了第一波十发急速射。炮弹在日本人队伍中开花，上空立时升腾起一片浓密的黑烟。这群种地出身的日本死硬分子乱作一团，像没头的苍蝇四下乱窜。

看着毫无章法、不知战术为何物的日本居留民，齐旅长冷笑道："就这样的乌合之众，还敢撒野！"

好大一会儿，日本人似乎清醒过来，集合起队伍，有人还挥舞着军刀一窝蜂地向西北方向冲去。

胡副参谋长再发出指令，第二波十发急速射发出，炮弹呼啸着飞过去形成一道火网，阻断了通往西北的路。一部分日本人趴在了地下，一部分日本人继续向前冲企图穿过火网。突然，各种轻重武器炒豆子般响了起来，将狂奔的日本人死死地压制住。日本人绝望了，掉头往回跑，想再返回兴镇。然而，刚刚跑出去不远，无数颗手榴弹从天而降在人群中炸开。没有军事素质，也没有战术，但这些日本居留民并不缺乏疯狂和勇气。此时，他们似乎也明白了，退回去没有希望，往前冲也是九死一生，这群自以为是天之骄子的小个子日本人抢天呼地地呼喊着，义无反顾、前仆后继地继续向前冲……

枪声、爆炸声和惨叫声不绝于耳。像收割后的庄稼，日本人横七竖八地倒伏了一地。

枪声终于稀落下来。十几个浑身是血的日本人瘫坐在地上，朝着冲上来的战士龇牙咧嘴地喊。一群战士围拢上去一声不吭地举起了刺刀，日本人还来不及做出有效反抗便倒在了血泊里。后续冲上来的战士仍然不解气，一边操着山东口音骂，一边搜寻着，给所有能见到的日本人，无论是死还是伤，统统在要害处补上一刺刀，直到死得不能再透了。

当第一波急速射炮声响起时，佐藤明白他输了，彻彻底底地输了。他夹杂在队伍中向西北方向冲。当第二波急速射炮弹落地时，他一头扎进一个土坑。当人群退去时，佐藤仍然死死地把头埋在低洼处。土坑与一条干涸的水沟相连，他快速沿水沟向前爬，爬着爬着水沟变宽了，沟底结了一层厚厚的冰。他来到沟边一处洼陷处，把身体埋在沟边的草丛中，用长长的茅草遮挡住脸。

枪声终于停了下来，一切归于平静。

傍晚时分，佐藤慢慢掀开头上的茅草站起身来，他衣服上挂满冰碴子，全身不停地哆嗦，他扭动了一下僵硬的身体，笨拙地爬上水沟边，很快消失在黑暗里。

天刚放亮时，佐藤已蹿出去了十几里。整整一夜，他一刻不停地奔跑，直到累得像一摊泥一样瘫坐在地上。不一会儿，他硬撑着站起来，他知道不能在这里久待。突然，远处传来窸窣的脚步声。佐藤浑身一激灵，一头扎进草丛里。

薄薄的雾霭中，一个人快步朝这边走来。

佐藤拔出手枪，紧张地注视着。越来越近，佐藤差点喊出声来，沈爷！他怎么会在这儿？

"喂！"佐藤犹豫了好一会儿，最终还是决定打个招呼，在反复观察周围没人时，他轻轻地喊了一声。

这轻轻的一声，竟然把这无恶不作的土匪头子吓得一激灵。他定睛一看，发现是佐藤，才长长地松了一口气。两人见面后还未说一句话，黄岭山方向突然响起了轰隆隆的炮声。在漫天的雾气中，炮声显得很沉闷，但听得出来，炮声很密集，很急促。

佐藤惊诧地看向沈万三。

二十多年前，沈万三拦路抢劫被官府通缉，黄岭山老大收留了他，收其为义子，并把老大的位子传给了他。干爹曾语重心长地告诫他："胡子永远不要与官府斗！"前不久，黄岭山胡子倾巢出动血洗了一个村子，还杀了共产党的人，他知道，自己作孽作到头了。当八路封锁了进山的路时，他叫来二当家的安排抵抗，自己却通过一条秘密通道从后山逃了出来。

沈万三长长地叹了一口气，说："完犊了，都他娘的完犊了！"

四

　　国军在山海关战役中取得重大胜利的消息很快传遍了国统区，各大报纸都以醒目的标题和位置刊登了消息，许多报纸还发了号外。时任国民党中央宣传部部长彭学沛曾说，共军只是"毫无训练的老百姓"。山海关国军的胜利似乎印证了他的说辞。然而，当战报报到重庆时，蒋介石却十分不悦，哀叹道："进展迟缓，锐气大挫，损失太大。"遂命令杜聿明抓紧时机北上，务将溃败之共军消灭。

　　正当独立旅打扫战场的时候，齐旅长得到从山海关方面传来的消息，国军第十三军、第五十二军即将出发，分两个方向一路向北，其中一路不日将抵达兴镇。

　　方参谋长拿着文件夹对齐旅长说："伤亡情况统计出来了，这是阵亡名单。"齐旅长展开阵亡名单，他的眼睛湿润了。

　　　　李金根，二十一岁，山东临沂蒙阴人
　　　　郭簸箕，十八岁，山东临沂沂水人
　　　　齐傻柱，十九岁，山东临沂费县人
　　　　二愣子，十八岁，山东临沂临沭人
　　　　王大毛，二十岁，山东枣庄滕县人
　　　　于树桩，十九岁，山东临沂沂南人
　　　　徐贵福，二十一岁，山东淄博周村人
　　　　李竹竿，二十岁，山东泰安宁阳人
　　　　……

　　齐旅长的眼睛模糊了。这个从江西走出来的老红军陷入了深深的自责："他们还都是些孩子啊！作为他们的领导、长辈和兄长，自己是有责任的啊！在动员他们参军时，自己说过，不离家不离土，就地抗日，想回家了还可以回家看看。抗战胜利了，他们没有回家，义无反顾地随军北上。如今，他们永远留在了这里。我把你们带出来，却没有把你们带回去，自己失言了啊！"

"旅长！"方参谋长轻声说。

齐旅长从沉思中回过神来，说："方参谋长，第一，迅速打扫战场，拿不了的就地销毁；第二，下午四点之前，部队全部撤离兴镇，不留一兵一卒；第三，上午九时，为牺牲的同志们送行。"

这是一片视野开阔的山坡，两排新坟坐北朝南整齐地排列着。齐旅长缓缓走着，每走过一座坟茔便轻轻掬起一把土均匀地洒在墓前。他的嘴唇嚅动着，谁也不知道他在说什么，也许只有渤海湾畔的秋风知晓。

旅领导、旅直属队以及兴镇党组织、群众一百多人参加了安葬仪式，仪式隆重而简短。

方政委主持了仪式，齐旅长致悼词。

齐旅长说话的声音低沉而嘶哑。他说："独立旅奉党中央和军区的命令，从山东临沂历经千辛万苦走到这里。我们的使命是光荣神圣的，我们目标和方向是坚定不移的：向北向北，进军东北！今天，在这里，给我们的战友、我们的同志、我们的兄弟送行，他们担当得起毛主席的一句话：生的伟大，死的光荣！他们无愧是八路军战士，无愧是人民的子弟兵，无愧是山东人民的儿子……"

齐旅长的南方口音久久回荡在山坡上空。

一排战士举枪鸣枪致哀。

宋元彩站在人群中，饱含热泪地注视着齐旅长。干部队是昨天傍晚赶到兴镇的，正遇战斗刚刚结束，干部队立即参加伤员的救护。听说独立旅举行安葬仪式，她立刻赶了过来。她第一眼就认出了启河。他老了，瘦了，是个地地道道的干巴老头，但他精神矍铄，十分干练，一举手一投足都给人一种自信、刚毅的感觉，与二十多年前的周启河判若两人。宋元彩不停地揉眼睛，企图看得更清楚些，渐渐地，她的视线模糊了，什么也看不到了，什么也听不到了，只是呆呆地站着、看着……

"宋书记！宋书记！"听到李善堂的喊声，她才从恍惚中清醒过来。启河就站在她眼前。她茫然地看着启河，脑子里一片空白，不知发生了什么，甚至不知道是真是假。

"旅长，这是干部队的宋书记。"李善堂站在宋元彩一侧介绍说。作为老部下，李善堂对齐旅长十分熟悉。

齐旅长握住李善堂的手，说："小李，很高兴在这里见到你，当初派你去干部队，你不会有意见吧？"

李善堂忙说："不，我没意见，真没意见，我觉得我来干部队是来对了！"

齐旅长说："说的是心里话？"

李善堂挺直腰杆说："说实话，一开始我想不通，为什么让我离开作战部队，但后来我融入了干部队，现在我觉得我离不开干部队了。"

齐旅长说："现在我可以告诉你，你去干部队是孟庆立书记点名要的，他的理由很充分，我不得不答应。"说到这儿，齐旅长问："孟书记呢？怎么没见他？"

李善堂忙说："孟书记负伤了，中途返回了河西。"

"哦，重吗？"齐旅长有些失望。

"挺重的，不过没有生命危险。"

齐旅长突然问："凡慧呢？凡慧不是也在干部队吗？"

齐旅长急切的神态让李善堂和在场的人都有些意外。王政委也有些急，对李善堂说："小李，小孟不是和你们在一起吗？"

李善堂有点儿丈二和尚摸不着头脑，赶忙说："她在镇上诊所看护伤员！"

"哦！"齐旅长、王政委都如释重负地松了一口气。

宋元彩在一旁目睹了刚才发生的一切。李善堂再次介绍说："齐旅长，这是我们干部队的宋书记。"

齐旅长忙转过身来，微笑着对宋元彩说："宋书记，辛苦了，辛苦了，敌人就要来了，部队马上要出发，你们也抓紧准备撤吧！"

齐旅长没认出宋元彩！

宋元彩机械地点点头，嗫嚅道："谢谢！谢谢！"

一个参谋骑马飞奔而来："报告旅长，一团报告，黄岭山胡子老大逃跑了，他们认为，人已进入了兴镇。一团三连的人随后也跟踪到了兴镇。"

齐旅长略一沉思，命令道："通知胡副参谋长，立即组织搜捕，重点是火车站。搜捕务于下午三点前完成。"

"是！"参谋翻身上马。

第三十六章

五

轰炸后的黄岭山一片狼藉。平日里在老百姓中凶神恶煞般存在的土匪，往日的威风早已荡然无存，见到八路军，如捣蒜般叩着头。俘虏中没有土匪头子沈万三。在一个土匪的指引下，部队很快发现了通往山后的秘密暗道。

田宏喜判断，沈万三要尽快离开兴镇首选是乘火车，而且极大可能就在今天。兴镇和黄岭山同时剿匪，到处混乱不堪，独立旅马上撤离兴镇，正是浑水摸鱼逃离的最佳时机。

田宏喜带领二排马不停蹄地从黄岭山赶到兴镇火车站。

兴镇火车站原本是一个货站，是作为货物转运临时停靠之用的。后改为客货两用车站，以货运为主。车站规模很小，设施简陋。货场东侧一处简易的建筑里，放置了几排长椅即候车室。抗战胜利后，原本萧条的车站变得繁忙起来，避难的关内难民，不断涌入在这里转车的关外百姓，撤离的日本眷属，老毛子运送物资的车皮也从这里穿越而过……

关键是没人认识沈万三！

田宏喜从黄岭山带来一个胡子。这是一个猥琐的家伙，胆子又格外小，他一再说如果他指认，沈万三一定会要他的命。在候车室对面的一所破旧的民房里，田宏喜一把把胡子按在窗户前的一张破凳子上，厉声说："听好了，有立功表现，我们马上放了你，你要是敢耍花样，老账新账一块算！"胡子点头哈腰地表示，他要立功。

王长锁和田大膀各带一个班，一个班在车站左侧，一个班在车站右侧，分别潜伏下来。

一个时辰过去了，仍然不见动静。

民房的窗户正对候车室的正门。一个穿着灰色棉袍的人提着手提箱匆匆走进候车室，田宏喜问："那个人是不是？"胡子说："不是，沈爷比他胖，个子比他矮。"

正说着，胡副参谋走了进来。

"胡老师！"田宏喜又惊又喜。自胶东分别以来，田宏喜第一次见胡副参谋长。

胡副参谋长点点头，回头对身后的人说："陈先生，请！"被称为陈先生的人快步来到窗前，并掏出望远镜观望。

来人正是特派员陈果。没人认识沈万三，胡副参谋长第一个想到的就是陈果。陈果带来一个令人不安的消息，日本居留民头子佐藤实谷也逃脱了，有人证实，他与土匪老大沈万三在一起。

中午，独立旅各部队陆续撤离兴镇。齐旅长来到镇上唯一的诊所。剿匪战斗后，这里是临时战地救护所。

"齐旅长，你好！"齐旅长刚进门，几个人热情地向他打招呼，并围了上来。从他们浓郁的沂蒙口音中，齐旅长知道，他们是北上干部队的。

齐旅长亲切地说："你们好！你们辛苦了！你们都来自河西吗？"

"是！"队员们齐声回答。

"我在河西工作了好几年，应该说，我是半个河西人。"

队员们抢着说："齐旅长，在河西我们见过你！"

齐旅长笑着说："那我们是老熟人了！"

队员们开心地笑了。队员们都知道齐旅长是老红军、老革命，但从未与齐旅长近距离接触过，只是远远看着齐旅长与县领导在一起。见齐旅长如此平易近人，队员们都格外开心。

"齐旅长，你是不是在找我嫂子？"见齐旅长的眼光不断四下里搜寻，小云问。

齐旅长一下愣住了，问："谁是你嫂子？"

"我嫂子是孟凡慧啊，"小云说，"她去火车站送伤员，刚走一会儿。"

齐旅长迟疑了好一会儿，问："凡慧什么时候成的亲？"

小云扑哧一声笑了："还没呐！"

六

"副连长，过来看！"田大膀站在窗边小声喊。

一队由救护人员和担架组成的队伍向车站走来。在候车室前小广场，队伍停了下来，一个救护人员走进车站，其他人则停下来在原地等候。

田宏喜回头看看陈果，他正专注地看着。

"喜子，后边，看后边！"田大膀急促地喊。

田宏喜有些不悦，心说："大膀你也是老兵了，一惊一乍的。"顺着田大膀指的方向看去，田宏喜愣住了，凡慧，是凡慧！

凡慧在救护队伍中张罗着。不一会儿，车站里出来几个人来招呼着把伤员抬进候车室，凡慧也随人群一起进入候车室。原本不大的候车室很快挤满了人，候车室前小广场须臾也聚满了候车的客人。

陈果手持望远镜，不停地调整焦距，还不断变换身体的姿势。拥挤的人群遮挡了他的视线。

佐藤与沈万三在一起，抓捕的难度大大增加了。胡副参谋长随即调整了抓捕计划，把击毙放在了首选。车站上突如其来的变化增加了狙击的不确定性。胡副参谋长招招手，对田宏喜耳语了几句。田宏喜扭头向外走，刚走了几步又返身回来，从衬衣上扯下一片布条，三两下缠在头上，俨然是一个头部受伤的伤兵。

"请问一下，火车什么时候到？"

凡慧弯着腰在给伤员系绷带，听到后面有人问，头也没抬说："快了吧！"

"快了？快了是什么时候？"

这是一个多么熟悉的声音，凡慧的心突然扑扑地跳起来，直起腰惶惑地转过身子。是宏喜！日思夜想的宏喜就在她的眼前！惊喜来得太快了，快得让她猝不及防，她觉得全身像中电一样哆嗦着，一股热泪涌上眼眶："宏喜——"她想冲过去告诉他，这几个月来，她有多难，她受了多少委屈，她有多想他，这一切他都知道吗？他一个老爷们，抬腿就走，躺下就睡，可是，他知道一个姑娘家有多难有多不容易吗？

凡慧突然看到，宏喜在眨着眼，一只手在使劲地摆。她怔住了！

"同志，火车什么时候到？"田宏喜重复刚才的话。

凡慧明白了，宏喜有任务，她很快恢复了平静，说："哦，快了，还有半个小时。"

田宏喜走过来，小声对凡慧说："带我去见卫生队领导！"

田宏喜与卫生队长协商，以候车室太冷为理由，将伤员搬到站内职工宿舍去。不一会儿，候车室便空了下来，候车室外小广场的客人也陆续进入候车室。

田宏喜正想返回,可转念一想,自己是伤兵,此时离开会不会引起别人的注意?于是,他便与伤员一起进入了铁路职工宿舍。一进门,田宏喜一把取下头上的绷带,刚想返回,突然看见凡慧站在不远处深情地凝视着他,他不由自主停下了脚步。

所谓职工宿舍实际上是一间大仓库,里面堆满了各种物资,仓库的一角用木箱围了一块空地,放置了几张床,上夜班的职工可以在这里临时休息一下。然而,对凡慧来说,这里远不是杂乱无章的仓库,房间里嘈杂的声音也如同和谐悦耳的音乐一般。

真的久违了,凡慧突然感到有些羞怯,说:"我是不是变化很大,不好看……"一见面为什么这样说,凡慧也不清楚,可是,说什么呢?

"不,不是的,好看,真的好看!"田宏喜说。

凡慧笑了,甜甜地笑了。从小别人就说她长得好看,她知道,自己长得不难看。可是,宏喜说她长得好看,她的心就扑扑地狂跳起来,只觉得鼻子有些异样地发酸,泪水止不住地往外流。她突然有一股冲动,想不顾一切地冲上去,让宏喜紧紧地抱抱她。就在那一刻,凡慧看到,田宏喜的眉宇微微皱起,游移的目光向大门望去。凡慧明白了,宏喜在执行任务,也许事情紧急,非同小可。

"宏喜,你去吧!"凡慧果断地说。

田宏喜与凡慧对望着,眼睛里饱含着歉意、失望和期待。他一刻也没犹豫向门外跑去,必须马上返回,也许土匪和日本人正在向这边走来,也许正潜伏在某个地方注视着这里……

田宏喜霎时便蹿出了大门。

凡慧心里不停地念叨:"快,快点!"可另外一个声音也不停地冒出来:"你就不能慢点,哪怕回头再看我一眼?"

凡慧傻呆呆地看着仓库破旧的大门。两人再一次错过机会,这是第几次了?她转念一想,这一次不算,我毕竟见到他了,还说了话……

第三十六章

第三十七章

一

在十几个国军士兵的"护送"下,一群身着各色服装的人向车站走来。他们身材瘦小,面呈菜色,神情沮丧,一副疲惫不堪的样子。有的挽着包袱,有的提着手提袋。队伍走得很慢,却秩序井然。

田大膀沉不住气了:"怎么又来了这么多人?"

"是日本人!"陈果说。

"日本人?"田大膀有些诧异,"可是,都是老百姓啊。"

陈果拿着望远镜看着,说:"这些日本人大多是多年前来东北的,日本人称开拓团,其实就是移民到东北种地的日本农民。"

好一会儿,田大膀问:"陈先生,怎么都是老人、孩子和妇女呢?"

陈果说:"太平洋战争爆发后,东北四十五岁以下的日本青壮年都被征入关东军了。"

看着这一群衣衫褴褛、面黄肌瘦的老弱妇孺,很难把他们与曾经自以为是"人上人"的日本人联系在一起。日本天皇颁布投降诏书后,日本政府采取关东军优先撤离政策,而对日本侨民实行尽可能在当地落户的政策。在东北的一百多万日本侨民瞬间成了"弃民"。然而,国民政府对日本侨民留在当地却表现出了很大的兴趣,认为留用日本人,特别是日资企业及技术人才在应对内战和战后国家建设是非常有用的。对此美国政府并不同意,认为留在中国的日本人依然可以形成威胁，必须尽早遣返。在美国政府的坚持下，以美国为后盾的国民政府和战败国日本政府都将政策改变为积极撤回。这些日本侨民是幸运的，他们被批准在兴镇搭乘火车前往葫芦岛，在那里，他们将乘船返回日本。

"佐藤！"陈果激动地喊。

所有的人一齐注视着刚刚到来的日本人队伍。日本人不停地挤来挤去，佐藤在人群中一闪便不见了踪影。

陈果骂道："妈的，怎么不见了？"

胡副参谋长问："陈先生，你没看错吗？"

陈果十分肯定地说："肯定没看错！"

不一会儿，候车室前小广场挤满了黑压压的人。由于天冷，日本人跺着脚以驱逐寒气，借着风势，小广场上掀起一阵阵尘土。人骤然多了起来，熙来攘往。狙击佐藤的方案落空了。

胡副参谋长说："陈先生，请你描述一下佐藤，比如胖还是瘦？有多高？多大岁数？穿什么衣服？"

"相比大多数日本人，佐藤要胖一些，个子和我差不多，应该在五十岁上下……穿什么衣服？"他想了一下说，"和大多数日本侨民一样穿着黑色的和服……"

国军上尉疑惑地看着陈果和胡副参谋长，半晌才说："你是国军？你是共军？"

陈果给国军上尉说明了有关佐藤和此行的目的，要求上尉予以配合。谁知这位上尉却不以为然，他踱着方步走过来对陈果说："长官，你怎么能和共军混在一起？上峰说了，抗战胜利了，国家进入戡乱时期，共军和过去不一样了！"

胡副参谋长饶有兴趣地问："怎么不一样了？"

国军上尉上下打量着胡副参谋长，说："你是共军？"

"我是山东八路军独立旅副参谋长胡秋生。"

国军上尉迎着胡副参谋长的目光，语气倒还客气："失敬！我问你，你们共产党就那么愿意打仗？"

胡副参谋长说："上尉先生，我没听明白你的意思。"

国军上尉说："日本人投降了，多灾多难的中国人该过和平的日子了，可是你们共产党却鼓动老百姓与国民政府作对，到处闹事，要打内战，难道你们共产党就那么愿意打仗？抗战这么多年还没打够？"

远处，几个日本人向这边看。

胡副参谋长没兴趣也没有时间与这位上尉对话，正色道："上尉先生，将来如果有时间我一定和你讨论这个问题，而现在不行。现在，我们面对的是日本人，是没放下武器的日本人，是我们共同的敌人，这一点你没有疑义吧？"

陈果却不耐烦了，对着国军上尉说："我再说一遍，我是国军驻兴镇军统特派员陈果中校。上尉先生，上峰没有告诉你，要服从长官的命令吗？"

国军上尉一下子怔住了，沉默片刻说："对不起，长官，可是，这些日本人都是农民，身份都逐一核对过，没有你刚才说的这个人！"

田宏喜带领二排围了上来，引起了日本人的骚动。

陈果不容置疑地说："我说有就有，他就混在日本人队伍里。这个人非常危险，他策划了血洗兴镇，我现在命令你，立即和八路军一起进行围捕！"

国军上尉略一愣怔，说："听从长官指挥！"

二排与国军士兵一起将日本人队伍包围起来。采用这种办法，胡副参谋长是不得已而为之。只有陈果认识佐藤，要从黑压压的人群里找出他来短时间难以办到，时间不等人。当然，将日本人包围起来甄别也未必可行，目前却是唯一可行的办法，只能走一步看一步了。

日本人队伍一阵骚动，但很快便安静了下来。日本人在悄悄地变换位置，男人们站在外边，妇女们搂着孩子站在里边。所有的人都不吭气，静静地等候。

八路军和国军士兵见状有些惊异。日本人一个个灰头土脸，衣冠不整，但眼睛里却充满着疑惑、敌视和仇恨。士兵们情不自禁地握紧了手中的枪。他们不了解日本人，虽然与日本人作战多年，但并不十分清楚他们究竟是一些怎样的人。同样，日本人也不了解中国人，更不了解有着几千年文明史的中华民族。在枪的威逼下，日本人垂下了头。没有人不畏惧强者。

国军上尉骂道："狗杂碎！还他娘的反了！"

陈果和田宏喜悄悄地爬上一间民房，居高临下，车站前小广场一览无余。陈果擎着望远镜一遍一遍地扫视，终不见佐藤的踪影。田宏喜的枪口顺着陈果的视线移动，食指放在扳机上。十分钟过去了，陈果不由有些急躁："妈的，难道是我看错了？"胡副参谋长向田宏喜望去，正与田宏喜对视。田宏喜立刻跑了下去，两人低声耳语了一番。

田宏喜抬起头，说："是！"

二

田宏喜对着日本人大声喊："都听好了，男人站在左边，女人和孩子站在右边！"日本人看着田宏喜，木怔怔地站着，一动不动。田宏喜再厉声喊："男人在左，女人孩子在右，快一点！"日本人开始移动，但很快又停了下来。

一个日本人问道："为什么要分开？"

田大膀大声说："让你们分开就分开，哪里那么多废话！"

日本人仍然不动。

一队八路军和国军士兵端着枪冲过来，在日本人群中间划出一条分界线。

一个日本人站出来说："我抗议，你们违反了《波茨坦公告》的规定，军队在解除武装后可以返乡，获得和平生产和生活的机会，并且不能虐待和歧视他们。"

田宏喜冷笑道："你们是战俘吗？不，你们不是！你所说的《波茨坦公告》中有关于侨民的规定吗？据我所知，没有！如果你知道《波茨坦公告》中有规定，请你告诉我是什么。我再问你，你们放下武器了吗？据我所知，你们中有人没有放下武器，还在企图屠杀中国人民！"

胡副参谋长赞许地点着头。事后，胡副参谋长问田宏喜何以知道这些，田宏喜笑着说："在山海关，我从国军那里缴获了一本《波茨坦公告》小册子，老师，我当时没说错吧？"胡副参谋长说："说得很好！"

日本人一片喊喊喳喳。

田宏喜宣布："我给你们两个选择：第一个选择，男人和女人孩子分开，我们将对你们的身份进行确认，确认后立刻送你们上火车。第二个选择，立刻返回！假如现在不能确认身份，那只有返回再进行确认。"

日本人安静下来，整个队伍被恐慌、惧怕和猜疑的气氛笼罩着。面对闪亮的刺刀，男人向左，妇女孩子向右，日本人的队伍很快被分开了。

　　陈果在前，田宏喜、王长锁和田大膀在后，从日本人队伍中走过。陈果走得很慢，在一一辨认。田宏喜全身紧绷着，驳壳枪压下了机头，注视着眼前闪过的日本人，而余光却紧盯着陈果，只要他抬起右手，他就毫不犹豫对他面前的人开枪。佐藤是个极其危险的人，决不能掉以轻心。

　　不远处，胡副参谋长和一个狙击手也死死地盯着陈果。

　　田宏喜失望了。走了两个来回，陈果的右手仿佛被困住了一样始终没有抬起来。陈果脸上也露出了失望的表情，难道佐藤蒸发了？来到胡副参谋长面前，陈果有些不自然，张了张嘴，却什么也没说。胡副参谋长安慰道："陈先生，也许佐藤不在这里。"陈果面带愧疚地说："可能真的是我看错了！"他对国军上尉招招手，说："兄弟，抱歉，耽误你的时间了，可以押他们上车了！"国军上尉点了点头，说："长官，我没问题！"

　　田宏喜突然插话进来："胡副参谋长，两位长官，请给我点时间！"

　　两位国军不解地望着田宏喜，然后以询问的目光看向胡副参谋长。此次见到田宏喜，胡副参谋长有一个明显的感觉，田宏喜成熟了，做事很稳健，每做一件事似乎都要经过深思熟虑。此时，他不知道田宏喜要干什么，也没有交换意见的时间。出于对自己学生的信任，胡副参谋长点点头，表示同意。

　　田宏喜认定佐藤就在日本人队伍里。

　　陈果喊发现佐藤时，自己就在陈果身边。陈果用望远镜目不转睛地盯着，紧张的神态中流露出一丝兴奋。佐藤消失时，陈果的呼吸变得急促起来，在之后很长的一段时间里，望远镜始终没离开过他的手。迹象表明，陈果应该没有看错！可是，佐藤怎么不见了呢？日本人只要一上火车，佐藤就犹如鸟入山林，鱼游大海。

　　田宏喜不甘心，他要赌一把！

　　二排和国军士兵集合起来，田宏喜上前一步站在队列前："国军和八路军的弟兄们，受长官之命，我们将联合作战，押送日本人返回原地。弟兄们，上刺刀，压子弹，都打起精神来，押解日本人上路！"

　　所有的士兵都愣怔怔地看着田宏喜。王长锁发出命令："全排都有了，上刺刀，压子弹，上前一步走！"随后，国军士兵也端起枪围了上去。

　　田宏喜来到日本人队伍前，宣布："刚才，我给你们两个选择，现在我不得不遗憾地告诉你们，你们现在只有一个选择：立刻返回！"

沉默了片刻，日本人群情激愤起来。

一个人大声质问："你们刚才都检查过了，没有发现你们要找的人，为什么还要回去？我抗议！"

田宏喜一字一句，掷地有声："有，还是没有，你说了不算，我说了算！听明白了吗？我告诉你，现在不是你们的军队大兵压境的时候了，你没有资格抗议！"

日本人缄口不言。

一个带着乞求语气的声音说："我走了一天一夜才到这里，已经走不动了，我不回去！"连日来的行走和营养不良，这个日本人已瘦得皮包骨头了。

国军上尉突然发话："你确定不回去了？"他轻蔑地扫视着日本人队伍，指着边上的一块空地提高嗓音说："还有不回去的吗？不回去的到这儿来！如果都不回去了，就统统都到这儿来！"国军上尉不知道这位八路军副连长想干什么，但日本人的话和一副可怜兮兮的样子却委实激起了他内心的愤怒，是想博得中国人的可怜和同情吗？那是一个寒冬腊月的傍晚，天上飘着雪花，一群关东军挥舞着刺刀冲进了他的家，强行将他们一家人赶出了门。那年，他刚满十五岁。走出家门时，他看见一户日本人家手里挽着包袱迈着小碎步搬进了他的家。奶奶最终没能熬过那个冬天……

国军上尉手握在枪把上。几天前，他奉命查抄日本居留民的产业，他们富裕的程度让他十分震惊。一个日本人抗议说，他的产业是私人财产，不是军产，你们不能查抄！他俨然把东北当成了他自己的家。当时，他只想杀人！他想起闯进他家的那一家日本人，他们来时的财产只是几个包袱。在关东军的威逼下，他们巧取豪夺，只十几年工夫便积累了如此庞大的家产。现在是把这些非法取得的财产物归原主！

国军上尉恶狠狠地骂道："他奶奶的，耍死狗？别以为老子没办法，信不信老子把你们这些狗杂碎都突突了！"

日本人再次沉默。

一个日本人突然走出队伍，径直朝着妇女孩子的队伍走去。士兵大声呵斥，他全然不顾。他从队伍中拉出一个妇女向田宏喜走去："先生，这是我的太太，请你辨认，我们是不是你要找的人？如果不是，请让我们走！"

所有的日本人直勾勾地盯着田宏喜。二排和国军士兵也愣愣地看着田宏喜。

田宏喜外表不动声色，内心却一阵窃喜。这个日本人只想自己走，全然不顾其他人，当然，还有他的老婆。日本人不是很抱团吗？刚才，他看到了男人在外，女人孩子在里，他感受到了日本人的团结。然而，人怎么会没有私心？是人，就会有！如果没有展露出来，那只是环境对他还没有形成足够大的影响而已。他就是要对这些日本人造成足够大的压力……

田宏喜阴着脸说："你不是我要找的人，但你必须返回！"

"为什么？"日本人低沉的声音中透出执拗。

田宏喜冷笑着说："没有为什么，这里是中国的土地，没人请你到这儿来，现在想走，得由中国人同意！"

突然，日本人的太太迈着小碎步向前走了几步，说："先生，我和我的丈夫都是农民，和战争没有关系，我们是无辜的，请不要为难我们！"

田宏喜思忖片刻，说："请问太太，你和你的丈夫有多少地？"

太太想了一下，说："大概有三十多垧。"

田宏喜计算了一下，三十多垧，也就是近五百亩："你们两人种五百亩地，忙得过来吗？"

"农忙时要雇人。"

"是中国人吗？"

太太说："是。"

田宏喜问："你们在日本时是做什么的？"

太太说："我和我丈夫开了一间面馆。"

"在日本开面馆的钱可以在中国买五百亩地吗？"

太太犹豫了，好一会儿竟大言不惭地说："这儿的地不用买。"

太太的话在士兵中引起了极大的反响。日本人也在交头接耳地议论着。

田宏喜揶揄道："不用买？那么地是怎么来的？是抢的吗？夺的吗？就凭你两个？抢得到夺得到吗？"田宏喜鄙夷地看着两个日本居留民，男人身高不足一米六，女人在一米五上下，他提高嗓音说："没有关东军的刺刀，你怎么会拿到五百亩地？还说你们和战争无关吗？你们强行逼走了土地的主人，使他们流离失所，甚至客死他乡，你还说你是无辜的？"

太太不再吭声，但看得出她并不服气。也许她真以为大和民族是优等种族，而中国人是劣等种族。

田宏喜不想再给她废话，他一跃跳上一块石头，对日本人队伍大声说："好了，该说的我都说了，没有时间了，现在立刻返回！二排排长，执行命令！"

　　王长锁大声回答："是！"

　　国军上尉却按捺不住了，对胡副参谋长低声说："胡长官，真的要返回吗？"

　　胡副参谋长诡秘地啧啧嘴，说："你说呢？"

　　国军上尉习惯地伸手拉了拉军帽，为难地说："兄弟我奉命押送这些狗东西实属不情愿，好吃好喝送这些混蛋王八蛋走，真是以德报怨，辱没祖宗啊！可是，胡长官，你知道，军人的天职是服从……"

　　胡副参谋长举手示意他别说话，但看到国军上尉讶异的目光，胡副参谋长压低声音说："别着急，等等看！"

　　日本人队伍掉转头慢吞吞地向回走。田宏喜向田大膀使了一个眼色，田大膀立刻大声呵斥道："这样磨磨叽叽的，什么时候才能到啊？早回早搞清楚身份，你们才可以早回国呀！"

　　突然，日本人的队伍里爆发出一阵剧烈的骚动。紧接着，伴随着"啊"的一声喊叫，一个人被一脚踹出了队伍。他跟跟跄跄跑了几步，腿一软，一下子卧在了地上。

　　田宏喜大吼："上！"几个战士一拥而上，将其死死地按在地上。

　　陈果跑过来仔细辨认了一番，不可思议地说："真的是佐藤！"佐藤完全换了一种形象，黑色和服换成日本农民常见的灰色的无领口衣服，脸上涂抹了一层厚厚的灰，戴了一顶皱巴巴灰褐色的礼帽。这一切都是在陈果发现他后才改变的。

　　佐藤被按在地上，野狼般的小眼睛闪着绿光，紧紧盯着不远处的陈果。良久，他终于无力地垂下了头。

　　在生死攸关的时刻，佐藤被日本人抛弃了！日本人并非铁板一块，只要火候合适，时机合适，日本人偏私利己、外厉内荏、固执以及偏激等固有的性格弊端会暴露无遗。

　　田宏喜又赢了！

三

卫生队把担架抬进站台，等候列车进站。

列车喘着粗气由远而近徐徐开进站台。随着一声鸣笛，车头两侧倏然喷出白色的烟雾，并伴着嘶嘶的声音。干部队大多数队员们有生以来第一次见到火车，一个个张着大嘴惊奇地看着眼前这个庞然大物。

车厢入口处，站着两个身材高大的苏军士兵，一人端一支冲锋枪站在车门两侧。列车缓缓开过。人们发现，中间三节车厢里全是苏军士兵，他们一个个伸长脖子透过车窗向站台上望着，还不时龇着牙笑。

站台上的人也看向列车，轻一些的伤员甚至坐了起来。

黄头发、蓝眼睛、凹眼窝……凡慧听李清老师说过苏联人，可真正看到了活的，还是有一种说不出的感觉，她甚至想，人怎么可以长成这样？

不知怎么，凡慧突然感到身后有一股微弱的风刮过，她不经意地回头看了看。一个中年男人在她身后走过，见凡慧回头便若无其事地走开了。他左顾右盼徘徊了一会儿，很快又回到了担架队中。

车轮摩擦着铁轨发出尖锐刺耳的吱叫，列车终于停稳了。

车门刚一打开，苏军士兵纷纷跳下车来。不大一会儿，站台上站满了苏军士兵，他们伸伸懒腰，在站台上踱步，几乎所有的士兵都点燃一支香烟大口大口地吸。几个士兵来到担架前，其中还有一个女兵。女兵长得很漂亮，浓密的金发卷曲着自然垂在肩上，长长的睫毛下是一双宝石般绿色的眼睛。女兵抚摸着伤员的被子说着什么，好像是在关心伤员，但没人听懂她在说什么。后来，凡慧告诉小云，苏军女兵长着绿色的眼睛。小云一百个不信，说："蓝的吧？人家说外国人都是蓝眼睛，怎么会是绿的呢？"凡慧说："真的是绿的！"

几个苏军士兵摇摇晃晃地从车厢里走出来，一人拿着一个酒瓶，边喝边大声嚷嚷。一个士兵突然把酒瓶抛向空中，酒瓶重重地落在地上发出了砰的一声，把所有的人吓了一跳。几个士兵却嗷嗷地狂笑起来，围着满地的碎玻璃渣手舞足蹈地跳起舞来。两个士兵晃晃悠悠地离开人群，一前一后走向列车，对准车厢开始撒尿……

漂亮的苏军女兵怒气冲冲地走过去，对着士兵们劈头怒斥，她挥舞着胳膊，白皙的脸涨得通红。开始苏军士兵并不以为然，对着女兵一副嬉皮笑脸的样子。可不一会儿，不知为什么士兵们笑不起来了，低头乖乖地返回了车厢。

所有的人目睹了站台上发生的这一幕。

一个车站工作人员从远处跑来："八路军伤员安排在这边，请大家跟我来！"

凡慧边走边想，苏联老大哥也有流氓！一副担架从凡慧身边走过，她发现其中一个担架的人正是刚才那个中年人。他五短身材，肚子微微隆起，穿一身蓝黑色的衣服。凡慧猛地想起，今天已是第三次看到这个人了，在候车室，他似乎一直保持着与卫生队若即若离的距离。

中年人稍显肥胖的背影引起了凡慧怀疑，在这个缺衣少食的动乱年代，怎么还有这么胖的人？凡慧快走几步对抬担架的民夫小声说："大哥，你认识前面那个人吗？"

民夫说："不认识，我哥吃坏了肚子，这位先生说他替我哥抬，他说他不要钱。"

"是刚才的事吗？"凡慧问。

"是，就是站台上老毛子喝酒的时候。"民夫说。

两人说话声音很小，可还是让中年人察觉到了，他回头看了一眼。他喘着粗气，额头上已沁出细细的汗珠。凡慧突然想，他要么不是干粗活的，要么在这之前已跑了不少路，否则这么近的距离怎么会出汗呢？

"大哥，累了吗？"凡慧快走几步追上中年人。

中年人看了凡慧一眼，没吭声，继续向前走。

"大哥，要不要换换人？"凡慧继续追问。

中年人生硬地说："不换！"

"你是要上火车吗？"凡慧问。那个年代蹭车的事情并不奇怪。

此人正是土匪头子沈万三。凡慧的话刺激了他本来就紧绷着的神经。他转过头，恶狠狠地瞪了凡慧一眼。那是一双恶狼般的眼睛，眸子里泛着凶光。凡慧情不自禁地倒退了一步，"啊"地惊叫了一声。沈万三猛然把担架甩向凡慧，撒腿向列车跑去。凡慧慌忙接住担架。就在那一刻，她忘掉了一切，把担架轻轻放在地上的同时，快速掏出手枪，对准已蹿出去好远的沈万三连开数枪，然而却一发未中。

枪声惊醒了沈万三，他边跑边四下张望。恰巧一个人从列车上走下来，沈万三冲上去一把搂住了她的脖子，用手枪抵住她的头，转身大喊："都退后，你们再往前走，我先毙了她！"说完，他神经质地朝天开了一枪。

被搂住脖子的正是漂亮的苏军绿眼睛女兵！

枪声一响，站台上的人乱成一团，像没头的苍蝇四散而逃。站台上的苏军士兵不知发生了什么，迅速卧倒，横七竖八地趴了一地在四下张望着。

沈万三连拖带拽地把苏军女兵拉进车厢。车厢里有七八个提前上车的乘客。沈万三挥舞着手枪，把乘客赶到车厢一头，关上门，令乘客搬来木箱顶住。苏军女兵在说着什么，沈万三一句也听不懂，扯着脖子歇斯底里地喊："闭嘴！闭嘴！"

凡慧的心一下子揪了起来，她没想竟然是这样的结果。她对着担架队大喊："趴下，都趴下！"

好大一会儿，一个苏军军官来到列车前，他一身笔挺的军服，戴着一顶大檐帽，身后跟着一个翻译。军官说一句，翻译说一句。

军官大声说："朋友，苏联红军是来帮助你们的，我们是朋友，请不要伤害我的人！"

沈万三不答话。

"朋友，你要干什么？我可以帮助你，你听到了吗？"

沈万三不耐烦地嚷："老毛子，你说了算吗？"

"当然算，你说！"苏军军官说。

"我要去沈阳，到了沈阳我就放了她！你去就告诉他们，立刻开车！"

苏军军官与翻译商量后说："现在开车不行，我的人还没上车，还有伤员要上车，需要时间！"

沈万三沉默片刻，说："给你五分钟，五分钟后不开车我就杀了这个娘儿们！"

苏军军官口气十分强硬，说："五分钟不行！"苏军军官指着伤员说："有那么多伤员，五分钟无论如何也不够。"

沈万三嚷："那就十分钟，你个老毛子，真他娘的磨叽。"

苏军军官说："十分钟还是……"

沈万三打断了苏军军官的话，骂道："瘪犊子，再说老子就开枪了！"

十分钟很快过去了。苏军军官再来到列车前："朋友，马上就可以开车了，但我要看看我的人！"

沈万三一只手抓着被反绑着的苏军女兵，一只手拿着枪，将女兵推到车窗前。苏军军官说："让我的人靠近一些，我要知道她有没有受伤？"沈万三咕哝了一句："瘪犊子，毛病不少！"他向前走了一步，推搡着女兵靠近车窗。就在沈万三与女兵身体错开的一刹那，叭的一声枪响，一颗子弹穿过车窗正中沈万三的额头，他向后一仰重重地砸在车厢的地板上。

凡慧趴在地上，用身体护住伤员。枪响之后，她看见几个人快速向车厢跑去，宏喜！冲在最前头的竟然是宏喜！凡慧有些蒙，怎么是宏喜？他不是走了吗？

原来，就在日本人队伍开始返回时，一个人佯装系鞋带，抽时机冷不丁地溜出了队伍。而这一切都被胡副参谋长看在了眼里。他叫来黄岭山的胡子辨认。胡子看了一眼，哆嗦着低下了头。就在战士们按住佐藤时，胡副参谋长立刻让田宏喜尾随人群进入站台。田宏喜找到了苏军军官……

列车启动了。这是一台日式蒸汽机车，在锅炉发出巨大的轰鸣声中，机车缓缓地向前滚动。

八路军、国军、车站工作人员以及群众在站台上向列车招手致意。突然，车上跳下一个人，飞快地跑向田宏喜。田宏喜还没搞清怎么回事，人瞬间就跑到跟前。她张开双臂紧紧地拥抱田宏喜，并在他脸颊上狠狠地亲了一口，然后动作灵巧地返回了列车。整个过程一呵而就。列车上的苏军爆发出一阵热烈的喊声："乌拉！乌拉！乌拉！"

正是漂亮的苏军绿眼睛女兵！

站在田宏喜身边的凡慧目睹了这一幕，被惊得目瞪口呆。

多年后，已成亲的凡慧和田宏喜在聊天，凡慧笑着问田宏喜："在兴镇火车站被漂亮的苏军女兵亲了一口，感觉如何？"田宏喜想了想，回答道："感觉好极了！"凡慧啐了一口："呸！"

四

晌午歪，兴镇街道上空空荡荡的。

镇上传小道消息，就要到来的国军都是南方人，说话和日本人一样听不懂，很凶，抽粮抽丁，专门欺压北方老百姓。于是，镇上的居民有亲的投亲，有友的访友，无亲友投奔的紧闭家门。整个镇子冷冷清清的。

独立旅各部队陆续撤出。齐旅长在焦急地等待着胡副参谋长的消息。几天来，不断有从山海关撤下来的部队从兴镇经过。队伍哩哩啦啦十分松散，战士们衣冠不整，灰头土脸，看上去十分疲惫，士气低落。

王政委叹了一口气，说："人数不占优势，武器不占优势，能坚持这么长时间，他们尽力了！"

齐旅长陷入沉思，良久，说："双方火力差距太大！山海关部队缴获了一些美械装备，战士们都傻了眼。老王，在山东咱跟骑二军——三团打了一仗，实际并没真正交手，——三团的武器已经让我们大开眼界了。双方装备过于悬殊，今后这个仗不好打啊！"

王政委说："老齐，不过我倒觉得，我军一万多人对阵国军七万多，打成这样，说明美械武器装备也不过如此！据说，蒋介石刚刚任命的东北保安司令长官杜聿明都亲自上阵督军了，大口径火炮炮声如雷，美式冲锋枪枪弹若雨，结果呢，一轮一轮的进攻还是被打下去了。可见，美国装备没人们说得那样邪乎！"

齐旅长笑了，说："政委就是政委，有水平！往后恐怕我们要有一个适应过程，适应得快、适应得好就打胜仗，相反就得打败仗。比如，你我打了一辈子仗，你打过像山海关这样的大兵团阵地战吗？多年来，我们只会打游击战、运动战，打得赢就打，打不赢就走。还有，在美国人的指导下，国军已开始了在坦克的掩护下，运用步炮协同、空地协同的大兵团作战的现代作战模式，现在的国军比当年的日本鬼子还更胜一筹！"

司令部参谋报告："报告齐旅长、王政委，胡副参谋长报告，日本人佐藤被擒住了，土匪头子沈万三被击毙！部队马上返回！"

齐旅长高兴地说："好！"随后他命令："通知胡副参谋长，迅速返回，同最后一批部队撤离！"

不远处，又一批从山海关撤下来的部队走过。齐旅长走上前，问："同志，你们后面还有部队吗？"

战士回答："没有了，我们是最后撤出的。"

见有人问话，几个战士围了过来。不远处一个人喊："怎么回事？为什么停下了？"说完，他跑了过来。

齐旅长迎上去，说："我是山东军区独立旅旅长齐恩。你们是哪个部队的？"

"报告齐旅长，我们是山东七师的，我是连长王冬。"王连长一听是山东的，高兴地说："在这儿能遇到山东老乡，太好了！"王连长脸色苍白，眼睛肿得只剩下一条缝，额头上还带着血渍。他的军装已完全看不出颜色了，上衣破了几个大窟窿，黑乎乎的棉花从窟窿里钻出来，显然是火烧的。已入冬了，他还穿着薄薄的单裤。其他战士大多也都如此。

齐旅长回头对一个参谋低声说："去找一找，看看还有没有冬装！"参谋显得有些为难，齐旅长说："想想办法吧，能找多少算多少。实在没有棉的，找些单的也行。"参谋回答："是！"

齐旅长问："王连长，部队一直没换棉衣吗？"

王连长扯一扯上衣的一角说："没有，这还是从山东出发时换的，刚到山海关就交上火了，也来不及换，再说，这里不比咱山东，后勤供给跟不上！"

王政委赞许道："可是，你们打得很好，以少胜多，以弱胜强，为大部队进入东北争取了宝贵的时间！"

王连长一脸沮丧，说："唉，别提了，撤出山海关真不甘心，战前我们都发过誓，誓与阵地共存亡，可是……"

"部队伤亡大吗？"齐旅长问。

王连长的脸色倏地沉下来，似乎又回到了战场，说："我们主要是吃了敌人炮火的亏！"

一个战士在一旁说："国军好像有用不完的炮弹，那炮弹铺天盖地地打过来，一会儿也不停下，阵地被炸得乱七八糟，我们躲都没地方躲。敌人步兵用的都是冲锋枪，打得又快又远。"他举起手中的老套筒说："这个使不上劲啊……"

王政委插话："看来国军的战斗力很强。"

王连长犹豫了一下，说："这些国军跟日本鬼子不一样，跟我们在山东见过的国民党土顽也不一样，冲锋时不怕死，撤退时也一板一眼地不慌不乱。说实话，要是面对面、硬碰硬，我们不是他们的对手！"

远处，司令部参谋带着七八个人扛着衣服朝这边跑来。

第三十七章

五

战场形势的变化只在瞬间。

东北人民自治军全线撤出山海关,国军则明显加快了北上的速度。十三军之二十五师于今晨启程。下午一时,自治军一部撤出阵地刚到达一个镇子,二十五师一个团便尾随而至,双方发生了激战。第十三军、第五十二军一部将于明日拂晓从山海关拔寨倾巢北上。司令长官杜聿明乘吉普车于今天下午抵达十三军,督促其准时出发。

空荡荡的兴镇大街上,偶尔有几个人匆匆走过。

送走王连长最后一批部队,齐旅长、王政委和几个参谋来到兴镇大街上。几个参谋人员犹豫再三,对齐旅长说:"旅长,你和政委先撤吧,我们在这里等胡副参谋长,他一到我们立刻就撤。"在长年的战争中,齐旅长逐渐长于韬略,他有经验,也有策略,平日里深藏不露,越是紧要时刻他反而越是平静。

王政委也感到有些不明就里。从火车站北上兴镇是必经之路,但部队大部已撤离,齐旅长没有必要在此等候。他说:"老齐,我看还是先撤吧。"

齐旅长沉吟了一下,说:"部队有方参谋长在,不会有问题。"他停了一下又说:"老王,时间不会长,就再等等,胡副参谋长到了就立刻撤!"

稳健、不弄险是齐旅长的一贯作风,王政委不解地看着齐旅长。多年后,王政委问齐旅长:"那天你知道些什么?"齐旅长愕然道:"什么知道什么?"王政委说:"什么都不知道,为什么一直在等?"齐旅长淡淡一笑,说:"没有为什么,就是觉得应该等!"王政委惊愕地看着与他相处了多年的老伙计。

十几个人站在空荡荡的大街上,一个人踱来踱去,显得焦躁不安。

齐旅长一见便皱起了眉头,对参谋说:"去看一下怎么回事?命令他们马上撤!"

参谋回来报告,是山东北上干部队的同志,在等去火车站护送伤员的同志。齐旅长想了想说:"告诉他们,不要再等了,干部队的人到后和我们一起走!"参谋刚要走,齐旅长说:"你等等,我去吧!"

李善堂老远就看到了齐旅长,他快步跑来,敬礼:"报告齐旅长⋯⋯"

齐旅长摆摆手，说："小李，敌人的机械化部队说话就到，你们怎么还不撤？"

宋元彩径直走向齐旅长，她的心在剧烈地跳动，仿佛随时要从嗓子眼儿里跳出来，而脸上的表情却静若止水。她主动伸出手握住齐旅长的手说："我们在等我们的同志，我们必须等到他们！"

齐旅长愣住了，直着眼睛看宋元彩，一向干练、果断的他突然变得迟疑、彷徨起来，疑惑地说："你是——"

李善堂忙说："齐旅长，她是北上干部队的宋书记！"

"宋书记，宋书记……"齐旅长变得木讷起来，讷讷地问道，"你的名字叫……"

宋元彩没吭声，见李善堂要说什么，她忙摆手示意他别说话。李善堂知趣地闭上了嘴。宋元彩很伤心，毕竟是结发夫妻，他还是没有认出自己来，难道自己的变化就那么大？宋元彩感到一种从未有过的悲哀。艰苦的岁月，她真的变得人如此不堪了吗？可是，再怎么变，她还是她啊。从二十岁时起，她就开始编织未来的梦，丈夫是一个英俊威武的红军，骑着高头大马回乡来接她，乡亲们纷纷向他们投来羡慕的目光……二十多年来，她曾无数次想象和丈夫相见的时刻，然而，此时此刻，她见到了……

熟悉的乡音，依稀可辨的相貌和神态，让齐旅长的心脏骤然抽搐了一下，一下子回到了二十多年前的江西老家——

元彩披着红盖头，他牵着红绸带把她领进了周家。她成了他的堂客，并写进了周氏家族的族谱。在这之前，他从没见过她，成亲后，回家和她相聚也不过几次。人的感情真的很奇怪，就在这短短的时间里，元彩给了他这一生中最幸福和终生难忘的时刻。他离开了家，离开了江西，踏上了漫漫的长征路。别离时，他内心充满惆怅，同时又从心底升腾起从未有过的勇气和信心，因为他知道，跟随红军北上闹革命就是为了元彩，为了和元彩一样的天下的劳苦大众。

二十多年过去了，他没有再娶，甚至连想都没想过，一直念叨着他的结发妻子和像小猫一样的闺女阿花。在任何时候，他都能准确地说出元彩和闺女出生的年月日，他曾经多次托人打听和寻找她们娘儿俩，可是，她走了，悄无声息地走了，永远地走了。冥冥中他总是想，她好像在一个什么地方等着他、盼着他……每每想到这些，他都不禁潸然泪下。

第三十七章

两人四目怔怔地盯着对方，似乎想从对方的脸上寻找出什么……

王政委吃惊地看着齐旅长，他明显感到了齐旅长身上的变化，相处多年，他第一次看到齐旅长如此难以自持。他不由得上下打量起宋元彩来，听到宋元彩独特的口音，有一种似曾相识的感觉，王政委倏然想，这不就是江西老表的口音吗？他似乎想到了什么，不过，这也太不可思议了！

"我是独立旅政委王天宇，宋书记，冒昧地问，你叫什么名字？"王政委问。从山东出发的那天晚上，记得齐旅长曾说，他的结发妻子叫宋元彩。这个名字被他牢牢地记在了心里。

宋元彩微微一怔，说："政委，我的名字他知道！"说完，她走近齐旅长，说："启河，我的变化很大吗？"

就在那一刻，热泪瞬间便涌上了这个两万五千里走过来的老战士的眼眶，他的视线模糊了，但猛然看清楚了站在他面前的这个女人，是她，二十多年前，她走进周家，走进他的心里，是让他魂牵梦绕了二十多年的结发妻子。

齐旅长一步跨上前去，紧紧地握住了宋元彩的手，哽咽着说："元彩，我是启河！"

宋元彩早已是泪流满面，腿一软倒在齐旅长的怀里。

干部队队员和旅司令部参谋们目睹了这一幕，从惊讶到感动，许多人情不自禁流下了激动的热泪。

王政委招招手，人们走开了。

六

下雪了，瑟瑟的北风吹得雪花漫天飞舞着。

列车一驶出站台，胡副参谋长立刻命令道："全体集合，马上返回兴镇！"

凡慧看着站在队伍里的宏喜，思绪万千，一天见了宏喜两次，往事像被风吹起的涟漪，一层一层向她脑海里涌来。学校操场，那个最让她留恋的地方，在那里她重新认识了宏喜，宏喜让她刮目相看，也是在那里，这个农家小子悄悄地走进了她的心里。从山东出发以来，凡慧最大的愿望就是有朝一日再回那个让她在梦里流连忘返的地方，再无拘无束地与宏喜探讨他热衷的兵书和他当大将军的梦，那是多么令人向往的时光啊。

宏喜走过来，她只模模糊糊听到他在说什么，人多，乱，她低声"嗯"着。队伍集合了，他走了，跟着队伍走了，凡慧想，难道我们又一次错过了？

凡慧走着想着。刚才，宏喜以一种奇特的眼光直愣愣地看着她，嘴唇嚅动着，神态十分奇怪。她不由看了看自己身上，并无什么不妥。他像是有话要说，他想说什么呢？

部队走得很急很快，卫生队紧跟在后面。田宏喜急匆匆地跑来对凡慧说："这有一封李老师的信……"说着，他在衣服口袋里摸索着。

胡副参谋长在远处喊："田副连长！"

田宏喜大声回答："到！"他抱歉地对凡慧说："回头给你看啊！"

凡慧一脸狐疑，李老师的信？是给我的吗？这个宏喜，每次都说半句话。看着宏喜的背影，凡慧突然期待起来，烽火连三月，家书抵万金，李老师在信上说的什么呢？

兴镇大街临时战地救护所里，伤员早已撤离，空荡荡的房子里摆放了一张桌子、几把椅子和一张手术床，靠东墙有一个药橱，橱子里空空如也。

宋元彩擦着眼泪。齐旅长递上一个手帕，宋元彩接了过来，刚擦完又涌了出来，聚集了二十多年的眼泪在这一刻都流了出来。

齐旅长双手抚摸着宋元彩瘦削的肩头，说："元彩，你们娘儿俩吃苦了……"齐旅长哽咽着说不下去了。

宋元彩早已泣不成声了，听齐旅长一句话，她突然不能自持，全身一上一下颤抖着放声大哭起来。二十多年的苦、二十多年的难、二十多年的辛酸悲伤都在这一刻爆发了。哭吧，哭个天翻地覆，哭个地动山摇。二十多年了，能在丈夫怀里痛痛快快地哭一场，宋元彩觉得值了！良久，宋元彩抬起头，虽然还是泪眼婆娑，但语气却透出坚定，说："启河，这不怪你，真的不怪你，我们娘儿俩理解。"

"娘儿俩？"齐旅长心里咯噔了一下。他想说的话太多太多了，他想知道，爹娘的情况，她为什么坐牢，大别山上为什么有她的坟，她怎么会到了山东，又怎么会北上……总之，这一切对他来说都是一个谜。

门外一声轻微的声音打断的齐旅长的思绪，让他又回到了现实。山海关一战，国共双方都打红了眼，几万国军一旦入关势必将如同洪水猛兽。看着妻子期待的眼神，二十多年的磨难和思念又岂能在这短短的时间里说

第三十七章

得完？

门被轻轻地敲了一下，王政委走了进来，抱歉地说："老齐、嫂子，打扰了，胡副参谋长到了。"

"立刻出发！"齐旅长命令道，说完，抹了一把脸上泪水，整理了一下衣装。宋元彩急忙回过头擦去眼泪。两人走出临时救护所。

见齐旅长出来，胡副参谋长跑过来，向齐旅长报告："报告齐旅长，胡秋生归队！"

"辛苦了，准备出发吧！"齐旅长说。齐旅长刚走几步，一眼看见在胡副参谋长身后的田宏喜，停下脚步，惊喜地说："田副连长，田宏喜！"

田宏喜举手敬礼："副连长田宏喜向你报到。"

胡副参谋长说："齐旅长，这次任务的完成，田副连长功不可没。"接着他把田宏喜的经历做了简要的汇报。

齐旅长紧紧握着田宏喜的手说："好小子，有勇气，不放弃，这才是咱山东后生的本色嘛！"

田宏喜迟疑了一下，说："齐旅长，这有一封信，我想，你应该看一看。"

齐旅长看了田宏喜一眼，打开了信：宏喜，在阵地上见到你非常高兴，未能详谈，很遗憾。小云身体有恙，凡慧为照顾她暂时留在了北上的路上，相信不久会赶上来。另外，齐恩旅长是凡慧的生身父亲。要出发了，就此住笔。李清。

齐旅长轻轻地将信合上，问："李清，河西县的李副书记？"

田宏喜说："是，他也是河西第一批北上干部队的书记，这是他牺牲前交给我的。"田宏喜用手指指着皱皱巴巴的信纸，上面的鲜血已凝固成斑斑的黑点。

齐旅长肃然而立，凝视着远方。好一会儿，他转身将信递给了宋元彩。田宏喜这才注意到齐旅长身后的宋元彩，她是谁？齐旅长为什么要把信给她？

听到田宏喜的名字，宋元彩的心弦顿时颤动了一下，这个名字她太熟悉了。从河西出发时，她还特意到宏喜家看望他的父亲。她不由上下打量着这个年轻人，问："宏喜，凡慧和你在一起吗？"

见对方亲切地叫自己宏喜，田宏喜不由一愣，马上说："她在，让她过来吗？"说完把目光转向齐旅长。

齐旅长点点头。

凡慧来到齐旅长面前。从山东出发以来，这是凡慧第一次见到齐旅长，他瘦了，老了，显得很憔悴，她想起自己骑马追齐旅长莽撞地提出要参加北上干部队，不好意思地笑了。

"你父亲、母亲都好吗？"齐旅长眼神是那样和蔼，充满着慈祥和爱。

齐旅长和父亲是老朋友，但此时他还能想到父亲，凡慧顿觉十分感动，说："谢谢首长，他们都好。父亲受了伤，落下了伤残，但无大碍。"

"凡慧，还记得从山东出发时我给你说什么了？"

凡慧愣了一下，一时没有反应上来。

齐旅长说："你有一个好父亲、好母亲，你一定要好好孝敬他们！"

凡慧想起来，当时齐旅长是这样说的。那天，她觉得父亲和平常有些不一样，齐旅长也十分奇怪，几句没头没脑的话更让她如堕五里雾中。

宋元彩看着丈夫和女儿，喜悦、伤感和委屈一股脑地涌了上来。人生呵，如同梦一样，她曾多次想放弃，离开这个让她几近无路可走的世界，然而，她熬过来了，漫漫的长夜啊！女儿长大成人了，端庄、秀丽、勇敢；启河老了，但在他身上，她感受到的是果敢、坚毅和力量……

齐旅长声音有些嘶哑，说："凡慧，过来，我给你介绍一下。"

刚到走几步，凡慧看见了宋元彩，便向她跑去："宋书记，伤员已安全地送上火车了。"

宋元彩深情地注视着凡慧，好大一会儿，说："好孩子，叫我什么？"

凡慧一下子怔住了。记得和宋书记有一个"协议"，正式场合叫她宋书记，私下里叫她宋姨。可是，现在？宋书记深邃的目光目不转睛地看着自己，她看了看齐旅长和不远处的宏喜，甜甜叫了一声："宋姨。"

宋元彩心头为之一震。齐旅长刚想说什么，宋元彩示意他别说话，把李清的信递给了凡慧。

凡慧的眼睛落在信中最后一行字上：齐恩旅长是凡慧的生身父亲。她的心蓦然狂跳起来，猛地抬起头，齐旅长正微笑着看着她。可是，怎么会呢？齐旅长是老红军，是南方人，她从小跟随父母生活在沂蒙山，不，这不可能啊？再说，李清老师怎么会知道？为什么他从没对自己说起过？父亲、母亲也从未谈起过……

齐旅长说："凡慧，信上说的是真的，我是你的亲生父亲，从山东出发时，你父亲孟庆立委托李书记关照你，牺牲前，他又转托给了宏喜。"

第三十七章

凡慧惊讶地说："我父亲也知道？"

齐旅长说："是。"他充满爱抚地看着凡慧，温情地说："孩子，我再给你介绍一下。"他走近宋元彩，说："我的结发妻子，也是你的亲生母亲！"

太震撼了，让人窒息得喘不过气来。

凡慧呆呆地看着齐旅长和宋书记，心里一团乱麻，她想理一理却不知从哪里开头，脑子木木的，仿佛在梦里。小时候，爹娘总是一步不落地跟着她，怕她饿着，怕她渴着，怕她冷着，怕她热着，怕她碰着……娘总说，你和他们不一样……有什么不一样呢？父亲那期待的眼神，母亲那幸福又略带忧郁的目光。她曾有一种预感，但又从未认真地想过。她只知道父爱如山，母爱如水，自己有幸福的童年，有充实的青年时代……

不远处，王政委感慨地擦着眼泪，说："一家人历尽千辛万苦终于团聚了，真是天大的好事啊。胡副参谋长，到了目的地，摆个酒好好地庆贺一下！"

胡副参谋长点点头，犹豫片刻，说："政委，我似乎听到炮声越来越近了。"

王政委思索一下，说："这样吧，留下几个人，你带所有的人和卫生队先撤。"随后又说："让田副连长留下。"

齐旅长轻轻地擦了一下眼睛，说："元彩，我给孩子介绍一下，我叫周启河，在长征的路上改名齐恩。我和你母亲是江西吉安人。小时候给你取名清花，周清花，按江西乡下的习俗，我们叫你阿花，又叫花。"刚刚擦干的眼泪又涌了出来，这个长征过来的老战士，二十多年来的眼泪也许在今天都涌了出来："我对不起你们娘儿俩，没给你们娘儿俩尽过丈夫和父亲的责任，让你们吃苦了。那年，我随红军长征到陕北，又随一一五师到山东。二十多年来，我一直在寻找你们，从江西到安徽，我托人找遍了鄂豫皖根据地。真没想到，在这里见到了你们娘儿俩……"

宋元彩含着笑在流泪，她苦涩凄楚的眼角显现出了一丝幸福的笑意："启河，我说过，这不怪你，真的不怪你……"她找不到合适的言辞来表达见到丈夫和女儿复杂的心情，二十多年了，吃的苦、受的罪此时此刻仿佛都可以烟消云散了。宋元彩还在流泪，但那眼泪里分明充满着甜蜜的笑意。

身经百战的齐旅长早已感觉到了敌人的炮火正在逼近，到了不得不走的时候了。然而，他又实在不忍心打断相拥在一起泪眼婆娑的娘儿俩。他几次张嘴，却什么也没说出来。

战争给这一家人带来了什么？给这一代人带来了什么？然而，对他们来说，这一切似乎又是在不经意间发生的，甚至是一个自然的过程。他们默默地承受着所发生的一切，从不抱怨，内心始终保留着那份永远不变的初心。对于后人来说，他们是一个谜，一个难以剖判的谜，一个永远解不开的方程。

田宏喜远远地看着相拥在一起的三口之家。当从李老师信上得知齐旅长是凡慧的生身父亲时，他做过各种猜想，甚至想肯定是搞错了，这太天方夜谭了。当事实以真实的面目出现时，田宏喜还是被惊得瞠目结舌。

"田副连长。"王政委向田宏喜招招手，耳语了几句。

田宏喜跑了过来："报告齐旅长——"

齐旅长看看不远处的王政委，微微点点头。面对着妻女，他有许多话要说，此时却觉得说什么都是多余的了。他走过去，伸出双臂紧紧拥抱着娘儿俩，她们是那样熟悉，又是那样陌生。

在齐旅长的怀里，宋元彩立刻明白了他的用意。一分钟，两分钟，三分钟……她不愿意，但又不得不！她用力挣开他的双臂，坚定地说："启河，出发吧！"她挽起凡慧的胳膊说："孩子，我们一起走！"

凡慧用力地点点头。

过了山海关就是东北。他们虽然不知道要到哪里去，但他们知道，前面的路将会十分艰辛和漫长，还有许多未知的事情在等待着他们。二十多年来一家三口第一次相认、相聚，短短的一瞬又不得不再次分开，此一别何时再见却不得而知。

三人默默地对视着，只有眼睛里饱含着的脉脉深情在表达着各自复杂的情感。

凡慧向宏喜招招手。

宏喜走过来，与凡慧一起并排向二老深深地鞠了一躬："爹，娘！"

下午四时许，一家人离开了兴镇。齐旅长、田宏喜向东，宋元彩、凡慧向北。临别时，王政委语重心长地对凡慧说："永远记住，你是红军的女儿，也是沂蒙山的女儿！"

凡慧眼睛湿润了，两颗晶莹的泪珠在她那秀丽的脸上肆意地流淌。她心里默默地说服自己，这只不过是一次暂时的别离，和在山东时一样，是一次短暂的分手。

直到田宏喜消失在茫茫的黑土地尽头，凡慧苦苦一笑，这是几年来她和宏喜见面最多的一天，一共三次！

图书在版编目（CIP）数据

向北向北 / 王明波著. —济南：山东文艺出版社，2024.2
ISBN 978-7-5329-6963-0

Ⅰ.①向… Ⅱ.①王… Ⅲ.①长篇小说—中国—当代 Ⅳ.①I247.5

中国国家版本馆CIP数据核字（2023）第148668号

向北向北
XIANGBEI XIANGBEI
王明波 著

主管单位	山东出版传媒股份有限公司
出版发行	山东文艺出版社
社　　址	山东省济南市英雄山路189号
邮　　编	250002
网　　址	http://www.sdwypress.com

读者服务	0531-82098776（总编室）
	0531-82098775（市场营销部）
电子邮箱	sdwy@sdpress.com.cn

印　　刷	山东临沂新华印刷物流集团有限责任公司
开　　本	710毫米×1000毫米　1/16
印　　张	36
字　　数	585千
版　　次	2024年2月第1版
印　　次	2024年2月第1次印刷
书　　号	ISBN 978-7-5329-6963-0
定　　价	88.00元

版权专有，侵权必究。如有图书质量问题，请与出版社联系调换。